穿门走左直道

鄢元平 著

作家出版社

王道的老总龙昆仑经常说一句话：商无常道，穿过左门走右道，这绝对是一种道。又说，有的人很快可以悟道，有的人，一辈子。

目录

第一章

一　争好稿，杨柳被连提两级

《侠世界》编辑部主任杨柳绞尽脑汁也想不出怎样才能把野狐那个老滑头的武侠小说《南天剑仇》搞到手。

福建的无名作者野狐给他寄了一个不到五千字的打印的故事梗概，故事梗概后有一条小注："此稿已多投，有意者请速复。完整稿167831字。"

杨柳心潮澎湃地看完梗概后便骑着单车去邮局给野狐发了份加急电报。电报十个字："速来面谈，请告联系电话。"

从杨柳敏锐的编刊眼光看，《南天剑仇》很有可能成为第二个《雪山玉女》，会使他们的刊物再一次在全国热销。到时，社长龙昆仑肯定会在中层干部会上，拍着他的肩膀说："杨柳人长得帅，事也干得帅，什么瞎猫捉到死老鼠？那不关风的破嘴，应该给他糊水泥！"那时，副总编宋文章肯定是一边擦着他的黑框眼镜，一边带着自嘲和揶揄的口气说："灵猫出击，硕鼠擒来。"

然而，十余天时间，野狐居然没有回音。今天上午，野狐终于来了电话，说已到江城，下午来杂志社。

杨柳是去办公室接的电话，接完电话，抑制不住欣喜，居然在大美女宁子烟主任的桌上双手连拍了两下，说："美哉，美哉！"

宁子烟正上钢笔水，结果笔被他一拍掉进墨水瓶，回过头要发火，却早已不见杨柳的人影，只得追一句："杨流子，美你个头！"

上午，杨柳接第二个电话时心里有点儿慌，他怕是野狐打来的，怕情况有变。电话那边传来的却是华美琪的声音，华美琪是《雪山玉女》的作者华表的女儿，她从南京来江城，代表她父亲去江城出版社谈《雪山玉女》出版的事，同时也想与杨柳见面。这个电话让杨柳心里升腾起万般情愫，甚至让他讲话都有点儿结巴。他要了华美琪来江城的住址，约定明晚请她吃饭。

杨柳接完电话，怔怔地抽了三根烟。

两年前的夏天，刚从江城大学毕业分到侠刊社不到一年的他，被指派去南京参加《侠世界》的作者老残的作品研讨会。会后席间老残对他说，前些时他在老师华表那儿看了一部老师刚写完的小说，这是他这辈子读到的最好的一部武侠小说。他坐在华表老师家客厅的椅子上，从头天晚上，看到第二天中午，硬是一口气看完。他说着，喝了一大碗酒，居然趴在桌上哭了起来。杨柳劝了他许久，又从他口齿不清的话语中了解到现在华表肝硬化，住了院，作品还未改完。

当天晚上，杨柳辗转反侧，他觉得老天把机会给他，他必须抓住。杨柳作为江城名牌大学毕业的高才生到杂志社一年，受尽夹磨。第一天上班，他毕恭毕敬地将自己出版的一本诗歌集送给龙社长指正，龙社长翻也不翻，说："写诗？做通俗文学，诗是最大的敌人。丢你一句话，若不尽快放下酸臭小文人的破架子，肯定一事无成！"说完将他的诗歌集直接扔进了垃圾桶。

在编辑部，杨柳更是受到副总编宋文章的各种蔑视。一年中，他费尽心机仅上了两篇小稿。他还自己掏钱请了几次客，许多次是客请了，稿子却落到宋文章的手里。

如今，一篇大稿摆在面前，杨柳想自己必须去拼力抓住。然而，第二天早晨，副总编宋文章一通电话里的几句讥讽，让他不得不打道回府。宋总编的最后一句话是："想留南京玩几天，可以——食宿费自己出。"

杨柳继承了一辈子在公安部门当科级干部的父亲的秉性——优柔寡断。父亲的一句话成了他永远的参照：这辈子机会太多了，妈的，一个没抓住。

　　在火车站准备买票的一瞬，杨柳做出了他认为他人生中最大的一个决定：留下来，抓机会。

　　转几路车，找到在南京市第二医院住院的华表时，杨柳的背已汗得透湿。听说是专程来看望自己并约《雪山玉女》的稿子，华表蜡黄的脸泛起了一点儿红润。女儿华美琪在边上照顾他，正削苹果，削完直接递给了杨柳。杨柳坐在小凳子上，仰头接苹果时，只觉得面前白晃晃的。天气太热，华美琪穿得有点少，皮肤奇白。华美琪递给他苹果时，很有好感地看了他一眼。华表爽快地答应将小说给杨柳，但提出要等他出院改完第二稿。

　　杨柳在病房待了一上午，帮忙看着点滴，找护士换药，还抢着帮美琪拖了地。中午，他又和美琪去外面的小馆子端回饭菜到病房一起吃。他向华表讲了老残讲述的看《雪山玉女》的情形，提出想在南京停留一两天，急于想看《雪山玉女》。华美琪虽是南方女子，但性格却有北方女子的爽快。她替父亲答应，待她父亲下午打完点滴就带他去家里看稿子。

　　华表是南京皇城中学的副校长，所以家就在皇城中学边上的一个青瓦平房里。房子不大，两间卧室，一个客厅，客厅隔出一间小房做厕所和浴房。

　　华美琪开了门就急急地从内间拿出一厚捆稿子递给杨柳，说："天快黑了，你赶快拿回旅馆看吧，明天还到医院就可以。"

　　杨柳兴奋不已，接了稿子坐在客厅的木长椅上就翻了起来。翻了会儿，他忽然发现华美琪站在边上没走开，才意识到什么，站了起来，朝门外走去，走到门口，又停下来，转身不好意思地说："华姐，这附近有便宜的小旅馆吗，我钱不多，还要买火车票……"

　　见华美琪带一点友善的笑意看着他，又鼓了鼓勇气，小声而结巴地说："能不能……在客厅借坐……看小说？"

华美琪用妩媚的眼睛仔细地看了他一眼，白皙的脸泛出一抹红晕，说："可以呀，只要你不嫌弃我们家寒酸。"说着去内间抱出一个旧台扇来，又去给杨柳倒茶，然后去收拾她父亲的房间，接着给杨柳烧洗澡水。

直到现在，杨柳仍能清楚地记得那天晚上所发生的所有细节。

华美琪在南京市博物馆工作，在杨柳看稿子时，美琪让他看她为他们馆长起草的南京夫子庙修缮后重新开业的贺词。他帮她全面润色，几乎算是重写，完成后，华美琪欣喜异常，说："小柳的文笔比我父亲还了得。"杨柳说："我姓杨。"美琪调皮地看他一眼，说："是呀，不是叫杨柳吗？"

杨柳看稿子看到后半夜时，实在坚持不住，就去华表的房间睡觉。因南京天气确实太热，而仅有的一台电扇，被他执意搬进了美琪的房间。所以，他脱了衬衫，光着膀子，仍不停地扇着扇子。刚迷糊，忽觉一阵凉风吹了过来，他睁开眼，看见了笑眯眯的美琪。一阵惊慌失措和相互推让后，杨柳还是将电扇搬回了美琪的房间。然而，躁动却使他无法入眠，因为在刚才推让中，他无意间触到了美琪光滑的膀子。

不一会儿，美琪又走进了他的房间，柔柔地说："要不，你也去我的房间吧，这间房……蒸笼一样。"

他穿上汗衫随华美琪走进她的房间。开始无话，两人分头而睡，因床不大，他只得将身子趴在床沿，尽量不挨到华美琪的身体。电扇悠悠的风让他舒坦了许多，但华美琪身上浅浅的香皂的香味又撩得他差不多要颤抖。

也许是听到他粗粗的喘息，华美琪叹了口气说："小柳，睡不着吧？睡不着就到我这头来吧。"

杨柳爬到华美琪那一头时吃了一惊。不知何时，华美琪已将身上的背心脱掉了，她丰满而白润的胴体在淡淡的月光下美得让杨柳眩晕。她半眯着眼侧过身来，有些痴迷地看着他，眼神里又流露出一种带有挑衅似的等待……

那个晚上，杨柳激情到几乎休克，这虽然不是他的第一次，但能肯定这绝对是他最难忘的一次。

后来，他与华美琪一直说话到天亮。他将在编辑部所有的苦水都吐了出来，说到动情处竟抱着她哭了起来。

华美琪的丈夫开了一家文物商店，去年因为倒卖赃物被判了刑，让华美琪无法接受的是卖给他赃物的是他的一个大学女同学，而且他们早已不仅仅是生意伙伴。所以，她毫不犹豫地与他办了离婚手续。美琪说这一切时，像在讲另外一个人，有时还莞尔一笑。

杨柳也坦诚地说了自己的状况：与父亲同事的女儿正接触，父母的意思是明年办事。

第二天，在华美琪的劝说下，华表将稿子给了杨柳，杨柳答应回杂志社将稿子打印、校对、出清样后，再让华表进行第二稿的修改。

华美琪送杨柳去火车站，杨柳刚检完票，站在一旁的华美琪忽然全身抖动地哭了起来……

回到杂志社，杨柳直接将稿子拿到龙昆仑社长的办公室。他信誓旦旦地说这部稿子肯定能改变《侠世界》的命运；又说，希望龙总亲自看；最后直接说，他不信任宋文章。许是对他最后一句话感兴趣，龙昆仑盯着他看了几秒，但还是讥讽一句："年轻人，把我的房子吹塌了。"

第二天一清早，杨柳刚在办公室坐下，他的背就重重地挨了一巴掌。他吓了一跳，转头看见背后站着喜形于色的龙昆仑。龙昆仑说："小狗日的，真他妈好稿子。把用稿签拿来，我是总编，我直接签发。"

《雪山玉女》是分三期连载刊发的，果然在全国引起了巨大的反响，刊物在第三期时便由原来的几万册发行量，猛涨到两百多万册。

一时间，杂志社的小楼外热闹非凡。拉着板车来运刊的，扛着麻袋装钱来要刊的，通过各种关系打招呼、批条子来计划外抢刊的……络绎不绝。连文联分管刊社的副主席林子峰也找龙昆仑帮几个经销商说好话、要刊物。林子峰是龙昆仑的前任，龙昆仑上任，林子峰起了举足轻重的作用。龙昆仑对他的人品和能力十分尊重。龙昆仑答应了两次，但后来实在是印刷厂印不出来，所以想尽办法躲他。同时，龙社长发动刊社所有人员在江城找印刷厂、谈合作。大多印刷厂业务都按计划排得满满的，不愿额外加业务，所以，龙社长规定谁谈成了印刷业务便给予奖励。

杨柳用一篇小说改变了《侠世界》的命运，使龙昆仑对其十分欣赏。龙昆仑决定将其由一般编辑直接提拔为编辑部主任。他原以为操作此事不会有难度，没想到具体实施起来，居然遇到强大的阻力。社委会五人，副社长石光华、副总编宋文章率先发难，认为如此操作破坏了干部提拔的基本程序。宋文章在争论程序问题时还提到龙昆仑破坏编辑程序，直接签发《雪山玉女》稿件的事，差一点儿与龙昆仑拍桌子。财务主任杨天津提出给杨柳重奖，但不同意将其连提两级。龙昆仑怎么也没想到，办公室主任宁子烟也会反对。在此之前，他最早将此想法说给宁子烟的，宁子烟当时只是嘴角翘了一下，既未应和，也没显出反对的意思。宁子烟与杨柳一样，是江城大学毕业的，比杨柳早两届，分到刊社一年便被当时的林子峰社长提为办公室副主任，龙昆仑任社长做的第一件事就是将她提成了主任。

社委会没开完，龙昆仑丢下一句骂人的话："这种阻碍发展的社委会有卵用！"然后拂袖而去，留下其他人面面相觑。

第二天，龙昆仑亲自起草了一个任命文件，自己跑到外面的打印社打印出来，一份贴在了一楼的告示牌上，一份送给了杨柳。告示牌前看的人都嬉笑说，他们从未见过这种既无公章又不是刊社红头文件的任命。他们猜测这是别有用心的人做的假任命。

宁子烟看后就将任命撕了下来，然后让打字员用红头文件编好文号后重新打印出来。送到龙昆仑手上签发时，她一副忍俊不禁的样子让龙昆仑十分恼火。龙昆仑签发后，看着宁子烟满眼的笑意，又发不出火来，说了句："你这叫为虎作伥。"又问，"你为什么变卦？"宁子烟说："我之前同意过吗？"

"那为什么不同意呢？"

"我觉得杨柳这人功利心太强。"

"强你个头。"

杨柳收到了两份任命，他很清楚其中的缘故，盯着第一份任命，他的眼眶慢慢变红了。他暗自发誓要拼出自己的一切为这种领导干事。

杨柳在中午接到了他最不愿意接到的电话——江城出版社袁由打来的。袁由与杨柳是大学同学，他说："野狐下午不过来了，在出版社谈稿子的事，明天上午到侠刊社来。"又说，"因野狐与你不熟，所以，让我这老同学代他向你道个歉。"

杨柳接到电话，半晌醒不过神，以至袁由追一句："还在吗？"他气汹汹地骂一句："在你妈个巴子。"然后挂了电话。

杨柳正生闷气，办公室的门被撞开了，华小美拿着一沓稿件兴高采烈地进来说："我敢说，这部稿子超级棒，绝对能火！再用不上，绝对是你们这些破人瞎了眼。"

华小美是编辑部还未转正的新人，是杨柳从施州自治州文联《凤凰》杂志社挖过来的编辑。《凤凰》杂志社的主编王道是他大学时期的文友。大学时，杨柳与华中大学的王道、江一石联合江城十来家大学文学社创办了南方诗社。王道毕业回施州后，在当地办了地方刊物《凤凰》，刊物做得风生水起。他们搞编辑培训，请杨柳去讲课。讲完课去喝酒时，杨柳认识了王道手下的编辑华小美。华小美的美貌和大大咧咧的性格，让杨柳无法招架。那天，他喝大了，华小美面前一大杯白酒，杨柳站起来，晃晃悠悠地说：

"喝了这……杯,明天就……可以到我那儿去……他妈……上班。"没想到,华小美真的一仰脖子将那杯酒干了。

调华小美到侠刊社让杨柳十分为难,但酒后牛皮吹了,他只得硬着头皮做。他将自己组的一篇施州的作者写的小说,谎称是《凤凰》杂志社一个很有能力的编辑推荐来的,又将这个叫华小美的编辑的简历和照片拿给特别喜欢女编辑的宋文章副总编看。因为编辑部本来就缺人,所以,宋文章听杨柳介绍后也就同意让华小美先过来试用。但拿到简历后不到半小时,宋文章又折回来说不能要,因华小美是施州民族学院毕业的,专科学历太低,故而将简历退给了杨柳。

杨柳以为此事可能泡了汤,谁知第二天,龙昆仑居然把他叫了上去,问施州《凤凰》杂志社编辑华小美的事。杨柳从龙昆仑的口里得知,华小美的父亲曾是龙昆仑在部队时的领导,龙昆仑对老战友、老领导是极重视的。所以,龙昆仑在华小美的简历上批了几个字:先试用,工作期间(三年内)解决本科问题。杨柳拿着龙社长的签字,很快就将华小美调进了侠刊社。

调进华小美,杨柳就后悔了。华小美属于那种典型的美丽而不动人的女子,做事大大咧咧、毛手毛脚、喜欢揽事,但揽了事又做得不靠谱,让人哭笑不得。她还说话口无遮拦,词不达意,却又盲目自信。有一次小范围聚餐,她居然在酒桌上与龙昆仑斗起酒来,甚至扬言要喝死龙老大。然而,龙昆仑倒十分喜欢她这种奇葩的性格。

华小美进门看见杨柳一动不动,眼睛盯着天花板发呆,一副愁眉苦脸的样子,便将稿子放在杨柳桌上,吐一下舌头出去了。

杨柳忽然想起,有一次他带华小美去袁由的出版社,袁由第一次看见华小美,眼睛都发直了。后来他们再见面,袁由必提华小美,说杨柳金屋藏娇,又央求杨柳再来时,带上小美人让他养养眼。

杨柳拨通了袁由的电话，说："油子，吃完晚饭一起喝个茶？"不等袁由发声，接着说："我把华小美也带来，就我们三个。你买单。"袁由说："你想干什么我还不知道？还我买单，一辈子改不了抠门的小家子气。"

杨柳说："把小美带来都不领情？那算了。"说着要挂电话，那边立即大声说："好好，我买单，我买单。算我请小美人，你作陪。"

听说晚上是要去出版社袁由那儿喝茶，小美噘起嘴巴不愿去，说："你那同学不是什么好人，太色。"但杨柳给她讲明目的，她的眼睛立即放出了光。她来刊社两个多月了，连副刊的小稿子都没上过一篇，三个月试用期一到，不上稿子就得走人。她偏又是个武侠迷，她得想办法留在侠刊社。所以，她很快就进入了杨柳争夺《南天剑仇》的计划中，甚至主动提出来，由她直接去找野狐，然后仰着脸想一下，自言自语地问："就不知道这老男人好不好色？"

杨柳说："你色诱呀！"

杨柳与华小美在大嘴巴咖啡厅等袁由等到九点，他才满脸红潮、醉相毕露地晃了过来，坐下的第一句话是："这老滑头的酒量还真他妈大。"说完笑眯眯地看着小美，又转过身对杨柳说："你知不知道野狐最后走时问我什么？他居然问这江城哪里有秦楼楚馆。又说什么，春潮带雨晚来急，野渡无人舟自横。我操，找鸡嫖娼居然说得这么文雅。"

华小美恭恭敬敬地给袁由倒一杯茶，又把甜点、瓜子挪在他面前。袁由嬉笑着看她说："怎么小美今天像换了一个人，变得贤淑了。"

小美说："小女子本来就是淑女呀。"也许是酒后使然，也许是想先发制人，不等杨柳发问，没多少心机的袁由便将下午与野狐谈稿子的情况和盘托出。

原来在找江城出版社之前，野狐已先找了本市的大江出版社，谈定的稿酬是定稿后的税前五万，条件是首发。而且具体联系人是因为稿件争夺与杨柳产生过过节儿的一编室的金主任。找江城出版社的目的是希望江城出版社提高百分之二十的稿酬，而且是税后。江城出版社按重点稿，稿酬应该没有难度，条件也必须是首发；否则按一般稿，稿酬减半。而侠刊社按重点稿，稿酬是千字百元，稿酬到顶也就两万。所以，即使江城出版社不抢此稿，《侠世界》也没戏。

杨柳没有顺着袁由说，而是将《雪山玉女》在江城出版社出版的诱饵抛给了袁由，并且承诺《南天剑仇》若由《侠世界》首发，出版图书的权利仍可运作给袁由，条件是袁由答应野狐的一切条件，堵死他在大江出版社出版的可能，然后，签订合同时间拖三天。袁由很快便被杨柳拉入了同一战壕。而杨柳也设计着如何利用三天时间说动龙昆仑，将稿酬提高一倍。

袁由知道《雪山玉女》在市场上的火爆，想到有可能拿到《雪山玉女》的图书出版权，甚至帮杨柳一起设计如何把《南天剑仇》的首发权弄到《侠世界》。但他仍没忘记帮华小美说话，说："这次若成，你可不能吃独食，小美必须挂责编。是不是，小美？"

杨柳随口接话："那是当然。"

华小美欣喜异常："袁大哥和杨头儿都太够义气了，小女子一定有回报。"

袁由和杨柳愕然，为华小美的话，各自露出坏笑。

袁由和杨柳商量半天，最后认为野狐的突破口就一个字：色。说到色，两人又不怀好意地看华小美。

华小美连忙说："小女子可是有底线的，弄弄手段，不伤身体，还勉强。"话没说完，杨柳、袁由大笑起来。

他们离开时已很晚了，杨柳要了野狐住的酒店名和房间号，然后带着华小美一起去三月红酒店503室找野狐。

三月红酒店在江边的闹市区，虽已夜阑，但仍灯火撩人。上电梯时，同电梯的一个大胸女子身上的香水味儿将杨柳熏得直打喷嚏。上五楼，待她走远时，他们才再出电梯。

找到503室时，杨柳和小美吓了一跳，那大胸女子正敲503室的门。华小美刚停下来，便被杨柳拉着朝前走。

门开了，那女子折身走了进去。杨柳和华小美尴尬万分，只得站在门边静等。不多久，门里传来女人的呻吟声和床板的撞击声。

华小美羞得满脸通红，不看杨柳，小声问一句："怎么办？"杨柳铁青着脸，骂一句："妈的，回去吧。"回去时，华小美忽然对杨柳说："你先回去，我去逛逛夜店。"

第二天，杨柳刚进办公室，便接到袁由的电话："什么破单位，上班也不准时。有一个特大新闻与你分享呀。野狐昨晚上嫖娼被抓了。"

杨柳说："狗家伙，谁举报的他？这可麻烦了。"

"这对你不是重大利好吗？想想，你爸不是能在这方面帮你吗，赶快走程序提人吧。"袁由说完这话，停顿一下，又说，"这事不会是你与小美干的吧？"

杨柳说："说什么屁话，我做人可是有底线的。"

袁由说："举报卖淫嫖娼，纯净社会风尚，这不是正义之举吗？"

杨柳花了很大力气才将野狐保出公安局，而且自己掏腰包帮野狐交了罚款。同时，怕野狐出来后不领情、变卦，他又找人复印了野狐的口供。

请野狐吃饭时，野狐给杨柳连敬三杯，说："你这朋友，我交定了。《南天剑仇》的稿子也是你们的了，稿费按你们的规定定。不就几个钱吗？算个屌。"

杨柳回敬他时提出一个请求，那就是出书运作必须交给袁由，因为是袁由找的自己帮忙解救他的。

席间，华小美神色有些古怪，既不敬酒，也不多说话，而且目光总在躲避野狐。

杨柳心里嘀咕：这丫头平时干事大大咧咧，真正玩起人来也够狠的，简直没有底线。当然他知道，即使此事是小美干的，她再傻也不会承认。

二　江一石被龙昆仑逼哭了

听说自己的老板龙昆仑要来湖隐岛，任马飞说破了天，江一石也不愿去湖隐岛。自从那次新华印刷厂通宵印刊校对后，江一石与马飞的关系由朋友升为恋人。每周末，他们都会去马飞父亲马邦开的湖隐岛酒坊帮忙。但这个周末，江一石执意不去，马飞左问右问，他只回答一句——不喜欢龙昆仑这破人。

江一石华中大学毕业后分配到了《江汉学院院报》。上班第一天就被顶头上司臭骂了一顿。原因有三：一是他上班前几天，因为回乡下，不知怎的，原来的大背头上长了虱子，他一气之下剃了个光头，被院报张社长指责流里流气，在学校不雅。二是张社长中午加班写一份关于学生思想动态的材料，让江一石帮忙去食堂打饭，结果江一石在食堂碰见以前的一位诗友，一边吃一边谈诗，时间谈长了，吃完饭时食堂打烊了。三是张社长让他去302号办公室给宣传部部长送文件，结果他将文件送到312号办公室。部长催要文件，张社长才知江一石干了蠢事。

受训斥不到两星期，江一石又闹出更大的一件事。院报出清样，张社长让江一石校对完后送院印刷厂付印。校对完后，江一石把校对稿送给印刷厂车间主任后就离开了——以往的程序是送校人必须监督工人改完后再下印。结果报纸出来，错字、病句连篇，宣传部部长发了大火。

张社长挨了批后，直接找到副院长，说宁可院报少一个人，自己多做事，也不愿在院报留江一石。

江一石调侠刊社是马飞的父亲马邦帮的忙。《侠世界》自《雪山玉女》和《南天剑仇》两部作品大火后，发行量猛增，刊社联系印刷厂和负责发行的人员奇缺。马邦带江一石找到分管发行的石光华副社长，因马邦是江城发行商中实力较强的人，加之江一石是江城名牌大学的本科生，谈吐和举止都不错，石光华副社长很快便答应直接调入江一石，免去试用期。然而，在侠刊社不到一个月，江一石又遇到一次重击。

　　湖南一个经销商为节约运费，让侠刊社先不发将发到湖南的一万余册刊物，他来江城大江出版社运一批书时，将书和刊物一车运回去。但事出意外，大江出版社的书印刷出了问题，推迟了；而刊物印完后，印刷厂不愿意在厂里存放，石社长只得让江一石先将刊物运回来放在杂志社。

　　江一石用板车把刊物运回来后，才发现仓库已经放不下了，所以与门房老胡商量将刊物暂时堆放在门房边的一个杂物房里。搬书时，江一石初来乍到，不好叫其他人，只让老胡一个人帮忙。他搬了一下午，筋疲力尽，而路过的龙社长居然还说："老胡，他们发行部门的事，你有必要帮吗？"

　　运气差到极点的江一石哪里想到，书运回来的第二天中午江城忽然暴雨倾盆。

　　那天中午，江一石正在办公室午休，暴雨来袭时去关窗子，忽然看见楼下龙社长正一个人在大雨中搬刊物，猛然想到昨天堆在杂物间的刊物，顿时惊慌失措，冲下楼去。他在门房拿一把伞，朝龙社长跑去，刚将伞撑开遮上龙社长的头，便被龙昆仑把伞夺过来扔在地上。龙昆仑对他咆哮道："打什么鬼屁伞，快把所有人都叫下来抢刊物，老胡个笨蛋去半天了，也叫不下人来！"

　　杂物间屋顶油毡漏雨，地上也进水，要不是抢得及时，刊物起码会损失一半，结果是损失的三分之一的刊物全部由江一石赔。江一石上班一个月，工资未拿到，反欠杂志社两千多块钱。龙昆仑让财务核算了成本后，亲自逼着江一石在财务室打的欠条。

江一石到现在也没弄明白这位脾气暴躁的龙社长为何如此不待见自己。

周三，快下班时，龙社长拿着一沓稿件来找石光华副社长，说刊社的人都去九宫山旅游了，没人去印刷厂督校，让石光华想办法。

刊社人员去九宫山旅游，除已去过九宫山的石光华和不愿去的龙社长，其他人，包括门房的胡师傅均在列，唯独没有江一石。负责此事的宁子烟因与江一石在大学时就认识，所以对他还是多方面照顾的，她将名单给他看了，他的名字是被龙社长画掉的。

石光华对龙社长说："办公室就我和小江，小江又不熟，想什么办法？"

这时江一石正跟一个经销商通电话，也许是通话时间长了些，龙社长烦了，直接上去把江一石的话筒夺过来，替他挂了电话，说："就他去，走一趟不就熟了？这稿子今天晚上必须督促印刷厂改好，保证明天九点前开印。"

龙昆仑走后，石社长耐心地给江一石画了一张去新华印刷厂的路线图，包括转哪几路车。石社长是个待下属十分和气的人，对江一石很照顾。

黑汗水流地转了五次车，江一石到印刷厂时，已是晚上八点多了。他两眼一抹黑，进厂子找了许久才找到排版车间。排版车间的车间主任大概是晚上喝了酒，正红着脸歪在办公室长条凳上睡觉。听明来意，看见江一石手上一大沓需校改的稿子，主任无论如何不同意下单子。甚至说，即使下了单子也没毛用，加夜班的就三四个人，而且手里还有活儿未做完。江一石跑了大半天才到印刷厂，看到主任这种态度，更是毛焦火辣，当场就与主任发生了争执。争得不可开交时，他忽然觉得后面有人拍他的肩膀，回过头看，是马飞。马飞所在的单位《长江晚报》正在这儿校改，车间主任所说的手头的事情，正是她们《长江晚报》的校改。

马飞将火气正旺的江一石拉出办公室，一直把他拉到厂门外的一家小餐馆，让老板下了四碗肉丝面，又买了两包烟，与江一石一起送到车间。烟给了车间主任，肉丝面给排字工人一人一碗做夜宵。她左一个主任大叔，右一个师傅老哥，终于说通主任和工人，干完手上活就加班为江一石拿来的清样校改。

马飞陪江一石通宵督校，铅字打印出来后，看了三遍。天快亮时，终于校改完了。然而，也确实是江一石倒霉：一位忙了一夜的老师傅，手脚疲软，在搬铅字盘时，手一滑摔散了两个铅字盘，而将这两盘铅字重新排好并校对定稿后，已到了上午九点。

龙昆仑九点整给印刷厂打电话，听说刊物还没上机，暴跳如雷。他对江一石说："你告诉我，你还能干什么事？这点小事都干不好，你就是个废物！延误刊物上摊时间，我还给你罚款！"

江一石在木讷中听完了龙社长的训斥，他从头天下午到第二天早晨就未吃一口饭，站了一夜，人几乎虚脱了。他与马飞去厂门口那家小店吃了碗面后，就伏在马飞的腿上睡着了。

龙昆仑与石光华、宁子烟上湖隐岛是马邦亲自撑的船。

湖隐岛原来是东湖湖中心的一座荒岛，东湖成为景区后，东湖边的一些渔民在这里建了一些房子，后又开了些小餐馆，做观光客的买卖。王道、江一石、杨柳在江城各大学创建南方诗社时，活动地点就长期在这里。当时南方诗社外围的诗歌爱好者宁子烟也来过这里。再后来，在王道和江一石的鼓动下，在江城做书刊经营的大佬、马飞的父亲马邦来这里看了几次，就决定在这里投资建湖隐岛酒坊。

湖隐岛酒坊背水而建，建得古色古香，正门口竖着一块大青石做的标牌——"湖隐岛酒坊"，落款是"龙昆仑书"。看见这个青石红漆字标牌，龙昆仑眉毛弯了一下，问石光华："我怎么只记得写过一副对联，不记得还写过这几个字？"龙昆仑当兵时在铁道兵师部做宣传干事，长期写标语、通知，练得一手好毛笔字。

"对联在里面挂着。"马邦忙接话。字是石光华让龙昆仑写的，他知道龙社长特爱给人写字，以此显摆自己有文化。

刚走进酒坊大堂，龙昆仑便看见了他写的那副对联，对联挂在大堂两侧。上联"湖深春光翠"，下联"岛隐茶酒香"，横批"醉入悠然"，落款仍是"龙昆仑书"。

龙昆仑若有所思地问："这副对子谁做的？"

"是我丫头的同学江一石。"

"哪个江一石？"

"不就是才调到你们那儿当跑堂的江一石吗？"

龙昆仑"哦"了一声，说："江一石做其他事不行，写对联还有两把刷子。"

宁子烟说："他与杨柳，还有一个叫王道的，当时在江城的大学里可是鼎鼎有名的文学领袖。"

龙昆仑转头问："你呢？你在大学干什么？"

宁子烟说："我不行，我是外围的小喽啰。我最辉煌的一次也不过是在江城大学的'一二·九'诗会上朗诵王道的诗《南方印象》，这诗获了一等奖，我朗诵获了二等奖。有二三十所大学参加诗会，当时他们三个，那可叫风光得很呀。"

龙昆仑说："王道这名字霸气，与我的名有的一拼。"

龙昆仑一行来湖隐岛既是来喝酒的，也是来谈事的。《侠世界》自从刊发了《雪山玉女》和《南天剑仇》后，在市场上大红大紫了一段时间，但没有后续的好作品跟上，最近刊物发行量有些下滑。龙昆仑对石光华负责的发行不满意，感觉他们掌控力太差。有一次，龙昆仑在家门口的报亭居然都没看见《侠世界》，顿时大为光火，把石光华叫进办公室软话硬话说了一通。在他看来，石光华副社长与宋文章副总编完全不一样，石光华就是笑面虎，表面上不对抗，背地里特喜欢说他的坏话，完全与他不一条心。石光华虽有能力，可从不愿扎实做事，但在笼络下属上倒有一套办法。石光华的下属田小草和新来的江一石，对他言听计从。龙昆仑对发行不满意，又找不到下手的办法，所以他提出不惜一切代价增加刊物市场占有率、消灭市场空白点的战略。而战略的第一步，便是在江城成立自己的送刊队。自己的送刊队可以第一时间将刊物送到终端邮亭，既可免去中间环节的差价，又可将刊物送达所有没有售卖《侠世界》的邮报亭，将长期以来终端要货的模式改变成直接送货的模式。今天来马邦这儿，就是来谈与他联合成立送刊队的事。

酒过三巡，刚切入正题，马邦便抛出一个最基本的条件，那就是必须不加任何附加条件地给他《侠世界》在湖北的总代理。若同意，他可以先期投钱买三十辆摩托车，作为送刊队的送刊工具。

龙昆仑大喜，他原来的设想是购置自行车。但石光华马上出来反对，他说换一个省级总代不是小事，而且湖北的总代刘大勺还差刊社三期款未结算，总共十三万。

龙昆仑烦了，说："哪有卖三期杂志还不给钱的，我说你们发行掌控力不行，你还不同意。按我的要求，先收垫付款，然后一期一结。"

石光华说："三期结款，这本来就是全国发行界的惯例呀。"

龙昆仑说："惯例就不能打破？这是软弱的惯例，是不好卖的刊物针对强势经销商而退让的惯例。"话题刚开始便卡了壳。马邦闷头自己喝酒，宁子烟下桌给两位领导舀汤。

龙昆仑思考了一阵，说："我说一个办法，就我们四个人，谁说出去谁就是……伤天害理。"说这话时，他瞟了石光华一眼。

"我们出一本去年的合订本，找一个全国总代，但总代必须先付订金二十万，合订本装订好后，刊社给总代五十万码洋的合订本。"

马邦心领神会道："总包销给刘大勺。"

龙昆仑赞许地看一眼马邦，又说："然后，我们发行部在全省搞一次刊物空白点调查，查出的空白点越多越好，找出问题后，再搞一次全省总代招标，谁有实力和办法消灭空白点，谁做总代。到时马邦摩托车也买了，人也招了，谁有实力和办法与他争？"

石光华似乎有点没听懂，有点木讷，但龙昆仑的话却让马邦佩服得五体投地。他把面前的一大杯酒一口喝了，说："高人呀，你这种智慧顶级的人，我第一次碰见。"龙昆仑对马邦的反应很满意，也把面前的一大杯酒喝了。

石光华说："我想问一句，那你说的合订本到底是做还是不做？"

龙昆仑与马邦相互看一眼，哈哈大笑。笑完后，龙昆仑严肃地看着马邦说："你当上湖北总代，有一点必须让步，先交五万押金，刊款一月一结。"

马邦想一下，说："没问题。"

龙昆仑又一次大喜，反敬了马邦大半杯酒。

正事谈完，大家喝酒就轻松多了。他们喝酒的厅是酒坊最尊贵的厅——醉悠然，墙正中挂着一幅笔力遒劲的书法："军道"。龙昆仑对这两个字产生了兴趣，说："你一个商人，懂什么军道？纯粹一个挂……虎头，卖羊肉。"

马邦说："别人挂是挂羊头卖狗肉，我绝对是挂狗头卖狗肉。十年军龄，铁道兵模范排长，二级勋章获得者。"

听说马邦是铁道兵，龙昆仑顿时来了精神，说："我说一个人，你要知道，我就认你是铁道兵，姓华。"

马邦马上说："华团长，华钢。我给他提过鞋。"

龙昆仑说："我他妈给他搓过背。"

马邦又说："奖励士兵，全部用肉包子，有次奖了我十个。"

原来他们俩都曾在铁道兵同一团当兵，只是马邦在团里时，龙昆仑去了师部。龙昆仑叫马邦新兵蛋子，马邦瞧不起龙昆仑是文艺兵，说肯定连枪都没摸过。说到枪，两人争得面红耳赤，只恨手里没枪来比试枪法。最后，不知咋的就说到玩水，又开始嘴巴争输赢。马邦说自己入选过全军的游泳队，又鄙视龙昆仑只会在小水沟里玩水，顶多只会几手狗爬式，说得龙昆仑忍无可忍，当场就脱了衣服要与马邦比试。酒劲正浓，宁子烟和石光华怎么也拦不住。马邦虽然觉得话有点过，没想到龙昆仑会来真的，但话说出去了，又不好收回，所以也脱了衣。下水时，却出了状况。两人商量好，游二十米再游回，下水时两人速度差不多，但游到十米左右，龙昆仑忽然抽了筋，停下来，扑腾着水。岸边一群看的人大惊，宁子烟更是带着哭腔喊救人，而马邦因在水中扑腾没听见，还在拼命朝前游。这时，一个人从酒坊临水房间的窗子里出来，跳进水里，他很快游到龙昆仑身边，托起正下沉的龙昆仑。这时马邦才听见声音，赶紧回过来与那人一起托着龙昆仑往回游。上了岸，宁子烟才看清那人是江一石。

江一石策划了一个"《侠世界》校园行"的活动方案，但考虑了很久，不知应该把这方案给石光华还是直接交给龙昆仑。

那天在湖隐岛，他虽然不愿见龙昆仑，但还是被马飞说服去湖隐岛帮忙在酒坊一侧种三十棵橘子树。种完树早已过吃午饭时间，江一石以为龙昆仑他们走了，刚坐下来吃饭就遇到龙昆仑抽筋沉水的事。

送走龙昆仑一行，江一石一边吃饭一边给仍在兴奋状态下的马邦讲了一连串龙昆仑不待见自己的话。马邦反驳他的话很多，有一句话让江一石茅塞顿开。他说："有能力的人最看重的是下属的能力，不干一两件漂亮事，他会重视你？痴心妄想。"

江一石早就发现刊社的退刊不消化是个问题。仓库堆不下，当废纸卖又舍不得，而许多大学生又特别偏爱武侠类期刊，所以，只要降低价格，人群密集的学校里肯定有巨大市场。

按常理，他应该把这个策划交给顶头上司石光华，但他对石社长消极的不思进取的工作态度心存疑虑，他怕他的方案被他否定。

加之有一次他去宁子烟那儿帮她装订资料，情不自禁向她倾吐种种不如意。宁子烟向他说了一句特别近心的话，她说："给你一个自己去悟的话，别与石光华走得太近。"

江一石悟了几天，似乎悟出了一点点道道。

江一石进龙社长的办公室时忘记了敲门，他一进门，龙昆仑就皱起了眉头。江一石将策划案交给他，龙昆仑看也不看："说，什么事？"

江一石说："简单地说，就是把经销商退回来的刊物拉到各学校去低价销售。'《侠世界》校园行'只是一种戴花冠子的由头。"

"这事应该找石社长呀？"

"我怕他不同意，若他否定了，再找您就更不好了。"

"还算是个实在人，你怎么肯定我会支持你？"

"又不花刊社的钱，退刊卖不出去，再拉回来，也没损失。我觉得您会同意。"

"拉出去不要运费？你出运费？"

"我用板车拉书。"

龙昆仑抬起头看他一眼。在江一石印象中，这是龙昆仑第一次正眼瞧他。

最后，龙昆仑让宁子烟开了一千册退刊的发货单，借给江一石两辆板车，由胡师傅与他一起把书运到学校，但要求不允许上班时间运，必须是周末休息时间做这些事。

江一石与胡师傅拖着板车进华中大学校门时就看见了树干上贴出的标语——"《侠世界》校园行活动地点：图书馆对面"。

快到图书馆时，江一石看见道路两边的树中间拉起了一个长条红底黑字横幅："《侠世界》校园行"。树边上支起了几张桌子和凳子。三五个学生正在树边朝马路上张望，问："车子怎么还不来？"

老胡和江一石把板车停在桌子边时，一个上海腔的女学生马上来制止，说："这里不好停板车的啦，马上有车子要来卸书的啦。"

江一石脱下草帽，其中一个女生尖叫起来："哇，江一石，江诗人！"

桌子边很快就围了很多人，马邦骑着摩托车把马飞也带过来了，马飞负责收钱。江一石和胡师傅负责清书搬书，另外几个学生组织来的人排队。

原来五块钱才能买一本的刊物，现在可以买五本，一次买十本刊物的，还可以送两本，正好凑齐全年十二期。所以，来的学生越来越多。不到一小时，运来的刊物就卖出去一半。

一个骑自行车来的中年人，没有排队，便走上前在桌子边翻刊物看。上海腔女学生走过去说："学生家长吧？这刊老好看的，今天也蛮划算，十块钱可以买全年的。您年纪大，我给您走后门儿，不要您排队。"说着就去帮他选全年的刊。

江一石过来看见中年人，顿时涨红了脸，小声叫道："龙社长。"龙昆仑笑一笑，看了看帮忙卖书的几个人，拍了一下江一石的肩膀，然后骑着自行车走了。

江一石过去拉一下正忙得不亦乐乎的马飞，对着龙昆仑骑车走的背影喜形于色地说："看，龙社长刚才来了。"上海腔女生伸了一下舌头："是你们社长呀，那不是你们最大的官？我还以为是来买刊的。"

龙昆仑很快就转回来了，他买来了十瓶矿泉水，然后，一个个分发，对那些帮忙的学生客气之至，发完矿泉水，他便留下来与江一石一起搬刊、清刊。

拉来的刊物很快就只剩下一小半了，但来买书的队伍却越排越长。江一石请示龙社长，说与胡师傅再去运两车来。

第二次运刊物过来时，已到了中午。龙昆仑不在，马飞正在清钱，刊已全部卖完。没买到刊的学生说下午刊物来了再来买，帮忙的学生邀请江一石他们去学生食堂吃饭。

大家从蛇皮袋子里将刊倒出来清好，准备去吃饭时，龙昆仑骑着车子过来了，车架两边上挂着几个塑料袋。许是塑料袋太多，影响驾车，停下来时，龙昆仑从车上摔了下来，江一石大惊，连忙去扶他。

龙昆仑将塑料袋捡起来，放在桌上。他给大家买来了包装严实的盒饭。他对江一石说："我就不陪你们忙了，家里还有事，你们吃了饭，休息一下，天气热，注意身体。"说完，骑着车子走了。

吃饭时，马飞忽然看见江一石一边大口吃，一边眼泪噼里啪啦地滴在饭盒里……

三　石光华与夏小荷，一段孽缘

由江一石策划的"《侠世界》校园行"活动做得很成功，做了两个多月，积压在仓库的退刊全部消化完了。龙昆仑奖励了胡师傅一千元，而对江一石的奖励则是让财务室将江一石的那张两千余元的欠条退还给了他。

为实施送刊队计划，龙昆仑让江一石具体负责全省的查摊，因人手不足，除田小草外，还抽调了财务室的夏小荷。

江一石带着两人日夜奔波在全省各地市县。田小草虽然到刊社的时间不长，年龄也不大，但与邮亭个体户打交道却十分娴熟，做事也严谨细致。对于忽然查摊，她的理解比江一石透彻，说："忽然查摊，不带刘大勺的人，龙社长是要换湖北总代了吧。"又说，"刘大勺可是石社长一手栽培起来的人呀。"说这话时，眼睛试探性地看夏小荷。

夏小荷长得娇小玲珑，脸小，眼睛却大，但眼神总透着一种忧郁。她话语不多，唯唯诺诺，对江一石毕恭毕敬，甚至带一点儿巴结。有次在旅馆，她抢着帮江一石洗了衣服。

见田小草讲话时看自己的神态，夏小荷忽然就脸红了，而且眼光四处躲闪。江一石后来才从田小草口里得知，湖北总代刘大勺是夏小荷的表哥，夏小荷的丈夫李飞便是刘大勺的马仔。田小草说到李飞，一脸不屑地说："那是个吃喝嫖赌都来的人，家里穷得叮当响，还在外面花，最看不起这种人。夏小荷这些年也不知怎么过的。若不是石总……"田小草说到这时，忽然打住了，自觉失言。江一石却来了兴趣，问："哪个石总？石光华？"

　　田小草不接话，却把话岔开了。其实，她说这话的目的是想纠正江一石查摊的方向。她感觉，每到一个地方，若上摊率高，江一石竟会显出一种满意。所以，她觉得江一石肯定并未理解龙昆仑的意图。

　　事实上，本次查摊颇让田小草意外，以她的经验，《侠世界》在湖北的上摊率顶多百分之六十，而这次查摊的上摊率普遍达到百分之八十五，在江城甚至能达到百分之九十，所以，她认为这里面肯定有猫腻，肯定有人走漏了风声，让刘大勺提前做了安排。也正因为此，她一路上对夏小荷不阴不阳。

　　果然，龙昆仑对江一石为主导的查摊行动很不满意。在江一石与田小草向龙昆仑和石光华汇报查摊情况后，龙昆仑的脸顿时就阴了，他避开上摊率和空白点不谈，而就查摊的过程和细致性对江一石和田小草进行批评，说："查摊的目的是什么？关键是要搞清空白点的原因是什么。每个摊位的地址和电话、摊主姓名有没有编个册子？你们这次查摊完全是浪费时间和经费！"说完，转身便走了。

　　会后，龙昆仑又把江一石和田小草叫到他的办公室，拍着查摊报告说："湖北的这种上摊率在全国可以评优秀。这不是提前有准备，我把龙字倒着写。当然，有的人会高兴了，刚才我就发现我们的石大社长要喜形于色了。他想在我面前趾高气扬？做梦！我提前走了，让他一个人偷着乐。"

龙昆仑的话，让江一石十分吃惊，这时他才真正理解宁子烟给他说的话，也第一次感到侠刊社这池子的水不是一般的深。

石光华到来福酒店时，刘大勺、李飞、夏小荷早已就座，边上还坐着两个浓妆艳抹的女人。

刚坐定，刘大勺就因为石光华不愿喝酒，用阴不阴阳不阳的话来呛他："石总哪还瞧得上我们这些小喽啰，他现在开始扶马邦了！马邦什么人？有钱有势，湖北做书刊生意的头牌。"

"屁。我扶马邦？"听刘大勺这话，石光华恼火了，说，"龙昆仑搞送刊队，点名要与湖北最有实力的书商合作。我不找他马邦，找谁？找你刘大勺？再说，你不清楚这送刊队能不能成？这纯粹是砸钱，我敢肯定，送刊队即使做起来，不到半年也非出事不可。反正是国家的钱，我管个毛。明知赔本，你刘大勺愿意做？换总代，这次龙昆仑是铁了心，不做送刊队他龙昆仑也会换，那马邦是他的战友，刚认的。再说，为了争取一点希望，在他们查摊前我提前让你准备，你说我这老哥对你够仗义了吧？"

石光华知道刘大勺是个欺软怕硬的主，他分管发行这几年，给刘大勺不少好处，甚至想办法把他表妹夏小荷都安排进了侠刊社，所以，他容不得刘大勺对他有半点不敬。

果然，石光华的一番话马上把刘大勺给震回去了。刘大勺连忙低三下四地给石光华赔不是，给他倒酒递烟。能攀上侠刊社的石光华，刘大勺是下了大功夫的。

石光华到书刊市场查摊，在刘大勺靠旮旯的小摊点与当时还在守摊的表妹夏小荷说话。他过去与石光华聊了几句，知道石光华是《侠世界》的，顿时来了精神，向石光华介绍他代理的所有刊的售卖情况，甚至把《侠世界》的上半年六期的每一期出货数都翻给石光华看，他的刊是从书刊市场另一家经销商进的，折扣高出了两个点。说完后，又陪石光华逛市场。逛完市场，又请石光华在附近的小馆子吃了饭。吃饭时，他才明白石光华之所以愿与他接触，全是因为他表妹夏小荷。明白这个道理后，他便知道了主攻方向。他属于那种嗅到一点儿血腥就会不顾一切朝前去抢食的人。他虽然一百个不愿意把自己漂亮的表妹送给这个老男人，但为了以后的大利益，他还是设局，轻松地让石光华满足了对夏小荷的兽欲。

石光华与刘大勺很快喝了两纸杯酒，在酒桌上，他对李飞当着夏小荷的面与那两个浓妆女人调笑有点儿不满，加之他确实有事，想避开他们单独与刘大勺谈，所以他把刘大勺拉出去密语了几句。刘大勺回来，便掏了两百块钱给李飞，让李飞带两个浓妆女人去卡拉OK。再坐下时，石光华便把龙昆仑做《侠世界》合订本设陷阱的事向刘大勺和盘托出了。刘大勺既慌张又感激，一副惊慌失措的样子。刘大勺知道这次总代的事肯定会彻底玩儿完。他连忙又让夏小荷倒酒，说："老哥这次不帮我，我可就完了。"说时，眼泪差点儿流出来。

石光华与刘大勺又喝了一纸杯酒。石光华红着眼说："龙昆仑也太他妈不地道了，我这次肯定让他玩儿砸！"

夏小荷给他们倒过酒后便自顾自地吃菜。他们商量事从不避开她，因为长期以来，夏小荷像空气一样地存在，不多言语，没有脾气，没有主张，逆来顺受。

石光华细细地给刘大勺安排了两步棋：第一步，把龙昆仑合订本的全国总经销权通过合同公证坐实，坐实后才给钱。若龙昆仑还是变卦，便以法律途径解决，让龙昆仑的阴谋成为他刘大勺的机会；第二步，总代招标最好的结果是保留对《侠世界》湖北地市的批发权，因为送刊队不可能到地市。

两人谈完正事，酒也喝到了位，刘大勺知道石总下一步会干什么，但还是试探地问一句："是回家还是……"

石光华说："喝多了，还是让夏小荷扶我去锦园旅馆休息一下吧，免得回去老婆骂。"

锦园旅馆是石光华与夏小荷常来的地方。自从那次刘大勺将夏小荷灌醉，让石光华在这里毫无节制地折腾了夏小荷一整晚后，石光华就喜欢上了这里。他生性喜欢娇小的女人，而夏小荷又正是那种既娇小又万般服从的小美女，所以，让他迷恋得难以自拔。然而，夏小荷对他却总是只有服从，而从没有激情，唯一的一次激情，是他想尽办法把她调进侠刊社的那个晚上，他感受到了她的兴奋和喜悦。她的身体湿润和活跃起来，在他最后冲刺的时候，她第一次欢快又略带羞涩地叫出声来，甚至紧紧地用双臂箍紧了他的后背。那个晚上，是他最喜欢回味的一个晚上。

石光华与夏小荷进了房间，石光华重重地躺倒在床上，他确实有点疲倦了。夏小荷给他倒了水，又去浴室放洗澡水，放完洗澡水出来时，看见石光华仍一动不动，她站起来，走到门边，犹豫了一下，但还是轻轻地把门打开了。她正准备侧身出去时，后面追过来一句话："别走，把门关紧，过来。"

能做《侠世界》全年的合订本，刘大勺对龙昆仑千恩万谢，他给龙昆仑带了一条好烟，但龙昆仑接下来后，转手就送给一起到他办公室来的石光华了，说："你又不是不知道我不抽烟，石总烟瘾大，我做个顺手人情。"石光华干笑两声，还是把烟接了。

"做合订本可以，合作得好，我们以后的合订本都可以给你做，但对你有一个前提条件，那就是把欠我们《侠世界》的三期刊款十几万先结了。我们以后所有总代的收款模式都会改成先收款后给刊。"

石光华和刘大勺面面相觑，龙昆仑忽然将阴谋变成了阳谋是他们始料未及的。这次查摊让龙昆仑彻底看清了石光华，他算准石光华会把合订本的计谋告诉刘大勺，所以他马上开始变招。

刘大勺说："若都这样先款后刊，我肯定听龙领导的。合订本的事龙总和石总能想到我，确实是感谢不尽。"

刘大勺走后，石光华问龙昆仑："合订本的事是否让刘大勺先做个协议？"

龙昆仑说："可以，条件就是我上次在湖隐岛说的条件，但前提必须是先把欠下的那三期刊款给结了。"

石光华说："若结了刊款，再让他拿二十万，我估计在钱上他会有点儿吃力。"

龙昆仑看着石光华，冷笑一声说："那是他的事，你有必要为他操心吗？"说完，坐下来看桌上的稿子，头也不抬。石光华无趣，走了。

财务主任杨天津进来，拿着一张宋文章的招待发票让龙昆仑签字。龙昆仑看了后就把发票往旁边一丢说："宋文章招待的是他的老乡，这种钱也好意思让公家报？那天你们几个在一起吃饭，我看见了。"又没好气地说，"上次你们去九宫山，有好几张买汽水、买扑克牌、买水果的白条子，我当时没说话。管财务，手还是得紧一点，赚钱不容易。"龙昆仑的话把杨天津呛得脸红一阵白一阵，她拿过发票，什么话也没说，转身走了。

宁子烟领着林子峰进来时，龙昆仑正低头看江一石和田小草做的成立送刊队的策划方案。他看见宁子烟后面的林子峰，站了起来："领导视察来了？快给领导倒茶。"

林子峰说："你这儿有什么好茶？喝我带给你的施州茶。施州的一个叫王道的小年轻送我的。送了两袋，我给你拿了一袋。"

龙昆仑说："你说的是那个办《凤凰》的王道？你怎么认识他？"

林子峰说："你也认识？我好些年前在施州下面的鹤峰驻队当副县长，正巧，他也在那个县的乡镇驻队奔小康。"

龙昆仑说："我不认识他，是宁子烟和杨柳经常提到他，耳朵都听出茧子了。好像还是我们华小美原来的上司。"

"那小伙子不错，一个内刊刊号的刊，以前施州文联要用几万块钱养，现在，他承包了，每年倒向文联交一万块。"林子峰说着，将拿在手中的一本《凤凰》递给龙昆仑看。

龙昆仑翻看了一下说："刊物内容质量一般，但这个《施州名流巡展》栏目编得有点儿意思。一个内刊，每期居然有十六个彩版广告，难怪他们能赚钱，能给文联交钱。"

林子峰说："这小伙子不光有经营头脑，文学功底也不错，他驻队时写了篇散文《亲近泥土》上了《人民日报》。说实话，若我还在侠刊社主政，肯定把他搞过来。"

龙昆仑有点醋意地说："若您早几年把他搞进来，那肯定就没我什么戏了。"

林子峰看着龙昆仑，意味深长地说："那说不准。"

林子峰当时在侠刊社当社长时，龙昆仑还只是办公室主任，但他肯干，做事有头脑有章法，且为人低调。最让林子峰赏识的是他事业心极强，处处维护刊社利益。龙昆仑虽然只是高中学历，但讲话、写材料等事事都能让林子峰满意。而当时的宋文章虽然学历高，但凡事不过心，讲话不着边际，有时无缘无故闹别扭。而副社长石光华，资格老、做事干练，但让林子峰失望的是私心太重，经常干出一些损人利己的事。正因为此，林子峰先是培养龙昆仑当上了社长助理，然后又提拔他当上了分管财务行政的副社长。

林子峰升任文联副主席后，在提拔龙昆仑当侠刊社社长时，颇费了一番周折。论资历、学历、能力，石光华都是不二人选，但林子峰清楚，若让石光华当社长肯定会毁了侠刊社，那是对这份事业的不负责。所以，当时当上文联副主席仍兼任侠刊社社长、总编辑的林子峰精心策划了一次社长竞聘。

竞聘会由文联主持，文联中层以上干部十人、侠刊社中层以上干部四人组成投票组，根据年龄、任职条件等，仅有石光华、宋文章、龙昆仑三人参加竞聘。

在竞聘演讲中，宋文章通篇讲的是当总编的思路，弄偏了竞聘主题。石光华与龙昆仑各有亮点，石光华在市场经营和管理上演讲缜密机警，而龙昆仑在开拓市场和刊物拓展上思路新颖独特。

结果第一轮投票，宋文章两票，石光华与龙昆仑各六票。

根据规则，进行第二次演讲投票。第二次演讲，石光华以通过绩效考核激励员工的巨大潜力为主题赢得了侠刊社员工的阵阵掌声。而龙昆仑以发展共赢为主题，提出通过拓展市场，加快侠刊社的发展。同时他提出若当选社长，将以团队的名义与文联签订承包协议，每年向文联上交管理费二十万，真正实现发展共赢。他的演讲，赢得了更多的掌声，特别是文联的干部职工的掌声。结果，第二轮投票结果，龙昆仑九票，石光华五票。其实，发展共赢向文联上交管理费这一决定性的狠棋是林子峰帮龙昆仑出的主意。出主意时，龙昆仑死活不同意，不愿以牺牲刊社利益换取社长位置，为此，两人争得面红耳赤。

龙昆仑当上社长后拼命打拼市场，而《雪山玉女》和《南天剑仇》推出后，让侠刊社发展迅速。但因为是主动提出向文联上交管理费才赢得大多数选票而当上的社长，而且龙昆仑当上社长后，又把总编的位置也坐上，没给其他人，这一切，让不少人心存不满。一些"出卖刊社利益，换取社长位置""全国名刊《侠世界》让一个没有文化的高中生当总编"的风言风语，让龙昆仑十分恼怒，他知道这些说头的出处，他甚至与林子峰多次提出要换领导班子，认为旧班子已阻碍了刊社发展，但他的这个想法，多次被林子峰阻止了，原因只有一个：条件不成熟。

感到龙昆仑对王道之事多少有点敏感，林子峰也就不再谈了，他谈起另一件事。他问龙昆仑："明年文联老主席退休，你觉得谁接班最合适？"

龙昆仑抬头看着林子峰，又怪笑两声说："那当然是你吧？"又说，"不过我觉得你优势并不明显。"

龙昆仑的话让林子峰很不受用。他说："我怎么就没优势了，论学历、论能力、论我在全省的知名度，他们那几个副主席哪一个能与我比？"

龙昆仑干笑两声，他一点儿也没察觉林子峰说这句话时脸都涨红了，说："这些年，我跟着你学得最到位的就两个字。"

林子峰问："哪两个字？"

龙昆仑说："自信。"

林子峰狠狠瞪他一眼，喝一口茶，不说话了。

龙昆仑说："老领导应该有气度哟。你说你现在在几个副主席里面排名末位，你有什么大的优势？唉，说真话就是容易得罪人。"

林子峰说："你说的是什么屁真话，你当社长的时候排名还不是末位。算了，不跟你闲扯了，浪费时间。"

林子峰觉得话不投机，起身走了，走时居然把要送给龙昆仑的那包茶叶也拿走了，搞得龙昆仑有点儿哭笑不得。

其实龙昆仑也非常希望林子峰能接任文联主席，但他觉得在这件事上，林子峰过于自信，他必须让他清楚其中的难度，如此才能让他更下气力。因为他知道，其他人不可能像他这样激将林子峰。

四　江一石推进发行新政

龙昆仑忽然将送刊队的事停了下来，看也不看石光华转送过来的刘大勺起草的合订刊合作协议，说："先调整发行收款周期再说。"

龙昆仑很清楚，贸然上马送刊队，其推手仍是石光华，因为江一石和田小草都太嫩，而石光华肯定不会尽力去做此事。江一石来刊社虽然时间不长，但做人做事还算努力。龙昆仑希望通过在全国统一调收款周期，让江一石出面直接跑全国各省总代，将他迅速锻炼起来，以取代石光华。

龙昆仑将江一石叫进办公室，说："上次让你查摊，你把个方向都搞错了，还让人钻空子设陷阱。我就不明白，难道你下去时那马大邦子没给你说？"

看见江一石一头雾水的样子，龙昆仑有点儿失望，想了想，喝一口水，接着说："小伙子，要增加悟性呀。凡事要往深处想。这次，我也不来深奥的了。这次的目的就是通过调收款周期，去各地把大笔大笔的钱给我搞回来，赚足业绩，我好重用你，让你像你的文兄杨柳一样，以后能独当一面。而且这次出去，我给你能直接换总代的权力，凡事直接向我汇报。"

自从上次校园销书，江一石对龙昆仑的看法早已改变，他能够感觉出龙总是那种把事业看得比天大的人，谁能为单位做成事，龙总便亲近谁。他觉得，龙总这种人值得尊重和为之卖命。

石光华提出让田小草与江一石一起出去，被龙社长拒绝了。江一石明白，龙社长是让他干成漂亮事回来，不与人分功。

起草打印出调整收款周期的刊社红头文件，带上发行部的公章，江一石去了趟马邦家，让马邦将与他较熟的各省级经销商——哪怕暂时不是侠刊社的总代，也都一一告诉他，他细致地记了一大本。

马邦对他的状态很满意，说："其他人都好办，就是无锡的刘麻子，我看清单上他差十八万，找他收钱基本上是做梦。"

走前，江一石进了马飞的房，马飞说："小伙子，好的开端呀，干得漂亮，回来肯定升官。"说完，指着嘴巴："来，奖励一个。"

江一石走上前去，没有把嘴巴凑过去，而是直接把手插进她的内衣，然后滑上去抓住她的双乳。这是他们两人交往以来江一石最大胆的一次举动。马飞满面绯红，瞪着他小声说："工作顺了，人也变骚了。要是敢出去骚，看小娘不收拾你。"

马飞与江一石是在大学时期认识的。华中大学桂子山诗社的江一石与王道约江城大学浪淘石文学社的杨柳去湖隐岛谈事，杨柳带上了同校的马飞和另两个同学。

其实马飞是听杨柳说王道在湖隐岛才满怀期待去的。她曾在华中大学"一二·九"诗会上看见过王道在台上朗诵诗。第一次看见他，她便与同寝室的一个女生疯狂地迷恋上了他。马飞去湖隐岛听到王道与江一石要出一本南方诗社的油印刊，正在为钱发愁，她便自告奋勇，提出由她来解决钱的问题。

不到三天，她真的让她父亲拿出了五百元钱，赞助南方诗社的社团活动。一来二去，不光她与王道、江一石混熟，她的父亲马邦也经常来湖隐岛与他们一起吃饭喝酒。马邦到岛上去总喜欢牵一条大狼狗，每当他们谈事时，他便牵着狼狗在岛上转悠，找到了好吃的地方，便约他们一起过去吃饭。

因为江一石管理南方诗社的财务，所以油印刊物《南方诗派》时，是马飞带他找的油印社。开始，马飞并不喜欢江一石，因为他既没有王道与杨柳的帅气，也没有王道的亲和力和杨柳的讨好女孩子的手段。但交往久了，江一石那种不卑不亢、主张很大的男人气还是让她对他有了好感。他不像有的男生，见到漂亮女生便像没了骨头一样地巴结，他永远保持一种清高自信的样子，不容置疑地指挥马飞干这干那。即使在她父亲马邦面前，他也敢毫不留情地顶撞她的不是。

直到大学毕业，江一石遭遇种种不顺，才变得烦躁和不自信起来，离开《江汉学院学报》，在她与她父亲马邦面前，第一次显出了他的脆弱。喝过酒，他趴在桌上大声地哭了一场，哭得马飞恨不能去把他搂在怀里安慰。也正是那场哭泣，让马飞对他深深地动了情。如今，工作有了起色，马飞又能从他的脸上找到昔日的自信了。

龙昆仑带宁子烟、杨柳、华小美开车去重庆。刚召进来的年轻司机董军开车。近段时间有分量的作品少了，刊物发行上不去，杨柳虽然很努力，但始终找不到好的办法，而宋文章每天喝小酒，对刊物十分不用心，甚至经常用些质量差的关系稿，以至刊社流传出"用稿用酒搞，宋佬八两倒"的说法。

因为重庆、成都一带有潜力的武侠作者有抱团的趋势，所以，龙昆仑亲自出马，在那里主持召开"东方新武侠总动员"笔会，希望通过这次笔会，在全国对"东方新武侠"进行宣传。

下午出发时，杨柳、宁子烟、华小美坐在后排，龙昆仑拉开前排副驾驶门时，发现宋文章居然已坐在那里。宋文章中午喝了酒，满嘴酒气。

龙昆仑疑惑地看着他问："你这是……?"

宋文章说："才听杨柳说去重庆开什么……笔会，我这副总编不去……哪行？重庆有我好几个铁兄弟，到时，请我们……喝酒。"

龙昆仑说："若真想去，那也应该拿行李和换洗的衣服什么的，要去好几天。"

宋文章一边看着没有表情的龙昆仑，一边下车说："那……你们等我几分钟。我在后排……和他们挤一下还是……可以的。"

宋文章醉歪歪走远，龙昆仑皱着眉头上车，吩咐小董出发。

小董发动车，但还是问一句："不等宋总编了吗?"

龙昆仑说："等个毛，我说过让他去了吗？每天只知道喝酒。"

华小美小声嘟囔一句："其实，子烟姐不去就可以腾出位置了。"

龙昆仑回过头："宁主任不去，我们吃什么、喝什么？她做后勤，钱都在她手里。你个小屁崽，安排起我社里的大事来了？最不该去的应该是你!"

华小美大声说："是您答应我去的呀。我要去找稿子，上业绩。

再说重庆还没……"话没说完，忽然"呀"的一声，她瞪着杨柳问："你揪我干什么？"

车是新买的美国大别克，一路上马力十足，以至于龙昆仑不断提醒小董开慢些。

晚饭时到了荆州。吃过饭，住酒店，龙昆仑让宁子烟开一个三人间、一个两人间，结果没有三人间，杨柳在一边提议给老总开一个单间，龙昆仑说："花那冤枉钱干什么？让小董在我们的房打个地铺。一个单间的价钱是标间的两倍，你知不知道？"

住下来后，华小美让小董陪她去逛重庆解放碑。宁子烟洗完澡，拿一包瓜子过来请龙昆仑和杨柳吃，龙昆仑晚饭时让杨柳陪他喝了点儿酒。三个人嗑着瓜子说话。

说到下午出发时宋文章的事，龙昆仑又来了气，说："你们说这刊社的几个老干部，纯粹占着茅坑不拉屎。要么整天无所事事、不思进取，要么跟你唱对台戏、玩阴的。那杨天津也是，蛮正直的一个人，整天和他们混在一起，想起他们几个，我就来气。"因为杨柳与宁子烟都是龙昆仑的心腹爱将，所以，龙昆仑在他们面前口无遮拦。

对于这次龙昆仑亲自出来参加重庆的笔会，而且不愿带宋文章的事，杨柳已明显地感到龙总对宋副总编的不满。杨柳知道，外面关于龙昆仑高中学历不懂刊物的话，其实龙总还是很在意的。龙昆仑这次亲自抓刊物也是有自己的目的。

杨柳说："宋总其实现在连刊物清样都不看了，他来来回回发的稿子都是他原来那些老关系的稿子。有时包括华小美他们送来的稿子，虽然作者没有名气，但质量还是很高的，我签了二审意见，他有时甚至连稿子都不看就直接枪毙了。我们想扶持一批新人也没办法实施，终审权在他手里。这次老总亲自出马，打造东方新武侠，扶持一批有潜力的作者为《侠世界》写稿，打破原来格局，肯定会为刊物带来新的生机。不过，我觉得既然龙总亲自抓稿，就完全可以花点儿时间，将这批新人抓在手上，让部分审稿权直接掌握在自己手里，或者拟定十个作者，打造一个白金作者群，直接由龙总亲自终审。这些潜力作者可以由我来与他们联系，二审把关，终审直接由龙总您亲自签字，就像上次发《雪山玉女》那样。"

龙昆仑说："就那次，宋文章还一直说到现在，说我破坏发稿程序。可我还是总编呀，我不能看稿子？现在最大的问题还是领导层的结构问题，老家伙不让路，不让一批有冲劲闯劲的年轻人上来，什么都做不顺！"

龙昆仑说到这里，将宁子烟递给他的一捧剥了壳的瓜子仁儿直接倒进嘴里，继续说："其实以后编辑这一块，我还放心，杨柳有责任心，也干得不错。后勤财务这一块，宁子烟迟早会掌权，现在最大的问题就是经营这一块。也不知江一石这人到底怎么样，感觉他办事还是肯下力的，就是觉得脑袋不灵光，不像杨柳，点一句就能通。"

杨柳说："他在大学时就这样，直通通的，谁都瞧不上，而且不懂得变通。"

宁子烟说："我们刊社若真像龙总所说，用一批年轻人打市场，那有一个人还真能为龙总所用——既懂得经营，又能编刊，而且非常有亲和力……"宁子烟说着，小心翼翼地看一眼龙昆仑。

杨柳说："你说的是施州的王道？其实，你对他没我对他熟悉，王道虽然人品才气都没的说，但我认为，他在很多方面还不及江一石。你说他有亲和力，但我认为他为人太软弱，大学时期，我们南方诗社他是社长，但事事都是江一石做主。再说，能把小刊社搞起来，在我们这儿未必能适用。"

杨柳的话让宁子烟有点儿惊讶。但他随口的话却让龙昆仑产生了兴趣，他侧过身问宁子烟："王道是个软弱的人吗？"

宁子烟说："他不弱，但做人做事确实有点儿软，总希望面面俱到，准确地说，应该是不够霸道。"

宁子烟的话，让龙昆仑若有所思地"哦"了一声。

宁子烟对杨柳直接反驳她对王道的举荐，多少有些不高兴，她说："能不能不扯工作？我们玩纸牌吧。"

杨柳说："玩牌，社长又不愿意带彩，有什么意思？"

龙昆仑来了些兴致，说："带彩，我怕你们两个小妖人？"

玩牌的结果是不欢而散。三个人玩的是斗地主。龙昆仑不管牌好坏，盘盘当地主，加之不常玩，牌技与杨柳和宁子烟差一截，所以把把输，将钱包里的几百块钱都输完了。他最后一把，打到一半便将牌扔在了桌上说："不玩了，你们两个小崽子，眉来眼去，联手欺负我这老家伙。"

宁子烟回她的房间不到一个小时，又过来敲门，对龙昆仑说："都十一点多了，华小美和董军还没回来，不会出什么事吧？我们要不要去找一下他们？"

龙昆仑看一下手表，觉得这么晚了他们居然还没回，是个问题。他说："两个小东西，玩得不归家了，你与杨柳去找一下他们吧。"

宁子烟走进来说："社长不去，让我们去？"说着，把斜靠在床上的龙昆仑拉起来，"我们三个一起去找，你一个人在房里，输了钱也睡不着。"

龙昆仑很受用地被宁子烟拉起来，但嘴里却说："拉拉扯扯，像什么样子，快三十的人了，还没个正经做派。"

三个人刚走到解放碑，便听见碑边上的小吃摊有人在打架。三人一惊，连忙顺着声音疾走过去。

走近小吃摊，三个人被眼前的状况惊呆了——小吃摊边上一个男青年蜷曲在地上，不停叫唤，而华小美正提着一个塑料板凳追打另一个男青年。董军坐在小摊桌边，嘴唇流着血，呆呆地犯傻。

龙昆仑连忙跑过去抱住华小美，将她手中的凳子夺了过来。

原来，华小美与董军在解放碑周围转了一圈后，在旁边的一排小吃摊吃烧烤。因拿烧烤先后的事，董军与一个男青年发生了争吵，而边上的一个男青年，不问青红皂白，上来就给了董军一巴掌。董军看他们两个凶神恶煞的样子，不敢还手。双方正僵持着，一边的华小美过来了，一句话不说，对其中一个上来就是掏裆一脚，将他踢得在地上乱滚。另一个还没明白状况，就被华小美迎胸一掌打倒在地上，刚要爬起来，又被拿着凳子的华小美一顿猛打……

　　回到宾馆，华小美一副耀武扬威的样子，说："敢在跆拳道黑带的我面前打我的人，搞死他！"

　　龙昆仑扬起手装着要打她的样子，感觉又好笑又好气，说："你个华包子教出的好闺女，野小子。你以为还在施州？无法无天。回去非处分你不可。"

　　华小美说："龙叔，我这是见义勇为好不好？我不出手，你刚招来的司机兵早被打残了。"

　　江一石十天时间跑了七个省，一路上大刀阔斧推行刊社的发行新政。他一开始因心里没底，还有些拘谨。但跑了两个省，他发现省总代们，对刊社省级发行总代的位置十分在意，谁也不愿因刊社调整收款时间交保证金而放弃总代。他便有了底气，也变得强硬了许多，甚至对马邦介绍的那些铁哥们儿也不给半点儿情面。山东一个总代因资金紧张，希望能多宽限五天时间，被江一石一口回绝后直接找到马邦，让马邦帮他在江一石面前说情，但江一石仍拒绝了。

　　在酒桌上，那个山东总代指着江一石的鼻子说："你就一业务主管，什么也不是，横什么横。我他妈与你们副社长石光华关系铁得很。"

　　江一石站起来，给他毕恭毕敬地还了一杯酒，说："这次在全国各省总代推行发行新政，我只对龙昆仑龙社长一个人负责，我官不大，但龙总官大，我代表龙总。至于你认石总为朋友，不认我这个朋友也无所谓，实话告诉你，来你这之前，我已去了杜姐那儿，论在山东的实力，你比不过杜姐。你不愿与我们《侠世界》合作，我只能表示遗憾。"说完，放下筷子，头也不回地离席而去。

下午，石光华的电话直接打到了江一石住的旅馆，他只说了几句话："山东的总代不要换，我已与他沟通好了，他晚上送钱来。"不等江一石回话，石光华便把电话挂了。

晚上，山东总代拿着一背包现款和和气气地给了江一石，又约他去吃宵夜，被江一石婉言谢绝了。第二天早晨，山东总代开车等江一石出旅馆，请他吃了早饭，再开车将他送到了长途车站。

到江苏无锡时，江一石已跑了十个省。调整收款周期，将所有省级总代三个月的刊款一次收齐，然后再加收五万元的保证金，这些事，让他忙得不亦乐乎。他先后十几次给刊社汇款，前后加起来约三百余万元，还不算有的省代直接给刊社汇的款。

去无锡的头一天，龙昆仑给他打了一个电话，对他这次外出的工作十分满意，希望他回家休整一下，不要去无锡了，因为无锡刘麻子这块硬骨头实在太难啃，可以留着以后再说。

江一石说："江苏的发行太乱了，刘麻子转行做物流后，刊社在这里已没有省级总代。先后发了两个地方，目前两个地方相互冲货，发到地市的折扣也不一样，造成退货率高达百分之三十五，所以，我还是希望把这里的事处理好再回，希望龙总再给几天时间。"

江一石清楚，龙昆仑之所以希望他回去，是觉得他之前的事已干得很漂亮了，怕他搞不定江苏这地方的乱摊子，留下一些瑕疵，不便于下一步的计划。

龙昆仑沉吟了一下说："那行吧。这些天气候变冷了，你别忘了去买件厚衣服穿着。"

刘麻子原来是无锡局的市场部主任，《侠世界》鼎盛时，无锡一个地市便发了《侠世界》在江苏一半的刊物，所以，在确定省总代时，石光华将无锡定为江苏省的发行总代，实在是发行利润可观。刘麻子辞去公职，自己成立了一家公司，并走通石光华，将江苏的发行总代抓到了自己私营公司手中。做了一年多，无锡发行局换了新局长，因关系没维护好，新任局长要收回《侠世界》在江苏的发行总代，而且亲自带人找到侠刊社。石光华有意避而不见，于是，新局长直接找到龙昆仑。龙昆仑了解到《侠世界》在江苏的发行原本是无锡发行局做起来的，却不明不白落在了刘麻子私人的公司手中，很生气，直接叫人找来石光华，要石光华将总代换回无锡发行局。当着无锡发行局一行的面，石光华只得同意，并与无锡发行局签订了发行协议。待无锡发行局局长一行走后，他才告诉龙昆仑：刘麻子欠刊社三期刊款十八万。

无锡发行局接手后，《侠世界》在江苏的发行不到三个月居然降了一半。无奈，石光华找到龙昆仑，提出在江苏南京再找一家民营公司进行直发。

刘麻子的钱，龙昆仑先后派了两拨人去无锡要，结果都是无功而返。

江一石下了长途车便去了无锡发行局。无锡发行局的曹局长对江一石非常不客气，说你们《侠世界》做事太不地道，一个刊物在一个省直发两处，南京的江二富低价冲货把江苏的发行搞得乱七八糟。

拿到江一石调整发行收款周期的红头文件，曹局长反问江一石："你们文件说，调整省总代的收款周期，但我们无锡发行局是你们的总代吗？那南京江二富的公司呢？他们是你们的总代，发的刊比我们还多，找他们去。"

江一石碰了一鼻子灰，灰溜溜离开无锡发行局，去找了家小旅馆登记住了下来，匆匆吃了碗泡面，又去了无锡报刊市场。

在报刊市场，江一石听到一件让他兴奋的事——南京的江二富的妻弟被刘麻子的亲弟弟打了。江二富和手下几个人正四处找刘麻子和他弟弟报仇，并放出话，要么赔二十万，要么刀子相见。

江一石听到这个消息，连忙回旅馆退了房，然后买了去南京的长途车票。江一石其实是从南京去的无锡，他去南京江二富的夫子书刊发行公司找他，他下面的人说他去了东北，暂时回不来。正因为此，他才转道去的无锡。

在一家正骨医院，江一石找到了躺在床上的江二富的妻弟。江二富的老婆在床边守护，从她一口的江浙话里，江一石大致听清了她弟弟吴华被打的情况。

江二富与刘麻子原来是很好的哥们儿，江二富原来在南京发的《侠世界》刊均是从刘麻子处进的货。刘麻子丢了《侠世界》江苏总代而转做物流后，江二富所有送刊拉书的物流业务都给了他。在江二富手下做业务的妻弟吴华与在刘麻子手下做会计的弟媳不知何时就搅在了一起。前几天，刘麻子的弟弟带人把吴华痛打了一顿，打断了两根肋骨，脚筋也差点儿给挑了。

吴华始终不承认与刘麻子弟媳有什么肮脏事，刘麻子的弟弟也找不到什么说得过去的证据，所以，这事让江二富与刘麻子撕破了脸。刘麻子知道江二富在南京黑道上有些背景，所以，江二富放出话后，他与他弟弟就消失了。

江二富是在医院被江一石堵住的。他从其他经销商处早已知道江一石此次来的目的，一方面是不愿意接受发行收款新政策，另一方面是内弟被打的事弄得他实在没心情接待江一石。因为江一石看自己妻弟时买了不少补品，所以江二富还是在南京品牌老店"狮子头"请江一石吃饭。

酒过几巡后，江一石说："我大老远来，有意理顺江苏的发行乱局，把无锡发行局的直发收回来，让你成为江苏的唯一总代，理清江苏发行市场，这么好的馅饼，你居然不要，躲我。太不仗义，亏我们还同姓同宗。"

江二富愣了一下，马上装一脸笑："好馅饼，好馅饼，但我老兄吃得了？再说，我只发南京，那江苏的地市也没我的下线呀。"又说，"你们侠刊社，我不清楚？能轻易给我这么大的饼？你们那石社长，老狐狸一个。"

江一石说："条件肯定是有的，就两条：第一，帮我把刘麻子的十八万要回来。第二，按我们的收款周期来，把你的三期刊款先给我结了。另外，无锡发行的三期款由你给他们垫付，然后，你再慢慢找他们收。"

江二富听了，瞪大眼睛，苦笑一声说："刘麻子个狗东西，我连人都找不到，还谈收钱。所以我们不谈别的事，你来看我弟，我谢谢你，我们喝酒。"

江一石跟江二富碰一下杯，喝一口酒说："我就知道你没这板眼。刘麻子的事好办，我自有办法让他来找你，但无锡的事不好办呀。"

江二富说："那你错了。无锡发行局的曹局与我有深交，好办。就这刘麻子，老子非下他的腿不可。"

听江二富松了口，江一石将他的想法和盘托出，说："发地市的刊可以仍由无锡发行局做，让无锡直接从你们夫子公司进货，每本刊加两个点，无锡发行局目前走地市经销商的点，大概中间差价有七到九个点，所以，他们不会轻易放弃这个赚钱机会。国营单位也没必要去欠钱。若关系好，提前结三期刊款也不是大问题。至于刘麻子，让他赔偿的二十万，可以直接变成给侠刊社的还款，就这一条若让步，他肯定会来谈，他不可能永远躲着不出来。这就需要看江哥的气度了。"

听江一石的分析，江二富来了兴趣，说："你答应三个条件，我可以考虑你所说的两个条件。一是事情办妥，签订总代协议，侠刊社不能在江苏发第二家。二是还你们十八万，还必须拿两万做我弟的医药费。三是不管用什么办法，让刘麻子出面找我。"

酒喝完，江一石住宾馆，马上给马邦打电话。电话是马飞接的，听说江一石在南京，马飞撒娇地说她也要去，要去夫子庙，要去秦淮河。江一石因有正事，说："姑奶奶，以后一定带你过来玩，你现在快把马邦叫来接电话。"马飞说："你直呼我爹的名字？没礼貌。"然后大喊一声，"马邦，接电话。一石从南京打来的。"

马邦很快就清楚了江一石所说的情况，因为他以前与刘麻子私交不错，所以找刘麻子很容易，而且刘麻子也不会有任何戒备。

不到半小时，马邦就回了江一石电话，说刘麻子晚上带钱去他住的宾馆，让江一石叫上江二富在宾馆一起等。

晚上，江一石不大的客房一下挤进来八个五大三粗的男人，他们腰后面都别着砍刀，像演电影一样。江一石、刘麻子、江二富谈事时，八个男人分两排站在房门口两边。

事情谈得很顺利。唯一互不相让的是两万元的医疗费。最后，在江一石的调解下，刘麻子答应给一万。江二富勉强答应后，刘麻子也不含糊，先是将十八万给了江一石，又提出第二天中午在狮子头酒店请江二富和江一石吃饭。

第二天是星期六。江一石去江二富的夫子公司拿到了三个月的二十余万刊款和五万的保证金。江二富答应一个月内帮忙把无锡的款收齐再汇来。江一石感到江二富不是偷奸耍滑的人，立即同意了，但还是在发行协议上加了一条：若一月内乙方无法将无锡发行局刊款十九万两千代交至甲方处，此协议无条件作废。

江苏的事解决得超预期的圆满，刘麻子拖欠刊社几年没能要回的钱，让江一石一出手就搞定了。这一切让江一石无比欣喜、无比轻松。

三个人在狮子楼，酒喝得很畅快。刘麻子喝多了，对江二富说："我那弟媳，我还不知道？不是什么好东西，她与你那内弟肯定有事。"说完又与江一石碰一下杯，转头看着江二富说："你不要不信。我那次进宾馆时就看见了你内弟平时开的那个，那个什么——哦——对——昌河面包车。"又说,"这事,我没给我那傻弟弟说,免得把事闹更大。你说江老弟,我还算不算是你的铁老哥?"

江二富端起一盏子酒,感动得眼圈都有点儿发红,说:"刘哥永远是我的哥。以后不管他们那些小稀皮闹出什么幺蛾子,我们两个,永远是兄弟。"说完将一满盏子酒全部倒进了口中。

在狮子头大酒店看着刘麻子与江二富勾肩搭背,歪歪扭扭走远,江一石才转身回宾馆。

掏钥匙进客房,江一石隐隐感觉后面跟着一个人。待转过头要回看时,就被那人一把推倒在床上,那人扑上来压在他身上小声地对着他的耳朵说:"小哥哥,劫色。"

江一石挣扎着仰起头,喜得一叫:"马飞!"江一石用力翻过身来,压在了她的身上,说:"你怎么来了,你是羊入狼口呀……"

清理战场之后,马飞把头靠在江一石胸前,叹一口气说:"你把我的第一次也搞得太潦草了,以后肯定有心理阴影。"

江一石说:"也是我的第一次呀,若我太老到,你不是更有阴影嘛。"

江一石把玩着马飞坚挺的双乳,忽然又来了强烈欲望。两人这回慢慢地试着,一直折腾到天浓黑,直到筋疲力尽,这才亲着、搂着一起出去吃饭。

五 招标会出了叛徒

大年放假后第一天上班,龙昆仑带着宁子烟和夏小荷去各部门发红包。这是侠刊社的惯例,每年开年上班,龙昆仑会亲自给社里所有员工发一个"开门见喜"小红包,红包里有一百块钱。凡正常到岗人员均有,未能赶到者,不管什么原因不补。

司机董军去门外大声喊回在小楼周围铲雪的人员，说："老板发红包了，老板发红包了，人人有份！"

发到发行部时，石光华接过红包，当着龙昆仑的面将红包转送给田小草说："领导的福气转送给你，希望今年你也像江主任去年一样得一个老板的大红包。"

到编辑部时，杨柳带着华小美等几个编辑在门口等着，接过红包，杨柳代表所有编辑说："今年一定要再上新台阶，把工作做得更出色，像发行部的江一石主任那样，得到老板的大红包。"

龙昆仑问："宋总呢？"

杨柳说："在里面办公室。要不我帮他代领？"

龙昆仑说："出都不出来，不想要嘛，代领什么？"说完，转身走了。

江一石执行龙社长指令推行发行新政，事情做得漂亮得超乎龙昆仑想象，特别是要回了无锡刘麻子的老账，让龙昆仑大喜。他亲自在湖隐岛给江一石接风洗尘，又当着马邦与众人的面，让宁子烟拿出一个八千元的大红包奖励给江一石，说是解决刘麻子呆账给予的百分之五的提成。接着，在刊社进行了一次发行部主任的竞聘，因刊社所有人皆知龙昆仑的意图，所以江一石一人报名，一人竞聘，成功获聘。

龙昆仑走进自己的办公室，对跟在后面的宁子烟说："石光华提江一石红包的事，情有可原，那老狐狸想挑事。怎么杨柳也话中有话？他工资比江一石高一截，两人又是那么好的文友。"

宁子烟轻轻一笑说："以后就谈不上什么文友了。"

重庆笔会，通过几家有影响的媒体的宣传报道，侠刊社正式在全国举起了"东方新武侠"的概念，集结了一批有潜力的作者，并建立了十个优秀作者的白金作者档案库，将其作为总编培养工程，由杨柳主抓，龙昆仑亲自审稿。如此，不动声色地拿下了宋文章的终审权。

龙昆仑开年的第一件事，放在了成立送刊队上。

江一石当上发行部主任，用很大精力来解决湖北总代刘大勺的刊款问题，他与刘大勺沟通了无数次，甚至拉着石社长一起专门请刘大勺吃了饭，但刘大勺就是不松口，说："龙社长答应本人做《侠世界》合订本全国总经销，只要协议一签，马上付钱。若不签协议，一切免谈。"

江一石通过上次的全省各地市的查摊，知道刘大勺做发行经销很用心，在各地市经销商中的口碑也不错，但全国各省的发行先款后刊的政策已全部调整完，唯独身边的湖北不配合调整，实在说不过去，所以，在请示龙社长后，江一石在年末的最后一个月停发了刘大勺的刊物。

刘大勺开始以为江一石仅是把给他的刊拖几天，所以仍扛着不见面，但当他得知江一石直接将刊物直发到了各地市经销商，顿时慌了手脚。他找石光华，石光华阴沉着脸说，发行这一块都被龙昆仑和江一石掌握在手里了，自己已经被架空，帮不上忙。

第二天，刘大勺带着五六个大汉来找江一石，说虽然愿意结所欠的三期刊款，但若谁要动换总代的心思，那就是要他的命，他会以命相搏。

江一石客气地让田小草给所有来的人倒水，又亲自递烟，让财务室夏小荷点清刘大勺拿过来的刊款。然后，江一石让田小草找出了所有发地市刊物的物流发票，递给刘大勺说："你要增加成本，我没办法。"

刘大勺愣了一下，说："你年纪轻轻，怎么这么毒？"

江一石说："这两千多块钱本来就是你的发运费用呀，我没给你清算人工成本，够意思了。"

刘大勺无奈，口袋里又没多带钱，只得让夏小荷给刊社打了张欠条。

龙昆仑听了江一石处理这件事的汇报后说："那两千多的物流

费也让刘大勺出的呀？你可够狠的。"

江一石说："其实刘大勺做事还是不错的，若真换湖北总代，让他经销我们的合订本，我觉得他还是可以做好的。"

听到这话，龙昆仑马上瞪起了眼睛，说："这大块肥肉，我凭什么要给他，他是我干儿子呀？"

施州《凤凰》杂志社的主编王道到江城来办刊物出版许可证的年审，在出版局碰到了同样来办年审的宁子烟。宁子烟激动得脸都红了，她非拉王道去侠刊社，说杨柳和江一石都在，老朋友见了非喝一顿不可。

宁子烟将王道直接带进了杨柳的办公室。两个久未谋面的男人，像拼手劲一样紧紧地握了下手。

王道说："早听说我们南方诗派的杨帅哥把一本通俗文学刊物在全国做得风生水起，实在是让人心生崇拜和羡慕。"

杨柳正要客套，江一石和华小美走了进来。江一石上来就与王道紧紧拥抱在了一起。两人什么话没说，互相用手拍了下肩。

华小美叫一声："王哥！"也要上来拥抱，被王道装作惊慌地用双手拦住了，说："小美女！控制一下情绪，公共场合，注意影响。"一句话，说得大家笑了。

华小美拥抱被拒，有点不好意思，在王道背上狠狠打了一拳。

龙昆仑听宁子烟说施州的王道过来了，而且江一石晚上要在湖隐岛请他吃饭，也来了兴致，他小声问宁子烟："你觉得我参加一下，合适不？"

宁子烟笑着说："那不是给他们大面子吗？再说，江一石请客，不就等于是马邦请客吗？你最近因为送刊队的事，与你的老战友打得火热，你去他那儿，那不就是大驾光临？"龙昆仑很少看见宁子烟如此喜形于色，于是，与宁子烟一起下了楼。

龙昆仑对王道的第一印象很好，当他们见面握手时，龙昆仑观察到王道由单手变成了谦恭的双手，这一细微的动作，让龙昆仑顿时感到了势力强弱的悬殊。

去湖隐岛时，是王道撑的船。马邦坐在船头说："以前到湖隐岛，只要王道在，我就不用帮他们撑船了，这几个少爷小姐，这么多年，没一个学会撑船的。"

湖隐岛的春天似乎比其他地方来得早一些。沿岛的杨柳树已泛起了浅浅的绿色，来岛上的人熙熙攘攘，平添了许多热闹和喜庆的气息。

路过一个叫"施州天下"的施州土特产店时，王道将肩上硕大的双肩包放下来提在手上，说："你们等我两分钟，我进去一下。"他进去时，华小美也跟进去了。

出来时，龙昆仑不解地问："你与他们认识？"

"何止认识，王哥在与他们做生意。"华小美抢先答。

王道说："哪里是做什么生意，每次来江城不容易，给江城的几个施州土产店带点儿茶叶，不同厂家的，他们试卖，哪种茶卖得好，我再从施州给他们发货。"又看着龙昆仑笑一笑说："小刊社，养家糊口，赚点儿小钱。"

到湖隐岛酒坊，在龙昆仑题字的牌子下，王道看看字又看看龙昆仑说："字如其人，霸气外露。"

宁子烟说："还是改不了见人就夸的毛病。"

杨柳说："应该把'夸'校对成'拍'。"

龙昆仑问："他'拍'了吗？"

大家笑着进了翠湖厅。落座后，杨柳忽然想到件事，问王道："我昨天去作协办事，怎么听他们说要调你到省作协？"

王道说："这事去年说到今年，要我去他们组联部，我哪里是搞行政的料，大学毕业分到州委宣传部没干好，被贬到了文联。现在承包刊物，做得蛮舒服。"

龙昆仑说："那行政单位没什么搞头，待在那里要把人待废。"

王道说:"是呀。这辈子就在小刊社、小地方,吃点儿小酒、打点儿小牌,蛮过瘾。"

江一石倒了一大杯酒走到王道面前说:"来,兄弟,好多年不联系了,你来看我们,真高兴。"

王道立即站了起来说:"这可不行,来来,我先把你送回座位。"又说,"这酒席必须讲一个礼仪。礼是什么,君臣之礼,老少之礼。我虽是远道而来的客人,但绝对绕不开这礼的,我必须先敬龙总和马总。"说完,端着杯子,拿着酒瓶走到马邦和龙昆仑边上,"论君臣,龙总在这里官最大;但论老少,我觉得马总肯定大一些,所以先敬马总。"

马邦喝完说:"我怎么就显老了,年龄虽比龙总大,但看面相,我比龙总显年轻多了。"

"吹牛不打草稿,脸上皱纹一大堆,还显年轻。"龙昆仑说。

与马总喝完,走到龙昆仑后面,王道先给龙昆仑的杯子加了点儿酒说:"为表达尊敬,我喝两杯,龙总喝一杯。"

喝完后,又转向杨柳和江一石说:"兄弟好久不见了,我作为小弟,先给两位老兄敬杯酒。"

三人喝完坐下时,杨柳说:"王道在下面混了几年,变得越发圆滑世故了。"

江一石说:"这叫什么圆滑,按照一些基本礼法行事才舒服,我觉得王道是我处的朋友中最让人舒服的一个。"

王道说:"我第一次见龙总,又与好朋友重逢,心情有些激动,有点儿喧宾夺主,对不住了。后面,我吃菜,你们敬酒喝酒。"

大家也都按照王道的喝法,先一个个给马邦与龙昆仑敬酒,然后争着与王道喝酒。

马邦与龙昆仑一来二去,各喝了六杯。

与王道喝酒时,龙昆仑说:"林子峰主席在我面前提过你,下次到江城来,我单独请你。"

王道看着龙昆仑的眼睛，似乎想从他眼神里看出点儿话里的含义，然而他看到的只有龙昆仑的老到。于是，他装出一副懵懂的神态点了点头。

华小美不知何故与马邦顶上了酒。她把酒瓶里的半瓶酒倒在两个装葡萄酒的大杯子里说要与马邦单挑。

马邦说："你怎么不找你龙叔喝，你爸——那华包子团长，以前最喜欢的就是你龙叔。"

华小美说："我和龙叔喝过了，喝不赢他。"

马邦说："你喝不过他，那应该更喝不赢我呀。你要你龙叔说。"

龙昆仑有点儿哭笑不得，说："算了，小丫头片子，不要抓到人就拼酒。"

小美说："那不行，我过年回老家，我爸还说了，要我尊重你们两个叔叔，还说论喝酒，你们两个加起来都喝不过他。"

"什么话？这华包子转业了还这么喜欢吹牛，那以前在部队，他是官，我们不敢得罪，喝酒都让着他。下次他来江城，看我跟他怎么喝。"马邦不服气地站了起来。

"那就这样喝呗。"华小美说着将手中的一大杯酒，一口喝了下去。马邦无奈，端起杯子喝了一半，喘了口气，摇摇头。

江一石要上来帮他喝，被坐在旁边的王道挡了一下。但龙昆仑还是看见了，说："你们还上阵父子兵呀，一个小丫头，用得着两个人来拼？"

马邦喝完酒，叹口气说："这可不就是有人说的，玩蛇的被条小泥鳅咬了。"这句话说得大家哄笑了起来。

宁子烟第二次给王道敬酒时说："以后来江城多来看看我们这些老同学呗。还有，不是说你，你们施州的茶叶那么有名，也没给老同学拿几包，小气。"

谁知宁子烟话音未落，一个小伙子左右手各拎着五六盒茶叶进来了。

王道连忙站起来，让小伙子把茶叶靠墙放着说："今年施州的春茶还没出来，这是去年的秋茶，过两个月新茶出来，一定让大家尝鲜。"

龙昆仑说："你去年给林子峰主席送的茶，他要送我一包，结果话不投机，他又拿回去了。这次你送的茶，我也给他送一盒去，看他什么反应。"

酒席要结束时，龙昆仑把江一石和马邦叫到一起，吩咐下星期湖北发行总代招标的事，说时机已成熟，该动手了。

招标竞聘会上午九点开始。《侠世界》湖北发行的总代是刘大勺，之所以重新招标，是因为侠刊社要成立送刊队。谁中标，谁与侠刊社合作送刊队。

八点四十，田小草到龙昆仑办公室，说石光华来电话说病了，参加不了招标会。龙昆仑当时脸色就变阴了，说："没有他，招标还怕搞不成？他不参加算了。"

竞聘的评委原来定的是刊社社委会成员龙昆仑、石光华、宋文章、杨天津、宁子烟及刊社中层骨干代表杨柳和发行部人员田小草、江一石，现在少了石光华，龙昆仑只听不投票，投票的评委变成了六人。

刘大勺的竞聘演说很不错，有数据，有分析，有改进措施，而且提出了一个配合编辑巡刊找空白点的建议。他讲完，宋文章鼓了掌，但他鼓掌时，下面旁听的人员没有一个应和，所以他拍了两声便尴尬地停了下来。

马邦在台上不太能言辞，只讲了几句话：花十万块钱，买二十辆摩托车，找二十个人，将《侠世界》每一期刊送达终端报亭。说完，从手包里掏出了二十把摩托车钥匙展示给大家看。展示完，就下了台，给大家的感觉是演说还没开始，便结束了。

大家冷了一下场，田小草率先鼓了掌，下面人也跟着鼓起了掌。评委的票很快由田小草收集起来交给江一石。江一石核对完得票数，忽然有点儿不知所措，江一石拿着选票下位去找龙总，龙昆仑看也不看，说："直接宣布。"

江一石面露难色，执意要将结果给龙昆仑看。龙昆仑烦了，说："我让你直接宣布，没听见？"

江一石宣布得票数："马邦得票：三票。刘大勺得票：三票。"

江一石宣布完得票数，整个会场忽然变得安静了。下面的人都伸长脖子朝台上看，朝龙昆仑看。

龙昆仑面无表情，对江一石说："让田小草再发选票，重投。"

坐在台下的刘大勺激动地站了起来要说什么，但看见龙昆仑扫过来的凶凶的目光，被逼坐下去了。

重投的结果——马邦四票，刘大勺两票。

刘大勺站了起来说："你们这竞聘太不讲规矩了。哪有评委是双数的，石社长生病不能参加，你们也应该电话问他票投谁。这种搞法，我不承认！"

龙昆仑说："不承认是吧？不承认就去找石社长和江主任，这事归他们管。"又大声说，"散会！"

龙昆仑办公室的门是被他一脚踢开的。进了办公室，他便坐在沙发上喘粗气，对跟进来的宁子烟说："出了叛徒，我敢肯定，这叛徒就是田小草。我也是个苕，竞聘前还亲自找她谈了话。"

宁子烟说："宋文章、杨天津各一票，我敢肯定，刘大勺的另一票不是田小草投的。她是很有主意的女孩儿，她会这样？绝对不可能。无记名投票，打个钩儿而已，也许有人勾错了？"

龙昆仑说："屁！"

江一石敲门进来了，说刘大勺还在会场，死活不肯走。

龙昆仑没好气地说："不肯走，把会场的门反锁起来，都搞的什么事！"

六　杨柳情断秦淮河

夏小荷周日去鄂州乡里大姨家看了一下女儿李小甜。小甜五岁，像夏小荷，大眼睛，细嫩的皮肤。但也许是营养不良，瘦瘦的，与夏小荷一样，小小的个子。小甜小小年龄，机灵懂事，已能帮姨姥姥端茶、扫地、割猪草了。夏小荷每月给大姨一百元钱，孩子交给她在乡里带。但这个月，夏小荷实在拿不出钱给大姨，只带来几块钱的水果。离开大姨家，走在田埂上，夏小荷边走边流泪，不小心一脚踩空，跌倒在田里。她没有马上起来，而是坐在田里，大声地哭了起来。

刘大勺竞聘湖北发行总代落选，事前，江一石让他交的刊物发地市的物流费，他干脆不认账了，可借条却是夏小荷代他打的。

杨天津知道情况后，很同情小荷，但财务制度无法破例，只得让夏小荷向刘大勺催要，否则，一个月过后就得从夏小荷工资里抵扣。

夏小荷试着向表哥刘大勺讨要了一次，但换来的是刘大勺暴跳如雷的谩骂。他骂龙昆仑，骂江一石，骂得歇斯底里。

夏小荷从小就没了父母，是她大姨带大的。至今，她也不知她父母是怎样离开这个世界的，对这个问题，她大姨从不愿多讲。听村里的闲言碎语，她父母死得不光彩。

石光华失势后心情不好，也无事可做，便隔三岔五地找她。以前，他要夏小荷时就从不戴套，说那是隔靴搔痒，但都是选在她的安全期内。现在却根本不顾及这些，每次都把她和自己折腾得筋疲力尽才肯作罢，仿佛要把内心的所有仇恨都发泄到她的身体内。

夏小荷的丈夫李飞早知道她与石光华的事，碍着她表哥刘大勺，所以睁一只眼，闭一只眼。刘大勺近日心情不好，常无缘无故训斥他，甚至说没生意要辞退他，弄得他很不爽。有次酒后回家，李飞打了夏小荷，当天晚上把她推出门外，说让她去找那老色鬼去，别坏了自己的事。晚上，她站在门外，开始忍不住敲了几次门，但传来的都是李飞的破口大骂，后来就是粗重的呼噜声。她靠在门外的窗子下，含着眼泪，冻得发抖。

夏小荷从田里站起来时，看见田埂尽头站着一个穿暗红色小棉袄的妇人，站在草坡上正一动不动地朝她这边看。夏小荷看到她时，吃了一惊，因为她长得太像自己了。

她大姨所在的村叫黄花坳。这里村头村尾长满了开着黄花的夹竹桃。夏小荷擦干眼泪，快步走到草坡时，那妇人忽然消失了，她消失得很奇怪，因为离她不到十米远时，夏小荷仍见她站在那里，而且眼眶里也满是泪水……

上了草坡，便是一个黄花环抱的小潭，村里人都管这潭叫黄花塘。小时候，她常一个人在这个塘边玩，有一次还不慎掉进了塘里，把衣服都打湿了，被大姨狠狠打了一顿。大姨打她时自己也哭了。

塘水泛出暗青色，周遭的树荫重重地压着塘水，下午的阳光疲乏苍白，黄花塘静得可怕。小荷坐在塘边，泪水又流出来了，泪水滴进塘里，使水塘泛出细到看不见的涟漪。小荷擦泪时，看见塘水里的倒影，那倒影里的暗红色小袄，让她顿时全身发冷。她痴痴地在塘边坐了许久……

江一石找马邦说的两件事，都被他不留余地地否定了。一是江一石希望把夏小荷的老公李飞招进送刊队。说夏小荷找过他，又说那小女子太可怜了，刘大勺欠刊社的物流费现在让她还，她工资只几百，每月扣得连吃饭的钱都没了，老公又不争气。二是希望马邦将发湖北地市的刊交由刘大勺做，一可以免去很多麻烦，二可以不伤和气。

马邦说："送刊的人一个萝卜一个坑，加一个人得再买辆摩托车，何况李飞在湖北发行行当名声很差。"又说，"我早就想打开湖北地市的市场了，所以，不管多麻烦也得做。"说完又提醒江一石一句，"商场如战场，同情心等于泻药。"

关于送刊队，当时龙昆仑与马邦谈好各出一半资金，但也许是马邦太过主动，提前买了摩托车招了人，轮到找龙昆仑要钱时，龙昆仑却变了卦。他提出一个新的方案，那就是在发给马邦的刊上降两个点，这两个点作为《侠世界》对送刊队的投入。马邦知道这两个点顶多够聘请送刊员一半的底薪，所以与龙昆仑争得面红耳赤，最后，龙昆仑同意湖北总代的保证金暂缓，说："送刊直接到终端，终端七五折，若到你店拿刊七折，你可赚大了，这么好的事不是看你是战友会给你？"弄得马邦有苦难言，马邦说："华包子几年前就说了一句太正确的话——坑战友一坑一个准。"

送刊队开张时，龙昆仑将林子峰副主席也请到了场。但开张仪式，用龙昆仑的话是："做得很糟糕。"

二十辆摩托车开进文联大院，骑手个个戴着头盔和墨镜，前面绑着个小旗子，上写："《侠世界》送刊队"。车进院，顿时院子里尘土飞扬。

林子峰站在临时用书刊架搭起的台子上代表文联向《侠世界》成立送刊队表示了祝贺，但下台时却把不稳的台子踩垮了，所以龙昆仑要说话时，没了台子，只得站在台子下宣布"《侠世界》送刊队正式出发"。

因为仪式是在侠刊社小楼前不大的空地进行的，二十辆摩托车挤得很紧。龙昆仑宣布出发时，只听见摩托车的轰鸣声。后面的摩托车要退出空地时，前面的摩托车早已掉了头。结果是四五辆摩托车撞在了一起，场面一片混乱。

龙昆仑气得骂了句"扯淡！"转身走了，搞得林子峰站在台子边发愣，直到宁子烟拉了一下他的袖子，他才稳住神，绕过地上杂陈的摩托车，摇着头走了。龙昆仑生了气再回来时已不见了林子峰，问宁子烟时才知他已走，于是气鼓鼓地说："这领导，架子蛮大，走了招呼也不打一个。"

送刊队还没开张，便有四辆摩托车送进了修理厂。

杨柳为稳固白金档案里的十个作者，决定带华小美与刚从江城大学中文系分配过来的王丹怡一起去拜访他们。

王丹怡长相甜美，聪明可人，文字功底也让杨柳很满意。王丹怡入职第一天便引起许多人的关注，说刊社的第一美女不再是宁子烟了。

华小美对新同事很热情，见面第二天就把自己特别喜欢的一条蓝纱巾送给了她。说你长得好像电影演员王丹凤。王丹怡说："我母亲最喜欢的女演员是王丹凤和秦怡，所以就给我起了这个名字，她是个特喜欢装文艺的大妈。"

杨柳的方案被华小美否定了，她说三个人拜访十个作者时间太长，组的稿也不好分配，不如兵分两路，杨柳单独而行，她带王丹怡一起走。

杨柳说："你毛都没长齐，还带新人？笑话。要带也是我这老江湖带小师妹。"

华小美像猜透了他的心思说："你一只公狼带一只小母兔？亏你想得出来。"

王丹怡说："我也单独出行闯荡一下世界，我与寒风和金戈两个作者熟。"

华小美说："寒风在南京，南京是杨头儿的温柔乡，秦淮河畔有佳人相伴，你去岂不碍眼？"

王丹怡"哦"了一声，看了杨柳一眼。

"说工作，华小美，我看你越来越没正形了，以后可别把人家良家小女带坏了。"杨柳提醒道。

最后出访的分配是杨柳去南京和上海，华小美去北京、石家庄，王丹怡去重庆、成都。

杨柳首先与南京的寒风和上海的两个作者联系上了，确定他们在各自的城市，然后又关了门给华美琪打电话。

听说杨柳要去，华美琪那头电话沉默了十几秒钟，最后说："好吧。"

上次华美琪来江城，杨柳请华美琪吃饭，吃饭时向华美琪推荐了他在江城出版社的师弟袁由。说《雪山玉女》出版图书的事可以交由他做。华美琪说已与江城出版社一编室的李主任约好了，换人不太合适。杨柳急了，便将争夺野狐《南天情仇》的情况，包括将《雪山玉女》出版图书的代理给袁由作为条件的事向她和盘托出。华美琪沉默了几分钟，最后勉强答应了。但在吃饭喝酒时态度就变得有点儿冷淡了。

在旅馆的门口，华美琪说："你这几天事多，就别上去了。"杨柳说："那可不行，盼了好几天了。""不行呀，姐姐今天下面来事了。"

看到杨柳瞬间失望的表情，美琪拉起他的手问："小柳，生我气了？"

杨柳勉强笑一下说："这事如何怪你。我生老天的气，不把好日子给我们。"说着抱住她，要给她一个吻，但美琪草草地应付了他。

杨柳和要见的作者约好时间、地点，然后提前一天去了南京。华美琪是去车站接的他。她请杨柳在秦淮河边一个叫雅风园的茶室喝茶吃饭。

吃饭时，杨柳喝了酒，话语便有些刹不住车。他讲他的东方新武侠，讲他的白金作者档案，踌躇满志，眼睛里充满了得意。华美琪静静地听着，偶尔也附和地插一两句话。

秦淮河上，一艘艘挂着灯笼的游船在河上游弋，远远地传来游船上的音乐声和导游对金陵才女的介绍声……

华美琪想到什么，忽然问："那个江城出版社的袁由是你校友？他人怎么样？"杨柳还没从自己激情的讲述中缓下来，低一下头，看一眼美琪问："你说谁？"

"袁由。"

杨柳有点儿意外，盯着美琪的眼睛说："他很好呀。不过就有点儿坏毛病，见到美女就像无头的苍蝇一样。我们编辑部有个叫华小美的美女，袁由三天两头要我约她出来吃饭。"

华美琪说："这很正常呀，他单身嘛。"又低下头小声说，"不像你。"说了这话，她眼睛里也有了一丝哀怨和失落。杨柳去年结婚的事是后来在电话中告诉她的。

"连他单身你都知道了？"杨柳显然有点儿不快。

"他去年来南京，我还陪他游了秦淮河。"

"就你们俩呀？"

"还有我一个闺密。"

杨柳的情绪一落千丈，敷衍地问起《雪山玉女》出书的情况，又问销量如此之好，考虑过再版没有。

美琪惊讶地说："早再版了呀。袁由操作的，他做事还真用心，他没给你说？"

"真是个阴险的小人。"杨柳咬着牙说。

"这样说你的校友可不对，他在我面前总夸你哩。"美琪边说边观察着他。

华美琪与杨柳回到旅馆时，她跟在后面有些犹豫。杨柳走进去后，才发现华美琪没有跟着进旅馆，他又折了回来把有点儿忐忑的华美琪拉进了旅馆大门。

杨柳这一次再也找不到第一次与美琪在一起的感觉了。虽然不管他做什么，美琪都无声地配合，但在配合中却没任何互动。

早晨天没亮，杨柳醒来时吃了一惊。美琪正坐在床上，双手抱膝，低头垂泪。杨柳坐起来，从后面抱住她。美琪轻轻把他的手挪开了，又用手擦一下眼泪，坚定地说："杨柳，我们还是分开吧。"

杨柳又吃了一惊，他沉默了许久，用一种有些愤恨的语调问："是因为袁由？你与他也上了床？"

美琪身子一抖，回过头，用失望的又带一点儿厌恶的眼光看了杨柳一眼，说："你认为我人尽可夫吗？袁由每两个月都找各种理由来一次南京，我到现在手都没让他碰过。"

停顿了一下，她叹口气说："我觉得你现在与我心中那个青涩的小柳差距太大了。我不能骗自己的心。"

美琪走时，杨柳没有起床，只用忧郁的眼睛看着美琪头也不回地拉开门，走出去……

七　毁我刊社，十问龙昆仑

送刊队成立不到两个月，出现了诸多问题。马邦招募的一些人因为首要条件是会骑摩托车，而能骑摩托车的人大多是街上的混混。二十个人的送刊队形成了个小团体，在江城的街巷横冲直撞，耀武扬威。

每月一次送刊，每人负责一百多个摊点，不到三天就能完成，于是，在发刊和收款的中间时间无事可干。马邦要求寻找空白点，每寻到一个，奖励三元，结果，江城二千余个报亭及汽车站火车站医院的散摊均铺满了《侠世界》。但《侠世界》许多年培养的读者群是相对稳定的，稳定购买的人群只认他们长期购买的摊点，而汽车站、火车站多为流动人群，他们买的是能打发短时间的小报杂刊，所以江城的空白点减少了，但退货率却提高了许多。同时，因为二十个人直投二千余个摊点，所以结账收款成了大问题。有的流动摊点发了刊后，收账时找不到人，还有的报亭发了刊，收款时换了人。

马邦的管理模式是第一个月发基本工资，第二个月开始，将第一个月的收账用来在他的公司购买刊物，每本刊物给十个点的提成。除租给他们摩托车外，其他花费一概不管。如此，敬业的送刊员按刊物码洋五元的百分之十提成，每月送刊一千余本，能有五百元的提成，除去汽油等开支，也能有几百元收益；而那些结不全账款的不务正业的送刊员便有点儿朝不保夕，甚至连跑摩托车的汽油都买不起。于是，送刊的队员与马邦的公司便多次有摩擦。送刊的队员也屡有结伙闹事的事发生。

送刊队成立后的第一个月，《侠世界》的发货量在江城增加了百分之二十，在月底与马邦结账时，退货率却增加了百分之十。

龙昆仑月初对送刊队的表扬和肯定，变成了月末的严厉批评。他要求江一石与田小草将此事认真地抓，不能浮在面上。

送刊队的管理权在马邦公司。江一石对马邦的管理办法不赞同，为此，两人争吵了许多次，但江一石也提不出更好的办法。马邦内心对龙昆仑的怨言也很大，投出去的钱看不到任何收回来的希望。而且送刊队还在不断闹出事情。他终于忍不住给龙昆仑打了电话，让龙昆仑来他的公司解决问题。

下午，龙昆仑带着江一石与田小草到马邦刚更名的《侠世界》书刊发行有限公司。茶没开始喝，龙昆仑便接到宁子烟追来的电话，说家里出事了，宋文章副总编在龙总的办公室被打得昏死过去了。龙昆仑吃了一惊，问："谁干的，为什么?"宁子烟说："电话里说不清，宋总人已被送去了医院，派出所的警察也来了。"

龙昆仑只得带着人开车返回。走时，马邦疑惑地问了一句："不会是送刊队的人干的吧?"

回到刊社，龙昆仑发现事情比他想象的要复杂得多，他的办公室被砸得一片狼藉，地上的一摊血十分刺眼。听宁子烟说，下午刊社不知从何处进来四五个粗长个儿大的人，在楼下只说找龙社长。看门的老胡哪里拦得住。他们推开胡师傅就上了楼。而宋文章因杨柳用白金作家的稿子，换了他一篇已定下来要发的稿子，气鼓鼓地找龙昆仑理论，推门进去未找到龙昆仑，便在龙总办公室倒了一杯茶，一边喝一边等。

这帮人来时，宋文章以为是送刊队的人，没好气地说一句："进门，敲门的礼貌也没有？"话没说完，面门便挨了重重的一拳。接着是被一顿暴打，后进门的一个青年甚至找出门后的警棍，在宋文章头上甩了一棍，这一棍让他昏了过去……

两个民警正研究地上的那根警棍。宋文章被送去医院，已无生命危险，中度脑震荡，断了两根肋骨。

警察问龙昆仑警棍是不是他的，一边的宁子烟忙答话，说警棍是她让办公室董军托人买的。宁子烟向警察交代了买警棍的经过。

因近段时间，在侠刊社楼下经常会发现一些不三不四的人晃悠，而江一石又说过刘大勺上次竞聘前说的谁不让干总代，就是要谁的命，要以命相搏的话，所以不放心龙总，宁子烟给他买了一根警棍防身。谁知警棍未用上，却成了凶器。

宁子烟所提的刘大勺马上引起了警察的警觉。事情很快便查清楚了。江城昌南分局的刑警去刘大勺公司找他协助调查时，他公司的李飞一下就站出来了，说不干老板事，是他找人干的。

李飞被带走后，刘大勺捶胸顿足，说："他妈的李飞，一辈子干不出件漂亮事，唯一像样点儿的破事还打错了人。"

李飞因是伤害罪的主谋，入刑两年。另有民事诉讼，赔偿一万两千元。民事的主体是他妻子夏小荷。

宋文章知道自己替人挨打后，又气又恨，对来医院看他的石光华说："真心话，若替你挨一顿打也还马虎，偏偏替一个我都想打的人挨顿打，真是晦气到了极点。"

夏小荷的老公指使人打了单位的领导，而且还有一笔惊人的赔偿款，这一切像块大石头直接压在了夏小荷弱小的肩上，让她整日以泪洗面。

杨天津同情她，有几次带她去自己家吃饭，吃饭时夏小荷要喝酒，杨天津陪她喝了两杯。结果，夏小荷喝过酒后竟在她家撕心裂肺地哭，弄得隔壁邻居都进来了，这使杨天津又同情又为难，自那次后，她再也不敢带她到家里吃饭了。

林子峰忽然打电话通知龙昆仑去他的办公室，龙昆仑说："你那办公室又窄又小，有什么事不如来我办公室谈吧。"

林子峰严肃地说："十分钟之内必须赶到。"不待龙昆仑说话便挂了电话。

龙昆仑进林子峰办公室后便觉气氛不对，一向和颜悦色的林子峰铁青着脸，也不让座，劈头便问："那个湖北大光书刊有限公司的刘大勺，你应该很熟悉吧？"

"他原来是我们刊社湖北的发行总代理，这次因为成立送刊队，把他给换了。"龙昆仑答。

"换成你的战友马邦了？"

龙昆仑有点儿惊讶，看着林子峰。林子峰说："刘大勺实名把你举报了，宣传部、文联各一份。他的材料很翔实呀，又实名。"

龙昆仑"哦"了一声，满不在乎地说："举报就举报吧，你不清楚我能有什么事？"

林子峰最看不惯龙昆仑这种对有些事完全没有敏感性的做派。

他说："没问题？那换总代，把你战友顶替一个工作做得不错的总代，让刊物在湖北地市发得一塌糊涂，这不是问题？还有用人不讲程序，连社委会都不开，就直接任命中层干部，这不是问题？还有更狠的，说你与宁子烟关系暧昧，有乱搞男女关系的嫌疑。"

这话把满不在乎的龙昆仑彻底激怒了。他说："这才真是放他娘的狗屁。我与宁子烟上下级关系，谁诬告，我让谁负法律责任。"

林子峰对他的这种情绪似乎有点儿满意了，说："这里面有些材料一点儿不像那个刘大勺所能知道的呀，这背后肯定有人。"

龙昆仑说："考虑都不用考虑，石光华——他特喜欢玩阴的，这次是要放大招了。说我与宁子烟，拿证据呀。他与那夏小荷的事，那才叫光头上的虱子——明摆着。如果你不信，我明天就可以搞到证据。"

林子峰说："还是好好考虑下一步如何应对吧。文联党组把这事交由我来查，我需要一件一件核实，到时别怪我不讲情面。今天只是通知你一下，没其他事，你就回吧。"

龙昆仑哪里能受这种憋屈，他压着火，到下午下班后将宁子烟、杨柳、江一石叫到自己的办公室，将林子峰所说告状材料的事告诉他们，一起商量对策。在说到他与宁子烟有不正当男女关系时，他简化成与宁主任关系不清不白。宁子烟听后，脸微红了一下，但很快褪去了，她莞尔一笑，说："我倒是想与龙总关系不清不白，可龙大人不给机会呀。"

龙昆仑说："就是你这平时说话做事不注意引起的，我有家有口，算什么事？"

大家分析刘大勺告状的背后黑手就是石光华。杨柳说，宋文章也可能参加了。杨柳提出把石光华与夏小荷的事捅出来给予反击。宁子烟说请法律顾问，起诉刘大勺的诬告。江一石说，石总与经销商交往中应该有不正当利益的获取。龙昆仑对江一石的话没听明白，江一石又重复了一遍。龙昆仑说："不就是贪污受贿嘛，说得那么文绉绉的。"

龙昆仑说："下一步肯定是林主席带人来了解情况，我觉得有些事，大家照直说，没必要隐瞒。我身正不怕影子歪。我提拔人也好，换总代也好，一切都是为侠刊社的发展。"说完这话，龙昆仑忽然轻松些了，自己对自己的分析，让他有种危险已经被解除的感觉。

然而，第二天的事态却又让龙昆仑有点儿始料未及。

早晨上班时，龙昆仑看见刊社许多人在进门处围看墙上的一张告示。龙昆仑走上前，发现贴的是一张大字报：《毁我刊社，龙昆仑必须回答的十个问题》。大字报下面居然有落款："石光华、宋文章、杨天津"。下面还有一排小字："抄报省委宣传部，省文联"。

龙昆仑冷笑一声说："问得好！"然后上了楼。进办公室，他发现宁子烟、杨柳和江一石早已坐在他的办公室等他。

杨柳摊开他从后门撕下来的与前门相同的大字报。大字报是用毛笔小楷写的，一看便知是宋文章的字。

宁子烟小声念着大字报的十问：

"成立送刊队，闹事不断，实发减量，龙昆仑是为了刊社还是为了他的战友？请龙昆仑回答。龙昆仑掌实权，宁子烟握公章，提拔干部男女两人搞定一切，还需不需要社委会？请龙昆仑回答。杨柳、江一石实乃小人，用非常手段巧取好稿，杀鸡取卵，骗取经营利润，被龙昆仑委以实权，编辑不讲程序，经营霸王条款，刊社是集体领导，还是小利益团体钻营？请龙昆仑回答。宋文章坚持原则，抵制本科以下学历的华小美进刊社，龙昆仑放弃原则，让其老上级的女儿华小美无条件进刊社，制度大还是权力大？请龙昆仑回答。"

宁子烟念到一半，将大字报扔到地上，气得浑身发抖。

四个人坐着，陷入沉默。

杨柳说："赤裸裸的攻击，赤裸裸的兵变，我们必须回击。"

江一石说："我去找经销商，我不信找不到他石光华受贿的证据。说我们是小人？他才是彻头彻尾的小人！"

龙昆仑看见江一石气得脸涨得通红，而宁子烟一动不动地坐着流眼泪。他用双手做出一个往下压的动作说："大家冷静点儿，越是大风浪，越要冷静。没什么了不起的，能翻天？"

杨柳说："我去书刊市场附近的锦园酒店。有次宋文章喝酒说漏嘴，好像石光华经常在那儿开房，我有一个朋友在那儿当经理。"

"锦园酒店？"宁子烟揩一下眼泪，从口袋里找出一张复印的单据说，"上次石光华报发行公司用车的账，让我核对一些发票并签字认可，他不小心夹了一张锦园的住宿发票，我当时觉得奇怪，还打电话问过田小草有没外地经销商来江城住锦园酒店，田小草说肯定没有。昨天，我让人找出了这张发票，这发票居然报销了，是今年3月8号的。"说着将发票复印件递给龙昆仑。龙昆仑仔细看了下，递给了杨柳。

杨柳说："有这票，更好办了。"

宁子烟说："对了，你们还记得去年年底编辑部离职的万莉吧？她走时，我们几个在一起给她送行吃饭时，她说了一句话，我一直记得。"

杨柳问："什么话？"

宁子烟说："她说宋文章不是东西。"

杨柳说："这话说明，宋文章肯定对她做了什么事。她现在的联系方式有吧？"宁子烟说："前几天，我们还通了电话。"

外面有人敲门。大家有些警觉，看着龙昆仑，龙昆仑努努嘴，示意杨柳去开门。敲门的是杨天津，她看见坐在里面的人，有点儿尴尬。

龙昆仑不冷不热地问："杨总有何贵干？"

感觉出龙昆仑的态度，杨天津的脸也马上冷了下来，说："你们谈事，我等下再来。"

龙昆仑说："等会儿我外出有事，有事就说，有屁就放。小人不怕事。"

杨天津瞪一眼龙昆仑说："我来是要说那大字报，我没签名，是他们写上去的。这事你相不相信也无所谓，但我要说事实。"

龙昆仑说："即使你签了字也没什么。群众反映情况，很正常。"

杨天津气鼓鼓地说："关我屁事！"说完就转身走了。

江一石给江苏发行总代江二富吩咐的事，他下午便回了电话说："1993年刘麻子去江城办无锡发行局做江苏发行总代时，确实送了石光华五千块钱，但他不愿写情况举报。"又说，"有次石社长来南京时，我想让石社长将刊直发南京，给他塞过一千块钱和两条烟，这个举报，我考虑再三，还是写了个材料，已经发快件寄过去了。"最后说，"石社长那人不地道，上次收了钱也不帮忙办事，不能让这种人掌权。"

江一石正想将这事告诉宁子烟时，杨柳急急忙忙地过来了，拿了张借支单，借支项目是购买录音机。宁子烟知道他肯定是因为锦园酒店石光华的事，但还是问了一句："买录音机干什么？"

杨柳没有回答，而是问宁子烟万莉的事。宁子烟说，去年年初，宋文章带万莉去参加一个作者的作品研讨会，宋文章与人拼酒，把自己喝得一塌糊涂，万莉扶他去房间时，他借酒装疯，在她身上乱摸，结果万莉把他甩在路上跑了。回来后，宋文章让万莉一年没能上一篇稿，还扬言在编辑部搞末位淘汰制，淘汰上稿少的编辑。所以，万莉一气之下辞了职。宁子烟说完，拿出了万莉的情况举报。

"所以，他们才是真正的小人。"杨柳恨恨地说。

江一石问杨柳锦园酒店的事。杨柳看着他们两个不回答，只说："买了录音机后，我要直接找夏小荷谈次话，到时再具体向你们——特别是龙总——说这事。"

宁子烟皱了下眉头，说："夏小荷本来就够可怜了，你可不要过火。"

江一石也说："这次还真不要把她伤害得太重了。一个无依无靠已经被伤害了的小女人，太可怕了。我建议还是向龙总汇报了再找她。"

听了宁子烟和江一石的话，杨柳有点儿不高兴，说："这种时候，我们能仁慈？我们能不真刀真枪干？再说了，我是小人，我怕谁？"

宁子烟说："龙总这两天都被文联和宣传部叫去谈话，也不知道是什么情况。"说这话时，她眼圈有点儿红了。

下午下班后，天已擦黑。夏小荷走进杨柳的办公室时，把杨柳吓了一跳。门是开着的，夏小荷走进来时没有任何声响。杨柳低头写东西，抬头就看见了神情呆滞的夏小荷，两个大眼睛空洞洞的，她直勾勾地看着他。

杨柳揉揉眼睛，不知为何，一瞬间他对眼前这个夏小荷十分陌生，虽近在咫尺，他却觉她的身形有些模糊。他稳住神给夏小荷搬了把椅子，让她坐下，又给她倒了茶。

看见夏小荷的状态，杨柳有点儿犹豫，但还是清清嗓子问："近来还好吧？知道你的情况，没事的，我和龙总还有宁主任都是同情你的。"夏小荷喝一口水，眼睛恢复了些活泛。

杨柳点上一根烟吸一口，说："石社长有张在锦园酒店的住宿发票在单位报销了，有些问题，所以我去锦园酒店调查了一下，发现了一些问题，涉及你，龙总让我问一下你，你不反对给我说明一下吧？"

夏小荷有点儿木讷地听完了杨柳的话，杨柳的话好像经过很长的通道才到达她的大脑。她的脸渐渐变得潮红，嘴唇也开始发抖："有什么……问题？"她的声音细得如游丝。

"这个月有三次，入住时是石社长签的名，却有两次结账退房是你仿造石社长签的字，你的笔迹我核对了。其中有一次你居然先签的夏小荷然后画了再签的石光华，这些票据，我都复印了。"

这些话让夏小荷猛然抬起头，她的眼睛由愤怒到恐惧到绝望。然后，她低下头一言不发，身体开始有些发抖。

沉默了几分钟，杨柳将杯子朝她面前递了一下，说："喝点儿水。我们都知道，你是被伤害的，你是被石光华调进刊社的，他每次把你约到锦园陪他，你身不由己。我们能够理解你、同情你，我们还商量这次的事完了后，我们都会好好保护你，帮助你解决困难。"

夏小荷咬着嘴唇，低着头，仍不说话，但身子不再抖了。又沉默了许久，杨柳说："你不能向我解释一下吗？"杨柳说完这话，逼视着夏小荷。她脸变得苍白，嘴唇又开始发抖，但仍一言不发。

杨柳说："前几天，石光华他们贴了一张十问龙昆仑的大字报，你应该看了吧？刊社如今经济形势一片大好，是谁干出这害刊社害领导的事，你应该知道吧？龙总带着我们拼命干事，没日没夜打拼市场，石光华他们做了什么？背后捅刀，说我们是小人。这是什么恶毒的做法？他石光华在经销商那儿受贿赂、玩女人，他才是真正的小人。"因为激动，杨柳说到这时，忽然呛了一口烟，剧烈地咳了起来，甚至把眼泪都咳出来了，咳得夏小荷有点儿惊慌失措，她把桌上的杯子端给他时，自己早已满脸是泪。

喝了口水，缓解了一下，杨柳说："我这几天气得整夜睡不着，气得胸口疼，你说我为了谁？我拼命做事，低三下四找好稿子，为了谁？还不是希望刊社多赚钱，能有好发展。我是小人？天地良心呀！"说到这里，杨柳真的流下泪来。

夏小荷抿下嘴，似乎想说什么，但还是忍住了，她小心翼翼地看了杨柳一眼，又咬着唇低下头去。

杨柳有些泄气，用平缓的语调说："你维护一直伤害你的石光华也是你的权利，你不愿说也没什么。那证据在我们手里，大堂的那高个子戴着眼镜的服务员，我想你是有印象的，她认识你和石光华。你现在不回答我的问题，我只能理解成你与石光华他们是一伙的，你们就是想要整垮龙总和我们。"

"我没有。"夏小荷有点儿急了，回了一句。

"那你回答我呀，这些年是不是一直被石光华占有……肉体。"

夏小荷又低下头不说话了，眼神也渐渐变得呆滞起来。

沉默了许久，杨柳实在是失去了信心，说："你走吧，你这样与有些人同流合污，你是知道后果的。你走吧，我也没必要与你多谈了。"

然而，夏小荷像被钉子钉在了凳子上，既不说话也不走。杨柳无可奈何，说："你不走，我走了。"说着，站了起来。

"是石社长和刘大勺逼我的。"夏小荷忽然小声说。

"什么？"

"是他们逼我的……"夏小荷大声说。说完后，她又直勾勾地看着杨柳，那空洞的、找不出任何内容的眼神，让杨柳着实有些害怕。

八　送刊队闹事风波

宣传部干部处的李处是个武侠迷，他读过《侠世界》的《雪山玉女》和《南天剑仇》。因针对龙昆仑的两封实名举报信闹得动静太大，江城的期刊界已传得沸沸扬扬。所以，他被指派到文联与林子峰副主席一起组建调查组，尽快查清事情，尽快处理事情。

临下去时，分管文教的副部长说，举报龙昆仑的那些事情，问题不大，响动大。龙昆仑的敬业和霸道在业界是出了名的，他的下属闹出点儿事很正常。一个刊社做到他们那种程度，不容易，所以疏导和协调是工作主基调，当然若真查出什么问题，也决不姑息。

李处第一次与龙昆仑接触还算平和，龙昆仑就被举报的问题一一作答，不卑不亢。事后龙昆仑又交了书面的情况汇报。交谈中，李处还特别强调了对武侠的兴趣，谈了对《雪山玉女》的喜爱。

然而，第二次因为对一个问题的看法有差异，两人产生了些分歧。李处认为对杨柳的任命程序存在不规范之处，正常的程序应是社委会集体讨论，然后组织任命。若社委会讨论未能通过，应该放下来，通过协调，再次讨论。

龙昆仑说："李处是上面领导部门的干部，对下面的情况恐怕缺乏了解，您说协调，我怎么协调？林主席留给我的干部班底，他最清楚，都是些什么人？他们愿意一个年轻有为的人上来夺他们的权？杨柳凭借一篇《雪山玉女》给刊社带来多大利益，他们不知道？把这样有能力的干部提拔上来是为了刊社发展，说句过火的话，他们几个老同志若老占着这社委会的位置，侠刊社迟早被他们毁掉。"

林子峰说："你也没必要说得那么绝对，一个社长提拔一个能干事的中层干部都如此难，说明什么？说明班子没维护好，说明领导能力有问题。"

龙昆仑被自己的领导深深刺痛了。他低下头去，有些气馁，叹口气说："是呀，我领导能力有问题，你们也可以换了我。但如果你们让石光华之流主政，我敢说，这就是对共产党的事业的不负责任。"

谈话是在极不愉快的情况下结束的。最后，调查组将龙昆仑的问题集中在了三个方面，一是送刊队的问题是否存在利益输送；二是干部任用和进人是否存在问题；三是龙昆仑与宁子烟是否存在男女关系问题。

龙昆仑被约谈几次后，情绪有些低落，常常一个人坐在办公室生闷气，刊社的事也懒得管了。杨柳、宁子烟、江一石把各自搞到的材料，包括录音，给龙昆仑看和听，并提出迅速反击的策略。杨柳甚至提出由他执笔搞一个针锋相对的材料，但这些被龙昆仑否定了，他说："先把我的事解决完，有了结果再说。否则，显得我真有问题，需要搞他们的问题来解脱自己。"

杨柳说："那也不能让他们太猖狂了吧？最近，宋文章提出要终审所有的稿子，包括白金作家档案中作者的稿子，他说，作为副总编，他要为刊社负责任。"

江一石说："石社长也在问送刊队的事，前几天还去了报刊市场，一些经销商好像觉得我们这边要变天了，马上就是石光华的天下了。"

宁子烟说："前天杨天津告诉我，夏小荷生病了，让她回老家休息几天。病假条也不给，还不让记旷工。"

龙昆仑有点儿烦，说："好了，好了。听我的，沉住气，让他们先蹦跶着。"

第三次谈话在侠刊社，调查组借用了龙昆仑的办公室，然后找石光华、江一石、田小草了解送刊队的事。谈话进行到一半，门房老胡带着一个穿制服的警察敲门进来了，说找刊社负责人。

林子峰问："什么事？"警察说："你们单位的人在街上斗殴，打伤了人，在拘留室关了一晚上了，没人来处理，我们打电话找你们一个叫马邦的人，他说他不管，所以，我们只有上门找你们的负责人。"

林子峰皱着眉头对江一石说："去楼下办公室把龙社长叫上来。"

龙昆仑上来，了解到是送刊队惹的事，对警察说："那送刊队是私营公司的人，你应该去找他们解决，找那个马邦。"

警察说："找了，他说不管。"

龙昆仑听见这话，火了，正要发作。林子峰说："相互推有什么意义，赶快派人去处理吧。"

龙昆仑对江一石说："那你谈完话后去。"

石光华站起来对林子峰说："我们的人在局子里，警察又上了门，是不是我带江主任先去处理事，你们先找其他人谈，我们处理了事回来再谈？"

林子峰眼里露出不满的神情，但又有些无奈。他斜一眼龙昆仑，又征询地看着李处："那让他们去？"李处点点头。

送刊队的头儿曹冒带着几个人，除了帮侠刊社送刊外，又找了一个叫《快读》的刊社帮他们送刊，从中赚差价。《快读》在江城的发行商忽然发现去他们门面拿货的减少了，便去调查，知道是侠刊社送刊队在抢他们的生意，哪里能容忍，先是请酒约谈，谈崩了，便是约架。但他们哪里是曹冒一帮人的对手，一架下来，二人住了院，其中一个断了腿，打不赢，又忍不了气，便报了警。

石光华带江一石处理事情很迅速。他先是去江城区派出所交了保释金，将曹冒保释出来，又买了营养品去医院看被曹冒等打伤的人，给医院交了住院及治疗费，并与家属谈妥了赔偿金，然后又马不停蹄去找马邦。在交保释金和给打伤人员交住院治疗费时，江一石提醒了两次，说这些费用应该由马邦出，我们交了不好办，责任揽在我们身上了，但石光华哪里听他的，说："送刊队是龙昆仑亲自组建起来的吧？出了事，你让一个书商去解决，他愿意？花钱息事才是最佳良策。"

没有办法，江一石只得寻空给龙昆仑打电话。龙昆仑听后火冒三丈说："谁给他石光华的权力，那钱凭什么我们出？那打伤人的赔偿要么闹事的自己出，要么马邦出。你不要因为马邦是你未来的岳丈就帮他揽事情。"

这些话气得江一石脸发白，说："我有什么办法，石社长不听我的！他马上还要去找马邦，我也不揽事了，让他一个人去！"

龙昆仑听出他的不满，没说什么，直接把电话挂了。

石光华找到马邦，马邦知道他的来意，也知道他正在龙昆仑背后捅刀子。文联调查组找他了解过送刊队的情况，看过他们与侠刊社的往来账，甚至问过他龙昆仑私下有无在经济上找过他的麻烦。马邦说："这龙昆仑就一坑人的主，送刊队让我亏大了，而刊社一毛不拔，这样的人以后谁还敢与他合作？"他的话既是气话，又是真话，让调查组也大致了解了其中状况。

石光华忽然不请而来，马邦不冷不热。石光华单刀直入，直接谈解散送刊队的事。他说："成立送刊队本来就是个错误，是龙昆仑不懂发行，太理想主义。"

送刊队如何往下走也确实是马邦十分头痛的，解散送刊队这一点，他是赞同石光华的想法的。既然石光华代表侠刊社主动提出，这便对他有利，他由此可以谈条件。

他站起来，亲自给石光华倒了杯好茶。得知侠刊社已出钱将送刊队打人的事处理好了，马邦面露感激之色，站起来给石社长递烟。在谈到解散送刊队对马邦公司的补偿的事情时，石光华抛出了侠刊社合订本的事。石光华提出将侠刊社去年全年合订本的全国经销权给马邦，以此作为他投资送刊队的补偿。

马邦对石光华的建议很满意，但还是问了一句："你做的这些，龙昆仑同意吗，还有江一石？"

石光华说："送刊队已经闹得鸡犬不宁，大大损害了侠刊社的名誉，我这样做是帮他龙昆仑，不这样处理，怎样处理？我是分管发行的副社长，我没权力？"

虽然马邦不认可石光华的人品，但对他办事的豁达和干练，还是佩服的。马邦说："你爽快，我也不会含糊，我们签了合订本合同，我就开始解散送刊队。"

石光华欲言又止，但看见马邦有点儿感激的神态，还是提出了一个让马邦帮忙的要求。他说刘大勺欠刊社发运费二千元，一直不还，因是由他表妹夏小荷打的借条，所以，现在每月扣夏小荷的钱。夏小荷是他介绍进刊社的，本来就穷，老公又犯事坐了牢，太可怜，希望能有办法帮一下她。

听石光华如此直接地说此事，马邦对石光华的认识顿时转了一个大弯，他甚至有点儿可怜他。他原以为他石光华有阴谋有手段，且深藏不露，现在，为这点儿小事，他居然急不可耐地在一个完全没有深交的人面前露出破绽，这让马邦实在有点儿瞧不起。他暗暗思忖，这石光华如此沉不住气，他哪里能是龙昆仑的对手。

马邦说："夏小荷的事，我也知道一些，石总说怎么帮，我听你的。"

石光华说："你合订本在湖北的经销若能给刘大勺，我就可以让他马上还刊社的钱，这样，刊社也不会再扣夏小荷的钱了。当然，侠刊社发地市的刊若能让刘大勺发几个地市，那就是大支持了。"

马邦点一根烟，吸一口，在烟雾中半眯着眼，看着眼神已失去定力的石光华，他不紧不慢地说："合订本在湖北地市的经销给刘大勺没问题，但《侠世界》地市经销的事，我们以后再说，好吧?"

"行。"石光华站起来，与马邦紧紧握手。

石光华两天时间处理完这些事后，便直接找林子峰汇报情况。石光华对事情解决的办法，林子峰因不知前因后果，所以也没说什么，只是关于补偿的办法，他让石光华找龙昆仑汇报。石光华说："这事找龙总，他不会同意，因为这事是我办的，我办的任何事，他都会否定。我是分管发行的副社长，谁来做全国经销这点决定权都没有，这点儿权他龙总都要占着，林主席，您觉得这正常?"

林子峰觉得石光华话里也有理，便说："这些事，我管不了，你们去办吧。"

石光华让田小草起草合订本经销协议并让宁子烟盖章时便都成了："是林子峰主席点头同意的。"

龙昆仑把江一石叫去问合订本的事他知不知道，若知道为什么不阻止。江一石说田小草给他说过，说是尽快处理送刊队的事，石光华给林子峰主席汇报了，林子峰主席同意了。

龙昆仑说："林子峰哪会清楚这里面的具体情况，这不是白白送钱给马邦?我不反对把合订本给马邦做，可他用了我们的版权，总得交钱吧。给他做就是对他投资送刊队的补偿，但另外必须交刊社十万的管理费。这事，你去找马邦说。"

江一石找马邦时，石光华已与马邦把协议签了。江一石执意要将上交十万管理费的条款加进协议，但马邦哪里会同意，说："合订本能赚多少钱谁也不知道，但我在龙总的忽悠下，二十万的真金白银是实实在在投了的。协议签了，章子也盖了，现在说改？你们玩儿戏？"

江一石说："解散送刊队，那些收回的摩托车，总还可以处理些钱减少亏损吧？我们合订本，哪怕是给刘大勺，他起码也可以给十五万，我们找你要十万，一点儿不过分。十万的条款不加，你让我们配合你做好合订本，难说。"

"威胁我？你说的什么话，你记不记得你去无锡，我怎么帮的你？你就是个白眼狼！"马邦气得脸都红了。

石光华说："现在的重点是怎样把送刊队解决好，不再在外闹事。文联领导最关心的也是这事。没有领导同意，我敢随便签这协议？"

江一石知道无法挽回，只得有些丧气地走了。

夏小荷请长假回了老家，使石光华十分空虚。他一想到这个带给自己快感的小女子，心里便隐隐地痛。他对她最初的肉欲已渐渐转化为一种情感的依恋。在夏小荷走的头一天下午，他在路上碰见了她，她没有像往常那样看看他羞涩一笑。她低着头，面色苍白，咬着嘴唇，脸上似乎还残留着泪痕。她这落寞的样子，困扰了他整个晚上。

第二天早晨，他借故找杨天津，想去财务室看夏小荷，谁知夏小荷已请了长假。他有意无意地问杨天津夏小荷老家的地点，杨天津说不太清楚，说："她病了，你想作为领导去慰问呀？"自从石光华与宋文章贴龙昆仑的大字报署了她的名，杨天津就对石光华很恼火，她看到大字报那天就去质问过他。之后与他在一起就有些言语不搭。

在财务室报账的田小草说："夏小荷的老家在鄂州东沟镇的黄花坳村，我去过。上次我们搞全省地市空白点排查，去鄂州时，我和夏小荷一起去过她老家。我当时还奇怪，别处的夹竹桃开的花都是红色的，而她们村的夹竹桃花全是黄色的。"

石光华与宋文章贴了十问龙昆仑的大字报后，他明显地感觉出了杨柳他们几个人的敌意，但让他有点儿惶恐的是，他居然看不到他们半点儿恐慌。杨柳面对他，既蔑视，又趾高气扬。他怀疑他们下面肯定有动作，他觉得他们的动作肯定会从他与夏小荷的关系下手。他甚至觉得他们已有人找了夏小荷。但他认为，他与夏小荷之间别人是找不到什么证据的，除非夏小荷自己承认。

对贴大字报告龙昆仑的状，他是有后果的准备的，他觉得此次即使告不倒龙昆仑，对自己也没有什么更坏的结果，因为现在的处境已是最坏的了，再坏也坏不到哪儿去。唯一让他惴惴不安的是怕此事伤到夏小荷。

早晨，石光华收拾了东西，对老婆廖冰说有急事出差，便买了去鄂州的汽车票。石光华的老婆是城西百货大楼的副经理，是个把钱看得比命都重的人。他们的儿子上了大学后，她对石光华所有的要求便是每月能尽量多拿钱回家。

石光华从鄂州转车到东沟镇，再步行到黄花坳时，已到了下午。石光华没想到夏小荷所住的黄花坳村如此之美。夏天是黄色的夹竹桃花开得最热烈的时节，花开遍野，芳草青青，小桥流水。

石光华顺着田埂朝村子走，田中的蛙鸣与从远处村子传来的狗吠，让石光华忽然产生了一种极其轻松的感觉，一种从城市挤压中逃出来的轻松。他停下来，痴痴地看着一群从电线上俯冲下来的麻雀，它们叽叽喳喳，在田里觅食后，又一起飞向远处的树林……

石光华问到夏小荷大姨家，放下手上拎着的水果和麦乳精，然后轻轻敲门，门虚掩着，里面没有回应。他推开门，只见破旧的堂屋里，一个中年妇人正坐在一把竹椅上打盹，边上一个小女孩儿脸靠在她腿上，没有睡，一双漆黑的大眼睛有点儿惊讶地看着站在面前的他。他们两个对视着，都不讲话，石光华动动嘴唇，笑了一笑，小女孩儿垂下眼，也羞涩地一笑。她笑的一瞬，让石光华的心猛然动了一下。他知道，这小女孩儿肯定是夏小荷的女儿李小甜。他从提在手里的袋子里拿出一个苹果递给她。她挪过身要去接时，把中年妇女弄醒了。得知是夏小荷的领导，中年妇女既惊喜又疑惑，她手忙脚乱地给石光华倒茶，又四处找好一点儿的椅子给他坐。

夏小荷外出未回，石光华坐了下来，在接过李小甜端给他的水时，将小甜揽进怀里，李小甜也很亲近地坐在了他的腿上。一边听他们讲话，一边好奇地摸着石光华戴在左手腕上的手表。

石光华按夏小荷的辈分叫中年妇女为夏姨。他与夏姨一边拉家常一边等夏小荷。问到夏姨家的情况，夏姨的脸上露出无奈的愁容。她说她家靠黄花塘周围有一亩多地，她儿子去年答应今年交给村里六千块钱承包黄花塘养鱼的，结果今年生意做垮了，自己都艰难得过不下去了。又说，夏小荷好像也欠单位钱，现在连小甜的生活费也拿不出来了，说着夏姨的眼眶红了。

石光华说，他与她儿子刘大勺也是很好的朋友，因为单位一把手不信任他，所以，生意上实在帮不了他。又说，夏小荷是刘大勺央求他帮忙调进现在的单位的，是因为刘大勺欠单位的钱才扣夏小荷的工资还单位的钱的。他说既然夏小荷是他帮忙调进单位的，所以，他肯定会照顾好她。又说到李飞，说他因为打人进了局子……

说到李飞，夏姨顿时有点儿神经质地打断了他，她说："李飞真不是个人，大勺是个蠢蛋，把小荷给了他。他就是个流氓，进了牢房，还在害小荷。"

石光华有些疑惑，问："他怎么害小荷了。"

夏姨说："小荷肯定又怀孕了。她说人不舒服，我看她总在干呕，和以前怀小甜一样。"夏姨说着，开始擦眼泪，"这小荷的命可真是苦呀。"

夏姨的话，让石光华的大脑"嗡"了一下。李飞入狱已四五个月了，而夏小荷怀孕……他有点儿不敢往下想。

他站起来，从边上放麦乳精的包包里拿出一个信封，说："这里面有点儿钱，是我的一点儿心意，小荷太可怜了。"说这话时，他的眼睛也红了。

夏姨看着石光华，迟疑着。忽然，门外响起敲门声。小甜跑过去开门，石光华不自觉地整了一下衣领，他想肯定是夏小荷回来了。

石光华万万没想到小甜带进门的却是他老婆廖冰。

石光华有点儿傻了地怔怔地看着廖冰，夏姨看见石光华的神态，似乎明白了什么。她去找凳子时，手臂将石光华手中的信封碰掉到地上，石光华要去捡，却早被廖冰弯下腰将信封捡了起来，她掂量一下信封的重量，然后直接塞进自己的口袋里。

在夏姨去倒水的时候，廖冰阴阳怪气地说："我说怎么存折里少了五千块钱，那田小草还吞吞吐吐的，真叫我猜对了，你是到这小破村子来出差了。"

夏姨倒水过来时，廖冰却换成另一副神态。她客气地叫夏姨为大婶，又说她也很喜欢夏小荷，说昨天石社长要来，她就要跟着一起来的，结果单位有事，所以才晚到了，说着将提在手里的一袋梨递给她。

夏姨千恩万谢，张罗着要给他们做晚饭，说夏小荷马上就会回来。廖冰说走晚了就赶不上回程的车了，来了是表达一点儿心意，就不等小荷了，以后小荷上班了再去看她。

夏姨是精明的人，已经猜出了个中情况，说留吃饭，也只是客套，她哪里愿意留他们吃饭。

廖冰把有些僵硬的石光华拉出门时，在身上掏了很久，掏出五块钱塞给小甜说："小乖乖，去买糖吃。"

路过黄花塘时，石光华远远地看见站在黄花塘边黄花树下的夏小荷，夏小荷也看见了他们，她呆呆地站在那儿，一动不动。

石光华知道廖冰也看见了夏小荷，但她装作没看见小荷，逼着在田埂上走在前面的石光华尽快朝前走。一边推他一边说，在家里丢人还嫌不够，丢到别人老家来了。

石光华最后一次回头，夏小荷已成为黄花飞舞中的一个小黑点，如一滴眼泪，滴上石光华心中的最痛处……

九　年轻干部有点儿"毒"

关于龙昆仑的两封实名告状信，调查组用了一个多月的时间，大致了解清楚了情况，形成了基本的意见。

一、成立送刊队是企业经营行为，龙昆仑在经营决策上有失误，但无证据证明龙昆仑私下有索取个人利益的行为。

二、在提拔杨柳为编辑部主任问题上，缺乏组织程序，龙昆仑有超越组织、一人独大的不良作风。

三、杨柳、江一石工作积极，做事踏实，为刊社做出了较大业绩，龙昆仑在使用他们方面，没有拉山头、搞小圈子的情况。关于约稿的不正当问题，查无实据。关于发行的霸王条款，属于经营方式范畴。

四、破坏单位订立政策，龙昆仑违反规定，将专科文凭的华小美调入编辑部任编辑。

五、龙昆仑与宁子烟男女关系问题，查无实据。

关于龙昆仑与宁子烟男女关系问题，调查组收到了一个电话记录账单，账单显示，在今年的3月8号晚上九点，龙昆仑办公室的座机与宁子烟家中的电话有一个小时的通话记录。当调查组向龙昆仑询问这次通话内容时，龙昆仑冷笑着说："我与我的下属打电话谈工作，我觉得，我没有必要向组织汇报谈话内容。我不相信，因为这个晚上的电话通话会定我一个男女私通罪，如此煞费苦心地调查，实在是对我的侮辱。"

此事僵持了一两天，最后是宁子烟主动找到林子峰汇报的情况。宁子烟向林子峰汇报了3月8号晚她与龙昆仑谈话的内容。她说："那天正好是刊社发行部湖北总经销的招标会，招标的投票出现了意想不到的结果，龙昆仑怀疑发行公司的田小草被石社长拉拢投了反对票。投票完后，他就在说这事，估计晚上还纠缠这事，所以晚上又打电话给我。我给他分析这个反对票为什么不是田小草投的，又与他分析除田小草外最有可能投反对票的人。后来说到杨柳，我记得他还严厉地批评了我，说杨柳工作热情，能力强，一直在为刊社拼命干事，所以，绝对不能怀疑他。"宁子烟又说，"因为此事涉及杨柳和田小草，所以龙社长不愿意在公开场合谈。"说完这些，宁子烟说："我不否认，我对龙昆仑这种事业心极强，且说话做事敢做敢当的男人确实有好感，但他是有家室的人，而且我们年龄相差也很大，所以，希望领导相信我们不会做出傻事。"

调查结果出来后，调查组又提出了问题处理的意见：

一、由龙昆仑负责，尽快解决好送刊队的经营上的失误，决不允许送刊队再在社会上有闹事的情况出现。

二、杨柳的任职，违反程序，予以取消。

三、华小美任编辑不符合刊社规定的条件，可采取辞退和换部门的办法予以解决。

龙昆仑去林子峰副主席那领取调查组对他的调查情况和处理意见，他仔细看完材料，问："将杨柳的编辑部主任撤掉，将华小美辞退？"

林子峰说："你还没办法，你问我？你提拔江一石不是做得很好吗，杨柳的事，你不能补个这样的程序？"

龙昆仑又问："这定论一下，我的事结束了？"

林子峰说："针对这些情况，你要写一份深刻的自查整改报告。

要开一次刊社的中层干部会，会上调查组宣布调查情况和处理意见，你在会上作检查。"

龙昆仑长叹一口气说："领导现在可以相信我说的'身正不怕影子斜'的话了吧？"

林子峰瞪他一眼说："难道你没问题？你把一个刊社搞成什么样了！怀疑这怀疑那，人人自危。"

龙昆仑说："搞经营，哪像你们坐办公室。我认为做经营最重要的是人心齐。我必须知道哪些人是与我一条心，哪些人有旁心。"

林子峰说："你这观点是错误的，人心齐就是与你一条心？你若是错误的，大家也要齐心协力去做错误的事？为刊社、为党的利益去做正确的事，大家的心应该齐在这方面来。"

龙昆仑被林子峰噎得没话了。他说："关于我的那个检讨会，我觉得是不是可以多用些时间，把我的问题说完了，开个民主生活会？大家还可以再给我找问题，给刊社找问题，也可以相互找问题，谈想法，这样效果肯定会更好。"

林子峰说："你这种想法很好呀。我与李处商量一下，开个民主生活会，把问题说清说透，如此，大家才能齐心共谋刊社发展。"

龙昆仑拿着材料走出去后，又返回来将门关上，问林子峰："文联主席的事，有新进展吧？"

林子峰看着他，没好气地说："你把自己的事先搞清楚，净给我添堵！"

侠刊社的中层干部会是以下发通知的形式召集的，会议内容：一、宣布群众举报龙昆仑同志的调查情况及处理意见；二、民主生活会。会议时间定在上午九点，但因为调查组的李处临时有急事，所以时间改在了下午一点半。

一点半，大家坐进会议室。龙昆仑进会议室时，皱起了眉头，他让宁子烟一点钟就把空调打开，以便早点儿将会议室温度降下来，但到了一点半，会议室仍热气烘烘。宁子烟告诉龙昆仑，空调制冷出了问题。龙昆龙让人临时搬进来几部台扇。会议室的空气闷热且凝重。

林子峰主持会议。宣传部的李处首先宣读了对群众反映龙昆仑问题的调查情况和处理意见。念到杨柳的提拔违反程序予以取消时，下面出现了议论声。江一石和杨柳对了下眼神。

林子峰就此次调查作了说明和补充，对群众积极、真实地反映问题表示了感谢，对龙昆仑主动说明问题、配合调查给予了肯定。

龙昆仑的自我检查，很有力度。他在认真反省自己的问题后，针对刊社的发展、市场的激烈竞争、体制的禁锢等问题提出了自己的一些主张，包括如何打破条条框框提拔有才干有能力的年轻干部，如何破除唯文凭论、让有实干经验的员工尽快上位，如何破除本位思想破除资格论，在企业中形成竞争机制，能者上，庸者下等。他把自我检查变成了开启改革的施政纲领，他最后说："我这人问题和毛病都很多，为了刊社利益，必然会损害一些人的个人利益，我不怕被人诋毁，不怕告状，即使是敌人，只要他能为我们刊社带来利润，我也会低三下四把他变为朋友。我有些激动，语无伦次，接受大家的批评。"

龙昆仑的自我检查后，会议有些冷场，大家沉默了一分多钟，沉默中，只有风扇声在呼呼作响。

李处左右看看，率先拍起了巴掌。

林子峰清了清嗓子，用了一句中性词来评价龙昆仑的自我检查，说："龙社长对自己的问题还是有认识的。"

民主生活会，宋文章率先站起来发言。他首先对调查组的处理意见表示赞同。接着对龙昆仑的自我检查，提出异议，他说："龙社长平时飞扬跋扈、一人独大的作风在这个自我检查中得到充分体现，这叫什么自我检查？这就是赤裸裸的反攻倒算！他说破除资格论，资格代表什么？资格本身就代表有能力、有经验。龙社长又说，为了刊社利益就必然损害有些人的利益，我想问一下，他说的是哪些人的利益？我们都在为党工作，我们顾及过我们的利益了吗？我倒认为刊社目前最大利益既得者是龙社长和那几个哈巴狗一样听他话的人！"宋文章说这话时，气得杨柳马上站起来要与他争执，被边上的龙昆仑拉了一下。

宋文章继续说："我也十分反感龙社长的唯利益、唯业绩论，我们现在是文联下属的事业单位，还不是企业，即使是企业，总还是国家的企业吧，为了利润不择手段，为了好稿子不择手段，这是党领导的单位做的事吗？我们通过材料的形式给龙社长提意见，我们是看不惯现在刊社这种乌烟瘴气的状况，乱指挥、乱作为，再这样下去，下一个挨打的人，我相信就不会再是我宋文章了！"他说完这些，喝口水，继续说："有一个程序，我想问一下，那就是调查组对龙昆仑处理意见上说，取消杨柳不合程序的任命，既然取消了这个任命，那也就是说杨柳已不再是中层干部了，那他还合适参加这个中层干部会吗？"

宋文章的话把杨柳等几个人的脸都气绿了，但他们看见龙昆仑稳坐在那里，一副无所谓的样子，所以只得强压着怒气，看着林子峰副主席。

林子峰说："今天的会，杨柳还是可以参加的吧。"又说，"民主生活会，大家把话说重一点儿没问题，只是要注意一点，不要对人用侮辱性的语言，如哈巴狗之类的话，就不可以再说了。"

杨柳再一次要站出来发言，又被龙昆仑拉了一下，杨柳看着他，脸上显出不满。龙昆仑找他要一根烟，杨柳在给他点时，发现龙昆仑拿烟的手在抖。

林子峰用眼睛看着石光华和杨天津。杨天津说："我没什么要说的，只在这个会上再次申明一下，我并没同意在举报龙昆仑的大字报材料上签名。"又对林子峰说："林主席，我肚子疼，想先离开一下。"不等林子峰同意，便站起来走了出去。

会场又静了一分钟，大家都盯着石光华。石光华点一支烟，吸两口，干咳一声说："我说几个希望……"他话一开头便做了一个较长的停顿，他把手中的烟掐灭说，"一是希望领导不要把下属当傻子，不要把我们的经销商当白痴。玩阴谋不要太多，玩人不要太过，物极必反。二是希望我们的年轻人多尊重年纪大的同志，不要太功利，做事不要不择手段。光明磊落些，不要玩阴的，以诚相待，以礼服人，以心待人，不要失去了道德底线。三是我认为刊社是大家的刊社，不是哪一个人的刊社，不要阿谀奉承，唯命是从。当墙头草终究会被人拔掉的！我说完了，只是希望，没有所指。"

对宋文章和石光华的发言，坐在正中间的李处有些吃惊，显然，这么激烈的民主生活会他还是第一次参加，他的脸居然有些发红。他说："侠刊社的民主生活会，我本应该以听为主，但还是忍不住，想说两句。大家知道，我是个武侠迷，其实我也写过一些武侠小说，前些时，我利用认识龙社长的机会，给他推荐了一部自称是朋友写的武侠小说，昨天，龙社长将小说退还给了我，他说是他亲自审看的，说小说故事性弱了，没有达到在《侠世界》发表的水准。说实在的，我当时很不受用，现在想通了，这说明什么？说明这种节骨眼儿上，龙社长仍能坚持原则，这一点，我很佩服他。现在，我告诉龙社长，那篇小说是我写的。"

龙昆仑对李处说："李处文笔是蛮好的，还希望再给我们更好的稿子。"龙昆仑对李处十分感激，他知道李处此时讲这话的良苦用心。

杨柳站起来了，这次龙昆仑没有拦他。林子峰也点点头，示意让他说。杨柳说："首先我要辩白一下我今天能不能参加这个中层干部会的问题。虽然调查组否定了我的任职，但杂志社社委会暂时没有下文正式免去我编辑部主任的职务，所以我认为林主席让我参加这个会，是正确的。刚才石社长提出了一个对老同志尊重的问题，又提出了一个道德底线的问题。我觉得提得很好，我们非常尊重那些为刊社为国家利益兢兢业业工作的人，起码，我是这样，比如对龙社长，比如对杨天津老师。但对有些老同志，我觉得他们做的那些不堪的事，非但不值得尊重，甚至让人恶心！"

杨柳话没说完，宋文章便拍了一下凳子，大声说："杨柳，你把话说清楚，诬蔑人是要犯法的！谁不知道你约《雪山玉女》的一些龌龊事。"

杨柳说："说得很好，我约《雪山玉女》有什么龌龊事，我欢迎组织调查，拿出证据，但是，宋主编，我提一个人的名字，你应该印象深刻——万莉。你应该还记得，你酒后对她做了什么！"

大家都吃了一惊，看着他们两个。宋文章显然有点儿慌了，但嘴里仍说："我做了什么？你拿出证据来！"

杨柳说："说得好。没有证据的事，我不会乱说。"他说完，在自己包包里拿了几张纸，分别给林子峰、李处各一份，同时给了宋文章一份，一边递给他们一边说："我不会把这些东西乱贴，我只复印了四份。是万莉亲笔写的《我的揭发材料》的复印件。"会场气氛顿时变得更加紧张了。

宋文章看完揭发材料，当场就将材料撕了，冷笑着说："还真是无所不用其极呀，杨柳！我真小看你了，你父亲以前是造反派吧，'文革'遗风如此浓。整这个假材料，你要负法律责任的。"

杨柳也冷笑着说："万莉既然要告你，她手中必然有证据，她也提出来过，她可以来当场对质！若你胆粗，我们确实也可以通过法律来解决这件事。"

宋文章说："好，你杨柳等着！"

林子峰看完材料，有点儿不知所措，显然，他没有预料到会出这种情况，说："这事先放下来，杨柳，你先坐下。"

杨柳说："林主席，我没说完，我必须继续说。刚才石社长说了一句物极必反的话，我很有体会，我回送一句：兔子急了也会咬人。既然你们不让我当主任，我觉得，我也要把你们的老底都兜一下。我今天要大家知道，谁才真正没有道德底线，让大家知道，我们的石光华社长这几年是怎样利用自己的权势长期占有一个无助的小职员夏小荷的！"杨柳掏出一盘磁带，说："我请大家认真地听一听这盘磁带。请宁子烟去隔壁拿录音机。"杨柳的脸已激动得通红，他的神态有些吓人，以至宁子烟站起来，有些犹豫。她看看林子峰，又看看龙昆仑，但他们都没有任何表示。江一石站了起来，去隔壁拿来了录音机。

石光华眯着眼，嘴角有点儿抽搐，他似乎已预感到了将要出现的状况。

当江一石拿过来录音机时，宋文章站了起来，他拍了一下石光华说："我们有必要在这儿看一条疯狗表演？"说着朝外走，走到门边，又回过头对林子峰说："林主席，你觉得这会还能进行下去？原谅我不在这里与一条疯狗讨论问题。"他是正对着林子峰说的话，再转身走时，却撞在了门框上。

石光华没动，眼前发生的一切似乎让他变得有点儿木讷。他眼神空洞地看着宋文章离开，忽然叹了一口气，斜靠在椅子上，闭上了眼睛。

江一石接过杨柳的磁带，将音量开到了最大。大家惊恐又好奇地竖着耳朵听磁带里的声音。录音带里放的是杨柳找夏小荷谈话的内容，会场很静，所以声音显得格外清晰，声音也十分刺耳，特别是夏小荷最后那句话"是石社长和大勺逼我的"，让人有一种撕心裂肺的感觉。

录音放完后，坐在石光华边上的几个人，看见石光华闭着的眼角，缓缓地流出两行浊泪。

杨柳将石光华与夏小荷在锦园宾馆开房的结账单复印件分别递给了林子峰和李处。

江一石站起来将南京经销商江二富写的"关于石光华收受本人1000元红包的情况说明"的复印件递给林子峰和李处，说："还有这个揭发材料。"

在座的人，面面相觑，对突然发生的事，有点儿不知所措。

看了材料，李处小声对林子峰说："这个情况，蛮严重呀。"

林子峰不回他的话，愠怒地看着龙昆仑，说："龙社长，你这开的是民主生活会吗？是不是还有更劲爆的揭发材料，一次拿出来呀？你指挥他们这么做是不是也太毒了点儿？"

龙昆仑低着头，不说话。江一石说："龙社长并不知道这些材料，我们几个要联名写举报信，是被他压下来的。"

林子峰看一眼江一石："我在问龙社长，我问你了吗?!"

"你们这样血淋淋地内斗，迟早把侠刊社斗垮！"林子峰说完这话便宣布散会。

林子峰、李处及其他人走了，会议室剩下龙昆仑、宁子烟、杨柳和江一石。

石光华也没走，仍坐在那儿，闭着眼，眼角不断有泪水在流。

龙昆仑又找杨柳要了一根烟，想一想，又多要了一支，走到石龙光华面前，拍了他一下，然后将烟递给他。

石光华睁开眼睛，迟缓地接过烟。点燃，然后擦一下眼睛，在烟雾中，半眯着眼，声音有点儿沙哑地说："龙社长，你们把我怎样整，哪怕坐牢都无所谓了，你们这样对一个弱女子，不应该呀……"说完，剧烈地咳嗽起来，咳得浑身发抖。

杨天津忽然急慌慌地跑进会议室，对龙昆仑说："出大事了。夏小荷在乡里跳塘自杀了。"说完，她看见坐在一边满脸泪水的石光华愣了一下，在众人震惊中，石光华从椅子上滑下来，跪在地上，放声恸哭……

十　王道踏入锋利之城

　　龙昆仑一个人坐在黑暗的办公室发愣。他忽然觉得有点儿疲惫，有点儿忧虑，有点儿失望……

　　下午，知道夏小荷自杀的事，他安排董军开车带杨天津迅速赶到夏小荷的老家黄花坳，去帮忙处理后事，又支走了杨柳他们几个，说要一个人安静一下。他们走后，他便坐在办公室沙发上，一动不动。天黑了，他懒得开灯，饭也懒得去吃。

　　龙昆仑的老婆在他的老家咸宁，龙昆仑在咸宁当兵，然后转业到了武汉。而他老婆一直在咸宁，原来是咸宁中心医院的护士，现在已做上了护士长，工作很忙，一个月来不了江城一两次。

　　刚才，林子峰打来了电话，他已经知道夏小荷自杀的事了。他首先要求刊社一定要把这件事处理好，千万不能再出什么复杂的事，然后说："我敢断定，夏小荷的死与杨柳同她的那次谈话绝对有关系。"又说："那杨柳有能力我不否定，但你把他变成了怎样的人呀，那就是一条凶恶的狼呀！还有江一石，我看也不是什么善人。你说，你对今天这两个人做的事不恐惧吗？你以后能控制得了这些野狼吗？"

　　龙昆仑是在黑暗中摸索着接的电话，他只是有气无力地"嗯"了几声，没回一句话。其实，龙昆仑所有的忧虑和失望都来自杨柳。杨柳今天的整个表现可以说让龙昆仑震惊。应该说，杨柳主导了这次对石、宋的全面反击，而且干得既漂亮又彻底。龙昆仑应该为之鼓掌，然而，不知何故，龙昆仑对他近乎疯狂的举动，忽然产生了一种发自内心的反感，特别是他与夏小荷的那段谈话录音，让他生出了一种恐惧和忧虑。回忆近几年，在他的悉心培养下，杨柳由青涩逐渐成熟，由胆怯到自信，变得有主见、有能力、有魄力。

但他今天在这些之外所暴露出的凶狠和为达目的不择手段的残忍，让龙昆仑产生了挫败感。他有一种把身边一头做事的牛养成了一头吃人的虎的惊惧感。特别是刚才林子峰来的电话，更加重了这种感觉，所以他陷入了深深的痛苦。

忽然，门轻轻响了一下，接着灯被按亮了。龙昆仑因为一直坐在黑暗里，眼睛暂时无法适应灯光，他用手遮住光，看着进来的人，是宁子烟。"我看见门没关，估计你还没走。怎么灯也不开呢？"宁子烟说。看见黯然神伤的龙昆仑，她叹一口气，问："是为夏小荷的事？"

龙昆仑没搭理她，揉揉眼睛，又歪在了沙发上。宁子烟又问："是因为杨柳？"这问话让龙昆仑坐了起来，说："你觉得呢？那万莉的材料是你提供的？说实话，你们这样做，虽然我知道都是为了我，但我很伤心，特别是杨柳。不然，夏小荷不会被逼上绝路。"

"是杨柳让我与他一起去找的万莉。我也很不舒服呀，我晚饭也没吃，一直在办公室坐到现在。"宁子烟说着开始抹眼泪。

龙昆仑从衣架上取下手巾递给她，两人的眼光碰了一下，然后都躲开了。沉默了几分钟，龙昆仑忽然问："那个施州的王道在干什么？"

"你问他干什么？"宁子烟还没从刚才的委屈中缓过来。

"我想马上把他调进刊社。"

宁子烟惊讶地抬起头："可以呀。早让你调他，你磨磨叽叽，现在是觉得杨柳、江一石包括我都被你带坏了，想找一个好一点儿的人调和一下吧？"

"说什么呢？就你聪明？总是口无遮拦，换一个领导，早就整死你了。"龙昆仑装出生气的样子。

"本来就是，还不承认。"宁子烟缓过来了，变得有点儿调皮起来，"现在调王道还真是个机会。听说施州新上任的宣传部部长看中了他的才华，要调他去宣传部，他这几天慌了神。他大学毕业开始就分在宣传部，在那儿干了两年，不想坐机关，主动要求去了州文联，江一石还笑他有官府恐惧症。"

听了宁子烟的话，龙昆仑顿时来了精神，说："那好呀，现在就给他电话，让他明天就过来！对了，先借调过来，让他直接去鄂州处理夏小荷的事。"

王道租了一辆吉普车连夜从施州赶到鄂州黄花坳时，已是上午九点，他在鄂州殡仪馆订的棺木已提前到了。杨天津正与殡仪馆的人理论，殡仪馆的人说是一个叫王道的人订的，要求必须九点送到，而杨天津并不知王道是谁，她以为是殡仪馆的人送错了位置。

王道下车后便告诉杨天津，说冰和棺木是他订的，又说他是龙社长很好的朋友，是龙昆仑让他赶来配合她处理好夏小荷的后事的。说完，就指挥大家将棺木抬进房，将平放在一个旧竹床上的夏小荷的尸体放进棺木里，然后在边上放上冰。接着又从吉普车后座抱下来鞭炮、黄纸、蜡烛、香等，很快就将一个灵堂设好了。

刘大勺一开始一直在夏小荷的尸体边跪着哭。王道来之前，他不让杨天津和董军进房。王道来后，他站起来，一边哭一边帮王道一起架设灵堂。

王道将灵堂架好后，自己先点了三根香拜了三拜，然后走出去对杨天津说："要不，你们也进去给烧个香？"

杨天津与董军进去时，刘大勺没有再阻拦，只是咬着牙说："人被你们刊社逼死了，你们必须负责！"

杨天津进去后，没有烧香，趴在夏小荷的棺木上哭了起来。

王道看见一个脸色苍白的妇人坐里屋的门槛上，她满脸的虚汗。王道问刘大勺："是你母亲？"刘大勺说："是的，也是小荷的大姨。"

王道说："她这个样子，可不得了！听我的，马上把她送医务室。"说着就吩咐董军扶着夏姨去镇卫生院，出去时，他将一直蹲在屋角落的李小甜抱起来，放进董军的车里说："小姑娘，陪你奶奶去打针。"

王道送夏姨去了镇里的卫生院，又转头去了村委会，找到村支书和黄花坳所在的二队队长，向他们了解当地的丧葬习俗，并让他们帮忙找办丧事的丧葬乐队。

乐队的声音响起来后，村里便来了一些村民。王道又让队长请来了村里专做红白喜事的厨子，给钱让厨子带着他的人去镇里买来肉菜，又借来一些桌凳。夏小荷的丧事顿时变得热闹了许多。王道又从吉普车后座拿下来几条烟，递给刘大勺，让他招呼来的客人。刘大勺对王道印象很好，一切也都听他吩咐。

王道昨天晚上是在父母家接到宁子烟的电话的。宁子烟把刊社最近出的一些事给他详细地说了，最后说："龙总想让你过来帮他，特别是先处理好夏小荷丧葬的事。"后来龙昆仑拿过电话，给他电话里只说了一句话："其他话不说了，相信我就早点儿过来帮我吧。"王道说："不管能不能过来，先帮龙社长把夏小荷的事处理好。"

吃中饭时，刘大勺忽然不见了踪影。听村民说看见他忽然朝黄花塘的方向去了。王道一惊，连忙让杨天津招呼着客人，自己带着董军朝黄花塘的方向跑去。

快到黄花塘时，王道远远看见刘大勺正追打一个中年男人，追到后，一脚将中年男子踢进了塘里。王道与董军连忙加快步子朝那边跑。

到了塘边，那中年男人已爬上了岸，满头满身是水，坐在地上哭。刘大勺一言不发，蹲在一边抽烟。董军惊讶地叫了一声："石社长。"就要上去扶他，石光华目光浑浊地看了他们一眼，摆下手，拒绝董军靠近。

王道似乎明白了什么，从口袋里掏出一个手帕，递给石光华，又给他递根烟，帮他点燃。几个人不说话，闷头抽烟。

王道说："一起过去吃饭吧，那边还有不少客人。"石光华又找王道要了根烟，猛抽一口说："你们带大勺去吧，我在这里坐一会儿。"

刘大勺猛地站了起来，头也不回地走了。

王道还想说什么，但石光华闭着眼，向他们摆摆手，示意让他们走。

晚上守灵，王道让杨天津去镇上休息，又考虑到第二天董军要开车，所以让他也走了，他留下来与刘大勺一起守灵。村上的人和夏小荷的几个亲戚吃完晚饭在房子外搭的简易棚子里玩了一会儿牌，到天浓黑时也都走了。

刘大勺晚上喝了酒，支撑不住，在凳子上打起瞌睡。王道从带来的背包里找出一本书看。

快到子时时，王道忽然看见门外一个巨大的影子慢慢向房子里移了进来，王道吓得一激灵，本能地站了起来。门吱地一响，昏黄的灯光下，王道看见夏姨背着李小甜慢慢地走了进来。

夏姨打了点滴，脸色好多了。夏姨将已熟睡的小甜抱进里屋的床上睡下，走出房，摆一个小椅子坐在棺木的旁边，王道起身倒了一杯水递给她。她接过水又开始抹起眼泪。

刘大勺酒吃多了，加之头天守灵一整夜，靠在椅子上睡着了，而且打起了鼾。夏姨哭着哭着全身就发起抖来，她站起来，走到刘大勺旁边，对着他的脸重重地打了一巴掌，骂道："短阳寿的，早就知道你和那些毒人一样是来我们家讨债讨命的！"

刘大勺被打醒，摸着脸惊恐地看着他母亲，不等他说话，夏姨又一巴掌打在了他头上。王道连忙站起来，上前去拉住夏姨的手，夏姨仍瞪圆眼睛对着刘大勺吼："你个畜生，你给我滚，小荷就是你害死的，你守灵，你守你妈个鬼，你滚！"

刘大勺万般委屈，满脸是泪，但夏姨仍要挣开王道去追打他。

王道一边拉着夏姨一边对刘大勺说："你先出去吧，让姨冷静一下。"刘大勺一边嘟嚷着一边走了出去。

夏姨一屁股坐在地上大声恸哭。连哭带号："娃呀，你命苦呀，你的命与你娘一样都是被毒人害死的呀，你姥姥欠下的几条人命都是你和你娘在还呀……"

王道走上前将她扶坐在了椅子上，说："姨，您别哭坏了身子，要不，您去里屋休息一下，这里我看着。"

夏姨这时才怔怔地看着王道，然后撺一把鼻涕，坐在了椅子上。

夏天的后半夜，气温变微凉了，门外蛙声虫声狗吠声间断地传来。里屋小甜忽然嘶声大叫起来，夏姨连忙进屋，拍着她的背："娃呀，娃呀，姨奶奶在，莫怕，莫怕，姨奶奶在，哪个毒人也不敢害你……"

夏姨哄好做噩梦的小甜出来时，问王道："你是姓王?"

王道："我叫王道，是施州文联的，我是龙社长的朋友，他让我来帮忙处理小荷的事。"

夏姨说："你一看，面善，做事蛮地道，好人呀。"说着从边上的包包里拿出两个苹果，一个递给王道："早洗过的。"

王道忙接过来，两个人吃起来。

王道吃着苹果问夏姨："你刚才说小荷的姥姥欠几条人命，是真的吗?"

夏姨慢慢吃着苹果，说："当然是真的。这事，村里上了年纪的人都知道呀。我妈家原来是鄂城有名号的大户人家，那毒人占了我妈，还害死了全家。我妈和他在这岗子坳生活了十年，生了我和小荷她妈。后来，中元节那个晚上，对，七月十五，我爹、我奶还有我叔和姑，全死了。第二早晨，那草塘里硬是漂起来四具尸体。我妈和我们家的一个叫门独的长工从此就消失了。村里人都说是我妈，也就是小荷的姥姥作的孽。第二年，那草塘边就生出了一片片开黄花的树。几年后，那树长得满村都是，听说那花有毒，都是作孽呀！小荷她妈抵了一条命还不够，小荷这又抵了两条，作孽呀。"

夏姨说着又开始抹泪。

王道听得后背发凉，也弄不清夏姨说的事是真是假，只是感觉这黄花坳既神秘又惨毒。他本想问夏姨她说的加小荷两条人命的事，但看见夏姨的那副惨兮兮的样子，也就打住了好奇心。他站起来，伸了一个懒腰，松弛一下筋骨。他从门里朝外面黄花塘的方向看了看，门外一片漆黑，但黄花塘边上，他居然看见有两星火光，似乎还有人影在塘边晃动。王道吃了一惊，后背又一次开始发凉。

处理完夏小荷的事，王道与董军去了沙洋监狱，杨天津直接回了刊社。在处理丧事过程中，王道只给龙昆仑打了一个电话，因为刘大勺提出要侠刊社除办丧事外，另给两万元补偿费。王道说这话时加了一句，说："若您同意，我会将钱直接给小荷她姨，也就是刘大勺的母亲，以后夏小荷的女儿肯定会由她养着。"

龙昆仑很快同意了，知道王道会用自己的钱垫，而且钱付了，尸体马上下葬，很满意，说了一句："老弟辛苦了。"

王道去沙洋监狱是刘大勺提的第二个要求，他要刊社派人去监狱，看一下夏小荷的丈夫李飞，告诉他小荷的事。

待王道办完所有的事去侠刊社报到时，刊社里几乎所有人都知道，龙社长从施州调进来一个很能干事的人，这个人的名字叫王道。

第二章

十一 江一石情陷"言情"

1997年的江城文联大院出了件让人伤心的奇事，退休的文联主席居然在文联大院外的一条街上被一个骑摩托车的小伙子给撞死了。

杨柳、王道、宁子烟等参加追悼会回来，在杨柳的办公室，杨柳点根烟说："这下还真齐了，文联大院，面积不到五十亩，人员加起来不到四百人，你们说，还有哪种死法没有发生过。前几年，作协主席、全国著名作家，路上汽车轮子爆胎，摔出车窗死了。在长江游泳淹死的、上吊死的、喝毒药死的、跳楼死的、喝假酒喝真酒死的，最离奇的，飞机失事这种小概率事件，这文联大院居然也摊上了一个。现在，堂堂文联主席，被一辆破摩托车给撞死了。这样的大人物也缠不赢这文联大院的阴气阴魂。听说，前些年有位高人在这里看过风水，说这块弹丸小地，风水极佳，既是最好的阳宅，又是最好的阴宅，人与鬼都在争这块地。所以，这里的阴鬼隔段时间就要害这里的人。"

王丹怡抱着一沓稿子靠在门边，听见杨柳说的这些话，一双大眼睛吓得老大，不禁打一个寒战。

杨柳吹着烟笑了起来，说："吓着了？"

王丹怡将稿子使劲抱紧说："怪吓人的，以后哪里敢再来加夜班呀。"

宁子烟说："那好办呀，以后加夜班，每次都让杨流子来陪。"

王丹怡飞快地瞟一眼杨柳，脸泛了红。

王道笑着说："要说风水，我是相信的，《侠世界》如此快就在全国做成了气候，肯定是人杰地灵呀。借这块宝地，以后肯定还有更好的景象。"

"王总来后，我们刊社气象万千，连龙总都逢会必夸，王总必然会借这块好风水、好人脉，实现更大抱负。"杨柳就着王道的话说。

宁子烟早听出杨柳话中的味道，她说："干正事了，你们不散，我先散了。"王道跟着宁子烟尴尬地一笑，也走了。

王道坐进自己的办公室，田小草进来说："江一石打来电话找您，问他是什么事好转告，他说没事。"

江一石因为送刊队的事被闹得一塌糊涂。送刊队被强行解散后，马邦在江城和地市《侠世界》的发货数骤降百分之二十。马邦对地市的掌控也不如刘大勺。刘大勺专发《侠世界》，对地市经销商十分用心。他的经销商来江城拉刊或结账，他总请他们喝酒。地市实发增数的，他还制定了奖励政策。而马邦手中发的刊较多，所以对他们基本上只有刊款来往，做得不如意，就换，如此，地市的发货出现了阴跌。在江城送刊队解散后其发刊模式由送发转变成坐发（终端摊点到店面拿货），路途稍远的或者让人代货，或者干脆不再拿货。

而送刊队解散，收回摩托车时又遇到了一些抗拒，收回了百分之六十，其余的说送刊亏了本，拒不交车，马邦一怒之下，动用了黑道上的朋友。为此，出现了几次街头斗殴，那些挨了打又交了车的人怀恨在心，不敢动马邦，找准时机，把江一石暴打了一顿。被打得满脸是血的江一石终于忍不住到龙昆仑的办公室大爆发了一次。他说成立送刊队就是个错误，让马邦来替代刘大勺更是错上加错。他提出解除马邦的总代，让刘大勺来做。

看着满脸是血的江一石，龙昆仑压住一脸怒气，他递给他一块湿毛巾让他擦干净脸上的血，说："你挨打是活该，把事情搞得一团糟。"然后叫来董军，让他把江一石送医院。

走时，看着怒气未消的江一石，龙昆仑丢一句："回家好好反省，这段时间别来上班了。"

江一石去医院包扎伤口时，不知护士碰了他哪根神经，他号啕大哭了五分钟，吓得护士转身跑去找医生。

马邦找龙昆仑谈刊社投入送刊队不到位，要求补偿的事，被龙昆仑一口拒绝，两人谈得不投机，竟然都拉下脸，发展成对骂。龙昆仑在电话里说："你干脆别干这总代了，我的刊在江城不愁人发，连江一石都劝我不再给你做，说你干不成什么事，就是个笨蛋。"龙昆仑的话没说完，马邦早气得把电话给砸了。

王道第一天来上班，发行公司的一摊事便甩给了他。

那个惊心动魄的民主生活会后，石光华向文联党组交了份辞去公职的书面报告，在林子峰三次找他谈话挽留后，文联批准了他的辞职。宋文章三天两头找林子峰，甚至酒后闯进文联党组会，要求就一个，不在侠刊社干了，还说文联给个桌子，他看大门都行。文联党组无法，给其在老干办安排了个闲职。

王道上班不到一个星期，龙昆仑便在全刊社组织了一次侠刊社新班子成员岗位竞聘，岗位：总编一人、副社长两人、副总编一人。上午发通知，下午进行竞聘，全体员工参加投票。

杨柳收到通知急匆匆报了两次名，第一次报名竞聘总编，当得知龙昆仑也要亲自参加总编竞聘后，又灰溜溜地去收回总编竞聘报名，递交竞聘副总编的报名。龙昆仑亲自负责岗位竞聘的报名，对杨柳的两次报名，他没有给一句话暗示。杨天津与宁子烟同时报名竞聘副社长。江一石一直被龙昆仑要求在家反省，竞聘报名没有通知他。

快到中午，龙昆仑去了王道的办公室，将报名表往他桌上一拍，说："你不参加竞聘？十二点停止报名，你小子稳如泰山！"

王道一边给龙总倒水，一边说："不是人员都齐了吗，龙总还让我去做陪衬？我一个才来的新人，谁能认识我？"

王道上班的那天，龙昆仑亲自带他去了所有楼层的部门，几乎将他介绍给了所有员工。这种待遇在侠刊社新人中没有第二个。

"不知道你？你还真会装谦虚。那杨天津和董军回来后，都快把你吹上了天，你是人未到，名声先到。"龙昆仑推开王道递过来的杯子说："快填表，报副社长！"

竞聘演讲，杨柳和宁子烟讲得最为用心。龙昆仑谈了一个刊物扩张的新思路，有点儿像一次新方向新举措的鼓动演讲。王道报名副社长后，杨天津自认为落选的肯定是她，所以话不多，甚至讲稿都未准备，只说了财务管理对企业的重要性。

王道与杨天津一样没有讲稿。但他的思路却让所有人眼睛一亮。他提出了"一鹏两翼"的概念。他认为刊物为鹏，发行和广告应该成为两翼，侠刊社鲲鹏展翅，必须要有发行和广告这两翼。他说他希望在侠刊社这个大鹏的羽翼下，能在广告方面有所作为。

竞聘结果出来后，龙昆仑只将王道一个人叫到了他的办公室。票选结果让王道也十分意外。五十三名员工，龙昆仑五十票，王道四十八票，杨天津二十八票，宁子烟二十七票，而杨柳等额选，居然只得了三十一票。宁子烟落选。

龙昆仑铁青着脸，让王道给他一根烟，抽几口闷闷地问他："你投的谁？"

"我投的自己和宁子烟。副社长三名候选，只投两人，按得票率，宁子烟是超过杨柳的。"王道说。

"但杨天津怎么会比宁子烟的票多？"龙昆仑愤愤地说，显然，投票打乱了他的岗位安排。

"宁子烟的票少，是因为您。"王道看着龙昆仑的眼睛说。

王道来江城侠刊社报到的那天晚上，龙昆仑请他喝了一次酒。据说两个人从头天晚上七点一直喝到第二天早上三点，侠刊社的人不知道他们都谈了些什么，只知道那场酒把他们的关系极快速地拉得很近，以至王道和龙老大说话是社里其他人从未有过的随便。

龙昆仑瞪圆了眼睛，还没有哪个下属敢如此说话："你说什么屁话，怎么就是因为我了？"

"宁子烟的能力和业绩可能是被你有意无意的庇护掩盖了。"王道避开龙昆仑的眼光和怒气说。

"我庇护过她吗？你刚来，跟着瞎说？"

"话还没说，老板就生大气。"王道笑着说，"要不晚上我请你喝酒吧，在你指向性明确的策划下，我升任副社长。"看见龙昆仑仍虎着脸，又说，"你想训我，喝了酒再训，酒劲上来，训个够。"

"喝个屁酒。"龙昆仑面部松弛下来了。

"我提前已经约了宁子烟了。你不参加，就我们两人吃？"王道涎着脸说。

龙昆仑要再一次发火，看见王道一副笑样，又不好发作，感到王道就一软棉花团，绕得自己无法招架，但心里又能感觉他的坦诚。他说："真是看走眼了，早知你这么油腔滑调，打死也不会着急地把你调来，把你一竿子送到众人之上。"又说，"就买些菜，到你租的破房子里去喝。"

吃饭前，王道劝说龙昆仑别说票的事，免得一餐饭吃不出喜庆味。但席中宁子烟直接问了起来，龙昆仑轻描淡写地说："票都差不多，都过了半数。"

宁子烟马上脸变阴了，幽幽地说："那就是我的票最低了。"又说，"要不是你，我才不信凭我的能力，我会比一个刚来的人的票低，尽管这人被你和杨天津捧上了天。"

王道哈哈一笑，说："我说吧，龙总捧谁，谁就是众矢之的。"

侠刊社新的班子岗位，是林子峰亲自来侠刊社并让召集全体员工宣布的。

社长、总编：龙昆仑，副社长：王道，副社长兼财务总监：杨天津，副主编：杨柳，社长助理兼行政总监：宁子烟，五个人组成新的社委会，形成侠刊社新的领导班子。

宣布完任命后，林子峰去龙昆仑办公室喝茶。当着王道的面，林子峰对龙昆仑说："按你的想法配齐了班子，不容易呀。这次你可得珍惜。王道是你选的干部，你别又给我带坏了！"

龙昆仑一身轻松，笑着说："我带坏他？看样子，主席对他缺乏了解，他比我们都坏。哪天，我都可能被他给影响坏了。"

林子峰一开始有点儿吃惊，看见龙昆仑和王道两人都一脸笑，装出不高兴的样子，说："怎么变得油腔滑调了。"

江一石被龙昆仑长时间弃之不用是王道没有想到的。龙昆仑让他全面负责发行和经营的事，他说："我先把发行的事，特别是送刊队的事理顺，等江一石回来上班了，我还是希望去开发一下广告。不然广告这块不做起来，太可惜了。"王道说这话，龙昆仑不置可否，只是鼻子哼了一声。

王道花了一个星期熟悉发行，第二个星期便组织开了全国经销商的会。会上几餐酒，加之陪游江城的几个景点，王道很快就与大部分经销商混得"很铁"了。会上有人问到江一石，王道说江一石在外地学习。

送刊队的事，王道听了田小草的主意，先说服龙总，把合订本的事提上议事日程，这是谈判唯一让马邦与龙总表面上都不会失面子、失利益的筹码。

王道带着田小草在湖隐岛与马邦谈了三个小时。听马邦骂了龙总一个小时，骂了江一石半小时，最后达成三条协议：

一、送刊队的摩托车收齐后，根据花名册，每人发五百元下岗补贴，钱由马邦公司出。如此，已交摩托车的人也会说服没上交车的人，车不交齐，下岗补贴不发放。

二、马邦不再做地市级总代，可采取二级总代的模式，侠刊社发刊给马邦，马邦在发货费率上加一个点交刘大勺发。

三、侠刊社发给马邦的货不再降低两个点，恢复原状。侠刊社给马邦的条件是，将《侠世界》合订本的全国总代交给马邦，两份协议同时签。因马邦带着对龙昆仑极大不满的情绪，所以，谈得很艰难，但马邦还是勉强答应了，只是提醒王道，他同意刘大勺做他的二级总代，但龙昆仑不一定会同意。

临走时，喝得醉醺醺的马邦对王道说："那江一石是你……兄弟，你找时间，好好管管他，妈的，变成个……流氓了。"

其实王道到侠刊社后最大的一个心结便是江一石。虽然他没来的时候江一石便因送刊的事被龙昆仑彻底抛弃了，但不管如何估计此事，面子上，还是他王道取代了江一石。龙昆仑手里拿着一块石头，而在河里又看见了另一块圆润的鹅卵石，于是把手里的石头丢了，而王道便是他丢掉手里石头而捡起的那块鹅卵石。

来江城后，王道与江一石在一起喝过几次酒，江一石对他既热情又疏远。谈到过去的大学岁月，激动得痛哭流涕。谈到现在，一脸茫然。江一石被龙昆仑搁置几个月，王道感觉他性格变得有些扭曲。

田小草告诉王道江一石电话找过他的话，让王道内心有一种纠结和期待，他决定下午下班后去找江一石喝酒。

江一石那天被打又被龙昆仑赶回家后，昏睡了两天，万念俱灰，他对龙昆仑极度失望，对侠刊社也极度失望，他觉得自己就像一个装在瓶子里的玩偶，被他们连瓶子一起摔到了地上，而他这个玩偶与瓶子一起破碎了。

马飞照顾了他两天，因为他与她父亲马邦的恶劣关系，所以，两人闭口不谈工作上的事，她只是每天下班后到他的出租房默默帮他洗衣做饭。

江一石也许是失去了快节奏的工作，身体的节奏却仍慢不下来，所以，性欲忽然变得格外强。有几次，菜还在锅里煮着，马飞便被他拖上了床，而且做爱的时间特别长，以至于有两次，锅里的菜烧煳了，弄得满屋子都是烟。江一石像染上了性瘾，这使马飞实在有点儿吃不消，甚至对此产生了某种恐惧。因此，江一石伤好些后，她便来得少了。

有一次，她在江一石枕头下翻到一本色情刊物，她暴跳如雷、指着江一石的鼻子骂："你把我当成婊子了，江一石，你去死。"

江一石对自己这种身体上的变化也十分苦恼，马飞走后，他将那些黄书全部撕掉，然后狠狠扇自己耳光，用冰水冲头，恶毒地咒骂自己，用一整天不吃饭来惩罚自己。然而，没过几天，他又忍不住坐公交车去了书刊市场。在那个叫"言情"的书刊摊点外逗留。

言情书刊发行社在江城书刊市场算得上是较大的一家书刊发行公司，既做零售又做批发。老板是两姊妹——两个典型的琼瑶迷，姐姐叫何思琼，妹妹叫何梦瑶。她们经营的书刊全部以言情类为主。琼瑶各类版本的书，摆满店铺，还售卖琼瑶小说改编的影视剧录像带。店铺唯一的打工仔是她们的堂弟何劲。何劲帮她们跑进货，店里明着卖纯情的书刊，但暗地里，何劲从广州一个批发商那里进一些色情刊物偷着卖。江一石的黄色刊物就是从何劲手上拿的。

因为经销言情刊，所以言情书刊发行社与侠刊社并无交集，但何劲长期在书刊市场混，所以知道江一石是鼎鼎大名侠刊社的发行经理。

江一石在书刊市场闲溜达，遇见了何劲，何劲把他拉到言情书刊发行社，向他的两个堂姐隆重介绍江一石，并且强留他在店里喝酒。喝完酒，就把他从广州进色情刊的事一股脑儿告诉了江一石，又送了几本给江一石。

何思琼已结婚，老公做生意，有些钱，帮她盘下这个铺子，让她做她喜欢做的事。妹妹何梦瑶名牌大学毕业后不愿去地市中学教书，便过来帮姐姐打理生意，姐姐无偿给了她书刊公司百分之三十的股权，日常管理经营主要是她负责，而姐姐何思琼只管账，抓大事。

何梦瑶是那种清纯得像琼瑶小说里人物的美人。江一石所以喜欢到言情书刊社来，一是因为何劲的黄刊，更大原因是因为迷上了何梦瑶。

对何梦瑶的爱慕，江一石是第一眼便产生了的，但他的感觉很奇怪，对她那精致的五官、白皙的肤色，江一石从未产生下作的肉欲之念，他只是对她的一颦一笑十分着迷。他总是想象着，若在一个爬满常春藤的木屋里，门外小桥流水，远处夕阳如梦，而身边依偎着这样一个可人的小美女该是多美的事。他甚至灵感大发偷偷为她写了《芳草青青》《相思成林》等几首小诗。他觉得她就是从琼瑶《庭院深深》中走出的章含烟。她在他心中圣洁如圣女，哪怕动一点儿凡心，他觉得那都是一种不可饶恕的罪恶。他在洁净的精神空地虔诚地供着这位纯精神的情人。而这种纯精神的单相思又与他龌龊的肉欲形成了鲜明的对峙。一方面，他无法控制肉欲，翻黄色书刊，找一切机会与马飞做爱；另一方面，又陷入对何梦瑶不可自拔的纯洁的思念，他甚至闭上眼睛便能嗅到满屋子的清香，能够听到何梦瑶轻轻的叹息。

江一石感觉自己就如同一个精神病患者，孤独无助地行走在这个既腌臜又干净的世界上。

其实何梦瑶的姐姐何思琼对他这种对何梦瑶的痴迷是看出了端倪的。她风情老到，私下早就查明江一石现在在侠刊社的窘境，但她对江一石谈吐中所显示出的才华以及为人的质朴还是颇欣赏的。经营黄刊是她与何劲做的事，从未让何梦瑶插手，她也知道江一石一直在何劲手中拿黄刊看，但她似乎对男人的这种癖好能够充分理解。所以，当发现有时江一石失去了世界般地痴痴地偷看何梦瑶时，她只会宽容地会心一笑。

江一石走进言情书刊社时，何梦瑶正低头看琼瑶的《窗外》，何思琼在埋头清账。店里拿书买书的人不多，何劲一个人在应酬。

江一石对何梦瑶说："傻丫头，这琼瑶的书就是情感的精神鸦片，她描述的情感世界就是让你们这些小姑娘迷失方向的，一走出来，掉进现实的大坑，绝对爬不出来。"何梦瑶抬起头，空洞地看他一眼，似乎并未从书中的故事走出来，她对江一石轻轻一笑，又埋下头去。

何劲过来给江一石递一根烟，算是打了招呼，然后又回去招呼店里拿货的人。

江一石走到何思琼的旁边，说："来五次能碰到姐姐一次。月底清账吧？"

何思琼对他嫣然一笑，在凳子后拿出一瓶矿泉水递给他，说："弟弟眼圈发黑，好像身子也有点儿亏吧。"

江一石白她一眼，又飞快地看一眼埋头看书的何梦瑶，从他们新到的言情刊里找出几本来，坐下来翻看。

何思琼忽然想起什么说："江老弟，你过来，姐有大事给你说。"

江一石抱着书走到她旁边。何思琼抬起头认真地看着他，说："我昨晚上想了一晚上，把自己都想得兴奋得睡不着觉。我想着，言情刊既然卖得这么好，那你们刊社怎么就不想着编一本言情刊？

若信得过我们，我们出钱你们编刊也是可以的。还有一种可能，便是我高薪聘请你当总编，你拉一帮大学生帮我编，我在全国负责销售。"何思琼一股脑儿将她的想法说出来。说得江一石没反应过来，瞪大眼睛看着她。

何梦瑶听姐姐说这话，兴奋地跑过来，说："好呀，若江大哥编言情刊，我也可以帮忙选稿子的。"

江一石痴痴地看着何梦瑶的兴奋神态，没有回话，叫一声何劲，说："再给我一根烟。"显然，他对何思琼提出的这种想法有极大的兴趣。他把烟点燃，深深地吸上一口。看见两姐妹均仰头看着他，说："你们别看我，让我好好想一想。"

江一石是将何思琼所谈的编言情类刊的事想出了一定眉目后才给王道打的电话，结果王道不在，田小草接的电话。他不好给田小草说什么，便挂了电话。

下午，他又用言情书刊公司的电话给王道的BP机发了传呼短信：我在江城图书市场言情书刊发行社等你。

王道在书刊市场找到言情书刊发行社时，天已擦黑，书刊市场大部分店铺已关门，剩下几个收废纸的人在捆纸清垃圾。言情书刊社的卷闸门拉下来一半，王道弓着身进去，推开里面半掩着的木门，看见里面热气腾腾，江一石正用煤油炉子煮着火锅。

正用筷子往火锅里下菜的江一石，停下手中的活，迎了过来，拉着王道向里面的人介绍："这就是我的好哥们儿，侠刊社的副社长王道。"然后又一一介绍何思琼、何梦瑶与何劲。

王道看着何家两姐妹笑着说："难怪我老弟不愿回去上班，在美人堆里混吃喝，乐不思蜀。"

江一石说："你们让我回去上班了吗？"

王道说："你不去给龙头汇报在家学习调研的情况，他会逼你回去？"

江一石被噎了一下。

何思琼说："小江有这么帅的一个领导加兄弟，也不早一点儿带过来让我们巴结一下。"说着几个人在房子里的长条沙发上坐了下来。何劲递烟，何梦瑶倒水。

王道坐下来将一直拿在手里的一个盒子递给江一石。

江一石问："什么？"

王道说："BP机，联系方便，免得总找不到你。"

江一石问："是刊社发的？"

王道说："怎么想的？老板有这种手笔？这是兄弟我送你的，花了我月工资的五分之一哩。"江一石嘿嘿一笑，接过盒子，"落难之人，难得兄弟情深。"

江一石很快便直入主题，说起关于办言情类刊物的事。他分析了现在言情类刊物的市场，说："目前言情类刊物在市场上是卖得很好的类型刊之一，主要分三类刊物。第一类是清新原创小说类，主要是琼瑶风格小说的延伸。阅读群体主要是在校中学生、大学生或像何梦瑶这样的深度琼瑶迷。以女性读者居多。第二类是文摘类言情刊。阅读群体基本与第一类相同。第三类是以纪实小说或纪实报道为主的情感情爱类刊物。这类刊物读者群体复杂，但主要对象是少妇。像何思琼这样的，当然也包括少妇们的老公。"江一石说完这些，停顿了一下，他看见何梦瑶十分欣赏地专注地看着他，内心有点儿激动，接过王道递过来的烟，点上继续说："若我们侠刊社有兴趣办言情刊，我认为办第一类比较合适，因为我们通过自己的品牌和现有作者资源，建立最优质的作者群不是难事。当然，办第三类也是可以的，只是这一类办起来稍微有点儿麻烦，有些纪实的故事容易引起纠纷，同时，还需建立自己的采访团队。若侠刊社满足名刊现状，不屑于扩大经营链，就办第二类，我拉两三个大学生就会办得很好，何老板出钱，我给她打工。"

王道显然也有些激动，但他尽量不马上显露出来，故意开玩笑道："要我办，我就办第四类，办给我们这些色情男人看。"

他说完察觉江一石并未附和，而且露出一丝失望的苦笑，他忘记了江一石是个缺乏幽默感的人，于是马上转为正式谈自己看法。

他说："这个点子非常好，一石对市场的分析让我很激动。龙总最近有一个宏大的市场发展理念，那就是要做畅销期刊集群，所以，这个金点子提出肯定会引起他的极大兴趣。不过我觉得这个策划提出来，还需要加点儿东西，一、这三类刊到底哪一类卖得最好，要有数据分析。其各占有的市场份额是多少，要有对已存在于市场的刊物进行各类数据的分析，包括发货量和退货率。二、编发团队组建的建议，包括是否与言情书刊社合作办刊等。三、对开本、印张、定价乃至于用纸的建议等。四、草拟刊名，并留三到四个做备选。"

王道的话使在座的各位兴奋异常。喝酒吃火锅时，江一石举着杯子先敬何思琼："何总的金点子，可能改变中国言情类刊物市场的新格局。我说我近几个月怎么总鬼使神差地要往你这儿跑，这冥冥之中肯定是老天赋予我了新使命，让我为它创造新的神刊。"说完不等何思琼笑吟吟回复，便将杯中的酒一口倒进喉咙。

王道拿起杯子说："你敬大，我敬小，这小妹妹长得很像我的梦中情人刘雪华，就是那个总演琼瑶剧的。不过有个要求，刘雪华不能喝水。"

何梦瑶被王道的话说得有点儿惊慌失措，她喝的是白开水，脸腮泛红地看着姐姐，何思琼说："那就换一杯啤酒和社长喝吧。"

何梦瑶倒掉了杯中水要去换啤酒，却被江一石拦住了。他说："小女孩儿，万不能沾酒，沾酒的女孩儿最容易上男人的当，像王道这样的老江湖，千万要像防狼一样。"说着，仍拿水壶给何梦瑶倒上水。

江一石的话和举止让王道有点儿诧异和迟疑，他仔细地看一眼江一石，会意地一笑，说："一石怜香惜玉，妹妹喝水，心意尽到就行。"

饭后，王道提出希望何家姐妹一定要鼎力配合江一石做好前期策划，书面策划争取一周内拿出来。刊社那边，他先向龙总吹风渲染。

离开言情书刊发行社，王道搀扶着江一石去挤公交。王道问江一石："马飞最近怎么样？"江一石不回答。王道追问："你们出了问题？马飞可是非常好的女人。"

江一石闷了很久才说："妈的，我近几个月快变成个鬼了，前些时，天天折磨她。上周又与她大吵一架，我他妈不是个人，龌龊、下流。"说着声音有点儿哽咽起来。

王道拍拍他的肩膀，不再问他了。

王道租的房子离文联大院不远，将江一石送回去后，他徒步往家里走。路过文联大院时，在昏黄的路灯下，他忽然看见文联大门口坐着一个男人在那里哭。他走了过去，嗅到一股刺鼻的酒味。那人吐了一地，人坐在呕吐物上抽泣着。走近时，看清那人是宋文章，王道当时在施州文联编《凤凰》杂志时就见过他，还与他一起喝过酒。

宋文章一边哭一边说的话把王道吓一跳，隐隐听到是："老主席……席……惨呀，都是狗日……日的龙昆仑，派人害的……呀。是狗日……送刊队……人，撞的呀……"

王道上前去，将他扶了起来，告诉他自己是王道，扶他回家。

宋文章看也不看他，一只手搂住王道的肩膀，在王道的搀扶下晃悠悠地往前走，但嘴里仍在不停嘟囔着"老主席是龙昆仑的送刊队的人撞死的"的话。

王道把宋文章送回去后，路上忐忑不安，他不知宋文章到底是听到了什么才说如此醉话。

他的出租房在二楼，上楼时他感到体内的酒精有点儿发作，步子也有些不稳了。上到二楼时与下楼的一位女子撞在一起，他的头重重撞到那女子的胸脯上，那女子发出一声尖叫，正要发作，看见抬起脸的王道，马上噤了声，是华小美。

华小美一边揉着自己的胸部，一边说："王社长，你喝得像个醉鬼，差点儿让我动了拳脚。"说着，左手揉胸，右手扶王道开门进房。

进门时，王道在黑暗里摸了半天，摸不到灯的开关，华小美也去帮忙摸，结果摸到了王道的手，她连忙抽了回来。

灯亮了，王道坏笑着对华小美说："这深更半夜，你跑我这孤男房子里来，要非礼我呀。"华小美说："你一身酒臭，非礼你？我躲还来不及哩。"然后转身去门外提进来一个蛇皮袋子，说："我爸知道我在发行部干得不开心，知道我想换地方，所以托人给我带了一袋施州腊肉，让我好送礼办事。"

侠刊社民主生活会后，华小美无法继续在编辑系列待，被龙昆仑暂时放在了发行部，让田小草带她做发行。然而，她做事马虎，又好做主，没弄懂的事对经销商瞎答应，几次搞得田小草非常恼火，但知道她与龙昆仑的关系，又不好批评她，只得尽量不让她做事，哪里还谈得上带她。王道来管发行后，她想做事，但一是对发行确实不大懂，另外田小草处处压着她，所以，她不愿在发行部待了。

"送礼找人也应该送龙总、找龙总呀，而且你爸与龙总关系那么好。"王道看着华小美，有点儿哭笑不得。

"上次为我的事，害了龙社长，哪里还好意思找他。"华小美说。

"我这单人一个，从不开伙，你给我这腊肉，我留着有什么用？"王道脱了外衣，看见外衣上沾着刚才扶宋文章时沾上的一些呕吐物，顿时觉得一阵恶心。

华小美要说什么，他用手拦住她，说："先别说其他，去帮我烧一壶水，我要赶快洗个澡，我这一身酒臭，恶心死了。"

"好的。"华小美听王道这样不把她当外人地支使，马上高兴地去烧水。

华小美在施州跟着王道办《凤凰》刊时，性格活泼、随意，好出头揽事，工作虽无章法，但却十分积极努力，特别是在他们搞广告版"施州风云人物巡展"时，利用她父亲的人脉，一大半形象版广告几乎都是她拉的。而且她不贪小利，只看重领导的表扬和对她的态度。对王道，除觉得王道作为男人不喜欢武侠是缺憾外，其他方面几乎样样欣赏。有一次在《凤凰》刊社开编务会，她入迷地看着王道讲话。王道讲完，让她发表意见，她第一句竟是："我觉得王头儿抽烟的姿势，是所有男人里面最潇洒的，迷死人了。"弄得大家一团笑。王道摁了烟说："小丫头讨厌我抽烟，意见提得蛮智慧的。"

王道知道华小美属于那种喜欢人就一根筋地喜欢的人，而他就是她的那根筋。

在王道清理一些脏衣服并一起放进脸盆泡上水，准备洗完澡再洗时，华小美已帮王道烧好了水，并自作主张帮他在卫生间找了桶，兑好了凉水，然后出来说："都搞好了，你可以去洗了。"王道来江城时，是华小美和董军帮他找的这个两室一厅的出租房，所以，她对房子的情况熟。

王道"嗯"了一声，抱着睡袍进了卫生间，丢下一句："换工作的事，我帮你考虑，你出门时帮我把门关好。"

王道舒舒服服洗头洗澡，一边擦头一边湿淋淋地出来时，吓了一跳。

华小美解开外衣，正把手伸进胸罩去揉被王道撞疼了的那个乳房。看见王道出来，她也吓了一跳，连忙用衣服遮住自己的胸部。

"让你走，怎么还在这儿？"

"你又没答应我。我怎么走？"华小美脸上少见地露出了羞涩。

"不是说了帮你考虑吗？"王道说着将睡袍往前面拉一下，他里面没穿短裤，怕内体露出来。

"那怎么考虑呢？"华小美目光躲闪着，不敢看他。王道发现从不化妆的华小美，今天居然化了妆。她难得羞涩的样子竟十分可爱。

王道赶紧移开了目光，拿杯子喝口水说："给你一个提示，做广告。"

华小美抬头看他："做广告，那不能回去编刊物了。"

"你考到了本科文凭让你龙叔叔帮忙说话还有可能，若要我帮忙换地方，我只有这么考虑。"

华小美看着王道，目光落在他拿杯子的那只白皙好看的手上，突然像是被烫了一下，低下头，半天不说话。

王道有点儿急了，说："快回去吧，再不回去，我关灯了。"

王道原本是吓华小美的一句话，谁知华小美居然飞快地射了他一眼，红了脸说："你关灯，我也不怕。"

她这种媚态使王道心里一抖，他感到身体被她这句话撩拨得不争气地热起来。他被自己的这种反应吓了一跳。他几乎是大声地对华小美呵斥道："穿了外衣回去！"

他的声音让华小美惊诧地抬起头，她看着王道，看到他那忽然变冷的神态，眼睛里几乎委屈出眼泪，小声说："回去就回去，那么大声音干什么。"

小美走后，王道发现他泡进盆的脏衣服都被华小美洗了，晾在了阳台，但没洗干净，衣服上还沾着肥皂沫。

王道忽然觉得华小美这种做事的风格，做广告肯定会成为奇才。

十二　王道让龙昆仑"入局"

王道上午上班直接去了龙总的办公室，他正埋头看稿子，桌上摊了一堆清样。昨晚王道送喝醉酒的宋文章时看见龙总的办公室的灯仍亮着，知道他又加班看稿子了。

宋文章走后，杨柳负责所有稿子的二审，龙昆仑负责稿子终审，这花去了他大量的时间，但他乐此不疲，经常晚上加班，如果太晚，就睡在办公室。

王道提出成立广告部的建议。他说："我们的刊物影响面大，以前都是别人找上门来登广告，广告收费也没标准，实在有点儿资源浪费。"

龙昆仑仍看稿子，头都没抬，问："那你觉得怎样不浪费？"

"成立个专业班子，定版面收费标准，去拉广告。我去杨社长那儿查了一下，去年我们广告只赚了十五万，成立广告部，我敢肯定，今年起码可以翻三番，赚五十万。"王道答道。

听到五十万，龙昆仑头抬起来了。他疲惫的眼睛也精神些了："怎么赚？吹牛吧。"

"若你同意，让我直接来承包刊社的广告，自己招人，人我养，每年上交纯利润五十万。"王道信誓旦旦。

"那不行吧，我这边发行谁管？刚把个烂摊子搞好。"王道一笑，说，"知道你舍不得让我单干，所以物色好了一个人，我来牵头搭班子，让她负责帮我们刊社赚钱。"

"谁能有这大能耐，敢接五十万的标？"龙昆仑兴趣来了。

"华小美。"

"华小美？"

龙昆仑看着王道的眼睛说："不错，估计整个刊社还只有她有

116

这能耐。你找她谈过？"

"头儿不发话，我敢找她谈？昨晚上，她去找我，给我送了一蛇皮袋的施州腊肉。哦，早上我让董军把腊肉搬您家去了。她说她要换部门，我说换部门只能找您，她说为她的事把您害惨了，不好意思找您。"

龙昆仑笑了起来："这个鬼丫头。不错，让她来搞，但五十万恐怕高了点儿。"

"今年五十万，明年一百万，后年两百万，三年承包期，谁有本事谁来接。不如此，成立广告部有何意义？万一华小美不敢接，我就来接，发行继续管，工资不要您开。"王道说。

龙昆仑第一次发现平时从不高调的王道像打了兴奋剂一样，有点儿失态。"好好，有本事也要收着点儿，别太张扬，对你没好处。"龙昆仑说，"尽快拿出方案，上社委会。"龙昆仑说完后，摆摆手。

但王道却没走，而是找到龙昆仑的茶叶，给自己倒了杯水，倒水时，也给龙昆仑续了点儿水。

"感觉龙头心情好，所以，再耽误您十几分钟。"说着，王道在龙昆仑对面坐了下来，"上次你演说时说到要做新刊，做畅销报刊集群，扩大产业链，现在有人帮我们找到一个金点子，做一本新的畅销刊。市场考察得差不多了，听了他的策划，我很兴奋，所以憋不住先向您汇报。"龙昆仑喝一口水，不说话，看着王道。王道也喝一口水，不说话，等着龙总发问。龙昆仑急了："说呀，做什么刊？"

"做一本言情类的刊，这类刊物目前在市场上实在是很火。翠柳街有一摊点，《侠世界》卖十本，《情感故事》卖十五本。我翻过，情感故事很一般，但就是好卖，一些小女生特喜欢看。"

龙昆仑侧着头想了半天，说："这不是我们的优势呀，我们刊的主体读者群不是小女生呀。"

"所以要按您的布局拓展产业链呀。我们的优势起码有三个方面，一是品牌优势，二是编辑和作者优势，三是资金和渠道的优势。还有最重要的一点，我们的头有十足的市场掌控力，不保守，有开拓市场的激情和雄心。"

龙昆仑说："把最后一条去掉，溜须拍马。"又说，"谁在策划？谁想出的点子？"

王道说："您首先得告诉我您的判断，行还是不行，若行，我们就继续市场调查，并且完善策划。"

龙昆仑有点儿不高兴，说："你们不拿出市场调查和详细策划，我怎么判断，我是神汉呀？一算一个准？"又说，"我问的是谁在策划，你怎么回答我的？"

在强势的龙昆仑面前，王道总是无法平等地与他商量事情。他喝口水润润喉说："是江一石。"他知道这个名字会让龙昆仑有反应。

"我就知道是他，你还在我面前吞吞吐吐，有必要吗？"龙昆仑的话让王道有点儿诧异。龙昆仑继续说："他的主意，他怎么不直接来找我说，回去这么长时间，不回来打个照面，不认个错，每个月在我们这儿拿工资，他好意思？"

王道说："江一石回去这几个月一直在做市场调查，他原本准备把策划书做好了再来直接向您汇报的，是我憋不住先向您汇报。他这个人，您知道的，一根筋，从不会变通。"

"你们是同学，你现在有权帮他忙了。当然，人情归人情，一切以事定夺，策划好，我肯定用。"

龙昆仑说完，不再搭理王道，低下头去看稿子。王道不再说什么，低着头出门。走到门口，龙昆仑说一句："让董军把腊肉送到我们食堂去，大家一起吃。"

王道回到办公室，情绪有点儿低落，但还是把董军叫到了办公室，让他立即找关系去了解撞死老主席的骑摩托车人的身份，问其到底是不是原来侠刊社的送刊人员，若不是，一定要在文联大院散布消息，说有人造谣说骑摩托车的人是侠刊社以前送刊队的人。董军走时，王道拿一包自己的烟给他，说："找关系要递烟。"又让他将送龙总家的腊肉拿到食堂去。

董军走后，王道走进隔壁发行部办公室，办公室里只有华小美一个人，坐在桌子边低头看一本厚书。王道上前去把书的封面翻过来，是金庸的《鹿鼎记》。

"上班时间看闲书，被我抓到了吧。"

看见是王道，华小美的眼睛亮了一下，但马上又暗了下来，手不自觉地揉了一下左边的胸部，嘟起嘴说："这又不是闲书，学武侠专业知识呗。"

"狡辩。"

"我狡辩，总比一些不识好歹的人强。"华小美低着头说。显然，因为昨晚上的事，她是真生了气。

"怎么说话的？你个小丫头片子。马上到我办公室来一趟。"王道说完，转身走了。

过了好大一会儿，华小美才去了王道办公室。

王道没好气地说："磨蹭这么久，难不成是要把书看完才过来？"

"不想过来。"

"你这才真叫不知好歹。"王道一边说，一边将早为她泡好的一杯蜂蜜水递给她，在施州，她就喜欢喝蜂蜜水。

华小美喝一口："哇，好甜。谢谢王社长。"

王道问："说一说，想得怎么样了？"

华小美刚恢复的情绪马上又低落下来了，说："我不想做广告。不让我回编辑部，我就回施州，反正我也看出来了，你们都不喜欢我。"

王道看着她，一时不知说什么好，大脑里迅速寻找着说服她的语言。王道的沉默让华小美有点儿慌，她以为她刚才的话得罪了他，一边喝蜂蜜水，一边偷偷拿眼睛看他。

王道摸摸下巴，试探地问："你想不想让刊社包括我和龙总都很快地重视你？"

"那谁不想？"

"那现在有个最好的机会，为什么不去把握？"

"做广告算什么机会？"

"你可以迅速为刊社赚钱呀。去年十五万，今年赚五十万，甚至一百万，如此，社里的人，谁还敢小看你？你肯定成为社里的宠儿，就像杨柳早些年为社里赚钱那样。"

看见华小美的态度有点儿松动了，王道继续说："广告部，我来负责组建，肯定还需要一个具体负责人，我向龙总推荐你并由你具体负责，他肯定同意。既然具体负责，肯定还会提拔你为中层干部，比如说，广告部副主任之类。"

王道的话让华小美有点儿动心，在王道手下，直接由她负责广告部，这尤其让她动心。她看着王道，等他继续说，但王道却停了下来，点了根烟。

华小美说："一年五十万，能拉得回来？我们原来在施州，花大力气，每年才几万。"

"那能一样吗？我做了些了解，发行量还不到我们一半的刊物，广告可以赚两百万。他们一个内文版收费一万，三封收费平均三万。一期平均九点五个内文版，加上三封，你算一下，多少钱？去掉百分之十五的提成，也绝不少于两百万。所以，五十万，就一保底数。"华小美瞪大眼睛，说："你都了解这么清楚了，那这块肥肉为什么选择让我吃？"

"第一，你虽然其他方面有点儿不靠谱，但做事很能下劲。第二，你要换部门。第三，你有你父亲的人脉。第四，也是最重要的，你长得漂亮，也舍得用你的漂亮去公关。"王道话没说完，华小美的粉拳早已落在了他的腰上。

王道连忙说："办公室，正经一点儿。"

华小美说："既然你都说得这样好，那让我回去再考虑一下。也要想一下，万一王社长给我挖的是一个陷阱，那我不亏大了。"

"所以，真正不识好人心的是你。"王道又说，"你回去想好再回复我，若明天还想不好，我就物色其他人了。"

走时，王道将刚打开的一瓶蜂蜜递给她，说："喝蜂蜜，心情好。"华小美用半是深情半是得意的眼神看了他一眼，高兴地走了。

华小美走后，王道给江一石的BP机发了一个传呼，让他立即给自己打电话。然后，他正要出门去找宁子烟，华小美却又推门进来了。她给王道提了一个奇葩的条件，如果每天下午下班能陪她去打乒乓球，她就去广告部负责。

下午下班，华小美经常约宁子烟和王丹怡去附近的乒乓球室打球，杨柳和龙昆仑也去打过几次。王道乒乓球水平属中下等水平，在施州从未打赢过华小美，到江城，还没与龙总他们过过招。

王道说："你可搞清楚，我这是在帮你，反倒像求你似的，还谈条件。"

"去嘛，算我求你了。"华小美开始发嗲。

看着一脸娇态的华小美，王道忽然有了一个想法，说："你如果能把龙总叫去，我就去，包括宁子烟。"

"那叫不叫王丹怡和杨柳？"华小美喜形于色。

"他们两人以后再叫。"王道还要说什么，电话响了，他对华小美说，"快去约下午打球的事，约好了告诉我一声。"

电话是江一石打来的。

乒乓球室，宁子烟和华小美都穿着正规的运动装，而龙昆仑和王道却比较随意，竟然都还穿着皮鞋。

第一局，华小美邀宁子烟单打。两人水平接近，华小美略强。

"和小美谈了？"龙总问王道。

"谈了，小丫头开始居然死不愿做广告，费了我好大的口舌。"

"在你一张油嘴下，她哪儿招架得住。"龙昆仑说，上午那种不冷不热的态度早已没了影。

"这不都在为您做事，还说我利用职权什么的。"王道适时发泄龙昆仑上午对他态度的不满。

"小肚鸡肠。"龙昆仑骂道。

对王道，龙昆仑是非常满意的。工作上能力超群，办事既有章法又细致严谨，而且经营思路活泛，从不刻板。为人也洒脱、善良，世故中又不缺乏真诚和江湖义气。唯一让龙昆仑不满意的就是太过中庸，骨子里缺乏硬气，做事太注重周全而缺乏一招制敌的霸气，而且没有杨柳那种为达目的，可以重伤其他的狠劲。

第一局打到末尾，宁子烟仍落后三个球，龙昆仑情不自禁站起来给宁子烟鼓气。而华小美每赢一个球都要得意地看一眼王道，王道一直微笑着，不显示支持任何一方。

宁子烟输得并不难看，却被龙昆仑骂没有卵用，一个小丫头片子都打不赢。于是他亲自上场与华小美单打，并且约定谁输谁请客。龙昆仑乒乓球水平一般，特点是敢冲敢打，气势很强，但最大的弱点是接不住华小美侧旋发球。在连失几个接球后，他不高兴了，硬说华小美发球左手粘球违规，弄得华小美再发球时几次失误，让龙昆仑连赶几球反超，而且球势也起来了，连抽带吊，居然以五球之差赢了华小美。他得意地看看宁子烟，说："你们都说小美打球厉害，今天才知道强中还有强中手了吧？"

"你这也叫强中手？你控制别人发球，打乱了小美的节奏，你这叫以大欺小、以权打球。"宁子烟说。

"成者为王，败者为寇，你是寇，我，当然，还有王道，干掉王道才能称王。王道，上来搞一局。"龙昆仑已有点儿兴奋。

王道的球虽然打得一般，但推挡和接球却十分厉害，龙昆仑擅长抽球，但每次竟然抽不死他，一连抽几下，最后反倒自己失误。一来二去，居然打成了十九平。最后两球，王道接连发球失误，输了。龙昆仑累得满头大汗，说："这家伙打球软绵绵的，但你就是搞不死他，差点儿把我拖死。"

宁子烟要找王道打一局，王道早离开桌子，去随身带的包里拿出四瓶水，每人一瓶，说："歇会儿再打吧。"

龙昆仑边喝水边说："我和宁子烟与你们两个施州佬打一局怎样？"

"那绝对打不赢，他们俩一个擅长抽球，一个擅长接球，肯定配合得'珠联璧合'，我们还不是他们的小菜。"宁子烟说。

"还怕他们不成？"龙昆仑挽起衣袖就上。宁子烟犹豫了一下，也还是上了。

果如宁子烟所料，一开打，龙昆仑与宁子烟便被王道他们打了个二比十。龙昆仑下去喝水，说："宁子烟今天打球不在状态。我们换一个格局打，华小美抽球厉害，但抽不过我呀，关键是王道接球厉害，我与王道配对，肯定把你们打得落花流水。"

华小美哪里会服气，说："我与子烟姐女双，还从没输过谁。"

开打时，前几球，势均力敌，但问题又出在了龙昆仑这里，他接华小美的发球有几次出现失误，华小美哪里还听龙昆仑说她左手粘球犯规的说法。龙昆仑急了，凡华小美发球就让王道接，也不讲双打规则了。结果，在龙昆仑与王道水平超常发挥的情况下，华小美和宁子烟输了。

华小美不服要继续打，龙昆仑接过王道递过来的白毛巾，一边擦汗一边说："我一个老家伙，能像你们年轻人？你们打，我歇一下。"

王道与宁子烟和华小美各打一局，都输了。

收场时，王道说："我单打全输，请客吃饭，我不信球打不过你们，酒还喝不过你们。"

宁子烟一笑，说："喝酒我认输，你们三人的事。"

走出乒乓球馆时，董军已把车开到了门口，龙昆仑有点儿诧异，看着王道。

王道说："东湖边新开了家叫'湖边醉月'的馆子，据说臭鳜鱼特好吃，恭请龙头去尝鲜。有点儿远，所以叫了董军的车。"

刚进"湖边醉月"店门，王道便大声喊："人呢，人呢？"

从醉月厅里立即跑出一男一女两个人，赶上前来迎他们。是江一石和马飞。

龙昆仑惊愕了一下，没说什么，跟着他们进了醉月厅。

菜早已上了桌，萝卜腊肉火锅里冒着热气。

"呀，好纯正的施州腊肉。"华小美咽一口口水说。

"腊肉是你送龙总的，龙总把它全拿去了我们食堂，我是从食堂拿了几块到这里加工的。"董军说。

大家入座，江一石拿着一瓶二锅头，一个个倒酒。

龙昆仑凑着王道的耳边，恶狠狠地说："你小子套路深呀！"

"老大教的——出奇招。老大宽宏大量，会饶过小弟的。"王道小声说。

大家坐定后，江一石站起来端着一杯酒走到龙昆仑身边说："几次想请龙总，都鼓不起勇气，怕龙总未消气，这次没预先请示，骗龙总到这儿，主要是见龙总心切。小弟不懂事，一切的一切，都求龙总原谅。"说完，二两的杯子，一口喝完。

龙总站了起来，说："几个月不来上班，也不打照面汇报思想，你小子长能耐了。我大人不计小人过。"说着也要将一杯酒全喝完，喝到一半被站起来的王道拦住了，说："老大喝一半就可以了，原谅他一半，饭没吃，酒不能喝太急。"说着给龙总碗里舀了一碗汤。

在龙总喝汤时，华小美也端着杯子站在了龙总身后。

龙总回过头问："你这小丫头，也来凑什么热闹？"

"我来感谢龙叔叔，有肥肉就往我碗里夹。"华小美说。

龙昆仑有点儿没听明白，问："什么肥肉？"

"就是广告的肥肉呀。"

龙昆仑"哦"了一声，看一眼王道。华小美将杯中大半杯酒一口喝了。龙总没站起来，将半杯酒又喝了三分之一，说："能喝酒，以后做广告，是优势呀。"

王道起身，走到宁子烟旁边，说："广告和让江一石策划办新刊的事，事先没与你商量通气，但还是相信你会支持的。这杯酒提前敬了。"说完将杯中酒喝了。

宁子烟看着他，会意地一笑，抿了一口酒。

龙昆仑忽然对一直默默吃菜不太言语的马飞叫一句："小马，怎么了，情绪不高呀。"马飞抬起头，看着龙昆仑，勉强向上扯一下嘴角说："还好呀。"大家都把眼睛看马飞时，她慢慢站起来，倒了小半杯酒走到龙昆仑面前。龙昆仑关切地问："怎么了，江一石欺负你了，与江一石闹意见了？"

龙昆仑刚问两句，马飞的眼泪忽然不听话地流了出来。龙昆仑慌了，拿眼睛看江一石，江一石连忙站起来走了过去，一边用手给马飞擦眼泪，一边对龙总说："在家这几个月，我不是人，我像鬼一样折磨小飞。我和小飞一起敬龙总。"说着自己的眼圈也红了。

马飞与江一石敬完酒后，场面忽然沉默起来，大家闷着吃菜。

龙昆仑问马飞："你父亲马邦呢？他还好吧？上次王道将《侠世界》合订本全国总代给他，听说做得不错呀。"

马飞说："他一直说要感谢您，又怕上次与您闹了不愉快，您不愿见他。"

"闹了什么不愉快？这老家伙难道还生老战友的气？"龙昆仑说这话时，王道起身走了出去。

没过一会儿，马邦端着满满的一杯酒走了进来，笑嘻嘻地站在了龙昆仑身后。

龙昆仑再一次惊讶，对王道说："王和事佬，敢情你说的这新开的一家酒店是马邦开的呀？"

马邦说："龙总一切多担待。老弟不计老兄过。"说完一口将杯中酒干了。

龙昆仑慢慢站起来，将杯子酒倒满，一口喝了，骂一句："你个老鬼！"

晚上十二点，王道收到BP机上一条传呼短信，吓了一跳，是江一石发来的，上面是：速到江北派出所领我和马飞，带足钱。

王道大脑里顿时出现无数个场景，酒也给急醒了。急匆匆下楼，又折回去找钱，找到钱出院门时，又折回去，翻箱倒柜找到一张大学时期他与江一石、马飞在一起的照片。刚出门，又想到什么，再一次进门翻箱倒柜找出原来在施州时办的一本记者证。

他找到江北派出所时，已到子时中夜。四周早已黑暗一片，唯独派出所的几间房亮着灯。推开派出所值班室的门，两个穿警服的民警正靠在凳子上打瞌睡。王道给他们一一递烟，并说明来意，递上身份证。一名高个儿、留着胡须的民警一边找笔录资料，一边说："年纪轻轻，不学好，嫖娼。你是这江一石什么人？"

王道一边伸头去看笔录，一边说："我是他表哥。是不是有什么误会？"

"误会什么？他连那女的出生年月都不知道，那女子，一看就是个鸡，还骗我们说什么是女朋友，装可怜，逃得过我法眼？明天一查，肯定以前还有案底。叫得整栋楼都能听见，不是鸡，会那样叫？"边上那个年纪稍大的民警絮絮叨叨。

"那女子叫什么？"听到这话王道急了，问。

"叫什么？马飞。"

王道放心地叹口气，说："警察领导，还真是误会了，马飞和江一石确实是情侣关系，我这儿有张照片，可以证明。"说着从口袋里掏出了照片。

民警接过照片，两个人凑在一起仔细地看了半天。年纪大的民警说："这张照片只能说明他们认识，并不能证明那个什么马飞不是鸡，江一石不是嫖客。"

王道急了说："他们以前是大学同学，后来发展成了恋人，我以人格担保，他们不是什么妓女嫖客。"

王道声音大了些，使两个民警都有些不快。年纪大的民警回头看着他说："这人格现在不值钱，也担保不了什么。你说他们是情侣，好，就算他们是情侣，他们没结婚吧？婚前性行为是件龌龊的事吧？在招待所大声淫叫，扰民招致举报，这也是违法违规的事吧？所以，年轻人不要激动，你来是处理事的，我们按治安管理条例处理事。"

王道再一次给他们递烟，说："对不起，我声音大了些，怎么处理，我听两位领导的。"

年长民警说："这处理有两种办法，根据他们的口供笔录，加上照片和你的，什么，哦，人格证明，我们不做嫖娼处理。但这须等明天，我们通知他们两人单位的领导来领人。你毕竟不是他们单位领导。"

民警说完，拿眼睛看王道，似乎在观察他的反应。王道未答复，等待他的第二种处理办法。民警说："这第二种处理办法，相对简单，罚款走人。我们开收据，不留嫖娼案底。"

王道想了想，问："罚款多少？"

"最高五千，最低也得两千。"

王道急了，他身上只带了一千元。他也点了根烟，一边抽烟一边想着如何说服民警减少罚款。

王道抽完烟，站起来，掏出口袋里的记者证，递给年长的民警，说："我是《江城日报》的特约记者，天不早了，明天还有采访任务，两位民警大哥可否通融一下，象征性地罚点儿款，你们也辛苦，早点儿办完事，大家好早点儿休息。"

"记者也得讲规矩吧，这江城的记者满处都是，我见多了。"年轻民警对王道掏出记者证产生了反感。但他的不满神态马上被年长民警制止了。年长民警脸上现出了一堆笑，说："原来是记者呀。好说，好说。我知道，你们做记者的是非常辛苦的，我们马所长有很多记者朋友，上月还采访过他。"说着起身拿一瓶矿泉水递给王道，又很尊重地问王道："你看怎样通融？"

"我听民警大哥的呀。"王道收回递回来的记者证。

年长民警将凳子搬着向王道坐的地方移了移，说："我与记者朋友商量一下，看能不能这样，我开一个扰民处罚，两百块钱，意思一下，不然这出警没法交代呀，我这些笔录什么的，你全部拿走，交钱带人走。"

王道交钱拿了收据和江一石与马飞的口供笔录后，由年轻民警带他去领人，临走时，年长民警点头哈腰，给王道递了根烟。

十三　新班子不和谐的暗流涌动

社委会讨论创办言情类刊物和成立广告部的事，江一石列席社委会。江一石第一次列席参加社委会的装束让大家觉得很新颖，从来穿着随意的他居然穿了一套西装，而且打了领带，头发也整理得油光水滑。

他的策划详细而有说服力，言情刊物市场细分、几本畅销刊的数据分析、栏目设置、发行利润指标分析等，让龙昆仑听得十分专注。江一石草拟了三个刊名：《都市男女》《言情时代》《情场》。

大家对整个策划很赞赏，尤其是杨柳，他甚至断定这本言情刊会迅速走红，他对江一石的市场分析和前瞻的眼光非常佩服，说江一石打响了龙总实现畅销刊物集群的第一枪。

王道在赞同策划的前提下，对江一石预估的百分之十五的退货率提出了质疑。他认为前期的退货率应留空间，成熟的畅销刊物的退货率是百分之二十左右，所以，建议预估退货率放高在百分之二十至百分之三十五。王道说这话时，杨柳插了一句："百分之三十五的退货率，此刊就可以不做了，必死。"又说，"如此好的策划不应该自损信心。"

杨天津提出财务会将百分之二十、百分之二十五、百分之三十、百分之三十五四种可能的退货率进行财务盈亏预估，她说："就财务经验而言，百分之三十五的退货率应该不会亏，赚得少而已，除非是稿费编辑费及人员工资超标才有可能亏。"她说完这话，杨柳的鼻子哼了一声，没马上反驳。

龙昆仑对刊名中的《都市男女》较认可，认为此刊名有张力，但提出不如改为《城市男女》更接地气。龙昆仑最后决定上马新刊《城市男女》。由王道帮助江一石一起搭建编辑部，杨天津负责所有财务盈亏预估的重新分析。他、王道、宁子烟负责到出版局、报刊管理总局跑刊号。

王道对龙总的指派有些为难，看着龙总小声请示一句："龙总，刊号的事，我可以跟您和子烟一起去跑。具体搭建编辑部的事，是不是可以让杨柳来参与。因为下一个项目——广告，我得主抓呀。"

王道的请求，龙昆仑没有答话，而是有些恼火地瞪了他一眼。

在讨论成立广告部的事情时，江一石起身要走，龙昆仑说："你不用走，也坐下来听一下吧。"

江一石的脸有些泛红，用感激的眼光看看龙昆仑，又看一眼王道，坐了下来。

王道谈成立广告部的可行性，简单明了。一、同类同发行量刊物的广告版面收费情况。二、筹办广告部前期的经费投入。三、广告全年将会带来的收益。他提出，若能逐步实现龙总提出的畅销刊物集群目标，尽早将广告部成立起来势在必行。最后，他提出了广告部初期的筹备组人选：华小美。

杨天津说："若能用不到五万元的人力成本投入，换回五十万的收益，这应是很好的举措。"

龙昆仑看宁子烟，示意让她说话。

宁子烟说："成立广告部的事，您与王道不是早就定了吗？"

龙昆仑说："我说过定了吗？你懂不懂程序，社委会定，才叫定。"

宁子烟说："投入是不大，收益也诱人，但这短时间上两个项目是不是匆忙了些，忙得过来吗？另外，我对华小美的能力不太了解。"显然，宁子烟的话是对成立广告部不认可的。这是王道完全没想到的。

杨柳看看龙总，又看看宁子烟，说："我说一点儿看法吧。"说着点一根烟，抽一口，又从烟盒掏一根递给王道，王道摇摇手，表示不要，"我觉得这个策划与江一石那个策划差别很大，甚至在有些方面，有点……幼稚。"

杨柳的话让在场的人反应最大的是江一石，他睁大眼睛看着杨柳，又转过头看脸色早已阴沉的王道。

"我提三点疑问：一、王社长所谓同类刊物，我认为是不存在的，武侠刊与其他通俗类刊物不应是同类刊物，受众的喜好并不一样。喜欢章回体的，不一定喜欢武侠，所以武侠类广告受众肯定比他们窄很多。广告商的首次投放也肯定会因为刊物较强的单一性而比其他类广告投放要谨慎得多。二、广告版对正刊的影响缺乏评估。许多名刊为何不上广告，因为广告会给他们带来很大的负面影响。现在有些广告，大家知道的，坑蒙拐骗。三、华小美在我手下做过事，用四个字可以概括：眼高手低。"杨柳的发言显然是做了准备的。

江一石来上班时，他们几个曾一起在王道的办公室说话。王道说到成立广告部的事，江一石很有兴趣，认为言情类刊上马筹备起码需半年，那时广告运营已成熟，为新刊支持广告，对降低新刊成本好处多多。而杨柳似乎不感兴趣，很快用其他话岔开了。

宁子烟发现杨柳讲这些有点儿过激的话时，王道的脸色由阴沉变得无所谓，最后嘴角甚至显出淡淡的笑。这种笑让她觉得这个人内心强大到可怕。

对杨柳的话，龙昆仑内心是反感的，但他似乎又愿意看到这种状况。他看看大家忽然问脸色涨得通红的江一石："一石有没有看法？"江一石受惊地抬起头，支吾了半天，说："我没意见。"

看见他这种慌乱的神态，龙昆仑有点儿同情他，他喝口水，润一下喉，说："成立广告部，就一小事，没什么投入，与新刊一起上马。王道负责分管，让华小美具体负责，搞砸了，我们来收乱摊子；搞好了，我们也算发现个人才。"

十四　朋友之绳细处断

刚入秋，江城的雨水忽然变得多了起来。下班时间刚过，天忽然变黑。风在楼房与楼房之间寻找可以发泄的阻碍物，将纸屑和梧桐树叶吹在半空中盘旋。路上的人被风吹斜，迎着风或背着风斜斜地跑。天边忽然出现血红的闪电，鞭子一样，驱赶着那些惊慌失措的赶路人。

王道花很大力气才迎着风将办公室的窗子关紧。刚关好，窗玻璃上便响起啪啪的雨声。

雨一下，天倒亮了些。王道点一根烟，饶有兴趣地看着翠柳街上穿梭在雨中的行人和车辆。每天这个点是他最惬意的时候。华小美满城市地跑广告，近段时间也没闲暇拉他去打乒乓球了。单位人员下班各自回家，而他独自一人享受自己的轻松和闲逸。

王道忽然看见道上骑摩托车的江一石，他后座居然坐着何梦瑶。他们没打伞，车在雨中狂奔，何梦瑶紧紧地抱着江一石的腰，为躲雨，脸贴着他的背，而长发，因为风，高高地飘了起来……直到他们在眼底消失，王道才收回眼光，将已烧了一大截的烟灰弹进烟缸，然后重重地叹口气。

因为何梦瑶，江一石最近与他有些疏远。筹建《城市男女》编辑部，江一石推荐的第一个编辑便是何梦瑶。当时，江一石拿着她的简历递给他，并说了一堆赞赏她的话。说编辑最基本的条件是学历，她，名牌大学本科；编辑最重要的是兴趣爱好，她，言情迷，把工作当爱好做。王道审视他，不答话，江一石还要继续说，王道用手压了压，说："先把简历放我这儿吧。"

谁知当天晚上，王道没想到的是，马飞居然单独找到他的住所。马飞问王道是否认识一个叫何梦瑶的女孩。

自从那天深夜，王道从派出所领出江一石和她，在王道面前，马飞便显得极不自在，甚至不敢正眼看他。但这次她像换了一个人，她目光流露出不满和失望，仿佛王道在江一石、何梦瑶之间充当了不光彩的角色。

王道告诉她，他与何梦瑶只见过一次面，不太熟悉。

马飞从鼻子里哼出来一口气说："江一石说《城市男女》编辑部第一个敲定的编辑人选何梦瑶是你推荐的。"

王道吃了一惊，要争辩说清情况时，看见马飞愠怒的眼神，忍住了，他知道江一石与马飞之间因何梦瑶出了状况，也猜测到江一石在拿他当挡箭牌。他躲开马飞的眼光，去给她倒水，倒完水，不回话，看着马飞。

马飞忽然眼眶红了，说江一石脚踩两只船，说这个叫何梦瑶的女孩儿已经把他迷住了，说江一石为她写了许多柔情的诗。最后，马飞说，她一直很尊重王道，不希望他破坏一件事，又无原则地撺合另一事。

第二天，王道去江一石办公室，将何梦瑶的简历还给江一石，说："这个人各方面不错，但没办刊经验，可以先缓一缓，等公开招聘结束，再根据总体情况，最后定夺人员。"

江一石急了，说："我急需人手呀。你也知道，这个办刊的选题是何梦瑶的姐姐提出来的，以后还可能与她们合作。"

王道给他递根烟，说："不急不急，慢慢来。"说完，不等江一石再说什么，便转身走了。

没过两天，江一石带着何思琼与何梦瑶直接去找了龙昆仑，何思琼拿出二十万，作为《城市男女》全国总发的预付定金，起印二十万册，若亏，由何思琼公司全部承担。

何家两姐妹给龙昆仑留下的印象很好，对何思琼提出让何梦瑶来《城市男女》当编辑的事，龙昆仑一口答应。直到事情谈完，龙昆仑才将王道叫去办公室，告诉他结果。

王道再一次领教龙昆仑做事的风格，对自己的地位也再一次明了，之后，对《城市男女》的事，他干脆不管。江一石有要汇报的事，他让他直接找龙总汇报。《城市男女》创刊充分调起了龙昆仑的兴趣，所以，每次江一石直接向他汇报《城市男女》的筹备工作，他也乐意直接指导。而王道这个中间环节也确实变得可有可无。

江一石是个不太注重协调关系的人，他知道因为何梦瑶的事，王道心生隔膜，所以，索性凡事绕开王道，有些拿不准的栏目和稿件，他甚至去找杨柳商量。而杨柳对《城市男女》的创刊，极尽赞扬，对栏目设置往往能给出独具眼光的见解。

有一次，王道去江一石的办公室，江一石与杨柳谈事谈得热情洋溢，见王道进来，两人马上收了声。杨柳对江一石会意地一挤眼，说："有事你们谈。"转身走时，一口烟吐在了王道脸上。

雨越下越大，天也慢慢黑了下来。王道去门外方便时，看见宁子烟的门未关，房里亮着灯。

他推开门，看见宁子烟正坐在窗边看着外面的大雨发呆。

王道伸过头去看她，说："很像一幅世界名画。"

宁子烟转过头看他，挤出一点儿笑，问："什么画？"

"温特哈尔特的《里姆斯基·柯萨科夫夫人》。"

"夫人？我有那么老？"

王道坐了下来，说："出学校混社会近十年了，不承认老？人不老心也老呀。"宁子烟撇一下嘴："怎么从你的话里听出了伤感？"说着去给他倒水。

王道忽来兴致，站起来说："我们看看龙总走没，把他拉着一起喝酒，如何？"

"他早走了，夫人从咸宁驾到，他雨没下下来之前就屁颠颠回去了。"

王道有点儿失望，坐了下来，接过宁子烟的水。

"这雨下的，也不知何时能停。"

宁子烟轻轻叹一口气："很想撑一把油纸伞。"

"然后在雨巷里遇到一个丁香一样的姑娘。"两人把戴望舒的诗一对，笑了。

"我发现这人不能闲，做完事一闲下来就容易想事，一想事就容易气闷。"

"你说的这两个'事'不是同一含义吧。前面的'事'是具体的，后面的是'事'是宽泛广义的，比如干事的目的、后果，比如人与人因事而引起的心情，还有……不说了，只是揣摩。"

"智慧呀。我就喜欢与智慧的人谈事。"王道赞赏。

"我就不喜欢你这种世故。唉，王道，你觉不觉得，你这些年在为人处世方面变化蛮大的？"

"有吗？怎么总有人说我世故？你有没觉得我这世故有一个基

本底色。"

"世故就是世故，还有什么底色？"

"我说的是我处事的底色，我认为这底色是暖色调的，在大多状态下发自于善良。虽然你们总认为我世故，但这些年，我自认为我从来就没有丢掉过真诚。"

宁子烟仔细听他的话，认真看他的眼神，一时找不到语言来评判他的话，她似乎觉得他对自己的评价没有问题，但又觉得这种变化对她原来心目中的那个诗人气的王道是有差距的。也正因为此，她在内心深处对他产生出一种本能上的排斥。

上周，龙昆仑、宁子烟、王道一起去北京国家新闻报刊管理总局跑《城市男女》刊号。因为江城一家刊物被查停刊，刊号指标暂时搁置。龙昆仑从省出版局分管报刊的副局长那儿知道信息后，当天便匆匆出发，前往北京。在火车上，商量出托宁子烟大学时期的辅导员刘天找期刊司的计划。刘天从江城大学调到北京一家出版社，现已当上了副社长。而他的研究生同学正是期刊司的李司长。宁子烟电话中寻来的信息，让龙昆仑兴奋不已，他反复说两个字："天助。"

在刘天社长的引荐下，龙昆仑一行很顺利地见到了李司长。对《侠世界》，李司长非常熟悉，甚至说得出刊物打出的"东方新武侠"的概念；对龙昆仑也了解，在谈话时居然聊起"十问龙昆仑"的那次告状事件。他对全国期刊管理之细，让龙昆仑吃惊。在谈到创办新刊《城市男女》时，李司长对龙昆仑的市场眼光颇为赞赏，他觉得目前全国言情类刊物良莠不齐，也需要一个有实力的刊社办一本高质量的刊物对市场起到引领作用。

龙昆仑没想到一切竟如此顺利。中午在出版署附近订了房间后，三人在一家东北馆子喝酒，龙昆仑豪情万丈，对宁子烟大加表扬，甚至单独给她敬了杯酒，说："你就是我的大福星，总能在关键时候给我出力!"

"成功男人背后总还是需要有几双细手的,不过也不能急着表扬我,事还没最后成。"宁子烟借着高兴劲也喝了一满杯酒。

王道对龙昆仑说:"李司长让尽快报材料,所以,我想能不能兵分两路,我晚上赶回去,与江一石他们一起把申报材料赶出来,争取这星期就能报到北京来。您先给刘江局长打个电话,让省局快事快办。另外,您与宁助理明天最好与李司长再接触一次,通过刘社长,请他出来吃个饭。"王道说这话,宁子烟快速瞟了一眼龙昆仑。龙昆仑盯着宁子烟,沉吟了一下,说:"也可以,好事不能多磨。"

这时,宁子烟手机里忽然来一条短信,是刘天社长发来的,晚上单独约她吃饭。手机是前几天华小美拉广告带回来的,她将七部爱立信手机按半价冲抵广告款,龙昆仑高兴之余给社委会成员每人配了一部,另外两部奖给了江一石和华小美。

宁子烟将手机递给龙昆仑看后,龙昆仑理解地笑了一笑,没有发声,情绪忽然低落下来。王道接过宁子烟递过来的手机,看了短信,没有将手机还给宁子烟,而是低头想了一下,然后快速地在手机上打了一个回复短信,递给宁子烟,说:"你看这样回复行不行?"

回复是:"谢谢老师的厚爱,明天中午,老总已安排酒店,希望通过老师接李司长出来一聚。今晚龙总在北京的战友聚会,我被拉差,全程服务。"

宁子烟对王道的做法有点儿反感,但还是皱着眉头看了短信,然后递给龙昆仑。龙昆仑看了短信,说:"这不是骗人吗?"喝一杯酒,又说,"你的事,自己定。"宁子烟不语,将短信一字不改地回复了。

据说,第二天的接待很成功,龙昆仑与李司长是"酒逢知己千杯少",彻底喝醉,以至第三天才飞回来。

窗外的雨一直没有停下来的征兆。

王道水喝完了，去门背后拿开水瓶自己加水，这时门却忽然被推开了，推开的门将他夹在了门背后，王道听到了龙昆仑的声音："知道你没伞回家。"

他话音未落，王道从门背后伸出了头，把龙昆仑吓了一跳。宁子烟看见两个男人的失态，哈哈地笑了起来。

"搞什么鬼？"看见拿着开水瓶和杯子的王道，龙昆仑的脸有点儿发绿。

王道尴尬万分，正要解释时，口袋里手机响了，他放下开水瓶和杯子，掏出手机，是华小美的电话。他向他们做一个鬼脸，翻开手机盖，一边接电话，一边走出宁子烟的办公室。

华小美在电话里说，她在小南京酒店被两个酒鬼整熄了，那两个狗东西说喝了酒还要去唱歌，要玩一通宵。扛不住，让王道去救她。

王道知道华小美肯定又被广告客户拖住了，脱不开身，让他出马，扮演她男朋友，唱一红脸戏，既不丢生意，又能安全脱身。这种情况已是第二次了。

华小美与刊社签订广告目标协议的第二天，便消失了半个月。从贵州回来，她将一个大旅行袋直接交给了财务总监杨天津，里面有二十万现金。是广州一家做保健品的私营企业付的全年刊物封底广告的预付金。杨天津既惊讶又兴奋，电话把龙昆仑和王道都叫到了财务室。

半个月，华小美先是回了趟施州，从父亲那儿要了他原来战友们的电话、单位及住址，然后确定三个主攻的目标，一个在贵州、一个在广州，还有一个在北京，她先去了贵州和广州。她从贵州签下了一个知名酒厂的全年广告，预付金十万，收到刊社的发票，便会从银行打来款；而广州的私营老板，财大气粗，先是让手下在报亭里了解了《侠世界》的发行数据和影响，接着与华小美的父亲通了电话，便二话不说直接给了华小美现金，要了《侠世界》一年的封底广告。华小美去北京，除拉回五万的广告款，还带回了那七部抵广告款的爱立信手机。

华小美在一片赞誉中给自己增加了极大的压力，开端太好，是因为她父亲的人脉资源，而资源用完，她不得不靠自己去找一切信息寻找新客源。

三个月内，广告部招了三次人，辞退了四个，剩下两个也不太令人满意，但接上门的广告做内勤也还马虎。

华小美负责广告部后就完全变成了另外一个人，变成了一个十足的工作狂。她把龙昆仑、王道甚至杨柳的所有关系都用上了，经常在吃饭时，得到了一点儿信息，便丢了碗筷去找人。为了一单广告，她请吃请喝，自己掏钱送礼物，搞不定决不收手。

对她这种疯了一般的做事状态，王道甚至有点儿后悔过早地把她推荐来负责这摊子事。

王道出门时，雨已经停了。在门口，他碰到了龙昆仑的夫人曹敏。她出门买东西时不慎将钥匙忘记在了房里，进不了门，所以来社里找加班的龙昆仑。

王道对龙夫人曹敏说："龙总刚才在办公室，雨一停，他就被人叫出去谈事了。"说完，又急急地走出文联大院，立马给龙昆仑打电话。

十五　办公室深夜传哭声

杨柳醉醺醺地从出租车上下来，直接朝办公楼自己的办公室走去。有点儿凉风，吹得他胃更难受了，他靠在楼背后那棵高大的桂花树树干上，想让自己吐出来，但呕了两次，没有成功。月光把桂花树的树叶稀疏地投影在地上，又因为风，让那些叶影在地上不断地跳动。杨柳忽然觉得一阵阴风直逼后背，他打了一个寒战，直起身，恍惚地四处看一下，然后从后门上楼。

下午，他与袁由一起喝酒。袁由在南京与华美琪举办了婚礼，杨柳没参加婚礼，但送了钱。袁由已调至南京出版社，这次回江城接父母去南京，顺便接杨柳喝酒，补婚宴。

酒喝得很无趣，袁由借口要与华美琪造人，所以一瓶酒只象征性地喝了三杯。杨柳一边喝酒，一边倾诉在工作上的种种不满，但感觉出袁由的敷衍，便停下了絮叨，闷闷地喝酒。许是袁由在与华美琪深入交往中察觉出了她与杨柳的暧昧关系，所以，杨柳能感觉到袁由在敷衍中所隐藏的敌意。两个昔日亲密的同学，酒后的离别，简化得像陌生人一样。

杨柳上楼坐在自己的办公室的第一件事便是给王丹怡打电话，王丹怡的手机是杨柳从编辑部的小金库拿出钱给她配的。王丹怡的手机处在关机状态。

王丹怡到编辑部没几年，已成为杨柳手下得力的干将。组稿和编稿能力让杨柳十分满意，更让杨柳满意的是她对自己的亲近和崇拜。前段时间，她与杨柳从成都笔会回来后，杨柳上下疏通，提拔她做了编辑部副主任。

在成都举办的"《侠世界》第三届东方新武侠年会"，龙昆仑因临时去北京未参加。年会举办得很成功，王丹怡几乎认识所有来参会的作者和武侠评论家。会上，由杨柳牵头，拉起了"东方新武侠联盟"，将《侠世界》的"东方新武侠"提高到一个新的东方武侠旗帜的高度。"新武侠联盟"喝酒喝得尽兴，若不是王丹怡委婉制止，他们差点儿歃血结拜。

年会的最后一天，送走来自全国各地的参会者，王丹怡向杨柳提议多停留一天，去看成都著名的景点锦里和武侯祠。

杨柳为奖励王丹怡这些天的辛苦，欣然答应，但他提出另外一个他一直想去的地方：杜甫草堂。

早晨，王丹怡与杨柳坐上出租车。王丹怡身上散出的淡淡清香使杨柳情不自禁侧脸看她，她的长睫毛使他的心动了一下。他知道，他在想另外一个让他刻骨铭心的女人，他连忙压住这种常常给他带来伤感的回忆。

"考你一下，"杨柳对王丹怡说，"知不知道杜甫《春夜喜雨》诗的最后两句？"

"晓看红湿处，花重锦官城。"王丹怡顺口而出，有点儿得意地看杨柳。

杨柳用手拍一下王丹怡的腿："不错，都叫你小才女，还真有才。"

"这锦官城应该是一个地名吧？"

"是成都的别称呀。你不知道？"

"哦，我孤陋寡闻，原来锦官城就是成都。但我印象中锦官城应该有一种来历吧？"

王丹怡睁着漂亮的眼睛，仔细想了一下，说："好像没有。"

"怎么我读晋代《华阳国志·蜀志》里有一段，记不太清，是：'……其道西城，故锦官，……他江则不好，故命曰锦里也。'唐朝李商隐《筹笔驿》里有两句'他年锦里经祠庙，梁父吟成恨有余。'细看释义才知，锦里乃锦官城，锦官城乃成都。"杨柳说完这些话，用一种撩笑的目光看王丹怡："还才女，还闹着去锦里玩？"

王丹怡脸红了一下，满脸不满，说："你果真是个坏人。我只看书上说'锦里'号称成都的《清明上河图》，哪里有你那么高的学问。你肯定昨天查了资料。"

锦里既具中老年人的优雅舒适气息，又有年轻人的浪漫和新奇氛围。有茶楼酒楼供闲人泡时光，有酒吧、风味小吃、工艺品满足忙里偷闲的情侣细酌情愫。

杨柳在工艺一条街买了两把折扇，其中一把送给了王丹怡。王丹怡打开扇面，见扇面用胭脂色印有几个字：一笑倾城。王丹怡拉过杨柳，正面对着他，做出一副浅笑状。杨柳立即应和地做出要摔倒的架势，王丹怡抓住他的胳膊，哈哈地笑了起来，说："本姑娘美色不够，一笑倾人也。"说着又抢过杨柳的扇子打开扇面，上面是：才子养国。王丹怡看了半天："嗯，满扇面的文化味儿，适合你。"

杨柳与王丹怡下午游完杜甫草堂，在外吃过饭回宾馆，天已黑了。进杨柳的客房，杨柳一声"累坏了"，便倒在床上。

王丹怡坐在他对面的床，浅笑地看着他闭目养神。一会儿，站起来，去给他倒了杯水，走到他旁边说："才子，起来喝水。"

杨柳睁开眼，定定地看着她，忽然用右手抓住她的左手。

杨柳用左手接过杯子，喝起水，右手却不松开。喝完水，放下杯子，杨柳要抓她另一只手时，王丹怡却轻轻将手抽了出来，深深地看了他一眼，叹口气，说："也乏了，回房去了。"

王丹怡洗完澡，穿着睡衣靠在床边看书。门外忽然响起敲门声，她一阵心慌，书掉在了地上，捡起书，又在洗漱间整理了下头发，拉开了门。

杨柳拿着几件内衣，说："楼上水压不够，水太小，在你这儿洗个澡。"

王丹怡"哦"了一声，连忙去帮他把洗漱间的灯打开。

洗完澡，换了衣，杨柳从洗漱间出来，看见王丹怡低头看书，他走到她旁边挨着她坐了下来。王丹怡不敢看他，看书的头垂得更低了。

杨柳的手从她睡衣的下摆伸了进去，然后滑上去，她隔着衣服抓住了他的手。他仍要用劲往下，但她死命抓住他的手不放。僵持了几分钟，杨柳忽然生出一种怜悯和自责，他用左手拍了一下她的肩膀，然后将手从她的睡衣里抽了出来。

从成都回来，王丹怡变得有些忧郁，常常独自一人坐着发呆。杨柳给她配了手机，经常给她发短信，但她从不回，手机也经常处在关机状态。

那次与石光华和宋文章的交锋，让夏小荷成了冤死者，对杨柳的心理触动很大。他常自责，有一次与朋友一起喝酒聊起这事，甚至流了眼泪，他痛悔自己做事太过极端。但他无法理解的是，他拼命为龙昆仑出头，换来的却是龙昆仑的冷淡和疏远，尤其是王道这位没为刊社干成任何业绩的昔日文友，居然得到龙昆仑的重用。他把所有根源都归结为那次总编竞聘，他不该愚蠢地与龙昆仑抢总编的位置。他认为，为了刊社的利益，他付出了太多，而得到的回报却无法让自己满意，他感觉他旺盛的进取心正在冷却，而没了事业前景的支撑，他会成为一个空壳，他为自己的这种堕落感到恐慌和害怕。

当江一石回来做《城市男女》新刊，王道成立广告部并做出亮丽的业绩时，杨柳的进取心似乎又被激发起来了，那种竞争的态势，让他又恢复成了一只即将出外觅食的狼。他觉得他要出击了，他要再次为刊社做出更大业绩。

杨柳手头有本《开国大将之秘》的手稿，是一个好友推荐给他的，让他帮忙联系出版社出书，他原本想把手稿给袁由，但晚上与袁由喝过酒后，他把这个念头打消了，以他编辑的敏锐，这本书肯定会火，他内心筹划着如何让这本书为刊社创利。

杨柳抽完第三根烟，他想要呕吐的感觉终于压下去了。他想静下心来看王丹怡拿来的一大堆送审稿，但眼睛发花，看不进去字。

这时，他后背又沁进一股透凉的阴风，他连忙站起来去关窗子。透过窗户，他看见外面的树一动不动，而那些房子，坟墓般地静。

窗玻璃上忽然出现一个模糊的影子，这个影子把他吓了一跳，凑近看，他笑了，是自己的脸影。

他起身去卫生间。二楼的卫生间上了锁，他只得摸黑去三楼。

找不到三楼过道和卫生间的开关，进卫生间后他只有大致瞄准尿池尿，尿到一半，忽然听见厕所边的小办公室隐隐传来哭声，他连忙夹住尿，仔细听，没再听到声音，这才放心地尿。然而，尿完提裤子时，他又真切地听到了哭声。他顿时头皮一阵发麻，提着裤子便朝二楼跑，下楼梯时差点儿摔一跤，裤子也垮了下来。

下到二楼，当杨柳断定三楼那间挨着厕所的办公室就是夏小荷原来坐的办公室时，他顿时背后冷汗直流，全身的汗毛都竖了起来。

杨柳患上了重感冒，高烧持续不退，住进了医院。王道与杨天津代表刊社去看他。单人病房里，王丹怡正坐在病床边给他削苹果。看见他们来，杨柳迷离的眼神变得专注了些。

"什么情况？感冒得这么厉害！"王道问，待杨天津将一大包营养品放在床上后，又将手里拿的一条烟放在床边的小桌子上。

"烟是王道私人送你的。"杨天津说。

"我都这样了，你还送我烟，不安好心。"杨柳对王道说。

"没说让你现在抽，等你几时想抽烟了，病就好了，我有经验。"王道笑着说。

"小王去楼下买两瓶矿泉水上来给两位领导。"杨柳对早已让开凳子站在一边的王丹怡说。

支走王丹怡，杨柳便迫不及待地将上周晚上的那件事说给他们两人听。这事说到一半，杨天津脸色就变了。

王道说："我也听田小草说过一次，说三楼厕所边的那间小房，有天晚上她也听见过有人哭。"

出医院的路上，杨天津神色惶恐地对王道说："我也听见过，而且不是一次。"又说，"昨晚上还梦见过夏小荷，她说有什么东西丢在了她的办公室，她要来取。她说完就一直哭，吓死我了。"

回到刊社，在杨天津的执意要求下，她与王道两人要了那间现在已堆满财务账本的办公室的钥匙，然后在里面翻了一上午。但他们什么也没翻到。

下午，王道午休从沙发上刚起来，杨天津便敲门进来了。她对王道神秘兮兮地说："找到了。"说着回手将王道办公室的门反锁起来，然后从口袋里掏出一张有些发黄的黑白照片，递给王道，"在墙角洞里，好像还被老鼠咬掉了一块。"

应该是夏小荷不到十岁时与她母亲一起照的照片。夏小荷天真无邪，满脸灿烂的笑，她母亲虽然眼神里有浓浓的忧郁，但脸上仍有浅浅的笑。

"怎么办，这张照片？"杨天津一脸的惶恐和悲伤，眼泪在眼眶里打转。

王道沉吟了一下，将照片夹在自己的笔记本里说："将照片放我这儿吧，她生前不认识我，我阳气重。"

十六　江一石、马飞缘逝情绝

王道开着侠刊社的别克车行驶在通往鄂州的省级公路上，副驾驶上坐着龙昆仑，后排坐着江一石、宁子烟、马飞。

周末，王道约龙昆仑去钓鱼，龙昆仑一口否决，说要加班看稿，但听王道说是去鄂州的黄花坳，顺道去看夏小荷的女儿时，他同意了。侠刊社三楼闹鬼的事，他也有耳闻，对夏小荷，他有太多的歉疚。

马飞，是王道亲自去约的。江一石与马飞的关系已到冰点，这是王道不愿看到的。马飞婉言谢绝了王道的好意。早晨，临出发时，王道却又接到马飞的电话，要与他们一起去鄂州。王道只得先去接马飞，又自掏腰包给车子灌了一箱油，然后再回刊社接龙昆仑等人。

刚入秋，车窗外的树仍浅浅地绿着。车出江城，田野中泥巴和野草花的气息扑面而来。远处有农民在田地里烧稻秸，烟雾被风吹成一幅有情致的水墨画。

"'暖暖远人村，依依墟里烟。'难怪陶渊明要归隐田园，出来可真好。"宁子烟摇下车窗，发起感慨。

道路上摊晒着一些农人的稻子，王道左右打着方向盘，绕开那一堆堆的稻子，哪儿顾得上接宁子烟的话。

马飞从包里拿出一袋话梅，分给宁子烟吃。宁子烟拿过袋子倒出几个要给旁边的江一石吃，却发现江一石靠在车座上睡着了。于是小声说："最近江大侠太忙了，昨晚肯定又加班了。"

"他每天忙言情，快成情种了，谁知道他昨晚上到哪儿鬼混去了。"马飞话里有话地说。

近两个时辰后，车到了黄花坳。

夏姨家的竹篱院子外停着一辆红色的夏利，是华小美为跑广告刚买的私家车。

华小美手里拿着一把菜薹从院子里迎了出来。她提前到了，正帮夏姨择菜。夏姨牵着小甜也跟着出来了。小甜看见王道，便跑上去拉他的手，王道摸着她的头，说："小甜又长个儿了。"

龙昆仑看着既乖巧又漂亮的李小甜，用手摸一下她的脸，这张酷似夏小荷的脸差点儿让他的眼泪都出来了。

宁子烟从车上拿下来几大提礼品，递给夏姨说："都是我们龙社长给您和小甜买的。"

"礼性可都太大了，那华姑娘也拿来好多吃的，受不住呀。"夏姨一边接了礼品，一边带他们进屋。

"家里不错呀。"龙昆仑走进屋，看着夏姨家整洁的桌椅和干净的沙发电视说。

"这都是王道送的，去年过年，花那么多钱买这电视和沙发，真比我那崽还好。"夏姨说着去给他们倒水。

"难怪几次星期天约你打牌，都说在鄂州，原来是来这里了。"江一石说。

"等会儿你们钓了鱼，下午我们打麻将吧，我带了一副崭新的麻将，在车上。"华小美说。

"好呀。"江一石看着宁子烟，"就不知宁美人还敢不敢应战。"

"这些时手风不顺，这个月刚发工资，前几天被杨柳和江一石搞去三分之一。这地方，换一下风水，我赢死你们。"宁子烟说。

小甜天生与马飞有缘，牵着马飞的手就一直没松开，进屋后，马飞便拉着她去找梳子，要重新给她梳头。马飞一边给小甜梳头一边轻轻地和她说话。问她多大了，问姨奶奶对她好不好，问她爸爸去哪儿了，等等。梳完头，又将自己的发卡别在她头上。然后细细地看着她，说："我们小甜还真是美人儿。"

喝完茶，王道带着龙昆仑等人去黄花塘钓鱼，马飞不去，说带小甜去乡里的小学看看。

黄花坳的秋天美到极致。夹竹桃持续着花期，满村子的黄花在风中摇曳。几棵硕大的银杏树，树叶由绿变成嫩黄，而村子周围的山却又生出一堆堆的红叶。几条青石河沟将村子分成几大块，沟上的青石桥古朴、雅致。这种景致让龙昆仑不断地深深地吸着气，说："这地方怎么像画里一样，难怪你喜欢到这儿来。"

黄花塘早已不是原来的荒塘。塘的一个角用青砖建起了几间平房，塘周围用水泥做成了几个钓台，每个钓台都用竹竿撑着一面黄旗，旗上写着：草鱼四元、喜头鱼三元。下面一排小字：珍惜生命，甩线万望注意电线。

宁子烟读着黄旗上的字，笑了："这鱼老板蛮细心的。"

平房的鱼老板不在，但房门没锁，王道熟练地去房里拿出鱼竿和蚯蚓、大麦。宁子烟与江一石选了一个钓台，王道与龙昆仑选了一个钓台。

王道给龙昆仑的鱼钩上大麦和草时，龙昆仑问："怎么华小美也来了？她那么忙。"

华小美已是广告部主任了，《城市男女》做起来后，她已将两刊的广告年收入做到了三百五十万。

"周末总是要休息的吧，加上知道您要来，她还不趁机来巴结一下。"

"提职了，倒生分了。"龙昆仑叹口气说。看着对面已将钩下水的宁子烟，他忽然对王道说："给你说件事，你只能藏在心里。"

王道放下手中的钩，抬起头，看着龙昆仑。

"我上星期已和曹敏离了。"

"离了？离婚了？"王道睁大眼睛。

龙昆仑郑重地点点头，又叹口气。两人不再说话，各自将钩放进水里。

宁子烟第一个起钩，钓起一条喜头鱼，鱼不大，但宁子烟兴奋的叫声挺大。

龙昆仑的鱼漂忽然有了动静，王道用肘顶一下龙总，龙昆仑点头，握紧竿子。浮子足足眨了两分钟，然后一下子被拉没了影，龙昆仑使劲拉竿，鱼被钩住，但许是鱼太大，一时哪里拉得上来，几个来回，也仅是将鱼青色的头拉出水面，是一条大草鱼。忙活了半天，宁子烟和江一石也跑过来看。王道正要去拿叉网，一个穿着塑胶裤的老汉早已拿着叉网站在旁边。鱼被龙昆仑拉呛了几口水，劲小了，龙昆仑借势将鱼拉到钓台边，老汉迅速用叉网将鱼网了上来，是一条足有十来斤重的草鱼。宁子烟一边说："老大真有本事！"一边几乎兴奋得蹦起来。

老汉将鱼钩从鱼嘴上摘下来，站起身看着龙总嘿嘿地一笑，叫一声："龙社长。"龙昆仑看一眼老汉，眼睛马上停留在他脸上，不动了。

老汉黝黑的脸上布满皱纹，花白的头发草一样散在头顶，唯有一双眼睛，深邃。

"石光华！"龙昆仑叫一声，情不自禁向前迈上几步，石光华连忙走上前来，双手将龙昆仑的手握住。两人万种情绪无法言表，手握了很久。

中午在夏姨家吃饭时，临时加了大碗鱼，龙昆仑钓的草鱼下了一半在锅里。马飞托一个李姓的队长带来话，说带小甜去了果子洞，不回来吃饭。

煮鱼头时，龙昆仑起身要去黄花塘叫石光华一起吃饭，被王道拦住了，说他去叫。

石光华离了职，离了婚，与夏姨一起承包了黄花塘。夏姨说："那老鬼，蛮精明，小甜上学的钱都是他交的。"

中午一瓶酒被龙昆仑、石光华、江一石喝得精光。王道和华小美要开车，所以滴酒未沾。

石光华变得沉默寡言，常常是龙昆仑问一句，他答一句。酒喝多了，他也只总重复一句话："这里蛮好，世外桃源。"

清理好碗筷，他们便拉开桌子打麻将。龙昆仑坐在宁子烟后面看了一会儿，实在看不明白，起身去里屋睡觉。

宁子烟大赢，两圈不到，居然和了三个金顶。江一石心神不宁，一个风下来，一盘未和。

龙昆仑睡了一个时辰，起来便朝门外走。被宁子烟叫住，龙昆仑说要去黄花塘找石光华说话。

王道连忙起身从他的背包里拿出两条烟递给龙昆仑："石老汉是个烟鬼，昨天就帮您准备了。怕龙总不愿见他，所以没告诉您他在这儿，龙总原谅。"

龙昆仑接过烟，走出门又折了回来。找宁子烟借一千块钱。宁子烟将放在桌面上赢的钱一边数，一边问："干吗？"龙昆仑有点儿不高兴："你笨呀。钓鱼不要钱？"王道连忙说："我已给了两百的鱼钱了。"龙昆仑瞪一眼王道，抓过宁子烟手中的钱说："蠢，两百哪儿够！"

龙昆仑走后，宁子烟说："看看，赢你们的钱都交鱼钱了，你们输了，不能再找我。"

晚饭前，王道带龙昆仑与宁子烟一起去了夏小荷的墓地。

墓地在附近的一座小山上，在夏家的祖坟边角。小小的墓碑前摆着花草和供品，坟上和周围打扫得干干净净，一看便知经常有人来此。

龙昆仑默默地点了三炷香，插在碑前，然后找王道要了一根烟，坐在墓边的一个石头上抽。王道一边上香一边说："今天龙总和宁总来看你，给你上香了。你女儿小甜现在也生活得蛮好。你在那边放心吧。上次你去刊社找的照片，我和杨天津社长已找到了，放在你夏姨那儿，你就不用再去刊社找了。"

上完香下山，龙昆仑问："还真有一张照片？"王道说："有呀，上次来给夏姨了。不知她是否埋这儿了。"宁子烟说："难怪最近三楼没谁再听见有哭声了。"

荒山到处是杂草，天渐黑，显出几分阴森来，三个人加快了步子。

晚饭快开饭时，马飞牵着小甜回来了。她对赢了钱兴奋无比的华小美说："这个村子太美了，果子洞附近更美。来的人也特多，姐准备在这里下手了，做一个可吃可住可玩的田园农舍，你若有兴趣，我们一起投？"

马飞声音有点儿大，显然既给小美说，也给其他人说。华小美不假思索地答："好呀。"

吃饭时，马飞说走累了，与龙昆仑和石光华一起多喝了几杯酒。

面色红润的马飞忽然站了起来："今天在座的龙总、夏姨、石老师，还有……我说三件事，想征得你们支持，或者同意。这第一件，我准备回去后就辞了工作，到这里来创业，开一家田园农舍，这个，我下午去找了村支书和村长。这第二件事，我要认小甜做干女儿。"

江一石听这话，小声嘀咕："自己还是姑娘家，哪能认什么干女儿。"马飞横他一眼："你闭上臭嘴。"

马飞看着夏姨说："我太喜欢这小丫头了，我已经与她说好了，这次回去，我就带她回江城住几天，等找我父亲说妥了，带他来考察投资时，再带她回来。"

马飞的话让夏姨有点儿惊慌失措，嘴里不停地说："这哪行，这哪行……"夏姨说这话时，小甜已趴在马飞身上，反过头哭着对夏姨说："姨奶奶，我要去姐姐家，要去姐姐家。"

马飞小声对小甜说："以后不许叫姐姐，叫干妈。"

夏姨有些慌，拿眼睛看石光华。石光华说："你等会儿去帮小甜收拾几件换洗的衣服，让她去城里看看。放心，他们都是好人。"

"这第三件事……"马飞忽然停顿了很长时间，拿起一杯酒走到江一石旁边说："这最后一杯酒，我与你喝了。"

江一石瞪大眼睛看着她，马飞将杯中酒一饮而尽后，他也稀里糊涂地跟着把酒喝了。

马飞走回原位，说："江一石人不坏，但作为一个男人，让我失望的东西，太多。所以，在黄花坳，在今天晚上，我与他喝了这杯断情酒。以后龙总多提携、多体谅他，各位也多帮衬他。我们缘分已尽，我希望他以后会幸福。有一点，特别是王道兄弟，若谁再像今天这样来撮合我和他，那就是对我的不尊重！"

马飞说完，拉起小甜说："你们先吃，夏姨与我一起去给小甜收拾衣服。"

朝里屋走时，小甜仰头用一双大眼睛有些慌张地看满脸眼泪的马飞。余下的人，面面相觑。

晚上，马飞与小甜坐华小美的车先走了。龙昆仑等人上车时，石光华搬了一个蛇皮袋鱼放在王道的车上。龙昆仑与石光华紧紧地握了下手。

一路上，大家沉默不语。车快进江城时，江一石忽然小声抽泣起来。

十七　华小美大闹《城市男女》

王道刚进办公室便接到华小美的电话，她说："那江一石、何梦瑶怎么回事？又把我的几个单子搞黄了。他们与我有仇呀？"不等王道问情况，又说，"我在开车，半小时回刊社给你说。"

《城市男女》上马不到两年，发行量已超过《侠世界》，广告收入更是《侠世界》的一倍多。江一石被龙昆仑直接任命为《城市男女》的主编，进入社委会，何梦瑶也当上了负责二审并分管流程的编辑部副主任。上一期，二审从不审广告的何梦瑶将华小美的"捕鱼器""迷情药""壮阳神器"等一个版的小广告找出来，去江一石那儿告了华小美一状，广告被江一石临时撤了下来。而华小美与广州一家广告代理商已签了合同，钱也已收，情急之下，华小美去找王丹怡帮忙。王丹怡带着华小美去找杨柳。杨柳以书代刊做了《开国大将之谜》，没想到单本发行高达五十多万，于是顺势创办了双月刊《解密》，发行量虽不及《城市男女》和《侠世界》，但刊物在全国中老年读者中的影响极大，杨柳招了几名编辑后，将《侠世界》和《解密》合为一个编辑部，龙昆仑任命他做了《解密》的主编。而王丹怡成为《侠世界》的编辑部主任和《解密》的副主编。

杨柳因为喜欢打麻将，经常被华小美拉去帮忙喝酒、陪广告商打麻将。打麻将的钱，华小美出，赢了自己得；输了，华小美出，结果杨柳大赢了几场，对华小美的美差很有感激之意，加之华小美与王丹怡关系处得不错，所以，两个美女一招呼，他便应允帮忙救急。但他还是给王道打了个电话，问他的意见。谁知王道竟不领情，说："那几则广告确实有问题，人家江一石不愿登是有原因的，我觉得最好不要在《解密》上登。华小美钻钱眼儿了，别听她的。"

放下电话，杨柳问："你顶头上司不愿担责，怎么办？"

华小美又急又气："那王道你不知道？胆小怕事，四平八稳。龙总说了，刊社利益大于一切，他这是为刊社利益着想？他最近忙着上马他的《打工故事》，哪里还操心我这块？再说了，你管的刊物，你怕他？谁看不出来，这刊社只有你最为刊社利益着想。"

华小美的话让杨柳很受用，杨柳看一眼王丹怡，王丹怡说："就那一个版，谁会仔细看。我觉得我们出发点没问题。"

谁也没想到，一个小版的问题广告，竟有人告状到了龙昆仑那儿。社委会上，江一石坚持原则，注重刊物影响，得到了表扬，王道和杨柳挨了批评。特别是王道，龙昆仑说："华小美的广告业绩确实不错，自从实行业绩提成后，工资比我还高，但还是要注重广告质量。"

会后，华小美请王道、杨柳和王丹怡吃饭。席间，王道对杨柳说："虽然办了件错事，但你与丹怡不怕担责地帮我们上广告，我还是心存感激的。"

杨柳说："这件事，再一次印证，王总的人品，大大的好。不像有些小人，大大的坏。"

王道清理问题广告，受到华小美的坚决抵制。理由多多：刊社的刊物都不是主流刊物，品牌广告不愿上；已与几家代理商签了一年合同，不上他们的广告会赔钱；广告全年指标越定越高，小广告一整顿，任务完不成；其他刊社的这类广告都在上，没必要放弃。

王道召集广告公司人员开了几次会，都无法推进此事。王道气极了，对华小美咬着牙齿说："华经理，广告出了问题，你看着办！"

因为刊社发展较快，为对外有独立的经营权，广告部和发行部都调整成了未注册的公司，华小美和田小草都被直接任命为公司经理。

华小美未到，田小草却急匆匆先来告状了。田小草说《城市男女》中途换稿，交印时间拖了三天，印刷厂排班被打乱，又拖了两天，造成本期刊拖期五天，经销商这边乱成一团，固定时间去摊点买刊的读者以为《城市男女》停刊了。这样，肯定影响下次的发货数。

正说着，华小美气鼓鼓地回来了。她说："三家公司给了钱，五天了，仍见不到刊物，说我是骗子，要与我们打官司，下期广告也不上了。这何梦瑶就一灾星。这事若你不出头，我就直接找龙总。"

王道给江一石打电话，江一石正开选稿会，让王道等半小时。

王道给华小美和田小草倒了水，正要问情况，宁子烟进来了，看见华小美在，说："华经理，这一转眼，就来王总这儿告状了。"

华小美连忙站起来，赔着笑说："对不起宁总，以为是印刷厂出了问题拖期，怪罪姐姐了，都是江一石和何梦瑶造成的。"

宁子烟分管印刷，华小美在给王道打电话之前，给宁子烟打了电话，一阵抱怨，让宁子烟很不受用，她给华小美讲清情况后，华小美才知错怪了印务部。

江一石因为何梦瑶组到一位江城知名作家的题为《金屋藏娇——包二奶众生相》的稿子，临时换了刊物的头条稿，又临时换了封面，他之前与宁子烟商量会晚一天进厂，而宁子烟也与印刷厂沟通好了，结果作家看了清样，又执意要修改，因此推迟三天才交印，印刷厂上了其他业务，宁子烟亲自跑了两趟印刷厂，才使刊物出厂时间不至于拖得更长。

宁子烟说:"经过就是这样,我知道吃亏的是你们,但责任确实不在印务部。"

王道与华小美、田小草去江一石的办公室时,江一石正与何梦瑶谈稿子。看见他们来,江一石连忙站起来给王道递烟,给华小美和田小草倒水,说:"刊物拖了期,给你们造成麻烦了。"

华小美板着脸,正在气头上,哪里会给江一石面子,说:"三个客户要跟我们打官司,要赔钱,你们说怎么办吧?"

江一石笑的脸沉了下来,看着王道说:"有这么严重呀?"

王道说:"事情总能解决的,这事把华小美惹急了,我们来就是一起考虑解决办法,同时也让你们重视一下刊物拖期对发行和广告的影响。"

田小草说:"这次拖期对发行的影响也蛮大的,下期肯定降数。"

正低头看手中稿子的何梦瑶抬起头说:"我了解,这刊物出状况拖期,其他刊社也经常会有,没这么大的麻烦吧。再说,我们不也是因为追求刊物质量才拖期的嘛。质量好才能发得好,发得好,广告才好做吧。"

"何梦瑶,你懂什么市场,在这里装腔作势?广告商出了钱,五天看不到刊物,延误产品发布时间,他们会饶过我们?"华小美气儿不打一处来。

"什么产品?那些广告,我看着就恶心。"何梦瑶被华小美的话一激也来了气。

"我看见你才恶心,告刁状,小人之举。"华小美气得脸都发白了。

王道连忙制止华小美说:"华小美,有事说事,不许瞎说。"

江一石使劲将手中的杯子往桌上一放:"华小美,你如此伤人就太不应该了。谁小人?谁告刁状?你那些广告的品质怎么样,谁不明白,赚钱也不是这样赚的吧?"

"我赚钱还不是为刊社,你们编的刊物蛮好,不是凶杀就是婚外情，自己不觉得恶心？"

"华小美！"王道大吼一声，"有病呀？田小草把她拉走！"

田小草把华小美拉出门，谁知她挣开又进来说一句："我不告刁状，我告明状，你们等着。"

田小草和华小美走后，王道坐了下来，给江一石递一根烟，说："这丫头，不像话。"

江一石将烟丢在桌上，冷冷地说："这事的责任，我们背，罚款降职都行。但责任不是我们一家，还有印务部，他们拖了两天。"

十八　江一石翻窗盗美人

王道的夫人刘思思与儿子王之来江城小住。刘思思是施州师专中文系的老师，儿子上小学二年级，大学和小学均放寒假，所以，一同来江城，用刘思思的话说是"全方位伺候王道一个月"。

小别胜新婚，又难得是周末，所以王道一晚上卖力时间过长，早晨赖床到九点才全身无力地爬起来去菜市场买菜。

昨天，他已挨个儿请龙昆仑、宁子烟、杨柳、江一石、华小美等来家里吃饭，并强调夫人的厨艺十分了得，同时又强调刚置办了麻将桌。

王道的夫人刘思思是王道还在施州宣传部讲师团时认识的，有次他被邀去施州师专讲诗歌创作，当时刘思思是讲座的组织者，两人很有眼缘。王道开始为刘思思写诗，为她夜不能眠……

王道大学毕业后分回施州州委宣传部。原来的分配方案是去江城广播电台的，但不知哪一个环节出了问题，结果他灰溜溜卷铺盖回了老家。回老家，他理想的去处是施州报社或文化馆，但报社找教委，教委不放人，因缺师资力量，教委执意让他去施州的一家重点中学教书。王道的父亲是州文化局局长，州宣传部部长是王道父亲的老同事，部长到王道家吃饭曾拍着王道的头说，毕业若愿意回来，任何单位随便挑。

部长知道此事后，亲自出马，找教委要人，理由是宣传部组建讲师团缺人。

上班的第一天，他便被讲师团筹备组的熊领导扎扎实实地修理了一番。他上班迟到了半小时，而且在办公室看《诗刊》。

王道其实是个与世无争的人，他只想写他的诗。他也不知为何，一出校门进社会，周围几乎所有人都看他不顺眼。在大学，他算得上是学校的风云人物，因为性格温和，与同学的关系也处得很不错，可到了机关里却不受领导待见，同事对他也很疏远，这使他产生了逆反心理。种种蔑视使他变得孤僻和冷漠。渐渐地，他对部里的同事也不理不睬，一味孤傲，甚至路上偶遇也扬头而过。但因为情绪影响，他写诗的激情也逐渐衰减，这是他万万没想到的。他常常看着墙壁发呆，几个小时写不出一个字。

这时，他又想到了做梦都想去的文化馆。然而，找父亲的结果是挨了一顿臭骂，他成了不争气的废物。

宣传部篮球队在州委大院篮球队联赛是千年老二，从未赢过组织部，王道在大学曾进过篮球队，结果，有他的参与，宣传部史无前例地赢了组织部。他的这个特长甚至被分管部长说到了部长耳朵里。

部长有次到讲师团，当着大家的面对熊领导说："都说王道是靠关系进来的废物，我看，还是有特长的吧，寸有所长，尺有所短，会用人才是本事。"

后来，王道才了解到，行政单位新入职人员必须要抢着做脏活累活，上班要提前半小时打扫卫生，帮领导泡茶，冬天要生烤火炉，要把被领导点名办事跑腿当成最大的亲近。而王道既不懂规则也无法适应规则，新人上班即把自己当"爷"的做派，犯了众怒。

王道虽然在官场上不思进取，也没想在宣传部久待，但因环境和心情影响创作，他难以接受。而因为篮球，他慢慢改变境况，心情也开始变顺畅，而心情顺畅，诗的灵感也开始慢慢回归。如此，为了不影响他最大的心愿——文学，他开始调整处世哲学，他开始适应规则，目的只有一个，不让糟糕的境况影响创作。当王道第一次给熊领导泡茶时，熊领导张嘴看了他几十秒，接茶杯时甚至站了起来，说："王诗人入世了？通了？"

王道涎着脸说："以前不明事，慢慢学。"

"你就是个不明事的主，洗脸也不照照镜子，会几首歪诗还以为自己是爷。毛都没长齐都敢亮屌。"熊领导劈头盖脸发泄了一阵恶气。发泄时，看王道仍红着脸点头，便脸色和缓起来，说："去把你的杯子拿来，我这茶是全施州顶级的，让你尝尝。"

王道在宣传部讲师团打磨了两年，所有棱角被磨得光光滑滑，而这段时间，他的诗歌创作进入旺盛期，加入了省作协，成了名副其实的诗人、施州文坛的领军人物。

这时，他迎来了一个重大机遇，施州筹备文联。有了文学的声名，有了处世的手段，他拎着礼品直接去了部长家。他去文联的理由很充分，说服了部长。

文联成立，他说动牵头的副主席办起文学刊物《凤凰》，然而，刊物办了一年，欠债几万。当《凤凰》行将停刊时，王道站出来承包了刊物。九十年代是个全员经商的年代，市场经济发展迅速，许多行政单位都办起了公司。

王道承包《凤凰》杂志，第一年收支持平，第二年便开始向文联上交一万元管理费。上交管理费外其他赚的钱全由王道自己支配。他聘请了五名编辑，工资由他发。办笔会、办大赛、代理出版图书等，杂志社的经营越做越兴旺，刊物在全省的影响也越来越大，培养扶持的文学作者也越来越多。

既做管理者，又跑经营，同时还协调上下左右的关系。为了把事办好，低三下四；为了把人巴结好，低眉顺眼；为了把生意谈妥，机警圆通。主持《凤凰》杂志七八年，王道成了特别会来事儿，且能力超群的主。

其实，王道有许多机会可以调至江城，但小日子过得滋润，他哪里愿意离开。若不是新上任的宣传部部长看中他，一纸提拔加调动的文直接发到文联，他很难会答应龙昆仑到侠刊社来履职。

王道提着菜回来时，发现龙昆仑和宁子烟已早早地到了，龙昆仑正拉着王之说话，龙昆仑问王道说："怎么给你儿子起这么个怪名字？"

刘思思从厨房出来笑着答："他原来的名字，还怪，叫王子。结果上学报名第一天就被老师要求回来改名字。莫看我们家王道平时混得像个人，其实不着调的事多了去了。"

王道说："叫王之好呀，龙总第一次听这名不就记住了吗？以后有了造化，那各种场合，按姓氏笔画排序，不总能排前几位嘛。最开始改名王一，可惜被蠢老婆无情否定。"

杨柳与华小美是一起上楼进门的，他们正好在楼下碰见，他们身后还带着一个叫西门红的青年。西门红是广告公司华小美的手下，名牌大学学经营管理的，在广告公司干了两年，便已升任主管，比华小美小两岁，两人走得很近，既像恋人，又像闺密。接受王道邀请时，华小美便提出要把西门红也带来吃饭，王道说叫他不合适。华小美问："让嫂子见一下未来妹夫有什么不合适？"王道说："什么妹夫，谁没看出来，你把一个好好的青年才俊玩得像个苕一样。"

华小美说："我们在姐弟恋好不好，我怎么玩他了？再说，我一个人来，那杨总在酒桌上开我们两人玩笑，嫂子会起疑心呀。"

王道烦了说："你太高估自己的魅力，太低估你嫂子的情商了吧！我们之间有事吗，怕说？算了，你和西门红都别来了。"华小美说："那不行，我们都要来看嫂子。"

放下电话，华小美的电话又打过来了，说："若江一石把那个何梦瑶小妖人带来，我就真不来了。"

王道说："你烦不烦？我哪里知道江一石会不会带她？随便你！"

自从那次因刊物拖期，华小美与江一石、何梦瑶大吵一架后，华小美再也不搭理何梦瑶了。两个月，《城市男女》的广告收入减半，而《侠世界》与《解密》的广告收入各增加了一倍。王道多次撮合，才缓和了华小美与江一石的关系，然而《城市男女》的广告却始终上不来。广告客户百分之九十都是华小美发展起来的，而且都被她死死控制在自己手上，王道既无法左右她，更无法左右广告公司。

华小美进门便将西门红支进厨房给刘思思打下手，而自己俨然主人一样，给龙总等续茶，把宁子烟提来的水果点心拿出来分给客人和王之吃。

杨柳给王之带来了个玩具车，王之特别喜欢。杨柳拉着王之的手，逗他说："知不知道，我和你妈原来是一对？你是我的亲儿子，不然你想，我会给你买这么好的车？"

王之蒙了，看着他。

杨柳说："你妈原来是施州第一美女，我是施州第一大才子，我们俩是男才女貌。后来，你爸爸来了，生生从我手里把你妈妈抢走了。"

杨柳的讲话神情严肃，差点儿把王之吓哭了。这时刘思思正好去柜子里找酒，王之连忙挣开杨柳的手，朝刘思思那儿跑去。

刘思思忙蹲下来拉着王之的手说："别听那坏叔叔瞎说。"又侧着脸对一脸邪笑的杨柳说："你可把我儿子吓着了，这么多年还改不了不正经的样儿。"忽然又问："王道说你手下有一个大美人王丹怡，怎么今天不一起叫来？"杨柳马上收起邪笑，说："她加班看清样呀，今天出片。"

江一石等到桌上的菜上齐了才到，说："想到下午要赢杨柳和王道的钱，这加班的效率都高些。"

酒桌上，龙昆仑说了一个设想，让在座的人兴奋不已，纷纷起来给龙总敬酒。龙总的设想是：在文联大院建职工宿舍。于是，各位敬酒时，龙昆仑根据敬酒的深浅和杯数直接分配起房子的大小。结果，宁子烟的房子最小，十平方米，杨柳的房子最大，三百平方米。

刘思思拉着王之也来敬酒。其他人的酒，龙总顶多喝一半，王之的酒，他竟一满杯全喝了，他的礼性，让刘思思和王道连忙各倒满杯，陪儿子喝了。龙昆仑亲一口王之，说："给你也分一个婚房，以后娶媳妇用。"

饭后，杨柳、江一石等人急不可耐，拉开麻将桌开战。刘思思找出一副象棋，让西门红陪龙总下。

刘思思与华小美收拾完碗筷，也围过来看棋。

王之拿一个削好的苹果走到龙昆仑的身后，拉着龙昆仑的衣角，把苹果递给龙昆仑。在无人授意的情况下，王之如此亲近他，龙昆仑高兴坏了，他一把将他揽在身边。

华小美看见了说："小马屁精，这么小就知道巴结大领导了。怕是为了以后婚房娶媳妇吧。"

龙昆仑说："这小伙子，以后肯定成大器。听王道说，在班上成绩也非常了得。"刘思思说："今年不行了，在年级滑到第二了。"

西门红下棋哪里是龙昆仑的对手，若不是刘思思帮助支几着，会输得更惨。

感觉刘思思棋路不错，龙总非要与刘思思下一盘，无奈，刘思思只得应战。

对弈中，龙昆仑悔了两次棋，都因车误入马口。而刘思思的炮误入车道，却被龙昆仑干掉，刘思思未悔棋，所以，龙昆仑后面也不好意思再悔棋。一盘棋两人下了二十来分钟，都只剩下一兵两士一帅。正在这时，麻将房那边传来争吵声。刘思思要站起来去麻将房，龙昆仑正在兴头上，挡住刘思思，说："别管他们，肯定是杨柳和江一石，你老公牌品最好，不会参加他们闹。这盘棋，你输定了。"

站在刘思思后面看棋的华小美小声说："吵翻了才好，走一个，我可'填荡子'了。"

龙昆仑瞪她一眼，她吐一下舌头，不敢说话了。

果然，没多久，江一石红着脸出来了，对龙总说下午要去加班，先走了。龙总看着棋盘，"哦"了一声，头也没抬。王道出来，对下楼梯的江一石追一句："晚上过来继续喝酒。"

原来，牌桌上，江一石大赢，杨柳大输。江一石在杨柳下座。江一石吃一手条子，碰一手条子，结果，杨柳给江一石吃了第三手条子，包了江一石一个清一色的金顶。杨柳老大不高兴，付了钱，说："下了两手条子也不吱声，太没牌德了。"江一石说："牌在桌面上，不会看，再说上次你让我包了个将一色，你吱声了？"

接下来的一圈，江一石摸和四七万，但嫌牌和得太小，将四万打出，杨柳碰，不到一圈，杨柳听和，正好摸四万，开杠，正要拿牌，却被江一石抢杠。这次杨柳不依了，说手未摸牌，不能抢，为此两人争吵起来。杨柳说，没见过这么毒的人，有意不和，设圈套，抢他的杠。江一石说，我毒也没你上次毒吧，将一色听和不和，碰将打将，有意让我一个人包。

两人争得面红耳赤。最后江一石甩一句："钱我不要了，这种耍赖的牌，我不打了。"

华小美很快被杨柳叫进去"填荡子"。

华小美走后，龙昆仑一边看着棋盘，一边说："这牌品如人品，在牌桌上，我就从没见过王道与人争过事。"刘思思笑了，说："龙总说我老公好话，下一盘，我一定输给您。"龙总鼓起眼睛："你赢我才叫本事。"

江一石看看手机上的时间，不到两点半，他没去办公室加班，直接骑着摩托车往家里开，他租的房子离办公地不远，所以，一般加班午休，何梦瑶都会去他的房间里睡觉。与何梦瑶在一起也有几年了，这位神一样的美女让他在精神和肉体上受尽煎熬。她的固执、洁癖、与人交往的不合群，等等，他都能接受，但唯一让他难以接受的是她对肌肤之亲的排斥。江一石是那种性欲特强的男人，在他把所有精神上的爱恋全部给这位超凡脱俗的美人时，他的身边还有马飞。他可以一方面暗恋着何梦瑶，另一方面疯狂地在马飞身上发泄肉欲。但自从黄花坳与马飞分手，他把所有精神和肉体的爱倾注于何梦瑶时，他发现，何梦瑶无法承载，她与马飞是完全不同的女人。其实，江一石这几年对何梦瑶的炽热的爱也出现了进一步深入的障碍。不知是何梦瑶在男欢女爱方面缺乏激情，或者根本就缺乏启蒙，还是江一石对这种冷美人无从下手，总之，他始终越不过恋人间那个最重要的坎儿。他一直在怜爱与呵护、肉欲和邪念中挣扎。

今天，酒的刺激让江一石变得亢奋，车到家门口，他终于明白自己要干什么了。他为自己精神上越过了某种障碍而兴奋不已。

江一石知道，何梦瑶在他房里午休一般会从里面反锁门，他即使将门敲开，她也肯定会穿得严严实实地来开门。而他的租房在一楼，他房子的洗手间的窗子没有加铁栏，他有一次晚上起来小解，还警觉地将那窗子关紧并插上销。

江一石停好摩托车，发现他洗手间的窗子果然没有关。他四处张望一下，贼一般从窗子里爬了进去。他轻手轻脚地在洗手间里漱了口，然后将自己脱得只剩一条短裤，赤着脚慢慢地朝卧室里走去。

何梦瑶果然还没醒，她的外衣羊毛衫胸罩等整整齐齐地叠放在床头柜上，胸罩上居然压着一本王道的诗集《红房子》。

何梦瑶睡得很安静，她身体侧卧，油黑的长发齐齐地瀑布般铺向一边。半光着身子的江一石钻进被窝时，何梦瑶居然还未醒。当他从背后抱住她时，她"呀"地惊叫一声，然后拼命要挣脱他，她瘦弱的身体挣扎起来让江一石几乎无法控制，他差点儿被她一脚踹到床下。

当她看清是江一石时，挣扎的力度变弱了些，但仍使劲用手将他朝外推，嘴里重复一句话："不行的，不行的。"

然而酒后的江一石哪里会放过她，他用一双手和身体紧紧控制住了她，何梦瑶全身一抖，然后安静了，放弃了抵抗。在江一石狂暴动作时，何梦瑶一边承受，一边断断续续地说："江一石，你……你……是……是……要我……我的……命。"

江一石慢慢放缓了节奏，何梦瑶既不反抗，也无迎合的反应，没有半点儿激情，一副听从强暴者摆布的无奈。只是不断强调："怀孕了就糟了。"

江一石尝试着与何梦瑶舌吻，何梦瑶鼻头沾着星星的汗滴，一边不断躲开他的舌头，一边轻轻说："你的嘴巴里有一股酒臭。"

十九　编新刊，王道动杨柳奶酪

侠刊社的《天下传奇》与《打工故事》两本新刊将在跨世纪的那一天同时在全国公开发行。

由龙昆仑亲自挂帅、宁子烟具体负责的《天下传奇》编辑部和王道牵头、王丹怡做副手的《打工故事》编辑部这些天忙得不亦乐乎，已持续加班半个月。

大半年的市场调查、摸底，作者座谈会、作者笔会、专家分析会、经销商评刊会以及成本分析和市场评估等，所有来自各处的报告，都归于一个判断：侠刊社将在新世纪快速抢占中国期刊市场。

两个编辑部贴满了龙昆仑与王道策划的标语口号："刊比天大""流血流汗不流泪，谋事成事创辉煌""传奇天下，创造传奇""传奇不离奇，通俗不庸俗""传奇为王，故事为王，质量为王"。

《天下传奇》组建的负责人人选，龙昆仑最初定的是何梦瑶。他甚至私下征求过江一石的意见，江一石很爽快地用一句"要人，无私奉献"的话答应了龙总。办《天下传奇》最初的主意是宁子烟提出的，她是《读者文摘》和《青年文摘》的忠实读者。有一次在与龙昆仑、王道闲聊刊物时，她提出办文摘刊的想法。她的想法被龙昆仑认可。因侠刊社发展势头强劲，而江城在国家充分繁荣文化市场的政策下，对省内重点文化单位给予了充分支持，尤其在刊号申报和落实上，予以倾斜和优先。在王道紧锣密鼓地策划新刊《打工故事》时，龙昆龙在社委会提出亲自挂帅办文摘刊的想法。

宁子烟原以为龙昆仑会让她牵头做文摘刊，没想到定的人选却是何梦瑶，这让她很不开心，而且，她对何梦瑶印象不佳，她甚至怀疑龙昆仑有其他心思。所以，为此事她找了几次王道，最后直接说："行政管理有杨天津，我希望做我喜欢做的事。"

王丹怡进入《打工故事》也不是王道的初衷。因为王道分管的广告和发行，近几年两个部门管理有序，华小美和田小草都能独当一面，他作为分管领导不好插手太多，因此，他觉得自己工作不饱和，且有点儿虚。他与宁子烟的想法一样，希望做点儿实在的事，干自己想干的事。《打工故事》一旦做起来，他希望自己埋头认真地把这本刊物做好。王丹怡是直接到王道的办公室找的他，她找王道时，做了充分准备，她搜集了全国五十余位写故事的高手的名单，名单上有他们的通信地址、电话、代表作，后面还有她给他们打电话约稿的记录。她甚至还筛选了二十余篇她约来并经她手修改的稿件。她来《打工故事》的目的只有一个，换一个环境。当时正为约不到好作者、好作品而焦头烂额的王道喜形于色，他对王丹怡的印象一直很好，但他知道王丹怡是杨柳培养起来的，王道哪里会想到她会离开杨柳，选择一个并无把握的新刊来做。

王道问："你来我这儿与杨总商量过吗？"

王丹怡瞬间脸红了，小声说："若你同意我来，有一个请求，别说我来找过你。"

王道细细地看着她略显慌乱的眼神，有点儿犹豫，说："杨柳怎么舍得放你呢？"

王丹怡眼里闪露出一种难言之隐，低头迟疑了几分钟，小声而又坚决地说："若你这边不要我，我也不会留在杂志社，只有选择辞职。"

龙昆仑在中层干部会宣布同时创刊《天下传奇》与《打工故事》，并组建两个筹备组时，台下响起了经久不息的掌声。筹备组名单刚宣布，杨柳便借上洗手间，离开了会场，而从不在会议室吸烟的江一石，居然违反规定，点了一根烟。会后，王道去找杨柳，杨柳铁青着脸对王道说："有事要出门。"说完，关了门就走了。而这时，江一石正好经过，仿佛王道不存在一样扬头而过。

宁子烟去了王道办公室，带有几分揶揄地对王道说："我敢肯定，这一个月，杨柳和江一石不会找你打麻将。"

王道装作不解，问为什么。宁子烟说："你聪明人装糊涂，谁都知道，是你说服龙总让我进《天下传奇》的，堵住了江一石未婚妻何美人上台阶的路。另外，我到现在都想不通，你怎么敢动杨柳的奶酪？那杨流子与王丹怡的关系……不说了，不过我对你还是很感谢的。"

王道避实就虚地说:"以后你教会王丹怡打麻将,我、你、王丹怡、华小美,我们凑一桌,我专赢女人的钱。"

第二天下午,杨柳醉醺醺、眼睛通红地送王丹怡到了王道的办公室,说:"刚吃散伙饭,服从领导安排,人送来了。祝《打工故事》发达,祝……你们……发达。"说完,步子不稳地恓惶地走了。

王丹怡进入工作状态很快,而且做事细致有章法。

傍晚时分,连续飘了几天的小雪花,终于忍耐不住,酣畅淋漓起来,不到两个时辰,江城便成了银装素裹的世界。

王道搓着手,将桌上的杯子拿起来,喝一口,发现水已凉,便去找开水瓶,开水瓶没水了。坐在旁边电脑桌上的王丹怡抬起头,然后去了她的大办公室。她拿来开水瓶时,发现王道低着头,一边看稿,一边喝着她之前给他冲的一杯咖啡。

她吃完饭,冲了两杯速溶咖啡,一杯自己喝,一杯给了王道,王道说:"你还是留着自己喝吧,我喝不惯那洋玩意儿。"

王丹怡放下开水瓶,伸过头去问:"味道怎样?"

"苦了吧唧的。"王道说。

"所以,好多人说您开通,易接受新事物,我看未必。"

王道抬起头:"你在引申那个头条故事?这不是新事物旧事物的问题,《焐热钱过年》绝对比《打工皇帝》吸眼球,创刊在年底,打工一族最最关心的是一年的收入,我问过他们几个编辑,他们都在盘算能带多少钱回去过年。"

王丹怡浅浅一笑:"我就这么一说,您就引申刊物了,你早说服我了,老大。"

王道还要说什么,门被敲了两下,杨柳进来了。《打工故事》晚上加班,杨柳已来过两次了,一次是找王道要烟,一次是找王丹怡要一个作者的联系地址和电话。

"雪太大,回不去了,找王总讨点儿好茶。"杨柳说。忽然看见王道桌上的咖啡，酸酸地说："王总在小美女的教唆下，改喝咖啡了？"

"王主编从她那儿端过来的，苦了吧唧的，要不让她也给你来一杯？"王道说。

"我口福浅，消受不了。"杨柳说着，盯着王丹怡。

"要不就喝我这杯吧，杨总知道，我没什么传染病，也不怕传染。"王丹怡说。

杨柳还真的拿起王丹怡电脑桌上的杯子，喝了一大口。而他的脸色也从刚进来时的阴沉，变得灿烂起来。

他们两人的随意让王道有点儿不好意思起来，他掏一根烟递给杨柳。杨柳说："空调房，不能污染女士，我们去外面抽吧。"

王道关上过道上一扇未关的窗玻璃，两人点起了烟。

杨柳深深地吸一口烟，吞进了肺里，然后，一口口吐出来。外面的雪更大了。

杨柳隔着烟雾看着王道，看了十几秒，咳了一声，像是清了下嗓子，说："王丹怡是个很好的女人，你也知道，若不对你一百个放心，我怎么也不会放她走。"

王道看他讲得十分认真，所以，脸色也认真起来，他把烟弹了一下，也隔着烟雾，专注地看了他几秒钟，说："放一百个心，我属兔。"

王道这话中的话，让杨柳彻底放松："你的人品，那是全刊社公认的，我肯定放心。王丹怡资质蛮不错，除了照顾，以后还要多提携。"

"编刊，她能力特强，做市场类刊物，我都需要她的帮衬。好苗子，放心！"

楼上龙昆仑的办公室忽然传来争吵声，杨柳侧耳听了一下。杨柳说："你手下有一个人，以后要多防一点儿。"

"谁？"

"西门红。"

"广告公司的西门红？"

"是呀。听说他与江一石的老婆何梦瑶是新州老乡，那人有点儿阴。"

"他不是华小美的男朋友吗？蛮不错的呀！"

"你看华小美洋鼓洋号的，其实，她不是西门红的菜。听说，他最近在老板的授意下，要将他的师姐从《新文萃》挖过来开发邮发市场，也是新州人。"

"有这事？"王道不得不佩服杨柳消息的灵通。近段时间，龙昆仑确实与他商量过开发邮发市场的事。但关于挖西门红师姐的事，他却是第一次听说。

王道还要问什么时，楼上的争吵声变大了。王道听出是龙昆仑与宁子烟的声音。

王道说："我们上去看一下？"杨柳抬头看了一眼说："你去吧，他们两……口子的事，我不去了。"

王道上到六楼的办公室时，龙昆仑喘着粗气，他桌上桌下有一堆碎稿纸，显然，是在他发脾气时撕的。宁子烟坐一边，红着脸，脸上有泪痕。另外几个编辑，大气不敢出，站在一边。还是因为《天下传奇》的头条稿。龙昆仑要上《诺查丹玛斯大预言——跨世纪，毁灭日？》，而宁子烟认为《世界各国首脑本世纪的最后一天》更适合上头条。为此事，两人争了几次，谁也说服不了谁。稿件合成时，宁子烟直接将《世界各国首脑本世纪的最后一天》排上了头条，而且在封面上配了图。这让龙昆仑火冒三丈，他将美编和文编一起叫过来训斥了一番，宁子烟为他们开脱担责，然后龙昆仑转过来训宁子烟。宁子烟忍不住与他争执。甚至指出《诺查丹玛斯大预言——跨世纪，毁灭日？》不是传奇，是离奇，是做小报小刊的风格，而且导向也有不良性。

"你懂什么叫传奇、离奇？你懂什么叫导向？那世界各国首脑什么的，那是传奇文章？那就一篇新闻报道，把我们报刊的传奇特色都丢了，还做什么《天下传奇》？这些年，你管内务，你了解市场？你了解刊物？我说让懂刊物的何梦瑶来做，你偏挤进来？不懂刊物还固执！"

龙昆仑发脾气时口无遮拦的话，将宁子烟气得浑身发抖，她说："你现在要我走，也来得及，反正你是大社长，让我滚出侠刊社都可以。"说着，宁子烟起身就朝外走，被边上的几个编辑拉住了。

王道刚走进门，宁子烟便劈头盖脸地对王道说："都是你王道做的好事，让我做这什么跨世纪的刊，我在这儿，不懂刊物乱掺和，受人讨厌。"

宁子烟说完，又起身朝外走，几个编辑仍要拉住她，王道举一下手，示意不要拦她。

王道第一次看见温和的宁子烟发脾气。他让其他几个编辑回自己的办公室，然后在龙昆仑对面坐了下来。

龙昆仑没好气地说："你把人都给我支走了，晚上不加班了？这么忙！"

"这种情况还能继续做事？"

"早看出来了，你们都是喜欢做主的主。"龙昆仑说完，喝一口水，平静了一下，找王道要了一根烟，点着。

"你说这宁子烟，平时那么随和的人，怎么做起刊物来，这么固执？"

"这正好说明，她对做刊物是真心喜欢，可惜，被你伤得体无完肤。"

"我伤她？她把我这领导当了根葱？"

"若我没猜错，她肯定在她的办公室写辞职报告。"王道说，注意着龙昆仑的表情。

"辞职就辞职，怕了她！"龙昆仑火未消，硬气地说。

王道叹口气，站起来，要走。

龙昆仑说："干什么，我没要你走，你就走？"

王道坐了下来，龙昆仑看着他说："宁子烟这次好像真气得不轻。"

"我觉得宁子烟关于头条稿的有些想法还是有道理的。"王道说，对《天下传奇》的稿件，包括头条稿的选择，王道很清楚。"你们注重的其实是报刊的两个方面，一个注重'传奇'，一个注重'天下'，要我说，把封面做成'天下'（各国首脑），把头条稿做成个'传奇'的诺查丹玛斯，这事不就解决了。"听了王道的话，龙昆仑沉吟了一下说："这话之前怎不早说？"

王道说："你一直显得无比坚决，我说了，你像训斥宁子烟一样，把我恶骂一顿，我不亏大了。再说，好多人都说我喜欢到处插手。"

"所以，你这人就是世故，在敢直言方面，你比江一石差远了。"

王道装着生气，又站起来要走，龙昆仑鼓起眼睛："怎么了，翻翘了？"王道笑了笑，说："你这边气顺了，我不得赶快去哄宁子烟？万一她把辞职报告写好了交上来，大家怎么下台？"

走到门口，王道加一句："我就说老板妥协了，封面'天下'，头条'传奇'。"龙昆仑追一句："哄好了，我们一起去吃火锅，我请客。"

二十　跨世纪，侠刊社抢占中国期刊市场

天放晴，道路边上的雪未融化，白色的阳光照在残雪上，显得格外刺眼。空气经过雪的清洗似乎透明了许多，阳光有些暖人，但风仍是透心地凉。

侠刊社在文联大院附近的翠柳宾馆租用了整栋楼，一百余个房间，"侠刊社跨世纪新刊发布会"在这里举办。

龙昆仑让田小草和华小美在全国各地邀请了六十余名发行商和近四十位广告商来参加新刊发布会，同时还邀请了三十余家兄弟刊社和二十余家新闻单位。

宾馆周围宣传画和标语到处可见，从楼顶自上而下，挂满了来自全国各发行公司、广告公司、刊社的祝贺条幅。宾馆停车场，货车、面包车、轿车停得满满的，后到的车，沿宾馆外的路一顺溜停到了很远。

新刊发布会的消息是提前十天发出去的。之前，侠刊社新刊广告大奉送已让报刊广告商们喜出望外，而发布会通知上"六十万新刊大奉送"更是使整个期刊界炸了锅。

侠刊社出的《侠世界》在全国期刊的名气本来就大，之后出的《城市男女》又很快占据了言情类刊物的榜首，《解密》虽发行量不及《侠世界》和《城市男女》，但其在中老年读物市场十分火爆，影响巨大。侠刊社在发行商们的口碑是"出一本火一本"，让众多发行商赚得盆满钵满。

如今，连推《天下传奇》和《打工故事》两本新刊，而且采用的是头期不收一分钱的各三十万册大奉送，这种牛气冲天的做法，让整个期刊发行界目瞪口呆。一时间，侠刊社"六十万册新刊无偿大奉送"成了中国期刊界最大的新闻。

原定一百人的发布会，经过三番五次的压缩，人员名额仍扩充到了一百五十人。而发行商们关系托关系，削尖脑袋也要争得一个参会的名额。龙昆仑答应，发布会一结束，便现场运刊，赶在新世纪第一天，两本新刊同时上市。于是，本省、外省的发行商们，人到货车到，有的甚至提前两天就住进宾馆。

发布会在宾馆一楼的大厅举行，王道主持，宣读中国期刊协会会长的贺电，已升任文联党组书记的林子峰讲话，省新闻出版局分管期刊的副局长讲话，兄弟刊社代表讲话，发行商代表讲话，广告商代表讲话，最后，龙昆仑在讲话中，对"六十万册新刊大奉送"做了解读和布置。

他讲了三个关键词：信心、回馈、布局。他说：

"我们的信心来自对我们新刊可读性的充分自信。我们不怕读者不买，就怕读者不看，所以，我们需要最快捷地送给读者看，免费送看，吊足胃口。

"读者对我们侠刊社三本刊的多年支持使我们不断壮大，使我们有能力同时创刊两本新刊，无偿奉送新刊是我们对读者充满感激的回馈。每本新刊的右上方均印有'新刊上市，免费赠阅'的字样，采取买一赠一的形式，除与我们三本刊捆绑赠送外，我们还选择了几本期刊界的同类期刊进行捆绑赠阅。

"新世纪的第一周，我们全刊社人员会去全国各地查摊，终端摊点必须达到三有：摊点最醒目的地方有新刊样本，摊点醒目的位置张贴有我们新刊推广的宣传画，摊点上方挂有'《天下传奇》《打工故事》隆重上市'的条幅。挂了条幅的，我们凭发过来的照片，将在第二期，再免费赠送十本刊。同时，我们还将评选新刊赠阅排行，在省级经销商中进行评选，给予奖励。"

最后，龙昆仑豪气满满地说："我们几年前就开始提出创建中国畅销期刊集群的梦想。现在，我们从新世纪的第一天出发，我们的路虽然会很长，也可能遇到艰难险阻，但我们将踏歌而行，不达目标，永不言败，我们将为中国期刊创造新的传奇！"龙昆仑的发言赢得了长久的掌声。

发布会结束，一整天发刊、登记、接受采访等，龙昆仑与王道忙得不亦乐乎。

王道与田小草、王丹怡的午餐是在停车场与一部分发行商一起吃的盒饭。到了晚餐时，大部分人离开后，剩下几十位未走的外省市的发行商，闹着要搞酒庆贺。王道深知他们酒量的厉害，于是将杨柳与江一石一起叫来陪酒。一共三桌。龙昆仑、宁子烟、华小美陪一桌，杨天津、江一石、田小草陪一桌，王道、杨柳、王丹怡陪一桌。

江一石早早地过来了，还带来了何梦瑶。

杨柳晚到，王道笑着指着留给他的位置说："给你最大的福利，让我们这次参会中最漂亮的一位女士挨着你坐。"

杨柳嘿嘿一笑，刚要落座，身体忽然僵硬起来，惊叫："华美琪？怎么是你？"

华美琪理一下额上的发，大方地说："怎么就不会是我？我发侠刊社的刊物已经一年了。"杨柳慌乱地坐下来，脸变得通红，从兜里掏出一根烟正要点上，却被手快的王丹怡从嘴里抢了过去，说："点反了。"

王道似乎看出了什么状况，解危地说："我们杨总就是缺乏定力，见到美女就慌乱。这是南京达美书店的华经理。"说着又从华美琪开始一一介绍在座的发行商。

王丹怡问华经理："您是南京的华美琪？华表的女儿？"华美琪："你认识我？"王道也有点儿惊讶，说："写《雪山玉女》的华表是你父亲？"华美琪说："是呀。"

王道说："这田小草发行经理怎么当的，怎么从来没给我说这档事。"

华美琪一笑："我也没给她说，她也不知道呀。"酒过几巡，王道拉着华美琪去给旁边桌的龙昆仑敬酒，他估计龙昆仑也不知华经理就是华表的女儿。

走到邻桌，那边刚闹出小小的不愉快。江一石过来敬酒时，坐在他旁边的马邦提出让江一石与何梦瑶一起来敬他。结果江一石去叫时，何梦瑶死活不肯来，江一石喝了满杯酒，马邦却只丢下一句："这酒懒得喝。"

倒是旁边的刘大勺连忙站起与他碰杯，说："江总做发行厉害，做刊物也厉害，我是江总的崇拜者。"说着将满满一杯酒喝完。而江一石象征性地喝了一小口，放下，也不与其他人敬酒，转身走了。

得知漂亮的华经理是华表的女儿，已微醉的龙昆仑来了精神，他站了起来，大声说："大家听着，给大家介绍这位华经理，这位华经理是华表的女儿。华表是谁？华表是让《侠世界》单期发行量冲到了二百余万册的《雪山玉女》的作者。侠刊社之所以有现在红火的局面，与那些支持我们的众多的朋友分不开，也包括在座的各位，所以，我们刊社的人都站起来，给支持过我们、帮助过我们的作者们，给在座的与我们共同创造财富的老总们，敬酒！"

杨柳喝了酒，早早离席，去了自己的办公室，这是他的习惯，他不愿意看到老婆那副嫌弃的表情，更不愿听她絮絮叨叨的废话。刚才，他在酒桌上很沉闷，与华美琪不多的交谈中得知，华美琪辞了工作，在南京开了自己的书店，一开始主要卖出版社的图书，现在已开始批发刊物，而她丈夫袁由已升任南京一个出版社的副社长。

跨世纪的夜晚，窗外华灯闪烁，一些零星的鞭炮声不断从远处隐隐传来。杨柳已抽完了一包烟，他闭着眼睛，那些无数次在眼前滑过的与华美琪在一起的种种情景忽然停住了，他内心变得十分的孤独。

跨世纪倒计时的钟声敲响时，他含着眼泪，给华美琪发了一则短信："跨世纪，往事如轻烟，在一片繁杂中散尽。心已死，永不复苏。"

第三章

二十一 新生代胡灵惊艳"亮相"侠刊社

西门红一晚上被胡灵折腾得够呛，让西门红欲生欲死。他感觉胡灵就像条大蟒蛇，缠住自己，吸干了他所有的精气。

胡灵将西门红的脸埋在她大得惊人的双乳中，气喘吁吁地说："做任何事，就这样，做到最好，做到极致。这也是姐的经典语录。"说完就沉沉地睡着了。

西门红躺了一会儿，恢复了些体力，然后去浴室冲洗了一下，回到床上，因无法入眠，又下床摸了根烟，斜靠着床头，抽了起来。

胡灵是西门红的同校师姐，两人都是读的广告发行专业，西门红大四时，胡灵研究生快毕业，西门红毕业论文的指导老师是胡灵的研究生导师。胡灵读大学时就是学校十分优秀的学生，是校体育委员、女子十项全能的冠军，还作为校主辩手参加过全省辩论赛，获得亚军。

西门红的毕业论文，是胡灵代导师对他进行指导的，她的许多市场理念，使西门红佩服到了崇拜的地步。他觉得，胡灵不到两个月对他的指导，超过了他大学四年的收获。而且，就是胡灵，把他变成了真正的男人。她告诉他说，对决女人，就像对决市场对手一样，必须想尽办法去征服，否则，你就会永远有心理的弱势。

胡灵研究生毕业，去了省妇联下属的言情畅销刊《言情时代》。在发行广告已无位置可入的情况下，她另辟蹊径，从邮发征订入手，不到一年将《言情时代》的邮发征订做出了大成绩，很快当上了邮发部经理。她原来的计划是当上邮发经理后再去争夺发行经理的职务，但无意中得知发行经理是社长的亲戚后，她的计划顿时没了准星。这时，侠刊社的跨世纪新刊免费发送在业内引起一片哗然。这种新的反常态的市场操作，让她的眼睛一亮，这种操作首先传给她的信号是刊社负责人的魄力和开放的市场思维。她很快联系了西门红，又从西门红的口中得知，她的表姐何梦瑶也在侠刊社。而更重要的信息是，她表姐夫江一石是侠刊社的副总。于是，她开启了新的计划。

西门红先带胡灵见了江一石。何梦瑶虽然是胡灵的表姐，但她们之间却鲜有来往。主要是何梦瑶天生不喜欢结交人，而之前胡灵对这个表姐的性格也不太喜欢。西门红因为是何梦瑶的新州老乡，来刊社没多久，逢年过节，就到江一石家里去过几次，江一石去年与何梦瑶结婚，西门红跑上跑下，帮了不少忙。西门红做事严谨，职业性很强，在广告公司口碑甚至超过华小美。所以，他引荐的人，江一石颇为重视。

江一石对胡灵的市场理念很感兴趣，他知道，西门红将胡灵举荐给他，虽然有她与何梦瑶亲戚的这层关系，但另一层意思却是一种"站队"，所以，他绕开分管发行的王道，将她直接带到了龙昆仑的办公室。龙昆仑与她谈了不到五分钟，便被她的许多创新的市场理念所吸引，他叫来了王道和田小草。

胡灵讲了三个观点：一是事业单位的企业化或公司化。她认为，目前全国的领军期刊均属文化事业单位，而这些事业单位进入市场，因为条条框框，包括人事的职级和铁饭碗身份等，实际在市场竞争中是有天生弱势的，所以，最好的机制应该是事业单位企业化经营，若能成立公司，将编辑职能放于事业单位，将经营全部纳入公司，那刊社的市场活力会更强。二是管理的制度化。制度化的基石不应是事业单位的各种文件规定，其基石应该是企业法。大到刊社的薪酬、人事制度，小到用车制度和门房职责，都形成制度，制度管理，管理者最为轻松，一切按制度办。三是市场的非常态化。胡灵讲这个观点前，首先将龙昆仑跨世纪新刊免费赠送的做法大大地赞许了一番，并强调正是因为这件事刺激了自己，崇拜侠刊社领导人的开放性市场思维，才决定投靠侠刊社的。她认为，目前的全国期刊市场处在一个逐渐形成的非良性阶段，借助一切非常规手段抢占市场是实现未来最大份额的核心战略。理性的、无非常手段的竞争，只会成为别人的鱼肉。比如，在一个阶段拿出利润来增加经销商的折扣率，甚至在刊物里夹送礼品等，这都可能挤占同类刊物的市场，另外，在正面宣传的同时如何对同类刊物进行反宣传。她以《天下传奇》为例，她说《天下传奇》火了后，这种报型刊的形式，全国有一百余种报刊效仿，这些报刊手续是否合法，广告是否违法，应发文章呼吁报刊管理总局给予整治。最后，她谈到她在做《言情时代》邮发征订所采取的非常规手段。她重点解释"跑邮发"的"跑"字。她认为"跑"实质上就是拿着政策、拿着钱、拿着礼物去走动。首先是混脸熟，与发行局的局长们喝酒做朋友，三次以上，酒喝到位就能做朋友。关键在奖励政策，钱用在什么地方。订阅一本刊物，除基本费率外，奖发行局十块，一万份订阅涨数，就是十万。这十万，发行局可能直接作为投递员的征订奖励，也可能鼓励地市旅游什么的，只要承诺涨数的，当场给钱，涨一千给一万，涨五千，给五万。

她说她在《言情时代》，邮发就是这样做起来的。她用了一年多时间，让《言情时代》的邮发订阅量翻了五番，由一万到了五万，增加利润一百多万。

胡灵的话让龙昆仑听得很专注。听完只问了一句："你到我们这儿来，有什么条件吗？"

胡灵说："先无条件做事，在邮发上做出业绩最重要，若龙总能提前给我信任，在邮发奖励资金的使用和业绩提成上给我宽松政策，我可以保证，目前只有几千份自然订阅的《天下传奇》与《打工故事》一年之内订阅可以各达到三万。"

胡灵在侠刊社的亮相可谓惊艳，西门红能感觉在场的人，特别是龙总对她的欣赏，虽然王道说了几句，这可能带来违反财务规定的风险之类的话，但被龙昆仑一句"市场没有风险赚什么钱"的话顶了回去。

西门红知道，胡灵加入侠刊社肯定改变刊社未来格局，对自己的前途也至关重要。

天大亮时，胡灵起床，很快洗漱完毕，然后将西门红拉起床说："给你那个华小美打个电话，就说不舒服，上午不去上班。我们上午好好研究一下侠刊社的情况。"

两人吃了早饭，各倒了一杯茶，然后坐在了餐桌两边。

"我查了一下，龙总今年五十三岁，还有七年退休。所以，三年内，你必须上到广告公司经理的职位，而我，起码要进入核心管理层。"胡灵直入正题，谈话一开始便让西门红处在了一个高度兴奋的状态。

"华小美城府不深，毛病也很多，而你现在基础打得不错，上位难度不大。而我有点儿悬，取代王道不是易事。昨天在刊社，你应该有感觉。王道这人，看似温和，内在其实是很强大的。而且，他对我的一些理念不认同。我在讲话时，对每一个人的反应都观察得很细致。江一石、田小草一直在点头，龙总很专注，而王道，在我讲话时看过两次手机，还打过一次哈欠。他后来财务风险的问话，质疑中带有不认同。"

"王道目前是龙总最信任的人，华小美、宁子烟、田小草，还有杨社长都与他关系很好。他目前的软肋是与江一石和杨柳的关系。"西门红说，"王道这人很正，经营思路也很开放，做事干练，几乎找不到他的缺点，尤其在处理人际关系上是个人精。整个刊社，除了龙总，我对他很崇拜。"

"如果我来刊社，与他在经营理念上产生了分歧，你会支持他?"

"那倒不会，在做事上，我不会掺杂感情，龙总说过，刊社利益大于一切。"

胡灵满意地点点头，说："有三条线决定我们未来的发展走向。一条线是龙总这条线，通过做业绩，出思路，在经营管理上让侠刊社提档升级，获得龙总的欣赏和提拔。另一条线是王道，给他出谋划策，将他分管的整个经营提升一个档次，让他赚足资本，正常接班。第三条线是江一石，江一石做过发行，管经营，也有魄力，做事执着。走这条线的最终目的是挤走王道，让他接龙总的班。"

胡灵冷静的语言，让西门红有点儿笼罩在阴谋中的感觉。他提醒一句："还有杨柳和宁子烟呀。"

"我在《言情时代》就听过对王道、江一石和杨柳的议论，杨柳这人太自私，肚量小，花花肠子的事也多，不堪重任。以后当个总编还有可能。若龙总退休，宁子烟也难有资本竞争。"胡灵说完这话，起身去卧室找了一包烟过来，打开，递给西门红一根，然后自己点燃一根抽了起来，她一边抽烟，一边陷入思考。

西门红去外面接了一个电话，回来时胡灵说："王道这条线，从目前来说最难，因为我感觉，他对我印象不佳。而且，他魄力不够，缺乏狠劲。他上位后也不一定能将江一石和杨柳摆平。而龙总这条线最容易，我敢夸口，不用一年，凭我的能力肯定能得到龙总提拔。但王道不走，我始终无法出头。而且七年后的变数谁也无法预料。"

胡灵说着话，又点了一根烟，西门红发现她抽烟的姿势很优雅。

西门红说："若按你这样分析，将第一条线和第三条线结合起来，才是最佳，江一石对我很欣赏，对你印象也颇佳，又沾一点儿亲戚。"

"这也是我的想法，但对江一石，我总觉得他缺点什么，到底是什么，我也说不上来。"胡灵忽然将手中的杯子重重地往桌上一放，说："就这样吧。我今天下午去办辞职，明天入职侠刊社。"

二十二　王道被指责"拉帮结伙"

周末，王道坐华小美的车一起去黄花坳看马飞的农庄。后座上坐着西门红。华小美让西门红借出了刊社的相机，说是拍些照片，给农庄做宣传。

王道几年未去黄花坳了，从华小美的口中得知，马飞把黄花坳的休闲农庄做得很红火，而且在那里还做了蔬菜和水果大棚。

"领导好像有点儿不开心呀？"华小美一边开车一边问坐在副驾驶位置上沉默不语的王道。"你开好你的车，我有什么不开心的？"王道说。

王道近段时间确实有点儿郁闷。刊社近几年发展迅猛。《天下传奇》创刊不到一年，发行量已超百万，成为全国影响最大的报型刊。《打工故事》也发到了四十万，在全国成为第二大故事刊。

刊社壮大，使得内部管理出现了诸多问题。尤其是成立邮发公司后，邮发公司经理胡灵的一些非常规做法，使管财务的杨天津十分抵触，而胡灵在邮发上的业绩又深得龙昆仑的赏识。龙昆仑对杨天津在邮发账务处理上的不配合很不满意。在社委会上多次强调："后勤管理必须助力经营。"

杨天津私下向王道诉苦，说："助力经营也不能用白条子做账呀。那胡灵，每次从财务拿出去几万，拿回来的都是些白条子，有时甚至白条子都没有，这烂账如何做？"

在薪酬上，除一般员工按刊社制定的薪酬管理规定发放外，对刊社高层，龙昆仑十分随意，在不挂钩绩效考核的情况下推出社委会成员年薪十万，在年终分配上，也是随心所欲，凭感觉给钱。杨天津在社委会上提出年终分配系数办法，按利润的百分比提出分配额，在分配额上，根据不同职级和业绩考核确定系数，按系数金额进行分配。此分配方案在社委会上得到王道与杨柳的支持，但却被龙昆仑一口否定。他说："谁干事多、干事少，谁帮刊社赚了钱，谁能比我更清楚？你们干成事，我给钱，复杂的事简单化，用那些条条框框，自己给自己做铁链子完全是多此一举。刊社发展如此之快，管理助力经营，我强调过多次。"

因为杨天津在财务上的不助力，龙昆仑对其已心存不满，对王道也冷淡了许多，甚至有一次在公开场合义正词严地提出，反感那些拉帮结伙的事，希望大家在阳光下做事，在阳光下发展。

王道虽不能明确龙昆仑所指，但隐隐感觉出龙昆仑对自己态度的转变。

王道知道龙昆仑做人做事十分情绪化，也容不下任何不同意见，之所以弄成与他的这种紧张局面，仅是做事理念上的分歧；而龙昆仑将此上升到做人层面，甚至阴谋层面，这实在让他沮丧。他知道，那次他与杨柳在社委会上对杨天津按系数进行分配方案的支持以及他与杨天津对胡灵经营理念的不认同，让龙昆仑很恼火，所以，龙昆仑这种泄愤似的表达是一种提醒和警告。

车到黄花坳，一下车，王道顿时感觉心情好了许多。张罗接待他们的是李飞。他因暴打宋文章入狱几年释放后，被马飞收到农庄打杂，因为做得不错，又被马飞提拔成农庄餐饮住宿部的经理。

李飞出狱，看见自己的女儿李小甜跟着马飞，而夏小荷的大姨也被马飞照顾得很好，衣食无忧，心里十分感激。而马飞不计较他的身份，让他在农庄做事，更是让他感激不尽，所以，以前的那种放荡习性改了许多，干事也就十分卖力。特别是对马飞这位长相端庄又有文化的富家女子，心生崇拜，故而事事尽心，对马飞百依百顺。

农庄建在黄花坳右面的山脚下，占地七十余亩。山石水榭之间建起几十个木屋，木屋既当餐厅，又做茶室，木屋与木屋之间，菜地相隔。来游玩和吃饭的客人可就地摘菜，送进伙房，吃无污染的绿色食品。木屋的周围是用青石建起的两层住宿楼，将农庄隔成了个大四合院。正值春浓时节，院子里花红草绿，鸟语花香，让人如入仙境。

因马飞回江城办事未回，王道与华小美、西门红在李飞的引带下四处拍景。

大四合院的各种景拍完，华小美便让李飞去招呼其他客人，然后领着王道和西门红去蔬菜大棚和水果大棚拍照。

王道提议先去夏姨那儿看小甜，华小美说："不用了，她们肯定都在蔬菜大棚。"

华小美一边走一边说："蔬菜和水果大棚那边，石光华是经理，夏姨和小甜在那边帮忙。小甜已出落成水灵灵的小美人了，又机灵又聪明，去年在镇里的学校还跳了一级，被马飞姐培养得太好了。"

王道看着满处的黄花，满田野绿油油的景色，深深呼吸一口气，说："这马飞真是太有眼光了！"

华小美说："我的选择也对呀。"看见跟在后面的西门红，把话打住了，对西门红说，"你先往前面走，我与王总说说私密话。"

等西门红快步走远，她接着上句说："我在这儿可是有百分之十的股份哩，投了十五万，这几年的分红，本早就回了，这两年，一年比一年多。"又说，"告诉你个秘密，千万不要对外人说，我估计马飞姐和李飞好上了。"

王道大惊，看着华小美。

华小美说："去年暴雨，马飞姐被大棚的一根木桩砸断了腿，看着血淋淋的腿，李飞抱着马飞，当场就哭了，急疯了似的背着她就往农庄跑，路上还摔了一跤。之后一连几个月把马飞姐背上背下。听说，他以前不是什么善茬，而且对夏小荷也非常恶毒，怎么在马飞姐面前就像乖乖儿，看样子，这人还真是会变的。"

"这可不就叫一物降一物吗？就像你，天王老子都不怕，就服一个人。"

"服你？自恋！"华小美顶一句王道后，脸上少有地出现一丝羞涩。

到了大棚的办公区，那里热闹非凡，在那里提着一篮篮菜和水果等着上秤后交钱的人排成一条长龙。

王道他们刚靠近队伍，从人群里面钻出一个小丫头，手里拿着个计算器，朝他们跑来，是小甜。

"我妈说王道叔叔要来，等了一上午了。"小甜一边说一边兴高采烈地走到王道身边。小甜个子虽未长多少，但清秀的眉目和利落的打扮已让王道找不到她过去一点点影子了。她跑过来，自然地拉住王道的手。王道被她的这种亲热劲弄得有点儿不适应。

察觉到王道的这种表情，华小美笑了，说："小美人，都这么大了，还牵王道叔叔的手。"

华小美的话一点儿没影响小甜，她把另一只手，搂住王道的腰，说："前几年，王叔叔还经常抱我，这有好几年了，也不来看我了，还不让我和叔叔亲热一下呀。"王道干干地笑，华小美嗔骂道："你个小狐狸精。"

夏姨忙着算账收钱，石光华指导几个工人称菜打包，小甜脱岗，夏姨又让石光华帮忙算账。

夏姨和石光华起身与王道打招呼后，让小甜洗了两盘水果带他们去里面一间房喝茶吃水果。王道看见他们实在太忙，便与华小美、西门红一起给他们帮忙。

中午时分，人少了些，里屋的一桌饭已做好。

吃饭时，王道看着夏姨和石光华说："几年不见，夏姨起码年轻了十岁，石总也是精神矍铄。"夏姨说："都是大闺女马总让染了头发，说是年轻一些，让来买菜的人看得舒服。"

石光华说："马总的农庄一开，不仅让村里搞活了，也带动了全镇的经济。"正说着，来了位夹着皮包的干部模样的中年人。石光华连忙站起来给王道介绍，说："这是镇上的梁镇长，听说你要来，专门从镇上赶过来的。他可是我们镇上最大的建筑老板。"

梁镇长点头哈腰地与王道握手，说："是被聘的副镇长，对王道老总仰慕已久。"

小甜加了碗筷，梁镇长坐下来一起喝酒吃饭。小甜坐在王道旁边，不断地站起来给王道夹菜。

华小美说："小甜，我也是客人呀，怎么不给我夹菜?"

小甜说："你最会吃好菜，每次都不客气。"说着又象征性地给西门红夹了一筷子菜。

石光华问王道："听说侠刊社要建宿舍楼?"

王道看着石光华说："这事八字没一撇，怎么连你都知道了?"说着又横了华小美一眼，华小美装着没听见，自顾自吃菜。

石光华与梁副镇长对视一眼，又纷纷站起来给王道敬酒。

饭吃到一半，又来了不少来称菜的人，夏姨与石光华只得草草离席。

王道与梁镇长到底不熟，又不投缘，所以，也放了酒杯，吃饭。饭后，梁镇长邀王道去镇上，被王道婉拒了，他要了王道的电话，然后说了些去江城再拜访之类的话，走了。

饭后，华小美与西门红要继续拍照，王道提出自己一个人去黄花塘钓鱼。

小甜要陪王道去，王道说："生意这么忙，哪有小孩陪大人的。"又说，"我想一个人清静一下。"

石光华一边忙事，一边对王道说："早晨，我已将渔具、鱼饵什么的都准备好了。晚上马飞回来，你钓完鱼，我们一起去农庄吃饭。"

到了黄花塘，看着静静的塘水、塘两边恣意开放的黄花，王道在钓台的凳子上，忽生困意，昏昏的，很快进入了睡梦。

黄花塘像一只巨大的眼睛，看着青蓝的天空和偶尔滑过天空的鸟影。妖娆的黄花树，睫毛般闪着迷离的光。

王道是被塘边一只乌鸦的惨叫惊醒的。醒后，看着黄花塘，痴痴地发呆。他做了一个怪异的梦。梦里，他独坐在塘边，看见夏小荷缓缓地从塘里走出来，走到他旁边，浑身是水，一言不发，蹲了下来。而他走过去拉她时，她忽然消失，而他面前变成他第一次见到的李小甜，小甜小小的个子，眼里满是恐惧的泪水……

王道揉了揉眼睛，又左右拍了两巴掌脸，让自己清醒过来。

他对夏小荷所有的印象就是一张照片，而那张照片里的夏小荷与如今的李小甜如同一人。夏姨在那个为夏小荷守灵的晚上说的一些有关黄花塘的往事一直像一个梦呓，笼罩着王道，让他无缘无故地陷入伤感和悲情。

王道点燃一支烟，静静地抽了起来。远处传过来的人声、鸟声，到了这儿，仿佛被塘水所淹没，反而衬出这块地域可怕的静。看着无人的青塘和悠然开落的花，一种孤独感忽然袭了过来。王道感觉气闷，甚至产生出人生的乏味、无奈和悲哀，这种感觉差点儿让他落泪。

王道狠狠地掐灭烟头，决定用钓鱼来稀释这种无缘无故悲伤的感觉。他很快起钩了，花了很长时间，才将一条大得惊人的喜头鱼拉上岸。取钩时，那条在草地上一动不动的鱼把王道惊了一跳，那鱼，嘴巴不断张合呼气，肚子肥大，一看便知即将产卵，最让王道吃惊的是它的眼睛，它一只眼充血，另一只眼，可怜至极地看着王道。王道被刺伤般连忙把眼光移开。取了钩后，王道将这条鱼平展着放入青塘，并一直看它慢慢潜入塘底。

王道痴痴地在塘边坐了一下午，抽了一整包烟。他大脑空空，不知自己在想什么。直到天光渐暗，风渐凉，一个声音在他耳边轻轻叫唤："王道叔叔。"

王道醒了似的看着蹲在他身边，关切地看着他的小甜。

回农庄的路上，王道牵上了走在前面的小甜的手，像是怕被她丢掉似的紧紧地跟着。这反倒让小甜不好意思起来，一边走，一边不断回头看王道，小声问："王道叔叔，你怎么了？"

二十三　兄弟反目，王道黯然神伤

王道去龙总那儿送广告月度指标完成进度表。本月广告销售额情况不错，超指标近二十万。

龙总的办公室坐着胡灵，两人的神色有点儿凝重，胡灵的眼里有泪水，看见王道进来，连忙将脸侧向一边。

龙昆仑接过业绩表，看也不看，丢在桌子上。"超了二十多万。"王道说。龙昆仑"嗯"了一声，斜看他一眼，目光有点儿冷。王道识相地退出办公室。

下午，龙昆仑召集社委会。人坐齐，杨柳要点烟，被龙昆仑用目光制止了。龙昆仑铁青着脸说："我说一个寒心的事。早上上班，碰见个大婶，说是找我们公司的胡灵。一了解，才知道是租房子给胡灵的房主。胡灵拖欠她三个月的房租，白天找不到她人，打电话也不接，找到单位来了。我想胡灵的工资不低，怎么会交不起房租，一打听才知道，最近她母亲住院开刀，她把一点儿积蓄都寄给她母亲了，而且还找我们江一石借了五千块钱。有这事吧，江总？"

江一石忙站起来说："是，借她有几个月了。上周胡灵又找何梦瑶借了一千。"

"胡灵来我们刊社不到两年，邮发订数，《打工故事》四万五，《天下传奇》五万，涨数近十五倍，在座的恐怕只有杨天津社长知道这涨数带给我们刊社多大的利润吧？她怎么跑邮发的？晚上十一点还在陪局长和发行部主任喝酒，喝多了，晚上哭着给我打电话。不容易呀，一个女孩子家。"说到这儿，龙昆仑喝一口水，缓解一下情绪，"最让人寒心的是，她交不起房租，找人借钱还有一个原因，我们财务部扣发了她四个月的工资。杨天津，杨社长，有这事吧？"

"有这事，是按规定来的。"杨天津冷静地回答。

"规定，什么规定？她打条子领的六万块钱是自己贪污了？清清楚楚、明明白白对发行局发行涨数的奖励款。"

"没有发票，财务实在无法处理。"

"杨社长这话是不是太轻飘了？没法处理就扣她私人的工资？"说完这话龙昆仑看着王道问："王道社长，听说胡灵自掏腰包，买了好烟去找你想办法，被你无情拒绝了？"

"她让我帮忙开一张发运的发票冲抵那六万的奖励款，我找过田小草，实在不好办。烟我没收。"王道面无表情地回答。

"什么叫实在没办法？无非是怕担责吧！去把田小草叫来。我倒要问一下，什么叫实在没办法。"

田小草走进来，看见龙昆仑一脸的愠怒，有点儿胆怯。

龙昆仑直视着田小草问："开一张发运的发票就那么难？我记得以前不是开过吗？"

"不是呀。"田小草有点儿紧张。

"王道社长说你的原话是'实在难办'？"

田小草看看龙昆仑，又看看王道："我感觉王总不是很坚决，所以才说这话。"

"也就是说，你揣摩王总不愿意帮这个忙？"龙昆仑问。

田小草脸涨得通红，左右为难着不回答。

王道说："是，我不愿帮这个忙。"王道一改往日的平和，让大家有点儿意外。

龙昆仑的脸色更难看了。空气凝固了几分钟，龙昆仑对田小草说："好，没你事了。下去吧。"

田小草走后，龙昆仑说："这事不说了，我们说另外一件事。杨天津，你把华小美在几个刊免费做马飞农庄广告的事说一下。"

杨天津说："我听《城市男女》刊社的人员反映，说华小美在《侠世界》《天下传奇》《打工故事》三个刊各上了一个《鄂州黄花坳的美丽农庄》的广告未收费，月末核对广告账款，发现这几个版确实没有入账款。问华小美，她说拉了一车蔬菜给食堂，冲抵广告费。"

龙昆仑插话，说："好像华小美还给在座的每个人送了一箱水果吧？"

宁子烟说："送我的分给编辑部的编辑们吃了。"

华小美送给王道两箱农庄大棚的水果，他分别让田小草和王丹怡拿去给手下人员分了。王道曾提醒华小美，送的菜和水果可作价冲抵广告款，但广告版面费必须按价收取。他没想到华小美会如此糊涂。他能够判断龙昆仑下一步棋的走法。他不动声色地平视着龙昆仑，他知道，该来的总会来。

江一石说："没有送我，何梦瑶坚持不上这个广告，所以，将这个版临时撤下来，换了篇文章。"

龙昆仑说："拉一车菜给食堂，那叫送，谁同意这菜冲抵广告款？王道，她有请示报告，你有批复吗？"

王道说："没有。"

龙昆仑说："听西门红说华小美在农庄有百分之十的股份？如

果如此，这性质就变了。"

江一石说："我听广告公司一个员工说了一件事，说一个员工拉来一个大客户，华小美却擅自将这个客户转给西门红维护，而且将这个客户所有广告提成给了西门红。西门红这个年轻人不错，将每次广告提成的款原封不动地转给了这个员工。"

龙昆仑说："你们听听，这广告公司在怎么管理？听华小美说，她最近还要换一辆好一点儿的车。一个邮发经理连房租都交不起，四处借钱；一个广告经理，有车还要换新的。我们的中层干部的差距真有这么大吗？"龙昆仑说激动了，喝一口水，将杯子重重地放在桌子上，以致杯中的水溅出了杯外。

"王社长，这广告公司是你分管，你怎么看？"

王道一直低着头听龙总讲话，听龙昆仑对他发问，抬起了头，他看着龙昆仑，却不答话。大家看见这种状况，都低下头不出声。

龙昆仑有点儿恼火，但又不好追问，说："还有一件事，我也想问一下王社长。听胡灵说，我们正申报《天下传奇》邮政系统全国畅销期刊。胡灵去北京跑了几次，邮政总公司接办的主任与我们江城发行局的局长是铁哥们儿，而我们《天下传奇》在湖北的总代死活不给江城发行局，结果，发行局去北京告了我们的刁状，弄得我们畅销期刊批不下来。这事，你们发行公司为何非与邮发公司作对？"

龙昆仑说完这话，看着王道。王道将头低下来，叹一口气，仍不作答。

龙昆仑逼视王道，问："王社长，你听见我问话了吗？"又沉默了一会儿，王道将头抬起来，说："三件事，我向龙社长和社委会汇报一下。"

大家都抬起头看着王道，他们没有想到，在这种情况下，王道居然还能如此镇定自若。

"让发行公司开发运发票冲抵邮发公司奖励款白条子的事，我确实存在怕担责的问题。华小美为自己有股份的农庄免收广告费的事，我事前有提醒，但没督促她交钱。对广告公司的管理，我存在问题。将《天下传奇》的总代调整给江城发行局的事，我与田小草商量过多次，主要是目前发行局在发刊的责任心上确实无法与民营公司比，怕调整总代出现大的降数。"王道说完，摸出一根烟，看龙总无制止的反应，点燃，抽了起来。

　　龙昆仑环顾大家，问："大家怎么看？"又沉默了几分钟。在座的人似乎在揣摩龙总开会和问话的用意。

　　宁子烟第一个说话，她说："我觉得邮政局做零售，确实无法与民营比，为了个畅销期刊的名头而换总代，不值得。"

　　杨天津说："让发行公司开发运发票冲抵邮发的白条子，不是长远之计，每年二十多万，财务风险过大。"

　　"你懂什么叫畅销期刊的名头？"龙昆仑忽略杨天津的话，直接冲宁子烟说，"纳入国家的畅销期刊，就能成为各省发行的重点刊物，与他们各省发行局任务奖金挂钩，这只是名头？不懂发行，莫乱发表见解！"

　　宁子烟被龙昆仑呛了一句，有点儿不高兴，伸伸脖子，还要说什么，看见王道做了个按手的动作，打住了。

　　龙昆仑看着杨柳，示意让他说话。杨柳咳一下，本能地从口袋里摸出烟，又犹豫地将烟放回口袋，说："我觉得这些年，王道分管广告和发行，都管得不太到位。"杨柳给自己的发言定了一个调子后，看一眼龙昆仑，又看一眼王道。龙昆仑面无表情，王道的脸上划过浅浅的冷笑。

　　"广告，这些年业绩是不错，但管理太混乱，华小美的权力太大，把客户都牢牢地控制在自己手里，这既不正常，也容易产生腐败。农庄的广告，典型的就是损公肥私。发行，这些年也没做出新意，发行应该是一种营销，而我们只是做成了要数发货的死发行。

发行的渠道也还是江一石那些年管发行时在全国搭起的架子，既无提升，也无创新。"杨柳说完这些话时，感觉龙总轻微地点了下头。于是，将口袋里的烟，摸出了一根，点燃，抽了起来。

"王总既编刊物，又管广告、发行，一心三用，结果是刊物发得不怎么样，发行广告也没管好。"杨柳说完，将只抽了半截的烟在烟灰缸里掐灭。

江一石拿起桌上的杯子，喝了一口，接着杨柳的话说："我很赞同杨总的话，我觉得广告这一块值得反省，王总太纵容华小美了。而华小美受水平所限，又缺乏职业精神和职业道德，她眼里只有她的老乡加领导，这种谋事、做事极不正常。龙总很早就说过，反感拉帮结伙。"江一石的脸有点儿泛红，语速也有些快。看见王道回过头，有点儿惊讶地看了他一眼，他停顿了一下，像是对这不满的一眼产生了对抗，他继续激动地说："我觉得，我们新来的有些年轻人，头脑非常活跃，做事也能吃苦，且有职业精神，我们应该大胆地把他们用起来。让个别领导担事太多，权力过大，既不正常，也阻碍发展。"

大家从未见过江一石用如此尖刻的语言对王道这样说话，所以，不自觉地拿眼睛看王道。

王道的嘴角，出现了一丝伤感的笑纹。

二十四　华小美痛骂江一石

下午快下班时，江一石敲开龙昆仑办公室的门，他脸色发青，坐在龙昆仑的对面，半天说不出一句话。龙昆仑招呼人给他倒了一杯水，他拿杯子时，手甚至有点儿发抖。

自从年初那次杨天津提出按系数发放薪酬奖励的会议，江一石在龙昆仑心目中的位置越来越重，龙昆仑没有想到杨天津、王道甚至杨柳会联合起来反对他现行的薪酬管理办法，而只有江一石坚决地站在他这一边，而且会后还与他敞开心扉地谈了一次有关拉帮结伙阻碍发展的话，也是那次谈话，让他改变了诸多用人的考虑，包括对江一石和王道。

江一石喝了水后，平静了些，但眼睛仍闪着怒火中烧的光。

他说："华小美就是一泼妇，与这种下三烂的泼妇在一起工作就是一种耻辱。"江一石刚说完这话，便呛了一口水，咳了起来。龙昆仑连忙站起来，帮他拍后背，说："不急，慢慢说。"

原来，下午，在《城市男女》编辑部隔壁的广告公司忽然出现了大声的争吵声，听见华小美的大声叫骂后，江一石过去看情况，发现华小美重重地打了西门红一巴掌，若不是他拉得快，华小美另外的一拳头早上去了，一边打一边骂："你这种小人，就是一条狗，猪狗不如。"

西门红脸上五道血印，用一双惊恐的眼睛看着她。被拉到江一石的办公室，华小美气仍未消，回过神，才看清是江一石，瞪着他说："你有什么资格拉我？你拉我，你那手，我都嫌脏。"

江一石松开手，喘着气，坐在自己的座位上问："谁给你的权力打下属，没有王法了吗？"

"我没王法也比你们这些背后捅阴刀子的人好。"

何梦瑶与另一个叫常子规的编辑过来，看见这种架势，何梦瑶连忙让常子规给办公室打电话。

"我捅什么阴刀子了？背后说事，那才叫阴！我阴，玩得过你主子王道背后挑拨？"江一石气得脸发白。

"你少拿王道说事，他比你好一万倍，以小人之心度君子之腹，这事与他毛的关系都没有。"

"鬼才相信你这些屁话！"

"我敢对天发誓，你敢吗？你敢说你与那胡灵、西门红不是男盗女娼？谁不知道你们两盗共一娼！"华小美这句一出，把旁边的何梦瑶气疯了，她转身跑回自己的办公室。

江一石更是气得浑身发抖："你有病吧？我要告你！"

"你告呀，只许你们阴里做，不许我们明里说？我告诉你，山庄的版面费，我一分没少地交了，我倒要看看你们还能暗地搞出个什么名堂。"

这时，已提拔为办公室副主任的董军过来了，他与常子规一起强行把华小美拉走了。

龙昆仑听江一石怒气冲冲讲这些话后，也很恼怒，说："这华小美无法无天，与她的老子华包子一个德行。"又问，"王道呢，你没给他说这事？"

江一石说："后来我给他打了电话，他说在马邦那儿谈事，我说王道不回来管管华小美，大家都没好日子过。"

"他怎么回答的？"

"他没答话，直接把电话掐了。后来再打，干脆关机。"

"王道这人，套路极深的。"龙昆仑说。

"社委会上的事外传给华小美，他这不是有意挑事吗？我原来还认为他人品不错。原来都是假的。"江一石说完这话，叹一口气，眼里闪出了伤感的泪花。

江一石回到家，何梦瑶还没回，他连忙洗菜做饭，何梦瑶是个极敏感的人，江一石知道，胡灵到刊社，他确实与她走得很近，所以，华小美那句"两盗共一娼"的话，她不可能没有感觉。

何梦瑶的苛刻、洁癖、性冷淡，让江一石吃尽苦头，他甚至在与何梦瑶产生矛盾后，多次怀念与马飞在一起时的愉快日子。然而，他是个自信且执拗的人，对放弃马飞，与他心中的美神何梦瑶在一起，他从来没有后悔过。在对爱的追求方面，他觉得肉欲相对于精神，是渺小的。偶尔他的大脑里也会闪过对何梦瑶内心情感的猜测，特别是那次他酒后翻窗强行与她做爱时，看见她内衣上压着王道的那本诗集，这个细节总是不断地让他生出一些对她内心是否纯净的猜疑，这种猜疑甚至加重了他对王道的嫉妒。其实，即使是华小美今天的种种恶语，也没法让他怀疑王道的人品，包括那次他与龙昆仑谈话时直指王道搞小团体的言论，这些也都出于他自己的嫉妒和受胡灵影响所产生的功利心所致。因为自己失去了某种阳光，所以，他内心甚至更愿意相信王道的阴暗。

江一石将饭菜摆上桌，何梦瑶仍未回，这使他隐隐感到情况的不妙，他拿起电话，拨通了何梦瑶的手机。电话响了许久没人接，再拨，接电话的居然是何梦瑶的姐姐何思琼。

何思琼问："你们出了什么情况？"

江一石说："没有什么情况呀！"

何思琼说："那我妹为什么说要在我这儿住几天？"

听见这话，江一石停顿了一下，思考着如何向她解释，正要说话时，电话那边传来何梦瑶气愤至极的话："你和那骚女人去死！"

江一石虽然心理上有准备，却仍没想到何梦瑶会骂得如此恶毒，他拿着电话愣了半天，才将电话放下。

他拿出一瓶酒，就着菜闷头喝，一边喝一边情不自禁地骂："狗日的华小美，狗日的王道。"

酒喝了小半瓶时，手机响了，江一石看也不看，直接将电话掐了。电话再响，他斜看一眼手机屏，是胡灵。

胡灵正在与一个北方来的发行局局长喝酒，说酒喝多了，让江一石无论如何去帮她挡挡酒。

到五月花酒店的餐饮包房时，一桌菜，只坐着胡灵一人。

江一石用不解的眼光看着她。胡灵轻轻一笑说："袁局他们赶七点的飞机走了。知道江老大今天肯定心情不好，特意叫你过来喝酒解闷。"

江一石有点儿不高兴，但还是坐了下来，说："下午的事情，都知道了?"

胡灵未出声,待江一石拿眼睛看她时,才说:"是呀。"又说,"华小美就一疯狗,没必要与她计较。"

闷闷地喝了两杯酒,胡灵忽然问:"何姐不会因为华小美一句恶毒的话,真怀疑我们什么吧?"

江一石看着她因沾着油腻而在灯下有点儿发光的嘴唇,沉吟了下,说:"是呀,晚饭没回来吃,去她姐姐那儿住了。"

胡灵细致地观察了一会儿江一石的神情,有点同情他,说:"那哥可亏大了,妹妹自罚两杯。"

在胡灵喝酒时,江一石也跟着喝了两杯。胡灵对他的这种回应很受用,说:"那些乱泼的脏水,我从不计较,干净人,谁也泼不脏,说我与江总有什么,还有可能让人信,把一个小毛孩西门红也拉进来说事,太不要脸了,天大的笑话。"

"就一贱人,她与王道还不知有什么见不得人的事,泼妇一个,乱咬人!"江一石咬着牙齿说。

胡灵说:"那小蹄子好对付,关键是王道,不知江总怎么看?"

"他不仁,我也不义,没有这样做朋友的,这事若不是他挑起来的,鬼也不信。"

他说这话时,胡灵的眼睛躲闪了一下,然后,举起了杯子。

这时有服务员来,说要清理完桌子后好下班。胡灵对那服务员摇摇手,说:"马上。"

江一石站起来,胡灵看着他,要说什么,又打住了。

江一石问:"有什么话,说。"

胡灵说:"袁局在十楼的房间还没退,过了点儿,不住也得出一晚上的钱。我的意思是上去坐一下,喝点儿解酒的茶,又恐领导怕嫌疑。"

江一石看一眼胡灵,没说什么,跟着胡灵上了十楼。

房间的灯光有点儿暧昧。江一石确实喝多了酒，坐在沙发上，身体里忽然生出一些冲动。

胡灵脱了外衣，给江一石泡茶，她凹凸有致的身段让江一石有点眩晕。他眼睛抑制不住地盯着她的胸部看。

胡灵觉察出他的失态，浅浅一笑，玩笑着说："嫂子天仙一样，你还有旁心？"江一石连忙收回眼光，说了句有点儿放肆的话："花香草香，各有其味。"胡灵嘟起嘴，装出生气的样子说："何主编是花，我是草呀？太偏心了吧。"

"哪里，我是盲目比喻，重在说味。"

"香可嗅，味可是尝后才知吧，老大比喻不妥。"胡灵的话里带了撩拨，但看江一石的眼神却只有试探。

看见江一石半天不说话，胡灵用手在后背上挠了一下，叹口气说："也不知怎么回事，最近一喝酒，背上就痒。肯定是酒后过敏。"

说完这话胡灵看见江一石仍低头，一副紧张自制的状态，于是，她准备说的一句话换成了另外一句："要不，老大坐一下，我先去冲个澡？"

江一石抬起头看了一眼起身欲进浴室的胡灵，即使在酒后状态下，他大脑里始终发出着一个信号：这个女人不能碰，不能碰！

他昏昏地撑着沙发站起来，歪歪地走到门边，然后用尽力气把门打开，走出去……

二十五　王道去了乡下的印刷厂

江一石办公室的门被轻轻推开，看见是何梦瑶，江一石多少有点儿意外。自从他被华小美大骂"两盗一娼"后，何梦瑶已许多天没回家了，平时在单位也对他懒得搭理。今天直接找到办公室，江一石知道，肯定有重要的事。

"你还记得我们前几年发的那篇《金屋藏娇——包二奶众生相》吗？"何梦瑶将手中的刊物递给江一石。

"知道呀，请叶作家写的，改了几次，害得我们刊物拖期。"

"是杨柳介绍的叶作家吧？"何梦瑶问。

"他不光介绍的叶作家，后来的封面配图，就是这封面，也是他找的一个画家画的。"江一石指着何梦瑶拿来的刊物的封面说。

"出问题了，惹麻烦了。"

"什么麻烦？"

"画家画的这个女子，是根据一张偶然看到的照片画的，照片上女子是车辆厂的一个女工，她丈夫前些时在旧刊摊点看到这本刊物，暴跳如雷，说我们诬蔑他老婆是二奶，刚才打电话，说这两天要带人砸我们刊社。"

江一石的脸色变了："这还真有点儿麻烦。"又说，"这杨流子真不干好事。"

何梦瑶看着他，沉默了一下，说："还有一件事，我觉得还是应该告诉你。"

"什么事，说！"

这时办公室电话铃响了，江一石接了电话，是催他上楼开社委会的电话。看见他要走，何梦瑶叹口气，转身也要走。

"说，有什么必要吞吞吐吐！"

何梦瑶说："我听人说，你们社委会关于华小美的事，不是王道透风给华小美的。"

"那还有谁？"

"是杨柳，你误解王道了。"

"我误解他？他是好鸟？一肚子阴水。"听见何梦瑶为王道开脱，江一石便本能地发火，又直视着何梦瑶问，"你听谁说的？"

"西门红，他在门口听到的，错不了，估计胡灵那女人也知道，她没告诉你？"

"你别阴阳怪气，我对天发誓，我与胡灵有一点儿私情，天打五雷轰。"

这时电话铃又响了。江一石夹上本子，气冲冲走出了办公室。

社委会会议因人不多，所以，大多在龙昆仑的办公室开，王道第一个到的办公室，见其他人未到，便在龙昆仑的办公桌上找了一个烟缸，在靠墙角的一个沙发上坐下来抽烟。

华小美大闹《城市男女》的第二天，江一石气冲冲地到王道的办公室，说要他把华小美的事说清楚。

王道自顾自地抽着烟，冷冷地说："若说这事，没什么好说的。"又说，"若你觉得是我煽动她去闹的，我也无话可说。"说完，拿一沓稿子看了起来。

许多年来，江一石第一次遇到王道对他这种态度。他气得脸涨得通红，从齿缝里挤出一句话："朋友间还是不玩阴的好！"

他的话刺激得王道抬起了头。他狠狠地看江一石一眼，眼睛里露出万般失望。王道的失望转化成一丝冷笑。他仍不言语，低下头看文稿。江一石刚走出办公室，王道便将手中的文稿重重地甩到地下。

今天的社委会，王道已提前知道是商量组建印刷厂、建住宅楼和提拔干部的事，他一边抽烟一边找一张报纸翻看，他这种不冷不热的态度让坐在办公桌前审稿的龙昆仑有点儿不快。

龙昆仑抬起头看着他说："怎么我听说省作协《江城文艺》要办一本走市场的刊，还有人说要让你去牵头？"

王道说："刘主编找过我，我婉拒了。"

"他们那儿也蛮好呀，有财政拨款，跷着腿养闲人。"

"没侠刊社好，花自己赚的钱，心不慌。"王道说着站了起来，这是他的习惯，与领导和年长者讲话，充分尊重。

"最近没去找一下林主席？"

"找他干什么？他当了文联一把手，那么忙。"

"汇报一下思想和工作呀。上次去文联开会，他还专门问到你。"

"向他汇报工作？我也够不着呀，他有他的下属，我有我的领导。"面对龙昆仑猜疑的眼光，王道心里凉凉的，但仍未显出情绪。

人很快到齐了。首先讨论组建印刷厂的事，大家意见比较一致，都认为刊社的业务很多，自己的业务足够养一个小厂，自己的厂做自己的活方便，对刊社未来发展也十分重要。因宁子烟管过出版部，与许多印刷厂有过接触，所以，龙昆仑将寻找印刷厂管理人才的任务交由宁子烟办。

在谈到建员工住宅楼时，龙昆仑将总体方案及享受住宅楼的总体条件以及与文联协商在院内建住宅楼的位置，大体说了。谈到由谁牵头时，杨柳与杨天津均抬起头看王道。王道一直低头抽着烟，一言不发。

宁子烟说："我觉得牵头基建的事，杨天津副社长更合适一些，她心细，原则性强，以前办公楼的基建就是杨社长负责的，包括后来的装修，她熟悉这个行当，又有经验。"

杨天津说："这事还是让一个男人做，要好一些，那些包工头都是无赖，我一女流，搞不赢他们。上次差点儿挨打，打也打不过他们，若我是个男的，真被那些蛮汉打了。"杨柳说："所以女士也有女士的优势呀。你用事例不就是证明这一点吗？"因为逻辑出现错误，大家看着杨天津，笑了。

龙昆仑说："那就杨社长吧。前些时，石光华还带他们黄花坳镇的一个副镇长来找过我一次，说要来承接建房。我都不知这些人的消息怎么这么灵通。"说着，用眼睛瞟一眼王道。

要提拔和任命的干部主要有五人，宁子烟社长助理兼任《天下传奇》主编，王丹怡拟提拔为《打工故事》执行主编，何梦瑶拟提拔为《城市男女》执行主编，胡灵因一直是邮发公司负责人，这次正式任命为邮发公司经理，西门红提拔为广告公司副经理。

提拔干部是极敏感的事，大家知道，若有任何不同意见，消息肯定外传，加之提拔之事是龙昆仑先定的，所以纷纷表示同意，只有杨柳说了一句："我同意宁子烟、王丹怡与何梦瑶的任命和提拔，其他两人，不熟悉。"

龙昆仑将眼睛对着王道："王社长，你的意见呢，刚才三件事，你一件都没表态。"

王道抬起头，说："大家说完，三件事，我一起表态。"

这时，大家似乎才发现，坐在靠墙沙发上抽烟的王道一直未说一句话，于是都看他。

沉默了一下，龙昆仑看见王道仍没说话，说："你说呀，大家说完了。"

王道掐灭烟头，直起腰说："提拔和任命干部，我都同意，但想补充几个建议，纯属个人想法。一、宁子烟编刊能力不错，这几年一直在编辑系列做事，建议由社长助理改任副总编，将她的职责也相应进行调整，副总编兼任主编好像合情理一些。二、王丹怡与何梦瑶，是我们刊社编刊能力极强的编辑人才，都能独当一面，建议直接提拔为主编，以便让人才迅速成长起来。"

"她们当了主编，你与江总位置如何摆？"杨柳找到王道话里的问题问。

"我本来就是副社长，可以不再兼任，江总也是可以往副社长或副总编考虑的。"他一改以前的言听计从、温文尔雅，语气也变得强硬起来，接着说："三、建议将邮发公司与发行公司合在一起，一个零售，一个订阅，都是发行。胡灵很职业化，能力不错，而且做出了看得见的业绩，建议合在一起的发行公司由她做经理，当然，她的有些经营做法还需调整。另外，西门红也是个很不错的青年才俊，在经营管理上有章法。在经营管理上，他比华小美要强，建议提拔成执行经理，由他具体管事，否则，华小美手上的客户永远到不了他的手上。总之，我认为我们经营单位，提拔干部最重要的是能干事。"王道的话出乎所有人的意料，连正眼不瞅王道的江一石也睁大眼睛看着他。

"关于基建的事，我同意杨社长负责。要建议的一条是，千万不能照顾关系，做好建筑队的严格招标，这事太大、太敏感，不能让刊社和龙总有任何闪失。"

说完这话，王道喝一口水，清一下嗓子，说："关于成立印刷厂的事，我想向龙总提一个请求……"王道说着，停下来看看龙昆仑。

对王道的长篇大论，龙昆仑虽觉有想法有道理，但对他讲话的语气，仍有点儿反感。他说："有话快放！"以前，他肯定把"话"说成"屁"。

王道郑重地说："我希望龙总和社委会同意我辞去副社长的职务，让我去印刷厂当厂长。"

其实这事在江一石那句"朋友之间不要玩阴的"话后，王道就决定了，他在万般失望中做出了这种选择。他觉得，如果朋友再如此处下去是一种悲哀。他觉得暂时离开是最好的选择。

王道做了一个重磅决定，让在座的措手不及。连应变力极强的龙昆仑也有点儿无法应对，他的脸瞬间沉了下来，愠怒地问："副社长不做，印刷厂厂长就一中层干部，那你社委会成员的职位要不要了？"

王道笑一笑说："事先没向龙总汇报，实在是开不了口，怕您骂。龙总放心，八个月之内，我肯定把厂建好，并且能承接我们刊社的印刷业务。至于社委职务，要也是虚的，以后在外，社委会开个会，回来都难。再者，中层干部哪有进社委会的道理。"许是下了一个大决定，王道变得轻松起来，他原来的那种活泛又回到了他的脸上。

晚上，在马邦的湖隐岛酒馆，王道从家里拎来两管施州产的竹筒酒，在菜未上齐时，便喝完了一筒。马邦、华小美，包括来湖隐岛送菜的李飞，无人能劝住王道。他菜不沾，拿酒就先喝了三大杯。

他一反常态，喋喋不休，将中午社委会说的事和盘托出。又拿着筷子指着华小美说："华小美同志，我说句实……在话，虽然，你与我很亲，我说的是，是亲……密，不，不是亲……其他的，谈管理，说经营理念，你真不如……那个，对，西门红……强。强就好，所以，我他妈，就……推他吧。"

听见西门红的名字，华小美便气不打一处来，她说："你别提那个狼心狗肺的白眼狼。对他，老姐是瞎了眼。"

"错，错，打住，打住。纠正两处错。"王道笑着眯眼看着华小美说，"纠正两错……一错，狼心狼肺才叫……白眼狼，二错，在老哥我面前……你叫……老姐？罚酒一杯。"

华小美端起杯，表情复杂地看着王道说："喝了这杯酒，老兄答应我一件事。"

"还有条件呀，你就爱和我说条件，说，我以后就一……厂长，王厂长，有条件，就……放。"

华小美在马邦伸手拦她时，将马邦的手挡开，将酒一口喝了。然后正眼看着王道说："我也要去印刷厂。"看见王道睁大眼睛，又说："我去跑销售、跑纸张都可以，以前，我们在施州办小杂志时，印刷厂不都是我在跑，包括去外地进便宜的封面铜版纸？"

"不行，不行，你不知道，我……在哪……办厂，在鄂州黄花……坳，在那，有破……学校，远离了，不……行。"王道说着，请援兵似的看着马邦。

马邦笑着说："别人酒都喝了，你又不答应了，还没当厂长，生意就要反悔。"马邦说着对华小美眨眨眼睛。

华小美说："你一走，那刊社的胡灵、西门红，还有江一石，我看着就恶心。我知道，这次老兄被我给害了，中了某些人的毒计，你怨我，不想要我，我做事不行，如果去不了印刷厂，我也不想在刊社待了。"华小美说着，低下了头，眼泪居然哗哗地流下来了。

王道慌了，说："好，好！赖着我……好，喝……喝酒。"

华小美破涕为笑："就赖着你。"

二十六 "包加包"政策害惨经销商

周末的上午，胡灵一直处在一种烦闷的状态，她约西门红过来谈事，结果到了十一点，他突然来电话，说南京的江总没走，中午还要陪他喝酒。

昨天晚上，南京的发行商江二富来了江城，邀她吃饭谈事，被她拒绝了，结果他不知通过什么关系，找到了西门红，西门红帮他邀，她仍拒绝了。晚上八点多，西门红在酒桌上给她打了一个电话，对她主导、江一石积极支持的发行新政策"包加包"大加否定，搞得她很恼火，只说一句："你把你的广告管好，别来掺和我们发行的事，那江二富不是什么好主。"

王道与华小美去了印刷厂后，胡灵当上发行与邮发公司的总经理，西门红当上了广告公司的总经理。江一石出任副社长，分管广告与发行。

胡灵跑了一个多月的发行后，针对龙昆仑快速涨数、占领市场份额的精神，推出了一个激进的"包加包"的发行新政。根据发行商两年所要数的平均数，改代销为包销，此为一包；二包是在一包的基础上增加百分之二十的包销，同时给予发行商百分之五的送刊奖励。此政策带来的效果是，所有刊物在原来的发货数上，增加了百分之二十五。所有不认可此政策的发行商被淘汰和更换。

此政策得到江一石的大加赞赏，也被龙昆仑认可。但政策推行，害苦了发行商，因侠刊社的刊物在市场上确实好卖，他们不愿放弃代理，但新的发行政策又让他们无法接受。南京的江总是第一个站出来反对的。不到两个月，他公司的仓库已堆不下那另外百分之二十五的刊了，所以，他从南京飞到江城找胡灵，而胡灵知道他的来意，所以避而不见。

对这个政策，西门红在电话中用到了"杀鸡取卵"和"坑爹"的词，胡灵很恼火，反问他："谁是爹？谁他妈强势谁才是爹！"

上午，胡灵骑自行车去了期刊市场，去表姐何思琼的书刊公司，结果，何思琼与何劲均不在，只得去刘大勺的书刊批发店。新政策推进，刘大勺将马邦的《打工故事》的江城总代夺到了自己手上，所以，对胡灵十分亲近，但两个月，接近六千的压货又让他苦不堪言，而且这些刊卖不出去，得自己掏钱，更让他苦恼的是这些刊无处可放。

刘大勺左一个胡总右一个胡美女地叫着，端茶，递水果，但避而不谈新政策的销刊情况，被胡灵问急了，只得带着胡灵去了他在期刊市场附近租的一间民房。民房里堆了一万余本侠刊社的新刊，而且大部分居然都未拆包。

胡灵闷闷地骑车回来，中午饭未吃，便躺上床睡了。

西门红费了很长时间才将胡灵的门敲开。他满嘴酒气，看见穿着单薄睡衣的胡灵，顿时眼睛有点儿发绿，走进卧室便猴急地要脱衣，被胡灵制止了，说："哪有那兴致，找你谈事哩。"

西门红被胡灵推出了卧室，然后，胡灵换了衣服出来。

"我预感到这'包加包'就像以前推送刊队一样，结果不会好，已经把全国的发行商都害惨了。"西门红看见胡灵看着他没说话，继续说，"我觉得这发行，还是稳扎稳打的好，像王道那样，他管的那几年广告和发行，稳中有升，大家放心。"西门红说着，自己去倒了一杯水，喝一口，然后专注地看着胡灵，说："我一直想给你说，我觉得，论人品，论心胸，论管理水平，其实王道才是最值得我们信赖和依靠的。"

胡灵说："人品有什么用，现在的时代，对市场的敏感度、创新思维、敢破敢立的霸气才是企业发展的精髓。那王道，他现在还有戏？级别都降得与我们一样了。"

"那是他自愿的，他那才叫智慧，善于放弃，善于退让，善于隐藏自己。你看我们江总，太不低调了。"

"我怎么觉得近段时间你对江总的看法有些改变？难道他不值得我们依靠？"

"他只值得你依靠。"西门红说着，将头扭向一边。

"说的什么话？告诉你，今天让你来，就是江一石被杨柳捅刀子的事，看下一步怎么帮他化解。"

《城市男女》封面侵权被告，官司下来，庭外和解，侠刊社赔款八万。龙昆仑追责，江一石将杨柳推荐的作家、推荐的封面画家等一股脑儿地抖了出来，龙昆仑认为此事无法将责任与杨柳扯上关系。在社委会讨论处理意见时，杨柳提出"文责自负"，但画家已在国外定居，无法联系上，所以应该是"编者自负"，而按以往的惯例，应该是刊社与当事人各承担一半的损失。杨柳既不揽责，而且还捅刀，这让江一石恨得直咬牙，而何梦瑶听到处理决定，当场就哭了起来。

胡灵认为此事是杨柳有意使坏，所以，她认为，王道走后，杨柳已成为江一石最大的敌人。

"这事就是何梦瑶的责任，怪不得杨柳，杨柳推荐画家时，他知道画家画的是真人才是怪事，江总到处说是杨柳使坏，也太碎了，这事放在王道身上，二话不会说，赔钱。"

"你怎么回事，你觉得那杨柳是好人，不会使坏？上次，他挑唆华小美不是你听见的吗？江总怎么碎了？你哪根筋出了问题，是因为上次那华小美的'两盗一娟'，你他妈当真了？"胡灵气不打一处来，劈头盖脸一阵数落，将西门红本来喝酒上脸的脸说得更红了。

"不与你争，明天去岳阳春游，我下午还要买旅游鞋，先走了。"西门红说着，拿起桌上的挎包要走。

"你给我站住！"胡灵吼一声。

西门红停了一下，又折回来，从包里拿出一沓稿子，说："昨晚南京的江二富给我一篇大稿子，叫《酒王沉浮揭秘》，他花十万买的，结果砸在出版社了，说是酒王的家属无法沟通，坚决不让发，他让我看能否在刊物上想办法，说五万块，也愿卖。"

西门红原本是无事找事，想冲淡一下刚才的气氛，谁知胡灵听见这事，居然来了极大的兴趣……

侠刊社每年一次的春游，龙昆仑亲自给王道打了电话，让他与华小美也赶回来参加，王道是在印刷车间接的电话，他告诉龙总，机器已开始调试了，本月就可以开印，而且华小美已提前接了几个单子，实在太忙，今年就不参加去岳阳的旅游了。因车间机器的声音太大，王道虽然声音很大，但龙昆仑仍听得不太清楚。他关了电话，几分钟后，王道便来了短信："谢谢龙总关心，机器调试进入最关键时期，旅游参加不了，月底开始接活，领导放心。"

放下手机，龙昆仑沉默了几分钟，忽然觉得身边缺了王道，好像少了许多东西。他给杨天津打了电话，说自己不去岳阳了，让她把活动组织好。

杨天津、西门红与王丹怡等是坐小木船从岳阳楼划向君山的，其他的四十余人坐的旅游快艇。他们在队伍的最后面，结果，前面的一班船位置坐满，等下一班船得一个小时。所以，杨天津临时决定上在码头揽生意的私家小船。

船快到君山，他们看见杨柳等十几个人在码头上等他们。杨柳远远地向他们招着手。

舜帝去九嶷山除龙，他的妃子娥皇与女英泪崩君山竹而形成君山独有的斑竹的凄婉故事，是吸引侠刊社来岳阳君山旅游的最大魅力。远远看去，虽不见范仲淹"波澜不惊，上下天光，一碧万顷，沙鸥翔集，锦鳞游泳，岸芷汀兰，郁郁青青"的绝美景色，但君山岛嫩绿茸茸，口嚼青浪，舟帆点点，仍是让人感觉如梦如幻。王丹怡在小船上站了起来，痴痴地望着洞庭湖和君山，一副陶醉的表情。

许是为了超船抢岸上的客流生意，在到岸不到十几米时，后面的一艘木船忽然加速，因船体未控制好，居然重重地撞上杨天津和王丹怡他们乘的船。船一阵剧烈摇晃，只听"扑通"一声，刚才还陷入痴迷状态的王丹怡，忽然没了人影。

岸上发出惊叫。船工见船被撞，反手拿起撑竿一边大骂着一边去打撞船的船工，那艘船上也出现骚乱。听得见岸上杨柳大声地喊："操你妈，快救人！"

王丹怡浮出水面，惊慌失措，双手在水里乱抓，显然，她不会游泳。

杨天津厉声叫喊："别打了，淹了人，要出人命！"船工这时才意识到自己的船上有人落水。收了撑竿，要脱衣下水，只听"扑通"一声，坐在船尾的西门红早已脱了外衣，跳进了水里。刚靠近王丹怡，西门红的头便被她慌乱中按进了水里，岸上又发出一阵惊叫。从水里再冒出头时，西门红右胳膊已套上王丹怡的头，王丹怡两手空抓了几下，头仰在了水面以上，老实地任由西门红挽着她的头向船边游。

上了岸，杨柳和江一石等对两艘船的船工不依不饶，看热闹的人先围着落水的王丹怡，见那边扯皮，又围向了那边。王丹怡剧烈地咳嗽着，咳得眼泪鼻涕满脸。西门红把自己的外衣给满身湿淋淋的王丹怡包上，又用袖子给她擦脸擦鼻涕。然后对站在一边的杨社长说:"刚好来了一艘快艇,我与王主编先回去。"

杨天津同意了。上船时,西门红对跟着要上船的杨天津说:"杨社长放心去玩,他们那边也离不开你,我会照顾好王主编的。"

到了宾馆,西门红把王丹怡送进房间,问:"有换的衣服吗?"王丹怡木木地点点头,又问:"有鞋吗?"王丹怡说:"宾馆好像有拖鞋。"西门红说:"赶快洗个澡,不然会感冒。"说完就关了门出去了。

不到一个小时,西门红又敲门进来了,王丹怡洗了澡,眯了一觉,精神好多了。西门红拿来一杯姜糖水和一双刚买的旅游鞋,说:"姜糖水赶快喝,喝完了杯子要还我,鞋子是一百五十八元,不合脚的话,明天之前可以换。钱晚饭时给我就行。"

王丹怡感激地看着他:"你怎么这么好,游泳技术也棒。回去后,一定请你吃饭,答谢恩人!"

晚饭,大部队回宾馆用餐时,西门红和王丹怡早已坐在桌子边等他们了。他们正窃窃私语,杨天津、宁子烟、杨柳走了过来,看他们亲密的样子,杨天津脱口说一句:"今天,西门红立了大功,回去王主编要好好感谢他。"

宁子烟笑着说:"对,小美女,要以身相许。"

本来是开玩笑的一句话,却把两个人说得脸红,而一边的杨柳的脸有点儿挂不住。西门红起身要去其他的桌,被杨柳按住了。吃饭间,杨柳要了两瓶酒,说是给王丹怡压惊,给西门红敬酒。酒桌上,西门红哪里是杨柳的对手,几杯下来,已被喝得腿发软。吃完饭,胡灵过来看热闹,给西门红解了围。结果,杨柳被胡灵花言巧语,整得半醉。

饭后,杨柳口齿不清地吆喝着,让宁子烟找人凑脚打麻将。宁子烟没好气地说:"人都被你们整得去乡下办厂去了,到哪里找人?"

二十七　华小美在坟山险遭不测

侠刊社印刷厂建在鄂州东沟镇黄花坳村附近废弃的学校。

离黄花坳不到二十公里，有中南最大的造纸厂——晨光纸业。而且，黄花坳距江城的车程不到两小时，所以，王道选定了此地。从建厂到买设备，包括海德堡彩印机，北人装订线、二手850、880轮转印刷机、二手平板机、折页机、塑封机等，花了一千余万，除留存的建住房资金外，几乎将侠刊社的老底花费殆尽。

筹备了八个多月，正式开工时，王道请了龙昆仑与杨天津、宁子烟等，举行了简单的开机仪式，龙昆仑细细地察看每台机器，不无感叹地说："十几年的积蓄，都在这儿了呀。"

技术人员是王道从施州光华印刷厂挖来的车间主任黄河沙及他的一帮印刷厂同事，包括轮转印刷、彩印、制版、平版印刷、装订、折页等，十几个熟练工，分别负责各个印刷程序，而另外的人员，全部在当地招工，然后突击培训。

成书的调试花了二十余天，王道要求不达标准决不上马。而刚试印的样书样刊，便被华小美拿到了侠刊社和江城的其他重点刊社、出版社。机器未开工，她便除侠刊社外，另接了十来单业务。机器开工，业务刚开始，他们便忙得不亦乐乎。

王道任命黄河沙为管生产的副厂长，既负责印刷、装订，同时还负责质量和设备维修，任命华小美为负责销售及材料的副厂长，负责纸张、油墨等进货及业务销售。

黄河沙是专业学校毕业，又做过大厂的车间主任，所以，印刷厂的各流程管理得十分到位。在施州办《凤凰》杂志时，华小美便与黄河沙打过交道，第一次跑光华印刷厂回来时，对王道说："终于在施州找到一个比你帅的男人了，光华印刷厂的车间主任黄河沙。"

黄河沙是那种特能干事又十分和气的男人，在施州，为印刷的事与华小美闹过几次不愉快，后来被华小美一诈一哄，弄服气了，所以在印刷厂，除听王道的话，对华小美也服帖。偶尔华小美闹出一些不懂业务的奇葩事，他也能帮她圆回来。

华小美去江城油墨市场与老板为油墨的质量扯皮，回来已晚上八九点了，每次出外回来，她都在王道面前抱怨，因为是开的私车，但王道规定只报销公交车票，所以，到厂的几个月，汽油费花了几千，王道始终不给报销，每次都说："艰难时期，还摆大小姐的谱，那就得自己掏钱享受了。"无奈，她只能在各种场合嘲讽王道抠门，也无他法。

华小美与晚班的工人草草地吃了碗面，便回了宿舍。华小美原本可以住马飞的农庄，但因王道与黄河沙都住厂里，加之经常晚上加班，所以她也住在了厂里。天气本来就炎热，加之机器启动，印刷厂的温度比外面高出几度，而厂里，除彩印车间安装了空调，其他车间，包括宿舍，均只装了电扇。

华小美草草地洗了个澡，便去彩印车间蹭凉。彩印车间刚开始《城市男女》的封面打样，黄河沙正指导工人调色。华小美穿一件无袖连衣裙，身材凹凸有致，一进车间，便让几个工人眼睛有点儿发直，黄河沙放下彩样，瞪他们一眼，他们才躲开眼光忙手中活。

华小美笑着说："你瞪他们干吗，本厂长巡查，顺便给几个辛苦的大哥带一点儿福利，你也剥夺？"

黄河沙说："哪里凉快去哪里，别影响我们干活。"

"就这里凉快呀，黑心的王大厂长，住房里也不装空调，蒸笼一样。对了，这次进的油墨咋样，再不行，都拉回去退了，我们换一家油墨店。"

"还行，其实上次进的也没问题，是他们操作有问题。"

"早说呀，我下午与张老板磨了一下午嘴皮，硬是让他们一桶降了两块钱。"

"这不是好事吗？反正你本事大，跟谁都可以胡搅蛮缠。"

"这一个月可节约不少，唉，你说我又立了功，帮我给老大说说，多少也给我报点儿汽油费嘛。"

"老大那边还用我说，你像他亲妹妹一样，你的话不管用？"

黄河沙说着，一脸坏笑地扫她身上一眼："用一点儿本事嘛。"

"屁。他像你？一肚子坏水。唉，怎么我回来没见他？"

"好像是去刊社了吧，听说是谈分房的事。"

刊社杨天津主抓的建住房的事，华小美是知道的，刚来镇里时，石光华带镇里的梁镇长还来找过几次王道，王道知道梁镇长手下的建筑队的实力，所以委婉地推托了，然而，碍不过面子，所以答应给杨天津打电话，但打电话，华小美实实听王道说的是："黄花坳建筑队的资质肯定不够招标的基本要求，若石光华带梁镇长找你，千万不要照顾人情，建房事太大，一定要有公正的招标程序。"

事情没搞成，梁镇长很恼火，由原来对印刷厂的处处照顾，变成了处处刁难，弄得王道很不爽，为了印刷厂又不得不低三下四，三天两头请镇里领导吃饭喝酒。

华小美在彩印车间坐了一会儿，忽然觉得有点儿凉了，身体也有点儿乏，起身回宿舍睡觉。

乡里的夜晚格外黑，厂里的灯光被巨大的黑暗所包裹，像黑色海洋中的一座小岛。厂对面的小山上有几座坟，华小美每次出厂回宿舍都会不自觉地朝那边看几眼，生怕那边出来了什么东西。

华小美的车停在厂里的仓库外面，仓库里堆的大部分是油墨桶以及用过和没用过的PS板。华小美忽然发现她车子后面有手电筒的光。

她第一感觉是有人要偷自己的车。她轻手轻脚地走过去，看见车子后面有一辆板车，一个男人正弓着腰将一板车的PS板用绳子绑着。

"小偷！干什么？"华小美大喊一声，那人吓一跳，直起了身，华小美正准备上前跨一步时，忽然感到后面一双大手勒紧了她的脖颈，她挣扎了几下，手打在车上，车子发出了报警声，但那手实在勒得太紧，僵持了一阵，华小美呼吸被阻，变得浑身无力，身体软了下来。前面的男子，拖了板车便疯狂地朝厂外跑，在华小美身后勒她的一个彪形大汉，扛起华小美也跟着他朝外跑。

跑出厂，在坟山旁边，两人停了下来，拖板车的男人说："铁崽，你抱她出来干什么？快扔到田地去。"

大汉说："她没死，心还在跳。"

"那更要放下来。"

"你赶快把车拖走。"大汉说着，背着华小美就朝坟山走。

拖板车的人似乎明白了他的意图，在下面大声骂："狗日的，你要整出大事的，给我放下！"

正在这时，厂门口出来几个拿手电筒的人。拖板车的，不再管铁崽，拖了板车就朝前跑。

大汉在山上找到一块草厚的地方，放下华小美，然后一双大手迫不及待地从华小美裙子下伸进去，紧紧捏住华小美的双乳，华小美感到一阵疼痛，醒了，看见面前一张大脸，"妈呀"发出一声惊叫，接着一脚踹了过去。只听"刺啦"一声，华小美的连衣裙被大汉的手撕开了，她没穿胸罩，两个乳房，光光地露在外面。大汉被一脚踹得不轻，退了两步，又低吼着扑了过来。大汉实在力量太大，压得华小美几乎无法动弹，她只得大声叫喊："救命，抓流氓……"

黄河沙是第一个冲上坟山的，找到华小美时，大汉正失去理智地压着华小美撕她的内裤。黄河沙上去，一手电筒打在了大汉的背上，大汉闷叫一声，回手将黄河沙使劲一推，将他推倒进灌木丛里。他站起，正撸自己褪到小腿上的裤子，华小美飞快地爬起来，又上来一脚，踢在他的大腿上，他回过身来要对付华小美，华小美早已双手捂着胸跑开了几米远，大汉手忙脚乱，干脆将裤子脱了下来，拎在手中，朝山上跑去……

下山时，黄河沙要扶华小美，被她一手推开了，说："把衣服脱了。"黄河沙愣了一下。华小美没好气地说："你没见我裙子撕烂了。真没用，被别人一掌就打不见了。"

黄河沙额头被灌木剌了一个口，华小美脖颈被勒出了血印，手也在打斗中划出一道血口子，在厂里敷药时，她咬着牙说："狗东西，让我找到他，非杀了他不可。"

黄河沙问："你看没看清楚他的脸？"华小美想一想："看清了呀，大眼睛，高鼻梁，长得倒是蛮英俊的。"

黄河沙与帮忙敷药的大嫂对一下眼，想笑，又憋住了。

华小美看看他们问："怎么了？是蛮英俊呀。"

看见华小美虽然眼睛里冒着凶光，但不哭不闹，一副男人的硬气，其他人也就放心了，说了几句要报案和去梁镇长建筑队查人的话，便散去，各人干活去了。

回到厂里，王道在仓库里找到华小美和黄河沙，他们正带着仓库保管在清理PS板。看见华小美颈子涂着红药水，右手缠着纱布，再看见黄河沙额头上也包着纱布，王道吃惊不小。

华小美一边清点着被窃的PS板，一边轻描淡写地给他讲了昨晚上的经过。黄河沙一边搬着板子，一边说："老大，我们恐怕得尽快地在厂子外做围墙了。"

王道的脸沉了下来，走到华小美的身边，看着华小美青一块紫一块的脖子，说："狗日的，手这么狠。"华小美停下手中的活，仰头看一眼满眼是同情和怜爱的王道，忽然，眼泪哗哗地流了下来。

王道连忙从口袋里掏一包纸巾，撕开，递给她。华小美一哭便不可收拾，一边抽泣着一边说："裙子也撕烂了，厂里要赔我。"

王道："赔，赔。厂里不赔，我私人也会给你买条新的。"

看见这种状况，其他人不出声地走了出去。

华小美坐着抱住王道的一条腿，索性大声哭了起来，一边哭一边用头不停地拱着王道的腿，王道用手拍着华小美的肩膀，说："好了，好了，知道你的委屈。我们得马上去报案。"

华小美松开王道说："报案有屁用，这鬼地方，天高皇帝远。"

王道带着黄河沙去了派出所，又带派出所的人去了梁镇长手下的建筑队，结果，没有找到与华小美所描述的身体与面貌相似的人。

王道阴着脸，带派出所的人来找华小美录口供，结果，华小美早已开着车去了纸厂。她也一直不接电话。

送走派出所的人，王道气不打一处来，拿起手机给梁镇长打通了电话，说："把你们那破建筑队的人叫来，明天给我们修围墙！"

二十八　侠刊社"禁网"事件

电脑时代的到来既开放了人又囚禁了人。它拉近了人的距离，几十秒可以完成一次人与人的交流，通过神奇的网络，可以足不出户结交许多新的朋友，它使已经迅速加快的生活节奏变得更快。同时，它也解放了那些内心丰富、外表矜持的人，他们在网络世界中有了无限发泄的可能。而网络的墙壁，也将他们牢牢地锁入与外界隔绝的虚拟世界。

网络对侠刊社的改变也十分明显。龙昆仑对电脑对网络一直是排斥的。在杨柳与杨天津的建议下，社委会成员每人配了一台戴尔笔记本电脑，宁子烟教龙昆仑无数次，但龙昆仑始终无法学会操作。五笔打字太难，他无法背会，基础的拼音，他又未学过，英语更是一抹黑，所以，桌上的笔记本电脑基本上是摆设。

因为自身的基础，使网络时代将他隔在了门外。但他又不得不让他的刊社因为新事物的来袭而接受一些改变。

因为追查一篇题为《江城人，你得了什么病》的网络文章，龙昆仑在中层干部会上对网络的危害进行了宣泄似的批驳。这篇文章是侠刊社一位已离职的编辑在网上发表的，引起了江城网络的轰动，其对江城人特有的窝里斗、狡诈等劣根性进行了剖析，使得网上赞扬、谩骂一片，此事作为网上重大舆情，惊动了省委宣传部与省出版局，追查作者时，宣传部的一位副部长直接将龙昆仑叫去问话，虽然知道当事人已离开侠刊社，但部长一句"不能培养网络坏才"的话，还是让龙昆仑不太受用。

龙昆仑说："我们做的是什么？是传统文化，而电脑网络是对我们传统文化的反叛。稀奇古怪的想法，不负责任地往网上一丢，弄得满城风雨，防不胜防。在座的应该知道最近网上火得一塌糊涂的《江城人，你得了什么病》这篇文章吧，我让办公室打印出来看了，全篇都是鬼话，是对我们江城人的诬蔑。同志们，看似一篇小破文章，但它会影响全国人民对我们江城人的看法呀！它还会影响我们省的投资环境呀！这篇文章谁写的？我们原来的刊社编辑，虽然他前年就离开了，但我们省委宣传部部长说了，不能培养网络坏才，不能让网络毁了我们。所以，我在这儿提醒大家，不能沉迷网络，这种洪水猛兽会害了大家，会害了刊社的！"

龙昆仑的一番狠语，让在座的一片噤声，唯有宁子烟轻咳一声，去了洗手间。

下午下班后，龙昆仑去宁子烟办公室，宁子烟对龙昆仑说："网络时代的到来是无法阻挡的，你在中层会上说的那些话，肯定让他们反感。"

龙昆仑说："反感怎么了？我的刊社，我管不了？"感觉到龙昆仑的固执，宁子烟不再搭理他，一心敲着电脑，头也不回。

自从离了婚，龙昆仑所有的感情全寄托在了宁子烟身上，他甚至与宁子烟一起去了她的老家重庆，拜见了她的父母。

宁子烟大学毕业，分到侠刊社，对这个大她十几岁的男人一直充满好感，龙昆仑当社长，第一件事就是将她提拔成了办公室主任，她朦胧中感觉到她与这个男人一定会发生点儿什么。

那次去北京跑刊号，当她晚上被她老师单独邀吃饭时，他的那种慌乱，让她陡然生起一种强烈的情愫，她知道，缘分无法抗拒，她命中注定要和这个男人的命运紧紧纠缠在一起。

沉默了几分钟，龙昆仑说："关掉那破玩意儿，我在给你说话哩。"

宁子烟回过头，感觉龙昆仑有点儿生气，连忙关了电脑，回过头来，有点儿挑衅地说："我觉得我们刊社应该建个网站。我在网上查了，许多刊社都有自己的网站。"

"屁！想都别想，我现在是在整治。"

"你不觉得网络给我们的工作带来很多便利吗？"

"最大的便利就是培养了一批懒汉。我看我们的许多编辑，连给作者的回信都不会写了，我现在是要挽救你们这些懒人。"

宁子烟站了起来，拍一拍龙昆仑肩上的头皮屑，对他妩媚地一笑，然后双手圈上龙昆仑的脖子："你还是先挽救一下自己吧。我今天想吃油焖大虾。"

龙昆仑连忙推开她的手："疯了？这可是在办公室！"其实，龙昆仑最爱的便是宁子烟这种偶尔撒娇的媚态。

龙昆仑手头无事时，喜欢到各部门去巡视。这一点，常被宁子烟讥讽，说他像一个小作坊的监工。但这已成为他管理刊社的一种手段。他反驳宁子烟，说："我付钱买劳动，我得看他们是不是在劳动吧？"

这天，龙昆仑从外面开会回来，已接近下班时间，他顺着楼层去了三个编辑部，首先是《城市男女》。一个姓方的年轻编辑正在电脑上看时装，发现背后站着龙总，连忙站了起来，龙昆仑对她说："关了电脑，去六楼我的办公室。"

小方手足无措，糊涂地问："什么事？"看见龙总逼人的眼光，脸红了，连忙关电脑。

龙昆仑巡视完三个编辑部，回自己办公室时，脸变得铁青。三个编辑部，一个网上看时装，一个电脑上看动物世界"亚马孙巨蟒森蚺群交"，一个玩游戏。两男一女，在他的办公室诚惶诚恐地等他。

龙昆仑让办公室叫他们的领导：何梦瑶、宁子烟、王丹怡。宁子烟在外办事，一时赶不回来。五个人站在龙昆仑的桌子边，龙昆仑坐下来，不看他们，埋头看《侠世界》的清样，仿佛他们并不存在。

约二十分钟，翻看完了清样，他打电话叫来杨柳下面的编辑部主任拿走清样。然后拿起当天的报纸。桌子边的五个人，万般不自在地站着，又不敢发声。

又看了十几分钟报纸，龙昆仑接到一个电话，"嗯"了两声，便出去了。

龙昆仑半小时后回办公室时，五个人由围桌子站着变为围坐在龙昆仑办公室的沙发上。龙昆仑没好气地说："那沙发是客人坐的，你们是客人吗？"

五个人慌忙地站了起来。龙昆仑看着王丹怡和何梦瑶："你问问你们手下，上班时间他们都干什么了？"

何梦瑶看着叫小方的编辑，眼睛里已装满责怪。小方小声怯怯地说："何主编，我真没做什么，领导来的时候，我正在网上看时装秀，是为我们《城市男女》的《好色女人》栏目选稿。"

个子高一点儿的男编辑叫袁喜，是宁子烟《天下传奇》的编辑部主任。他说："这一期摘选了一篇《亚马孙的巨蟒森蚺群交》的文章，所以在网上了解一下。"

另一个男编辑叫洪峰，是王丹怡《打工故事》新招的编辑，他抬起头对王丹怡说："下班铃响了后，我才上网玩的游戏。"

王丹怡与何梦瑶没说什么，伸头看龙昆仑。

龙昆仑冷笑一声："那就是你们都没什么错？那就是我闲着没事，找你们碴儿？下班玩游戏，谁的电脑，谁的电？那《好色女人》与时装有毛的关系？还有什么巨蟒群交，这什么狗屁文章，这种色情文章也能在我们《天下传奇》转载？你们对工作对刊物如此没有敬畏心，是不是要整垮我们侠刊社？"

龙昆仑一阵火发过来让几个人噤若寒蝉，面红耳赤。

龙昆仑说完，喝一口水，等他们发声。见他们没要说话的意思，又生起一股无名火，但他也不想再说什么，自顾自地拿起包，起身走了。几个人既郁闷又委屈，小方看着何梦瑶，眼泪"唰唰"地流了出来。

第二天，龙昆仑让董军想办法去买了微型相机，并让他带负责刊社电脑维修的武来生，以电脑维护的名义，拍摄所有操作电脑的人的电脑屏幕。时间定在下班前一个小时。

事情进展得很顺利，他们拍摄了四十二张电脑屏幕照片，抽出了二十四张有问题的，经仔细筛选，排除六张，但仍有十八张有问题，其中三人被确定为网上游戏，二人网上看影视剧，四人看与工作无关的图片，九人上网与工作无关的人聊天。其中与工作无关的人聊天里面有杨天津副社长，看与工作无关的图片的有杨柳。

龙昆仑仔细看了这些照片，难受半天，咬着牙憋出一句话："狗日的电脑，真要整垮我们刊社呀。"

处罚通知是第二天早晨贴出去的，罚款最高的是杨柳，六百元，除他个人违规上网被罚三百外，他所管编辑部三人违规上网，负领导失察责任罚款三百。刊社近一半人因违规、失察被罚款，整个刊社炸了锅。找部门领导申诉的，找董军辩驳的，告办公室用下作手段侵犯隐私的，甚至公开提出要离职的，等等，群情激愤，办公室的董军、武来生成了陷害众人的凶手。

杨柳与杨天津不约而同地去了宁子烟的办公室。杨柳说："对我个人处罚，我勉强接受，但下面编辑违规上网，我连带扣钱，这以前也没有规定呀。"

杨天津说："我回忆了一下，昨天电脑维护时，我正与湖南的一个老乡聊天，我是要问她，她们单位建房分配的事，那之前难道不先聊点儿别的？这怎么就是'与工作无关人员聊天'了？"

宁子烟有点儿糊涂地看着他们说："这处罚又不是我下的，我还被连带扣了二百元，你们找我说事，我找谁去？"又说，"这处罚是刊社办公室下的，这办公室不是你杨天津管的吗？应该找你呀。"

杨柳与杨天津愣了一下。杨柳阴笑一声，说："这谁都知道，董军有那大胆子，他敢做手脚偷拍我们的屏幕？他敢随便罚我们的钱？"

其实，宁子烟很清楚，他俩找她，是让她给龙昆仑过话。这两天，因为上网的事，宁子烟与龙昆仑已有好几次不愉快了。特别是袁喜转述的龙总说"亚马孙巨蟒森蚺群交"色情的话，把她气得够呛。她知道，龙昆仑是个既霸道又固执的人，关于新事物不可逆转的道理，想说服龙昆仑，几乎不可能，所以，她不愿再掺和这事。宁子烟说："你们的意思就是设套的是龙总吧？那你们直接去找他说呀！"

宁子烟如此说，杨柳与杨天津也找不出其他话好说，灰溜溜地走了。

走到门边，宁子烟叫住杨柳问那篇《酒王沉浮揭秘》的事，问他核实了内容的真实性没有，又说刊物出来，龙总看了，在问这事。杨柳说："那南京的江二富拍了胸脯，钱都已给他了。"

临近中午时，龙昆仑被林子峰主席电话叫去办公室。因为编《侠世界二十年》图册，林子峰对龙昆仑有点儿不满。《侠世界》创刊二十年，龙昆仑让刊社的出版部编了一本《侠世界二十年》，因为有林子峰的图片和文字，龙昆仑送林子峰审看。林子峰对第一章节"群英与风旗"中缺了当时的副总编宋文章的照片和介绍文字提出了疑义，说："这里面创刊群英里有石光华、杨天津等，怎么就少了当时的副总编宋文章？"

龙昆仑说："这人算得上群英？就一个害群之马！"

林子峰问："石光华呢？"

龙昆仑有点儿烦了，说："那两人干脆都不要进里面。"

林子峰说："你不愿尊重历史，那我也没必要放里面。"

龙昆仑没法，出图册时将第一章删了。图册出来的第二天，他收到林子峰的一个短信："《侠世界》二十年，难道就是你龙昆仑的二十年？"

林子峰担任文联党组书记和主席后，因为有分管侠刊社的副主席，所以对侠刊社过问得少些了。而龙昆仑做强做大侠刊社后，底气也足多了。"江城期刊五大杰出人物""全国期刊十大著名主编"等名号，使他成为江城乃至全国期刊界的知名人物。文联作为行政单位，许多不好开销的费用都让分管侠刊社的杨副主席找龙昆仑解决，特别是文联员工的津补贴，每年是一大笔经费，因此，龙昆仑与林子峰，与文联的关系，有了微妙的变化。

龙昆仑进林子峰办公室时，杨主席也在，他亲自给龙昆仑倒了茶。

林子峰劈头便问："你们《解密》今年第五期，是怎么回事，怎么又捅娄子了？这次你们还真玩儿大了，玩儿到中宣部去了！"

龙昆仑大脑里第一闪现的便是近期杨柳从南京买来的原创纪实文章《酒王沉浮揭秘》。但镇定了一下说："《解密》能出什么问题，都是从公开出版的报刊图书上摘选的文章。"

杨主席说："宣传部打来电话说那篇文章叫《元帅儿媳的悲凉生活》。"

龙昆仑急令办公室送来了刊物。不到一千字的文章，龙昆仑快速看完后，后悔不迭，《解密》终审，他只看大块文章和头条文章，这篇小的，他漏了，他估计杨柳也没仔细审，若仔细审了，不可能让这篇文章通过。最要命的是，其最后面的文章出处是"南方五彩生活网"。

林子峰要去了刊物，看完后说："你不是说你们刊物摘选的都是公开出版的报刊吗？这种没有任何官方背景的网站的文章，你们也敢选，这是什么政治素质？"又说："龙大老总，上次为网上《江城人，你得了什么病》闹得沸沸扬扬，现在又整这一出，你们的编辑都是网上黑手吧。"

从文联回来，龙昆仑灰头土脸、怒气冲冲，中午饭也懒得吃，叫来了董军和武来生，立即起草了一个全社禁网的通知，贴在了上午刚贴出的《违规上网处罚通知》的旁边。

禁网第三天，龙昆仑通知召开社委会。所有人都以为是要谈禁网的事，因为禁网已严重影响了各刊的工作流程。离开了网络，编辑们无法正常工作，原来的选稿和约稿，都是通过网络，而稿件送审也大多通过给编辑部主任和主编发邮件。现在，网络不能用，使他们短时间找不到解决的办法，所以，各编辑部几乎乱成一锅粥。

龙昆仑在会上主要讨论两件事。第一件事是刊社分房之事。分房方案是杨天津参照其他单位集资建房的办法拿出来的。社委会成员，不论年限，享受住房优惠，社委会以下部门负责人，连续工作十年以上，享受政策。

杨天津刚念完享受住房的名单，江一石便第一个提出异议，问："怎么王道不能享受住房？"

宁子烟也问："还应该有华小美呀。"

杨天津解释说："王道已经不是社委会成员，作为部门负责人，他又不够年限，差一年，华小美十年年限够了，但她已经不是部门负责人了。这些，我给龙总汇报了，龙总说拿到会上讨论的。"

江一石说："如果王道都不能参加分房，那我觉得这个方案肯定是不合理的。"

宁子烟说："我们侠刊社的广告是华小美做起来的，现在已经成为我们刊社差不多一半的经济来源，她若不享受刊社的福利分房，我觉得太不合适。"

杨柳说："政策就是政策，有些政策不合理，也得接受呀。"

龙昆仑听出他话外的话，不满地瞪他一眼。

讨论的结果是，将部门负责人入职的年限改成八年，并在分房条件中增加一条：曾为侠刊社作出较大贡献的人员。

大家意见一致，杨柳勉强同意，但说："如果增加这一条，那我觉得田小草也应该享受政策，她原来与华小美一样，是发行公司经理。"他的话虽然让大家有点儿诧异，但仍然觉得合理。

第二件事是关于《解密》刊发网上文章被中宣部点名批评的事。此事，杨柳只知《解密》的文章被查，但完全不知此事的严重性。龙昆仑将先后被省委宣传部、省新闻出版局及省文联约谈的情况说了，又把省出版局要求《解密》停刊整顿的建议及他找各种关系最后确定罚款两万，并对当事人撤职处理的意见说了，然后让大家讨论如何落实处理意见。

龙昆仑的话让杨柳顿时变得焦躁起来。他点了根烟，抽了几口，看见杨天津用手摇一下，又站起来，走到门口去抽。龙昆仑说："就在这边抽吧，这里早乌烟瘴气了。"说完瞟一眼宁子烟。他话里有话让在座的人不敢言语。

　　龙昆仑见大家不言语，说："你们不说话，那我说个意见，罚款没什么好说的，单位出一半，当事人出一半。另外，暂时免去杨柳《解密》主编的职务。这是你们成天上网带来的后果，我说了，这网络迟早整死我们刊社。这种低级的政治错误，在我们刊社也会犯，荒唐！"

　　龙昆仑的话让杨柳的脸涨得通红，他小声嘟囔："这终审也不是我一人呀。"

　　龙昆仑问："说什么？声音说大一点儿。"

　　杨柳回答："没说什么。"

　　龙昆仑问："你的意思，我也终审了，我也应该承担责任？你难道不清楚我每次终审只看封面和标题？我要你们这些主编吃干饭的？"

　　"又罚款又撤职，谁受得了？"杨柳的声音仍很小。

　　"我撤了你副总编吗？撤了你《侠世界》主编吗？撤了你社委会成员吗？"显然，龙昆仑已有些恼怒了。

　　江一石说："犯了事，不撤职罚款，对上面也不好交代呀。"

　　"你闭嘴，"杨柳的声音忽然变大了，"你与何梦瑶犯了事，撤你们的职了？再说，你和胡灵搞的那'包加包'，那叫什么事？搞得好多经销商反映到我这来了，你听过他们怎么说你们？他们说你们黑心，说你们在毁渠道。"

　　"这事好像不归你这主编大人管吧，哪个新政策推行不遇到目光短浅的人说三道四。我不明白了，为什么有的人这么看不惯多为刊社赚钱的人。"

杨柳还要说什么，被龙昆仑制止了，说："今天好像没有'包加包'的议题吧。杨柳，你这种觉悟，我觉得副总编也没必要当了。说了是暂时撤职，搞得像被挖了祖坟一样，散会！"

第二天，龙昆仑将分管人事和财务的杨天津叫到办公室，让她拟了两个通知，一是撤销杨柳副总编和《解密》主编职务的通知，一个是任命原《解密》编辑部主任吴力为执行主编的通知。

杨天津小声问："提执行主编要不要在社委会上通过一下？"龙昆仑黑着脸，反问："你的意思是我没这个权力？"

杨天津走到门边，又折回来问："那杨柳这个月的工资？"

龙昆仑说："按主编工资级别发。还有，那一万块钱，分三个月扣。"

二十九 "反禁网同盟"让龙昆仑孤立无援

禁网不到半个月，侠刊社已有五名编辑辞职，辞职理由虽各异，但有三人居然同时写有"刊社环境恶劣和理念落后"。

除《打工故事》外，其他刊物全部出现拖期，尤其是周刊《天下传奇》，拖期两次。刊物质量，特别是每期头条稿的吸引力大大降低。经销商的电话不断，因为拖期，使他们叫苦不迭，头条稿和封面缺乏吸引力，又使得本来因为"包加包"积压的许多刊物变得积压更多，他们不堪重负。龙昆仑对这种状况虽然心里十分焦虑，但仍表面强势，一方面对拖期的刊物从主编到编辑部主任无情罚款，另一方面，加大禁网的巡查力度。

他与宁子烟的关系降到冰点，有一次在《天下传奇》编辑部，他咬牙切齿对宁子烟说："你们都用这种损害刊物的手段来抵抗禁网，我倒要看看，最后吃亏的是谁！"

以往，每到下班，宁子烟都会在办公室等龙昆仑，或去他的办公室与他一起回他的住所吃饭，自从那次突击网上检查，他们晚上一起吃饭，饭吃到一半，她被龙昆仑赶了出来后，她下班之后就尽早回自己的宿舍，不再等他了。

那天，她使出一切手段想说服龙昆仑别禁网，不但没说服他，反而惹他很生气，甚至说出她与杨柳、杨天津搞小团伙的话。宁子烟忍无可忍，说："我以为我们之间没隔阂、没差异、没代沟，我发现我错了，我们的理念相差十万里。"

龙昆仑说："我知道你早晚有一天会说这话，没问题，不想与我在一起，你自便，你以为你是谁，我没了你不能活？想与我在一起的人多了去了！"

其实因为禁网造成刊物两次拖期，宁子烟也着急，但编辑们离开了电脑几乎不会选稿了，每期刊物上五十余篇稿，以往的送审稿能达到五百篇，而现在二百篇不到，有些栏目，到了要清样时，仍凑不齐稿。

宁子烟从不拖期的《打工故事》那里了解到了王丹怡她们的办法。王丹怡采取的是晚上增加三小时工作制。白天以改稿、编稿为主，也让手下人处理私事，甚至看闲书等，晚上，从六点半到九点半，进入工作状态，所有编辑必须在网上，向作者约稿谈稿、稿件送审、网上交流等。那些刚入职还没买电脑的，便要求他们去网吧上网工作。

宁子烟也迅速效仿了王丹怡的办法，但她不是在晚上，而是在白天，她告诉办公室，为了选稿，每周三天所有编辑不记考勤，因为她要派他们去图书馆等处找选题、查资料、选稿件。实际上，她是让他们回家上网。但这些办法，仍然让编辑们很不适应，很无奈，各种抵触情绪也到了极点。更加苦不堪言的是发行公司和印务部。拖期对发行的影响是极大的，所以，每到刊物出样，发行公司经理胡灵都在印务部督促，一有送清样时间耽误，她便去编辑部找主编。她经常为抢时间，堵在编辑部不让编辑下班，弄得编辑部对她很反感。编辑流程出现紊乱，刊物送厂时间推迟，唯一解决的办法就是让印刷厂缩短印刷时间，为此，弄得印刷厂也被动，印刷厂已有三分之一的业务是刊社以外的图书与期刊，侠刊社的送片时间不准时，又要压缩印刷与装订时间，如此只有拖外来业务的工期。为此，华小美与分管印务部的江一石电话吵过几次，之后江一石干脆不再找她，直接与王道通话，几次过后，脾气一向很好的王道也生气了，说："你们印务部什么情况，一次两次也就罢了，每次如此，这不是要把我们印刷厂往死里整！"

终于，在禁网的第二十五天，有人在龙昆仑办公室的门上贴了一张小字报，标题是《禁网，让我们无法理解》，内文指出了禁网的无知和禁网带来的五种危害，然后提出恳求，希望领导尽快开网。落款是"反禁网同盟"。

龙昆仑冷笑着，让董军揭下小字报，放在自己桌上。然后让董军及办公室暗查小字报的来历。到了下午，听到董军等人查不出任何线索，龙昆仑咽不下这口恶气，亲自草拟了一张小字报，标题是《小人之举与君子之态》，历数上网的五大危害，最后一句是："是君子，就光明正大地站出来，莫做缩头乌龟，暗处使阴招。"落款是手写的三个大字："龙昆仑"。他让董军将两份小字报一起贴在大楼一楼的告示牌上。

下班时，他看见一楼小字报旁边围了许多人，里面甚至还有杨柳，人群看见龙昆仑下来，迅速散了，杨柳没有与龙昆仑打招呼，扭头而去。看着两张小字报，龙昆仑生出一些感叹，回想起许多年前，为提拔杨柳，他作为老总，在众人反对的状态下，以个人名义给杨柳下了份任命通知，也是贴在这一楼的告示栏上。而这一次……

离开刊社，走在回家的路上，龙昆仑莫名生出一些孤寂的感觉。第二早晨，在两份小字报旁边又出现了一张大字报，标题是《禁网，无知荒唐的逆天行径！》内容与原来的差不多，唯一区别是纸大了，字大了，标题猛了，而且落款的"反禁网同盟"后面赫然落有杨柳、宁子烟、杨天津、王丹怡、何梦瑶等人的名字。大字报出来，整个刊社忽然变得寂静了，所有看了小字报和大字报的人都知道，一场大的风暴即将到来。

有人看见，龙昆仑在一楼看见新出的大字报，咳了两声。龙昆仑中午没去食堂吃饭，一直坐在办公室抽烟，平时不抽烟的他，居然抽了一整包。细心的董军去食堂帮龙昆仑打了饭，送到他的办公室。下午董军去龙昆仑的办公室签字时，看见放在龙昆仑桌上的饭菜仍没动。龙昆仑低着头，面无表情地看送来审的清样。

董军小声问："要不，让食堂给您下碗面？"龙昆仑抬起头，有点迷茫地看他一眼，半天才说："不吃了，下午一起吃，你出去帮我买一瓶胃友来。"

王丹怡整理完稿子，实在忍不住，给宁子烟打了个电话，说："宁主编，那大字报的签名，我想去向龙总解释一下，我怕他误会，我确实没参与呀。要不，我们一起去？"

宁子烟说："我也没参与，但我不想找他解释，要去，你去吧。"

刚开始禁网，王丹怡便接到过西门红的短信："非常时期，顺应老板，万不可逆水撑竿，否则，有再次落水的危险。"

王丹怡回复："谢谢提醒，逆来顺受。落水滋味很不好，况且，不会还有贵人相救的好运气，放心……"

那次从岳阳回来不久，王丹怡单独请西门红吃了次饭，然后，西门红又回请了她一次，两人虽然聊得很投缘，但都只是在工作层面，两人的交往，像隔着一块硬物，无法进入柔软的情感层面。但刊社的人都认为他们在交往。

下午快下班时，董军通知杨柳、宁子烟、杨天津、王丹怡、何梦瑶去龙昆仑的办公室。大家到齐落座后，龙昆仑抬起了头，审视着每一个人的神情。杨柳坐在靠窗的沙发上抽烟，杨天津与王丹怡抬着头看着他，宁子烟与何梦瑶沉默地低着头。

"说说吧，你们……"龙昆仑嗓子忽然堵住了，声调变哑，他咳了几声，继续说，"你们的什么反禁网同盟。"

他咳嗽时，除了杨柳，其他人都抬起头，关切地看他。

看见其他人半天都没发声，王丹怡第一个开口说话。她说："龙总，我没参加反禁网同盟，不知为何把我的名字写上去了，本来，我要来向您解释的。"

其实，最让龙昆仑气恼和心寒的是，大字报出来，一整天，没一个人到他办公室来解释或澄清此事。

"你应该来呀。我给了你们一整天。"龙昆仑说，他的声音显得很疲倦，"退一万步说，即使你们中间没一个人写大字报，没一个参加什么反禁网同盟，但一整天，你们让我通知你们才来，说明在反禁网上，你们的心已结成同盟了。"龙昆仑说完这话，长长叹了口气。

"我也没参加。"杨天津说。

"没有。"何梦瑶低着头，满脸绯红，声音像蚊子。

杨柳与宁子烟始终没发声，杨柳已将房间抽得满处是烟。几分钟的等待，使龙昆仑的眼光由疲惫变成亢奋的气恼，甚至闪出一些凶光。他瞪着他们两人，牙缝里挤出一句问话："杨总、宁总，那就是说，是你们两人策划的？"

宁子烟一直在等杨柳先表态，听见龙昆仑如此说，心里早有老大的委屈，她说："我不澄清不等于我就是什么策划者吧。我虽然厌恶这种拿他人做挡箭牌的小人做法，但对禁网，我一直认为这事值得商榷，给工作带来了太大的不利，再这么下去……"

"我说的是大字报的事，少啰唆其他。"龙昆仑厉声打断宁子烟。

宁子烟停住话，大家很少看见龙昆仑用这种口气对待宁子烟。

房间的气氛又凝固了，大家等着杨柳发声。杨柳按灭烟，转过来，面对着龙昆仑，他的神情带着侵犯性，这让龙昆仑本来就亢奋的状态变得更亢奋了。像面对着一个拿着刀即将冲过来的斗士，他在兴奋状态下摆好了接招的架势。

杨柳说："如果龙总觉得刚才宁主编对禁网的话是啰唆，那我没什么好啰唆的了，我只是觉得这事很无聊，无聊透顶。"

杨柳这话很重，也很模糊，"这事"所指并不明确，既可理解为大字报的事，也可理解为禁网的事，还可理解为召他们来谈大字报的事。讲完这话，杨柳就不再说话了。沉默了几分钟，龙昆仑忍不住了，说："继续说呀，我听听你后面啰唆什么？"

杨柳说："我想提三个问题，第一，禁网与开网，到底哪个危害大？第二，一项重要的决策，它的决策程序是怎么样的？第三，当权者接受民意的渠道是否存在堵塞和不畅通？我觉得，这也许是大字报的根源所在。至于大字报，我既没参与，也不知道什么'反禁网同盟'，虽然我被降职被罚款，但我有什么想法，不会使阴的，会公开说。"

"你的意思是我禁网程序有问题？我独裁？我压制民意？你被降职被罚款，因为什么，你不清楚？我还真发现你与宁总的观点高度一致呀！我一再强调，在刊社不要搞小团体，现在怎么样？愈搞愈烈，现在搞出了同盟。你光明正大？你以前玩儿的那些阴的，谁不清楚！你们一起玩儿走了王道，现在想玩儿一个更大的，可以呀，我等着！"龙昆仑所有的愤怒、所有的压抑一股脑儿地发泄了出来，因为恼怒，他的话有点儿语无伦次，但传导出的愤怒和猜疑却让在座的人心惊肉跳。

杨柳受到如此的羞辱，哪里能忍受，他站了起来，满脸涨得通红，他想要说什么，但要说的话却被压缩成一丝可怕的冷笑。他夹着本子，头也不回地走出了龙昆仑的办公室。

何梦瑶回到家时，天已黑透。江一石做好了饭菜，自己没吃，一边抽烟一边等她。自从那次华小美"两盗共一娼"的辱骂，让她出走，而后又被劝回，她与江一石的关系始终难以和好如初。以何梦瑶的观察，她也知道江一石不可能与胡灵有什么肉体关系，但她是个不太会处理心理负担的人，她既不善于给别人台阶下，也不善于给自己找台阶下，而在性格上，她又是一个黑白分明的人，对某些事情的看法单纯到幼稚。

"不想干了，想去休假，这破单位！"何梦瑶坐下来，甩出这句话。

"挨批评了吧？"江一石从厨房里端出热饭和热汤。

"我没什么，就是最后被恶霸老板强制性地在一个声明上签了个字。那杨柳和宁子烟可就惨了。杨柳被骂跑了，宁子烟被骂哭了。这龙总可能真是老了、僵化了，做这倒行逆施的事还不让人说话。"

江一石坐下来，有些意味地看着她。"看什么看？去拿红酒，我今天要喝点儿酒。"

难得看到何梦瑶如此，江一石既欣喜又担忧。喝酒时，何梦瑶又把禁网的事连带上次封面官司被龙昆仑罚款的事骂了个透，最后说："这种老板，不值得为他卖命，我想好了，我们近段时间就争取要一个孩子，生了孩子，我就调其他刊社去，不在这破单位待了。"何梦瑶是那种听风就是雨的人，吃完饭就去洗了澡，并让江一石碗筷也别收拾了，赶快洗完澡与她一起"造人"。

这是何梦瑶第一次主动要求，虽然目的是"造人"，但江一石仍然喜不自禁。然而，当江一石洗完澡光溜溜进卧室时，情况瞬间发生了变化。他以为何梦瑶会是在被窝等他，但他进卧室时，却发现情况大不一样。何梦瑶整齐地穿着睡衣，直直地坐在床上，手里拿着一张稿纸，愤愤地瞪着进卧室的江一石。看何梦瑶如此，江一石早明白了何梦瑶变化的原因。他扯一截毯子，盖住自己。

"这小字报一开始在我梳妆台抽屉里，怎么跑到洗手间里去了？"何梦瑶摇着手中的纸问，"你还真是老奸巨猾、深藏不露呀。我说了那么多，你一句不附和，敢情是想明天就拿了这个去告密吧，看你就是一副叛徒嘴脸！"

江一石又好笑又好气："我会去告老婆的密？你脑子进水了吧？对禁网的事，我的反应虽没你们强烈，但也不至于去告刁状吧，你把我当什么人了！"

江一石的话，让何梦瑶情绪缓和了些，腰也没挺那么直了。"你还真加入'反禁网同盟'了？"江一石一边说一边将手从何梦瑶睡衣里伸了进去，但被何梦瑶立即拉了出来。

"这小字报不会是你起草的吧？"江一石问。

"是又怎么样？"

"不会是，我看见那笔迹不是，只是圈改的笔迹是你的。你们还真是勇敢。"江一石笑着说。后面一句话让何梦瑶彻底放松了，没有再阻止江一石再次伸进来的手。

"你们反禁网同盟有多少人，我怎么一点儿不知道？"

"他们说了，你、胡灵，还有那个西门红都是最没原则的走狗，所以都叮嘱我，不要告诉你。"

"那宁子烟和杨柳，他们也是同盟里的人？"

"无可奉告。"

"好，好，不奉告，我们造人。"江一石说着推倒何梦瑶，何梦瑶挣扎着把他推了下来："去，一点儿兴致都没了。"

江一石说："我说一事，你肯定就有兴致了。"

"什么？"

"我也加入你们的同盟！"

三十　王道被林子峰紧急召回

龙昆仑提拔《侠世界》编辑部副主任周一周为执行主编。

这个决定是在网上和南方一家报纸出现"反禁网同盟"的文章之后，龙昆仑迅速作出的反应。

周末过后的周一早上，一楼的告示栏，出现了两张八开打印纸，一张是著名网站"锋网"上的一个截图，标题是：《〈侠世界〉老总禁网，滑天下之大稽》，另一张是南方《元辰报》上的一篇文章的复印稿：《〈侠世界〉禁网？传统媒体的抗争？》

网上的文章，宁子烟在周六就看到了，而且她发现另外有几家网站也转发了。看到后，她焦急地给龙昆仑打了电话，但龙昆仑没接。早上上班，看见有人贴出了复印件，而且有一篇竟是一家公开出版的报纸发的，她顿时有些担忧。一上午，办公室居然没人处理张贴的这两张复印报纸，她火了，给董军打了个电话，董军说："我们是要撕下来，可龙总死活不让撕。"

宁子烟说："你们是死人呀，他不让撕就不撕了？刊社内部无所谓，外面来拜访的人呢，万一有领导来呢？像什么样？你们赶快把它撕了，谁怪罪，就说是我撕的！"

给董军打完电话，宁子烟又给分管办公室的杨天津打了个电话。杨天津对此事也颇恼火，说："谁这么缺德，自己家里的事，闹一闹也就罢了，还捅到网上和报纸上了。"

宁子烟说："龙总不让撕，我强行让董军他们撕下来，你管他们，我侵你的权，所以，希望你理解。"

杨天津说："理解，理解，我这就督促他们去撕下来。"

龙昆仑拿了周一周的任命函，直接去了《侠世界》编辑部。杨柳不在，让人打电话给他，他始终不接。

龙昆仑召集侠刊社全体人员开会，宣布了对周一周的任命，最后说："杨柳被文联派到宜昌下面的乡镇搞'奔小康扶贫点'，所以，任命过后，周一周全面负责《侠世界》。"

　　周一周大学毕业到侠刊社不到四年，便由编辑部副主任直接提拔为执行主编，并且全面负责，这不能不让所有编辑感到意外。

　　杨柳手下一直空缺中层干部，王丹怡去《打工故事》后，他始终一人硬扛，不提编辑部中层干部，周一周副主任的提拔，还是龙昆仑催促几次，杨柳顶不过，才勉强提拔起来的，这次，非常时期，龙昆仑终于明白了他的用意。

　　龙昆仑从《侠世界》编辑部回到办公室，立即亲自打电话叫来了王丹怡。他原来的计划是让王丹怡去《侠世界》接替杨柳，因为相对《打工故事》，《侠世界》确实要重要得多。但他隐隐感到在王丹怡这边可能会遇到阻力，这次反禁网，除了江一石与胡灵，他最信任的便是王丹怡，但王丹怡到底是杨柳一手扶起来的。果如他所料，当龙昆仑提出让王丹怡接替杨柳去《侠世界》当主编时，王丹怡万般为难地低着头，一直不答话。

　　龙昆仑说："我也知道，你是杨柳培养起来的，让你去接替他，你心理上无法接受，觉得有踩师父上位之嫌，但这不是非常时期吗，杨柳要下派乡里驻队。其实从个人发展考虑，《侠世界》到底是我们刊社的重头刊。"

　　龙昆仑说了半天，王丹怡咬着下嘴唇就是不回话，若换成其他人，龙昆仑早就发火了，但对这个平时十分听话的小丫头，他居然发不出火，而且有点儿同情她。在龙昆仑的心里，王丹怡若毫不犹豫地欣喜应承，反而可能会让他对她低看。

　　龙昆仑叹口气，又说："要不，这样吧，那周一周每次送清样，你先看一下，把一道关，再送我这儿。那个周一周，虽然把他提拔成了执行主编，但到底还是太嫩了。"

　　王丹怡仍不作声，过了一会儿，才抬起头，小心地看了一眼龙昆仑，说："好吧，听龙总的。"

王丹怡刚走，杨天津便匆匆忙忙过来了，不等她说话，龙昆仑便说："上次文联说让支持一个人去宜昌的乡村蹲点扶贫？名单报了没有？"

杨天津："报了，让看门的胡师傅去，其他地方确实抽不出人。"

龙昆仑说："让他们把名单换一下，他们不是要一个会写材料、值得培养的人吗？换成杨柳。"

"杨柳？"杨天津像是没听明白，但看一眼龙昆仑，又明白了。

杨天津焦急地来找龙总汇报，说的是资金出了问题的事。她告诉龙总，快到月底了，不知为何发行那边钱只收回五六十万，往月同期起码三百万到账。而且，本月结了一大笔建筑款，印务公司那边因为纸张可能涨价，所以让提前支付了印刷款用来备纸，如此，刊社出现了资金十分紧张的状况，发行公司若收不回钱，发工资都会出现问题。

龙昆仑忽然想到上周文联杨主席打来电话，让解决六十万，用于解决文联退休老职工的津补贴的事。说一周内务必解决，龙昆仑因事一多把这事给忘了。他把这事告诉了杨天津。

杨天津说："这事肯定没办法。"

杨天津话音未落，文联杨主席的电话来了，龙昆仑接了电话，听了不到一分钟，脸色变阴沉了，显然，对方口气不好，他"哦"了两声，突然语调变高地说："急有屁用，解决不了，没钱！"转过身来，想起杨天津的话，问："那发行公司什么情况？到现在只到账六十万？江一石和胡灵呢？"

"听田小草说，发行公司'包加包'受到经销商的联合抵制，他们也搞了一个什么'反包加包同盟'，他们联合抵制，不向我们汇发行款。江一石与胡灵已分头带人去全国各地催款了。"

"这都是些什么鬼事！"龙昆仑气得狠狠地拍起了桌子。

杨天津临走时，小声问龙昆仑："那文联的事，还想办法解决吗，催得那急?"

"解决个毛!"龙昆仑说，两眼冒着怒光。

过了两天，刊社一楼的通告牌上又贴出一张"锋网"的截图，标题是:《向黑心刊社〈侠世界〉讨生存》。近两天，关于《侠世界》禁网的事被炒作得很厉害，跟帖无数，嬉笑的，怒骂的，同情的，支持的，比比皆是，甚至掀起了网络大讨论。有人别有用心地挖出了龙昆仑离婚的事，有人还发出了"龙昆仑的小三乃侠刊社高层人员"的帖子。因为龙昆仑不上网，所以，这些乱七八糟的网上文章，他也算是眼不见心不烦。最让他焦躁的是"包加包"引发的全国众多经销商联合抵制上交发行款的事。

他站在一楼告示牌边，仔细地读了这篇所谓"反包加包同盟"发在网上的文章。他现在已经可以明确地认定，将这篇文章贴在这里的人就是杨柳。因为这篇文章与反禁网没有关联，只有对他恨之入骨的人才会一再用这种下作手段，其目的就是损毁他。

杨柳最近一直未露面，他给杨天津打了个电话，请了年休假，说自己在外地。龙昆仑上楼给江一石打电话，电话不通，快到中午江一石的电话才回过来。

江一石在电话里吞吞吐吐，说"包加包"确实让经销商损失很大，仓库里积压的刊物确实很多，若不及时调整一下政策，恐怕还真会出问题。

龙昆仑火了，问:"你什么立场?是站在经销商立场，还是站在我们刊社的立场?'包加包'是你与胡灵搞的，这还不到大半年就推不下去了?你怕那些网上文章，还是怕那些经销商不给钱?没事呀，那些什么'讨生活'的破文章都贴到我们楼下了。一帮小人，我怕他，阴暗腌臜!越如此，越不能认厌。那些经销商，凡不交钱的，就换，不是有他们交的保证金吗?不交钱的就用保证金冲抵，我们的刊物，哪一本不是各地抢着要代理，怕他们?"龙昆仑气咻咻发一顿火，不等江一石再说什么，"啪"的一声把电话压了。

周五快下班时，林子峰亲自用手机给龙昆仑打了个电话，之前，杨主席给他打了两次电话，他都未接，他知道是为那六十万的事。铃声响了许久，龙昆仑才无奈地接了电话。

"忙吗，龙社长，有没时间？"林子峰温和的语气，让龙昆仑不自觉地重新看了一下来电的电话号码，他设想的这个电话，林子峰应该是讥讽和恶骂他一顿，没想到林子峰的语气是这样的。

"若不忙就来我的办公室一趟，行吗？"林子峰继续说。

到了林子峰的办公室，林子峰正接电话，他指了一下沙发，让龙昆仑坐下来，茶几上有他提前给他泡的一杯绿茶。

打完电话，林子峰拿一个文件夹递给他，文件夹是侠刊社的文件夹，里面是他全看过的"反禁网同盟"的小字报、大字报，网上和报纸上的文章复印件，包括那篇《向黑心刊社〈侠世界〉讨生活》。

龙昆仑苦笑一声，说："都看过，是杨柳拿过来的吧？"

"我觉得杨柳这次向我反映情况没什么错，刊社出了种种问题，一个负责任的员工向上级领导反映情况，希望上级领导能够管一下，这是没什么问题的。当然，你把他下派到乡镇锻炼，也没错，年轻人嘛，多多锻炼，总还是好的。"

林子峰讲话慢条斯理，让龙昆仑极不适应，林子峰从未用这种口气与他说过话，周密而严谨。

龙昆仑冷笑着说："这个人是个人物，是大人物。"林子峰讲话时，目光一直游离在龙昆仑头部的上面，听龙昆仑说这话时，他的目光才游离下来，也只是快速从他脸上掠过。

"我觉得看人还是应该往长处看，当领导更多的应该顺应民意，做生意更应该讲求互赢、讲求长远。"林子峰开始绵里藏针。

龙昆仑被憋得厉害，他希望林子峰大发雷霆，把他臭骂一顿，或者两人争个面红耳赤，但林子峰用这种既居高临下又严不透风的语气，让他的心都寒了，一下子把他们长期以来的亲密关系拉得很远。

龙昆仑有些恼怒，但又不好发作出来，所以只垂着头，满带情绪地说："领导说什么，就是什么吧。"这时，林子峰又来了电话，他对龙昆仑说："没什么其他要说的了，你走吧。"

龙昆仑坐着不动，待林子峰要接电话时才站起来，对林子峰说："那六十万，一时确实没办法解决。"

林子峰的脸上迅速闪过一丝阴沉，他压着电话话筒，对他说："没事，你先回去吧，这些年你也够辛苦了，也该休整一下了。"说完这话，他的脸已完全黑了下来。

周日，龙昆仑去单位看了一会儿清样，但心里乱得厉害，实在看不下去。他要了单位的车钥匙，然后开着车漫无目的地在路上跑。到了东湖的磨山，他将车停了下来，然后坐在东湖边的石磴上抽烟。他的烟癖是离开宁子烟后才养成的。

深秋的湖面，泛着青光，湖边垂柳早已失去了春夏的精气，稀稀地垂着头，露出一种被遗弃的苍凉。远远望去，能够望见湖隐岛朦胧的岛影，那岛影在龙昆仑的眼睛里慢慢变得清晰，他回想起几年前他在湖隐岛第一次与王道见面时的情形，那酒桌上欢快无比的笑声似乎顺着从湖心扩散开来的涟漪，慢慢浸入了他的身体……

龙昆仑忽然给自己做了个决定，这个决定，让他低落的情绪泛起了一丝温暖，他长长地吐了一口浊气，转身上车，踩下油门。他决定去鄂州，去印刷厂看王道。

王道早晨九点才被华小美叫醒，华小美的敲门由"敲"到"砸"，一边砸，一边喊他起床上工。王道恼火地骂："你个小蹄子，一大清早就要拆房子不成。"

来到印刷厂，王道早没了周末休息的概念，起得晚，是因为昨晚上睡得晚。昨晚他从江城回来，差不多到了深夜两点。

昨晚在厂里与工人们一起吃完晚饭已到了八点多，他在彩印车间忽然接到省文联主席林子峰的电话，走出机器喧闹的车间，他才听清林子峰是要他尽快去他的办公室一趟。

王道说："林主席，我在鄂州的印刷厂里呀，过去起码两个小时。"

林子峰说："那你赶快出发，我在办公室等。"王道蒙了，隐约感到肯定有什么特别重要的事。他急忙去找华小美借车。

车到厂门口时，被华小美拦下了，不等他反应过来，她便上了副驾驶，说："不放心，与你一起去。"王道说："林主席是找我，你去干吗？"一边说着，一边还是挂上了前进挡，"我一大男人，有什么不放心的？"

华小美说："你别自作多情了好吧，我是对我的车不放心！"

王道说："我说你没那么好的心吧。"又吸着鼻子说，"你从外回来那么长时间，也没洗个澡，一声臭汗气，熏死我了。"

华小美揪了王道的衣服一下说："说我，你还不是一身臭味。"

林子峰是因为第二天出差，所以急召王道，而他说的事，让王道吃惊不小。

他说了一大堆龙昆仑狂妄，目无领导，压制下级，不走正道经营，把刊社搞得乌烟瘴气的话。他说："连分管你们的杨主席，他也敢骂，这人狂妄到什么程度了。他以为他在全国有影响，出了大名，就不知自己几斤几两了？总还是在共产党的领导下吧。现在刊社被他管得一塌糊涂，整个刊社的人都在集体反他，他还管得下去？"

王道第一次看见林子峰如此的恼怒和激愤。最后，林子峰让王道尽快把印刷厂的事交接好，准备回来主政。

平时十分冷静缜密的王道，被林子峰这一番宣泄，弄得六神无主。一时间，他的眼前似乎闪出了极强的光，照得他睁不开眼睛。他差点儿被这巨大的馅饼砸昏了头。

龙昆仑在侠刊社禁网、发行上的"包加包"出了问题，王道也知道一些，但他不知事情闹得如此严重，甚至让一直十分支持龙昆仑的林子峰都对龙昆仑如此失望。

他快速整理自己的思维，思考着自己应该有的态度和看法，他知道，自己这种时候的表态太重要了。他终于克制住自己那一瞬间的权力欲望，让自己清醒下来来面对正在气头上、多少有点儿感情用事的林子峰主席。

"发什么愣？我在等你说话呀。"林子峰看着王道说。

"林主席是想把龙总免职还是把他平职调动？"

"免什么职，他的错误还没到这种程度，文联这边的秘书长刚调走，缺一个秘书长，让他干，按级别还算对他提拔。"

"林主席恐怕还不知道吧？我现在就是一个厂长，不但不是副社长，连社委会成员都不是了。"

"所以，你说这龙昆仑搞的什么名堂，在他眼里就没一个有能耐的人。这么大的事居然也不给我汇报一声。"林子峰又一次愤慨起来。

"林主席信任我，让我现在回来接替龙总恐怕还真有难度。"王道的话让林子峰冷静下来，他思考着，自言自语地说："现在杨天津和江一石是副社长，按常理调走了龙昆仑，应该是他们俩其中一个出来牵头。可他们两个都不行，杨柳就更不能当一把手呀！"又说："你王道也是，他龙昆仑免了你副社长，怎么也不来给我汇报？我会让他龙昆仑想怎么干就怎么干？狂妄至极！"

王道说："当厂长是我主动要去做的，辞掉副社长和社委会成员也是我主动要求的，还真不怪龙社长。"

"没有原因，你会主动去当什么厂长？他龙昆仑的霸道我还不知道，什么时候了，还帮他说话。"林子峰沉默了一下，接着说：

"要不这样，先把你调回来，任常务副社长，调走了龙昆仑，你牵头，搞几个月，再进行一次全文联系统的竞聘，我不相信到时你不能正常顺位。"林子峰的话，让王道眼睛里放出光，他知道，他对权力的欲念又在往上升。但很快，他又压住了这种冲动，他知道，于情于理，他都不能顺着林子峰的思路走。

王道说："林主席这些年一直对我器重有加，我心里是十分感激的，但林主席这样操作，我还是怕对您不利，因为不管是侠刊社，还是文联，都认为我是因为您的赏识才调到省里来的，我们的关系，我们自己都很清楚，清水一样，但我就怕别人不这样想呀。另外，在这种时候接替社长，我心里的这个坎，也过不去呀。"

王道十分真诚的话让林子峰也有些感动。他看着王道，陷入沉思和犹豫。

王道感到林子峰对下定决心来要做的事，表现出了迟疑，于是又接着说："其实平静下来分析一下这事，还应该有另外的处理办法。"

林子峰看着他："说。"

"我觉得龙总这次禁网遭到大家联合抵制，包括'包加包'产生的问题都只是管理和经营理念层面上的问题，这是可以调整的，只是这些年他太过成功，养成了固执和霸道的性格，所以听不进别人的意见。我想，如果我回来做他的副手，我是可以说服他的。另外，龙总为了刊社还真的可以说是呕心沥血，他的那种工作态度，可以说在期刊界，没有几个人比得上，而且他的开拓精神、开拓能力、所取得的成效也都是有目共睹的，若这时把他调走，肯定会引起一些非议。"

王道说这些话时，明显感到了林子峰脸上的不快，于是停了下来，说："这些话，请林主席相信我，我真的没有任何立场，也绝对不是帮龙社长说话。"林子峰理解地挤出一丝笑，带一点儿讥讽的口吻说："你个小年轻，这些年思想变得老到和成熟了。"

王道歪着头问："领导这是夸奖我还是批评我?"

林子峰看他一眼："你自己去理解。"气氛缓和了些，林子峰的气似乎也消了些。他看看手表说："不早了，你还要回鄂州，就先这样吧。"然后站了起来，伸出手，王道连忙伸手握住。林子峰说："太晚，路上还是要注意安全。"把王道送到门边，又说，"尽快回来。"

王道下楼找到华小美的车，她已在副驾驶上睡着了，王道叫醒她，说："到那边去开车，我累死了。"

华小美惺忪中看到王道一脸疲倦，连忙下车。她坐上驾驶座，发动车。

看见王道坐在副驾驶座上瞪着眼，愣愣地不说话，华小美有点儿发慌，关切地问："怎么了? 挨林主席的批评了?"

王道缓过神，忽然抓住华小美的膀子，狠狠地捏了一下，以至于让车子差点儿跑偏。

"你发疯了!"

华小美慌乱中控制好车子，扭过头看着王道："肯定是什么喜事，这么兴奋!"

王道对自己的失态有些不好意思，说："谈不上喜事，谈不上坏事，就是觉得被领导器重，特爽!"

"你爽，就敢对我耍流氓了，流里流气，还一身臭味儿。"华小美有点儿撒娇地说。

"我身上真的很臭吗?"王道一边上下嗅着自己，一边自言自语说，"难怪我一靠近林主席说话，他就皱眉头。"

王道开了门，华小美拿着两根油条和一碗稀饭走了进来，说："睡得像死猪一样，叫都叫不醒。"又说，"你说天底下哪有我这样对你好的人，昨晚睡那么晚，一大早还帮你去端早点。你以后叫我妈得了。"王道没醒透，但仍四处找手机，说："今天我一定要去见龙老大，要不，你还是和我一起去？"

"鬼，昨天我给你说了，你忘了，今天那个《汉诗》的什么主编，一定要见你，说他的刊物是冲着你才从那么远过来让我们厂印的。"

王道"哦"了一声，说："要不通知他改时间吧。"

"改什么时间，人家已在厂办公室等你了。"

《汉诗》的张浩主编与王道是校友，低王道两届，王道在学校闹得风生水起时，他还只是个爱诗者，近几年，他出校后，诗歌创作大爆发，获奖无数，成为江城诗坛顶尖的人物。因为确实是心中有事，所以，王道只得草草与他谈定了印刷合同，然后让手下人带他们去马飞的农庄钓鱼吃饭。

打发走张主编后，王道立马拿出手机，给龙昆仑打电话："龙总在家吗？"

"在呀。"电话那边，龙总停顿了一下回答。"我有点儿事想见您，方不方便？或者，我和华小美现在出发，中午在您家附近找家馆子一起吃个饭，可以吗？您把宁主编叫着一起。"

龙昆仑那边又停顿了一下，说："可以呀。"

王道与华小美上车，刚发动车，忽然有人敲车玻璃，王道侧脸一看，惊了一跳："龙总？"

华小美兴奋地先跳下车，上去就抱住龙昆仑的一只胳膊："龙总是神仙呀！几分钟就飞过来了。"

王道也兴奋无比，上去抓住龙总的另一只胳膊。许多天的烦闷压抑，在这温情的一瞬间，全消失了，龙昆仑看着他们不带任何做作的欣喜和亲近，眼睛甚至都有点儿湿润了。

华小美跑到龙昆仑停在不远处的别克车边，拉开车门，发现车里没人，然后转身大声问龙昆仑："怎么子烟姐不在车里呀，她去哪儿了？"

王道看见龙昆仑眼里闪过一丝忧郁。龙昆仑说："别找了，她没来。"

中午在厂里喝了酒，龙昆仑去王道的宿舍休息。进了房间，龙昆仑便皱着眉头说："外表看着挺光鲜的一个人，怎么房间里搞得又脏又乱？"坐下来，又说："这华小美也是不关心领导，也没说来帮忙收拾一下。"

"她帮我收拾？她的房间比我的还乱。"王道笑着说。

龙昆仑借着酒劲，将最近刊社发生的一些事一股脑儿地给王道说了，说到激愤处，还骂起了脏话。

说到宁子烟，龙昆仑咬着牙说："宁子烟现在变得让人不认识了，她现在与杨柳穿一条裤子，原来我就觉得他们好像有点儿什么，这次，我看是公开暴露了。"龙昆仑对宁子烟有如此深的误会，王道真有点儿为宁子烟担忧，但龙昆仑一直在说，王道几乎插不了话。

"杨柳这次是彻底反了，他拉起'反禁网同盟'，现在有一批干将，包括宁子烟，应该还有田小草，因为那些发行的事，包括现在又搞出来的什么'反包加包同盟'，只有她才知道得那么清楚，杨天津参加了没有，现在还说不定。"趁他喝水、换气之时，王道说："其他人，我不敢说什么，但是宁子烟，你绝对是对她有误会。龙总，你听我的，我敢把人头放在这里说话。"

因为王道十分肯定和坚决，龙昆仑"哦"了一声，脸色也缓和了一些。

王道又将昨晚上林子峰主席急着找他的事给龙总说了，当然，他省去了要调龙昆仑走让自己回去主政的话。龙昆仑本来有点儿疲惫的眼睛睁大了。他似乎也感觉出了，林子峰深夜找王道回江城的深层含义，对王道的坦诚，他心里有不少的感激。但他嘴上却只是说："就为退休老同志六十万的津补贴，他也做得太绝了，像黄世仁逼杨白劳一样。我欠他们的？我们工资都快发不出来了！"

王道终于明白林子峰昨晚上发怒的缘由了，原来还有这一出。

显然，这事又大大挫伤了龙昆仑，他的情绪一落千丈。

他对王道说："你先出去吧，我在你这儿睡一会儿。"

下午，王道与华小美陪龙昆仑去了黄花坳，先去了马飞的农庄，然后又去黄花塘钓鱼。

钓鱼回农庄的路上，西天忽然出现了十分美丽的晚霞，虽然是秋天，但黄花坳的远山和近树，在彩霞的映衬下仍是美如幻景。龙昆仑说："难怪你愿意待在这里，再坏的心情，在这里也会心旷神怡呀。"

王道看着龙昆仑，虽然他眼睛里仍藏着深深的忧郁，但脸上绽开了释然的笑容。

"龙总也成诗人了。"王道说。

晚上，在农庄吃了饭，龙昆仑便与石光华摆开了象棋，开始厮杀。王道有点儿糊涂了，小声对龙总说："天这么晚了，开车不安全呀。"

龙昆仑装出不高兴的样子，说："这是马飞的地盘，你有权力赶我走？我今晚上不走了。"

王道说："明天是周一，您不上班了？"

龙昆仑说："上屁班，看见那些人，那上班像上坟的表情，我就心烦得要死！"

马飞吩咐李飞去拿了一把高档套间的钥匙给龙总。

龙昆仑立马说："晚上我去印刷厂睡，你这里太豪华，不习惯。"

王道说："印刷厂没有多的房间，你总不会想和我挤一张床吧？"

龙昆仑说："别说得那么恶心，我睡你的房，你去其他地方想办法去。"

王道对华小美说："你在农庄不是有住房吗？你把房腾出来，让龙总住。"

华小美看着王道，有点儿犹豫。龙昆仑说："你个大男人，这磨叽，我住你房，你睡华小美的房，就这么定！"

华小美对王道扬着眉毛说："你睡我的房，有个条件，不许在房里抽烟！"王道说："你拉倒吧，房里乱糟糟的，正该用烟熏熏，消消毒。"

马飞笑着说："王厂长住小美的房，只怕一个月，小美都不会再开窗户。"华小美奇怪地问："为什么不开窗？"马飞点着华小美的头："我不知道你，你怕王厂长的气味跑了呀。"说着哈哈笑了起来。华小美挥起粉拳要打马飞。

王道说："马老板可不能这样说，我，中年已婚男一个，别人可是黄花大闺女。"华小美对马飞喊："我就是喜欢他的气味，怎么样？气死你，羡慕死你。"马飞说："小美的天真才真是羡慕死人，你以为你喜欢的东西，天下人都喜欢？"

侧脸看着王道，又看看华小美，龙昆仑的眼睛渐渐地暗了下来。

周一一大早，王道便让华小美组织几个人，兵分几路，分别去几家大的印刷客户处催款，务必在两天内催回一百万，他说龙总和刊社遇到了大坎子，这时，印刷厂必须全力帮助龙总解决资金问题。

几路人马走后，王道去了仓库，盘了囤的纸，他要亲自去其他印刷厂，把之前为防止纸张涨价而囤的纸卖出去，尽快回钱。

路上，他又打电话给马飞，让她把石光华送过来陪龙总。一切进展得很顺利，到了下午，几路人马回来，大家把转账单凑在一起，加上王道卖纸的三十余万，共一百二十五万。

王道正要打电话给龙总报喜，龙昆仑的车从农庄回来了，他急急地下车，对王道说："把厂里的中层人员全部召集起来，我要说几句话。"

人员到齐，龙昆仑只说了两句话，便让人散了会。他说的是："刊社出了状况，王厂长回刊社任职。华小美任厂长，全面负责。"

清理行李时，王道问龙昆仑什么情况。龙昆仑说："收到律师函，要我们赔一千万，还是杨柳那破人发的那篇《酒王沉浮揭秘》的文章。这事捅到了国家报刊管理总局。妈的，杨天津也打来电话，说几个地方的经销商拖了六卡车的积压刊，堵在文联大院，那边炸了锅。"

龙昆仑声音变得苍白无力，他的精神几乎垮了，直直地看着门框说："这次，天可能真要塌了！"

龙昆仑的车子周围围了许多人，显然，他们是要来给王道送行。

华小美站在最前面，她眼睛直直地看着王道把行李放进车子后备厢，待龙昆仑上车，坐上驾驶座。

王道摇下玻璃，与围在两边的工人们招了下手，眼光落到华小美脸上时，停顿了一下，华小美一动不动，直勾勾地看着他，眼泪从眼睛里溢了出来。

王道发动车子，秋天的残霞，有几丝从车窗外折进了车子里。

第四章

三十一　宁子烟欲斩断情缘

龙昆仑、王道、宁子烟从陕西回来的第五天，文联便下发了关于湖北侠世界有限公司总经理的竞聘通知。这件事，龙昆仑在陕西时，文联主席林子峰就跟他通过电话。龙昆仑说："侠世界公司注册几个月了，是个空壳，是为了配合总局改革试点临时注册的，上面就那么一说，现在也没什么动静，有必要设总经理吗？还竞聘。"

电话通了十几分钟，显然，林子峰没有说服龙昆仑。龙昆仑关了电话，满是怨气地说："这林大主席，也不知伤了哪根脑筋，荒唐事一件接一件。"

在西安机场等回程飞机时，看着全身松弛的龙昆仑，王道说："要不要给林主席打个电话，报告一下《酒王沉浮揭秘》诉讼案的解决情况？"

龙昆仑正痴痴地看着打水回来款款而来的宁子烟，头也不回地敷衍道："要打你打，我懒得搭理他。"

王道给林子峰主席电话汇报了在陕西处理《酒王沉浮揭秘》诉讼案的详细情况。林主席很高兴，说："我就知道龙昆仑会带你去，这种事他搞不定。上次那经销商几卡车堵文联大院的事，没有你回来处理，我看他龙昆仑也未必能搞定。"

处理卡车堵大院的事，王道确实处理得很漂亮。在从鄂州回江城的车上，他被龙昆仑指定回去的第一件事便是全权处理这件事。

王道问明情况后，简单地向龙总说了他的处理办法，说得龙总频频点头。他又在车上打了十几个电话，让江城的几家收旧刊过刊的老板迅速赶到侠刊社。

到了侠刊社，他将那几个押着卡车来侠刊社闹事的经销商与几个已提前到侠刊社坐等王道的收旧刊的老板一起叫到刊社会议室，因江一石与胡灵未回，他亲自通知了西门红和出版部的余大朋及财务室的会计田果一起到会议室。

那些老板均与王道熟悉，也知道王道现在的身份。王道说："大家知道，我就一印刷厂的厂长，而且这厂长，两小时前也被我们老总给撤了职。"王道的第一句话便让在座的人笑了，让紧张的气氛松弛下来，"在回来的车上，老总指定我来全面负责处理这件有点儿棘手也可能会伤害在座的不少人利益的事，在座的都是我的兄弟，给我点薄面，谈事时声音可以大一点儿，但不要骂我老娘，我老娘年纪有点儿大，而且与这事没有毛关系。"

在座的有人说："王总是我们的好兄弟，不像有些黑心肺的半吊子领导。在你面前，我们不会骂娘的。"

王道笑一笑，用手给说话的老板做了个敬礼的姿态。

王道又说："我说三个解决方案，与在座的一起捣鼓捣鼓，我全说完，再一起捣鼓。第一，我叫来了几个收过刊的老板，你们应该知道收过刊的行情，一般收购价是刊物标价的百分之二十五到百分之三十，当然，你们的刊很新，我知道有些甚至没拆包，价格可以与他们再谈。"这话刚说完，便有经销商插话了，说："百分之三十，我们不亏大了，王道兄弟。"

又有收过刊的老板说："王总有点儿不知行情呀，今年的过刊收购一般在百分之二十到百分之二十五。"

王道用手压一压，接着说："第二个方案，我把广告公司的西门红经理叫来了，还叫来了出版部和财务室的人，我可以让负责广告的西门红经理收购一批你们手上的刊物，让在刊物上登了广告的广告商买单，有他们的广告，他们买回去做产品附送刊物。这事只向龙总汇报过，没提前与西门经理沟通，西门经理，不知可不可行？"

西门红连忙站起来，说："完全可行，我会立马配合。"

王道点点头，又说："不得不告诉你们一个收购的伤心价格，那就是按成本价收购，这是龙总给我的权限，没办法。广告这边数额有限，我还可以让胡灵经理的邮发公司收购一些，快到订刊季节了，给发行局寄样刊也总是要不少样刊的。"

有经销商立即站出来反对，说："王总虽然确实是要帮我们解决问题，但这两个方案也太没诚意了，我就事不就人，王总管发行，待我们不薄，刊社这方案，自己不愿放一点儿血，那怎么解决问题？还有，这胡婆娘做的'包加包'不改变，以后怎么办？我们商量好了，若问题不解决好，我们不会走，反正大家一起在这里耗着！"

另外几个经销商也跟着一起附和。王道用手再次压压说："别急，别急，我还没说完。我说第三个方案。第三个方案就是将积压的刊物做合订本。可以半年一套，或者全年一套。大家知道合订本在市场上蛮好卖的，不讲时效，长的可摆着卖一年。不过合订本，我必须强调一下，各省的只能在本省卖，不能冲其他省的货。"

第三个方案让在座的经销商一下安静了，几个人开始小声议论。

王道说："湖南的龚总做过合订本，你可以告诉他们情况。"

龚总站起来说："侠刊社所有刊物做合订本确实都好卖，但这是要与刊社签协议还要交钱的呀。"

王道说："钱肯定是要交的，这是刊社规定，我不能因为你们是我兄弟，就破坏规定，但特事特办，我可以向老总为大家说情，一万套合订本交一万块钱，交钱便立马签销售协议。"

又有人提问："不少合订本你们都签了全国总代了呀。"

王道说："所以，你们的合订本不能出省呀。这方面，我们会去与他们沟通。好在今年上半年的合订本还没出，我们停了不就行了吗？这方面，我们刊社是出了大血吧！"其实之前王道早算过，合订本不做全国总代，做全省的，按一万套一万块收费，刊社的利润更大。几个经销商对这个办法有兴趣，讨论了半天，都同意做合订本，而且其中两个还准备去路过的省收积压刊。

王道又给他们提了个建议，拖来的刊可以直接拉到侠刊社印刷厂做合订本，而且他还当场承诺，加工费不管多少，他都会让印刷厂减百分之十。

办完手续，吃完饭，六台卡车便轰隆隆出文联大院朝鄂州驶去。

王道向龙昆仑汇报了整个处理情况，龙昆仑少见地露出开心的笑，说："来闹事的六辆卡车，开开心心地交了几十万块钱，又开开心心地走了，还让华小美的印刷厂再赚一道钱。"

王道给龙昆仑递一根烟："是呀，怎样，这事处理得还行吧？"

龙昆仑说："事处理得又快又好，确实有本事，怎么这主意，江一石就想不出！"

王道说："他肯定有过这想法，只是觉得'包加包'给刊社惹了事，不敢提，再说这车子不堵文联大院，就是我提你会同意？"

王道又说："我可是向他们承诺了，一定会调整'包加包'政策的。"

龙昆仑说："在个小印刷厂做主做惯了？在我这儿也开始做主了？屌毛长长了？"这话让王道感到他们又回到几年前的那种相处的轻松状态了。

王道说："刚帮你办完事就翻脸不认人了？老大也得听小弟提建议不是。"

龙昆仑说："好好，这事以后再说。事办得不错，晚上请你喝酒。"

王道说："喝酒可以，得叫上宁主编。"

龙昆仑脸沉下来了，说："叫她干什么，你不知道我最近讨厌这个人？"

王道说："那就算了吧。我得回去把那个脏窝清理一下，长时间不住人了。对了，老大得通知一下董军吧，把我厂长撤了，回来总得给我安排个座位吧。"

龙昆仑说："安排个毛的座位，明天就得陪我去陕西，处理那个'酒王'的破事。"

王道走到门口，又被龙昆仑叫住，说："晚上真不一起喝酒了？"

王道说："要不，我给宁主编打个电话。"

龙昆仑沉默了一下，最后说："你还是滚吧。"

第二天，到陕西西安刚入住宾馆，宁子烟敲门进来了，王道在卫生间，龙昆仑开的门，看见是宁子烟，又吃惊又尴尬，说："还以为是服务员，你怎么来了？"

宁子烟说："我比你们早一班飞机，住你们隔壁。"宁子烟说话时，眼睛不看龙昆仑，脸有点儿泛红。

王道从洗手间出来，说："昨天我去找宁主编，说了今天来办'酒王'诉讼案的事才感觉到，她还非得来，因为她在酒厂有熟人关系。"

宁子烟读大学时的辅导员刘天已在北京一家出版社当上了社长，他是陕西人，酒业公司的副总正好是他的中学同学。

事情解决得非常顺利，酒业公司的老总因为经济问题入刑，而副总是其一手提拔起来的，他也不愿把事情闹得满城风雨，而之前提起告状的是酒王的老婆和儿子，酒业公司对这篇文章也极其恼火，所以叫来律师走法律程序，又以公司名义给报刊管理总局去了函。而现在案件审理已涉及酒王的老婆与儿子，对告状之事，他们早已无暇顾及。正在全盘负责酒业公司的副总唯恐诉讼又在全国引起较大影响，内心里是不希望打官司的，现在，侠刊社的老总亲自来赔罪，又有老同学从北京打来电话，所以，怒气早消了一截，最后达成的和解协议对侠刊社的要求只有两条：一、在两家全国有影响的报刊刊登《酒王沉浮揭秘》的文章失实的道歉声明。二、收回市场的所有刊物，不得再在其他报刊、图书、影视等公共媒体刊登转发此篇文章。至于经济赔偿，在讨论时律师虽然多次提出，但都被副总压下来了，说："要钱就得打官司，我们公司也不差这几个钱，大家都不容易。"

不到一天时间，事情就圆满解决，王道兴高采烈。晚上吃饭时，王道倒了一满杯啤酒对宁子烟说："我给宁主编敬一杯，一千万的赔偿款，被我们解决了，宁主编，你立了头功！"又回过头对一直不大言语的龙昆仑说："龙老大，您说我这话对吧？"龙昆仑没有附和他，说："事情本来就是她搞出来的，有功有过吧。"

这话一出，本来脸上漾着喜色的宁子烟，脸马上沉了下来。她完全不给王道面子地说："要喝你自己喝。我没兴致！"

王道自顾自地把一满杯酒喝了进去，坐下来，高兴劲儿早消失得没影了。

三个人默默吃菜，都不言语。宁子烟忽然放下筷子，直视龙昆仑说："西门红推荐《酒王沉浮揭秘》这篇稿子，我们无法发，给了杨柳，这也成了我闹的事？前些年，杨柳推荐《金屋藏娇》给何梦瑶，出了事，你让他负一点儿责了吗？这做事断事，总不能前后不一吧。知道你是这样想，我真是傻大姐一个，昨天与王道商量半天，今天又一大早赶过来，这就叫自取其辱！"

龙昆仑躲开她锋利的眼神，说："今天若不是这样的结果，大家都不好过，那杨柳，什么东西！事情一个接一个，把刊社闹得乌烟瘴气，这么一个人，你还与他混在一起。"

"我与他混在一起？龙昆仑，你什么意思？禁网的事，我是好心，我劝你是为你好，在会上你就把我和他强拉在一起，好像是我和他搞的什么'反禁网同盟'。我一直都不明白，你到底是眼睛出了问题，还是脑袋出了毛病？"

看见宁子烟如此说，王道连忙制止宁子烟，说："这话可就没轻重了。"

宁子烟说："你不知情，少插嘴！"又逼视龙昆仑说："你一直如此想，既侮辱了我又贬低了自己，龙总，在这里，我可以发个毒誓，我要是像你说的与杨柳有半点儿不清的关系，今晚我从宾馆顶上摔下来摔死！"

宁子烟仿佛许久的压抑，一下喷了出来。她说得眼泪开始在眼眶里打转。龙昆仑不回她的话，只是长长地叹口气。他把杯子拿起来，与王道的空杯碰一下，然后，一口将啤酒喝完。

宁子烟放下筷子去了洗手间。回来时，龙昆仑与王道正说话，看见她来，把话停了。宁子烟整理了脸上的表情，坐下时，脸上甚至带着浅笑，她举起杯子，与龙昆仑碰一下，说："龙总，今天可能是最后一次与你一起喝酒了。我敬您，谢谢您这些年来对我的关照和厚爱。"说着端杯要喝酒，王道连忙用手把她拦住了："什么情况？像要远走他乡似的。"

宁子烟说："刘天他们出版社要创办一本刊物，请我去做主编，我昨晚上就答应他了。"说着推开王道的手，将杯中酒一饮而尽。

龙昆仑酒喝到一半，停顿了一下。王道看着他说："一杯苦酒难喝呀。"龙昆仑瞪他一眼："什么苦酒，这是喜酒，难道你不懂人往高处走、水往低处流的道理吗？"

看着龙昆仑把酒喝完，宁子烟站了起来，说："此处不留姐，自有留姐处。我吃好喝好了，你们慢慢喝，我先回宾馆了。"

宁子烟拿手包转身离开的一瞬，王道看见她的眼神又暗了下来。

宁子烟走远，王道对龙昆仑说："宁主编要走，你怎么一点儿也不沮丧呀。"

龙昆仑吃一口菜说："我才不相信她走得了。"

王道说："即使她走不了，你怎么也应该装出一副沮丧的样子吧。"

龙昆仑说："装什么装？虚伪！"

龙昆仑从陕西一回来，就被林子峰叫到了他的办公室。办公室还站着一个浓眉大脸、皮肤黝黑的高个子男人，林子峰指着他给龙昆仑介绍说："这是新调任文联的秘书长陶浪沙，从基层调上来的，以前做过国营企业的经理，特有经营头脑。"

龙昆仑与陶浪沙握过手后，林子峰说："文联党组作了调整，杨主席不再分管你们，由我亲自分管，陶秘书长具体负责与你们联络。"

龙昆仑说："那蛮好呀，小庙，大方丈管，提高了我们的档次。"

龙昆仑话里显然带着刺。也许是卡车堵门和"酒王"诉讼案都处理得让林子峰满意，所以，林子峰心情不错，也不大计较龙昆仑的话。他支走了陶浪沙，然后看着龙昆仑问："怎么样，王道回来了？"

"我们昨天一起从陕西回来的呀，不是还让他给您打了电话，汇报了情况？"龙昆仑不喜欢绕圈子，直接说，"您说让王道竞聘我们那个侠世界有限公司的总经理，但成立的这公司只是个空壳，钱没一分，架子也没搭起来，先任命总经理，这不太合适吧？"

"有什么不合适？现在中央文件精神都已下来了，体制改革，大部分文化事业单位都要转企，成立公司。"林子峰又说，"我们都年龄大了，干不了几年，你先退，我也晚不了几年，总得把年轻人培养起来吧！"

"若你想培养王道，给他任命个副社长，甚至社长，不就得了，绕这么个圈子，有什么意义？"

"你说的什么话，我培养，难道你不愿意培养，你手下那几个副手，自己不清楚？不培养他，培养谁？杨柳，江一石，或者宁子烟？"

显然，林子峰已经不喜欢龙昆仑用那种直通通的语气和他说话了，而龙昆仑却始终停留在那种一直以来的语境中，这让林子峰不舒服。停顿了一下，林子峰又说："你说让王道当社长，实话告诉你，我若真想让他当社长，早把你调文联当秘书长了，这不是让你这几年好好培养培养，帮他铺好路、垫好石嘛。"

沉默了一会儿，龙昆仑无可奈何地说："您是领导，又分管，您说什么就是什么吧。"

林子峰说："竞聘的事，由陶秘书长带文联人事部的人具体负责，你们做好配合和协助。"

侠世界有限公司总经理竞聘通知贴出来后，江一石去龙昆仑的办公室找他，征询自己是否报名，龙昆仑没好气地说："可以呀，那通知不是说得很清楚，五十岁以下、在部门负责人职位两年以上都可报名，大家都可以陪太子读书嘛。"

杨柳等待下乡，早已不在刊社上班了，杨天津给他打了电话，征求他的意见。

杨柳说："我自己弃权，若王道与江一石都参加竞聘，我投王道的赞成票，投江一石的反对票，其他人，我都是弃权票。"

竞聘是在侠刊社的会议室举办的。会场准备得很草率，未拉横幅，席位牌也没上。陶浪沙秘书长带文联人事部周主任到时，会场已坐满了人。陶浪沙进刊社时，被门房胡师傅盘问了半天。幸亏胡师傅对周主任还眼熟，才放了行。他们先去的龙昆仑办公室，原想与龙昆仑商量竞聘议程的事，结果龙昆仑不在。

第一排已坐满了，王道不知文联会来人，知是陶秘书长，连忙站起来给他让了座。人事部周主任只好在二排找了个空位。龙昆仑坐一排正中，面前的小桌子上堆着一沓稿子。他对坐在边上的陶秘书长不问不理，只一心专注地看稿子。

陶秘书长既尴尬又郁闷，他刚来文联，侠刊社除了龙昆仑，其他人一个不认识，而龙昆仑又是如此的冷淡。人到齐了一阵，看见龙昆仑始终不抬头，陶浪沙忍不住对龙昆仑说："龙社长，我们开始吧？"

龙昆仑抬起头，装出一副惊讶的样子，看着陶秘书长说："到了？好。"

陶秘书长走上台，说："大家安静一下，竞聘马上开始。你们龙社长太忙，没时间介绍我，所以，我先自我介绍一下，我叫陶浪沙，是刚调入文联的秘书长，这次侠刊社有限公司总经理的竞聘，文联党组非常重视，文联林主席特别委派我和人事部的周主任来组织这次竞聘。周主任，你站起来给大家打个招呼。"

周主任坐在第二排最边上一个座位。他站起来，勉强给大家招了个手，显然，他对侠刊社这种不礼貌的位置安排很不满。

陶秘书长讲了竞聘规则及投票的规定，同时按程序介绍了唯一报名参加竞聘的王道的基本情况，然后宣布竞聘开始。王道没弄明白龙昆仑为何对这次竞聘会有如此大的抵触情绪，所以，他情绪显得有点儿低落。但他的竞聘演讲却是经过了精心准备的，所以，进入竞聘演讲，他的情绪很快就调整过来了。王道讲了三个观点：第一，我们所面临的严峻的市场形势。这里面，他用了一句"网络快餐文学已经冲垮了传统文学的堤坝……"的语句。第二，企业化的法人治理机制才能让我们更具市场竞争力和市场活力。这里面，他重点强调了公司化运营的势在必行。第三，利用品牌和内容的核心竞争力，抢占阅读新市场的份额。他说："不管我们承不承认，网络时代终究已经到来，任何躲避和抵制都会使我们大伤元气，唯有适应和融合才是正道。内容永远是我们的优势，把内容放在刊物上的同时，我们还应把内容想方设法放进网络，我们必须加大力度，攻占网络阅读市场的高地。"

王道的演讲，得到了长久的掌声。票数很快收集起来了，四十六人投票，王道得到赞成票四十四张，弃权票一张，反对票一张，虽是等额竞选，但高票当选。

陶浪沙宣布了票选结果后，又说了几句话，他说："王道的竞聘演讲很精彩，高票当选，众望所归，有思想、有智慧、有担当，相信他能当好这个总经理，带领大家开疆拓土，攻占网络阅读市场的高地。"

陶秘书长话没讲完，台下忽然有人高高地举起了手。陶浪沙问道："下面的同志是有话要说？"举手的是《天下传奇》的编辑部主任袁喜，他站起来说："王总的演讲深得民心，您刚才也强调了他的一句'攻占网络阅读市场的高地'的话，我想问一句，目前我们全刊社都处在禁网的恶劣环境下，如何去'攻占网络阅读市场的高地'？"

袁喜的话，让会场出现了短时间的安静，接着便是水沸腾了一样的议论声。

陶浪沙说："这位年轻人说的是你们刊社禁网的事吧。我在网上也看到过一些帖子。"说着瞟一眼仍埋头看稿子的龙昆仑，"这事，相信作为总经理的王道会把此事处理好！"

台下立即又有人说："处理好总应该有个时间吧，搞得我们现在都无法工作。"

陶浪沙无法再敷衍，说："王道，你说说。"

王道站起来说："一周之内，我会在龙总的指导下，把这事圆满解决，我会把这事当成你们检验我是否合格的第一件事去做。"

话音刚落，台下立即响起热烈的、宣泄似的掌声。

宁子烟在办公室默默地清理好自己的东西，然后分两个提袋装好，又将早已打印的辞职申请看了一遍。下午王道的总经理竞聘，让她很不是滋味，整个会场弥漫着一种强大的气场，那是王道的气场，王道已经开始逐渐露出他可怕的锋芒。而龙昆仑沦落成了一个被孤立起来的人物，散会时他黑着脸，一言不发，夹着清样稿，第一个走出会场。

宁子烟原来并没打算去北京，刘天打电话邀请她去时，她其实是委婉地拒绝了的，但在西安的那个晚上，龙昆仑对她的成见和对她调北京的漠然凉透了她的心，她再一次更强烈地感受到龙昆仑对事业的执着和对情感的凉薄。昨晚刘天再次电话催她时，她答应了今晚给他回话，昨晚，她整夜失眠，终于下了最后决定，决定放下与龙昆仑的这段让她铭心刻骨的情缘。

宁子烟推开龙昆仑办公室的门，发现办公室烟雾缭绕，龙昆仑坐在靠窗的沙发上抽烟，看见她进来，眼睛亮了一下，但又迅速地暗了下来。

宁子烟慢慢走过去，将手中的辞职申请放在他面前。龙昆仑把辞职申请拿起来看了很久，放下时，有些瘫软地靠在了沙发上，闭上眼睛，嘴里咕哝一句："都没意思透顶。"

宁子烟没说话，龙昆仑也不再言语，僵持了几分钟，宁子烟转身要走，龙昆仑挤出一句很弱的话："还是别走吧。"

这话声音虽然很小，但还是传到了宁子烟的耳朵里。宁子烟抬头看他时，他仍闭着眼，以至于让宁子烟有些惶然，甚至怀疑这声音不是从他嘴里发出来的，她四处张望一下，盯着他问："你说什么？"

"别走……"龙昆仑声音仍很小，但这次宁子烟看见他嘴巴动了一下。沉默了一下，宁子烟缓缓地走到龙昆仑旁边，将一双手插进龙昆仑已经花白的头发里。龙昆仑仍闭着眼，但眼角，沁出一些泪来，在从窗外斜进的微光中闪了一下。

三十二 王道向龙昆仑要权

王道的任命很快下来了，是由省文联党组讨论通过、文联人事部直接下发的，而且除侠刊社外，还上报宣传部，下送文联各部室。任命王道为侠世界有限公司总经理，同时兼任侠刊社常务副社长。兼任侠刊社常务副社长是陶浪沙给林子峰建议的。这也是他与王道在一起喝酒，从王道言语中揣摩出的想法。

陶浪沙与王道很投缘，都在基层做过，年龄相仿，思维敏捷。陶浪沙性格豪爽，酒量惊人，第一次喝酒，差点儿把王道喝趴下。酒后，说出许多对龙昆仑不恭的话："什么破领导，既不懂行政的基本程序，也不懂起码的人情世故。这竞聘会，可以说，是极不尊重人。你这以后的日子，一个字：难！"

王道说："你不了解他，就我这事，你们文联，特别是林一把，本来就没处理好，他心里有气。给兄弟说句真话，他龙昆仑是我遇到的少有的、值得尊重的人！"

陶浪沙说："屁，虚伪！"

任命下来，王道一直以为龙昆仑会找他，或者开社委会对他的工作进行安排。但一整天，一张醒目的任命贴在楼下，刊社却没有任何动静。这让他既失望，又忐忑。他知道，这一纸任命，在刊社引起的波动是很大的，而平静是表面的。

关于王道的办公室，龙昆仑提出将杨柳的办公室腾出来，让江一石搬过去，王道坐江一石的办公室，因刊社除龙昆仑的办公室外，最大的一间办公室就是江一石的。江一石也答应马上调，但这方案被王道婉拒了。他让董军把三楼靠厕所的那个放资料的办公室腾出来，他坐。董军马上反对，说那办公室太小，而且有气味，以前还闹过鬼。

王道笑着说："那资料室，我知道，杨天津还在那儿找到过夏小荷的照片，后来，我把照片给夏姨了，那办公室蛮好，安静。"

收拾办公室时，董军带财务室的田果来帮王道做卫生，说："小田在你隔壁，知道你搬过来了，主动过来帮你打扫卫生。"他又开玩笑说："王总长得帅，总是讨小姑娘们喜欢。"

田果嗔道："什么小姑娘，我可算得上你小姐姐。"

董军拖完地，王道便说："忙你的吧，一个大男人，能做什么家务事，地上的水干了，我还得返工。让小田留下来，抹抹桌子，整理一下书就可以了。"

田果做事很细致，将书与资料分类，湿抹布抹桌椅，干抹布抹书，很有章法。

王道一边忙活一边问："哪个学校毕业的？"

田果说："中南财大的。"

王道："中南财大，我熟，你们有个开拓文学社，我还参加过你们学校组织的全省高校的五四诗赛。"

田果小心地看王道一眼，说："知道呀，你的《南方印象》获了一等奖，获一等奖第二名的是浪淘石文学社的石竹。"

王道有点惊讶："二十世纪八十年代的事，你还记得？"

田果说："我们开拓文学社都有资料记载呀，还上了《光明日报》。我一直是文学社的会员。"

王道对这做事不紧不慢的小丫头有了兴趣，又问："你一毕业就来了我们刊社？"

"是呀。"

"那也不对呀？我印象中你来没几年吧。"

田果轻轻笑了一下，脸上露出两个酒窝："我读了研究生，在学校待了几年呀。"

王道："厉害，高学历，还真不知我们财务有名牌大学的高学历专业人才。"

"王总哪会注意我们这些小兵小虾呀。再说我这算什么高学历，听说我们《侠世界》马上要招一个博士后了。"

正说话，门外忽然有人敲门。推门进来的竟然是何梦瑶。

田果停下手中活，叫一声："何主编。"

何梦瑶对田果点下头，看看田果，又看看王道："王总这办公室也太小了。"

王道笑着说："寒窑虽小，美人齐聚，门窗生辉。"

田果看着何梦瑶说："隔壁，就近帮忙。"说完，脸居然红了一下，这让王道有点儿莫名其妙。

王道对田果说："收拾得差不多了，你先回去吧。哦，对了，从你那儿倒杯水过来，我这儿还没配烧水壶。"

"我来祝贺王总。"田果走后，何梦瑶坐下来说。没想到第一个来祝贺他的居然是何梦瑶，这让王道心里既有暖意，又有涩味。因为马飞和华小美，王道对何梦瑶一直有排斥感。

田果送来茶，临走时何梦瑶让她把门关上。何梦瑶说："我知道，一些人看见你得势，怕有趋炎附势的嫌疑，所以，不会来祝贺。我不一样，我不是趋炎附势的人，大家都认为我不好相处，不像王总那么世故、圆通，所以，我不怕！"

何梦瑶直截了当，本是祝贺，话却说得让王道哭笑不得。何梦瑶这些年做刊物十分用心，没其他爱好，全身心都在她的言情刊上，一边编刊还一边读了文学硕士。

"何主编这是来祝贺，还是来揭我的短？"王道笑着说。

"祝贺呀。"何梦瑶用一双大眼睛看着他，"哦，我说你世故、圆通，难道你不承认？"

在何梦瑶眼睛的注视下，王道只得干笑两声。

"圆通只是一种性格和处世方式呀，当领导，这恰恰是一种过人的素质，我觉得，江一石就太没这种素质。再说，我认为，人的好坏才是最重要的，好人的圆通，让人舒服，处世，让大家得利；坏人的圆通，出发点是自己得利，损害别人。你嘛，属于那种好人一类。"没想到何梦瑶对世故、圆通的理解还很独到。

王道说："何美人这样看我，还是让我十分舒服的。"

何梦瑶轻轻一笑，长睫毛扑闪了一下，仿佛在眼睛的池塘里压出一圈涟漪，而涟漪慢慢地扩散到了脸上。在王道的印象中，这是他第一次看见她笑，而这一笑，也让他觉得，何梦瑶并非那种让人讨厌的女人。

"舒服归舒服，但你承诺的事情，还是要尽快解决的。"

"什么事？"

"竞聘会上，你承诺的禁网的事。"

"哦，你就为这事来祝贺我的呀？"

"你觉得呢？"何梦瑶嘴角又翘了一下，显然，在王道面前，她很放松，"实话告诉你吧，我们觉得，终于有个好领导能给我们撑腰了。这禁网搞得刊社乌烟瘴气，人心都要散了。"何梦瑶说着，原来弯起的眼睛，又变圆了。

"可不能这样说，这话若成为刊社的广泛言论，那就害惨我了，可能事还没开始做，就又被赶到山沟沟里去了。"王道双手作揖说。

"不会的，军阀统治下，我是会保护好革命干部、保护好自己的。"何梦瑶眨着眼说。

王道没想到，在他面前，刻板的何美人还会幽默。

"越说越没谱了，这江一石平时是怎么教的你？"

"与他何干？我一直有独立人格、独立思想，他——典型的奴才。"

这时，门外有敲门声。王道对何梦瑶说："放心，一诺千金。"

进来的是拿着烧水壶的董军，说："小田说您这儿缺一个烧火壶。"看见房间里的何梦瑶，董军有点儿诧异。

晚上吃完饭，王道思去想来，觉得还是应该直接去找龙昆仑。侠刊社的新住房，龙昆仑在五楼，王道住三楼。

王道走到楼下，看见龙昆仑家亮着灯，于是，直接上了五楼。王道敲了半天的门，又喊了两声，但里面却始终无人回应。

王道垂头丧气地回到自己的房间，无缘无故地生出些闷气来，他觉得龙昆仑是有意不见他。他知道龙昆仑对文联提拔他心里有气，但他把气发泄到他王道头上，实在有些没道理。他赌气般拨通龙昆仑的手机，手机一直无人接，于是他再打，到第三次拨通时，龙昆仑才接了电话。

"龙总在家吗？"

"什么事？"

"想去您家坐一下。"

龙昆仑那边停了一下："什么卵事，不能办公室说？"

"给您送茶叶拿到办公室好像不太好。"王道忽然想到，前几天，施州老乡带了几盒茶叶过来，他给林子峰和陶浪沙各送了一盒，还剩了两盒。

龙昆仑那边又停顿了一下，说："那你上来吧。"龙昆仑打开门，客厅的餐桌上晚餐的酒和菜还没收，卧室的门紧关着，厨房有人在洗刷碗筷。

"才吃饭呀？"王道问，把茶叶放在沙发上。

厨房，正忙着的宁子烟露出半边脸来，算是给他打了个招呼。

第一次看见龙昆仑与宁子烟私密地在一起，王道有点儿措手不及，连忙扬了下手。

龙昆仑问："要不，再陪我喝点儿？"

王道说："好呀。"说着，在餐桌旁的凳子上坐下来。

"都几点了，王总肯定早吃过了，还喝什么酒。"厨房传来宁子烟不冷不热的话。

王道看看龙昆仑。龙昆仑对着厨房说："好吧，好吧，残菜难待客。除非宁大厨再整两个菜。"

"整什么菜，没有菜了。喝茶。"宁子烟倒了杯白开水，放在王道面前。

龙昆仑问："怎么不放茶叶？"宁子烟说："你那旧茶，王总喝得惯？"

王道看见宁子烟披着头发，而且脸上有一道被什么摁过的印痕。

"说吧，什么事憋成这熊样，还要拿送茶叶做幌子来找我。"龙昆仑直截了当，用一双猜透了他心思的眼睛看着他。

"这不是被您憋的吗？任命下了，也没说找我谈个话，回来这么长时间，也没说给我分配工作。"

"哦，来要权要官了。"

"官要到了，可不就应该要权了。"王道揶揄道。他知道，对龙昆仑，话讲得越明越好。

"王大人还真直接，给一根木棍，就要撬动地球了。"宁子烟从厨房出来，插一句话。

"地球是撬不动的，撬一个刊社，还是有可能的。"龙昆仑说，"说说吧，你想管哪一块？"

"管刊物是我的弱项，行政、经营，这两块都行。"

"你的意思是行政、经营都想管？"

王道看着龙昆仑，对峙着他的试探，回答："行——吧。"

"你还真是野心不小！"

"领导把我从山沟里搞回来，又提拔我，不多做事、做成几件事，也说不过去呀。"

"打住，提拔你的不是我龙昆仑，是林一把。"龙昆仑说，又把宁子烟端过来的茶水喝一口，"我算看透了，这当官的用人，用旧了、不顺手了，马上就换一个。真是让人寒心。"

社委会是王道负责召集的，他亲自打的电话，除社委会成员以外，他又让部门负责人也列席参加。会议地点，他选择在会议室，而非龙昆仑的办公室，人员到齐后，他去龙总的办公室请他。他知道，他不能再顾及龙昆仑的感受了，他必须行使一个总经理的职责，他必须强硬起来，否则，以龙昆仑的霸道，他永远做不成想做的事，而直接在刊社召集会议，这便是一种权力的象征。作为总经理和常务副社长，他觉得自己有这个权力。

龙昆仑正在看《天下传奇》的清样，王道说："人到齐了。"

龙昆仑头也不抬地问："什么人到齐了？"

王道说："上午给您汇报，下午开一个社委会扩大会。"

"这么忙，什么急事，非得现在开会，还扩大？"

开社委会扩大会，王道上午请示过龙昆仑，并把开会要解决的问题也一一向龙昆仑汇报了，龙昆仑同意了，并明确提出让王道主持，他最后讲话，但到了下午，龙昆仑居然变了脸。

王道看着他，龙昆仑低头看清样，不搭理他。

僵持了两分钟，王道说："要不，会，我们先开，开完后向您汇报？"龙昆仑仍不回应。

王道被憋得难受，自己下了楼。

会议室里，宁子烟、王丹怡等都在拿着书稿看，杨天津、田小草在看手机，董军在倒茶。江一石、何梦瑶、胡灵、西门红，坐直着身子，看着王道。

王道坐下来，接过董军递来的茶，喝一口说："龙总有事，会，我们先开，开完，我向他汇报。"

得知龙总不参会，在座的有点儿惊讶。

王道说："任命，大家都看到了，我作为侠世界有限公司的总经理召集大家开会。今天的会有三个议题：一、如何解决网络对刊社的危害。二、解决刊物发行问题。刊物发行问题有两个，一是零售'包加包'政策调整的问题，二是发行对发行局奖励款的财务问题。三、成立转企小组，解决刊社与公司并账的问题。事情，我们一项一项来议。先讨论第一个问题。"

"网络对刊社的危害龙总早就说得蛮清楚了呀。我都能背下来，一、上班时间上网，玩游戏、看电影影响工作。二、刊物在网上选载不健康的内容，触犯政策红线。三、网上乱发议论，引发网络骚乱。"何梦瑶率先发言，"这危害确实很多，但这些危害抵得过禁网的危害吗？"何梦瑶说这话时，江一石抬起头狠狠地瞪了她一眼，但她完全没在意江一石的眼光，继续说："我还真不明白，龙总说网络的危害，王总回来又提网络危害，变着戏法整我们编辑。"

王道笑一笑说："网络的危害，何主编说得很清楚，怎么解决，我想，这才是我们应该讨论的吧。比如，工作时间玩游戏，除了巡查，应该还有网络监控的办法吧？刊物选载网上不健康的文章或网上乱发的议论，我们可以形成网络管理条例，违反条例可以罚款、撤职，甚至开除等。"

王丹怡有点儿兴奋地抬起头问："王总的意思是，我们通过网络管理条例，解决了上网的危害，就可以开网了？"

"谁说可以开网？"几乎所有人都没发现，龙昆仑进了会议室，站在靠门边的主座台边上。他的问话让大家都抻长脖子看着他。王道有些措手不及，站了起来，待龙昆仑坐下时，才跟着坐下。

"这么忙，都讨论些什么破事？"龙昆仑坐下喝一口董军端来的茶问。王道只得将刚才说的几件事，向龙总做了汇报。

"可以呀，你们继续讨论，我听听。"

龙昆仑的到来，一下子把气氛变凝重了，宁子烟与王丹怡稿子也不敢看了。大家都沉默着。

"刚才不是很热烈的吗？怎么一眨眼都成闷鸡子了。这禁网，一个单位的规定，说改就改？这么简单？"

"规定在特殊环境下，或者在执行中遇到太大的困难，也是可以调整的吧。"王道声音不大，但很硬气。

"什么特殊环境，你王道当上了总经理，当上了常务副社长，环境就特殊了？"

"职权和规定是两码事，规定正确或者靠近正确，被大家认同才是管理的能耐。"

"说得好，你王道有能耐，你今天修改规定，你明天还可以到中南海去修改国家大法。"

"龙总是掌门人、决策者，龙总的决策，我们在执行中遇到困难，提请龙总重新决策，我想这不是我的能耐，这应该是大家的恳求。希望龙总能给我们表达意见的权利。"在座的，第一次见到王道如此与龙总针锋相对，个个心提到了嗓子眼儿。

"可以呀，大家的恳求，我还真不相信你王道能代表大家。行，我今天还真要听听。"龙昆仑说完，用眼睛逼视着在座的人，看见江一石伸着头在看他，说："江一石，你官大，你先说。"江一石站起来，被龙昆仑用手压坐下去。

江一石坐下憋了半天，才憋出一句话："我还没想好。"

"没想好就说没想好的话。"龙昆仑有点儿不满。

"我要求开网，做正确和靠近正确的事。"江一石躲开龙昆仑的眼光说。

"说大点儿声。"

"我要求开网。"

大家听到江一石的话，齐刷刷地将目光转向龙昆仑，观察着他的表情。

"哦，要求开网，一个恳求，一个要求，江总亦步亦趋呀。做正确的事，你江一石还真做了不少正确的事，送刊队——损失十几万，现在的'包加包'——经销商围堵大院。"

"'包加包'是我的主意，我甘愿受罚。"胡灵说。

龙昆仑看着胡灵，拍起了桌子："我让你说话了吗？打断我的话？这几期刊，发货数降得一塌糊涂，你这个发行经理怎么当的？我开始还以为你是个人才，你对着窗子照照，你是人才吗？"龙昆仑气不打一处来。

"这几期刊物发行量大幅下滑，与网络的冲击也有很大关系，这也是我们要讨论的网络的危害。"王道说。

"还有什么好讨论的，没一个懂市场懂管理的，都是瞎胡闹。想开网，做梦！"

龙昆仑动了大火气。场面由凝重到压抑。沉默了几分钟，王道镇定了一下，看着大家说："我觉得有些事不好决断，我们可以采取投票表决的方式进行决断。"

"你嫌今天的儿戏玩得不够？投个屁票，浪费时间。一下午做不成一件正事。散会！"龙昆仑说完站了起来，在座的有几个人也收拾笔记本跟着站了起来。

"龙总有事先走，其他人坐下继续开会。"王道的声音有点儿大，而且带着威严和反叛。

三十三　何梦瑶练车惹麻烦

王道拿着经社委会扩大会讨论形成的三个文件，即《关于加强网络管理的实施条例》《关于成立转企小组的通知》《关于调整发行政策的意见》去找龙昆仑。头天社委会扩大会，他知道龙昆仑肯定非常恼火，而由他主持形成的这三个文件，龙昆仑肯定会无条件否定，他头脑中甚至已想象出他暴跳如雷、对他不留情面地攻击的神态。然而，他知道这一步不走，他永远无法在刊社立起来。

龙昆仑正在埋头看样刊，在王道的印象中，龙昆仑似乎永远都是这种埋头工作的状态，他好像每天都有忙不完的事。看着他花白的头发，王道心里一些柔软的东西忽然涌了上来，他之前设计的一些如何与龙昆仑针锋相对的辩词瞬间化成了水。

龙昆仑接过文件，看了王道一眼，他的眼神除了疲惫和些许的观察，似乎没有王道估计的那种厌恶和恼怒。

龙昆仑把文件仔细地翻看了一下，然后轻轻地放在一边，说："刊物发行现在垮得这么厉害，肯定是内容和质量都出了问题，以后，我一条心，埋头来好好抓抓刊物质量，其他的，你去搞，我也懒得操那些心了。反正你也本事大。"

王道一点儿也没想到龙昆仑会如此,他知道,刊物就是他的命,而现在他整个就是一种保命的状态。他忽然觉得,在他面前,自己变得有点儿猥琐。

"那文,我让他们盖章后就这样发了?"

"开网后,真可以通过软件监测每台电脑情况?"

"监测加每天两次巡查。"

"出现违规上网或其他网络问题,你负责任?扣工资奖金?"

"是。条例上很清楚,三级责任,我负管理责任。"

"转企小组名单里怎么还有田果?"

"转企并账,没她不行呀,她很专业。"

"江一石别在小组里了,搞了几件事都不让人省心。发行广告也都别管了,我让他一条心去跑买地。这次,我看他能不能把事做好。"

"买地?"

"是呀,这文联大院一些人的嘴脸,我懒得看,不如在外面买块地,我们搬出去。"这件事实在过大,王道第一反应是如此大的事应该通过文联,通过社委会讨论,但他知道,这一直是龙昆仑做事的风格,先做再汇报、再通过。

王道"哦"了一声。

龙昆仑将三份材料递给他,说:"你去搞吧。"

王道接了材料,仍没走。"还有事?"龙昆仑看着他问。

"想提拔三个人,希望龙总支持。"

龙昆仑放下手中的样刊,有点儿惊讶和惶恐,问:"这干部人事的权,你也与我争?"

王道说:"社委会以下级别的职务,主要是便于我后面工作的开展。"

"那你说说看?"

王道感觉龙昆仑并没动怒，他皱着眉头，似乎在克制自己不发火。

"我想把董军由办公室副主任提拔为主任，把负责电脑维护的武来生提拔成副主任，让他除电脑维修外，具体负责网络管理，作为网络管理的二级责任人。另外，我想是不是把田果提拔为财务室副主任，杨天津年龄大了，得考虑培养一下年轻人。刊社、公司并账，恐怕得田果具体做。"

"事情做了，再提拔也是没问题的吧？你急着提拔人，目的还是拉拢人、树权威吧？"龙昆仑说，藏不住脸上的一丝轻蔑。

王道挺直身说："也可以这样理解吧。"

龙昆仑低着头，沉吟了一下，又抬起头逼视着王道："王道，你当上总经理，有了后台，难道你真以为可以扳倒我？你是不是太性急了？你不怕真把我给激怒了？"

王道知道，龙昆仑的怒气终于藏不住了。他对视着龙昆仑的眼睛，说："您不会。"

"为什么？"

"这些年，我早看出一点，那就是是否损害刊社利益是您的底线，您也知道我只是想证明自己，为刊社干成几件事，这与您的终极利益不冲突。您只是短时间接受不了我与您一样的强势。当然，龙总，若您真的觉得提几个人就是挑战了您的权威，那缓一缓也行。"王道的话不紧不慢，说得龙昆仑有点儿不好往后面接，感觉刚举起来的铁棒，忽然变成了塑料的。他觉得王道的话在理，而且也明显感觉到他王道并没有与他对着干的意思。

"好几个人说你外软内硬，这几天还真显出来了。"

"您不是经常说我太软，干不成大事吗？"

"你这硬，首先就硬到我头上来了？"

"硬在其他人头上也没意义呀，他们都是下级。"

语言缓过来了。看见龙总半天不说话，王道拿了文件要走，走出几步，又被龙昆仑叫了回来，说："那些人，你想提就提吧。"龙昆仑的话，让王道感觉有一股暖流一下子冲到了头上，说："谢谢龙老大。"

"以后和老子讲话莫变得这么冲。"

王道笑一声，说："龙老大在场面上与我讲话，也不能总像训儿子一样。"又说，"那地的事，江一石一个人也不一定搞得定，我也会帮他。"

"条件互换呀。"

"哪里，哪里，不过这事太大，还是应该上社委会，有眉目了，也还是应该向文联汇报一下的。不过我积极支持。"

"有眉目了也不报，四平八稳做得成屁的事！"龙昆仑没好气地说。

胡灵去江一石的办公室，敲了门，推门进去时，就发现他慌乱地在关电脑，但她还是看见他电脑屏上的东西，是股票行情。她笑一笑说："我看见绿油油一片，今天股市又大跌？"

江一石沮丧地说："亏死了呀！"

胡灵问："听说有监控，你也敢？"

江一石说："没办法，手痒，恨不得把手剁了，中国远洋股，早上买进，还红盘，抢进去，他妈的，下午快跌停了，一万多又没了。"

"不懂股票，哪能炒短线，你介绍的那个中信证券，我放几个月，现在开始赚钱了。"

"不说了，妈的，炒股快倾家荡产了。有什么事？"江一石一边问，一边又要开电脑看股票行情。

胡灵说："还是别开了吧，若嫂夫人来看见，非骂你个狗血淋头。王道开网，她是最支持的，帮助监控也是最积极的。"

"她请假去学车了。"江一石说。胡灵拿个纸杯倒杯水，说：

"我想来问一下，为什么这次刊物、发行、广告都不让你管了，让你去买什么地？这是龙总的安排，还是王道的安排？"

"昨天王道还与我商量着，说他近段时间主要是忙转企的事，让我广告发行继续管，结果今天就变了，肯定是龙总的主意。上次会上为开网的事，龙总发了我的火，他会放过我？包括你，那种场合，你有什么必要帮我担责？"

"这'包加包'的事，本来就是我的责任呀，我哪里知道龙总说变脸就变脸。说起来，还真是王道有涵养。这个人真人不露相。"

"你以为他没后台他敢？"江一石欲言又止。

正在这时，西门红抱着一堆资料进来了，都是江城周边一些空地的资料，他从网上查的。

看见胡灵在，他向她点了个头，但明显目光有点儿躲闪。近段时间，他与她的关系有些微妙，他与王丹怡虽然还没正式成为男女朋友，但两人相处得不错，甚至一起去看过一场电影。与胡灵，虽然也算亲密，但却再没有肉体上的沟通了。

"你们也在谈买地？"西门红问。

"谈为什么会让江总去买地。"胡灵说。

"这不明摆着嘛，首先，不可能让江总去管刊物，管刊物是龙总的最爱，何况还有宁子烟。广告发行，王总原来就管过，这一回来，龙总肯定不愿让王道插手刊物，所以，江总腾出点儿位置，去买地。"西门红说。

"不掺和里面更好，你们没感觉出来，现在两个人都拉开了马步？还真看不出来，王道强硬起来，蛮厉害的。估计龙总肠子都要悔青了，不该把王道从山沟沟里搞回来。"胡灵说。

"这可就不是龙总能左右的了，我刚才说了，王道有后台，你们没分析王道的竞聘和任命，文联介入的痕迹太明显了？"江一石说。

"王道回来做的几件事，那真叫一个漂亮。几个月的逆心禁网，他上任总经理，不到一周，开网了；还有转企，调整发行政策，我早就说了，'包加包'有问题，胡总就不听；最让人诧异的是，他居然掌握了提拔干部的权力。这气度，回来不到一个月，差不多与龙老大平起平坐了。"西门红抑制不住地兴奋，"我一直就认为这个人不错，他是我见到的心胸最大的人，你们看，以前我们对他怎么样，而他回来后又对我们怎么样？转企，是他最最重视的一件事，我、胡灵，都是成员。"

"其实，风头太劲也不一定是好事呀。"江一石沉吟着说。现在的局势，已有几分明了了，而胡灵与西门红最初选择江一石的初衷似乎也因为王道的强势出镜而被忽视了，相反，江一石甚至开始为王道的前景而操起了心。

"是呀，不知你们注意过一个人没有？"

胡灵问："谁？"

西门红问："宁子烟？"

胡灵看着江一石说："杨天津。"

"对呀，一直以来对王道最支持的人，这次好像没那么热烈。"江一石说。

"还谈热烈，可以说与宁子烟一样，冷眼旁观。"胡灵说，"那天，社委会扩大会，龙老大先走了，王道要求其他人继续坐下来开会，结果，有两个人不听他的，一个是宁子烟，另一个便是杨天津。"

胡灵的话一下子让三个人陷入沉思和猜测。正在这时，江一石办公室的电话响了，江一石看一眼来电显示，说："王道的电话。"

王道让他去他的办公室。江一石在王道办公室刚坐下，王道就丢给他一盒施州的秋茶："最后一盒了。你老婆也怪，按我认为，她那样的人，应该喜欢喝咖啡才对，怎么老盯着我们施州的茶。"

"她找你要的？"

"是呀，强索恶要。"

王道回来后与江一石聚了两次，以前的一些疙瘩早没了，但王道发现江一石始终打不起精神，他也听人说江一石炒股，亏了不少钱，他也劝过江一石几次，但他总说："这方面，你不懂。"

　　"有块地很合适，但让你去搞，有点儿难为你了。"王道开门见山地说。

　　"市内吗？"

　　"也差不多，三环左右，东湖开发区。"

　　"那可以呀。多少亩？"

　　"十五亩左右，对我们蛮合适。就是……"

　　"别卖关子，说，有什么好难为的？"

　　"是马飞的地。"

　　提到马飞，江一石疲倦的脸色精神了些，自从黄花坳分手，江一石许多年没见她了。去年，他与王道关系闹僵，王道去黄花坳附近办印刷厂，有个星期天，他曾一个人开车去了黄花坳，但车子在黄花坳转了几圈，最后既未去印刷厂，也没去马飞的农庄，一个人又孤单单开车回来了。这些年，马飞一直是他心里的一个结，虽然他听说马飞与夏小荷的前夫结了婚，生了子，但他始终觉得亏欠马飞太多。

　　"马飞发财了？当地主了？"江一石装出不太在意地问。

　　"她农庄和菜棚的生意不错，去年在江城汤逊湖附近买了套别墅，买别墅时，别墅的房地产老板开发二期别墅群差钱，将手中的一个小地块卖给了她。听说是她出大头，华小美和马邦也出了些钱。他们原打算在那儿做个小印刷厂的。但不知为何一直没动。"

　　"华小美不是一直在印刷厂吗？她哪来的钱？"

　　"华小美，你不知道她？见钱就像猫见腥，马飞做农庄时，她就有股份。"

　　王道的话似乎将江一石身上的一根筋扯动了一下，想到自己因为炒股而造成的经济惨状，不由得深深地叹了口气。

"你的意思是让我直接去找马飞谈？"

王道正要说话，江一石的手机响了，他接了电话。电话里只几句话，便把他的脸说白了，他压了电话，站起来就要走。

"怎么了？"王道关切地问。

"何梦瑶学开车，撞了。"

"人怎么样？"

"能打电话，人应该没问题。"江一石说完，匆匆要走。

王道说："你等一下，我和你一起去。"

江一石看一眼王道，眼中既有感激，又有一种说不出来的排斥："我去就行了，你没必要去。"

王道说："她是你老婆，也是刊社的员工，不多说，我与你一起去。"

到了现场，情况比王道想象的要复杂。何梦瑶人没事，但富康车撞得不轻。左车灯与前保险杠全撞坏，而且道路上的一排护栏被撞得乱七八糟。现场有交警，有市政的工作人员，有年轻教练、教练队长和围观的人。了解情况后才知，何梦瑶提前约了教练车，去时，练车场仍然车满人满，何梦瑶因为上次就没抢到车，这次不愿再等，年轻的教练没办法，只得拿了队长的私车让她练，练车场车太多，何梦瑶索性把车开出去了。在道上没走多远，遇到两辆摩托车前后超车，其中一辆被别到了何梦瑶车的前面，何梦瑶刹车向左躲闪，结果方向盘向左打，车却没刹住。何梦瑶没有驾照，开的也不是教练车，所以交警来了，不依不饶，定性为无证驾驶，造成交通事故要扣人；市政的护栏被撞坏，市政的人员也要扣人赔偿护栏；教练队队长就更加暴跳如雷了，自己的私车居然在不知情的情况下被学员开出去，而且被撞，所以他第一个收走了何梦瑶的身份证。

江一石哪里见过这种场面，下了车，便被几个人拉着与何梦瑶站在一起训斥。王道站在围观的人的外围，踮起脚，看清了交警的警号。然后连忙拨通了陶浪沙的电话，因为他记得，陶浪沙秘书长有个朋友是这个区交警大队的中队长。他知道，市政的、教练队的无非是赔钱，最重要的是交警要放人。没多久，交警中队队长的电话打过来了，说："你把电话给执勤的小秦。"

王道连忙从人群里挤了进去，对交警说："秦领导，您接个电话。"

姓秦的交警看见一个陌生的人过来让他接电话，气不打一处来："你谁呀，我凭什么接你的电话。"

王道满脸笑，小声说："是王队长，王音队长。"交警仍一脸的不满，但还是跟着王道要挤出人群。

何梦瑶冷不丁看见了王道，眼睛一亮，像看见救星一样，撇开他人，跟了过来。看见她，交警回过身，对她冷冷地说："你别跟着！"交警挤出人群接过王道的电话，听了一会儿，然后面无表情地说："知道了。"

交警将电话递还给王道，王道连忙递一根烟过去，被他反感地推开了。他挤进人群里，虎着脸对何梦瑶说："先处理护栏的事，明天去交警队录笔录。"说完，拨开人走了。王道挤进来，把市政的人拉到一边，亮出记者证和工作证，说："那何梦瑶是我们单位的记者，你先把护栏损坏的金额评估一下，我把电话留给你，明天派人来你们单位办理赔偿，今天，我们有采访任务，就不耽误您的时间了。"

交警与市政的人走后，围观的人也都走了。王道走过去与教练队长谈车子的事时，才发现那年轻的教练，居然帮何梦瑶拎着包。王道似乎能理解，为何何梦瑶敢把车开出练车场了。看着平时一副自信满满、谁也不怕的何梦瑶变得六神无主的样子，王道有点儿想笑。王道给队长递一根烟，问："这车子应该有保险吧？"

"车子有没保险不干你的事，新车撞成这样，没有万把块钱，下不了地吧。"

"车子有保险，上周我刚续交的。"年轻教练连忙说。

"你插屁的嘴，你偷我车的事还没找你算账！哪有像你这样当教练的，成天被个学员迷得五迷三道的。"队长一下把年轻教练说窘了。

江一石这才注意到年轻教练手里的包，沉着脸把包拿了过来，瞪一眼何梦瑶。何梦瑶有点儿烦了，说："多少钱？赔你就是。"

"一万，我刚才说了。"队长说。

"你抢钱吧，保险公司帮你修，出得了几个钱。"有王道撑腰，一直被队长训的江一石有底气了，大声说。

王道连忙拉一下江一石，让他别说话。

王道说："我们和气生财，我说个底价，一起商量。"

"多少？"

"一千。"王道左右看看被损的车。

"你说多少？我没听清。"

"我说一千。"王道大声说。

"这位先生贵姓？"

"我姓王，叫王道。"

"你确定你说的是人话？你杀人吧？你叫什么王道，你怎么就不叫王法？你觉得天底下有王法吗？"队长气急败坏。

王道不动声色，看着他气急败坏。双方僵持了一会儿，王道说："要不，我们还是把交警叫来，把案子报上去，由他们处理。你刚才也看到了，警察还是蛮公正的。"

"你别拿交警来吓唬人，你以为你有关系，我就没关系？"

"可以呀，我们让交警慢慢处理。你们是慈航驾校吧，慈航驾校在江城蛮有名的。这教练偷队长的车让学员开，而且出了交通事故，这总不算什么好新闻吧，蛮有趣的，江城人肯定愿意看，你知道，我们是做媒体的。"王道不紧不慢地说。

年轻教练急了，说："爸，一千就一千吧，修得过来。"原来队长是年轻教练的父亲。

"修个屁，都是你个龟儿子做的好事，老子不管了，你拿了钱把车子给老子修好。"

回家的路上，江一石抱着何梦瑶的包一言不发，何梦瑶对王道感激万分，说了许多肉麻的感谢话，又问："你那记者证，能不能帮我也办一个？"

江一石早忍不住，恶狠狠地说："你做梦。"

三十四 杨柳给夏小荷上坟遭雷雨

马飞接到梁镇长的电话，说宜昌西陵镇洗马村来了几个人，考察学习黄花坳的镇办企业，中午来农庄吃饭，正好也参观一下农庄，又说，那带队的与你很熟，点名要来你这儿，不然就在镇上吃饭了。

马飞的农庄是镇领导常来之处，不过公事一般都会结账，而私请即使给钱，马飞也会推掉不收。李飞却是细致，每次镇领导私请的账，他都用一个小本记着，包括人员和菜单及金额。每年算下来，也有大几万，而私请最多的，便是梁镇长。正因为此，马飞与镇上的关系不错，有一次镇委书记甚至让马飞在镇里挂个特聘副镇长的职务，但被马飞婉言谢绝了。

李飞说，这宜昌的乡下人，你还会有熟人？这梁镇长瞎扯熟人关系吧。

人来后，马飞让李飞去招呼他们参观菜棚和果棚，又参观农庄。到吃饭的点时，她才去农庄最大的一个包房陪客人和镇领导吃饭。客人和梁镇长他们早在那儿等她了。

马飞刚进门，一个五官端正的男人便走上前去握住了她的手：

"马总。"

马飞抬头一看，惊了一跳："杨柳？杨总编。"

"看样子，我变化不大，我老婆都说我晒成了个乡下人，还怕你认不出来。"杨柳说。

边上一个身材无比丰满的女人连忙介绍说："这是我们洗马村奔小康的杨组长。他是我们领队。"杨柳连忙插一句："副组长。"接着，女人又介绍了村长和自己。村长姓毕，她是洗马村的妇联主任，叫柳洋。除了杨柳他们三个，梁镇长又叫来了镇办企业的五六个老板，以及黄花坳村的村支书和村长，说："我们镇上最大的一个老板，华厂长，有点儿事，晚点儿时间来，给她在杨组长边上留个空位。那可是个让男人流涎水的大美人。"然后又一一介绍来吃饭的人。

酒席开后，礼节性的喝酒讲话一完，梁镇长便缠上了柳洋，不断与她单喝。而杨柳与毕村长在几位老板敬过酒后，每人走喝了一圈。最后杨柳给马飞敬酒时，无比感慨地说："物是人非呀，这该飞的鸟都飞起来了，被剪了翅膀的，落地成鸡。"

马飞笑一笑说："鸡比鸟大。"

杨柳哽住，自嘲地笑了笑，忽然说："我在菜棚碰见石光华石社长了。"

马飞"哦"了一声，看着他。

"他不搭理我。坎儿没过，还把我当仇人。"

马飞说："那老家伙，别管他，他在这里蛮好的，去年我还无偿给他了一点儿公司股份。"

杨柳说："想一想，那个时候，我与江一石给龙总卖命，那才真叫一个毒，现在想起来就后悔，觉得不值。"

马飞说："过去的事了，你不也说了，物是人非。听说现在王道当总经理，龙总不管什么事了。"

"王道那软柿子，我还不知道，他是龙昆仑的对手？龙昆仑不

283

管事，那才是笑话。"

"那可不一定！王道那人，我早看出来了，别看他表面上和气温儒，他可是个果子的核，强大得很。"

正说着，华小美推门进来了，说："听说杨总过来了，把我的客户早早打发掉，这不，一路驾车过来。"

马飞笑着对梁镇长说："梁镇长终于穿帮了吧，这人哪是镇里最大的企业老板，她是侠刊社印刷厂的厂长，是杨组长的手下。"

梁镇长连忙向大家介绍华小美，介绍完，说："对呀，华厂长是侠刊社印刷厂的厂长，杨组长是侠刊社的老总，他们原本肯定认识，我咋没想到这一茬。我自罚一杯。"

李飞说："这认不认识，也是根据梁镇长有没有需求……"

李飞话没讲完，被马飞瞪了一眼，马上把话打住了。

梁镇长把酒喝完又说："厂子虽然是侠刊社的，但这地方税，还是在镇子里交的。"

华小美在自己的面前倒了三杯酒，对大家说："这可是我的大恩人，所以，我必须先敬他三杯。"说着拿起第一杯，"这第一杯，敬杨总把我调进侠刊社，若不是杨总，我还在施州一个小刊当编辑。"说着喝完第一杯。杨柳要站起来喝酒，被华小美压下去，说："我先说先敬，你再喝。"说着又拿起第二杯，"这第二杯，要感谢你在刊社这些年对我的提携，确实，这些年其他人不说了，你对我不错。"

杨柳接一句话："对你最提携的应该还是王道吧。"

这话一出，华小美的脸阴了一下说："他当他的大经理，与我没关系。"说着又喝完第二杯。接着又喝了第三杯，喝完说："这第三杯，祝杨总早日镀金归社，再创人生辉煌。"

杨柳站起来笑着说："这华美人当了厂长，境界不一样了，讲话都一条一条的。"又问，"你喝这三杯，我要怎么喝？"

梁镇长连忙站起来说："这漂亮的厂长给你敬酒，话又说得这么舒服，要我肯定翻番喝六杯。"

梁镇长旁边的柳洋站起来说："梁镇长，你这就不对了，你是不是看他长得比你帅，就整他。在村里，杨组长喝酒都是受我和毕村长保护的，若让他喝六杯，我帮他喝。你们虽然人多，但我们也不会怕。"说着站了起来，要过去给杨柳代酒，被华小美拦住了，说："杨总也是我的领导，桌上谁敢整杨总的酒，姑奶奶我也不会放过他。刚才我喝三杯，现在我只要他喝一杯。"

梁镇长坐下来叹口气说："还是长得帅受人待见呀。"带进屋的四瓶酒很快被喝完了。马飞让李飞再拿酒，李飞站起来，许是酒喝多了，身子晃了一下。

华小美说："我车里有两瓶好酒，杨总来了，我们今天尽兴地喝！"说着大声对外面喊："小甜，进来给姨拿酒。"

李小甜从外面走了进来，接过华小美手中的钥匙，又走到杨柳旁边叫一声："杨叔叔好。"

小甜已长成水灵灵的大姑娘了，她进来时，杨柳就有些发愣，这是他第一次见到小甜，当她轻轻地叫他一声时，更是让他有点儿不知所措。

他问马飞："这是?"

马飞说："我女儿。"说着对小甜说，"快去拿吧。"

小甜走后，杨柳仍发愣，华小美忍不住说："看出来了？一个模子，没错，夏小荷的女儿。现在也是马姐的女儿。"

华小美简单的一句话，对杨柳却是五雷轰顶，他全身发紧，脸变得苍白。

酒都喝多了，马飞安排开房间，让杨柳、毕村长、柳洋在农庄休息。

酒虽然喝了不少，杨柳躺在床上，大脑却格外清醒。夹杂着青草味的风从窗外吹进来，将淡蓝色的窗帘吹出一些声响，将他手中的烟灰不断地吹到脸上和衣服上。他从被吹开窗帘的窗缝里，痴痴地看着窗外那被绿色紧紧裹住的远山，心里生出许多惆怅。他被龙昆仑安排奔小康驻队，没想到最后被分配到的驻队点竟然是风景极美的宜昌巴县西陵镇洗马村。西陵峡口就在村口，而宽阔的长江就在他所住的房子旁边浩渺流过，昼闻鸟鸣，夜听涛声，这一切让他置身于一种无比诗意的环境中。

早晨起来，他常常搬一个小凳子，看着晨雾朦胧的西陵峡，看着只有梦中才能看到的奇妙美景，那些尘世的种种烦恼仿佛被洗得干干净净，他的灵魂似乎也融进了氤氲的山水。

在洗马村驻队的有三个人，一个是文化厅的处长，姓曹，他是工作组组长，同时也是整个巴县工作队的队长，除了他，还有一个刚大学毕业、公务员考试考进文联的小郑。曹处长是个特别能干事的人，在入村的第一天，他便召集全村各队队长以上的干部开会，这是杨柳参加的第一次村队干部会。这天正好是村里老支书的母亲八十大寿，于是，支书提出先请酒再开会。

在江边的水泥晒台上，老支书支起四桌酒席。村里的雷村长一直与村支书有矛盾，他向曹处长请假被否后，只得硬着头皮参加寿宴。

杨柳乃至曹处长也未料到，一餐酒席居然成了对雷村长的声讨会。尤其是民兵连长毕得才，与雷村长拼完酒后，语言就有点儿不干不净，于是两人开始对骂。杨柳从对骂中听到几句雷村长用村里的钱买货车拉私货，睡了妇联主任柳洋，还打了其丈夫的话。

最后的情况是，雷村长一啤酒瓶把毕得才打得满脸是血，在一片拉扯中让酒席与曹处长要开的村队会早早散场。

散场后，在村支书与几个队长的告状下，曹处长决定，驻队的第一件事，整顿村委会。整顿村委会的结果是免除了雷村长的职务，选举毕得才当村长。

曹处长因为负责县工作队，所以很多时间都在县里，而把洗马村整顿调整后，便让副组长杨柳具体负责村里的扶贫工作。与农民的朝夕相处中，杨柳明白了许多事理，在复杂的人际关系中去带一个最基层的团队使他更深刻地领悟了人性。免去雷村长职务不到两个月，他便说服曹处长，让雷村长重新做了村干部——民兵连长兼一队队长。

那是他在一队了解情况时偶然知道的几件事让他作出的决定。

一队"五保户"毕大爷因为猪出栏，在赶猪时摔断了腿，杨柳与小郑去镇卫生院看他时，才知是雷村长从峡谷下把他背出来的，而且一直照顾毕大爷，交住院费、送饭。又从"五保户"口中知道，雷村长为一队做了不少让他都觉得感动的事。如他长年送队里的三个伢去县里上学，并一直为其中一个伢垫学费；又如队里山洪过后，雷村长自己掏钱为两家穷户整修房子等。把雷村长提起来当民兵连长那天晚上，杨柳自己掏钱买酒买菜，将村支书、毕村长、柳洋、雷连长叫着一起喝酒，一餐酒一直喝到晚上转钟，有对吵对骂，有相互揭短，有辩解，也有朴实的讲和。

雷连长指着毕得才的鼻子说："你四处说我睡了柳洋，今天人都在，你让柳婆娘说。"

柳洋没好气地说："我说什么？大家都说你睡了我，找一天你睡了我不就得了，你也不再吃被造谣的亏，我也乐意。"

雷连长气不打一处来："你就骚才惹我骚。"又说，"你小产，我好心送你去镇上，你那蠢拐子还打我，这不是找打？"

酒喝开了，互相也没多大的矛盾，说到底也就是厌恶雷连长以前的霸道和蛮横。

杨柳说："我这人不像曹处长，没什么本事，看村里穷，真的是想和大家一起做点儿事。以后把那些互恶的东西都埋了，既然是村里的头，就要把村子搞富一点儿。"

村委的几个人看杨柳也实在，在他的捣鼓下，也还真做成了几件事。

曹处长为县里要了二十万的修路费，杨柳硬是软磨硬泡，给村里要来四万，修了路，又想方设法为村里多争取了几个"五保户"指标。

这次是杨柳看中了江边的几块散地，他想鼓动村民统一种橙子，因为有几家种橙子，有些收成，只是量不大，不便整体向外打开销售渠道。

听说马飞在黄花坳做了农庄，又做了菜棚和果棚，所以带村委的人来学习，来学的目的其实是让他们开眼界，长一些做事的心性。

杨柳没想到在这里会碰见夏小荷的女儿，没想到这一根他从不愿碰的筋会被重重地扯一下，让他疼痛难忍。

杨柳给华小美打电话时，华小美正坐在马飞的办公室喝茶，石光华拿一沓单据坐在马飞桌子前报账，小甜在沙发上给李飞介绍做手机App搞网上销售的事。

华小美接了电话对马飞说："杨柳来电话说，想让我和小甜陪他去看看夏小荷的坟。"

马飞没听清楚，看着华小美，华小美又重复一次。

李飞对小甜说："别说了，陪华姨去。"

小甜关了手机，站起来。石光华转身看着小甜，喉咙里挤出几个字："小甜莫去。"

看着石伯古怪的神态，小甜有点儿不解，说："我没事，陪华姨去没事呀。"

"我说了，不许去。"石光华声音变严厉了。

李飞看着石光华要说什么，但被他的眼神逼了下去。

马飞说："都过去好多年了，你与龙总不也都和好了吗，杨柳当时不也就为龙总出了个头？"

"出了个头，你太轻说了吧？小荷的事你不留心里，我永远过不去，不是他逼小荷，小荷不会死，这个人太毒了！"

石光华的话有点儿重，马飞的脸红了，李飞第一次看见石光华对马飞如此说话，有点儿恼火。

马飞说："她石伯，你这话我就有点儿听不顺了，我哪儿没把夏小荷留在心里，哪一年我不和小甜一起去给她烧纸？杨柳来我们村，去墓地看夏小荷，说明心里有忏悔，难道我们还为难他不成？"

"你们本来就不该接待他，这个人就是个害人的疯子！"石光华的声音更大了。

看见石光华如此吼马飞，李飞忍不住了，借着酒劲，说："石伯，你说起的小荷，这么多年我都不计较你这事，那夏小荷是杨柳害死的吗？不是你给我戴绿帽，隔天里搞她，她会死？"

话已说到这份儿上，华小美连忙把小甜拉出去了。李飞的话把石光华重重地击了一下。他愣愣地看着李飞，忽然重重地打了自己一巴掌，说："我不是人呀。"说着瘫坐在凳子上，老泪纵横。

马飞慌了，站起来去给他倒水，看见直直地站着的李飞说："你灌多了，还不滚！"

是华小美一个人陪杨柳上的坟山。到山下时，晴亮的天变阴了。华小美说："天快变乌了，要不要回去拿伞？"

杨柳左手提着一捆在镇上买的纸钱，右手拿着一挂鞭和两根蜡烛、一小把香，说："算了吧，我们尽快上去烧纸，下了雨，纸就不好烧了。"

上山时，华小美说："其实这坟山是我最不愿来的地方，前些时我在这里差点儿被害。"看见杨柳不搭话，只默默地爬山，华小美也不再多说什么。

在夏小荷的坟前，杨柳足足站了十分钟，嘴唇不停抖动。点了蜡烛和香，杨柳又重重地叩了三个响头，然后默默地烧纸，风有点儿大，把纸灰吹得乱飞，他找了两个石块把纸压住，继续烧。华小美要帮他，被他拦住了。

纸烧了一半，天便彻底乌了，豆大的雨一粒粒射了下来。华小美连忙跑到坟边一棵树下躲雨。杨柳将外衣脱了，挡住雨，继续烧，烟和纸灰蹿上来，呛得他大声咳嗽，让他憋得脸通红。

华小美在树下喊："没烧的纸，放坟包上是一样的。"

杨柳不理她，继续一边咳一边烧，直到火彻底被雨淋熄。

下山时，杨柳将外衣给华小美撑起挡雨，自己全身已湿透，所以不顾及地一个人在前面走。快到山下时，他被脚下的一根野藤缠了一下，身子前倾，嘴巴重重地磕在一块大山石上。

他卧在地上，痛得全身扭曲着发抖。他的一颗门牙被石头磕掉了。

华小美连忙跨几步上前去扶他，正在这时，一道闪电，照出满地青光，青光中，华小美看见杨柳满嘴是血，满脸是雨，眼睛通红。不等她扶上他，"咔嚓"一声响雷劈了下来……

三十五　刊社变公司，矛盾凸显

不到两个月，侠世界传媒有限公司的审计、评估、并账基本结束。

虽然成立了公司筹备组，但具体工作却基本上是王道与胡灵、田果三个人做的，尤其是田果，配合专业的财务代办公司，忙上忙下，有时为了一个细小的数据要跑四五个部门核实。

杨天津对此事不冷不热，并账财务上的事都推给田果，基本不参与。

王道拿着重新设计的新的公司资料给龙昆仑汇报时，龙昆仑正在桌上练书法，他把材料推到一边说："看不懂，你去办就行。"

王道说："有三件事您得定夺。一是公司原来的章程是套用一些小公司的章程，需要重新拟定。二是原来公司的注册资金就一百万，现在刊社的全部账都并进公司了，恐怕注册资金最少也要到一千万。第三，也是最重要的，原来公司只有三个人，您是法人代表，另两个是杨天津和杨柳，现在公司正规化了，需要有董事会和监事会。"

王道的话把龙昆仑说得有点儿发愣，他停下笔，看着王道问："刊社的账并进了公司，那以后我们杂志社就没账了？"

"有呀，杂志社的账就是公司的账呀。您不是同意了的吗？不并账就无法享受政府对文化企业的扶持政策。"

龙昆仑"哦"了一声，但似乎仍难接受这种大的改变，有点儿生气地说："这么大的事，怎么也应该在社委会上商量吧？"

王道有点儿糊涂了，看着龙昆仑，说："商量了呀。"说着，从夹在本子中的社委会纪要找出一张来给龙昆仑看——是"第四次社委会纪要"，其中有"讨论侠刊社财务账并入侠世界传媒有限公司事宜"。后面有社委会成员的签名。自从王道任总经理后，每次社委会，他都亲自做纪要，并且让所有参会人签名，这是他规范管理中的一项。

龙昆仑侧着头看了看王道手中的纪要，又"哦"了一声，说："鬼知道你说的并账就是把刊社的账并没了！"说完，又俯下身去写他的字，一边写一边说："你事做得蛮扎实的，让人想赖都赖不掉，厉害。"

王道说："我说的这三件事，您得定夺呀。"

龙昆仑："定个什么夺，那增资和改章程你去办不就得了，董事会和监事会，你先拿个名单。"说完，手中最后一笔，做了一个遒劲的收笔动作。然后回头看着王道："怎样？我写的这几个字？"

王道凑上前去细看龙昆仑写的字，是"穿左门走右道"。

王道笑笑，不评论。

龙昆仑说："你哑巴呀，有屁快放。"

王道说："比我在湖隐岛马邦酒店看到的字，有……退步。"

"退步？"龙昆仑鼓起眼睛，"再怎么退步，比你那几个猫抓字要强。"说着，俯下身又细细地看自己写的字，自言自语地说："好久不练了，笔有点儿生。"

王道拟出了董事会与监事会的名单，董事会五人：龙昆仑、王道、杨天津、宁子烟、江一石。监事会三人：杨柳、胡灵、西门红，秘书：田果。杨柳作为公司原来注册时的董事，王道考虑再三，还是将其留在了监事会。他估计龙昆仑肯定会对这名单进行改动，他也想看看龙昆仑对留杨柳在监事会的反应。

龙昆仑放下手中的报纸，仔细看名单，先是将胡灵划掉换上了王丹怡，接着问："这董监会还需要秘书吗？即使要秘书也应该是董军吧。"

王道说："公司改章程、增资、换董事这些事还都需要田果去工商办，所以把她作为秘书写上了。"

听王道这话，龙昆仑要改的笔停下了。他的眼睛又在名单上停留了一分钟，王道知道他在考虑什么。

龙昆仑将笔往桌上一丢，说："杨柳还在驻队，有必要放进监事会吗？"

"还有一两个月就回来了，听说驻队搞得不错，很有可能评上奔小康先进。"王道说。

"谁说的？"

"我听杨天津杨社长说的。"

龙昆仑面无表情地看看王道，然后一个电话把杨天津叫了上来。

龙昆仑将名单甩给杨天津："看看吧，觉得这名单咋样？"

杨天津看王道一眼，揣摩着情况。看完名单后说："我就不明白了，这秘书为什么是田果？这刚提拔成财务室副主任，马上又成了董事会秘书，她真有大能耐？我怎么看不出来？"

"她的专业水平和做事能力、工作态度非常不错。杨社长，你不觉得吗?"王道看着杨天津问。他的神情不容反驳。

"莫扯那些了,杨社长,王总说,是你说杨柳得了奔小康先进?"龙昆仑问。

杨天津不满地看王道一眼,似乎也明白情况了:"是我说的,前几天与杨柳一起驻队的文联的小年轻说的。"

"这是否得先进还没定吧?表彰的文也还没下吧,到处传。"龙昆仑有点儿不满。

"即使杨柳没得什么先进,那我觉得他当个监事也没什么问题吧,为社里作了那么大贡献。"杨天津说,她为龙昆仑说她"到处传"的话,不高兴。

"你的意思,他还应进董事会?"

"我没说。"

"行呀,你们说了算。"

龙昆仑没好气地把名单递给王道说:"你想怎么干就怎么干吧。"

王道接了名单:"那恐怕不行,得社委会讨论。"

王道刚下楼进办公室就被杨天津一个电话叫去她的办公室。

"怕你办公室找你的人太多,所以请王总屈尊到我的办公室坐坐。有话谈。"杨天津递给王道水说。

王道不言语,看着杨天津。

"这些时,我对你的做法,很有意见。"

王道有准备,嘴巴动一动,只说一个字:"说。"

"你是不是觉得你当上总经理,就能把所有人都不放在眼里了?"

"这话有点儿重,但可以继续说。"

"你提拔田果,我是她的直接领导,你总应该先与我商量吧,好,这次又让她当什么秘书,又是直接就来,你是面面俱到的聪明人,怎么到我这儿就把聪明免去了?"

王道知道杨天津迟早会说这事,所以,不言语,听她说完。

"再说了,为理顺公司,搞审计评估,你支使她做这做那,你通过我这个直接领导了吗？我是为了工作，不刁难她，她手上财务的事积了一堆，她忙不过来，一心只帮你跑腿。这工作也总有本职工作和额外工作吧。再这么下去，财务的事咋办？"

杨天津说到这儿，喝一口水，看见王道不喝水也不说话，一副不冷不热的神态，心里的火更大了。她接着说："说直接点儿吧，职位一高就膨胀，这一点，在你身上尤其明显；再说直接一点，我清楚得很，你看见我要退了，马上提拔一个亲信，为你以后的官途铺棋子，你不觉得这也太功利、太让人寒心了？"

杨天津说完这话，叹口气，停了下来。

王道问："说完了？"

杨天津看着他，不回声。

"你说完了，我来说。首先，提田果不与你商量，是因为我清楚，你肯定不会同意，这些年，财务室连个副主任都没有，就是证明。到那时，你与龙总一起来反对这事，会把事搞复杂。说到做公司的事，这事目前是刊社最大的事，你不冷不热，田果主动，专业知识又强，所以，必须绕开你，让她做。说到铺棋子的事，你说对了，财务太重要，必须尽快培养一个人接替你。"

王道说完这话，喝了一大口水，说实在的，对杨天津近段时间对他的抵触，心里也憋着火。

杨天津冷笑一声，说："难怪宁子烟说，你这人我们以前都没看透。不过接替我的话也别说早了，龙总昨天还说，我退休了会返聘我。"

"返聘是总经理的职权范围，即使返聘也不可能给职务，田果接替你，无法改变！"

王道将公司董监会名单报文联批复备案，首先找的是陶浪沙。事没说便先被陶浪沙拉去了楼下的文联办公室。一位十分有艺术范儿的漂亮女士连忙给他俩倒水看座，说："这帅哥就是大名鼎鼎的

294

王道王总吧?"

王道笑说:"我王道,小打工仔一个。"

"罗美人跟王总心有灵犀呀。"陶浪沙说,又给王道介绍,"这是新上任的办公室主任罗琼。作为人才,刚从市群艺馆引进到文联。文联今年的'百花迎春'晚会,她具体牵头,有事找你们帮忙。"

罗琼对陶浪沙说:"不是说好,这两天请王总吃饭时再谈吗?这么大的忙就轻飘飘在这里说?"

陶浪沙说:"没事,王道是我好哥们儿,先说了事再请吃也一样。"

罗琼坐在王道旁边,看着王道说:"'百花迎春'晚会,财政只拨了十几万,宣传部和文联领导点名要上一些有头面的演员,将这次晚会办成历年来规模最大、质量最高的春晚,这不,算来算去,还有十几万的缺口。林子峰主席让我直接找您,我刚来也不熟呀,这不就找了陶秘书长来要请您吃饭,没想到,您今天自己来了。"

罗琼身上一股幽幽的香水味让王道有点儿发蒙。

陶浪沙帮腔说:"你们《侠世界》这些年,文联是给了不少帮助的,别的不说,你们那小楼,一层二层的产权是文联的,这些年,你看我们办公室,提到过租金的事没?"

王道说:"这事我知道,一直心存感激,但今天这事有点儿大,我得先向龙总汇报,放心,陶秘书长交代的事就是我的事,饭不用吃了,事肯定办好。"说完与罗琼互留了电话。

到林子峰主席的办公室,林子峰看了名单,皱起眉头,问:"杨柳怎么没进董事会?"

王道:"监事都差点儿被划掉。"

林子峰看着王道:"杨柳虽然有些毛病,但做刊物还是很有才的,而且这次下派乡里,干得很不错,说明他做事还是有能力的,这样的人你以后要多拉拢。"

"您说的这些，我都知道，不过，对他以后怎么用，我觉得恐怕得一步步来，他下乡时，所有职务都被龙总抹去了，他回来，如何安排，这事我还真得与龙总慢慢磨。"

"龙昆仑那人，就是不合人，不过总体来说，你这第一步走得不错，我听说，龙昆仑的一大半权都被你夺过去了？"

"这不有您在后面撑腰嘛。我听我们社好几个人都说我背后有大人物。"

"撑什么腰？都是为了革命工作，谁能给刊社带来发展，就用谁！"许是觉得与下属讲话太随意不好，林子峰改变了腔调，"董监会的名单先这样报再说吧。"

王道临走时问一句林主席："'百花迎春'晚会的事陶秘书长和罗主任都给我说了，说是您让他们找我要支持十几万的？"

"那你就支持一下吧。他们资金有缺口。"

火车上，软卧车厢里就四人，王道与胡灵下铺，上铺两个年轻女士，叽叽喳喳地不停说话。

王道躺着看书。胡灵从行李架的包包里拿出两个塑料盒子，一盒李子、一盒橘子，递给王道说："听董军说您特别喜欢吃水果，尤爱李子和橘子，这不，在家里都洗干净了。"

王道欠起身，拿了几个李子在手里。胡灵递过来湿纸巾，问："不先把手擦一下吗？"

王道说："哪有那么讲究。"说着，吃了起来。近段时间，胡灵将全国"包加包"政策全调成了"包加代加奖"，并落实了积压刊的合订本省级代理制，王道很满意。在改制公司上，她配合田果也做了不少事，而且出了一些很好的点子，这让王道对她也很赞赏。

上周，她找王道，希望王道帮忙疏通发行总局的关系，说发行总局正筛选全国一百种畅销期刊，这事对以后的刊物邮发征订的意义非同一般。还有，他们和其他刊社合作的礼品书，卖得很好。侠刊社也应参与进去。她希望王道出面公关。

王道一直是欣赏胡灵做事的职业性的，她能迅速抓到这两个信息，并且提前去想办法做，这让王道很满意。王道答应和胡灵一起去北京争取入选畅销刊和合作的机会。

来北京，他原打算带胡灵与田小草一起来，结果田小草请了病假。

"那董监会的名单，你不会有想法吧？"王道一边吃一边问。

"没有呀，那监事会有西门红，一看便知，您报名单肯定会有我，也肯定是龙总把我名字划下来了，我'包加包'没做好，他对我不满意。"胡灵说。

王道有点儿吃惊地看着她说："你还真灵得像只狐狸呀。"这句有些亲近的话，让胡灵心里一惊，她拿眼迅速观察了一下王道的表情，因为以前王道在她面前从来都一本正经，从不调笑。王道说着剥了个橘子吃，又把塑料盒递给胡灵说："你也吃吧，李子很不错，橘子一般，不甜。"

胡灵接过来说："那我吃橘子，李子留给您。"吃完橘子，胡灵又将湿纸巾递给王道，这次王道接了。胡灵说："有个事情，不知王总能不能帮忙？"

"什么事？只要能帮上。"

"您劝一下江总呗，让他莫整天炒股。"

"江一石炒股，你也知道？还在炒？"

"亏惨了，找我借了两万块钱，到现在都没还。前天，还找我借，我哪里还有钱。听说找杨社长、宁主编都借过也没还，这样下去，怎么办呀！"

这话让王道有点儿急了，他半天没说话，想了一会儿问："江一石炒股，难道何梦瑶不知道？"

"估计也知道一点儿，但肯定不知亏了多少，何主编那人你不知道？只会编刊，其他的，像马大哈一样。"

王道说："回去，我得好好和他谈一下。"

火车卧铺灯熄了后，上铺上的俩年轻女士仍在叽喳，胡灵轻轻站起来，对她们说："美女们轻点儿声，好吗？我们领导睡着了。"其中一个女的说："是你领导？还以为是你的帅老公。"

胡灵把指头放嘴边"嘘"了一下，小声说："可别让我们领导听见了。"坐下来后，她看着背着脸睡的王道，自言自语地嘟囔道："我倒是想有个这么帅的老公。"

王道其实并未睡着，在黑暗中坏坏地笑了一下。

到报刊管理总局已上午十点。北京西客站居然打不到出租车，有也不载客，而宰客的黑出租倒不少。

到了报刊管理总局，局长正在开会。秘书请示后，将他们带到了办公室等候，给他们倒了茶就离开了。办公室里还坐着个身材高挑的美女，微笑着向王道点头示意。王道见这美女像极了他喜欢的演员梅婷，不由得一愣。"我叫路婷，是展阅集团的。"美女说着递过一张名片。王道当然知道"展阅"，展阅是国内最火的做数字阅读的文化集团，旗下有好几个知名的小说网站。王道对这位名片上写着集团副总裁的女人有点儿诧异：路婷是那种端庄大方的职业女性气质，但爱笑，笑起来又有点儿小女人的俏皮和随和，和他原来印象里的女强人的凌厉刻板截然不同。看见王道睁大眼睛看她，路婷加一句："就是路边的亭子，亭子边上加个女旁。"路婷的爽快，让王道笑了。王道说："我叫王道，道路的道。"说完胡灵就递给路婷一张王道的名片，胡灵身上带着他的名片，这是王道没想到的。

"我们是湖北江城侠刊社的。"

"哦，《侠世界》，知道，很有名，读书时还看过，很喜欢。"

路婷仔细看了王道的名片，说："哦，英俊有为的王总经理，名字也霸气。"几句话，就让王道对这位女强人充满了亲切感。

后来发行局事情谈得很顺利。在局长回来之前，王道和路婷已经聊得很热络了。路婷原是京城一家纯文学期刊的主编，几个月前刚刚离开体制入职"展阅"。局长是她多年的老朋友了，今天来一是看望老朋友，二是请他参加她组织策划的一个调研会。局长回来后，有了路婷的引荐，听王道介绍月发行量过百万的《天下传奇》，局长爽快答应为《天下传奇》争取进书目的机会，礼品书合作也达成了意向性协议，下一步就需要胡灵和具体负责人员对接了。

王道和路婷一起出了门，路婷说王道住的地方离她单位不远，车不好打，可以送他们回酒店。胡灵以为王道会婉拒，没想到王道竟然答应了。

到了酒店，王道坚持要请路婷吃饭，路婷看看手表，笑着说："都这个点了，食堂是没啥吃的了，那我就蹭王总一顿吧。"王道在餐厅点了六个菜，要了几瓶啤酒，菜没开吃，王道便给路婷敬了一大杯酒，说："今天结识路总，非常高兴，为表达心情，我满喝。路总随意。"路婷也一口干光了杯中酒。

王道问："路总，东北人吧？"

路婷笑答："看出来了？齐齐哈尔的。听说过吗？"

"知道，鹤乡。那儿的丹顶鹤很出名，前几年跑发行还去过。您南方去得多吗？"

"去过多次，但江城没去，听说热干面很有名。"

"有一种东西肯定没吃过，莲子。"

"莲子？吃过呀。"

"那是晒干加工了的。我说的是新鲜的，青的，那才叫一个好吃。我们单位附近的东湖，每年莲花开放时，满湖绿肥红硕，莲花过后便是莲蓬，剥开莲蓬，那青嫩的莲子，肉嫩清甜，东湖的青莲子，天下第一。"

"说得又美又诱人，敬王总一杯，下次一定去江城，王总带我观湖吃青莲子。"

后来，王道一直认为，这顿午饭吃得太值了。路婷给他讲的IP培育和开发的概念让他很感兴趣，尤其是路婷给他的未来刊物发展策略的建议让他在后来的工作中受益匪浅。

三十六　突击查账让华小美寒心

江一石炒股是从炒认股权证和认购权证开始的。连教他入股市的何思琼都摇头，说："炒权证是股市中最好赌的一批人才敢动的，是股市高手才玩的活，你这一入市就直奔顶上去了。"

何思琼买了辆宝马车，说是炒股赚的，这使江一石羡慕不已，原打算将自己手中的钱丢给何思琼让她帮忙赚点儿钱，但听何思琼讲了炒股入市的程序和半年一百万变一百四十万的经历，江一石决定自己干。

江一石一边办手续一边买了几本诸如《长线是金》《涨停板十法》等书认真研读，将自己读得一知半解、信心百倍。

他买的第一只股票是何思琼推荐的，说是武钢股份即将行权，炒武钢认购权证的大佬肯定会拉高主股武钢股份，以便爆炒认购权证，所以可以短线买武钢股份。

江一石对这话的解读，高出何思琼话的含义，他认为拉高主股是为炒权证，那为何不直接买权证呢？所以，转进股市的五万元，一万买了武钢股份，四万买了武钢认购权证。结果，两天时间，武钢股份涨六个点，而武钢认购权证涨了三十个点，五万变成了六万三，两天赚一万多。这入市的风光，让江一石对自己炒股的机警和运气深信不疑，也让他对炒股产生了浓厚的兴趣。因为何梦瑶对管理家中钱财没兴趣，所以，钱，包括何梦瑶的工资，都是江一石一人管理。他将存银行的钱全部取出来，包括那些存定期的，也不在乎有无利息，将六十余万全投进股市。江一石的炒股经历，是典型的高开低走。不到一年，六十万的资金变成了近八十万，再不到一年时间八十万炒成了二十几万。其间，有股市大涨，因为错买认沽权证，别人皆红，他惨绿。有股市大跌，他买认购权证，股市大跌，他暴跌。有十几万元抢进涨停板，结果，入了大资金诱多的套，当天从涨停直接跌到跌停，而且连续两天封死跌停板出不来，三天亏损近百分之四十。最奇葩的是杭萧钢构股票，其公司与安哥拉签了四十三亿美元大单引发爆炒，连续十六个涨停，馋得他每天开盘便挂买单，却没一次能买进去，终于侥幸买进，结果当天晚上出了证监会严查杭萧钢构内幕交易的信息。这个晚上，江一石彻夜难眠，他感到股市就像一个黑洞，不仅吸进去他的钱，而且将他的精气甚至灵魂都吸进去了。

　　然而，他头天晚上悲伤了、流泪了，第二天早晨，又硬着头皮干，半小时不看股票，心里就像猫在抓。一位与他一同炒股的朋友对他说："我发现你不适合炒股，定力太差，这股哪有每天都操作的，涨的股，到了百分之十就抛，亏了的股，硬扛，扛几个月，不信涨不回来。"结果，他吸取教训，硬扛中国远洋，几个月二十几万扛成了十几万。

　　多次出现一买红盘股就变绿的情况，他实在无法理解，那么大的股市，为何就盯着要赚他这点儿小钱呢？

　　何思琼告诉江一石说："牛市过了，转熊了，资金赶快撤出来。"

　　她哪里知道，牛市时江一石的钱仍亏了不少，他哪里甘心出来？这就像赌徒输红了眼，哪里愿意收手？江一石摆出的是一副赌命的架势。找杨天津、宁子烟，包括胡灵借钱，确实是因为江一石得到了一只股票的内部消息，因为股市的钱已亏得只剩十几万，他希望多押些钱，快速将亏的钱一次性赚回一大笔，然后再将钱还回去。但他哪里知道，熊市中大盘杀跌，几乎所有票都绿，而有内部消息的股也上不来行情，红了一两天，也被大盘一连数天拖着发绿。钱卡在了希望和失望的关口，人与股票一起被套。

何梦瑶驾驶证拿到手后，便吵着江一石要买车。江一石硬着头皮答应，可钱亏得所剩无几了，还借了钱，哪还有钱买车，他知道，一旦把实情告诉何梦瑶，肯定翻了大天，本来已不太牢靠的婚姻，可能会因此而走向崩溃。工作上已有诸多不顺，再来一次家庭的动荡，江一石实在不敢往下想。一边看着股票的阴跌，一边应付何梦瑶各种车型的左挑右选，江一石一连几天心力交瘁，连死的心都有。实在是被逼到了墙壁上无法转身，他硬着头皮，敲开了王道的门。

王道认真地听完了江一石语无伦次的讲述，知道了他找他的目的，说："你不找我，我这几天也会找你，前天何梦瑶来打听买车的事，我就知道你麻烦大了，炒股不出经济状况才怪。好几个人都给我反映，说你陷进股市爬不出来了，到处借钱。"

江一石从口袋里掏出两支烟，一支自己点上，一支递给王道，王道发现居然是几元钱一盒的白金龙，王道没说什么，点上继续说："现在刊社的中层以上差不多都买了车，何梦瑶常去她姐那儿，没辆车也不方便，不买车，肯定说不过去。我这，前几个月付了两套房的首付，手上也没什么活钱了，不过你找到我，我肯定帮你想办法，但想办法有条件。"

王道答应帮他，江一石疲倦而暗淡的眼里早放出了光，他感激地说："你说。"

"第一个条件便是以后不能再炒股，明天我带你去销户。"王道说，看着江一石，江一石不作答，只一边抽烟一边干笑。王道发现，他张开的嘴，牙齿上居然满是黑色的牙垢。这让王道心里有点儿发酸，想到从前意气风发、做事虽固执但十分硬气的江一石成了现在的寒酸样，而他老婆何梦瑶仍那么漂亮有才华，王道真为他担心起来。但他很快压住了这种想法，继续说："炒股亏钱事小，但作为副总，炒股的名声太大，影响不好，而且肯定影响工作，哪天上班时间炒股被抓住，按规定龙总真要开除你，恐怕我也难救你。"说着，直视着江一石，"真的，兄弟，听我的，别炒了。"

江一石低下头，想了半天，将烟掐灭，说："好吧。"

这时，田果从隔壁办公室拿了一杯水进来，递给江一石。江一石连忙站起来，弯着腰给田果点头。

人走后，王道拍一下江一石后背："下级点头，腰不许弯，不能毁了领导的派头。"

江一石笑一笑说："田主任不是你的大红人吗？"

"什么红人不红人，能做事就是公司的红人。再说，她再红也是你的下级吧。"

王道实在无法理解，江一石原来那么傲气的一个人，怎么会变得如此猥琐。

他递给江一石一根烟，想一想，又从抽屉里拿出一条软黄鹤楼烟甩给江一石："走时拿回去，穷得烟都抽劣质的了。"

"受你的贿太多了。"江一石连忙把烟拿着，夹在胳肢窝。

"第二个条件是，把股票卖了后，把借的钱都还上。不然，何梦瑶买车，那些被你借了钱的人心里会犯烦。"王道说，又问，"卖股票的钱，还清借款，应该没问题吧？"

江一石想一想，说："应该没问题吧，估计就剩几万了，全部家产呀。"说着，眼睛红了。

王道又问买地的事。这一问，又将江一石问得垂头丧气，说："几个地方，龙总就看中了马飞他们的那块地，要我两个月内必须拿下。我去找了马邦，他说地是马飞和华小美买的，他没办法帮忙，你也知道，这发行不管了，他哪里会把我当只鸟。再说，我与马飞以前那些事，这些年他不找人整我已是开恩了。"

"没与马飞和华小美联系下？"王道问。

"华小美那疯婆，我敢找她？马飞，电话也打了，短信也发了，电话不接，短信不回，我这才叫前世作了孽呀。"江一石说着，烟从胳肢窝里滑了下来，他慌乱地抓了几次才接住。

王道同情地看他一眼，说："我帮你找她们吧。"又说，"上次华小美回来，说了她几句，现在不太搭理我了。"

王道上任总经理没几天，华小美就回来找过王道。她说的第一句话居然是："报仇的时候终于到了。"她又列举了江一石、何梦瑶、胡灵、西门红的名字，说："这些人不是人，整惨了我们，老天也应该给他们惩罚了。"她说完，又表达出要回广告公司的事。华小美一点儿也没想到，王道与她的想法完全不一样。

王道说："胡灵与西门红虽然都有毛病，但他们做事的能力、职业化的精神是不能否定的。西门红对广告公司规范化的管理确实是到位的。目前纸质市场已出现下滑，若侠刊社还延续从前的那种内斗，那样不到几年，侠刊社肯定垮，这是大家都不愿看到的，所以，重中之重是齐心协力，抵抗刊社经营下滑趋势，适时转型。"王道的话虽然在理，但实在不是华小美愿意听到的，她头低了半天，抬起头时，满脸挂满失望，说："你这意思是我也没必要回来了？"王道说："把印刷厂做好，就是对我最大的支持呀。"

华小美冷笑一声，说："你现在也不算最大领导吧，你不同意我回，我去找龙总。"又说，"你变色龙一样，薄情寡义，总有一天会后悔的。"

王道也不知华小美到底去找过龙总没有，之后，有两次，王道晚上给华小美打电话，她都没接。而她主动打过来的一次电话是质疑广东一家一直合作的罗小生老板的一批小广告为何西门红始终不愿接。

王道说："广东罗小生代理的一批小广告，我知道，不是捕鱼器就是麻将透视眼镜，甚至还有公开卖迷药的，这能登吗？"

华小美说："江城许多刊社都在登，我们为什么有钱不赚？我听说我们广告业绩逐年下滑，我打下的江山都快败光了。"王道说："这种钱赚不得，我最怕的就是你这种理念，赚钱不择手段。"

华小美说："那你就看着广告垮吧。"

王道刚要问印刷厂的情况，华小美把电话挂了，再打过去，不接。再打，华小美掐了电话，来了一条短信："听说你上台，重用江一石、胡灵、西门红等人，特别是何梦瑶，说与你走得很近，我觉得恶心。"

王道收到短信，愣了半天，回了短信："你太缺乏大格局，心胸也太狭隘。这一直是你的致命弱点。龙总的一句话，永远应该成为我们的信条：刊社利益大于一切。在这个信条下，所有恩怨都退为次要，用人所长，不计前嫌，有利于刊社，有利于自己。"

回完短信，王道心情变得有些沉重，这些年，华小美与他心心相通，走得很近，一荣俱荣，一损俱损，甚至差点儿迈过普通朋友的界限。然而，这一次当他走上能够左右刊社的位置时，他忽然发现，他们在为人处世的理念上实在存在很大差异。虽然他原来也了解她性格上的缺陷，甚至因此受到牵连、排挤，但那只关乎个人，而现在，在用人上，这已关乎刊社，这种因理念不同而必将造成的分离凸现了出来。这不能不让他伤感。因为出版部包括印刷厂之后转由杨天津分管，加之王道与杨天津的紧张关系，所以，王道在忙碌中也就没再与华小美联系。这次江一石谈到买地，王道觉得必须亲自去印刷厂找华小美和马飞一趟。

走之前，他让田果把印务公司近几个月的账拿过来看了一下。看了账，王道吃惊不小，他知道刊物近来发行下滑，肯定会影响印刷厂业务，也知道他走后印刷厂业务会减少，但他没想到的是，印刷厂的经营会下滑得如此之快，每月的利润甚至不到五万。按田果测算，与上半年相比，下半年社内用纸量减少百分之三十，社外用纸量减少百分之七十，由此推算，利润正常减少应为百分之三十至百分之四十，而利润减收超出此数字，原因只有一个，那便是管理费用增加。王道问田果："龙总是否知道印刷厂的情况？"

田果说："应该知道，杨总每月都会向龙总汇报整个公司的经营情况。"又说，"您现在是总经理，按道理，她也应该向您汇报。"

王道看田果一眼，田果小声说："这话我不该说。"

王道说："这种提醒很应该，凡事大胆。"又说，"我管理还是有问题呀。"

王道带董军与田果到印刷厂时，已是下午四点，华小美不在印刷厂。去之前，王道给她打电话，未接。让董军打，华小美接后只冷冷回一句："在外办事，回不了印刷厂"。

黄河沙接待了王道一行。王道离开印刷厂后，华小美做了印务公司的法人代表、董事长，她提黄河沙当了厂长。王道以前的印刷厂同事分几批到办公室来看王道，说了许多祝贺的话。王道也一一发烟，寒暄。人走后，王道问黄河沙："华小美何时能回？"

黄河沙说："下午才出去，估计一时回不来。"

王道有点恼了："知道我们要来，还出去，有意不见我们？"

黄河沙说："那好像不是，去纸厂了，有点儿急事。"

来前，王道一直犹豫，在这个时候，查印刷厂的账，对华小美肯定打击很大，他来，其目的是帮江一石谈地，了解印务公司的情况只是幌子。但上午看到印务公司近几个月的账，实在让他不放心，也怕一直胆子大的华小美真在公司有什么事，若如此，事就大了。带上田果也是这个目的。现在，华小美知道他来，居然摆出一副不尊重的态度，这让他下了决心。

王道对黄河沙说："最近刊社要买地，资金紧张，印务这边看有没有活钱，所以，我带田主任过来看看你们的账。"

"查账?" 黄河沙张大眼睛。

王道说: "也可以这么理解吧。"

黄河沙脸上露出极度失望和受辱的神情。他叫来会计, 吩咐了几句, 然后说: "你们查, 我去车间了。"

王道留下田果查账, 他与董军去了马飞的农庄。马飞正在她的办公室看一本厚书, 门是开着的, 王道走进去, 她居然没发现, 回头看见后面的王道, 吓了一跳。

王道问: "看什么呢, 这么入迷?"

"王大经理, 来也不打个电话。是来找小美的吧?

"华小美也找, 马董也找。"

"官当大了, 就生分, 没事就不来了。来谈地的事吧?"

"有什么办法? 那江一石的声音无法传进你的耳道, 那也只有我亲自过来入你的法眼了。"

"莫谈那个人。" 马飞说着给他倒水。

董军进来了, 要了一杯水, 说: "你们谈, 我在农庄转一下。"

"见到小美了? 她怎么不跟来?" 马飞问。

提到华小美, 王道脸上的肉僵了一下, 苦笑一声说: "她躲我呀, 知道我来, 跑纸厂去了。"

"你们最近好像是不对呀, 以前她嘴巴里十句话, 肯定有一句是关于你的, 最近没了, 而且别人提到你, 她也只哼一声。"

"思路、理念不对付呀。" 王道叹一口气说。

马飞 "哦" 了一声, 说: "难怪小美最近像霜打了一样。"

"江一石的情况, 你应该知道一点儿吧?"

"怎么了?"

"炒股亏得一塌糊涂, 还到处借钱, 这不, 上午还找我借钱来着。"

马飞看着王道, 眼光暗了暗。从这微妙的变化里, 王道能感觉出，她对江一石并没有完全放下。

王道继续说："我回去后，因为他支持我解除禁网，龙总把他管事的权都抹了，就只让他负责买地。找了一大圈，龙总就看中了你那块地，让他两个月谈下来，他哪有这能耐。整天里无所事事，废人一样，看他那灾样，我都心寒。"

"他自找的，他那种做人的样，迟早废。"马飞说，脸全暗了下来。王道知道自己帮江一石，也只能到这儿了。

晚饭前，王道给田果电话，田果把账查完了。吃饭时，夏姨、李飞过来了，石光华在镇上喝酒未回。王道问小甜的情况，夏姨说上大学都好几年了。席间，夏姨不断给王道夹菜，董军看不过了，说："田美女第一次来，您不给夹菜，我也好久不来了，您也不给夹菜，就只巴结领导。"夏姨说："王道是我儿子，你们是吗？"

李飞笑着说："王道老总是我姨这辈子最大的恩人，比儿子管用。"

马飞对王道说："前些时杨柳来我们这儿了。"

"杨柳到黄花坳来了？"王道有点儿吃惊。

"领他驻队的村干部来村镇里考察学习。"李飞说。

马飞看着王道："傍晚还去了夏小荷的墓地。下暴雨，他不小心摔了一跤，满脸血。"

回城的车上，田果给王道汇报查账的情况。情况还正常。根据查账，田果分析印刷厂利润减少的原因有三个，一是人力成本增加，华小美除提拔黄河沙外，还提拔了两个车间主任，同时将夜班的工时费增加了，如此，人力成本上涨；二是招待费有所增加，田果质疑有三个已没有业务来往的刊社，对他们仍有不少开销。王道说："这能理解，没有业务来往，才会去公关。"三是纸张涨价带来的成本加大，这是主要原因。没查出大问题，这让王道松了口气，心情也变好些了。他摸出电话，准备给华小美发个短信，解释一下查账的事，正在这时，华小美的电话打进来了。

"小美呀……"王道语气温柔的话刚出，华小美气急败坏的话早冲了过来："谁小美呀，王总经理，你凭什么查我们的账，我犯什么大法了，让你们突击来查？我贪污了？受贿了？你把我当什么人了，印刷厂归杨天津社长管，你也来插一腿？你移情别恋也不至于用这种下作手段来整我吧！"

"冷静，冷静，你在厂里，我就会给你解释了，是你电话不接，找人不见。"

"纸张涨价，不押定金不发纸，没纸，晚上机器就停了，我求到现在，纸才发，饭都没吃。我躲你？每天忙得臭死，到处机器坏，纸涨价，杨社长又不愿在纸厂押钱。我容易吗？还查我。你查出大问题了吧，你把我送公安局得了，谁愿在这破厂待……呜呜……"华小美发一阵大火便挂了电话，弄得王道辩解和安抚的机会都没有。愣了半天，王道才放下电话。

沉默了一阵，田果说："查账，哪个人心里都受不了。"

王道说："好像真有点儿冤枉华厂长了。"还要说什么，电话又响了。是龙昆仑的电话。

"去哪里了？"龙昆仑问。

"刚从印刷厂往回，路上。"王道答，"是，这几个月，印刷厂利润下得太厉害。"

"查账利润就上得来？查账不告诉我？印刷厂，杨社长总管，你查账总应该给她打个招呼吧，把她的人带走，也该给她下个命令吧。这下可好，华小美不想干了，杨总也说以后不管印刷厂了。你有能力，你把天翻过来得了。"

"我这不也是急的吗，到处要用钱。"王道话没说完，龙昆仑已挂了电话。

王道气得手有点儿发抖。他打开车窗，任由外面的寒风呼呼地往车里灌。

三十七　华小美移情黄河沙

雪在一夜间让山野变得一片白茫茫。侠世界印务公司建在黄花坳的一个小山坡上。晚上天寒地冻，雪盖在冰上，到了中午，冰仍未融化。年底，有几家刊社的印刷费未结清，华小美让出纳去催了两次，都空手而回，杨天津三天两头让她年底将应收账款催清。

头天约了《故事文摘》刊社，结果，没想到一夜暴雪。到了中午，雪停了，华小美开车去江城的《故事文摘》。

车从印刷厂开出，下坡时，车轮在冰上差点儿失去控制，直接滑了十余米，幸亏她机警，丢了刹车，只控制方向盘。车稳住后，她便给黄河沙打了电话，让他派人将坡上的雪和冰处理一下。

在《故事文摘》刊社，华小美等了半个小时才见到新上任、管发行和印务的左社长。从左社长的口中，华小美得知以前管印务的、与她和王道喝过几次酒的王社长出了经济问题正被审查。所以，必须把问题查清后才能结清账款。华小美急了，说："李主任呢？他应该最清楚账呀，每次都是王社长签字，他具体与我们结账呀。这到了年底，我们资金也紧张呀。你们出问题，也不能拖我们的账吧。"李主任是王社长手下的办公室主任。

左社长说："王社长出了问题，李主任能逃脱？一样在审查。"

"一码归一码，账清清楚楚摆在那里，会计可以清，因这事拖我们的钱，那就不应该了。"

左社长是个性格温和但绵里藏针的人。他给华小美倒一杯水，说："王社长和李主任的事不小，其中就包括印刷费的问题，你是印刷的行家，你把那些印刷单价和同期的纸价核一下，高得离谱，所以，这账我还敢与你们结？一项项算清楚了，没准你们还要退我们钱。"

这话把华小美说哑了。她记起年初李主任曾在印务公司增开了一张十九万的发票，将这笔账全部做进了印刷费和纸费中，说是他们社里有些账不好处理，而且答应给百分之十的开票费，当时把华小美乐坏了，凭空增加近两万的收入。但这事被王道拒绝了，王道仅让他们交了税费，开票费一万九没收。

华小美暗自叫苦，但她还是硬着脸说："印刷费哪会有高得离谱的事，我们可以一起把账查一下。"华小美想，真核起账了，印刷厂可不能为王社长背锅，只有把事和盘托出。

"核对账恐怕还不是这几天的事，华厂长，今天不结账，可以理解吧。"左社长说。

从《故事文摘》刊社回印刷厂路上，华小美一路上不断翻看手机的短信栏。从《故事文摘》下到一楼时，她看到一楼大电子时钟上显示：12月5日，猛然想起今天居然是她三十二岁生日。她顿时变得有点儿怅然，下午的不顺，包括前些时王道带人查账，以及王道上任后让她寒心的一些做法，这些让她心情坏到了极点，她鼻子一酸，两行泪慢慢滑到了脸颊。这时，她多么需要王道的一条给她祝福的短信呀。以往，她的每次生日，王道都有表示，请吃饭、送小礼物、短信祝福。而这次……

天渐渐暗了下来，路上几乎见不到人和车，只有一片雪色，在暗下去的夜光下，变得更加惨白。车到印刷厂上坡时，雪和冰，没有被清理。车到坡中间开始打滑，怎么加马力也上不去。华小美只得拉了手刹，又在路边找几块青石卡住前轮后轮，气冲冲往印刷厂走。走上坡时，居然还不小心摔了一跤。

装订车间，装订线出了故障，黄河沙正与几个人蹲在一起修，油腻腻的零件摆了一地。华小美上去对着黄河沙的屁股就是一脚："让你不清理坡上的冰。"

黄河沙不防备，被后面一脚踢得往前趔趄了几步，差点儿摔倒。边上的人看见他的窘样，都笑了。黄河沙站稳，也要笑，但看见华小美一脸怒气，把笑收住了，莫名其妙地看着她。

华小美狠狠地瞪他一眼，走了。去外面买零件的小工进来，对黄河沙说华总的车横在坡中间，好像是打滑，上不来。

黄河沙说："呀，修一天的破机器，把铲冰的事忘了，难怪生了大气。"

小工说："华总上坡时还摔了一跤。"

黄河沙说一句"掉得大"，连忙停下手里的活儿，招呼人拿铲子、锹，提热水，解决坡上冰，解救华小美的车。

华小美的车居然没熄火，钥匙也没拔出来。泼了热水，把坡上的冰铲干净，黄河沙上车放了手刹，发动车，不知为何车仍爬不动。边上的人说："轮胎好像扁了。"

黄河沙下来，看见左后轮胎果然扁了，骂道："狗日的，肯定是谁铲冰时把轮胎铲了。"没办法，后面一排人推，黄河沙加大马力开，强行将车开进了厂子里。黄河沙等人把机器修好，让晚班的人正常上线，这才想到华小美一直未到车间来，肯定晚饭没吃。他拿了车钥匙去华小美的宿舍找她。

门虚掩着，黄河沙推门进去，看见华小美正坐在床上发呆。他小心翼翼地把车钥匙放在门边的桌子上，转身要走，华小美说："走什么走，我饭没吃。"

"食堂应该还有剩饭菜，我也没吃。"

"不去。"

"要不搞个火锅到你房间来，好像食堂还有鱼和羊肉?"黄河沙试探着问。

"烧个鱼、羊肉做火锅、炒个花生米，再拿瓶酒过来。"

黄河沙屁颠屁颠儿去食堂亲自下厨，做好菜，分两次端到了华小美的房间。插上电火锅，倒上酒。华小美什么话也不说，端一杯酒便喝了个精光。

黄河沙端了下酒杯，又放下了。房里空调的温度开得有点儿高，黄河沙将外面的羽绒服脱了。

华小美吃了羊肉和鱼，又喝了杯酒，问："都是你做的？"

"是呀，给华总赔罪哈。"

黄河沙端起酒跟华小美碰一下，说："莫生气了。"说完喝了酒。

"手现在还疼。"华小美在房里仅穿着羊毛衫，撸开袖子，露出雪白的手腕。

"是，是，有罪。"看见华小美有话了，知道她情绪好些了。

"你以为就为车子这点儿破事？这今天，整个不顺，还有厂子这状况，烦死了。"

"莫烦，莫烦，这酒到位了，就不烦了。"两人一来二去，又喝了几杯。

华小美忧心地说："纸张老涨价，机器也总坏，行业不景气，业务也越来越少，账还有不少拖赖，这破厂，以后怎么办呀！"黄河沙不接话，看着华小美无精打采的脸。

外面，天已浓黑，厂子夜班的机器没停，不断有机器声隐隐地传进来。

喝了酒，又有火锅增热，两人不约而同地将羊毛衫脱了，脱后，两人笑了起来。黄河沙说："一起脱，这架势，像要干什么下流事。"

"你想得美！"华小美娇嗔。

黄河沙跟华小美碰喝一杯酒，很郑重地说："其实我们还是有很多机会的，就看我们愿不愿意下力。"

"说说。"

"这纸张涨价，本来是上游刊物的事，与我们没一点儿关系，只是因为厂子是侠刊社的，我们不好与他们谈价，一个锅，肉贵了，他们只管吃，不管我们的肉价。还有业务减少，是因为江城的刊社嫌我们路远了，不愿出运输费增加成本，以前有王道这层关系，现在，王道走了，所以才把运输费拿出来说事。其实这运费是可以解决的，在施州做印刷时，我记得发行局为了拉生意，他们的车直接开到厂里来分包，然后发货，我们这儿一样，就近的鄂州发行局肯定愿意做这事，年前，我们与发行局谈好，再把那些刊社管印刷的叫过来，喝顿酒，给个红包，他们的业务，肯定没问题。还有一笔业务，我们一直没做，那就是少儿图书这一块市场，现在火得很，这块市场打开了，我敢说，业务做不完。"

黄河沙说兴奋了，又将衬衣脱了，仅穿一件秋衣。

华小美看着黄河沙，眼睛有了些光，问："这事以前怎么不说?"

"我不是看你着急嘛，才给你分析来着。再说，这是国营，业务多少，与我有何干，年终奖金也就那么一点儿，做多了人辛苦，也不多给我钱。若是个私营厂，你看，我们每年赚两百万都有可能。"

华小美想一想，情绪又下来了，喝一杯酒说："是呀，在这种厂子干得也确实没意思，人累得要死，还被怀疑，太不爽了，不想干了。"

黄河沙看着华小美说："若你不在厂子里了，我也肯定不留这儿了。我也三十好几了，在这偏地方，老婆也找不到，想想都觉得失败。"

"不是有几个小丫头老围着你转，好像还有一个，叫什么，小倩? 总给你洗衣服。"

"这事总还得对上眼吧，没感觉，怎么能走到一起呢。"

"看不出来，眼光还蛮高，还要什么对眼。"华小美笑一笑，话刚一说完，想到什么，忽然心里有点儿发酸。

"你不也一样?"黄河沙说。

"一样个鬼。"华小美烦了，呛他一句。见他低头忧郁的样子，心又有点儿发软，叹口气说，"你那点儿心思，我还不知道?"

一瓶酒，被两人喝得快见底。华小美要站起来去倒水，也许是站急了，也许是酒多了，身子一偏，差点儿摔倒，黄河沙连忙站起来去扶她，没扶稳，结果两人一起倒在了小茶几边的床上。黄河沙的手压在华小美的胸部。镇定过来，他连忙挪开手，坐了起来。华小美躺在床上却没起来。黄河沙有些慌张地转身看她一眼，只见她闭着眼睛，脸腮微红。

黄河沙要站起来时，手却被华小美拉住了，然后，华小美那只手有点儿犹豫又有点儿迟疑地将他的手拉回到自己的胸脯上，喃喃地说："刚才放在这上面，蛮舒服的。"

黄河沙顿时全身热血沸腾，另外一只手，迅速地插进了华小美的内衣，直接捏住了华小美柔软而丰满的乳房。华小美"呀"了一声，身子软了……

黄河沙坐起来穿裤子时，华小美仍躺着，满脸潮红，嘴巴一张一合。他惊讶地发现，床单上竟有一小摊血。他无比感激地抱起她软软的身子，然后热烈地吻她。华小美"呀"了两声推开他的脸，然后满脸羞涩地把裤子找到、穿好，又把枕头拉过来，盖住那块有血的地方，再坐正看着黄河沙。

"第一次呀？"黄河沙无比温柔地问。

华小美问："你说呢？"不自觉地看看那个枕头，像是观察一下是否把那块位置盖严实没有。"你老手呀，野兽一样，灯也不关。"

黄河沙尴尬地笑笑："我年纪大，看过不少黄色录像，比你有经验。"说着，拉过华小美的手在自己的嘴上搓。

"痒死了。"华小美抽出手，将手在黄河沙背后摸了一下，"呀，都汗湿了，我拿毛巾给你擦一下。"她掀开黄河沙的内衣给他擦汗时，说："知不知道，今天是我三十二岁的生日？"

黄河沙转过身抱住她："生日呀。"怜爱地看着她，想一想，说："你等着，我去搞一点儿有生日仪式感的东西来。"说着，站起来就往外走。

"衣服。"华小美抱着他的羽绒服，追到门边。黄河沙又一次深深地吻了她，说："等一下。"

315

不多时，黄河沙抱着几个大馒头和一支平时停电时用的白蜡烛进来。他将白蜡烛插在馒头上，然后将蜡烛点燃，说："将就一点儿，馒头当生日蛋糕，还有，生日蜡烛。"说完，便轻轻地唱起生日歌，唱完，便熄了灯，让华小美许愿，吹蜡烛。

开了灯，华小美看着那几个馒头和白蜡烛，笑了，说："刚才你熄灯时，我说怎么有点儿瘆人，现在知道了，这白蜡烛和馒头，怎么看，都像拜祭死人。"

黄河沙也笑了，用手压住她的嘴："赶快'呸'两声，乱说话。"

华小美将剩的酒分两杯倒满，递一杯给黄河沙说："还是要感谢你，让我这个苦难的生日变得浓墨重彩，而且，潦草地把我这黄花大闺女变成了……女人。"

酒一喝完，华小美便坐在了黄河沙的腿上。外面没有月光，变得更黑了，厂子里的机器声也小了些，断断续续地传了进来。两人安静地坐着，华小美睁着大眼睛，说："会不会有鬼在外面呀？"

黄河沙将华小美坐在腿上的屁股调整到另一条腿上，说："有我在，以后就没有鬼了。"

缠绵地送走黄河沙，已接近转钟，华小美洗了澡，靠在床上准备睡觉时，手机短信提示音响了，是王道的短信："即将转钟，又长一岁。生日快乐！"

看着短信，华小美痴呆了半天，一行泪冷冷地滑了下来，眼泪让短信上的字变得有点儿花，她知道，这是最后一次为这个男人流泪。

早晨，华小美晚起，走到厂子外，看见黄河沙正在她车子边给她的车子换轮胎。

"车轮怎么了？"

"昨天铲冰时，不知谁把后胎铲破了。"黄河沙站起来，深深地看她一眼，说，"外面冷，你赶快进去吧，我让食堂给你下了肉丝面。"

"昨晚上咋不说?"

"说了,不得又挨你一脚。"黄一边用劲拧螺丝,一边说。

"现在也不迟呀。"说着,华小美对黄河沙屁股又是一脚,但这一脚比昨天的轻多了。

"别闹,去吃饭,吃完饭,车轮就装好了。"

华小美从车篷上把黄河沙的外衣拿下来,披在他身上:"别着凉了。"然后一路哼着小曲去了食堂。

吃完早饭,已快到中午了,华小美接到马飞的电话,让她去农庄谈事。华小美知道马飞肯定是要与她谈江城那块地的事。之前,马飞与她商量时,她是一口反对的,因为她知道这事是江一石在做,而且对王道也心有不满,所以,满口拒绝。但经过昨晚上的一切,特别是黄河沙对印刷厂前景的分析,她心里忽然有了一个大胆的想法,所以,这次,她不仅同意卖地,而且设想着如何说服马飞,实施她心中的想法。

华小美到农庄时,马飞桌上的菜已上齐,只等她上桌。

华小美将包包丢在凳子上,说:"刚吃早饭,哪还有胃口陪你吃中饭。"说完,坐在马飞对面,翻看手机。

马飞看她一眼,看她一副不配合的架势,心里要谈的事,早卡在了喉咙,便说:"你不吃,那姐吃了。"

两人,一个吃饭,一个玩手机,都不作声。外面,李飞正吆喝着员工铲雪铺道,声音一阵阵传进来。马飞吃完饭,漱了口,终于忍不住了,说:"江城那块地,难道你还真想在那儿做印刷厂?现在,刊物不景气,印刷的业务也跟着不好做,好多印刷厂关了门。"

"小厂关门,不正好让有实力的大厂业务集中吗?"华小美玩着手机,头也不抬地说。

马飞有点儿不耐烦了,说:"姐与你谈事,莫看手机。"

"你说呀,我听着哩。"眼睛仍没离开手机。手机短信栏刚进来有黄河沙的短信:"美美,晚上补生日宴,叫了几个兄弟姐妹,大餐,切记,莫忘!"

马飞走上前就要夺华小美的手机,华小美一躲,把手机捏在手里:"好,好,听你说话。"把手机放进包里。

马飞说:"那块地,我看还是卖王道他们算了。莫为难他们了。"

"这是为难他们吗?我们的地,我们想卖谁就卖谁,凭什么一定卖他们,现在江城房价还在涨,地值钱得很,那地段,开发区的厂子越建越多,边上还有学校,放几年,金贵得很。"

这话把马飞的话彻底顶了回去。马飞的公司,华小美是第二大股东,她不同意,马飞也不好继续往前推此事,况且,马飞还指望华小美出面来与侠刊社谈地的事。

马飞给华小美倒一杯蜂蜜水,递给她,说:"听姐的,你出面与他们先谈一次。江一石那人虽然坏,但最近也蛮惨的,这买地的事,他谈不成,估计在侠刊社都不好待了。"

"王道上次来说的?同情前夫了?"

"鬼丫头,说什么呢!"马飞道,眼睛不自觉地朝外看一眼。

"要地可以,拿印刷厂来换。"华小美终于说出了自己的想法。

"说什么,你说用侠刊社的印刷厂?"

华小美看着马飞,认真地点了下头。

"你疯了吧?那么大的印刷厂,就换你一块小地?"

"昨晚上,我与黄河沙算了算,厂子把业务做满,一年赚两百万没问题,这可与你农庄和果菜棚有一拼。因为是国营厂,好多业务没下力做。侠刊社近些年经济下滑得厉害,他们资金紧得很。地买了,厂房虽然可改装成办公用房,但也得一大笔钱,我看他们不缺钱才怪,卖厂子是他们最好的选择。若你同意,这事我来谈,谈成了,你再给我加一点儿公司的股份。"

华小美疯狂的想法,惊得马飞张大了嘴巴。

三十八　洗马村，三个诗人重归于好

　　王道带胡灵与发行公司一个叫蒋心的干事去几个省市查摊回来，对期刊市场的严峻形势感到十分担忧。《打工故事》与《城市男女》全年发货数下降了百分之二十，而退货率增加了百分之十，《侠世界》《天下传奇》发货数虽然下降不到百分之十，但退货率竟高达百分之四十，《解密》发货与退货数相对平稳，但其基数本来就小，利润也不大。

　　王道向龙昆仑汇报了查摊情况，说："这种下滑幅度，刊社真要进入危机时期了。"

　　龙昆仑说："我始终认为刊物下滑，就两个原因，一是内容质量出了问题，那《侠世界》再来一个《雪山玉女》，你看发行上不上得去？另一个就是渠道出了问题，前些时，我收到两封信，都是投诉摊点买不到刊物的。这发行肯定是出了问题，我一再强调消灭所有空白点，他们做到了吗？"

　　"除了您说的两点，现在恐怕还真有更大的原因。"王道说着，摸出两根烟，一根递给龙昆仑，一根要点上自己抽。龙昆仑把烟推开了，说："不抽了，戒了。你说还有什么更大的原因？"

　　王道将手中的烟点燃，说："网上阅读对期刊冲击恐怕是最大原因，以后恐怕还会是致命的。现在有两个网站扩张得非常厉害，一个是起点中文网，一个是榕树下文学网，我们许多作者都被他们签过去了。读者也一样。据我所知，不光我们刊物，其他大部分刊物都在下滑，有的刊物发行下滑得更厉害。"

　　"这不就是一场战役吗？与网络争夺读者的战役，拉开马步，与他们死拼读者。"

　　龙昆仑说着有点儿兴奋了。王道心里直叫苦，他知道龙昆仑不服输的本性，他也知道，大势所趋，这是一场必输的战役，他不能激起龙昆仑的斗志，现在最重要的是适时进行调整。他连忙岔开话题："我让田果预估了一下今年的利润情况，还真不乐观，百分之三十多的下滑是肯定的。"

龙昆仑的脸暗了下来，说："前三季度的核算已出来了，相比去年，下滑百分之三十一。印刷厂的利润也下来了，前两天，华小美还来电话，说装订线老出问题，要更换设备，纸也涨价，还要钱囤纸。"

"实在不行，年终少发点儿奖金吧。还要买地，经济危机呀。"王道正说着，龙昆仑从抽屉里拿出一盒烟，递给王道一根，两人点了烟，心事重重地抽。

"上周，你出去查摊，你之前答应文联'百花迎春'的那十二万，发票拿过来了，是那个什么陶秘书长与一个姓罗的女的过来的，杨天津死活不愿给钱，闹到我这儿了，林大主席又追来电话，没办法躲，只得充胖子给呀。以后这种事少答应，拿钱买关系的事，会失人心。"

龙昆仑这话把王道的脸说得一阵红。给"百花迎春"支持钱的事，王道怕龙昆仑不同意，向他讲清情况后，当面给林子峰打了电话，又把电话递给了龙昆仑，电话中，龙昆仑是爽快答应的。而现在，让他为此事兜底，这让他确实有点儿不舒服，但转而一想，在刊社资金如此紧张的情况下，答应并想办法办成此事，也确实草率了。

王道说："这事我该顶一顶，以后，手紧些。"又说，"查摊暴露出我们一些问题，我想开一个董监会的扩大会。"

对王道对"百花迎春"的事相当于认错的态度，龙昆仑颇满意，所以开会的事，他欣然答应，说："可以呀，你开！"

"您要支持参加呀，会上我还可能就发行思路和经营理念说些可能冒犯您以前理念的想法，您得现场批判呀。"

这话虽然隐藏内容，但还是让龙昆仑舒服的，他说："参加，你主持，我坐镇。"

会议定在周五的上午。人到齐后，王道先让胡灵就查摊的情况，包括前三个季度刊社四本刊物的发行情况作了简单介绍。介绍完了，王道说："本来这个会应该是在年终总结时开的，但经过这次查摊，实在坐不住了，有一种巨大的危机让我恐慌，所以，在向龙总汇报后，召集大家开这个会，不是危言耸听，是必须让大家警惕风险的到来。"

因为有胡灵查摊等汇报的铺垫，所以王道的话让在座的人神情专注起来。"查摊，我补充两点，一是对人的感觉。大家知道，《侠世界》刊社的几本刊，在市场上在经销商手里一直是抢手的刊，以前查摊，是经销商提前打听我们的线路，抢着请吃请喝，车接车送，现在不一样了，现在是我们到处找人，有的提前联系也找不到人，而且许多大经销商都转行做物流做酒店了，见面讲义气的，请你一餐，不讲的，店里说几句话，便推说有事逐客，至于代理，给就做，不给无所谓。这是对人的感觉。第二个感觉是对发行场地的感觉。几乎全国所有省市的期刊市场都冷冷清清，其中有四五家，关门歇菜。书报亭也越来越少，我们期刊重镇无锡，两百多个报亭全撤，让人寒心呀。我们去了十来个经销商的仓库，过刊比新刊多，许多刊社都不退刊了，撕一个封面退回刊社，他们承受不了退刊费呀。所以，这一切预示着一个不争的事实，期刊行业开始没落了，期刊市场的寒冬，到来了。说起来，我们还算是不错的，全国知名的《知友》《文摘荟萃》《故事汇》，可能比我们还惨。"王道说完这话，停顿下来，看着大家。王丹怡插话说："与我们同类做武侠奇幻的《九域》已停刊了，还有《武侠天地》，听说也支撑不下去了。"

王道喝口茶，清清嗓子，继续说："前三季度，听龙总说，我们的利润下滑了百分之三十一。这种幅度，让人揪心呀。没办法，我们的经营太过单一，只有发行、广告收入。发行下滑，必然影响广告。所以，对于发行，我想说说我的思路，若不对，请龙总指导，大家讨论。"说到这儿，王道停顿了一下，然后继续说，"针对市场形势，我认为，我们发行的力度以后应该放在控制退货率上，而不是市场占有率上。另外，纸张涨价、刊物涨价也应该提到议事日程上来。"

杨天津问："你这意思就是，要利润不要市场？"说完，看龙昆仑一眼。龙昆仑不出声，似乎在思考。

王道说："可以这样理解。"王道的话让大家静了一阵。

西门红说："控制退货率就是控制发货数，结果必然是减少刊物的市场占有率，如此，对广告的影响更大。"

王道说："我与胡灵商量了，广告客户主要集中在北上广，所以，北上广不控制发货数。"

江一石站起来，说："我不同意控制发货与刊物提价同时进行，政策收紧，定价提高，如此下猛药，我们的市场很可能会被同类刊物抢占。"

"我没说控制发货与提价同时进行，我只是说要考虑涨价的事，纸张涨价，其他刊社肯定也存在控制不了成本的问题，我们适时而动。"王道说。

"我也不同意主动放弃市场的做法。"宁子烟说，"我们总还没到揭不开锅、刊物亏本的时候，这时提出放弃市场只顾及利润，不是大刊的做法，在别的刊退缩之时，我们抢占市场，正是主动出击的好时机。"

王道的脸有点儿紧，但还是笑了一笑，说："我只是提出观点，大家讨论，通讨讨论找到正确或接近正确的选择。"

王道这话说完后，在座的有的看他，有的看龙昆仑。王道说："都说说。何梦瑶？"

何梦瑶紧一下头发，站起来。王道说："都不用站，坐着说。"

何梦瑶说："我们《城市男女》已跌破二十万了，每月发行公司要完数，我们心就发紧，生怕跌数太大，去年到今年，跌了十几万，何时能稳住？现在，为了利润，再人为控制，刊物不下跌得更惨？所以，我敢说在座的主编，没有一个会同意控制发货数。"

王丹怡接过话："是呀，做梦都在期望止跌回涨，现在这样，一点儿希望都没了。"王道苦笑一声："你们是没与我一起去查摊呀。全国终端报亭，不下二十家，放五本，卖一本，退回四本，一本退货起码吃掉三本的利润。这状况，谁不心痛？"

杨天津咳一声，接过话说："今年前三季度利润下滑得如此惊人，退货率高是主要原因，所以，我同意王道提出来的，把发行重点放在控制退货率上，一个企业，利润就是我们的命。"

"那也应该有长期投入和讲求短期利润之分吧。"宁子烟说。

在座的大部分都亮出了自己的想法，王道看着龙昆仑，等待他的观点。

龙昆仑抬起头，叹口气，看着王道，问："怎么田小草没来？她没与你们一起去查摊？"这是龙昆仑一贯的套路，事情复杂时，先绕开正题，扯扯旁事。

王道说："她最近身体不好，总请假。"

"是不是刊物发得不行了，压力太大？"龙昆仑问。

"听说她最近家里出了点儿问题，与她老公在闹矛盾。"胡灵说。田小草现在是发行公司执行经理，是她手下。

龙昆仑说："这控制退货率与刊物涨价，我看还是先放一下，现在已到了年底，明年再看情况吧。"

除了杨天津，几乎所有人都在反对王道的发行思路，这让他有点儿始料未及。他也知道，大家都是就事论事，反对的是观点，而不是他。所以，龙昆仑的话，王道未吱声。

胡灵说："这个月，我们已开始发明年的刊了，是不是可以先找几个退货特别大的省市做试点，控制一下发货数？"

龙昆仑说："你没听清我的话吗？先放一下，过完年再说。"他有点儿恼火。转头对王道："还有什么大事要说吗？"

第一件事的被否定，并没影响王道的情绪，王道将拿在手里的杯子放下来，说："第二件事，我只说思路，或者说是布局。目前，因为大环境，我们的刊物出了问题，我觉得，从明年开始，我们必须考虑扩大我们的产业链，实施多种经营、多元化发展。作为内容产业，我们的产品在期刊渠道上遇到因阅读方式改变而形成的不畅，所以，我们应该顺应潮流，在新的阅读群落里寻找我们的受众。"

龙昆仑对王道的话似乎没听明白，对王道说："说明白一点儿。"

"也就是说，我们应该利用自身的内容优势进军互联网图书市场。我们刊物发行之所以下滑，主要原因是读者都跑网上去了，所以，我们应该尽快建立我们自己的阅读网站，将我们的内容搬进网站，打通网上的阅读渠道。"

这话很快引起了大家的兴趣，在座的开始议论王道说的话。

王道继续说："另外，图书市场较期刊市场来说相对平稳，而我们的刊很多内容都很容易编成书出版，这也是我们的优势，所以，进军图书市场，也应是我们扩大产业链的一个方向。"

杨天津首先泼凉水："建网站，出图书，这两块大事得多少投入？现在刊社哪有资金投入，现在买地的钱都够呛。"

胡灵说："组建互联网公司是可以引进资金投入的，互联网现在差的是内容。"

西门红说："现在期刊广告销售下滑，也有客户转向，在互联网上投广告的因素。"

何梦瑶说："我赞成成立互联网公司，刊物的现状让我们确实应该找新的出路，现在全国有几家顶级互联网公司，那赚钱，像假的一样。另外，期刊与图书本来就是相近行业，以前我们不少内容都被别的出版公司花小钱买版权去做了图书，我们不少资源都浪费了，我们早该进入图书市场了。"

江一石说："传统文化企业，据我所知，有几家在尝试做新媒体，都在投资阶段，说明内容行业，转型势在必行，这比买地重要。"

宁子烟说："我不反对做网站、做图书，寻找内容的新出口，但买地同样是大事，投资买地是为刊社留最大资产。所以，我绝不主张为投资新行业，放弃买地计划。相反，我倒觉得，印刷厂对我们拖累越来越大，赚钱越来越少，还要新添设备，这方面大家可以权衡一下。"宁子烟的话让王道暗暗地有些惊讶，他知道，她的声音在某种意义上也就是龙昆仑的声音，他没想到，目前仍在赚钱的印刷厂，竟然被龙昆仑纳入买地与卖厂的权衡中。

王道看见大家讨论得差不多了，于是将目光转向龙昆仑，但龙昆仑却将眼睛移向别处，并无要说话的意思。他估计，因为控制退货率的事，龙昆仑对今天的会已有了不满的情绪，他唯恐他再定调，推迟他的进军互联网的计划。所以，他顾及不了他还讲不讲话了，说："今天讨论的议题很重要，基本达成一致的是：一、发行控制退货率和刊物提价的事，暂缓。二、推进转型，试水互联网和图书出版。"

在会议要结束时，王道对杨天津说："有件事，我觉得要强调一下，以后每月公司的财务状况，财务室除报龙总外，我这里也需要报。"

杨天津说："田主任不是给你报了吗？"

"我需要正式的综合报表，作为总经理，我负责经营，我需要掌握这些数据。"王道说完又转向胡灵和西门红："每月的发行、广告数据，胡灵与西门红也要制表，董事会成员与主编人手一份。"

中午睡了午觉起来后，王道便直接去了江一石的办公室，敲了半天门，江一石才把门打开，睡眼惺忪。

"昨晚当小偷了？上班时间还睡？"

"兄弟不知道呀，这些时日何梦瑶疯了一样，天天晚上要造人。"江一石一边说一边要给王道倒水。

江一石卖了股票，还了钱，王道借给他七万，又买了车，经济压力和家庭风险暂时缓解，心情也好多了。其实王道的七万，其中五万，是他找何思琼借的。王道前一段晚上约何思琼喝咖啡，把江一石炒股亏钱、何梦瑶要买车等林林总总的事一股脑儿地给她说了。

何思琼说："帅老总约喝咖啡搞得我都有点儿春心荡漾，原来就为这事，打个电话不就得了，还用费那劲儿。"

"我这不也是孤单，想让美女陪陪，玩点儿小情调吗？"

"就一张嘴，一点实的都不敢玩，白长一副可人的皮囊。这种小事，明天我就把钱打你卡上，自己的妹夫，也不谈借了，教他炒股亏钱，我也有责任。"临走时，王道一再嘱咐，不能让何梦瑶知道此事，否则，肯定把婚姻毁掉。

王道对江一石说："水莫倒了，新车开到单位来了？"

"开来了，梦瑶开的。"

"那车钥匙呢？"

"我这儿有，人各一把。"

"蛮好，下午试一下你的新车。"

"现在？"

"对呀，不乐意？钱，大头还是我借你的。"

江一石嘿嘿笑着把钥匙递给王道。

王道说："你不与我一起，放心？"

江一石与王道一起出门时，王道提醒说："把你的包拿着。"

王道开着江一石的车，一路竟然上了高速收费站。

江一石有点儿急了："上高速一开几十公里，不好掉头。"王道一边取卡一边说："新车就得在高速上跑，尽快跑完磨合期。"

在高速上跑了几十分钟，遇到往宜昌的指示牌，王道转了过去。

江一石似乎明白了什么，有点儿恼了地问："你这到底要去哪儿？"

"去宜昌西陵镇洗马村。昨天与杨柳联系好了，他们今天正好杀猪，明天又正好是周末。"

"你征求我的意见了吗？你不知道我不愿意见这个人？"江一石说。

王道不回话，只一心开车。

"你现在主意大了，有权有势就不懂得尊重人了，你这德行与龙昆仑有什么区别？好多人说你得势猖狂，我看，说得没错。"

王道宽容地笑一笑："说得没错，不猖狂一点儿，做不成事。"说完，掏一根烟要递给江一石。

江一石说："在这车上，一根烟不能抽，否则，何梦瑶会骂你个狗血淋头。"

王道连忙收了烟，说："不抽，不抽。"

王道这才发现车子里摆满了小布娃娃，整个一小女孩的香车的感觉。沉静了半天，王道看一眼闷头不说话的江一石问："真生气了？"

"真生气有什么用？欠你的太多。"江一石说着，将身子往下靠了一靠，闭上眼说，"车里油好像不够。"

"没事，我出油，你出车，等会儿到休息站加油。"

快下高速时，天已擦黑，江一石的手机响了。掏出手机，江一石慌了，说："何梦瑶！完了，忘记给她说了。"

王道从他手里拿过手机，接通。"还在办公室？快下来。车不见了。"手机那边传来何梦瑶焦急的声音。

"没事，何主编，车在我手里，车和江一石，今晚上我都借了。"那边停顿了一下说："是王道呀，你们在哪儿？我也要被借，晚上没地儿吃饭。"何梦瑶说。

王道对江一石做一个怪相。江一石小声骂："这蠢女人。"

王道对着话筒说："你就别来蹭饭了，我们快到宜昌了，太远，你过来蹭一餐饭不划算。我们明天回。"

何梦瑶这次停顿的时间长了许多，说："你转告江一石，招呼不打，回来当心他的皮。"

车快到洗马村时，王道远远看见杨柳正一个人站在村头朝路远处望。车到他身边时，他才搓着手，向手里哈着热气，似乎怕握手时冰了王道。

与王道握了手，转头看见从后座下来的江一石，杨柳脸上的表情僵了一下，显然，他并不知道来的还有江一石，他缓了表情，对江一石说："来了？"并主动向他伸出了手。

猪是洗马村村长毕得才家杀的。车停在江边的青瓦平房村委会外面。然后，杨柳带王道与江一石步行去毕村长家。山村黑得早，隔户的距离少说也有一两里路，而且没有灯。三个人两前一后往前走，不时要反过身躲过正面吹过来的寒风。大约走了二十分钟，终于看见前面山脚下出现了有灯的人家，杨柳说："到了，再上一个坡。"

刚靠近土砖围栏的农院，一只灰色大狗忽然冲了出来，对着走在后面的江一石狂吠，江一石吓得转身要跑，杨柳连忙转身跑去拦狗，骂："日你的灰娘，再叫，老子打了。"

叫"灰娘"的母狗许是认清了来人是村里的领导，停了叫，对杨柳摇起了尾巴。毕村长走了出来，在灯光下，用一只手挡着光朝院外看，叫："杨组长，领导来了吧？"

杨柳不回话，拉着王道朝院里走，进房时，骂一句："只知道喝酒，狗日的，也不找个人在外面接一下。"

院子里刚杀了猪，一股血腥味。村子里的雷连长、柳洋，还有与杨柳一起下派来的文联干部小郑都坐在堂屋里，堂屋里烧了两盆炭火，加上桌上的两个暖锅，热气腾腾。

"其他人都赶走了，就留几个精锐陪大家。"毕村长说完，又一一向王道介绍在座的人。

柳洋与王道握手时，看着王道问："怎么你们大刊社里的灶台不一样？"

"怎么了？"王道笑问，手被抓住，不好抽回。

"原来，我以为再见不到比杨柳更俊的人了，这又来一个，比杨组长更俊。这可不是灶台不一样，饭菜滋养的不一样吗？"说着，也不管其他人，倒了两杯酒，一杯就递在了王道左手上，"谁也别和我抢，等了一个多小时，没白等，等来一个潘安一样的人儿，太值了。"柳洋说着，一两左右的杯子，一口就喝了。

王道右手还被柳洋拉着，看着杨柳，嘿嘿笑着，有点儿不知所措。雷连长说："领导都还没坐下来，你就开始犯骚？让领导先坐下。"

杨柳对王道说："习惯一下，乡里与我们那边不一样，入乡随俗，就先喝了吧。"

大家都入座后，毕村长从厨房又端上来一个暖锅，说："我婆姨最拿手的——猪下水。"酒局开始便是高潮，所以，一场酒喝得高潮迭起，野性十足。把在桌子下窜来窜去接吃扔下来骨头的灰娘都闹愣了。一下子，它的主人被勒住脖子灌酒。一下子，它的主人追赶别人，一副要动粗的架势。它一开始还象征性地叫几声，之后，也就懒得搭理了，只一心啃骨头。

第一个倒的是小郑，他居然出头给杨柳代了一杯酒，所以，被轮番多灌了几杯。

小郑去外面吐了回来，半闭着眼说不行了，要睡觉。

柳洋歪歪地站起来，走过去扶住小郑："娘扶你，厢房睡。"两人去了厢房，柳洋半天不出来。

杨柳对毕村长说："去看看，莫让柳大胸，欺负我们小郑。"

毕村长摇头："屁！零件……也讲型号吧？这型号，他们俩，也对不上……吧。"

毕村长晃进房，再出来，说："两人都，躺床……各躺各的……没有……叠一起。"

第三个喝熄了的是雷连长，他伏在桌上，一动不动。毕村长虽然没倒，但也把个眼睛喝成了半闭。

王道、杨柳、江一石，酒虽然过量，但还算清醒。

杨柳倒一满杯酒，站起来，走到王道与江一石旁边，说："兄弟来看我，真是，很感动。都在酒里了。"王道站起来，拍拍杨柳的后背，端起酒喝了。

跟王道喝了，杨柳又端一满杯酒，站在江一石背后，江一石站起，一只手搭上杨柳的肩膀，说："酒，喝爽了，心，也爽了，但，这杯酒，真喝不下去了。"

毕村长仰靠在椅子上，半闭的眼，全闭上了。房里一下安静了下来，灰娘啃骨头的声音成了唯一的声响。灯光有些发红，暖锅里的汤，有气无力地冒着泡。杨柳数了一下脚旁的酒瓶，对王道伸出五个指头，说："幸亏，他们之前喝了一场，否则，我们也完蛋。"王道掏出手机看，已过转钟，又左右看一下，问杨柳："这残局，怎么收拾？"

杨柳说："管不了他们了，我们回吧。"说完，又去另一间房，叫醒毕村长的婆姨，找她借了床被子，抱在手上，然后又去小郑与柳洋睡的那个房找到一个手电筒递给王道。三个人轻手轻脚地走出院子。灰娘跟出了院，跟了几步，感觉外面实在太黑太冷，也就不跟了，摇摇尾巴，转回去了。三个人相互搭着肩，无比亲密地往前走。外面冷风一吹，三个人的酒醒了一半。

江一石笑着说："那个，什么，柳大胸，她半夜醒了，不会真把，那个，小郑，给非礼了吧。"

杨柳捏一下江一石："什么年纪了，还性幻想。"

江一石说："你个花心萝卜，在这民风彪悍之地，还不知办了多少个柳大胸。"

三个人笑了起来。深夜的笑声传得很远，声音折回来时，有点儿怪异，让人毛骨悚然。

杨柳说："这乡里，虽然民风粗野、低俗，但，决不下流。所以，江老弟，别想歪！"

快到杨柳的住所时，三个人看着房子不远处的长江，不约而同地停住了脚步。月亮不知何时从云层里滑了出来，碎碎的光照在江面上，泛起了粼粼波光。那江水拍打着岸，在静静的夜里发出沉闷而浑厚的声音，仿佛在挤压着什么，又仿佛在挣脱着什么。

三个人进了杨柳的屋子。打打闹闹洗漱完后，王道与江一石挤在了杨柳的床上，杨柳把长桌上的东西清干净，铺上垫被，睡在了桌子上。

屋里有点儿冷，有月光从窗帘筛了进来，有江水轻浪声，一阵阵从门缝里流进来。王道将江一石伸到自己胸部的冰脚扒开，说："冰死了，臭脚。"话没说完，江一石另一只脚将他的腿顶了一下，顶得王道叫出了声音。

杨柳说："两个大男人，莫下流。"

王道一脚踹在江一石的屁股上。江一石也夸张地叫一声。

王道对杨柳说："这江一石，毛病老不改，睡觉连个裤衩也不穿。"

安静了一下，杨柳叹口气说："找到了，我们十多年前，一起写诗的感觉。唉，我们有多久没想到过诗了……"

听这话，江一石"腾"地坐了起来："要不，我们三个，来一首？"静了几分钟，杨柳出了第一句："黑色的浪／埋葬了道路／也

遥远了 / 我们的 / 目的地。"

江一石接："一场注定失败的对峙 / 让我们 / 失去了逃脱或者飞翔的羽翅。"

王道继续接道："长睫毛的满月 / 用枯树的坚韧 / 勾勒出 / 潦草的暗示。"

杨柳说："王道这句接得好。"又接一句，"一种信念 / 如桨 / 划开恶水的外衣 / 浪的沉思。"

江一石说："这句，不如将'沉思'改为'沉寂'。"又接一句，"一种执着 / 如绳 / 捆绑懦弱和心悸。"

王道说："前后的韵好像变了，但内在韵和节奏还是不错的。"又接一句，"我们凫入险恶 / 不再顾及浪的锋利 / 我们终将抵达 / 微弱的晨曦。"

王道完成最后几句，三个人回味了一下，杨柳率先说话："好诗，充满隐喻和活力，我建议题目可以叫《渡》，诗乃言志呀。"

江一石又说："从此，三个人的天空，没有缝隙。"

王道问："这一句，要加在诗的最后面?"

江一石说："不不，诗兴没完，随口一句，共勉。"

江一石的这句如诗如语的话，一下子将三个人的心拉得很近。杨柳甚至感觉到鼻子有点儿酸。

这时，窗外微弱地露出了晨光。

三十九　王道与华小美，渐行渐远

侠刊社的离职潮在大年初八刚上班的日子达到了顶峰。年前走了六人，开年居然走了二十人。八十多人的刊社，走了三分之一。新年五天暴雪，上班时冰雪未化，上班的人不断有人滑倒或撞车。

王道、宁子烟、杨天津、江一石坐在龙昆仑的办公室。茶几上摆满了瓜子、糖、烟，却没人动。

董军带人在各部门查到岗的人数。查岗时，不断带人上来递辞职信、告别。他已带了三茬人，也有转交辞职信的。

年前，为发年终奖金，王道与龙昆仑意见不一，王道主张，董事会以上级别，扣发年终奖，其他人员仍发奖金过年，在艰难时期应安抚人心。

龙昆仑说："年景好，发多少都没问题，年景不好，大家应该共担。"

查完岗，董军上来汇报，说除辞职的，仅两人未到岗，一人上班时车被撞，正处理事故，请了假；另外一人是田小草，既未请假，也未辞职，电话不接，情况不明。

龙昆仑铁青着脸："这些年轻人，哪有一点儿忠诚度，养不熟的狗，走了好。"

王道对杨天津说："让田果准备红包，大一点儿，两百一个，我们十点半去开门见喜，发红包。留下的都是忠诚度高的人，提振、安抚一下。"

杨天津看看龙昆仑，见他不置可否，下去准备去了。

十点半要去发红包时，龙昆仑说："要去，你们去，看不出来？留下的都是没本事的，安抚个毛。"

宁子烟有点儿恼了："你这意思，我们这些人也都是留下来混饭的。走，说没忠诚度；留，你说没本事。我看，你们两个领导留不住人，才叫没本事。"王道拉一下宁子烟的袖子，说："非常时期，我们更应齐心协力，龙总不好意思去，我带大家去。"

发完红包，王道进办公室，发现有两个男人坐在他的办公室等他，其中一个个子略矮的，有些眼熟。矮个子站了起来，直直地看着王道说："我是田小草的丈夫吴礼。"

王道想起来了，参加文联"百花迎春"晚会时，他们的座位在一起，知道他是侠刊社的王道时，他还夸张地站起来与他握过手，并自我介绍是江心区群艺馆的副馆长，是田小草的丈夫，给王道留下最特别的印象是，他把晚会送的包翻了个底朝天，小声嘟囔着："哪有这搞法，用我的人，连个红包都没有。"

吴礼指着边上略年轻的男子说："他是田小草的哥哥，田小谷。"

王道"哦"了一声，要过去与田小谷握手，但那田小谷，坐沙发上，不友好地瞪他一眼，站都不站起来。

王道估计有什么麻烦事，回自己座位，掏一根烟只对吴礼做了一个要不要的动作，吴礼摆下手，坐下来时，田小谷掏根烟递给吴礼。

三个人都抽上烟，王道问："有事？"

"我想问一下，年三十，王总是不是接到过什么人的电话？"田小谷单刀直入。

王道说："接到过很多电话和短信，都是拜年的。"

"转钟后还有？"田小谷眼光有些犀利。

王道猛然想起，春晚结束，王道刚接到董军的拜年电话，田小草的电话就进来了，信号不好，那边半天不发声，王道喂了几声，那边才传来田小草的声音："王总，我……好难……"王道知道发行跌得太厉害，以为她压力大，所以安慰了几句，接着，就被另外进来的电话冲断了。王道想起这事，这才警觉地审视地看他们一眼，说："还有电话呀。"又转向吴礼："你夫人田小草就给我打了电话。有问题吗？田小草今天咋没来上班？"

田小谷从口袋里拿出了一部电话，王道看出，是田小草的，他翻找了半天，看着电话说："是深夜一点零三分打的。"又看着王道，冷笑一声说，"你觉得，一个女下属，深夜一点多给你打电话，这正常？"

王道终于明白这两个人的来意了。王道感觉有一种被侮辱的感觉，气得脸有些发白，但他还是强忍住火，对田小谷说："这肯定不正常，但是，放在大年三十，就正常了。田小草电话后，我还接到过两三个电话，有男有女，需要我翻出来给你们看一下吗？"又转过脸对吴礼问："你对你夫人田小草如此不信任？田小草到底怎么了，她为什么不上班？"

"还上卵子班，到六角亭去了！"吴礼爆一句粗口。

"六角亭？什么意思？"

"六角亭，你不知什么意思，江城有几个六角亭？六角亭，他妈的，精神病院！"田小谷几乎在低吼。

王道心一沉："田小草，精神病了？三十打电话不还好好的？"

"你少在这儿装洋相。我不信她不是你害的。她办公室在哪儿？我不信找不到证据，我记得她以前经常写日记的。"

被冤枉事小，得知田小草精神病住院，这让王道既吃惊又惋惜。再与田小谷说话，口气变得不再恼怒了，因为，他能理解他的心情。

王道说："这才是真让人没想到，田小草是个懂事理的聪明人，太可惜。行，你需要什么，我们都帮你。"说完给胡灵打了个电话，人来后，让她带田小谷去田小草的办公室找日记。

吴礼没跟他们一起去。人走后，吴礼掏一根烟递给王道："没办法，不依不饶，大过年，审我好几天。"

王道没好脸色地回他："审你几天，就把线索引我这儿了？"

吴礼苦笑一声，不作答，只一根接一根抽烟。看着他飘忽甚至有点儿恐惧的眼神，王道似乎明白了什么。

不多一会儿，门"啪"地被撞开了。

田小谷进来指着吴礼的鼻子说："你给老子把手机拿出来！"

吴礼慌了神，装出不明白地看着他。田小谷上去就蛮横地将他推倒在沙发上，然后强行从他口袋里搜出手机，低吼一声："你个婊子养的杂种。"骂着，起身就往门外走。跟进来的胡灵，连忙闪让出道。一切发展得太快，王道瞪大眼睛看着胡灵和吴礼。

吴礼满脸涨红，故作镇定地整了整衣服，站起来，抖着手又点

335

了根烟，然后慢慢地走了出去。

王道回过神，看着胡灵："什么情况？"

胡灵凑过来，将手机的照片栏打开，一边递给王道看，一边说："拍这照片，差点儿被那个人打一顿。"

照片放大是："遗书 吴礼外面有人，是群艺馆姓万的，有聊天截屏在手机里。生无趣，死安宁。选择放弃，选择原谅。亲人节哀见谅。田小草"

"抽屉是被那人撬开的，遗书放在抽屉正中间，日记也被他拿走了。"胡灵说。

"田小草没死，得精神病了，在六角亭，太可怜了。"看完遗书，王道说。

想到田小草的一些状况，想到年三十她的那个电话，王道万分后悔和惋惜，眼圈也有些发红。

下午，王道与江一石、董军去六角亭精神病院看了田小草，刚回来便接到龙昆仑的电话，让去他那儿谈事。王道以为龙昆仑会与他谈职工离职和田小草的事，谁知，刚坐下来，龙昆仑便谈到买地的事。

龙昆仑说："春节期间，我与宁子烟去看了马飞与华小美他们的那块地，还真不错。十四亩多，厂房有六千平方米，稍加改造就可以把编辑部与经营部门全放进去，还有一栋小楼，不用装修就可以放行政部，我们的办公室也可以在这栋小楼上，还有现成的一栋楼，做职工宿舍。还有现成的仓库，真的，蛮好。江一石与他们谈价了吗？一亩多少万？"

王道为职工辞职和田小草的事，弄得郁闷至极，没想到龙昆仑竟不存心，反说起房子和地。年前，江一石对那块地段的地价早询了价，那块地属江州区，土地性质为工业地产，地价在每亩五十万左右。而江一石第一次与华小美谈价，华小美便一口咬死，每亩六十万，之所以高出平均地价，也是因有厂房等这些附着物。王道听到江一石回来汇报，火冒三丈，说："她华小美拿刀砍人吧？全部加起来八百多万，我们到哪儿去抢这笔钱，我敢肯定，他们买地时肯定不会超过四百万。"

之后，江一石为压地价，还发短信给了马飞，希望每亩降十万，但马飞一直没回短信。王道因为对此事到底不上心，所以，也没再过问。

王道知道龙总肯定知道华小美她们给出的价，他明白，他问这话也只是为了引出另外的话，所以，用一句"她们要六十万，拿刀杀人"的话来表达自己的不满。

龙昆仑说："六十万也确实高了点儿，但那些房子也确实是实用呀。价可以慢慢谈嘛。刚才华小美打来电话，说马上过来，说江一石做不了主，要直接与我谈。这丫头片子现在口气蛮大了，真把自己当老板了。"

"再大的老板，还不也是我们的职工，翻得了浪？这谈地，是不是要把江一石也叫上来？"王道问。

龙昆仑说："算了吧，老感觉她对江一石有敌意，年前跑我们家拜年，说了一箩筐江一石与何梦瑶的坏话。"

"还说了我吧？"王道敏感地问。

龙昆仑看王道一眼："倒没有，感觉总绕开你说事。估计查账，对她伤害不轻。"

王道苦笑一声，忽然想到什么，说："辞职这么多人怎么办？"

龙昆仑说："主要的骨干都还在，没什么值得慌张的，天垮不下来。"

王道说："《解密》编辑部只剩两个人，还怎么编刊？我想过完正月十五就搞一次人才招聘会，除招聘编辑外，另外招几个懂网络的人员，尽快把网络新媒体公司搞起来。这事，明天就得开始统计各部门需要补的人。"

龙昆仑说："可以呀，你去搞。"

王道忽然把椅子朝前移了一下，然后直起身，看着龙昆仑说："做网络，有一个人很适合做这事，不知老板能不能同意。"

"杨柳？"

"是呀，他编辑做了十几年，认识作者多，在出版社、其他刊社的熟人也多，他主持推进这事，应该是不二人选。若能让他重新主持《侠世界》，手上有阵地资源，那更好。"王道说完，看着龙昆仑，似乎在斟酌他对这话的反应。

龙昆仑"哦"了一声，沉吟了一下，说："这次杨柳下乡还是做得不错的，'奔小康扶贫先进工作者'，全文联表扬，到下面磨炼，也成熟了许多。能干事的人，总还是要用的吧。"

龙昆仑说着端起杯子，王道连忙帮他把杯盖打开。龙昆仑又说："为你两个文友，你就这么能做？记得，以前为江一石，你也是，结果，他后来对你怎么样？"

王道嘿嘿笑一笑，说："这不是急着用人吗？！"说实在的，龙昆仑对杨柳的态度一百八十度大转弯，这实在是他没料到的。

"《侠世界》现在是王丹怡负责呀，让她回《打工故事》？"

"这不就听老板的吗？"

"你是合你意就听老板的，不合你意就反老板的。"龙昆仑说。

"还有一个事，就是江一石……"王道还要说什么，外面传来敲门声。进来的是华小美，穿着皮大衣、皮裤、长皮靴，戴着皮手套，拿着红皮包。

王道看着她，笑着说："整个一摩登女郎呀。"

华小美没搭理王道，放了皮包，脱了皮大衣，摘下手套，看着龙昆仑说："龙总，堵车，来迟了。"

龙昆仑站起来，要亲自给华小美倒水，王道看不过去，自己站起来，帮着倒了，放在华小美面前。

"你爸，华团长还硬朗？"龙昆仑问。

338

华小美说："退休了，现在成了钓鱼高手，施州钓鱼协会会长，还打猎，比在任时忙。"华小美说着从包里掏出一张纸，递给龙昆仑。龙昆仑看了看，是辞职申请，看完后递给王道。

　　华小美说："过了十五，请龙总派人去审一下我任期的账。现在黄河沙全面负责，但听说装订线又坏了，一上班就在修，还有明天不拿钱进纸，这期刊物估计会拖期。"

　　龙昆仑说："不当厂长了？辞职与你爸商量过吗？"华小美说："不用商量，他听我的，他经常出去打猎的越野车都是我买的。"

　　龙昆仑喝口茶。王道从他眼神里能看出失落感。

　　"说说吧，地的事。"龙昆仑说。

　　王道站起来，对龙昆仑说："要不要把江一石叫上来？"

　　"莫叫他，叫他我就不想谈了。"这是华小美进屋后，第一次面向王道说话。这种有点儿居高临下的口气，让王道很不爽。王道说："不谈也可以呀，我正好有事，你和我们老总单独谈吧。"说着转身要走。

　　华小美的脸被王道一句有点儿硬的话给呛红了。

　　龙昆仑问："你走还怎么谈，你是总经理，买地这么大的事，你不管？"

　　王道说："这么熟的关系，地价还高得离谱，这事不如不谈。"王道虽然嘴上如此说，但人还是坐了下来。大家都沉默了一阵，龙昆仑又喝一口水，和缓地看着华小美问："上次我给你谈的，用印刷厂置换你们土地的事，你与马飞商量了吗？"

　　华小美站起来，倒一杯白开水，放在自己面前，说："马总不同意，但我和马邦都同意，马总说这事让我做主。"

　　王道终于听到自己预料到的结果。说实话，他心里特别不能接受这种结果，但龙昆仑执意买地，用印刷厂置换地的考虑确实是最好的选择。账上资金不足，买了地还得装修，加之他主推的进军网络的计划也需要前期资金。不管心里多抗拒，但这种选择的坐实，还是让他心里有一种轻松的感觉。

"王总，你觉得呢？用我们的印刷厂，置换他们的地？"这是第一次在王道面前正式提出用印刷厂置换地的事，龙昆仑想看看他的反应。因为杨柳的事，龙昆仑做了大尺度的让步，所以，他估计王道不会有太强烈的反对意见。

王道说："我估计会是这种结果。这种选择也不是不能考虑，但之前，就印刷厂和土地，两者都应该有个评估报告吧。评估报告出来，有了差价，看看马飞他们那边能补我们多少钱。"

听了王道这话，华小美喝了口水，有点儿嘲讽意味地笑了一笑。然后看着龙昆仑说："龙总，我估计您这边最少得准备一百万。"

龙昆仑问："为什么？"

华小美说："差价呀。"

王道说："屁，我们印刷厂少说也投了一千万，你地值多少？"

华小美仍懒得搭理王道，对龙昆仑说："新车买回来用两年，看看什么价卖出去，况且我们好多机器买的都是些二手淘汰的型号，老坏，印刷又不景气，说实在话，马飞不愿置换是对的，也就我为刊社，讲一些情分。"

龙昆仑干笑两声，说："好，好，领你情。"

王道不想再多说什么，站起来对龙总说："那半月后，我们找公司先评估。没其他事，我就先走了。"

龙昆仑说："那么急干什么？"又看看手表，说："这都到了饭点，我晚上有个应酬，你陪华小美去吃个饭吧。"

王道站着没吱声，他等着华小美婉拒或推托。没想到华小美说："可以呀，离了职，我就不是下属了，也该请我吃个散伙饭吧。"

寒冷的傍晚，年关未过十五，餐馆大部分未开张。王道与华小美一前一后在文联大院外的马路上走着。下起了小雪，王道把伞给了华小美，他拉起羽绒服上的帽子。人少车稀，脚踩在有雪的路上，发出"咔吱咔吱"的声音。路灯只是孤寂地亮着，王道不知为何，心里也触景生出许多苍凉。

终于找到一家施州土家馆。小馆子，空调坏了未修，进房仍是凛冽的冷。

王道要了鸡子和施州腊肉两个火锅，另点了芹菜干子和西红柿炒鸡蛋，都是华小美最爱吃的。菜全部上齐后，王道问华小美："要酒吗？"

华小美坐下来后就一直在玩手机，头也不抬，说："随便，要一点儿吧，天冷。"

王道要了两瓶小劲酒。火锅沸腾起来后，华小美脱了皮大衣。华小美虽然长相秀美，但吃相却是十分粗犷豪放。她大吃大嚼，好像边上没人。王道问一句，她也只简单答一句，好像唯恐影响她吃喝的节奏。

王道说："年三十发给你的贺年短信，没收到？"

"收到了，当时家里人太多，一忙，就忘回了。"

华小美面前已堆了一堆鸡骨头和肉骨头，嘴唇上沾着油，闪着光。

"七天都在施州？"

"是，黄河沙也在，我们今年五一结婚。"

华小美仍是一边吃一边回答，眼睛看着锅里的肉。沉默了一下，王道说："那以后厂子有人管了。"

华小美未回话，只是难得地看了王道一眼。王道白净的脸显得有些疲倦，也变得清瘦了许多，一双清澈的眼里满是忧郁。

王道实在是觉得有些无趣，虽然他也看出华小美许多"作"的痕迹，但他知道，一切都只会是渐行渐远，他觉得若用心去挽回，虽有可能回到从前，但那既无意义，也无结果。

他站起来，去结了账，对华小美说："账已结了，你慢慢吃吧，我还约了个事，先走了。"

不等华小美回话，王道已走出门。

刚才那张忧郁而白净的脸还在眼前停留，转眼就变成了自己孤单一人，华小美怔了一下，然后站起来，靠着窗朝外看。她看见王道在冷风的道上，寂寞地前行，到了路转弯处，似乎停顿了一下，然后，消失在了冬天的寒风里。

四十　杨柳与华美琪久别重逢

杨柳在南京的如家酒店刚入住，便接到武侠作家老残的电话让他过去，说有一桌酒席和几个美女正等着他。他这次来南京一方面是为《侠世界》约稿，另外，更为重要的是找南京的几个实力武侠作家签数字版权。重中之重，是希望能找华美琪签到《雪山玉女》的数字版权。在农村驻队时，无暇顾及其他，唯有华美琪的短信，让他又陷入失眠。华美琪的短信是："听说去了宜昌农村驻队。不知一切可好？"

看到华美琪的名字，杨柳五味杂陈，一段铭心刻骨的回忆让他无法自拔，那个让他无法逃脱的身影，搅得他整夜失眠，他考虑许久，最后只回了几句话："驻队很好，远离城市红尘和锋利，安好，谢谢。"

来南京之前，他给华美琪发了短信，告诉了她来的目的、时间，华美琪短信回得很快，说在北京办事，答应第二天赶回并见面。

驻队结束回刊社后，对自己在刊社的前景，杨柳不抱多大希望，因为侠刊社成立公司，董事会成员没有他，这意味着他已被排除在公司决策层以外。能进监事会，他估计王道没有少费力气。

然而，过年时他还是一改以往风格，去了龙昆仑和林子峰家拜年。又让王道帮忙，请出文联秘书长陶浪沙喝酒。驻队让他唯一的收获便是在与人交往方面有所进步。去龙昆仑家时，他带了两条烟和一提乡里送他的腊肉。他猜想了许多见龙昆仑的场景：冷场、退礼品、称有事躲他。没想到，龙昆仑对他很热情，临走还回送他两瓶好酒。拎着酒回家时，他一路对自己会心地笑，对自己会心地说："放下，蛮好！"

因王道过年回了施州，所以，整个年杨柳几乎都与江一石泡在一起，打牌、喝酒，甚至还跟着他与何梦瑶一起看了场电影。江一石是那种认了朋友便不计前嫌的人，但何梦瑶却不是，看着江一石与杨柳忽然好得像亲兄弟一样，她虽不反对，但也从不给杨柳好脸色。她哪里知道，那个洗马村之夜对他们关系的决定性改变。

开年，杨柳被任命为《解密》的主编，又被王道举荐全面负责公司数媒转型的工作，作为法人代表，在江城东湖高新区注册了湖北侠世界数字新媒体公司。之后，王道又去北京办下了其他刊社皆垂涎三尺的网络经营许可证。他知道，王道对刊社转型寄予了很大希望，刊物下行，转型能否成功，关系到刊社的生死存亡。而这一切的压力也第一次让杨柳有一种喘不过气的感觉。

他知道，王道的压力更大。印刷厂置换马飞的地的事基本谈妥后，王道便与江一石一直在跑土地变性的事。在土地使用方面，王道与龙昆仑产生了较大的分歧。龙昆仑拿地的目的很简单，将原来的厂房适当改造装修，将刊社搬出文联大院，将那里作为公司的办公地。而王道却希望将土地的性质改变，将工业用地变性为商住用地，开发那块土地，既办公又住家，并售卖房产。几次讨论的结果是，时限三个月，土地变性，办得成，便长远考虑；办不成，着手改建，装修。为此，王道与江一石，像没头的苍蝇，没日没夜地跑关系、找政府。

杨柳整理好协议准备出门时，老残那边又来了一个电话催。老残订的酒店在秦淮区的晚晴楼。与秦淮河一步之遥。找到晚晴楼睡莲厅时，厅里仅坐着两位长相甜美的女子。老残居然还未到。正犹豫时，个高肤白的女子起身问："是老残请的客人杨总？"

"我是杨柳。老残还没到？"杨柳说着，脱下外面穿的皮大衣，挂在房里衣架上，坐了下来。又说："这家伙，自己没到拼命催我。"

话未落音，门开了，老残走了进来："在停车，看你进店，喊不应。"

"陌生地方，谁敢随便答，又没看见你伸出车门的脑袋。"杨柳笑着说。

老残先介绍了杨柳，又指着个高肤白的女子说："这美女可不好请，秦淮新八艳头牌，董小宛。"

看见杨柳惶惑的眼神，姓董的女子说："别胡说好吧？我叫董小菲。"老残说："南京电影学院的老师。不是我手上马上有部剧开拍，她可不会跑这儿来帮我陪客。"说着又要介绍旁边的女子，但手指着她，却实在想不起名字了，所以只得一边指着人，一边眼看着董小菲。董小菲却只是眯着眼笑，就不接茬儿。老残急了："那什么？上次还一起吃了饭的？"

"华晶晶。记性。"董小菲说，"我们学院的实习老师。"

"亏我上次还帮你挡了两杯酒，连姓都记不住，老残大哥待会儿自罚三杯。"个子偏小的华晶晶说。

"华晶晶？"老残沉吟一下，想起来了，"对，华晶晶。上次还说了，浓缩版的华美琪。"说着看着杨柳，"来南京不去看一下华美人？"

杨柳避开老残的眼光，小声说："约了。"

董小菲说："杨哥也认识华姐呀？她现在可是我们圈里的大姐大。今儿咋不一起约来？"

老残说："杨总可不只单单认识华美人，他与华美人可是有故事的。"

杨柳说："她在北京，明天回。"

菜还没上，杨柳随手从包里拿出协议要给老残看。老残接过协议，看也不看，直接帮他又塞进了包："今天只喝酒，不谈协议。"

杨柳有点儿急了："我大老远来，版权协议的事，老兄一定得帮我。"

"好，好，兄弟尽力。但这事可不好做呢。"老残说着掏一根烟递给杨柳，又歉意地对旁边两个美女说，"妹妹们原谅，谈事，只有烟才能点燃大脑。"

董小菲含笑说："没事，让我也点根。"说着找老残要了根烟，杨柳帮她点了。

"杨总，你可是不知道，我们南京的几个写武侠的，谁还写小说，都搞影视剧本去了。那个来钱，逮上一部，可不就发了。我手下有两部，以前在《侠世界》发的，都在与北京的公司谈版权，这版权你们不拍影视，出得起价？"

杨柳终于知道老残为何不与他谈版权了，说："那些影视版权，你都可以留着，慢慢赚钱。我找你们要的是数字版权。"老残看着杨柳，没听懂："什么版权？数字电影版权？"

杨柳解释说："没有电影，就是数字版权，我们侠世界公司，新成立了数字新媒体公司，还拿到了网络经营许可证，你们把以前的作品给我，我们代理在各大网站推出，根据阅读点击量进行分成。当然，也可以一次性买断几年，但那样，买断费对你们来说，肯定是少得可怜。"

"哦，要的是网络版权。这事可以谈，不会伤和气。"老残如释重负，又说，"这事今天也不在桌上谈，明儿我把南京的那几个被你们《侠世界》喂大的，叫到我的工作室，一起谈。"

酒席结束，杨柳谢了老残去洗浴的邀请，独自一人，来到秦淮河边。乍暖还寒，秦淮河上的灯船在阵阵冷风中仍是热闹地穿梭。朱自清与俞平伯同游秦淮河，留下《桨声灯影里的秦淮河》的经典散文："今天的一晚，且默了滔滔的言说，且舒了恻恻的情怀，暂且学着，姑且学着我们平时认为在醉里梦里的他们的憨痴笑话。"杨柳默记着朱自清散文中这句经典，心里的沉醉和梦里的依稀让他满脑子纠缠的都是华美琪的音容。

来秦淮河的路上，他收到刚在酒桌上认识的董小菲的一条短信："告诉华姐与你共餐，她让多陪，可否请杨哥K歌？"

杨柳站路边回了短信："谢谢华总，谢谢小董。孤游秦淮，心静如水，更觉惬意。"

杨柳找了游船登船口边的一个小茶亭，要了杯普洱，一边品茶，一边静看那些两人成双、三人成群的玩夜之人。

酒桌上，老残的那句："华美人的风采，众媛能敌？砍了堂前树，竖起新磨房。"杨柳默猜这句话，原想细问，又不好开口，现在再想，总觉得华美琪这些年定有变故。

杨柳这些年情感婚姻并不顺意。夫人是父亲上级的女儿，长相平平，之前做保险，升职成片区经理后，整日忙碌，原本父母包办，奔着婚姻而去，也难谈感情。儿子长大，成绩长相亦是平平，而杨柳自从有了婚前与华美琪的那次刻骨铭心的夜晚，情感的红房子似乎早已堆满那晚的月夜、床、风、旧电扇，随华美琪的转身，红房子便上了锁，留下门外窄窄的小院，虽有花草，却也找不到怒放的色彩。婚姻奔着家庭，奔着繁殖，也算修成了正果，但缺了情感根基的房子，终归是危房。如今，坐在灯光桨影边的秦淮河，思念着那个被他丢失了的情影，他心里仍是满满的不沾肉欲的情愫。

登船口忽然出现几个颇有气质的男女，而其中被一个穿貂皮大衣的女人挽着手的高个男人，被杨柳一眼认出，是袁由。

杨柳像中弹一般，失去呼吸般地看着他们有说有笑地上了游船……

与华美琪见面是在南京皇城中学附近的云善茶楼。上午，在老残的工作室，杨柳见到了南京的五六位武侠作家，这些作家大多是被《侠世界》培养出来的，有两位还是杨柳亲自组建的白金作家群的人员。事情谈得非常顺利，一分钱未花，签了六部长篇、八部中篇的数字版权。

中午，杨柳执意做东请了老残及另外几位作家吃饭。吃完饭，午睡起来，杨柳忽生想法，退了房，拎着包，打车去了皇城中学。十几年前，皇城中学那个青瓦小平房，屡屡在他梦里出现，一种迫切的愿望，让他几乎管不住自己的脚。然而，让他失望的是，青瓦小平房早已没了踪影，皇城中学虽然还在，却也成了高楼中的矮楼。在附近登记入住宾馆后，他几乎一下午都坐在云善茶楼。打开茶楼二楼的窗，能看见不远处的秦淮河。

华美琪是下午的飞机，他告诉了在这里等她见面的地点。华美琪回了三次短信。上飞机前一次，下飞机发了一次，出租车快到时，又发了一次："小柳，等急了吧？姐姐马上到。"

华美琪是拖着个红色旅行箱上的茶楼，杨柳迎上去，帮她接了箱子，把箱子靠放在沙发边后，转身看见华美琪脱外面的毛皮大衣，他又在后面帮她接住大衣，对折一下，小心地放在沙发上，然后迅速将开着的窗子关上。再转身时，华美琪摘下了帽子，浓密的长发，水泼下来一般，一小半正好滑过杨柳仰起的脸。

杨柳一系列体贴的做派，早让华美琪的眼神变得温柔无比。她张开手："来，抱抱。"

相互拥抱时，她在杨柳耳边小声说："四处奔波，让你嗅嗅姐姐身上的臭酸味儿。"

坐下时，杨柳说："毒药香水。"

"蛮懂时尚了。"

安静下来，杨柳定定地看着华美琪。她里面是件暗绿色的羊绒衫，许是羊绒衫扎进裤子里的原因，使她的身材比以前更加丰满了。眉毛显然是修整过，细细的两弯。眼睛虽露疲倦，但仍是柔柔地大。嘴唇却是吴越女人所特有的，薄而精致，皮肤透明般的嫩白。

"看得这么专注，是不是藏不住老了。"华美琪咧嘴一笑，说。

"没有，没有，你大我不到一岁，哪里会老，还是以前那样的粉嫩。"

"粉嫩？你是说多了些粉黛吧，告诉你，卸了妆，吓死你。"

"底版优良，卸了妆，也是另一种美。"

两盘简餐上来了。杨柳另要了两杯红酒。华美琪说："饭前，我先给你把正事聊完，吃饭喝酒就不给你说公事了。"华美琪说着，把杯盘往中间推一下："《雪山玉女》的数字版权，原来在南京社再版时，与他们签过，我看了，已到期了，我转给你，不要你们一分钱，分成的形式就行。另外，我不做发行了，成立了个工作室，正在运作《雪山玉女》的影视，有个特爱武侠、特别迷《雪山玉女》的暴发户想投钱。听说你们省对影视扶持的力度特别大，我想你回去后与你们老板商量一下，利用你们《侠世界》独有的故事资源做基础，把它们转向影视，成立一个影视公司，这几年，我在这方面积攒了不少人脉，若需要，我去你们江城也行，一批像老残那样的武侠作家都在做影视，把他们集结在一起，肯定能成。"华美琪说完，端起酒杯，跟认真听还没缓过神的杨柳碰一下杯："我说完了，我们喝酒。"

杨柳举起杯子："信息量太大。做影视，有内容和写手做基础，我们确实算是有资源，内容输出，做影视也是内容产业转型的另一个出口，我回去好好与王道、江一石商量，尽快给答复。"

杨柳喝了酒，看着华美琪，问："真可以去我们江城呀？"华美琪也直视杨柳一眼，脸上滑过一丝忧郁，"可以。"

华美琪忽然一口将杯中的酒喝完，撩一下头发说："我和你那同学袁由，离了，前年。"

这事是杨柳早预料到的，他看着华美琪，以为她后面还有话，他看见华美琪眼圈有点儿发红，眼睛也在躲闪他的目光。沉默了一段时间，杨柳轻声问："为什么？"

华美琪低着头说："也没什么，他总是，总是过不了你这个坎儿。结婚前一个晚上，我把我们的事都告诉他了，他开始还装作没什么，后来，总是纠结这事，不放心我，和我吵……再后来……没什么，现在他已经是出版社的社长了，过得蛮好的。唯愿他好。"

又沉默了一段时间，杨柳说："昨晚上，我一个人在秦淮河边上，看见他了，身边还有一个女人，估计是陪朋友游河。"

听到这话，华美琪立即敏感地抬起头，问："你没与他打招呼？"

"他没看见我。"

"哦。"华美琪敏感的眼神里有酸酸的东西，这让杨柳心里产生了些妒忌。

"不谈这些了，我们吃饭，都快凉了。"两个人默默地吃饭。吃完饭，华美琪用餐纸擦着嘴，问："你怎么样？还好吗？"

杨柳将剩下的一口残酒喝尽："能怎么样？孩子明年考上了大学，估计我们家的危房也就垮了。"

这次轮到华美琪细细看杨柳了，说："还是别让自己太孤独为好。"

"家是可以热闹地撑着，但心里的孤独，不更难受？"

"别，别，洒脱点儿。"

又沉默了一阵。华美琪说："怎么找到的这地儿？离我们皇城小区就几步。"

"下午，我想找一下十多年前，你们家那青砖平房，没找到，找到这儿，坐了一下午。"

没想到，杨柳这短短几句话，把华美琪说哭了。

杨柳递给她餐巾纸，手却被她抓住了。两个人，紧紧地握了一阵手。

华美琪忽然松了手，说："好了，洒脱点儿，我也乏了，要回了。"到茶楼下门口，杨柳要送华美琪，华美琪眼里有内容地看他一眼，没有拒绝。路上，杨柳问："你家，那个旧电扇，还保留着吗？"

华美琪没有回答他，只默默往前走。到了华美琪家楼下，华美琪回过身，仍是眼里有内容地看着杨柳，说："楼太高，箱子搬不动，送我上去？"

杨柳身子僵了下，将箱子递给华美琪："有电梯，不送了。好好休息。"

华美琪接过箱把，头也不回，快速走了。杨柳痴痴看着华美琪进楼道，又在冷冷的夜色下，足足站了十分钟。

回到宾馆，杨柳的手机里传送来一张照片，是那个发锈了的电扇的照片。后面有一条短信："被袁由丢出去两次，保住了。"看着那张照片，杨柳的眼睛模糊了。

第五章

四十一　王道、杨柳、江一石强推转型

王道被胡灵叫去仓库。仓库是租用文联的一个平房，原来是食堂，食堂办不下去，仓库就废弃了，侠刊社就租用过来做了仓库。仓库里堆满了退刊，已快码到房顶，只留下一条窄窄的过道。王道听到胡灵他们在里面说话，便沿着过道往里走。走到头，是用玻璃隔起的一个小办公室。胡灵正与蒋心和看门的老胡在里面清退刊。

看见王道挤进来，胡灵抹着头上的汗说："这开年才到三月份，退货差不多涨了一倍，我让老胡清出来几包，打开，把人气傻了，里面的包上面，我们邮寄的标签都还在，说明经销商的包都没拆，就退回来了，这种要发货数的法子，简直是自欺欺人！"

王道仔细看了退回的几个有标签的包，也气得火冒三丈。"退一本，起码销五本刊的利润，这样玩非把自己玩熄不可。"

老胡说："还有两车退刊没拉回来，仓库装不下了，估计得在仓库外面再加盖个房子。"

胡灵看着王道说："要不，化一批纸浆？"

"侠刊社的刊，什么时候化过纸浆？龙总会同意？不是还有收过刊的吗？包括做合订本？"王道的声音不大，但似乎被外面堆得满满的刊逼住了，声音出不去，所以，显得有点儿刺耳。

"刊物不好卖，收过刊的也是存货积压太多，不买了。合订本，我们也做了几本，没赚什么钱，对正刊还有影响。"胡灵说。

蒋心说："听经销商们说，我们的刊物也越编越差了，没有什么好看的内容。"

"这话可不能乱听乱说，别人怎么说不管，发行部门，包括广告部门，我再听到一句自损刊物内容的话，不客气。"王道说。

蒋心到发行公司有几年了，个子小小，长相甜甜，活泼开朗，讲话做事直来直去，王道批评她几句，她似乎也不太在意。

胡灵加一句："强调N多次了，就是听不进，哪有卖瓜说自己的瓜不甜的事？"蒋心小声顶一句："这不是给自家领导说事嘛，在外面也没说一句。"

王道瞪她一眼，又觉她的话还有点儿受用，也就没再说什么，只是心里嘀咕：怎么发行公司也出了个华小美样的人。出了仓库，王道便直接给龙总打了电话，说："仓库的退刊堆不下了，您最好到仓库来看一下。"

龙昆仑说："昨天我就去了仓库，退刊堆不下，我让老胡告诉你找文联，在外面搭个堆刊的、工棚一样的样板房。"王道停一下，说："龙总，这样下去也不是事，开年一季度，退货差不多增了一倍，发行政策不调整，退刊就可能拖死我们公司。"

龙昆仑那边也停顿了一下，没好气地说："这事，你也知道着急？整日在外跑什么土地变性，这家里的事也该管管了。"

听了龙昆仑这话，王道也来了气，但还是压住了，说："好吧。我现在就去找陶浪沙秘书长。调整发行政策的事，我们再谈。"

到了陶浪沙的办公室，陶浪沙给王道倒了水，盯着王道，小声问："知道了？"

王道有点儿糊涂，问："知道什么了？"

陶浪沙理解地一笑，说："我是说办公室牵头搞的那'百花迎春'的事。"

王道还是糊涂，问："'百花迎春'怎么了？"

陶浪沙看着王道："真不知道？正好，你来了，我让罗琼主任过来给你说。"

王道："别，别，我来是有正事，你那事等会儿再说。"说完，王道将想在仓库外面再搭间房的事给陶浪沙说了。陶浪沙说："这事还真不行，上周，我列席党组会，党组研究决定，让通知你们把仓库腾出来，文联得收回，装修后，重新把食堂开起来，没办法，文联一批退休老员工联名要求。前几天给你打了电话，你当时说在庙山跑地的事，我电话要说的就这事。"

这是王道没想到的，不但盖不成房，还得腾仓库。

"你们文联这么决定也太简单了吧。那么多的刊，我们往哪儿腾？你们也太不为我们公司考虑了吧？我们支持文联的力度，你也是知道的，自己买地都得卖厂，还支持你们'百花迎春'十几万。"王道的气话一股脑儿地蹦出来了。

"好，好，别激动，这党组定的事，肯定是改不了的，你也莫怪我，一个月内这仓库必须腾空。"

"不搬。"王道甩出句狠话。

僵了一阵，陶浪沙给王道续了水，说："不搬也得搬，兄弟，这事怪不得我，我得执行。"

看见王道闷怒着不动，陶浪沙说："这公司的事总有办法解决的，你是聪明人，莫为公事犯犟。'百花迎春'的事，你才要好好解决，这事蛮讨厌的。"

"这'百花迎春'关我什么事呀，钱也给了，难道还要我们补窟窿？我们现在可真没钱了。"

"不是，不是，要不，我给罗琼打个电话，你去她办公室，她给你说。"说着，陶浪沙真给罗琼打了电话。

王道出陶浪沙办公室时，陶浪沙追一句："一个月，兄弟。"

王道没搭理，头也不回地走了。一边走一边想着上次陶浪沙找他借人到办公室秘书科帮忙，被他给拒绝了，想着，难不成陶浪沙是因这事有意为难他？

王道进罗琼的办公室，罗琼已给他倒好茶了。"真没想到，本来是要表达一点儿心意，结果把你害了。"王道刚坐下，罗琼把茶杯往他面前挪一挪，万分歉意地说。

"什么事呀？"王道看着罗琼，似乎猜到了什么。

"陶秘书长没给你说呀。"罗琼睁大眼睛，神情顿时变得有点儿紧张，但她的紧张，在王道看来，多少有点儿夸张。

"你是不是与一个叫吴礼的人有过节儿呀，就是那个江心区群艺馆的副馆长。"

"哦，吴礼，知道，年前还在我们那闹出个乌龙。"

"乌龙？"

"那事别说了。吴礼，认识，我们发行公司执行经理田小草的老公。"

"这人特讨厌，就为'百花迎春'那购物卡的事，他把我们给告了。还告到林子峰书记那儿去了。"

王道终于明白是什么事了，他不作声，看着罗琼，听她继续讲。见王道不作声，似乎露出紧张的样子，罗琼的烦躁显得真实些了，继续说："我也是脑袋进水，那两千元的购物卡，我们是给专家和主要演员的，连我们组织的人员都没有，他吴礼，带一个无关紧要的节目过来，我凭什么给他。结果演出时，他坐你旁边，居然还翻了你的文件包，说你有他没有。这人，可太恶心了。"

"既然是给专家的，那为何给我呢？我又不是专家。"王道问，心里有点儿庆幸，因为他当时就把卡交给办公室主任董军了。对罗琼的着急，不管是否有夸张的成分，他还是有兴趣继续看她往下着急。

"这不是觉得您帮了忙，总应该报答一下嘛，您那卡的事……"罗琼说到这儿，站起来，去把门关上，然后小声说，"其实，卡的事是我与陶秘书长一起定的，我没说他，一个人承担了，现在后悔死了，好心害了人。"

王道站了起来，说："就这事？"罗琼神情凝重地点点头。

王道说："那我没什么事，卡，我当时就交给我们办公室了。"

王道说着要走，这种反转，让罗琼脸上的神情早已迅速变得晴空万里了："那太好了。为您着急了好久哈。"

走到门口时，罗琼追上来，要塞他一盒精致的铁观音。王道含笑地看着她："第一次没害成，又害第二次？"

"这是我的，私人人情。"

"领情，领情，我只喝新茶。"

"你也可以送人呀，可名贵呢。"

"千万不可，千万不可！"王道拒绝了罗琼，出了门。

下午，王道外出办事，快下班才回办公室，小办公室浓烟弥漫，仔细看，杨柳与江一石坐在他的办公室抽烟，正谈得热烈。他们在说王丹怡的事。从江一石口中，王道才知道王丹怡要结婚了，已发了不少请帖。

王道糊涂，说："昨天还与西门红说事，没听说要结婚呀。"

江一石说："早换了，她准老公是《江城日报》的副主编。这可不就是肥水流了外人田吗？"说了这话，江一石与王道两人都一边抽烟，一边隔着烟雾看杨柳。杨柳脸上没什么表情，续了根烟说："我听说，西门红与胡灵谈上了。"

这话倒让王道有点儿吃惊，说："不会吧？胡灵好像比西门红大不少。"

江一石呛一口烟，咳了起来。

杨柳坏笑："不会吧，胡灵与你有一腿？没必要呛成这样吧？"

江一石把王道桌上的杯子端起来，胡乱喝一口。

王道说："昨天的陈茶，乱喝。"

江一石止住咳，很郑重地说："肯定是真的，连何梦瑶都看出来了。"

"好事呀，这不就是自家的肥水灌自家的秧田。"王道说，看见桌上有个很精致的圆口瓶子，问："这是什么？谁送的？"

"何梦瑶让我拿来的。是她用剁辣椒、生姜、大蒜、桂片、花椒、八角茴香……作料多了去，泡的凤爪。"

"什么凤爪，也就是鸡爪子。刚才你没来，我吃了一个，还真蛮好吃。就是太小气，你、胡灵，连西门红都送了一瓶，没有我的份。"杨柳说。

"何梦瑶，爱憎分明，我说给龙总送一瓶，她坚决不给。这蠢老婆，不知怎么就生出这做泡菜的瘾，泡萝卜、泡榨菜、泡大蒜、泡黄瓜，除没把人拿进去泡，什么都泡个遍，最终发现，泡鸡爪最好吃。"

"你老婆也算个奇葩，做什么事都能成瘾。做刊物，我敢说，她是全刊社最下得神的主。"王道说。

"估计泡江总这老黄瓜泡不出个结果，所以，试着泡泡别的。"杨柳不怀好意地说。

江一石瞪他一眼，说："你个损人，要什么结果？何梦瑶说了，我们以后做丁克家庭，二人世界，白头偕老。"感觉江一石有点儿生气了，王道连忙对杨柳说："你别阴阳怪气了，这瓶凤爪，我转送你。"

听见这话，江一石连忙抓住瓶子不放："这是万万不可的，何梦瑶的脾气，你不知道？好心好意给你做一瓶凤爪，你转送给他，还不把她气疯。你这也太不把别人劳动当回事了吧。"

杨柳脸上滑过一丝不快，但脸上的笑仍没收住，他举一只手，说："好，我不要，好吧。我们说点儿正事，成立影视公司的事，策划方案也给你们好几天了，表个态。"

杨柳从南京回来，把华美琪要做《雪山玉女》影视的事说了，也把她愿意来侠世界公司筹建影视公司的事说了。这事引起王道极大的兴趣。这些年《侠世界》《打工故事》的原创作品不少都被搬上了影视，有些在电影、电视市场还影响不小，其中《侠世界》刊发的小说《铁血将魂》改编成的电视剧几乎成了近几年最火的战争片。但这些影视作品都是影视公司跳过刊社，直接联系作者购买版权，所以有巨大的原创资源，但无一个部门来经营版权，相当于资源流失。而做影视公司，可以充分用活这些故事版权资源。王道当时就让杨柳尽快拿出策划方案，并且尽早推进此事。

王道说："做影视公司的策划方案做得不错。"

江一石也说："方案，我也看了，对当前影视市场的分析，对我们所独有的优势分析都到位，我支持。"

王道说："现在最重要的问题是如何能通过公司的董事会。昨晚上，我还在想这事。我与江总就两票，杨天津不好说，龙昆仑和宁子烟更不好说。所以，想来想去，觉得上会前还是应该先运作一下，比如，我与杨总先去找宁子烟说一次，让她支持，至于龙总那儿，杨总单独向他汇报一次。争取做到上会就能过。"杨柳想一想说："要不，我单独请他吃个饭，饭局上说？"

王道说："这样最好。"

江一石说："若能在一起吃饭喝酒，最好也说说你希望进步，要求进公司董事会的事，要不，我们在董事会里的势力也太小了。"

王道说："什么势力不势力，拉帮结派呀？"

江一石说："你们难道没听公司里在传一种说法，说我们三个是公司的改革激进派，说龙昆仑、宁子烟、杨天津是保守派。"

王道脸色严肃了："打住，越说越不像话了。现在利润下滑如此厉害，再不找出路，生存都有问题，我们捆绑在一起是找活路，一定要制止什么改革派和保守派的扰乱团结的说法。"

杨柳仍在为他的影视公司如何过会的纠结中，没接他们的话，他看看手表，忽然对王道说："要不，今天晚上就把宁子烟叫出来打场麻将，我们正好三缺一。"王道与江一石相互看看，为杨柳的提议，眼睛里放出了光。

王道问："谁邀?"

"当然是你!"江一石与杨柳几乎同时发声。

"你们倒一致。你们不知道,自从我当了总经理,宁子烟对我就反感加敌视了。"

"再反感,你是总经理,怎么也算是她的领导吧?领导,发发淫威。"杨柳说。

王道用手机拨通了宁子烟的手机。

"宁大主编,我和江一石、杨柳想约你讨论一下中国传统文化有关长城的建筑问题。"电话一通,王道说,并且一边说一边给他们俩眨眼睛。

"看他那副色眯眯的贱样。"江一石小声对杨柳说。

宁子烟那边没声音,王道看看手机,以为没通,正要再说话,宁子烟那边传来声音:"三缺一吧?当总经理了,还敢赌博?"

"这不是杨柳说好久没赢你的钱了吗?非要我组局。还说乡里来的农民需要城市大小姐扶贫。"王道仍贫嘴。

估计宁子烟好久未摸麻将,手也痒。她问:"在哪儿?饭后?"

"绿岛咖啡,下班就去,那里有麻将餐。钱可要多带,万一江一石打断了,你得过给他一点儿,你也知道,最近我们三个手头都紧。"

王道话没说完,江一石便踢了他一脚。

"绳子都是在细处断,打断一个,姐姐就收场,过个屁。"宁子烟说。

不得不说,麻将这种娱乐手段虽然俗,但充满了化解、联谊、沟通、拼智、斗心的魔力。

筹备成立"传奇影业"影视公司的事,在侠世界公司董事会上顺利通过,由王道分管,杨柳牵头,前期投入五十万,人员编制三人。除杨天津对此事强烈反对外,龙昆仑既不反对,也不赞成,只说了一句："刊物之外的业务，王道全盘负责。"

调整发行政策的事，居然是一致通过。清出仓库，王道提前与华小美的印务公司做了沟通，退书全部放到印刷厂，发货也直接从印刷厂发。刊物涨价，王道从江城大刊《知友》集团的内部人员那儿打听到，他们办的与《天下传奇》同类型报《周末》即将涨价，所以提出，咬牙坚持，在《周末》涨价半年，在他们涨价所形成的市场竞争弱势中，让《天下传奇》吃掉《周末》百分之十左右的市场份额后，再涨价。所以放出的风声是涨价，但涨价时间，严格保密。

土地变性，王道介绍了忙活一大阵子的结果，将那块土地打造"传奇文化产业园"的概念已被省委宣传部、省出版局充分认可，并进入中国报刊管理总局的项目库，列入"湖北十二五规划"，而东湖高新孵化器的政策是土地面积必须达到十五亩，而那块地，十四点七亩。差最后一口气。所以，同意按龙总的意见办，先装修。负责装修的人员，王道提出，最好聘请一个懂行的人来做。

龙昆仑问："为什么不让江一石做呢，他又没管什么具体事？"

王道说："我还是觉得江一石具体管经营更合适，发行公司、广告公司，他以前都管过。"

龙昆仑说："经营江一石管了，那你还管什么？即使是总经理，也得做点儿实事吧。我不也每天看稿审稿吗？"

龙昆仑这话顶得王道有点儿哑，他本来要说句什么，但压住了。

杨天津说："要不，装修的事，我来负责？行政这一块，一直是王总在管。"

近段时间，王道在制定一系列行政管理制度，他让田果将已制定的和正在制定的管理制度编成一本册子——《职工手册》，这事杨天津虽然参与了，但具体做的是王道、胡灵和田果。

杨天津的话，王道与龙昆仑都不置可否，在座的其他人也不发声。因为大家都知道，杨天津再过几个月就退休了。

龙昆仑说:"这事不在今天会议的主题之列,以后再说。"散会之前,王道忽然想到一事,问龙昆仑:"买地和卖厂的事,算得上重大经营活动,要不要向文联汇报一下?按企业制度,他们可算是我们的股东。"

龙昆仑说:"这不是你的事吗?"

王道与林子峰书记约了几次,终于在下午快下班时,在林子峰的办公室见到了他。

林子峰脸色有点儿阴,看了关于买地和卖厂的请示报告,问:"我怎么听说地已经买了,厂也已经卖了?"

王道"嘿嘿"一笑:"都怪我,没有先请示。"

"地都买了,厂也卖了,还有必要请示吗?龙昆仑不把文联党组放在眼里,你王道也不讲程序?"林子峰发火了,"这文是绝对不会批的,你们想怎么干就怎么干?无章无法!"王道第一次看见平时儒雅的林子峰发脾气。他收住笑,有点慌乱地将林子峰甩过来的文件整理一下,拿在手里。但眼睛里却没有胆怯,他直着腰,看着林子峰。也许是他这种故作镇定的样子,让林子峰更加恼火,他仰着下巴,微眯着眼说:"搞了快一年了,以为你能耐大,其实也不怎样,我听说刊物、利润都下滑得厉害。"

"刊物下滑,全国都一样。"王道说,语气有点儿生硬。

"事在人为,你作为了什么?"

王道原想把公司转型做新媒体、做影视、调整发行政策、强化内部管理,乃至做侠世界文化产业园等事——向林子峰汇报,但在林子峰这种质问的语气中,也不好再说什么。

"你在'百花迎春'收购物卡的事,闹出不少关于你的说法,你应该知道一些吧?"林子峰直视王道,问。

"购物卡,我当时就上交了,这事我给罗琼主任说了。"

"上交了,也应该有证据吧,何时上交的,交给了谁,有没有收据?"

"证据，我明天就可以拿过来。"

"不用你拿了，文联纪检会派人去查。"

林子峰这话让王道有点儿意外，他没想到这点儿小事，文联会有如此大的反应。王道叹口气，不再吱声。

林子峰喝口水，用眼睛审视着王道，忽然问："听说你在江城买了两套房?"

"是呀，两套，一套全款，还有一套按揭。"

"你知道别人怎么说你的吗?"王道糊涂了，看着林子峰。

林子峰犹豫了一下，但还是说了："说你在印刷厂当厂长，捞了不少钱，又说那个华小美，与你不清不白，你们把厂子贱卖给她了，又把她的地高价买了。当然，这话，就一说，既没证据，我也不会信。"

林子峰这话像一盆开水，泼在王道脸上，烫得他眼冒金星。他的脸顿时就涨得通红："这话就说得太恶劣了吧，我王道要是拿过一分钱，有半点儿私心，我出门就被车撞死。太无中生有了!"

王道这种有些强烈的反应，似乎反而让林子峰有点儿满意。他用一只手示意王道压压情绪："年轻人，有则改之，无则加勉。"王道还要说什么，但张张嘴没说，脸上只剩下冷冷的苦笑。

四十二　王道被纪检部门叫去问话

关于新办公楼装修的事，龙昆仑到王道的办公室与他沟通了一次。王道的小办公室烟雾弥漫，龙昆仑皱起眉头，让王道打开窗子和门，说："本来办公室就小，还关起门抽烟，有意熏自己呀。"

王道给龙昆仑倒一杯水："这不，闭门思过呢。"龙昆仑斜他一眼，说："是感觉你这几天无精打采，遇到什么事了?"喝一口水，想了一下，"上次的董事会，我也没说你什么呀？"

王道苦笑一声，说："不是您，您这些年，批评、教训，不是家常便饭吗？我要都气，还能活？"

龙昆仑说："有什么事还能难倒你这个大能人？虽然我不喜欢你的一些狡猾，但为公司做事，我还是欣赏的，说，我为你撑腰。"看到王道的低落，龙昆仑生出一些同情。

王道点了一根烟，自顾自地抽了两口，说："心里憋屈得厉害，现在才知道你以前的一些感受了。"

龙昆仑笑了，藏不住幸灾乐祸的神情，问："被林大主席训了？"王道没回答他，只是无语地递他一根烟。

龙昆仑接过烟伸手找王道要火机，却被王道忽略了。他激愤地说："龙总，你说那块地，我想了多少办法压低地价，评估完，签了合同，我又以保证她们印刷业务为由，硬找华小美她们要了五十万装修费，怎么就是把厂贱卖、把地高价买了？还有去年，怕厂子出问题，我拉下脸查华小美的账，弄得她恨我一头包，就这还传什么，我与华小美有男女关系？也是，我们是老乡，以前走得近，可为了维护公司的利益，现在搞得朋友都没的做了。你说这都什么事，这几天，气得心脏疼。"王道的委屈和火气瞬间爆发了。

龙昆仑很少看见沉稳的王道像现在这样，心绪和语言都乱得失去分寸。从他的话里，他大致也知道是什么事了。

他又将手里的烟摆一下，让王道递火机。龙昆仑点上烟，看一眼气得脸发白的王道说："被造谣的这些破事没必要多想，我有机会也会帮你澄清，这事先放下，我来是找你说另外的事。"被龙昆仑轻描淡写地转移话题，王道多少有点儿不快，但被他如此弱化地看待此事，王道又无形中被传导出一种轻松来，他忽然觉得这几天是不是自己太过纠结了。

龙昆仑与他商量新办公楼装修谁来牵头的事。王道缓了缓，喝了几口茶，静下心来。他给龙昆仑推荐了一个人——胡灵。

王道说："胡灵这人职业性强，做事认真又有条理，而且能力强，有契约精神，最重要的是，这些年，给人感觉是不贪不义之财。"

龙昆仑被王道一分析，也感觉胡灵是个好人选。王道又提出，可以让杨天津监管装修的整个财务。

龙昆仑说："杨天津再过一段时间就退休了，你不是不主张返聘她吗？"

王道说："这不是为了工作吗？再说返不返聘还不是您说了算。"

"怎么我听到的说法是，这事应该是总经理说了算？"

王道看龙昆仑一眼说："老大，我这是正经跟您谈工作。"

龙昆仑笑一笑，说："那为什么不能是田果来监管？"王道说："田果不行，一是这些时间成立新公司，财务账太多，她管不过来；另外，她的职务在胡灵之下，监管会有心理障碍。最重要的是，她与胡灵关系不错，也不利于监管。而杨天津，前几年一直与胡灵有矛盾，让她来管，多挑挑刺，反而能让整个装修工程不会出问题。"

王道毫无私心的人事分析再一次让龙昆仑佩服。他又找王道要了根烟，点起来，和蔼地看着王道，说："你上任这些时间，感觉杨总与你不太对眼？"王道也笑一笑说："还不是因为您，我心里明白得很，她和宁主编看不惯我挑战您的权威，好像我是得势的中山狼，其实我有什么办法？您那么强势，我厥一点儿，还能干成事？我作为总经理，还像其他人一样，屁颠屁颠跟着您吆喝，估计您都会瞧不起我，您都会觉得我扶不上墙。再说，期刊市场现在这状况，转型时期，您的有些理念也确实有问题呀。"

话说到了这份儿上，龙昆仑再一次感觉出王道的敞亮，这也一直是龙昆仑特别喜欢的。但他嘴上却骂一句："屁话，做事就做事，哪儿那么多精子卵子的。"说着，拍拍身上的烟灰，站了起来。

王道也站了起来："老大就是喜欢粗口，说不了两句就骂人。"

走到门边，王道嘱咐一句："返聘杨天津的事，是您定的，不要说是我的主意，我可不愿让她觉得与我对着干，我还巴结她。"龙昆仑瞪他一眼："就不能大气点儿，脑袋里整天都是卵子精子。"

不到一周时间，新办公楼装修管理组成立，王道分管，杨天津、胡灵具体负责。管理组第一次会议，杨天津抑制不住兴奋，一反常态说了许多装修招标流程，请监理，咨询材料价，电路、天然气管道等具体工作，甚至还列举了市里几家装修公司的实力等情况。

王道淡淡地说："杨总这些介绍和提醒很难得，但这些事不是您分内事，这些事胡灵负责，杨总具体负责财务监管。"

杨天津被王道的话泼得有点儿凉，说："龙总看重我，继续让我做事，我总得为公司发挥余热吧。"王道说："很好，在具体负责的权限内发挥余热，到了时间，退休手续照常办，一年的返聘，职责是装修工程的财务监管。"

下午，王道下班刚到家，杨柳来了电话，说："影视公司的人从南京过来了，晚上一起去接一下，汉口站，七点半到。"

王道问："华美琪？"

杨柳说："除了她，还有一个美女。"

"你不是有车吗，还用我的车？"

"我的车不是被老婆管控了吗，不然会用你那破车？"

王道下楼时，杨柳已经在他车子边等了。开门上车，杨柳说："你这公司的总经理也该注意点儿形象了，这破车去接人，肯定毁我们公司的形象。"

"找公司借车呀，正常工作接人。"

"哪有车？越野车被胡灵和董军开去新厂房了。龙昆仑的大别克，谁敢动？还有江一石这破人，让他陪我去接，他说陪何梦瑶在公司门口买什么泡菜坛子，真是一对奇葩。"

车子驶出文联大院，王道一边开车，一边问："你的车子为什么被老婆管控？"

杨柳叹口气，没吱声。王道转头看他一眼，他仍仰着头，似乎在考虑如何回答王道的话。

过一会儿，杨柳摇下半截车窗，然后点燃一根烟，吸两口，递给王道。自己又点一支，狠抽一口后，才在烟雾中说："财产分割，车子归她。"王道惊了一跳，差点儿踩刹车，问："什么情况？离婚？"杨柳缓慢而伤感地说："迟早的事，她爸原来是我爸的上级，现在都退休了，管不了我爸了，所以包办婚姻也该结束了。不过她现在混得也不错。等下个月小孩高考一结束，我们就去办手续。"

杨柳很少在外人面前谈家事，在王道面前说，无疑把他当成了最亲近的朋友。其实，王道与杨柳，虽然大学时期一起写诗办活动，算是相交许多年，但不在同一所学校，交往也就不算太亲密，一起共事后，磕磕绊绊，没少交恶。近段时间，特别是经历了洗马村那个夜晚后，两人亲密了许多。但在王道的心中，江一石才是他最看重的兄弟。也是因为此，前几年杨柳为争权，对他的伤害，他并不在意，而江一石的误会，却是伤透了他的心。所谓有多深的情谊，才有多深的伤害。

王道听杨柳说完这话，腾出一只手，在杨柳肩膀上捏了一下。杨柳看他一眼，苦笑一声。

两人沉默了许久，王道说："问一个你可以答也可以不答的事，如果冒犯，我就收回。"

"说。"

"前些年，刊社一直在传你与作家华表的女儿，也就是华美琪的事，真的假的？"王道问这话，眼睛看前面，似乎在专心开车，但耳朵却在敏感地等着杨柳回答。

过了很长时间，王道正要说收回此话时，杨柳发声了，说："是真的。"

王道转过头，发现杨柳白净的脸，泛起一丝红晕，又带着一份神往之情，作为男人，王道都觉得这张脸"秀色可餐"。

"这事，只局限于我们两人知道，连江一石都得除外。"

"知道了。"王道的心里又泛起一丝情感。

车快到汉口车站时，王道忽然想到什么，给文联大院旁边的施州土家菜馆打了个电话，订了一个包间，说："江浙人，准备一些清淡的食材。"

杨柳摸摸口袋："呀，我出门匆忙，忘带钱包了。"

"几时喝酒，你记得带过钱包？"

"待会见了美琪她们，可不能黑我。"

"一贯地小气，一毛不拔，黑死你。"

到了车站，停车位找了半天。车停好后，杨柳说他去出站口接，让王道在车上等。说完，急慌慌地走了。

王道等了会儿，还是下了车，朝出站口走去。到出站口，王道看见杨柳正与两个穿戴十分时尚的女子说话，旁边还有四个大箱子。

走上前，王道一眼认出了华美琪。华美琪的脸比几年前还白嫩了许多。看见王道，华美琪居然张开双手，与王道抱了一下，说："好多年不见，王道老总还这么帅。"

这架势让王道有点儿慌，抱过后不好意思地看杨柳一眼。

杨柳指着另一位女子说："这位美女是小董，秦淮新八艳之首，董小宛。"小董伸出手说："董小菲，华姐的跟班。"

王道看看两个女子，说："杨柳只说是美女，这一看，可不是一般美女，完全是震撼级的。你两人往公司一坐，那公司的和尚们，轻则流口水，重的可要流鼻血呀。"

王道几句奉承，把华美琪和董小菲都逗笑了。拖着箱子上车时，华美琪说："王总可还真细心，后备厢清得干干净净，可以放三个箱子哩。"

"什么细心，他这破车，好久不开了，今天不应急，谁会用他这垃圾堆里翻出来的破车。"

杨柳话刚说完，就被华美琪在背上打了一粉拳，嗔道："哎哟，你嘴不关风，损老总。"

上车，杨柳坐副驾驶上，回过头对两位美女说："以后上班了，千万别把我们这位当老总，太把他当干部了，他也顺势一做派，就一点儿不好玩了。"

"是呀，我就一经理，千万可别叫老总，这领导或老总就是一距离词，直呼其名，或叫老王，那才是对我的尊重和亲近。"

"对，以后就叫他隔壁老王。"

"哎哟，你没个正形。"华美琪又在后座嗔一句杨柳。

显然，杨柳一直处在一种兴奋状态。路上，王道听到两个美女在后面用南京话窃窃私语。听出大意，是以后在这两个又帅又有趣的老总下面工作蛮好。

在土家菜饭馆吃完晚饭，一个伙计提进来两袋水果，王道让他放进了车子里。在离公司不远的纺织宾馆将华美琪与董小菲安顿下来，王道将两袋水果放在宾馆房间的桌上，说："水果蛮新鲜的。宾馆简陋了些，明天就让办公室在附近帮你们找出租房，影视公司的办公室已安排好了，明天上午让杨总来陪你们过早，然后接你们到公司上班。你们坐了一天车，就不再打扰你们了。"说完，看着杨柳，"是再坐一会儿，还是与我一起走？"

杨柳与华美琪对视了一眼，说："不坐了，她们累了一天了。"

华美琪与董小菲把他们送出门，华美琪双手握着王道的手，说："好感动，好暖心。"

王道回到家，坐下来刚抽完一根烟，电话就响了，是文联的杨主席。杨主席说："省纪委监察二处的孙处长给你打了几次电话，你都没接，他让我转告你一下，让你明天早晨九点半去梅山纪委监察中心找他。"

杨主席目前分管文联纪委和机关党委。下午下班后，王道手机确实有两个陌生电话，他调的振动，所以未接。

王道问："没告诉您是什么事吧？"

杨主席说："好像有个什么案子，让你去协助调查。"

早晨，去梅山的路上，王道再一次细搜了一下自己有可能与违法沾边的事，想来想去，觉得自己实在是干干净净找不出任何问题，唯一有瑕疵的是十多年前在施州承包《凤凰》刊时，逢年过节给有些管理部门的领导送过烟酒。难道是施州的什么领导出了问题？王道这么一想，有点儿不安了。

梅山是江城纪委双规干部留置的地方，江城的干部，只要听到梅山，心里就会发紧。去过梅山的都是些问题干部，把自己叫到梅山来，以后这文联大院不知会生出多少传言，王道暗暗心里叫苦。找到孙军处长，他正在办公室等王道。

王道第一次接触纪委干部，多少有点儿拘谨。但他没想到孙军是个和蔼机警、十分善谈的人。他年龄与王道相仿。半个小时，他居然不谈正事，从对《侠世界》的喜爱到武侠作品，再谈到他夫人与王道的校友关系等，半个小时下来，他们俨然成了无话不谈的朋友。正事的话题，是王道主动引出来的。他说："昨天太忙，您的电话是陌生号码，所以没顾上接。"

孙军说："没事，以后存一下，做个朋友，朋友多才好做事！"

王道说："早存了，孙军，二处孙处长。"王道摸出盒烟，试探性地递孙处长一支，没想到孙军接了，孙军说："早知你抽烟，我就给你递烟了。"又把烟的牌子看看，是红黄鹤楼，说，"这烟的档次，够不上你老总的身份呀。"

王道不好意思地笑笑，点了烟，说："昨晚上，我们杨主席给我电话，说有个案子让我来协助调查，思来想去，是不是施州有什么领导出了问题？"

没想到王道主动引的话，让孙军立即警觉了。他眼睛敏感地收缩了一下，但看王道时，这种敏感马上藏进了松弛的微笑中，不太在意地问："施州有什么领导帮过你的忙？"

王道说："也谈不上帮什么忙，昨晚到今天早晨，我想来想去，觉得与经济有什么牵连的就只有以前在施州承包刊物的时候，每年逢年过节给有些管理部门的领导送过烟酒，你也知道，下面做事，没这点儿表示，显得不尊重他们。"

孙军说："这是实情，我在下面也干过，不光送烟酒，卡和钱也是送过的，数目还不小。"

王道说："那你们胆子大，我们，卡和钱是绝对不敢搞的，小本生意，每年五个部门，五千块钱的烟酒开支。"

王道主动交代，孙军观察性地看他一眼，眼睛里生出些失望来。他递给王道一根烟，是黄鹤楼烟的顶级版：黄鹤楼一九一六。

也许是从王道嘴里苦心引导，也榨不出更多信息了，孙军终于进入了主题。

"是一家叫《故事文摘》的刊物出了经济问题，拖好长时间了，你当侠世界印务公司老总时，他们在你们厂印过刊，说说吧，你们之间的经济问题。"

孙军神态变得有点儿快，这让王道有点儿不适应，也让王道有点儿糊涂。

王道快速回忆，嘴上先敷衍了一句："有呀，以前当厂长时，他们是我们厂的客户。"

孙军脸上变得严厉起来，眼神像鹰一样，变得深邃。

"有个叫华小美的，是你的副厂长吧？"

"是呀。"

"她可是全交代了，叫你来，也就是核实。"

王道似乎终于明白是什么事了，说："知道你要了解的是什么事了。"

"哦，那你交代一下吧。"

"交代"这个词，让王道有点儿不爽，但他没反驳，笑一笑，说："也算是交代吧。去年年初，《故事文摘》的王社长和李主任，找过我们厂。"

"是找你们厂还是找的你本人？"

"是通过管销售的华小美找的我，说过年期间，有些账不好冲抵，让我们做十几万的账在印刷费和纸张费里面。"

"准确点，到底是十几万？"

"应该是十九万，对，十九万。还说给我们百分之十的开票费，一万九。我一开始一直没同意，他们软磨硬泡了好多次，没办法，为了保住这家对我们来说还算比较大的客户，我同意了，我们厂没有收他们的什么开票费，只收了开票的税金。"

王道说完这些，又摸出了烟，这次递给孙军烟，他没接，而是掏出自己的烟点燃。

等了一会儿，孙军问："这就完了？"

"就这事呀，不是你们想核实的吗？"

孙处长有点儿不耐烦了："这些事我们早摸得清清楚楚了，我让你交代的是其他的经济往来问题。"

"其他？也没什么其他不合规的呀。"

"合规，你这老总说得也太轻飘了吧，合不合规，我找你？你们这是违法。"

"违不违法，你们说了算，我听着，我接受。"王道的好性情终于用完了，语气也变硬了。

孙处长用眼睛逼视着王道，王道也盯着他，眼光没有丝毫躲闪。

"那也就是说，除了那十九万，你没有任何想要向组织交代的事了。”

“没有。”

“每次印价差不多高出你们其他同等业务的百分之十，这里面没其他利益输送，鬼才相信。”孙处长说。

王道自顾自抽烟，不搭理他。

“没想到你这看起来很随和的一个人，心倒顽固。”

王道苦笑一声仍不接话。

“行，我们说另一件事。看你这顽固样子，估计你私下收李主任那一万九千块钱的事也要抵赖了。”

这话倒让王道一惊，他莫名其妙地看着孙处长，“唰”地站了起来问：“我私下收一万九千块钱？天地良心！”

孙处长说：“别激动，也别慌乱，有事说事。”

“我说什么事？诬蔑人格，我还能当事说？我这辈子一毛一分没收过钱，诬陷我，我告他！”

孙处长冷冷一笑：“来我们这儿的人，什么侮辱人格的话，我听得多了去，我建议你还是坐下来说事。”

王道也感觉出自己的失态，他坐了下来，缓和了一下表情，说：“我没收那个李主任的一万九千块钱。你们可以启用一切手段来调查我。”

“你的事以后再说，现在是核实一万九千块钱的事，核实王清和李农贪污受贿的案子。李农坐实的贪污款是十八点六万，这一万九，王清交代说给李农了，让他转送给你，李农的交代材料里说，这钱他送你了。你也知道，加上这一万九，到二十万，他刚够上判刑的线。”

“为自己不判，他就栽赃我？荒唐。”

“没收也要有没有收的证据呀。”

“这诽谤的事，我去哪儿找证据？我倒认为，他送我钱才要有证据。”

"好，好，这事还在查，会审清楚的。"孙处长的脸终于变得平和了些。他拿一张专用纸和一支笔，放在王道面前，说："谈话就这么地吧，你把有关情况，写个说明，半小时够吧？"说完，拿一份材料去了其他办公室。

王道也平和了许多，一边写材料，一边心里暗叹：这做纪委监察的人，还真不容易。

孙军再过来时，和蔼亲切的劲又上来了。他看了材料，说："文化公司的老总，文字就是有水平，一个字都不用改。"

按了手印，孙军把王道送出门时，交代一句："你的事，不管以后是什么结果，我们还是会先给你们文联说一下情况的。希望别介意，流程。"

四十三　龙昆仑被林子峰的套路玩蒙

从梅山回来的当天，王道便将纪委找他的事情向林子峰和龙昆仑分别汇报了。

林子峰正在改材料，他面无表情，头都没抬起来，说："这事，杨主席他们早向我汇报了。"

龙昆仑听王道说完事情经过，脸上明显露出些忧虑，说："这个时候闹出这一出，还真有点儿污。"

王道心绪有点儿乱，说："其他人面前不说，在你面前，我可拿八辈子先人来赌咒，拿了一分钱，先人都是牲畜。"

龙昆仑说："别乱方寸，乱赌咒。看你，我不会走眼。这事，说实在的，可大可小，关键看文联的态度，特别是林大主席。"

"林主席的态度？上次给你说了他说我的那些什么低卖厂高买地的话，这次，他更冷，他肯定不会保我，估计撇清关系都来不及。"

对王道气头上的话，龙昆仑不太认同，说："这样看他，既幼稚，也不应该。他这些年当文联一把手，虽然为官为事，有些让人不爽的手段，但为官的品质，包括敢担当，他是我最尊重和佩服的。看看文联到底如何处理这事，为你的一些委屈，我迟早要找他谈一次。"

江一石与杨柳听到一些信息，下午一起来到王道的办公室。两个人都忧心忡忡，不停地抽烟。

杨柳说："这事蛮夹生，虽然问题没查清楚，但查清之前，背一名，不良说法肯定多。"

江一石说："我说让你坐我那办公室，你非不听，刚才杨柳还与我说，你这又破又小又封闭的办公室，阴气足，秽气重，犯小人。"

听江一石这话，王道抬起头，环顾一下办公室，说："我这人阳气重，虽然信命，但从不会觉得有什么秽气小鬼缠我。"

"林一把什么态度，你找过他了？"江一石问。

"我也不知道什么原因，前些时，他找我谈话，态度一百八十度转弯，一副对我当总经理以来失望的样子，现在又出这档鸟事，难说，没有表情，没有态度。"

江一石与杨柳互望一眼，更沮丧了。

"如果这样，问题复杂了，现在要考虑的是如何安全渡过这一关了。"杨柳说着这话，看一眼王道，又用探询的口气问王道："要不要活动一下，宣传部或纪委，找找人？"

王道马上敏感地咆哮起来："屁！找人？好像我真有什么事。都是兄弟，你们也不信我？我他妈像财迷，蠢到去拿那种钱？"

现在的王道，肚子里好像塞满了火药，遇火就炸。

晚上，龙昆仑在家实在坐不住了。吃完晚饭便给林子峰打了个电话，林子峰推说在外面办事。龙昆仑说："在外办事不回家？"又说，"已开车在路上，十几分钟到你家等你。多晚都等。"

林子峰其实在家里，书房也收拾好了，龙昆仑一到，他便把他引进了书房，然后虚掩上门。一杯碧绿的春茶早泡好，放在桌上。

"没想到你还真关心王道，一点儿小破事追到家里来了。"林子峰说。

龙昆仑说："你要真把这当小破事，我倒放心了。这些年在你手下干，我不知道你的手段？上次你和王道谈话，拿那些没影的事吓唬他，我就感觉不正常，这一次，肯定大做文章。"

在这个时候，龙昆仑如此关心王道，这似乎让林子峰很满意，甚至有点儿感动。

"说说，我什么手段？"林子峰笑眯眯地看着龙昆仑。

"先不分析你什么手段。我觉得，还是要把王道被你扶起来与我作对的这段时间的工作，包括什么低价卖厂高价买地的事，梳理一下。"

"洗耳恭听。"

龙昆仑把王道如何与自己周旋解决封网的事，如何不计前嫌把以前与他作对的人，因材重用的事（这里面重点提到了江一石、杨柳、胡灵），如何规范管理，民主决策，包括调整发行政策，为转型成立新媒体公司、影视公司等。又重点提到，查他的老乡华小美的账，为抬高印刷厂价、降低地价与华小美撕破脸的事……细细地说，龙昆仑一口茶水未喝。林子峰也听得很仔细。

说完这些，龙昆仑一口气把茶水喝了半杯，说："说实话，他当总经理后，为了夺权，对我不太尊重，让我也很恼火，可是理解地想一想，他也是为了做成事，不辜负你的栽培，这家伙绵里藏针，善笼络人心，气度大，这些确实还真在我之上。"

"把一个与你作对又不尊重你的人说得这么好，是想表现你的气度？"林子峰激将一句。

龙昆仑说："我一个快退休的人，我的气度，你不了解？这还不是为了你我创出来的品牌刊社有一个还算说得过去的人，往前带吗？"

林子峰说："这话，我相信，是真诚的，这也是我最欣赏你的地方。你这些年当老总，把自己培养成一个气魄大、气度小的人，这也是我比较烦的。"

林子峰与龙昆仑，这些年来，由亲密到疏远，因为王道的事，关系似乎无形中又拉近了，又能真诚地沟通了。

龙昆仑认同地笑一笑，说："这几年，您烦，您难道不应该自省？惯了我这么多年，惯出我这么一个霸道的做派，突然不惯了，开始嫌弃了，打压了。"

"理解倒是很深刻。"林子峰说着，给龙昆仑续了水。

龙昆仑喝着茶说："我们两个之间也就那样了。这次，王道的事，我绝不同意您小题大做。"

"我不小题大做，再培养一个像你这样霸道的老总出来？借个人，这理由那理由地推托，为腾一个仓库，敢在我的秘书长面前说狠话，这不活脱脱一个毛坯版龙昆仑？"

龙昆仑张大嘴巴："被我猜中了，您还真玩儿的是这种手段？"

"我玩儿什么手段？这经济上有问题的干部，我能用？用了别人不说闲话？年轻人，不打压一下积攒一些教训，不都膨胀成像你一样了？你以为霸道是一种魄力？屁，那让全国传媒界奚落的封网的事，还有满车子堵文联大院的事，不都是因为你霸道蛮横才出的破事？把王道放一下、晾一下，问题查清楚再用，不更好？"林子峰说得有点儿激动了，说完后，也四处去找水。

林子峰端着水回来，龙昆仑侧过头说："我不主张您这样，王道那事绝对没影，你我心里明白得很，他若是那么污的人，你会把他推荐给《侠世界》？你这样做，说重一点，是对企业不负责。"

"所以说，你虽然在侠刊社干成了大事，但这些年，眼光都太短，可以说是鼠目寸光。你告诉我，短期放弃一个人才和长远培养一个掌舵之人，谁重要？"

"我鼠目，我看不清。"

"别给我说气话。把王道晾一阵，让陶浪沙过来管一段时间，事情照推不误，还能多方面考核接班人。"

"什么？你还要把那位爷派我这边来？"林子峰这一招，急得龙昆仑差点儿从椅子上跳起来。

"有这么夸张？实话告诉你，陶浪沙那人还是不错的，以前做过公司经理，懂经营，做事套路多，有能力，有气度，也一直有去你们侠世界公司的心思。你以为一个响当当文化品牌企业的接班人，那么容易当，为了我们创的这个好牌子，我不得多方考察人才？"

龙昆仑被林子峰的套路玩蒙了，他睁着空洞的眼睛，看着林子峰，话都接不上来了。

林子峰拍拍龙昆仑的肩膀，说："也就不到一年时间，到那时，王道的事早澄清了，你也差不多要退了，谁能接班，搞一次公开竞聘。你说为企业负责，我这不是操碎了心？"

被林子峰玩熄了的龙昆仑茫然离开时，林子峰塞一大铁盒子春茶给他，提醒道："那新楼装修的事，千万别让王道管了，那工程的事，太敏感，这些时他名声有点儿受损，以后，得好好保护这家伙。"

第三天下午，王道终于接到杨主席的电话，让他去林子峰主席的办公室。临去前，六神无主的王道去找了一趟龙昆仑。

龙昆仑什么话也没说，复杂地看着王道，看了半天，嘴巴嚅动了一下，但话却没出来，他摆摆手，示意让他快去。

到了林子峰办公室，林主席与杨主席坐在两个单人沙发上，杨主席手里拿着本子和笔。

王道在长条沙发上坐下后，办公室工作人员，在他面前放了一杯水。

林主席给杨主席努努嘴："你说吧。"

杨主席清清嗓子，说："纪检这边有两件事，需要你配合了解清楚。一件事，还是那两千块钱的卡的事，我们去你们公司的财务查了，卡没有入账，你好像给林主席说的是，卡上交了，但我们查账的结果是卡没上交。"

王道大脑一直想的是被诬陷的那一万九千块钱的事，杨主席却先抛出了这事，一时间，他有点儿糊涂，说："卡，上交了呀，怎么可能没入账？"

杨主席问："你交给谁了？财务总监杨天津？她说从来没收过你的什么卡。"

王道尽力回想，因为大脑有点儿蒙，他的思维转得有点儿慢。忽然想起来，说："卡是交给办公室主任董军的，他没上交？"

林子峰的脸有点儿变阴。对王道说："电话叫董军到这儿来。"董军很快便到了。看见林、杨两主席脸色严肃，他全身有点儿紧。

"去年，大概十二月底，王道有没上交过一个中百超市的、价值两千元的卡？"

"有呀，他让我交财务的，说是文联什么会上给的。"董军想都没想，快速回答。

"你交了吗？"杨主席问。

"没交，我每次在超市用，每笔小票都留着。"董军答。看见包括王道都有些奇怪的目光，连忙解释："这卡不是冲抵那个买茶叶的白条了吗，我自己掏的现钱。这事，我给杨天津说过呀。"

杨主席说："了解情况时，杨天津没提过这事。"

林子峰有点儿烦了："电话叫杨天津过来。"

林子峰让王道给杨天津打电话，王道多少心里有点儿梗，让董军打。

杨天津进来刚坐下来，董军便问："杨总，去年十月份左右，我是不是给您一张白条子，买的二十斤施州玉露秋茶？"

杨天津想一想："有印象，白条子被我打回给你了，老用白条子做账，这不违规吗？当时，我让你找正式发票，包括私人买东西的票来冲这白条子。"

"到现在我都没冲吧？"董军又问。

杨天津想一想，小心地看一眼王道，说："你不是说，不用冲了，你有其他办法解决吗？"

杨天津这话让董军有点儿迷惑，他看着她，转脸又看看王道。董军停了一下，说："杨总，我那天在超市买东西时给你打电话的内容，你一点儿都不记得了？"

杨天津说："超市那么吵，我记得的就是白条子有办法了。"

董军看着两主席，一字一句地说："我说的原话是，'文联一个协会送王总一张两千元的卡，让我上交财务，我卡不上交了，用这卡抵我私人出钱买茶叶的白条子'，问你行不行。"

杨天津的面色有点儿不自然，但还是镇定地说："是呀，我当时就同意了，你那超市那么吵，我又忙得一塌糊涂，哪还记得你说的王总上交卡的事。"杨天津说完，看着杨主席："不好意思，杨主席，那天你来查这笔账时，我是真没听清董军说的这事。这一说，事情很清楚，王总的卡是肯定上交了。我桌上现在还有施州玉露茶。"杨天津说完，与董军一起拿眼睛看着林主席。

林主席问："白条子还在？"

董军说："在，卡也在，没用完，每次买东西的小票，我都留着。"林主席满意地点点头，又问："你们买茶怎么会没发票？"董军说："价钱便宜呀。"看林主席不解，耐心地解释："那施州的个体小茶贩，在门房，一口施州话，老胡以为他是找王总的，放上来了，那天，王总正好在办公室，把他的茶一泡，蛮不错，一百五十块一斤，被我们压到一百。王总当时还小声说，这茶在施州可以卖到两百。让他开票时，说自家种的茶，没发票。王总当时就说，没票，再便宜也买不得，不然白条子，杨总那边肯定过不去。我想到上次一个老总过来，奚落王总，说施州的老总，办公室连施州茶都没有……"

董军话有点儿啰唆，被林主席打断了，说不用多解释了，回去写个情况说明过来，要杨天津也签个字，把卡和白条子都复印后作为附件，一起交过来。

杨天津和董军走后，林子峰对王道说："以后这办公室买茶的小屁事，少掺和，这事传出去，又是王道在公司利用权力推销老乡的茶叶。"说完，与杨主席对视一眼，叹口气。

林主席对杨主席说："这卡的事算是清楚了。你再说那一万多块钱的事吧。"

杨主席正要说第二件事，却被林主席岔了话："我说你们公司出点儿破事，怎么就弯弯绕绕，闹得复杂得要命，这卡，整一圈才搞明白。那《故事文摘》的人说送了你钱，你说没收，这不就得了吗，让纪委慢慢查不就行了。这又闹出个什么，你的原副厂长华小美承认钱她收了，还写进交代材料里了，这都闹些什么事？"林子峰说得气不打一处来。

本来，这几天，为这一诬陷的事，搞得王道心力交瘁，现在，从林子峰口里又冒出这一事，让他叫苦不迭，绷紧的神经几近断裂，按捺不住骂起来："这蠢女人不是有意害我吗？把我往死里整，到底对她有什么好？"

"帮你背锅，是把你往死里整，你脑袋出毛病了？"林子峰并没介意王道在他的办公室提高嗓门儿说话。

王道转念一想，似乎明白华小美愚蠢的良苦用心了，但也因此更恼火了，这正说明，连她都不信任自己。

"我脑袋是出毛病了。她去承认是她收的，帮我背锅，这不是也正好说明，她也怀疑我收了这钱。林主席在上，我也不发什么毒誓，我没收，我是被冤枉的，这几天，我心里非常不爽。"王道说完这话，眼眶有点儿发红。

场面僵了一下。杨主席出来打圆场，说："华小美承认是她收钱的事，前后问了几次话，早被纪委推翻了，时间、地点前后不搭，包括金额都说错了，纪委说送的钱是扣掉了税金三千，是一万六千，结果她上了套，居然也承认是一万六千。问当时钱用作什么了，她说存银行了，结果银行也找不到这笔存款记录。纪委的人，多年办案，老到得很，哪里骗得过。"杨主席说完这些，看着林主席，为难地说："这纪委也是让人摸不着头脑，也就一个电话，说让我们关注这事，连文件都没一个。这关注和处理是两码子事，这怎么个关注法？"

王道垂头丧气地低着头，忽然想起龙昆仑的话："可大可小。"现在从林子峰的态度，他已能明显感觉出，他会往大了靠。但此时，他似乎已经无所谓了，他所有的神经都绷在那一万九千块钱上。

林主席终于说话了："这事还有什么不好处理的，经营管理的事别干了呗，去管刊物。"估计这决定还没在文联党组会讨论，所以，这话让杨主席都有点儿惊讶。

林主席说完这话，细细地观察王道的反应。王道没有表情，低着头，一言不发。

林子峰又说："总经理别干了吧，去当总编，龙昆仑反正也快退了，把他的总编让出来给你，这与总经理不也是平级的吗，薪酬待遇也不会变。这也是我们给纪委所谓关注的话的一个回复，一个姿态。"

杨主席有点儿同情地看一眼王道，说："回去后还是得写个情况说明，表示我们纪检找你谈过这事。"

从林子峰办公室出来，王道没有回公司，直接回到了家里。他瘫软在沙发上，不间断地抽烟，大脑里似乎在飞快地想着事，但没一件事想成形，想了半天，自己也不知道在想什么。他忽然有一种疲惫的轻松，一种把那些追逐停下来后的轻松。

窗帘半开着，窗子外，暮春的晚霞浓淡正宜，偶尔有鸟将静的树拨动一下，偶尔有猫叫，将静谧的房间活泛一下。一种平缓和祥和，让王道紧绷了几天的心绪变得松弛下来。他模糊地进入了梦境。

王道梦到的地方是他熟悉的黄花塘，他坐在塘边钓鱼，青色的塘像只眼睛，静静地看着他，他能够清楚地从那只眼睛里看到自己的一举一动。黄花塘两边是一排排柳树，长睫毛般在微微的风中扑闪着。王道在梦中似乎仍有清晰的思维，不断地追问着自己的回忆，这不是梦，这是我几年前在那塘边钓鱼发生过的事。又追问着，那塘边不是黄花树吗，怎么就成了柳树？梦终究还是混乱的，不管他追不追问，梦仍在往前滑，他的回忆开始再一次与梦重叠，他的回忆似乎在提醒着他的梦，说，夏小荷应该水淋淋地从塘里出来了。提醒的话刚完，穿着小夹袄的夏小荷果然从塘里，由远至近，由模糊到清晰，一直清晰到只剩下一双大大的眼睛……

王道忽然从梦里惊醒时，面前果然有一双大眼睛，他与那双眼睛对视了半天，模糊中以为自己没有醒，左右看看，是在自己的房子里，那大眼睛也收回去了。华小美直起了身，说："睡觉，门也不关。"又对着在厨房烧水的黄河沙喊："黄厂长，老大醒了。"

去年"五一"，华小美与黄河沙结了婚，婚礼是在施州办的。华小美也在江城请了几桌，王道有事没能去，让马飞带了一万元贺礼。不管关系到现在变得怎样，王道始终觉得对华小美亏欠很多。

那天晚上，王道的手机上接到华小美的一个短信："钱多，没人到重要。"那个短信，王道没有回。

黄河沙从厨房端出两杯泡好的茶。

王道揉着眼睛，惺忪地问："你们怎么来了？"

华小美说："你家蜂蜜还有吧？我可不喜欢喝茶叶。"

王道指指酒吧柜。华小美找到蜂蜜，看了半天，问："这还是好多年前的吧？过期了没。"

"喝不死你。"王道说。

华小美冲了蜂蜜，坐在沙发上，看见王道的脚没离开沙发，把他的脚扒了一下。王道连忙收起腿，穿上鞋。

"龙总让我过来，问你那件诬告你收钱的事。"华小美说。

"华小美，你是有病还是智商低下，我这边本来没影的事，你去认收了钱，现在把我的职免了，你满意了？"王道以为自己平和了，哪知道还是一碰就爆，忍都忍不住。

"撤了职？"黄河沙和华小美都惊慌起来，看着他。

"别人不了解我，你跟我这么多年，也不了解我？我会收钱？说实话，撤不撤职，我无所谓，我最他妈在意的是别人把我往污里看。"王道仍是气不打一处来。

华小美被王道说得脸通红，眼泪都快流下来了。

黄河沙说："老大莫气了，华总也后悔得要死，我就说，这再厉害的女人，脑子也浅，关键时候还是容易没脑子，她以为帮你背了这锅，你就没事了，不过老大，实在话，她还真是一片好心。"

黄河沙这话一说，王道似乎脑子回过了神，也自感对华小美说话重了些，叹口气，在茶几上抽两张餐巾纸，递给华小美。华小美拿着餐巾纸去了洗手间。

看见茶几边一个大塑料袋子装着一大包东西。王道问："这是什么？"

"烟，红软黄鹤楼，华总说，你只爱抽这牌子的。"又说，"这段时间，这东西可以熏熏秽气。"王道笑了："那也没必要整这么多呀？这不是行贿吗？"

"我们结婚，你送那多钱，叫不叫行贿？"看见王道情绪缓和了，黄河沙也开始贫嘴。

华小美从洗手间出来了。王道看着她说："华总，算我刚才话重了，别介意哈。"

华小美目光复杂地看他一眼，没说话。

王道问黄河沙："你叫华小美什么？华总？夫妻间也这么叫？"

"是呀，也改不过口来了，那次，我试着改叫小美，叫两次，她也不愿意答。"

王道笑了。

华小美说："什么小美，酸得牙疼。"

"还没吃饭吧，我请你们下馆子？"

华小美站起来："下什么馆子，龙总留我们下馆子都没应。看看你这儿有什么菜，我们来做，在屋里吃。"

正在这时，王道的房门外有人说话，接着传来敲门声。王道起身去开门，机灵的黄河沙，将那一大包烟拎进了卧室。

王道开门，吓了一跳，门外站了四个人：杨柳、江一石、何梦瑶、胡灵。四个人的手上都拎着卤菜、泡菜之类的东西。

王道说："你们这是……打架？"

杨柳说："还有华美琪和田果，没让她们来。"

江一石说："西门红也让我挡回去了，没酒量的人，都靠边。"

江一石与何梦瑶进门时，看见了房里的华小美和黄河沙，有点儿尴尬，但江一石还是给华小美点了个头，说："华总也在，黄厂长。"

"江总、杨总、何主编、胡经理。"黄河沙连忙弯腰给进来的四人打招呼。

杨柳放下手里的卤菜，亲热地与华小美和黄河沙握手，说："蛮好，一起来喝酒。"

华小美拿起包，看着杨柳说："厂子里还有事，你们陪王总喝好。"

华小美与黄河沙走到门边被王道喊住了："都别走，你们都是我最亲近的朋友，都是来安慰我的，谁走，谁不把我当人。"

王道的声音有点儿大，话也说得有点儿重，华小美他们站住了，其他人也有点儿愕然，不知说什么好。

僵了会儿，杨柳对华小美说："你王哥话都说这份儿上了，别走了。"

华小美没回应，仍站着。

"还要炒几个热菜，华小美也不知帮不帮得上忙。"何梦瑶一边去拉开冰箱，一边说。

华小美终于转过了身，把包包丢在了沙发上，凑在了何梦瑶旁边，一起把冰箱里的腊肉、腊鱼、半只鸡拿出来，去化冻。

江一石与杨柳在几个房乱翻，找酒。结果大失所望，只找到小半瓶枝江大曲。

江一石怪杨柳："我说顺带买两瓶酒，你说不用。"

杨柳说："我哪里知道，他一总经理，连送酒的都没有。藏哪儿去了吧？"

江一石找到一瓶酒精，说："要不把这酒精掺水喝吧，兑四瓶，没问题。"

王道与黄河沙帮他们倒水，又与胡灵一起收拾桌子，拿盘子放卤菜。华小美与何梦瑶叽叽喳喳商量做哪些热菜。许是听到杨柳他们说酒的事，华小美在厨房里吩咐一声："黄厂长，去超市买箱酒来。别忘了，给何美人拿瓶红的。"

三个女人进了厨房，三个男人坐在客厅喝茶。

江一石看着王道，小心地问："林主席与你谈了那事？"

王道说："谈了。"

杨柳说："怎么说？"

王道说："不让管经营了，让管刊物，当总编。"

江一石说："那这也行呀，还是二把手，龙总把总经理收回去，你权力不也还在吗？"

杨柳脸上显出些忧郁，说："你想得太简单了。"又自言自语地说，"看样子，传言是真的。"

王道警惕地问："什么传言？"

"传言说陶浪沙秘书长要过来。"说这话，杨柳脸上布满阴云。

这话多少让王道有点儿意外，"哦"了两声，说："这肯定是真的了，这前后的设计，这样的安排，也才说得通呀。"王道一边想着一边说这话，挫败感已巴在了脸上。

三个男人不知再说什么好，只是相互不停地递烟抽。

黄河沙买酒回来了，王道站起来去开门前，说："这事到此为止，酒桌上，谁也别再谈。"

黄河沙买了一箱二十年白云边，江一石啧啧称赞："华总的老公就是大气，我们平时都喝九年的，他一下拉高了两个档次。"

菜终于上了桌，色、香居然都不错。

王道说："华小美结了婚，手艺提高得蛮快呀。"

何梦瑶端上最后的汤说："她和我一样，都是花架子，菜是胡灵主的厨。"

杨柳说："敢情，你们两个就会闹声势呀。"

何梦瑶说："我的泡菜早上桌了，看，四盘。"

酒下得很快，三个男人扯些大学里的事，包括那些混发达了的和越混越栽的学友。

华小美一个劲向何梦瑶讨教做泡菜的方法。何梦瑶眉飞色舞，讲得既认真又烦琐。

王道的心情变得不错了，说："看见你们这样，我心里比什么都爽，除杨柳和黄厂长，我给你们几个敬一杯。"这话多少有点扒前事的敏感，但四个人还是都站了起来，江一石、华小美、胡灵与王道一样，喝茶的玻璃杯剩大半杯白酒，何梦瑶却是刚被黄河沙添上的一满杯红酒。王道酒没喝，四个人便相互碰着杯把酒喝了。杯一见底，黄河沙又马上把没酒的杯子全部续上了酒。

华小美举着杯子站了起来，对何梦瑶和江一石说："我这人和

387

何美人差不多，一根筋，她比我有文化有教养，我老爸就一当兵的，我从小就教养不够，以前说了些特别伤人的话，对了，包括胡经理，你也转告一下西门红，我正式向你们道歉。今天，特别是何美人，没心没肺地原谅我，我给你们敬一杯，一杯解百怨。"

几个人，酒喝了，坐下来。何梦瑶在华小美背上打了两拳："说我一根筋，说我没心没肺，教你个鬼的泡菜。"

酒席结束，三瓶下去，都仅微醺。胡灵清桌子，洗碗筷，王道把华小美和黄河沙送下楼，目送车子出大院。回过眼，看着满天繁星，忽然有种气顺神安的感觉。他给胡灵打了个电话，让她走时，把钥匙放门框上，把门锁好，然后，自己顺着路灯朝东湖走去。

王道在东湖边坐了半天，湖波、月光、柳影，不知为何，王道怎么也融不进这种悠然。他生出一种要打电话的冲动，他把夫人刘思思的电话调出来正要打时，却又犹豫了，他慢慢压制了这种冲动，却打了另一个人的电话。

"王总，酒喝多了，电话打错了？"电话那边，路婷问。

那次在报刊管理总局见过面后，王道与路婷在江城又见过两次，经常有电话往来，路婷是文学硕士，研究的是明清文学。即使聊文学，两人也经常满箩筐的话。

"没打错，有点儿郁闷。"

"在外面？"

"在东湖边。"

"什么事？声音苍凉得像个老人。"

"有人诬告我在印刷厂时收了一万九千块钱。"

电话那边停顿了一下："真没收？"

"连你也不相信我？我什么人？我会收钱？我蠢？"

"别激动，别激动，没收，会还你清白的。"

王道也停顿了一下，说："不让我管经营了，让我做总编。"

"没道理呀？事情没查清楚。林子峰想换人了？不会呀，他对你那么信任。"

电话那边，路婷似乎陷入了思考，过了一会儿才又说话："我明白了，这个时候，那些大领导套路多。听我的，别灰心，当总编也挺好。实在什么也不当，当个文人更好，不至于荒废你一肚子才气。"

王道苦涩地笑了一声："还真会安慰人。"

两人都沉默了一下，路婷的声音变柔了些："太晚了，别在那湖边坐了，风凉。"

四十四　陶浪沙任职演说赢得上下赞赏

王道被龙昆仑叫去他的办公室，刚对面坐下，就训道："跑哪儿去了，一天见不到人影。"

"马邦叫去喝降职宴了。"王道说，又痞里痞气地站起来，对龙昆仑呵几口气。

龙昆仑挥挥手："滚，滚，离我远点儿。"

王道笑了，问："一点儿嗅不出这是五粮液的香气？"

龙昆仑看他一眼，拿一瓶矿泉水递给他："给我喝一半，去酒味。你自己定的那《职工手册》怎么说的？中午喝酒，通报批评。你都是给别人定的？"说完，看见王道怔了下，老实些，把一张纸递给他："任命都下来了，还没事人一样，到处晃。"

王道看了半天，说："这任命里有几个问题呀。"

"什么问题？"

"第一，这任命说'经董事会研究'，我们开过董事会了吗？这第二点更有问题，'任命王道为总编'的前面应该加上'免去王道总经理职务'的话呀，否则，前面的'任命陶浪沙为公司总经理'，不有问题？两个总经理？"

"能不能不裹精？文联行好了文字，拿过来做了红头，盖了章，又下了批复。"龙昆仑说。

王道笑一笑，说："没意见呀，我同意，接受。"

"接受，就得负责了，我这边，准备把总编的工作移交给你了。"

"别，别，这不是开玩笑，我没准备好。"王道受惊吓般，站起来说。

"准备个屁，老实点儿，给我好好干。"龙昆仑烦了。

"真没准备好，老大，我有其他想法。"王道近乎哀求。

"管你有什么毛想法。反正，这下我是轻松了，经营管理有陶浪河。"

"是沙。"

"陶浪沙，什么怪名字。刊物有你，没我什么事了，我这几十年，在刊社没休过年假，这次准备休个年假，办点儿私事。"龙昆仑说着，脸上却藏不住怅然。

"你休年假？这怎么说，要休也不能一起休呀。"王道说着，从口袋里掏出张纸，递给龙昆仑，是自己休年假的请假条。

龙昆仑看了一半，便将请假条揉成一团，扔进纸篓，说："凑什么热闹，这个时候，你有点儿正形，行不行？你给我好好做这个总编。"

感觉龙昆仑动了真气，王道松弛的面部收缩了。他说："说点儿真心话，龙老总，这总编的工作，我是肯定不会去干的，这方面不是我的强项，您、宁子烟，甚至杨柳，都比我强太多，我做总编对公司没什么好处，这刊物的全面管理，您继续做，您实在不做，让宁子烟管也行。我想好了，给我一本刊物，我来策划运作，不走市场，用一种新的理念和办法赚钱。放心，我肯定帮公司寻找一种新的、刊物赚钱的手段。你千万别让总编的琐碎事把我手脚捆住了。"

王道如此之快便从被诬被冤的格局中走出来了，而且迅速开始寻找适合自己的新的谋划，让龙昆仑不得不佩服他的务实和心理的强大。

"做新模式刊物赚钱，那能容易？你觉得全中国做刊物的就你最聪明，别人想不到，你能想到？新刊物做水了咋办？公司亏的钱是小钱，有可能你在公司的前景就彻底毁了。"在下属面前，龙昆仑从来都是挑刺。

王道说："老大，我都这样了，您就不能鼓励我一下？这刊物做不做水，我不能保证，亏本是肯定不会的。"王道说着，又靠近龙昆仑一些，"这次，我找政府要钱，钱不到账，刊物不启动。"这时，宁子烟拿着一沓稿子进来了，看见王道，点了头，问龙昆仑："请好假了？"

"向谁请？"

宁子烟对王道努嘴："他。"

"你有意的吧？向他请，他就一破总编，还不想干。对他，我只是下了指示，林主席那儿，早请好了。"

宁子烟转向王道，问："怎么，中午请你的本家王公公吃饭了？"

"宣传部文艺处的王处，你叫什么？王公公？"王道睁大眼睛。

"他叫王宫，大学里，大家都叫他王公公。"

"你们同学？对了，吃饭时还问我有没有一个叫宁子烟的同事。"王道说，转眼看一眼龙昆仑，有意挑拨道，"当时就觉得眼神有点儿暧昧。"

"你不是说中午是马邦，什么降职宴？"龙昆仑插话，问王道。

王道正要回话，结果话被宁子烟抢了，她仍顺着王道的话："说什么呢？那王公公，别看现在人模狗样，大学时，我的小跟班。"

"难怪，不到一个时辰，消息就到了他的女神那儿。"

"说你新刊项目不得了，部里大部长都肯定会重视。"

"这王处，官做得不小了，居然没什么城府，这种人我最喜欢，好骗。"

"你以为个个都像你呀。"

自从王道受挫，宁子烟对王道的态度就有所改变，有次王道去她办公室，居然扔他一包甜食，说："女人受了气都吃甜食，你也试试。"王道虽然感激，但东西没接，说："再什么栽，也不会软弱成女人不是？"

"你们谈得火热，把我当空气呀？"龙昆仑说。

龙昆仑这话让两个人相视一笑，回过头来看龙昆仑。

宁子烟看着龙昆仑问："对了，我正要来请示，这以后的清样，我们是交王道看，还是交您看？他现在是总编，您不是。"

王道连忙说："这不刚才已向董事长汇报了，总编的事，我是肯定不干的，刊物还是老大把关。"

龙昆仑看着宁子烟："他大总编不干，要去做小刊物主编，这不是违抗组织吗？"

宁子烟说："我看也可以呀，他统管刊物没什么优势，肯定不如你管得细致、到位、有水平，让他去把一本小刊做出个花样，没准会为我们不景气的刊社找到新的模式。"

连王道都没想到宁子烟会这样说，连忙赞赏："你说这宁总，大格局呀，确实，高人！"

龙昆仑似乎被王道和宁子烟给彻底说服了，问宁子烟："你的意思是让他做总编的事是屈才了？"

宁子烟看看龙昆仑，说："也算是这个意思。你说，那陶秘书长过来做总经理，估计，你以后更没什么事做，帮王道管管刊物，发挥发挥余热，不也蛮好。"

也只有宁子烟敢当面损他，但龙昆仑习惯了，也不怎么见气。他转过脸对王道说："明天陶浪沙来后的董事会，你在董事会都把这些理清楚、讲清楚。"

"太好了。"王道无比兴奋，恨不得上去与龙昆仑握手，说，"龙总，您在我心里……真的……恩人级别。"

陶浪沙第一次参加侠世界公司董事会，穿了一套笔挺的黑色西服，打着暗红色领带，这让他整个面貌，粗犷中又带了些精致和儒雅。

昨天下午，林子峰主席亲自带他找了龙昆仑，又见了公司几位高层，所以，今天来开会，大家没了生分。

龙昆仑说："今天的董事会，主要是欢迎陶浪沙秘书长过来暂时兼任侠世界公司总经理。"龙昆仑说完这话，看看大家，说："大家欢迎一下吧。"

大家鼓了下掌。陶浪沙站起来，给大家躬了个躬。

龙昆仑连忙说："非正规仪式，不必太讲礼节，正规仪式，下午中层干部见面会再搞。"

龙昆仑接着说："还有几个小事，会上定一下。"

龙昆仑说完看一眼陶浪沙："要不，我们先摆弄小事，你的到岗感言最后说？"

陶浪沙直直腰，说："听龙总的。"

龙昆仑将自己与宁子烟休年假的事先说了。看见大家看着他和宁子烟，一副不明白的样子，于是直接说："你们大家也没必要装糊涂了，我前些年早已离了婚，这些年，与宁主编在一起处，知道你们背地里说什么的都有，我也懒得计较，咱们明人也不干暗活，今天明白敞亮地告诉大家了。"

江一石小声在王道耳朵边问一句："什么叫'暗活'？"

王道在下面踹他一脚。这话大家不知应该做如何反应，鼓掌似乎也不好，没反应好像也不对。

王道试探着问："你们休假，应该是去重庆吧？"

龙昆仑说："是，怎么呢？碍着谁了？"

王道笑说："好事，怎么摆出副要打人的架势。"

龙昆仑说："怕你们这些家伙没正形。"

王道小声说："若是秘密结婚，那必须有个公开告知。"

"王道，又没正形了吧?"宁子烟出来了，警告一句。

江一石趁机在王道背上揪了一下。

龙昆仑瞪一眼王道后，说："第二件小事，哦，也不算小事。就是王道做总编的事，这事……王道，你说。"

王道看看大家，站起来，分别给几个抽烟的人发了烟，然后去把门打开。再坐下来，说："这事提前向龙总汇报了，也征得了龙总的同意。那就是，所有刊物继续由龙总管着，我准备拿一本目前已开始亏本的刊物，采取新的模式和办法做，具体策划，上完党校回来后提交董事会。"

"上党校，谁指派的，我怎么不知道?"龙昆仑问。

"昨天晚上，林子峰主席给我打的电话，这不是才征求我的意见嘛，估计他会马上告诉您。"

龙昆仑"哦"了声，本来想发点儿议论，看见陶浪沙在场，也就忍下不说了。

"上党校前这几天，我准备回施州老家一趟，也安心地把那新刊的项目做完整，争取上党校前报到宣传部，两个月党校学习后，宣传部那边若能有眉目，也正好正式提交董事会。"

"不是说不同意你请假的吗? 我们三人这一走，刊物谁来管?"龙昆仑有点儿不高兴。

王道说："这不还有江一石和杨柳吗? 他们都是老主编，也就十几天，也让他们过过全面负责刊物的瘾。"

龙昆仑知道，王道表面顺从，但他真正决定的事，很难扭过来。龙昆仑多少有点儿歉意地看着陶浪沙，说："也好，你一来，我们就先把场子腾出来，让你先好好操练一番。"

陶浪沙笑笑，说："我这一来，领导们都吓跑了。"

陶浪沙这话本来是想活跃下气氛，但许是因为大家还没熟到心意相通，所以，这玩笑话变得有点儿冷。

前面两件事讨论完了，龙昆仑语气变得郑重了一些，说："下面请新上任的陶总经理讲话。"

虽然没有掌声，但陶浪沙还是站了起来，给大家双手抱了个拳。

陶浪沙说："第一次入传媒行，入行三句敞心话：一、加入侠世界公司团队，荣幸、忐忑、兴奋。二、龙总多栽培，同党多帮衬。三、粗人，话、事有伤害，谅解。"

这简短有力的话一出，王道率先鼓了掌，但没人跟，只是没刚才那般懒散，大家均抬头听他说话。

陶浪沙对王道做一个双手合拳的手势，继续说："我刚才观察了一下，董事会加上我，六个人，我觉得这不符合公司法里董事会单人制的法规，所以，在今天的董事会上大胆提一个议案，我希望增选杨柳进董事会。大家知道，杨柳驻队回来后，全面负责公司转型，成立数字新媒体公司和影视公司，虽然公司刚创办，但从昨天我在他们那了解的情况，我认为前景可期。如此重要的一块转型阵地，没一个人进入决策层，我觉得，应该考虑。"

陶浪沙正话未说，先在池塘里扔一木头，着实叫人猝不及防，谁也不知应该把这木头往前推，还是看着这木头在池塘上漂。

看见大家不回应，陶浪沙把眼睛移向龙昆仑。龙昆仑低头不言语，王道有点儿着急，小声叫一声："龙总。"

龙昆仑抬头看着王道，问："你觉得呢？"

王道犹豫了一下，但还是硬着头皮说："我觉得杨柳进董事会很有必要。"

龙昆仑挨个儿看大家，没听到反对声，对陶浪沙说："这事就这么定，你继续说。"他的神态，看不出任何喜怒。

陶浪沙说："我这人直来直去地粗，谢谢龙总给我支持。来前，做了些表面功课，了解了些情况，说三点不成熟想法：一、大力争取政府在政策和资金上的支持。刊物在市场上难赚钱了，我们必须考虑其他市场，提一个自创的词——'政府市场'。政府一定支持我们这些弘扬传统文化的平台。王总刚才提到做新刊项目找宣传部的事，可以说是同仁所见略同。二、加大转型力度。新媒体，我了解不深，但影视，我是有资源的。从南京请来的专家，她们带来的那《雪山玉女》的项目，一手原创，小说影响也特别大，这事我肯定会花大力气，帮她们搞成。三、不拘一格，培养和引进人才。尤其是有专业、有头脑、有创新精神的年轻人。我觉得我们的人才应该是呈梯形结构的，再说句直话，我们董事会，不够梯形。初来乍到，不够低调，谢谢大家的容忍和包容。"

陶浪沙讲话，中气十足，声音浑厚。讲完后，龙昆仑象征性地鼓了掌，大家也很有力度地给予了掌声。

会后，王道找到陶浪沙，把一沓资料给他，说："前些时，我与江一石跑的'侠世界产业园'的项目，昨天期刊司的朋友给我了电话，说入选了中国报刊管理总局的项目库。又说，入了国家的项目库，肯定能进湖北'十二五'规划，这对我们那块地未来的开发十分有利，省里的事，你得接上茬。"

陶浪沙接了资料，递王道一根烟，问："怎么样，我今天的讲话？"

"很精彩，估计下午的中层干部会，效果会更好。"王道由衷地赞赏。

下午，陶浪沙在中层干部会上的亮相讲话，引起了阵阵掌声。会后，他先留下杨柳、华美琪、董小菲，一起商量第二天去广电局申报项目和办影视拍摄许可证的事。当着他们的面，他给广电局的一位领导打了电话。打完电话，想想，他又说："明天上午去了广电局，下午我们再去宣传部文艺处一趟，他们那儿应该有扶持资金。"最后决定，明天晚上请客，把几个对《雪山玉女》电视剧会有实质性推动作用的人聚在一起吃个饭。

华美琪无比赞赏地说："陶总太厉害了，讲话水平了得，办事能力还超强，太幸运了。"董小菲也说："我手都拍疼了，又精彩，又有高度。"走之前，杨柳与陶浪沙紧紧地握了下手，说："谢谢兄弟了。"

显然，上午董事会上的信息，杨柳已知道了。

陶浪沙说："应该的，以为有阻力，没想到——畅通。"把杨柳他们送走，陶浪沙又叫来了负责广告的西门红。问西门红省里的黄鹤楼烟厂和白云边酒厂在《侠世界》的系列刊上是否投过广告。西门红回答说："有过联系，但他们只做主流平台的广告，对我们的刊没兴趣。"

陶浪沙说："没兴趣，说明公关力度不够呀，财务上，我看了一下，前年到今年，一千万到了四百万，这种下降速度，也太惊人了吧。"西门红想与他理论一下原因，但见陶浪沙咄咄逼人，又觉不合适，所以没言语。

陶浪沙说："烟厂和酒厂，我都有朋友，你们先出一个给他们做宣传的策划，特别是烟厂，产品不能直接宣传，想想其他办法，策划做好了，我带你们去找他们。"西门红回到家时，天已擦黑，胡灵刚把饭菜做好。他们没领证，但住在一起已一年多了。

吃饭时，胡灵感觉西门红情绪不高，问："怎么了？陶总留你，剋你了？"

"也不算剋，但话不好听。"胡灵给他夹一筷子菜，然后站起来去拿两个杯子和一瓶红酒，倒了酒，说，"来，姐陪你喝酒消气。"

"说说吧，对陶浪沙总经理怎么看？"

"我不太喜欢这个人，不过煽动性蛮强。"

"这人太强大了，我敢说，江一石、杨柳就不谈了，估计王道也不是他的对手。"

"屁，王道内敛、严谨，最重要的是王道从来就不像他那样，一副机会主义的样子。"

王道在西门红的心里一直是偶像般存在，即使最亲的人，他也容不得贬低。

"分析事，我们能不能不感情用事？"胡灵瞪西门红一眼，继续说，"陶总今天的讲话，把自己讲成了个透明人，优点缺点，像身上的痣一样露出来给大家看。第一，太不低调，以后树敌是迟早的。第二，直接讨好中层干部和年轻干部，目的性太强，我敢说，为了目的，以后伤害我们最狠的也肯定是他。第三，有点儿急功近利，这是新来乍到的一大忌。"

"这不就得了，与我看法高度一致。"

"错。你知道这个人最大的优势是什么？"

"什么？"

"就是你刚才说的，机会主义者。官场上强者是什么人？把握机会，不择手段，直达目的。我们再来比较一下王道。是的，王道以后能掌旗，对公司，包括对我们都更有好处，但王道温暾，迟缓，太过包容，对目标的追求缺乏激情。而陶浪沙恰好相反，敏捷，有冲击性，狮子扑食一般，霸道狂野。"胡灵私下与西门红分析得总是头头是道，但西门红也经常不苟同。他说："刚来时，你对《侠世界》格局的分析也是头头是道，但结果怎样？现在龙总都快退了。最初，你觉得我们要鼎力推江一石，现在你也看到了，惨不忍睹。后来，王道回来了，当总经理没几天，你一百八十度，乾坤大挪移，说王道不管人品、气度、才能都超过龙昆仑。"

"那不是他上任后不计前嫌，对我们重视有加吗？"胡灵插话。

"你当时怎么说的？'这人值得卖命一辈子'。现在又来了个陶浪沙，你难不成又要来个乾坤大挪移？"

"西门红，你个小杂种，你把我说成什么样的人了？我这只是分析，到现在，我还是认定王道，我们以后肯定还是跟他，一荣俱荣，一损俱损。"

刚才，西门红只顾表达自己想法，没想到把胡灵得罪了，他第一个想法便是赶快缓和她的情绪，万不能把晚上的好事搅黄了。他马上接上胡灵的话："我太清楚了，你分析的这些都和我一样——为王道担心。"

胡灵说："下午，看见陶浪沙在台上神气潇洒，占尽风头，再看王道，不言不语，藏不住落魄，心里还真有点儿酸。"

"我不也一样嘛。"西门红附和。

胡灵忽然想到什么，对西门红说："赶快把碗筷收洗了，我们一起去王道家。听说他这两天要回施州，我买了些东西，送他儿子和老人。"又说，"过节都不送，但这时候，暖心，也表达态度。"西门红这才看见电视柜边放着几包东西。

胡灵与西门红在王道家坐了十几分钟。看得出来，王道虽然表面上没显出多大热情，但内心却是十分感动。

临送他们出门时，王道从房间里拿出个精致的盒子，对西门红说："你那破皮带，我观察几次了，现在还没换，穷得那么狠？"然后把盒子递给他，说，"拿回去，换了。"回到家，西门红便把盒子给拆了，说："呀，登喜路的，这可真是小钱换大钱。"胡灵撇了下嘴："德行，这情谊是能用价钱互换的？"

四十五　华美琪差点儿被"敲了夜晚"

转眼，王道在党校学习已快一个月。因离得近，又有车，王道每天下午在党校上完全天的课便开车回家。

今天回得早，正准备把平板电脑拿出来修改"网络文学评论线上线下平台"策划方案，罗琼来了微信语音："再不来打球，明天给你车加油的许诺作废，帅哥，快来呀。"

王道笑笑，不准备搭理。"网络文学评论"的策划还真引起了宣传部的重视。中午，文艺处王宫处长打来电话，说分管部长提出了几处要修改的意见，让马上改，又信誓旦旦地告诉王道，这项目，文艺处直接介入，资金支持是肯定的。

王道刚点出网页，罗琼的语音又来了："王总，我们三缺一，救球如救火，快来吧，求求你了。"

王道第一天上党校，刚坐下，背后有人用笔捅他后背，转过头看吓一跳——罗主任。

"怎么你也来这儿了？"

"文联就俩名额，本来不打算来，看另一个是你，想着上次害了你，又知道你被冤降了职，这不，想着陪你度过两个月的孤单，也是报答。"

"党员干部了，要诚实，估计是知道有顺风车，来回方便吧。"

"别把人往势利上想行不行，来来，还有几分钟，加个微信。"罗琼说着拿出手机。

"什么微信，我没有呀。"王道近段时间总在听人讨论微信，但自己没玩过。

"不会吧，公司大领导，这么土？"罗琼夸张地睁大眼睛，又要过王道的手机翻了半天："还真没申请。"说着，开始帮王道申请，又嫌在后座不方便，干脆与王道旁边的人换了座，然后，要身份证号码，要户名。

王道惊讶地发现，微信的功能太强大了。有了微信，罗琼便开始各种搅扰，最大的搅扰便是不言放弃地约他打羽毛球。据说他们还有个打羽毛球的微信群，罗琼要拉他进去，王道死活不同意。王道在大学时便是那种特别喜欢运动的人物，羽毛球也有基础。到江城后，应酬多，事多，运动的兴趣反而减少了。

罗琼在王道眼里属于那种真真假假、没边没际的人，所以，她每次邀约，他都只用各种表情包回，包括她发过来的给他准备的羽毛球装备（球拍、球鞋）的图片，他也只发过去一个受惊吓的表情包。

今天，三缺一，罗琼话又说到这份儿上，王道觉得再拒绝，就有点儿太冷酷了。

按罗琼给的位置，临走前，又咨询了常去军旅羽毛球馆打羽毛球的杨柳，王道找到军旅羽毛球馆。远远看到十五号场子，果然是两男一女三人在打。王道走了过去。罗琼看见王道，有点儿喜出望外，下了场子去迎接他。另一个男人也下了场，两人一对视，王道吃一惊："孙处长。"孙军处长挤挤眼，笑一笑。罗琼说："这是纪委的孙处长，你们认识呀？"王道看着孙军，苦笑一声："认识吧。"罗琼指着场上那年轻点儿的男人说："他名字，不太会叫，我们都叫马老板。"

"马缪。"孙军说，"堂堂的文联办公室主任，字认得不多。"

罗琼还真给王道准备了装备，她从羽毛球装备包里拿出了羽毛球拍和鞋子。

王道试了鞋子，还挺合适，穿好鞋子问："多少钱？转给你。"

罗琼说："一万。"

"回去真按这数转你？"

"那你少一个零吧。"

孙军羽毛球水平在王道之上，罗琼比王道略弱，马老板更弱些。孙军与马老板搭档，王道与罗琼搭档，打了一局被拉下三球时，罗琼在球落于边线和底线上的判罚与孙军发生了几次争执，结果，既争赢了球，又乱了孙军情绪，第一场结束，罗琼他们居然赢了。

十五号场子是贵宾场，场子后面有休息室。罗琼要继续打，孙军说："休息一下，稳定下情绪。"说着进休息室抽烟。王道也跟进去了。

孙军给王道递了根烟，问："那事没影响到你吧？"王道看孙军一眼，吐一口烟，说："也算没影响吧。"

"他们帮你澄清了？"孙军又问。

王道一惊，绷紧神经看着孙处长。

"你去梅山后，不到半个月，事情就查清了。当时，我就给你们文联杨主席打了电话。"王道满头雾水，心跳加速，定定地看着孙军，急迫地问："怎么个情况？"

孙军说："我们后来扩大了范围，查了那《故事文摘》李农老婆的银行账户，还真有意思，十二月二十六日，一笔存单，一万九千。大致时间和金额全对上了，所以，李农没法抵赖，认了。王清，就是那原来的王社长，他交代，这笔钱是他给李农让打点给你的，被李农私吞了。这些，我都给杨主席说了，你不知道？"

王道头直接炸了，既有欣喜，又有悲愤，说："这么大的事，文联杨主席应该马上告诉我，还我清白，昭告大家呀，这是对一个干部的态度吗？"

看见王道无比激愤，老到的孙军似乎明白了什么，安慰说："好了好了，我以为你知道，也怪我，留了号码应该直接告诉你。估计他事多忘了，或者别的原因放了放。"

"关乎名声，这事能放？"王道说着就去找自己的手机，要给杨主席打电话。

"能不能沉稳点儿，现在气头上，气势汹汹打电话，有必要吗？听我的，打完球，晚上打电话。"孙军嗓门儿提高了，硬硬地说。

孙军这人善变的风格，王道在梅山是领教过的。他看着他，拿手机的手停了下来。

第二局，王道与罗琼一败涂地，输了十个球。快结束时，罗琼实在忍不住了，对王道吼："能不能专注点儿，丢了魂一样，打个鬼球。"

下场到休息室，罗琼自觉话重了些，递毛巾递水，讨好王道。

孙军趾高气扬地说："打回原形。"

"屁。休息好了再打。"罗琼不服输，说。

正在这时，十五号场子又来了两男一女三个人。

是杨柳、江一石和董小菲。他们都穿着运动服，董小菲还提着羽毛球装备包。

王道连忙把他们喊进休息室，又向罗琼一一介绍。

杨柳与罗琼熟，而且在球馆碰到过。杨柳对罗琼说："听说王总与你在球馆，怕你在球场欺负他，所以带人来助威。"又指着董小菲说，"还带来了专业选手。"

罗琼配对孙军，杨柳配对董小菲，两队简单热身，马上进入了激战。

江一石陪王道一边抽烟，一边看他们打球。

"我那事澄清了。"王道说。

"印刷厂时收钱的事？这么快？"江一石欣喜地睁大眼睛。

"找我去梅山谈话后，十来天就查清了。那《故事文摘》的李主任，自己把钱私吞了栽赃我。"王道愤愤地说，又指着在场上打球的孙军，"那人就是在梅山找我谈话的纪委监察二处的孙处长。他刚才告诉我的。"

"那怎么不早点儿在文联在公司宣布澄清。现在弄得总经理也没了。"江一石也跟着气愤起来。

"我现在分析，估计对我的调整、对陶的任命没多长时间，我的事就澄清了，林主席他们也不好办，格局定了，人也任命了，不可能重新收回，所以，干脆把这澄清的事压着。当然，这只是我的分析。"

江一石火了："难道，他们能这样摆弄一个干部？这也太儿戏了吧？"

王道苦笑一声。两人不作声了，透过玻璃窗，看两队打球。

杨柳球技与孙军相当，董小菲却高出罗琼一截，尤其是小球，几次得分。一局结束，罗琼他们输了五球。罗琼哪里认输，换了边再打。

"怎么样？听说陶秘书长搞得不错？"

陶浪沙来公司，占用了江一石的办公室，让江一石搬进发行公司胡灵的办公室，这多少让他有点儿不爽，又因为借调发行公司人员去文联办公室帮忙，被江一石以人员紧张顶回去了，弄得陶浪沙也不爽，居然在中层干部计划会上批评江一石"不懂大局""不懂关系就是生产力的道理"。然而，江一石是那种认理而不太认情的人，虽然不喜欢陶浪沙，但对他做事却是十分认可。

他说："这人做事，确实很不错，你和龙总不在公司的那段时间，搞了个独立经营的方案，现在全公司都非常认可，龙总回来后，也觉得这种经济管理方式非常有创新意识，也很对目前公司的路子。下半年试行，明年全面推进。"

王道也听说过这个方案，但不知内容，问："是个什么独立经营法？"

江一石说："其实这方案说起来也简单，就是分权到各部门，充分发挥部门自身的活力，让部门的水活起来、涨起来，陶的说法是，小河涨水大河满。比如，广告公司，去年利润三百万，今年标的三百万，半年一百五十万，如果半年完成一百八十万，广告公司可以拿二十万，员工自己分，另外十万，与公司五五分。"

"完不成标的呢？"王道问。

"完不成有个工资百分之三十的捆绑扣款，以及年终奖金的分配系数扣减。方案，杨天津、田果、胡灵、西门红都参与完善了。大家都说这方案好，把所有部门、员工的积极性都调动起来了，感觉大家都在为自己赚钱。"

"这么说，我回去办'网络文学评论线上线下平台'，下半年也会定个标的。"

"那是肯定的了，不过听陶浪沙说，你那项目，还有《雪山玉女》电视剧，宣传部有个优势文化产业扶持资金，起码能搞到三百万。你那项目也是他出马帮你要的？"

其实这笔钱，王道找文艺处已谈了几个来回了，但听江一石这样问，不好马上否定，所以只说："他也出了大力吧。"

"不到两个月，现在的陶总，厉害呀，基本上是一人独大、一手遮天。"

"龙总不管事了吗？"

"他新婚宴尔，自顾甜蜜，加上陶总又那么有能力、做得风生水起，所以他也就摆出一副提前退养的架势了。"

龙昆仑与宁子烟休年假，果真被王道戏言说中，去重庆办了婚礼。回来后上上下下发了喜糖，请了两桌至亲好友。王道请省里书法大家徐本写了副婚庆对联："两株莲藕开三夏 一对鸳鸯共百年"，在酒宴上隆重推出。

王道对江一石笑笑，说："江山代有才人出呀。"

看着场上两队打得难解难分，又回脸随意问："怎么华美琪没跟着一起来？"

江一石说："听说陶总带她去上海与一家影视公司谈合作去了。"

"就他们两人？"王道有点儿吃惊。

"是呀。"

江一石回答，好像感觉出王道问话的意味，但又觉意味有点儿重，所以连玩笑的话都说不出来。

这时，两队打到了二十五比二十七，罗琼他们又输了。

罗琼还要再拼一场，杨柳推说打不动了，下场让王道上。王道说与杨柳说说话，让江一石上。

杨柳坐下来，一边喝着王道递过来的水，一边问："这党校还有多少天？快点儿回来吧，听说你那项目宣传部特重视，别项目资金批下来了，你人还不见影，把这么好的项目给玩丢了。"

"放心，今天都还在和王处沟通修改方案呢。"

"那罗琼主任他们，……要不打完球，一起吃个饭，我做东。"

"你们没来时，我就请了，那罗琼说打完球要和那马老板谈事，说还是房产的事。他们文联的，藏龙卧虎，路子都野呀。"

江一石羽毛球水平差了些，连丢了几个球。

杨柳说："那罗主任，你们党校同学，不知道吧？狠角，听说刚在东湖高新那地方买了好几套房。"

"她哪有那么多钱？"

"贷款呗，她老公开私人医院，也有钱。"

"你真属狗的，到处嗅信息。"

杨柳笑笑，说："不说那些了，我考虑好了，你一回来，就把新媒体公司给你，那'网络文艺评论线上线下平台'，没有新媒体公司做后盾，影响做不大。现在新媒体公司基本上路了，传奇中文网影响也越来越大，前些时候，还让我们申报全国示范单位。"杨柳说这句，让王道十分感激，他也知道他的项目与新媒体公司捆绑在一起，优势才更大。他问："没新媒体公司了，你还管什么？好像陶秘书长对影视公司也管得蛮实。"

杨柳看王道一眼，说："龙昆仑现在让我在管刊物，你知道，他结婚后，变化挺大的，居然经常自己跑菜场。现在弄得我每周清样都看不完。不过放心，以后新媒体的版权，我会继续帮忙。"又说，"我将《解密》改成了《解密·人物》，做时政，这一两期发得很不错，你知道，我还兼着这刊的主编，每天忙得不亦乐乎。"

球场那边又换边、换人。江一石他们惨败，但江一石不愿下，罗琼只得把孙军换下，换水平差些的马老板上。

王道忽然问杨柳与他老婆离婚的事。

杨柳小声告诉他，说手续上周已办了，但现在还住一起，准备儿子高考一结束，就公开离。

王道声音也变小了些，问："这事华美琪知道吗？"

杨柳看看王道，叹口气，说："没给她说，也不知为什么，在一起时老谈工作，人近了，怎么那方面相反比原来远些了。估计都是离婚把情绪给闹没了。"

王道的脸沉下来了："这就是你的问题了，别人那么远，离家过来为的什么？你以为女人还真的是为了事业？你这一疏远，她怎么想？听我的，今天晚上好好与她聊聊，把离婚的事也聊出来。"看见杨柳低头不出声，问，"上了微信？"

"有。"

"她在上海？"

杨柳被虫咬了般，抬起头，脸上滑过一丝阴霾，说："在上海。"

陶浪沙与华美琪到上海的目的其实只有一个——见臻艺影视公司的大老总丛野。

臻艺影视算得上上海影视行业的前三，在全国也颇具影响，他们的实力主要在院线电影，近几年也开始涉足电视剧和网络剧。

陶浪沙是通过上海市文联的一位副主席的引荐，才与臻艺影视的副总兼运营总监叶子联系上的。叶总看了华美琪发过去的《雪山玉女》电视剧筹拍资料，第二天便带一名编剧飞到了江城。合作谈得很顺利，臻艺影视愿意拿三千万，占股项目百分之七十，附带协议是：无偿拥有《雪山玉女》百分之百的电影版权，无偿拥有《雪山玉女》电视剧、网络剧百分之三十版权。后经商议，将百分之三十降到百分之十。合同大体谈完，叶总笑着说："没办法，我们的大老总是武侠迷，还是《雪山玉女》的铁杆读者，听说是与《雪山玉女》作者的女儿谈合作，铁了心要把这事谈成，若不是在美国，他肯定也飞过来了。"又说，"协议外得申明一下，改编的剧本大纲肯定不行。这不，我请了全国顶尖的编剧。"侠世界公司刚成立的传奇影视，一分钱不出，三千万的项目，占股百分之三十，相当于九百万。

谈判过程中，陶浪沙忽然意识到一个问题，晚上把杨柳和华美琪叫到自己的办公室，说："忽视了一件事：臻艺影视三千万进入项目，实质要的是《雪山玉女》百分之百的电影版权，而版权实质拥有人是华美琪，传奇影视是侠世界的全资子公司，臻艺影视与传奇影视签订合同，而面临的事实是，传奇影视不是《雪山玉女》的版权所有者。"

其实华美琪早就意识到这问题，只是一心希望把事谈成，所以之前不好意思提出来，陶浪沙很快提到这事，她颇感激。陶浪沙的眼睛在华美琪光洁而妩媚的脸上停留了几十秒，说："要不，明天请我们的律师起草一个版权转让协议？"

杨柳说："恐怕无偿转让不合适。"

华美琪大度地说："现在关键是把合作谈成，把影视公司做起来。"

陶浪沙的眼睛又停留在华美琪的脸上，说："我提个建议，看行不行。《雪山玉女》影视、网络版权转让给我们传奇影视公司，华美琪个人占有《雪山玉女》电视剧的百分之十股份。"杨柳说："百分之十少不少？影视公司什么没有，相当于空手套白狼。"

华美琪说："杨总不用说了，这样已经很感激了。"

陶浪沙说："杨总，话不能那样说，影视公司是侠世界的公司，侠世界在全国是有品牌效应的，上海公司除看中《雪山玉女》的顶级原创，《侠世界》的牌子也很重要，加上我们传奇影视前期的操作、项目申报，还有政府支持的资源，这可不能说是空手套钱。另外，这私人占股百分之十，三百万，若项目赚钱，不止这个数。这事有点儿大，恐怕公司董事会还得有个纪要，文联那边也得先汇报。"

去上海，是叶总邀请他们去的。他们大老总丛野从美国回来，急于见华美琪。叶总的意思，见过大老总，合同就可以签了。

原定去四人，叶总回陶浪沙短信："建议人少为佳，你与华总来。"

陶浪沙把叶子回的短信给杨柳看了，杨柳说："就一餐酒，我们也没必要凑热闹。"

在上海的酒是在丛野的别墅里喝的，用叶子的话说就是"最高规格"。

丛野是北京人，除酷爱武侠外，年轻时还是个小有名气的诗人。两瓶茅台年份酒，四人喝，席间，一负责开车的叫华子的男子，上下倒酒、招呼。整桌席，就丛野一人滔滔不绝，把《雪山玉女》里的人和事不厌其烦地说。

叶子的酒量显然比华美琪大，所以，陶浪沙只得找各种理由帮华美琪代酒。

叶总说："你再这么明目张胆护华美女，我真怀疑你们的关系了。哪有上级给下级不停代酒的理。"

丛野从他的《雪山玉女》出来，听清了叶子的话，说："陶总也就是近水楼台，早几年，我能见到美琪美女，会有他什么事？来，华美女，我也给你代一杯。"

叶子对华美琪和陶浪沙挤着眼说："你们这下知道，为什么都说诗人是傻子了吧。"这话一提醒，丛野记起来自己是诗人了，于是酒局的后半程，又成了丛野谈诗和朗诵专场。北岛的《白日梦》、顾城的《远与近》、舒婷的《双桅船》、食指的《白夜敲门》一边朗诵，一边讲解。

华美琪挨近陶浪沙的耳朵，说："我的个乖乖，北京人能侃，见得多，但这个是我碰到的最有话瘾的北京大哥。"

席间，陶浪沙给华子敬了杯酒，说："华司机，辛苦，飞机场接，这待会儿，又劳烦送。"

华子宽宽地笑笑，喝了口茶。

叶子对陶浪沙说："华子与您同级别，我们总经理。"

到了酒店大堂，华美琪脱了件外衣，陶浪沙连忙帮着拿在手上。

入电梯，华美琪对陶浪沙说："今天幸亏有你，不然，我肯定倒。"陶浪沙正面对着华美琪，忽然意识到眼睛不听使唤地在下移，连忙把脸侧向一边，说："幸亏那京哥只朗诵诗，若一心整酒，我们都要废。"

开房门时，陶浪沙把衣服递还给华美琪，看见陶浪沙没移动脚，华美琪说："要不要进来喝杯茶醒酒？"

陶浪沙面部紧了些，定定地看一眼华美琪，也许是没从她脸上找到内容，于是，说："我带了茶，自己回房醒吧。"

华美琪把自己洗得干干净净，上了床，如她所料，陶浪沙的短信进来了："酒还好吧？宾馆的袋子茶太差，我带的茶不错。"

华美琪努下嘴。这些年，华美琪独自打拼，形形色色的男人见得实在太多，所以也练就一套应对的本事。陶浪沙是属于华美琪在心理乃至身体都不讨厌的一类，所以，短信并没给她带来反感，甚至之前还有点期待。

过了十来分钟，华美琪回了微信："茶，美美享受哈，我不喜茶，正喝速溶咖啡。"微信马上过来了："我房间没咖啡呀？"

华美琪回了个惊讶的表情包。

过了近二十分钟，陶浪沙那边才又过来一条长微信："晚上京哥朗诵那首《白夜敲门》，有两句是：你教会了我敲女孩的门，于是，我便来敲你的夜晚。这诗的含义是？"

这短信实在直白，让华美琪的心加速地跳了几下，甚至身体都产生了些反应。离婚几年，虽然坚守，但正值生理旺盛期，有时对性事的焦渴，让她苦不堪言。她以为到了江城，杨柳会很快找机会充实她情感和身体的空虚，然而不知何故，杨柳居然变得冷黄瓜样，眼神没热度，语言和行动也拘谨得像道士，让她感到失落和迷茫。

"来敲夜晚吧。"华美琪打出这几个字，脸上顿时泛起红晕，手指始终停留在发送键的上方。她痴迷地想了半天，手指却不知何故，鬼使神差地滑到了删除键……

正在这时，又有微信进来了。华美琪以为还是陶浪沙，仔细一看，竟是杨柳的。杨柳的信息，把华美琪硬硬地戳了一下，她第一反应是爬起来逃。等她羞愧地镇定下来，再看短信，是："睡了吗？"

华美琪连忙回："没。你在家里……怎么能？"

"没事，早分房了。"

"吵架了？"

"没。"

"为什么？"

杨柳那边停顿了一下，回："心早死了！"

华美琪这边也停顿了一下："不能够。还有孩子。"

"小孩儿下月高考，高考结束，一切轻松，离婚解脱。"这话把华美琪给惊着了。她直起身，把这短信又读了一遍。眼泪哗哗地流了出来，她不知回什么好，发了一个流泪的表情。

这时，陶浪沙又进来一个信息，是个"？"。不知为何，陶浪沙的短信让她变得不爽和焦躁起来，一时又找不到迅速阻止他短信的办法，匆忙中，她习惯性地发一个："早点儿休息，晚安。"

这时，杨柳又有一条短信："近段时间，忙离婚，心烦意乱。有点儿疏远，有点儿漠然，但心一直在，让你委屈了。"读完这条短信，华美琪直感到身体内部一股热流向上涌，全身不自觉地有些发抖，眼泪又扑簌簌地滑落。

回程的飞机上，坐在一起的陶浪沙，神态明显变得比来时温存了许多。

"昨晚睡得好吗？"

"不好。"

看见陶浪沙关切地看她，华美琪说："酒喝多了，胃疼。"

"是呀，看你脸，净白，喝点儿开水，暖胃。"陶浪沙说着把自己的保温杯递过来。

"别，有。"华美琪连忙从身边的包里拿出自己的杯打开。

陶浪沙嗅到浓浓的咖啡味。华美琪对他笑笑："自己带的。"

华美琪一边喝着咖啡，一边不经意地问："陶总，问你个问题哈？"

"问呗。"

"你觉得男人和女人都最看重什么？"

"男人最看重的肯定是事业，至于女人，我想应该是情感吧。"

保温杯里的咖啡有点儿烫，华美琪一边吹着，一边说："陶总各方面都是高人。女人最看重的是情感没错，但更看重的，是情感的安全。有句古话怎么说的，对，'发乎于情，止乎于礼'，女人对这'礼'的理解，除了有道德、廉耻外，其实更重要的理解是安全。所以，一段情感能不能往前走，对女人来说起点必须是前方安全岗亭。"

华美琪的话明显有所指，可以理解成一种拒绝，也可以理解成一种有条件地接受。这话，非但没伤着陶浪沙，相反让他对华美琪产生了一些尊重。

陶浪沙露出些理解的浅笑："没想到，华总有如此深的感悟，厉害。"

"离过两次婚，积攒的都是教训。"华美琪苦笑着说。

华美琪的状况，陶浪沙大致知道一些，但话锋引到这儿两人都明白语言背后的含义，所以，陶浪沙不好再问什么。

两人陷入无语，在飞机的震荡中，半眯上眼睛。过了近半小时，陶浪沙忽然用胳膊碰一下华美琪，华美琪睁开眼看着他。

"也问你一个问题。"

"陶总问呀。"

"你觉得，我和王道，做个比较。"这话问得实在有点儿唐突，显然问这话，陶浪沙已把她当成了很亲近的人。

华美琪侧头看着陶浪沙，抿起嘴，调皮地说："能不能不回答？"

"不能。"

"说了，你们男人管不住嘴，哪天你和王道喝了酒，话露出来了，如果那样，我就不好混了。"

"这话，我永远不会问别人，只想听你说。"

华美琪收起调皮，认真地想了想，说："与王道认识好多年了，他情商高，精明，执行力强，做副总无人能比。你吧，接触时间不长，但我觉得，你天生一把手的料。"

听完华美琪这话，陶浪沙看着华美琪，半天不出声，似乎一直揣测着话的含义，渐渐地，他眼睛里放出了光。

四十六　陶浪沙是冲着报刊集团来的

每年的半年总结大会，文联都会定在七月中下旬开。参加人员为机关在编人员及协会、事业单位副处副高以上人员。大会发言的人员是抽选的各部门负责人。

龙昆仑作为侠世界公司的负责人，已享受了副厅级巡视员的待遇，所以，坐在了主席台，而代表侠世界公司总结发言的是陶浪沙总经理。陶浪沙作为文联秘书长，兼任侠世界公司总经理后，侠世界公司虽然上半年利润与去年同比，基本持平，但可喜的是止住了大幅下滑，同时，新的项目已出现好的趋势，财政支持的影视项目二百二十万、网络文学评论线上线下平台项目八十万均已到位，人气旺盛，经营逆袭有望。文联党组对侠世界公司上半年工作十分满意。陶浪沙被安排第一个发言。

王道有席位牌，坐在前排，杨柳、江一石等没席位牌，坐在后面。

陶浪沙的总结有条有理，有数据。一个中心——刊物；两个侧重——广告，发行；三个着力点——着力管理，着力开拓新的经营市场，着力人才引进与培养；四大项目——影视项目，新媒体项目，时政图书项目，侠世界IP项目。在谈到新媒体项目时，他着重谈到了王道的《网络文艺评论》线下刊物与线上微博、公众号、网站等，还用赞赏的口吻多次点了王道的名。侠世界大IP项目，是陶浪沙正在与武当山经管会谈的一个文旅大项目，是由王丹怡组织几个武侠专家一起策划的，项目包括在线上通过小说、游戏、影视打造侠世界大IP，线下在武当山金沙坪落脚建造全国首个武侠主题公园。

陶浪沙的总结，很吸引人，效果也好，但估计内容多了些，时间超过了主持会议的杨主席规定的十五分钟。

陶浪沙讲话时，王道听到后排有人小声议论：

"去公司了，还改不了夸夸其谈。"

"事可能真做了，怎么从他嘴里出来，假的一样。"

王道回过头，说话中的一个，王道认识，是文联创研部姓曾的主任。王道听说，陶浪沙调过来，占了他秘书长的位子，其在许多场合，都表现出对陶浪沙的各种蔑视。

代表总结完后，林子峰讲话。他对六个发言者做了不同程度的肯定，最后说到侠世界公司陶浪沙的发言，用了"很"和"特别"等几个加重语气的词，在说到《网络文学评论》时，又把王道提出来了，说："说到王道，得把原来的误会再说一下。王道收卡和在印刷厂收钱的事，前些时闹得沸沸扬扬，现在都查清楚了，都是子虚乌有，这个干部这方面很干净。让他做总编，刚才陶总经理也介绍了，《网络文学评论》，做得很不错，宣传部重视，经济效益也好，什么叫转型？这才叫真正的转型，刊物在市场不赚钱，换一种办刊模式，同样赚钱。所以，人才放在哪儿，都是人才。"

林子峰接着在大会上透露了一个重要信息，说事业单位体制改革，下一步，走向纵深，一大批事业单位会直接转企。又说，文联除了走市场的《侠世界》系列刊外，另外几本国家养的刊，肯定要像《侠世界》一样取消财政拨款。有能力，继续办；没能力，上交刊号，散伙。所以，到那时，把这几本报刊纳入侠世界公司，可能性很大。七本报刊，文联可以申报报刊集团。所谓"关、停、并、转"，说的就是这意思。

会议结束，杨柳、江一石跟着王道去了他的办公室。王道办《网络文学评论》线上线下平台，《打工故事》的全班人马，数字新媒体公司的人马以及新招的几位网络编辑，全部集中一起，侠世界公司的小楼早没地儿挤，所以，王道找上找下，租用了文联原来退休老干部活动的一幢两层小楼，王道在二楼大办公室隔出一小块来办公。

三人刚坐下，杨柳便说："我说，陶浪沙，文联的秘书长，怎么愿意跑到我们这儿，还只当个总经理，今天会上林主席一讲，终于明白了。"

"明白什么了？"其实王道也明白了，但他装糊涂，问。

"这不明摆着吗？文联下一步是要成立报刊集团，这龙总，我们的董事长，退休前给了个副厅级，他退休，陶浪沙上，副厅级，报刊集团老总。陶浪沙冲的是报刊集团副厅级老总来的。"

这时，江一石手机铃响了，江一石在接时，不小心按开了免提键。是陶浪沙打过来的。

"江总，你怎么回事，小钟到你们发行，不到两个月，被你辞了？"

"哪个小钟？"

"文联领导介绍过来的那个钟不凡。"

"哦，他不行，完全不能用，试用不过关。"

"你辞他总应该给我打声招呼吧，今天开会，我被顶得没了颜面，威信扫地。算了，闲话少说，你到我这儿来一趟吧。"

江一石接完电话，脸马上就变黑了。

王道关切地拍拍他的肩膀："好好说，莫上火。"

"好说个屁，也不知哪个领导，硬塞一个人进来，什么事干不了，还天天迟到早退。"

江一石走了，杨柳也要跟着走，被王道叫住了。王道这边虽然很赚钱，但人才奇缺，他正策划年底在全国刊博会上举办"网络小说年榜暨网络文学高峰论坛"活动，正刊约稿、编审、论文刊把关清样，忙得一塌糊涂，平时还勉强，这活动一准备启动，实在有点儿分身乏术，所以，他准备找管着刊物的杨柳要一个人过来当主编。

"我这边没办法了，得找你要个主编呀。"王道说。

杨柳看着王道："你确定没搞错？你，总编，我，副总编，包括我，人不都是你管的吗？"

王道看看杨柳，觉得杨柳的话也没错。但在他的下意识里，杨柳就是总编。"是呀，你这全盘管着刊物，名不正言不顺，我觉得这总编早应该让给你了。"

"你以为你是林一把呀？什么事都归你定？说得跟唱歌似的，我敢说，你吧唧的这事，龙总、陶总都做不了主，你一三把手，任命我当总编。"杨柳知道说话还有一会儿，所以，自己找杯子给自己倒了杯水。

"让你当个执行总编总行吧？不然，总觉得不顺当。我明天就去找龙总说。"

杨柳递王道一根烟："好，好，什么要求，我去执行，莫铺垫太多。要主编？王丹怡？"

"不是她，她不行，加上《侠世界》蛮重要的，还在赚钱。"

"不会是何梦瑶吧？"

"对，就是她，她研究生学的是文学理论研究，去年又拿了副高职称，文字功底也一流。"

"你还真是举贤不避亲呀。她走了，《城市男女》怎么办？"

"这不与你商量吗？《城市男女》上半年也开始亏了，估计何梦瑶也没什么好办法，不如把年轻人提起来去冲一下。陶浪沙不也主张人才梯形结构吗？"

谈到人才梯形，两人真的开始把公司的一批年轻中层干部研究起来。王道接手新媒体公司，便将杨柳从《天下传奇》挖过来的得力助手袁喜提成了新媒体的经理。除了他，两人研究半天，达成共识，一致认为《侠世界》的执行主编周一周可以接手何梦瑶。

杨柳说："我们讨论半天，还不知陶总会不会一拍子把我们给否了。"

王道说："不会吧兄弟，梯形，懂吗？再说，人事好像龙总还在管着吧。"杨柳点点头，忽然半调侃半认真地说："一个孤独男人，把公司第一美女弄到身边，江一石不会吃醋吗？"

"弟媳，吃哪门子醋？"

"错了吧，江一石大你个把月，你与何美人是嫂子和小叔子关系，在我们那乡里，嫂子和小叔子，天生来电。"

侠世界公司董事会进行的干部讨论，虽然王道通过前两天在陶浪沙和龙昆仑那里游说，使他提出的干部提拔和调整都顺利达到目的，但会上，他与陶浪沙产生的细微矛盾，还是让他感到心烦。会后，江一石去了王道的办公室，他也有点儿垂头丧气，因为会上陶浪沙含沙射影把他说得很不爽。

"陶总说的那个叫钟不凡的小年轻，还是被你辞了？"王道问。

"早辞了，前天你知道，电话叫我去，居然让我们再把那小年轻请回来，这怎么可能？就一废物，请回来，这不等于对公司不负责吗？"王道看着他，若有所思，没吱声。

江一石又说："我觉得，陶浪沙这人，能力是没问题，但这心胸，很有问题。再说，今天这董事会，干部调整，其他干部一一通过，怎么最后，就提出增选一个董事进来的事，而且，他提出来的居然是华美琪。你说，这不荒唐吗？说了一通专业人才，把《雪山玉女》版权给公司，让公司赚了大钱的事，但这些理由哪里站得住脚？赚了钱，钱在哪儿？"

王道正是因为这事，与陶浪沙产生了分歧。提杨柳任执行总编，何梦瑶调整至《网络文学评论》主编，周一周提拔为《城市男

417

女》主编等，一一通过后，陶浪沙忽然提出杨天津退休返聘，退出董事会，应增选董事的事。在王道的心里，增选董事的人选必然在何梦瑶、王丹怡、胡灵三个相对年轻的人员中候选，他以为陶浪沙会提王丹怡，因为《侠世界》主题公园的项目，陶浪沙对王丹怡颇为欣赏，王道万万没想到陶浪沙提出的人选居然是华美琪。

显然，所有董事对陶浪沙所提的人选都感到惊讶，宁子烟不自觉地看杨柳。

陶浪沙说了一大堆理由，看见没人表态和回应，于是，先点了王道的名。

王道不好直接反对，所以只说了一句："对华美琪了解不深，不好说。"显然，这话没有直接支持陶浪沙，甚至有委婉否决的含义。

王道这话多少有点儿出乎陶浪沙的预料，他目光当时就暗了下来。大家沉默了一下，陶浪沙本想让杨柳说话，没想到江一石接了王道的话。

他说："我敢说，在座的除了陶总和杨柳，其他人对华美琪都了解不深，提她进董事会，我觉得不妥。"

就王道与江一石"不熟悉"的话，陶浪沙又不厌其烦地复述了提华美琪的理由，而且含沙射影地说董事会里有些人，工作不上心，缺乏基本大局观，整天喝酒打牌，造成坏影响，等等。

最后是龙昆仑打断了陶浪沙的话，说："董事会今天没有增选董事的议题，这事放一放，到了年底再考虑吧。"会后，王道本想向陶浪沙汇报晚上有接待，需要找财务先支钱的事，谁知陶浪沙看也不看他，黑着脸走了。

江一石把王道放在办公室茶几上的烟掏出一支，点燃，抽了起来，说："何梦瑶昨晚上知道到你的《网络文学评论》做主编，兴奋得一晚上看了你们三期杂志。"

"不还是主编，又没提拔。"王道说。

"那能一样？她那破刊，年底肯定完不成指标，扣钱扣奖金是肯定了的，你的刊，又有前景，年底还肯定有钱分。"江一石说，情绪似乎因这事，好了一些。忽然想到什么，问："晚上有没有事？帮我一起陪客？"

"什么客？"

"这不搞独立经营吗？西门红那边，今年广告想完成指标，基本上没可能，他们想了个新的思路，给江城的一些私立医院做形象刊，今天约了几个汉口的医院院长吃饭，非让我陪酒，他那酒量，你知道。"

"晚上我有桌客，原来还打算把你和何梦瑶叫一起陪客的，本想着让你老婆提前进入工作状态。"王道说，看见江一石一脸的为难，又说，"算了吧，你没空，何梦瑶就算了吧，文件宣布后再让她进入状态。"

江一石抽完烟，原本是要走的，不知为何，思维又回到了下午的会上，问王道："你说陶浪沙要提华美琪当董事，到底为啥？你提议让杨柳做了执行总编，他再给杨柳一个更大的、超过你的馅饼？他这么抬杨柳，有必要吗？"

王道看着江一石，欲言又止，把想说的话吞了进去，吐出来的，成了话的结尾："杨柳未必会领情。"

杨柳接到华美琪的短信："在红房子附近谈事，不回了。你下班后直接过来。"

杨柳收短信前，正坐在家发愣。下午会上，陶浪沙忽然显示出对华美琪毫无原则的关照，这让他陷入了种种猜测。

儿子考取了广州的一所重点大学，学的是计算机专业，上周提前去了广州，说是与网上的几个电竞高手在广州组建"创世纪电竞同盟"，大学未上，提前走了。

火车站，检票之前，他对父母说："你们蹩脚的低端手游也算玩通关了，离婚后，计划好，每月给我打钱就行。"

送走儿子的当天，杨柳的老婆便收拾了所有属于自己的东西，离开了文联大院。他们在汉口有一套新房，全款买，之前各承担了一半费用。虽然只剩一套旧房，车子被开走，银行存款也只剩几万，但杨柳却是像从牢里放出来般的解脱。

他是第二天下班后，在东湖边的一幢红砖小宾馆，订好了套房、订好了套餐后，才给华美琪发的短信。

那天晚上，又一次像他们第一个夜晚那样让他永生难忘⋯⋯

这几天，两人微信断了线，除了在工作时，相互含情地多看几眼，微信却是一直断着。

杨柳的迟疑，没有维持五分钟。他给华美琪回了一个"好"。

进了红房子，菜已上齐，开了一瓶红酒，茶几上，还放了果盘。显然，一切经过了精心准备。华美琪穿了件深蓝色的丝绸睡衣，头发估计是因为洗了澡，高高地绾在头上，用深绿色的发卡卡着。如此，她雪白的长脖子显得格外迷人。

两人喝着酒，谈到《雪山玉女》改编后的人物，又谈到正热播的电视剧《美人心计》，从杨幂说到王丽坤、林心如。设想着，哪位女演员更适合《雪山玉女》的女一号。

酒喝完了，华美琪才用一双灵动的眼睛看着杨柳，轻柔地问："能记得今天是什么日子？"

杨柳看着她，心里泛起一股暖流。来的路上，他猛然记起今天是七月二十七。他有过猜测，没想到华美琪真的是为了这个日子。

"十八年前的七月二十六日晚，转钟到七月二十七。"杨柳看着华美琪，说。

"对你而言，是二十六日晚上，那晚上，我把身子给你了，但真正把心给你的是二十七，送你上火车的那一瞬。所以，是二十七，今天。"

"你在人群里失声痛哭，到现在，历历在目。"

话一到这儿，两人的眼睛便都开始湿润了。

杨柳洗完澡，华美琪已把茶几收拾干净，把灯光调暗，斜靠在床上等他，但发现杨柳似乎没有什么心情回应。

"心里有事？一晚上感觉你情绪不高。"

杨柳无意中眼光有点儿躲闪，这点儿细微，被华美琪捕到了。

"说说，我听。"

杨柳侧过头去，说："真没事。"

"这可不行的，以后，一辈子，心里藏事就肯定做不完夫妻。"华美琪生气了。

两人默默地躺了几分钟。华美琪背过身去，哭了起来。

杨柳慌了，连忙去把她扳了回来，看着她的脸，说："就一事，老堵在心里。"

华美琪略有点儿惊讶，用一双泪眼婆娑的眼看着他。

"就下午董事会，陶浪沙，陶总，猴急着要提拔你进董事会。"杨柳说，眼睛里沾了些猜疑。

华美琪睁大一双长睫毛的眼睛，本还准备听杨柳后面的话，但杨柳没有了。

"哎哟，稀奇巴拉。要死吧？多大事。"华美琪冒出句南京话，眼睛瞬间闪出了无比的感动和柔情，她有点儿蛮横地骑在了杨柳身上，又低下头深深地吻他，然后抱着他的头，在他耳边细细地说："乖乖，为我吃这么大的醋呀，把小掌柜都气没有了呀？"

看见杨柳不回应，又轻轻地说："离了袁由，身子和心可都没离开过你的。"

杨柳仍不出声，华美琪便自顾自，细声娇语讲个不停。说一阵，便深情地亲吻杨柳一阵……

杨柳的手机铃声，打断了他们的甜畅。杨柳腾开一只手接了电话，另一只手抵住华美琪，让她别乱动。是王道的电话。杨柳"嗯"了两声，脸色变了。放下手机，对华美琪说："江一石醉驾，被抓进去了。"

四十七　酒桌上，三人想整陶浪沙

早上，王道坐在办公室，心有点儿乱。刚才，何梦瑶进来，说了一通对江一石的怨气。江一石昨晚上酒驾被拘留，这事说大不大，说小也不小，被行政拘留，肯定留有案底，这事传出去，堂堂的侠刊社副总，实在不是小事。

何梦瑶未化妆，头发也是草草地用一根皮筋固定着，嘴唇有些发白。她忧心忡忡地问："这事公司不会有处理吧？"

王道茫然地回答："真不好说呀。"

何梦瑶第一天过来上班当主编，遇到这事，着实让她崩溃。

昨晚上，王道接到西门红电话，说他们回来的路上被查酒驾，江总开车被拦，他晚上喝了酒。问明他们是在汉口新世界附近，王道便火急火燎地给陶浪沙打电话，他当交警的朋友多。陶浪沙问清了地址和江一石的车号，便关了电话。

几分钟后，文联办公室主任罗琼打进来了电话，说陶秘书长认识的几个朋友都在路上出勤，不接电话，让她帮忙找人，说完，又要了地址和车号。十来分钟，罗琼电话又来了，说："事情麻烦了，今晚上，全市行动，武昌的交警派去了汉阳，汉口查酒驾的是一批汉阳的交警，异地出勤，避免消息外泄和人情办案。"又说，"刚在羽毛球微信群里找到了公安厅交管处的一个处长，正托他帮忙，得再等会儿。"

又过了十来分钟，西门红来电话，说："刚检测了酒精含量，江总和车都被带走了。"

王道慌了，要再给罗琼打电话时，陶浪沙的电话打进来了，说："办法想尽了，人也找遍了，全市大行动，所有上勤人员，全部关机。"

听王道说人与车已被带走时，陶浪沙恨恨地说："今年5月1号刚出的新规，被江一石碰到点上了。提醒他多少次，一点儿法律观念都没有。"又说，"罗琼那边还在托人，但估计人一带走，案子上了网上系统，就麻烦了。"

送走何梦瑶，王道忽然觉得应该去找一下陶浪沙，提前与他沟通，让他在这事的处理上，适当照顾，因为江一石喝酒，确实是为公司应酬。刚要下楼，听到了楼下陶浪沙的声音。

陶浪沙拿着一张表，递给王道，说："'全省十大期刊领军人物'评选，龙总死活不愿报自己，说让报你。"王道看了看表，说："龙总不愿报，我更没必要报，期刊市场一塌糊涂，太没必要来这些虚的了。"

陶浪沙说："我听说，别的刊社，为这名头，争破脑袋，你倒淡定。听我的，填表，申报。"王道把表收了，给陶浪沙倒了水，看着他。

陶浪沙知道他要问什么，说："刚从文联回来，罗琼确实够朋友，她那位处长球友，上班后就去找了人，车子上午可以开回来，人，由拘留十五天，改成三天。"喝了茶，又说，"这江一石居然是屡犯，去年和今年，有两次酒驾的案底，不然，今天，人就放了。"陶浪沙边说边摇头。

"罗主任的能量也还真大。"

"她这次如此上心，还不是看在你们党校同学的面子。"

王道知道陶浪沙在卖关子，说："你现在还是秘书长，她是主任，谁的面子大？"

陶浪沙笑了笑，说："罗琼说，她与你党校两个月，结下了深厚的革命友谊。还说，江总被放，必须请酒。"

王道也笑笑："请酒正常，江一石不请，我也得请。"

说到江一石，王道忽然想到要找陶浪沙的事，说："江一石这次酒驾，确实是为公司应酬，公司在处理上，能不能放……宽点儿？"

陶浪沙想了想，找王道要了根烟。陶浪沙一边抽烟，一边透过烟观察王道，有些为难地说："酒驾被拘留，不是小事呀。"

下午，陶浪沙组织召开会议，议题就一个：副总经理江一石被行政拘留，讨论撤销其副总经理职务。

陶浪沙把情况说了一通，最后说："人被逮进了牢里，公司不迅速做决定，上上下下会质疑我们人员管理的严谨性和制度的执行力。上午，我去请示了文联党组领导，他们的意见是，撤销江一石副总经理的职务，同时出台更加严格的干部管理的条例。"

"昨晚上刚出事，今天就做这么大的处理，文联领导也真是松紧有度。"杨柳冷笑着说。

王道说："陶总刚才说了事情经过，包括屡次酒驾的事，但有一点，我觉得应该弄清楚，据我所知，广告公司西门红为拓展形象广告的事，请江总出面与几个医院院长喝酒谈事，事谈妥了，急着回来拟合同，西门红不会开车。所以，说到底，江总还是为工作犯的事。另外，据我所了解，拘留是够不上解除劳动合同的。我们高管的劳动合同都是年初直接与龙总签的，职责也很清楚，江一石是直接被龙总聘为的副总经理，既然够不上解除劳动合同，那我觉得，撤销他的职务确实重了点儿。"

杨柳接着王道的话说："江总这几个月，把我们新改版的《解密·人物》的发行做得非常不错，上个月让刊物进了超市，下半年《解密·人物》的奖励征订政策也非常有效；而且，他们发行公司把时政图书的销售渠道也打开了，在抓发行上，他真的能力很强，现在撤掉他，对公司肯定有损失。"杨柳和王道讲话，都是正对着龙昆仑说的，他们说完后，都看着龙昆仑，眼睛里甚至有央求的成分。

龙昆仑被提为副厅巡视员后，经常参加文联的会，而公司的会，反而很少参加，一般会议他都让陶浪沙直接召集组织，重大的事，他参加，但一般也不拿意见。

龙昆仑心里明镜似的，他知道，王道与杨柳不同意陶浪沙拿出来的文联党组意见，希望他出面帮他们一起说情。

他本打算就杨柳和王道的话，为江一石说几句开脱的话，但半天组织不出更新鲜更有说服力的东西，加之，对王道任总经理时，三人抱团的对抗，心里终归有阴影，所以，出口的话变成："文联党组已做了决定，我们保得住？说些没油盐的话，屁用。"

王道他们等半天，等出龙昆仑完全不愿担责的话，王道急了，说："如果文联决定了，我们今天有必要开会讨论？文联终归还是听我们的意见吧。"

"听你们的？笑话，你们能代表文联党组做决定？真以为给你一根鸡毛，你就可以蘸墨画押了？今天这会，就是个程序，懂不懂？"对王道的顶撞，龙昆仑从来就是教训。

"我现在什么都不懂，只懂您说了十几年的一句话：刊社利益大于一切。"

"不撤掉江一石就代表维护了刊社利益？再说，这刊社利益总还要服从国家法律，服从文联上级领导吧？幼稚！"话说到这份儿上，王道忽然觉得自己是有些幼稚，不言语了。

陶浪沙出来劝架似的笑笑，说："理解王总和杨柳的心情，龙总说了，就一程序。"又转过头问宁子烟的意见。

宁子烟反感地看他一眼，说："我希望文联多爱护我们在市场上拼命的干部。"陶浪沙愣了下，尴尬地笑笑，看着龙昆仑："程序就这样了。我建议江一石管的那摊子事，让胡灵先管着，她那装修的事，已忙完了。要不，我们散会？"

三天后，江一石放出来了。听说自己被免了副总经理，老大的怨气，当时就要去找陶浪沙，被王道和杨柳拉住了。

王道说："文联的决定，你找他，什么用？何况你出来的事，他还帮了忙。"

"不是他搞的鬼，这才几天，文联会知道？他帮忙，他不往死里整，我不姓江。这人就一小人！"江一石怒气冲冲地说。

"所以说，这第一反应太重要，说实在的，这也是我的直觉。"杨柳说。

办公室的武来生刚把江一石接回来，江一石把随身的包丢在了何梦瑶那里，便进了王道办公室，杨柳听说江一石回来，也马上过来了。

"会上，陶浪沙没说什么话，主要是龙老大在支持文联的决定，杨总也看到了，龙总训斥我们，一点儿不留情面。"

"你以为龙老大还是以前的龙昆仑？怪只怪文联给了他一副厅级，紧箍咒一样，箍着他没了血性、没了主张，唯文联命是从。而现在，陶秘书长，俨然处处都代表了文联。"杨柳愤愤不平地说。

其实，三人在一起，除江一石偶尔露几句对陶浪沙不满外，王道与杨柳很少议论陶浪沙，尤其是杨柳，他是在陶浪沙的极力推荐下进的董事会。今天，杨柳如此表达对陶浪沙的看法，多少让王道与江一石有点儿意外。

杨柳看见王道与江一石不解的目光，说："前几天，华美琪给我说了一些，他们两人在上海的事。"看见两人目光从不解到惊讶，连忙说，"不是你们想象的那种事。"想一想，又说，"也沾一点那方面的猥琐，我说的是陶浪沙，华美琪很正派。短信，我都看了。陶浪沙这人，我觉得不是干净的人。这些时日，你们也看到了，华美琪和董小菲，不再陪他出去到处喝酒了。倒是王丹怡和胡灵，你们也知道，不到两个月，他带王丹怡去了多少次武当山？还有胡灵，像他的跟班一样，既当秘书又当司机。"

"他妈的，什么鸟人！"江一石说。

王道连忙用手势制止他们。杨柳哪里会被制止住，他话已说开了，拦不住，继续说："其实，这方面，倒也无所谓。良心话，我们几个，除王道找不到什么太实的绯闻外，我和江总，也不是什么好鸟。关键是，我觉得陶这人，人品不行。急于搞江一石就是个例子。他估计也知道，我们三个人，铁板一块，即使以后他主政，我们三人拧在一起也不好对付。我敢肯定，搞掉江一石，下一个很可能就是王道，还可能动我。而他一心扶起来的几个，胡灵、王丹怡，一个管经营，一个管刊物。你们也知道，现在的一些年轻人，许多方面都没什么底线。所以，下一步，那些我们即将收编过来的刊物，书法博览、画报什么的，很可能就是我们的去处。"杨柳说了这些让王道、江一石目瞪口呆的话后，自顾自点了根烟，抽一口，看着江一石说："让我想到十几年前，龙总带着我们搞石光华和宋文章时的情景，那时，我们也是血气方刚，而现在，一批年轻人……"

"屁，那能比吗？那陶浪沙能与龙昆仑比？那几个毛嫩子能与当时的我们比？你有没想过，陶浪沙到底能把我们公司往哪儿带？说实话，影视、新媒体，包括用新模式和理念做的《网络文学评论》，还有你我做起来的《解密·人物》、时政图书，这些与陶浪沙有毛的关系吗？他全力打造的《侠世界》主题公园，这事我觉得风险不是一般的大，我们做刊物的，去做完全不在行的实体，很可能做出大窟窿。"江一石接过杨柳的话说。

杨柳看一眼一直不说话的王道，说："我还真不是当面奉承王道，他做总经理，时间不长，但我觉得既有思路，又务实稳健，而且，一心为公司发展，没有功利性。"

"你们说的，之前我确实没杨柳想得透彻。"王道终于说话了，"平心而论，陶秘书长我不知道，但我更多考虑的确实是我们公司的未来，考虑的是我们如何能生存发展下去。但现在，大局已定，也没什么好说的了。"

"我觉得，不到最后跳崖，都还应该让信心和勇气屹立在悬崖边上。"杨柳说，眼睛里闪了一下，放出些光来。

听见办公室外面的人在清东西，王道看看手表，到了下午下班时间。

外面有人敲门，是何梦瑶。她进来，看见里面三个抽烟的男人，用手赶赶面前的烟，说："王总，先走了。"

王道说："江一石晚上不回家吃饭。"何梦瑶瞪一眼江一石："少喝点儿。"

江一石连忙点头哈腰："放心吧，老婆大人。"何梦瑶走后，江一石问王道："真请那个罗琼主任？"

"别人帮了大忙，让你少坐十几天牢，这礼不还？"说着，把桌上两瓶早准备好了的珍珠液酒递给他，说："陶总说今天有事看情况，也不知能不能参加。"

"最好不来。"杨柳说。

"来了，我们三人一起喝死那鸟人。"江一石狠狠地说。

三个人出大联大院，走到"鹿鸣阁"酒馆。这是文联附近档次略高的一家酒馆。馆子最有特色的一道菜是"晏氏甲鱼"。据说得名于《江城画报》的晏社长。其是京山人，把甲鱼的京山做法，带到了这里。罗琼点名要在这家馆子吃"晏氏甲鱼"。

王道他们进包房时，罗琼早已到了，正自作主张地点菜，她点的第一道菜便是"晏氏甲鱼"。

三个人刚坐下来，陶浪沙便与胡灵进来了，胡灵手里拎着两瓶酒，看见江一石，关切地问一句："江总还好吧。"

胡灵跟着陶浪沙一起来，三人不意外，但他们不请自到，多少有点儿令人不爽。江一石"嗯"了声，爱搭不理。

陶浪沙说："你们住得近，我住得远，这喝完酒，总得让人送不是？今天，既请罗大主任，也给江总接风，让大家尝尝我带的高度酒。"陶浪沙带的是市面价一千多元一瓶的霸王醉，酒精含量六十七度。

"以后直接叫我江一石，他是你的总。"江一石不留半点儿情

428

面，指一下胡灵说。胡灵当场脸就被说红了。

陶浪沙毫不在意江一石的话，坐在了王道旁边，问："那'十大领军人物'的材料搞好了？"

"材料在准备。"王道边把茶几上的茶挪到他面前边说，语气不冷不热。

本来，王道、江一石、杨柳憋着劲儿想在酒桌整一下陶浪沙。结果，酒一喝开才发现，陶浪沙实在是酒量惊人，三个都不是他对手。江一石酒量本来就略差，王道替江一石多喝了几杯，而罗琼又是个放得开的主，一方面，各种理由，打情骂俏，劝王道多喝酒，另一方面，却又在桌上高明地护着陶浪沙。两瓶下来，王道与陶浪沙杯数差不多，但王道却喝得嘴巴有点儿不利索起来。而陶浪沙除兴奋了些，仍然举止自如、神态自若。

他说："估计罗琼主任也看出来了，你们几个今天想整我的酒。没事呀，实力说话，随时奉陪。"说完，又要了几瓶啤酒，说，"我每次喝了白酒总得来点儿啤酒稀释一下，你们不陪，我就自己喝了。"

罗琼赞叹一句："秘书长，永远霸气。"

酒足饭饱，罗琼提议去隔壁的"星梦园"打麻将。

陶浪沙说："估计打麻将，他们几个也不是对手，但今天不玩了，晚上还有事。"

出门，胡灵早已提前把公司的越野车开过来停在了门口，看陶浪沙过来，连忙下车，帮他把车门拉开。

罗琼邀请他们三个去 K 歌，王道手扶在杨柳肩膀上，话懒得说，只摇摇手。

往回走时，三个人多少有点儿灰头土脸。越野车在前面掉头，又转过来从他们身边驶过。

江一石看着远去的车子说："这么晚，办屁的事，开房吧。"

四十八　跑发行，江一石命丧秦岭

转眼，一年快到头。

杨柳近段时间心情一直很低落。有时正做事，忽然就觉乏味，丢了事，拿了烟抽，然后呆坐。

秋冬之季，落叶乱飞，天色阴沉。昨晚上，他做了个可怕的梦，梦见他与江一石、王道在一个光秃秃的山顶上找东西，江一石忽然发疯地大叫，王道拼命抱着他，而他要上前时，忽然全身悬空，头朝下往山下落……被梦吓醒时，他眼前居然始终定格着江一石一双惊恐万状的眼睛。他吓出一身冷汗，茫然地看着空空的房间。华美琪去横店跟剧组，所以，房间冷清、凄凉，衣柜上那个快要脱落的红喜字，在筛进来的风中，无精打采地张合……

"十一"前，他与华美琪领了结婚证，又在国庆节办了几桌酒席。当天晚上，华美琪搂着他问："你说，我这年龄还能生吗？"酒席上，华小美抱来了她与黄河沙刚几个月的儿子，华美琪又羡慕，又喜欢。

"我应该还有优良的种子，只是地不知……"杨柳说着，忽然发现华美琪不具备说幽默话的心情，连忙把话收住了。

"再早几年，就好了。"华美琪幽幽地说，眼圈红了。

杨柳连忙扳过她的脸，说："喜气点儿。"又翻身压在她身上说："苏东坡怎么说的？梨花压海棠？"

华美琪的伤感缓不过来，轻轻把他推下来，很郑重地对他说："明天我们去归元寺拜佛求子，江一石说的，特别灵。"

到现在，杨柳仍后悔不该拜了佛，又去求签。华美琪求的是个中签：无事生烦恼，天灾恐怕侵；相逢无利益，不用进取心。

而杨柳与江一石求的签，让他们诧异和心凉。两人居然都是下下签。

杨柳的是：海水茫茫万里平，扁舟欲渡为前程；中途只恐风波起，何处潜藏保你身。

江一石的更可怕：君问求谋不顺昌，出外谋事要小心；白虎围在你身旁，一时后悔来不及。

三人求了签后，都不大言语了，默默走出寺院。

车上，江一石说了句："估计，我这人霉气太重，把你的好运罩住了，下次，你们单独来。"

杨柳是个极信命理的人，没过几天，他真的单独又去了江城另一家寺庙——长春观，结果，抽的仍是下下签。

其实，到年底，一切顺畅。杨柳主管刊物，虽然《侠世界》《城市男女》仍未止住下滑趋势，但《天下传奇》提价后的实发数下降得并不厉害，提价后的利润甚至有所增长，而且西门红做的《天下传奇》广告形象刊也利润可观。尤其是在他主持下，《解密》改版成《解密·人物》后，做了几期时政人物，刊物逆势上涨，成为公司利润增长最快的刊物，发货数已与《天下传奇》不相上下。

江一石被免去副总经理后，杨柳将其聘为《解密·人物》的独立发行总监，专抓邮发征订，每增加一份，奖励三元，出差费、活动费自理。如此，政策空间大，奖励力度也大。江一石开着自己的车，带了发行公司新招的年轻人陈金，从七月开始连续在外跑了三个月，用他的话说，半年时间，争取自己赚一辆车，为《解密·人物》赚一百八十万，一套房。接近年底，江一石保守的估计是在三万的基数上增加四万五左右，其中不包括在陕西宝鸡开发的单印形象广告版八千。临近征订尾声，江一石拉着样刊，拿着一捆捆钱开始在重点地市，配合发行局进行现场返钱、返油、返米征订。江一石疯狂的工作状态，让何梦瑶都无法忍受，质问杨柳给江一石灌了什么药，疯狼一样满世界窜。

虽然抽到下下签，但一切却顺畅成功得让人怀疑，最大的怀疑便是对下下签的怀疑。

下下签影响了杨柳近一个月，但一切向好。《解密·人物》办成发行局"百种畅销期刊"，江一石那边又不断传来好消息，这一切打消了他心中阴影，他安慰自己：迷信终究是迷信，也许命和运也是可以转化的。

杨柳再次陷入下下签阴影，是从华美琪出差横店后开始的。华美琪走的这几天，他几乎天天晚上都做一些怪梦，尤其是昨晚上那梦更是可怕。他回想起，头天晚上，半夜他去车上拿东西，一只猫躲在他车下面，不知为何，一直惨叫。文联民协退休的外号叫老鬼的人，在他车边围转，一边用棍子掏猫，一边阴阴地骂："你妈叫魂，难不成又要死人，死猫。"

杨柳想着，那怪梦，肯定与这猫有关联。

早上起来，他精神萎靡，拨了半天江一石的电话，没人接。新办公楼离文联大院半小时车程，早上开车上班时，差点儿与岔道进外三环的货车相撞。

办公大楼是厂房改装的，实际只有两层，每层一千多平方米，用钢化玻璃隔成三十多个房间，一层是经营、公司、部分后勤管理部门，二层是编辑部门。进大门右边有幢两层小洋楼，龙昆仑、陶浪沙以及财务室的办公室设在小洋楼。

杨柳路过发行公司时，见发行公司几个员工，正在胡灵的指挥下，清理地上的玻璃碎片。蒋心脸色发白，来人便解释说，一大早，推开门，听见"啪"的一声，门玻璃散了架一样，全破了，自己什么也没干，事太邪门儿，没一个人相信。

杨柳在公司自己的食堂吃了早餐，刚在办公室坐下，宁子烟进来了。宁子烟问杨柳："昨晚上，王道没告诉你《解密·人物》的事？"杨柳一惊，看着神情凝重的宁子烟："没有呀？什么事？"

"这次事好像有点儿大，听说是《解密·人物》上期一篇文章引起了一些麻烦。昨晚上，龙总和王道直接被报刊管理局汪局长叫去了，十点多才回。早上，他们好像又被林一把叫去了。"宁子烟走后，杨柳怔怔地发了半天的呆。心里的惶惑，终于得到应验。

杨柳翻出这本杂志，又仔细地读了一遍这篇文章，全部摘选自权威的主流媒体，再看照片，只是整个色调有点儿灰，也没看出什么太大的问题。

杨柳实在忍不住焦虑，给王道拨了个电话，没想到王道居然接了。王道在林子峰的办公室，杨柳甚至能听到林子峰大声训斥的声音。

王道小声告诉杨柳，说这次事有点儿大，让他尽快写一个情况汇报，包括在哪期杂志登载，摘选于哪些报刊，发行数量、区域等等，又让他通知胡灵，让她电话通知各经销商，这期杂志全部停止销售。

杨柳通知了胡灵，又很快写完情况汇报，正准备打印时，陶浪沙神情焦急地进来了，说："你和王道，这次可是把公司捅了个大窟窿。"

陶浪沙走后，杨柳又发了下呆，发呆中，忽然发现这事有点儿往偏的方向走。因为这本刊物，包括这篇文章的策划审定，只有两个人，那就是他和龙昆仑，王道甚至看都没看过这篇文章。而现在，王道作为总编，在代他受过。

杨柳心里忽然生起一个十分坚定的想法，那就是无论如何，得把王道从这事中解脱出来，自己必须揽过所有责任来。有了这个想法，他内心生出些悲壮的感动。他在情况汇报中又增加了一条：关于责任人认定。在这一条中，他细说了他作为执行总编具体对管理刊物、审稿定稿的职责、管理权限等。在这份文件后面，他又附上了两个附件，一是稿件处理签，处理签上有责编的名字、他和龙昆仑的审稿意见和签名。另一个复印件是公司董事会纪要。纪要中，对总编和执行总编的责任规定得非常明确，总编王道负责《网络文学评论》及数字新媒体的管理、经营。执行总编负责《天下传奇》《侠世界》《解密·人物》的编稿、审稿与经营管理。

准备好材料，杨柳便开车直奔文联。一路上，杨柳心里万般杂乱，设想着无数个结果，最让他惶恐的是，自己是否会因此事坐牢。政治事件无小事，何况是引发国际交涉的大事。

到文联林子峰办公室，龙昆仑与王道已离开了。

林子峰翻看了资料，有些惊讶，看着杨柳说："从你这材料看，这事与王道没关系？"

"刊物确实是我在管，他没审过稿。"杨柳说。

"他是总编，这责任，你揽得过去？你们那董事会纪要也荒唐，居然规定，总编不全盘管刊物。"林子峰余气未消，但显然对杨柳有说服力的为王道解脱责任的材料，是认可的。

"事实就是如此。"杨柳能够觉察林子峰皱起的眉毛，有几根在外移。

"这事太大，停刊、开除人的可能性都有，事犯太大了呀！明天，宣传部部长、分管文教的副省长召集宣传部新闻处、出版局、文联、你们全部到堂。"林子峰说，脸上满是阴云。

"你回去通知一下龙总，明天上午九点，宣传部二楼会议室。"林子峰说，又将《情况汇报》递给杨柳，说："回去再改一下，加上两条：措施和反思。措施包括回收刊物，减少影响；主动做好停刊准备；对责任人的处理意见。反思，就是没有深刻学习有关出版管理文件、舆论导向意识不强这些，总之，深刻检讨的话。《情况汇报》做好后，让龙昆仑亲自送过来。《责任人认定》的材料和复印件先放我这儿。"

杨柳下楼时，没坐电梯，一个人默默从人行楼梯往下走，楼道很黑，他的大脑也黑暗一片。五层楼梯，走了十几分钟。中间还接到江一石的一个电话。

江一石说："你早上电话没听见，昨晚上，车在秦岭脚下坏了，早晨刚修好，现在正在食品厂拖油，宝鸡局那边等得急，喂、喂、喂，没事，我挂了。"

下午的董事会，杨柳提前到，站在门口，将《情况汇报》《责任人认定》及两个复印件一一发给大家。

所有参会的人都坐下来，认真看杨柳发的材料。王道看完后，抬起头，直直地看着杨柳，但杨柳的目光不与他碰。

龙昆仑召集的会，杨柳抢过来先主持了，说："这材料，上午，我提前给林主席看了，他也认可，这事与王道没有关系。《情况汇报》，他提出加两条，一是措施，措施包括回收刊、停刊和对责任人处理。二是反思，也就是检讨的话。"

"杨总，我是总编，刊物出事，责任逃不掉，你想一人揽事，不可能。"王道忍不住了，说。

"有什么不可能？那两个复印原始件，责任清清楚楚，你的事是《网络文学评论》，我揽不过来。"杨柳声音有点儿大，像在吼王道。

龙昆仑说："出了事，该负责的都得负责任。"

"责任非常清楚，您龙总，领导责任；我杨柳，还有责编房红，直接责任。陶总、宁子烟，他们没责任吧，这事，若谁想把不相干的王道也拉出来，那就是有意为之。"杨柳有点儿激动，而且一副咬人的硬气。杨柳左右了会议。最后，对责任人处理意见的决定是：龙昆仑，领导责任，拟降职处分，通报批评；杨柳，直接责任，拟撤销职务；责编房红，直接责任，拟开除。

杨柳改完材料，龙昆仑拿了便直接去了文联。

杨柳回到办公室，看见王道坐在他办公室的沙发上抽烟等他。

两个人什么话也不想说，默默抽烟。

杨柳轻松了些，而王道更沉重了。

宁子烟进来了一次，看见两人只抽烟，不太想说话，也就没说什么，转身走了。

"江一石知道这事吗？"

"没敢告诉他，昨晚上，车坏在秦岭，估计一晚上没睡。下午在宝鸡搞有奖征订，明天还要赶到重庆。这事告诉他，他会急疯。"

杨柳一晚上基本没睡，不是因为刊物被查的事，这事，他把所有的结果想清楚了，所以，基本能放下了。

他不能入睡的原因是，有一种莫名的不祥的预感总堵着自己，让自己喘不过气。

他一熄灯，便感觉窗子外好像有什么物种。他半夜起来几次检查窗子，推开窗，什么也没看见，只听见昨晚上那只猫，仍在他停车的地方不停地凄厉地叫。

上午九点，宣传部的会，当着几位大领导，杨柳机械地念了《情况汇报》。之后，领导的批评和布置，他几乎都没太听进去，唯一印象是，部长问龙昆仑："怎么你们没设总编？执行总编管事？"龙昆仑说："总编王道一直具体抓宣传部直接抓的刊物《网络文艺评论》，所以，没让他管其他刊物。"

回来的车上，杨柳听龙昆仑说："大领导开恩，没降我的职，会上将处理降低成了通报批评。"

杨柳惶惑地问："您吗？"

"你在会上，没听清？"

杨柳恍恍惚惚，确实没听清。他下意识地摸摸头，怀疑自己是否得了什么病，为何如此重要的会，自己无法集中注意力。晚饭，杨柳是在王道家吃的。王道下了速冻饺子，两人吃着，王道感觉杨柳无精打采，不太搭话，所以，也就没与他多说话。

吃完饺子，杨柳坐在王道客厅的沙发上看电视，看着看着，竟眯了过去。王道连忙找一床毛毯盖在他身上。

看着杨柳一整天丢了魂般的状态，王道心里说不出的无助和酸楚。

晚上十一点多，王道把迷迷糊糊的杨柳扶进卧房，然后，给他盖上被子，又找出枕头和被子，准备靠在沙发上睡。

这时，他接到陈金的电话。听到电话，他蒙了，大声问："在秦岭，不是车子修好了吗？什么？声音大一点儿，江一石到底怎么了？知道车撞了。我问江一石怎么了？江一石，江一石……"

王道丢了电话，使劲用手捶着沙发，喉咙里发着低号。

杨柳冲了出来，惊恐万分地问："江一石怎么了？"

王道抬起头："撞车了，江一石可能没了……"

杨柳愣愣地看着王道苍白得像死人一样的脸，看着双行泪水，静静地向下爬……

江一石的遗体是王道和杨柳、董军开着借来的面包车从陕西眉县殡仪馆拉回江城的。车子深夜十二点从江城出发，第二天中午才到眉县，交接完后，三个人又连夜拉着裹着白布的江一石往回赶。

路上没什么车，只有压得让人喘不过气的夜色。

一路上，杨柳不停地把盖在江一石头上的白布掀开。掀开不到十几分钟，王道便重新将白布盖上，两人重复了许多次。

杨柳问王道："还记不记得，在洗马村那个晚上，那首诗，江一石最后那一句：'三个人的天空，从此，没有缝隙'？"

"记得。"王道虚弱的声音几乎听不见。

"三个人的天空，垮了。"

杨柳喃喃地说着，又一次哭出了声。

四十九　迷命理，杨柳神神道道

江一石死后，杨柳一连数天都像丢了魂一样缓不过来，甚至变得有点神神道道。

陈金撞车受伤，从陕西眉县转回江城的中南医院，杨柳独自去医院看他，陈金说了些撞车前后诡异的经过，更让杨柳陷进了一种无法自拔的惊悸。撞车是在秦岭脚下，是在他们头天晚上车出故障的对面道上。路的右侧是一片坟山。

车坏得蹊跷，秦岭脚下，翻山前，两人下车小便，再上车时，车子怎么也打不燃了。第二天早上叫来的修理工，一上车便把车打燃了，问原因，解释不了，只说车与人一样，不愿爬山。又说，这地以前也出过些怪事。

撞车也蹊跷。前面一辆货车，陈金开的车从左边超车，隔离带的草丛里忽然跳下来一只白狗，躲闪狗时，既轧了狗，又撞上右边的货车。后座上堆了油和米，江一石坐在副驾驶上。那只白狗，头晚上，就一直趴在车子边，赶都赶不走，晚上还几次把在车子里睡觉的江一石、陈金吵醒，那狗叫声，像人。

货车司机是上秦岭前的一个小馆子碰见过的，脸上有一抹红胎记。江一石与陈金吃饭时，他在桌子边睡觉，醒了后，找江一石借过火，临走还给了他一根烟，江总饭后抽那烟，抽不动，烟是霉的。这些情节，杨柳第一次没听仔细，第二次，又去，听完整了。

杨柳说："这人出事前，肯定是有预兆的。有些鬼神，你不相信还真不行，有一次，我在夏小荷的坟山上下来，脚被绊住，摔得满脸是血，还下暴雨，那次，我就信了，我信了这世上，确实存在鬼神，存在因果。"

他又神秘地对陈金说:"江一石出事前,我就有预感,之前,我们还一起抽过签,都是下下签,他那签,当时我就觉得有问题,说什么'白虎缠身',之前,还做过梦,梦里江总那惊恐万状的眼睛,至今还经常在我眼前晃。"

杨柳又自言自语:"这些天,老做噩梦,好像被什么东西缠住了,江一石托梦给我说了几次,说在这边烧的纸,他在那边收不到……"

杨柳被免去执行总编后,王道把他手上的一摊子总编的事全接过来了。何梦瑶因为江一石的死,几近崩溃,一个多月一直住在姐姐家,无法上班。她姐夫近几年生意不太顺,姐姐何思琼书刊生意也差,股票还亏出大窟窿,所以,家境大不如从前。现在又遇这事,着实悲上加悲。

两边的事,让王道忙得实在无法正常完成工作,于是,说通陶浪沙和龙昆仑,让杨柳先负责何梦瑶手上的事,编《网络文学评论》。谁知,杨柳完全不在状态。每天正事不做,一心研读易经测算、八字命理方面的书,平时沉默寡言,说起话来,来来回回都是江一石死前的征兆,等等。

王道开导过他几次,但没一点儿效果,无法,只得提前将华美琪从片场叫了回来。华美琪回来,看见杨柳的状况,心都碎了。在片场听说杨柳被撤了职,好友江一石没了,每天电话安慰他,回来后,才发现杨柳成了如此状态。

华美琪回来后,杨柳变得更脆弱了。在外面虽然话不多,在家却是滔滔不绝,把研究的那些命理学说,在华美琪面前不厌其烦地解读,直说得华美琪云里雾里。

深夜,他几乎不能听到半点儿声响,哪怕是风吹窗帘。一有声响,他便惊恐万分,小孩子一样把头往华美琪怀里钻。

失眠是杨柳的另一症状。失眠使他脾气变得越来越坏,一些无关紧要的小事经常会让他暴跳如雷。

华美琪是个脾气特好、心也特细的人，像照顾小孩儿一样处处呵护他。但一连许多天，杨柳状况不能好转，这让她心力交瘁。有天早晨，华美琪实在忍不住，去找了王道。她一边流着眼泪，一边说："杨柳说我与他的八字不合，说自从结婚，出了许多事，说江一石是被我害死的。说若在一起，还会出凶事。哎哟，这都是说的什么话呀。"

杨柳的状况，也让王道十分焦虑。走了江一石，杨柳又废成这样。华美琪的几句话，把他的眼眶也说红了。华美琪又说："怕伤他自尊，也不敢带他去医院，用我们那儿的说法，他好像被什么东西缠住了。"

王道说："千万别往这方面想，他迷道，你不能也跟着迷道。忍忍，过段时间会好的。"又问："他请假要去竹山，这事你知道吗？"华美琪睁大眼，摇摇头。

"说在竹山联系了一个国学高人，要去拜师。"

"算命先生？"

"可能是的吧。"

没过一天，杨柳真的请假开车去了湖北一个偏远的小山城竹山。

去竹山三天，杨柳像消失了一样。华美琪打了无数电话，但始终打不通，她实在揪心，按杨柳留的地址，租一辆出租车，也去了竹山。

华美琪去竹山也像消失了一样，两天没音信，王道几次打两人电话都没打通，第三天，电话通了。

华美琪电话里小声对他说："车子快到秦岭了。"王道又惊又气，说："那么远的地，开车不危险？他那状况你不知道？你怎么回事？"

华美琪仍是小声地说："这次，师父说的蛮有道理的，放心，晚上烧了纸，我们就赶回来。"

"别，别……"王道还要说话，华美琪手机关了。

华美琪的电话，是又过了三天才开的。

她对王道说："这次好了，回来死猪一样，睡了一天一夜了，好久没见他睡这么香了。"

杨柳再上班时，精气神好了许多，眼神也不像以前那样散而仓皇了。但做事却仍不太得力，就事做事，算盘珠子样，拨一下动一下。

王道心里的石头落了地，期盼着杨柳能尽快正常起来。杨柳与华美琪去了竹山，又从竹山开车去了陕西秦岭，中间到底有些什么，王道不太好问。

一个多月后，何梦瑶上班了，虽然面色憔悴，泪痕未干，但职业精神仍在，第一天上班，就把杨柳叫到办公室了解刊物进度情况。

《解密·人物》的处理也有最终结果：除开除、免职几个当事人外，省局组织了一次五十余家报刊参加的舆情通报会，龙昆仑在会上就《解密·人物》所刊登文章事件作了检讨。另外，省出版局上报国家报刊管理总局，对《解密·人物》给予了停刊整顿一期的处理意见。王道紧绷的神经终于可以缓解了。因为此事，王道原来排名第四的"十大领军人物"被取消，官方报纸公布的"十大领军人物"变成了"九大领军人物"。

下午，快下班时，王道接到袁喜的电话，让他去一下网络评论编室。王道到了网络评论编辑室。袁喜站在门外，指隔壁何梦瑶的办公室，王道也听到何梦瑶办公室情况不对，有哭声。

袁喜小声说："一下午了，怕您忙，没敢叫您。"王道推开何梦瑶的办公室。办公室的情景，让他瞬间鼻子发酸。何梦瑶靠在办公椅上，脸色苍白，闭着眼，泪水长流；杨柳趴在沙发的茶几上，全身抖动，不停啜泣。

王道叫进来袁喜，让他把何梦瑶送回家，又扶起杨柳的肩膀：

"该过去，总应该过去不是，作为男人，我们应该多扛事。"王道一边给杨柳递纸巾，一边说。

没多久，华美琪过来了。王道把他们一起带到自己家里，又叫来西门红过来帮忙做饭。

西门红与胡灵早分开了，胡灵搬去了他们原来一起合买的新房。杨柳与华美琪近段时间经常跑到王道这儿来蹭饭，每次来，王道便把西门红叫来，因他住得近，又一个人。华美琪与西门红把饭菜做好后，四个人默默地吃饭，华美琪不断给杨柳夹菜添汤。

杨柳情绪稳定了些，对王道说："我听何梦瑶说是挤地铁过来的，心里寒。车子、人都没了，公司没一个说法，就补那么一点儿抚恤金，这真的让人很寒心。"

江一石出事后，为车子的事，王道去找了龙昆仑，龙昆仑说，现在谁当家，你比我清楚。

王道去找陶浪沙，陶浪沙拿出江一石与《解密·人物》签的承包协议，说协议很清楚，交通自理。公司赔车真的不合适。

王道说："江一石为公司拼了命跑征订，死在路上，赔辆车过分？如果开的是公司的车，人死了，难道还要他赔车不成？"

陶浪沙说，凡事得有规矩，这事以后再考虑。结果，"以后考虑"，拖到现在，没了下文。

"我和江一石都说了，陶浪沙这人，真不是什么好人。他以前就整江一石，现在，人都死了，还这么铁石心肠，换成他的亲信……"杨柳把话打住了。华美琪小心地看一眼西门红，西门红正埋头吃饭，额上的筋脉暴得很明显。

"江一石过世，何梦瑶第一天上班，你把她弄成这样，这以后如何是好？"王道泄气地说。

"这事，我还正要与你商量，何梦瑶回来上班，我还在网络评论编辑部不合适，互相影响情绪。我想，我还是去《解密·人物》，外交交涉的事也过了，房红，开除的人，不也回来了吗？"杨柳说。

王道看着杨柳，犹豫了一下，但还是把心里的话说了："杨柳，不能振作起来吗？你这种事事心不在焉的状态，到哪里能把事做好！"这话有点儿重，又当着华美琪的面。杨柳有点儿恼了："我凭什么一定要为公司卖命？江一石的下场还不够惨？再说了，房红，开除了的人，她能回来继续干主任，凭什么把我吊着不用？"杨柳终于说出了心结。

王道看着偷偷给他做手势的华美琪，又看一眼杨柳，有点儿自责，手不自觉地杨柳肩上拍了几下。

王道为杨柳的事，找了龙昆仑，又越级找了林子峰，终于让杨柳回到《解密·人物》做了主编。

董事会走了江一石，免了杨柳，剩下四人，基本上没了存在的意义，大事小事，龙昆仑和陶浪沙做主。陶浪沙几次找龙昆仑要增选董事，龙昆仑都一句话："也就几个月了，我退了，你们重新组建。"

杨柳回了《解密·人物》后，工作紧了几天，又散了下来了。选题策划不抓，项目不管，时政图书策划也懒得搞。风水命理不研究了，却迷上了日本的小说，特别是渡边淳一的，几乎每本都看。

王道几次在他的办公室发火，说："渡边淳一的小说，就三个字：性、死亡。难不成，工作不做，去写这种小说？每天不能正形一点儿？"

王道发火，杨柳却不恼了，一副油嘴滑舌的腔调："凡人一个，志向全无，2012年，地球都要毁灭了，还干个毛！"

有几次下午，王道有急事找不到杨柳，后来被证实，其中两次其回了文联大院，被文联司机班的几个人拖去打麻将了。

杨柳如此，王道哪里敢声张，生怕其上班打牌的事传到龙昆仑和陶浪沙的耳朵里，所以，又千叮咛万嘱咐不让下面的人乱说话。有时，王道一人坐在办公室，想着杨柳这种状况，既无奈又着急，无奈中，自然最多的是想念江一石，想着，如果他还在，两个人酒后狠剋杨柳，难道他会不听？

想到江一石，眼里又浮现出何梦瑶每天形单影只的落魄样，王道凄凉万分，眼泪控制不住往外涌……

五十　黄花坳的初春，万物生长

转眼，新年就过去了。年终分配，整个公司出了不小的骚动。独立经营，虽然是试运行，但到年终，陶浪沙却强硬地按下半年标的进行了分配的执行。结果，《网络文学评论》《解密·人物》等五个部门超额完成标的，另外四个部门未完成标的。完成标的的部门最高奖励二十万。未完成的，不仅未发年终奖，最惨的还扣发了每月捆绑的百分之三十的工资。而未参与独立经营的管理部门，仅给发过年费。

差距着实拉得太大，未完成标的部门便开始质疑独立经营的公正性。尤其是广告公司，开发新客户、开拓形象广告业务，没日没夜干，仍完成不了任务，仍扣发百分之十五的工资。为此，平时守规守矩的西门红竟带着广告公司的人去堵了陶浪沙的办公室门。

陶浪沙用半年时间，让公司利润增长百分之一百二，所以既霸道，又硬气，执行协议，毫不松动。分配数据是由各部门负责人将分配方案直接报陶浪沙总经理批的。

杨柳为江一石争取了十三万五千的承包奖励，去其两次从财务室支借的四万五，分陈金一万，另外八万，全给了何梦瑶。根据独立经营协议，部门负责任人最高可拿到分配总额的百分之四十。

王道与杨柳同时给自己申报了最高分配额。然后，各留一万过年，拿着剩下的钱，去竹叶山车市场，给何梦瑶开回了辆新车。

何梦瑶拿了车钥匙，试了车，车开回来时，在驾驶座上怎么劝都不愿下来。杨柳去拉开车门，才发现，她一直在车上哭。

杨柳说："给江一石买的，你把它当一石兄弟，好好爱惜。"杨柳说完，自己也难受起来。

王道推杨柳一把，说："这是公司应该赔的，公司不赔，我们赔。"

两人又劝了半天，何梦瑶仍不愿下车。没办法，王道把何梦瑶的身份证递还给她，说："你哭完后，自己去办保险哈。"

说完与杨柳一起回办公室。杨柳说："分了钱，还以为你会去换新车，没想到想法与我一样。"王道说："有车开不就得了，换什么车。你以为都能像你，傍上一好富婆，有软饭吃。"

惊蛰刚过，眼看到春分。夏姨七十大寿，王道与杨柳都接到了寿帖。寿帖是华小美亲自过来送的。

看见有胡灵的，杨柳当时就把帖子丢进了纸篓，说："西门红的单独写。"

华小美有点儿不解，一双大眼睛看着杨柳。

杨柳说："怎么？还在记着仇？"

华小美："没有呀，那小东西，为了印什么医院的形象刊，给我送了一箱野生蜂蜜，让他不少价哩。"

给西门红写了帖，华小美对王道说："马姐一再交代，一定要把何主编请去。"

江一石的告别会上，马飞曾抱着何梦瑶哭了很长时间，两人过去的恩怨早没了影。

"没问题，王总已收她做了义妹，她就听他的。"杨柳说。

华小美又问："要不要给陶总也写一个？"

"毛，这么些年了，还没脑子？他和夏姨有毛的关系？"杨柳一直与华小美关系不错，所以，张口就教训。

周日，王道坐上了杨柳的车，华美琪在前面驾驶，两人坐在后座。何梦瑶开着新车跟在杨柳的车后面，车上坐着宁子烟和西门红。

王道问华美琪："怎么你的跟班'董小宛'没跟着来？那黄花坳可是美如仙境。"

"她是想来呀，但现在是执行经理了，手上又有新剧，来不了呀。可不能再说是我的跟班了，现在的事都是她在做，我把那《雪山玉女》做完了，没什么大追求了，每天与我们家杨柳学打麻将。"华美琪心情不错，王道一句话引出她一大堆话。不等王道说话，又说："电视剧七八月能上线，钱就能回不少的呀。"

王道笑笑说："还真是一家子人。"说完，不满地看一眼杨柳。

"喝点儿小酒，打点儿小牌，看点儿美景，优哉游哉。大事是你们这些大人物操劳的，这人人都心存大事，那还不出现权力失衡？"杨柳心情也不错。

看见王道闷头不语，杨柳问："担心明天的事？这一切都有命数。今儿夏姨大寿，可不能闷头鸡一样惹大家扫兴。"

"明天什么事？"王道仰起头。

"你就会装。心里肯定猫在抓。龙总今天为什么不能来，不就因为在文联商量明天投票的事。"杨柳说。

"投票关我屁事，就一程序而已，我送他陶浪沙一程。"

周一投票的事，林子峰是把他叫到办公室说的。侠世界公司董事长选举，公司中层以上，文联副处副高以上参加投票，候选人就他和陶浪沙。

"我觉得，你不一定就是陪衬。这事我与文联一高人分析过，若文联一心定陶浪沙，党组讨论，是可以直接任命的，投票程序也可以等额投票，而现在的情况，你懂的。"杨柳说完，看着王道，没在他脸上找到丝毫的反应，有点儿不甘心，又调整了下坐姿，靠王道近一点儿，小声说："说两个绝密的事——这事——连美琪我都没有说。"

看见王道神情专注了些，杨柳才继续往下说："一件是文联创研室曾主任给我说的，他们之前的一些恩怨我不多说，你知道。他告诉我，说陶浪沙当秘书长在外租文联门面方面有利益输送，还说这事对你有利，让我传话给你，若需要帮忙，他可以帮你大忙。我知道，你不是背后搞事的人，所以，没告诉你。但想起这事，就能感觉出在文联陶的对立面不在少数，何况，曾主任那人也不是善茬。"

杨柳说完这话自己也有些兴奋，又忍不住说第二件事："还有一件事，是千万不能声张的。"杨柳说着，对前面的华美琪说："美琪，这事，我说了，我们三个把话都烂在肚里。"华美琪回一句："哎哟，你不酒后大嘴巴就行。"杨柳说："前几天，西门红、王丹怡、周一周三个年轻人，实名给文联党组写了封信，对陶浪沙的管理提出了质疑，据说主要质疑独立经营的事，你知道，他们三人被扣了款。最狠的是质疑陶浪沙在公司拿工资奖金的事，还提到他让胡灵的年终绩效分配捆绑在邮发部的事，你知道，发行公司是亏的，而邮发赚了不少钱。据说，把陶浪沙与胡灵的微信聊天也截了屏。"杨柳心惊肉跳地把这事说完，又补上一句："信是西门红交给林一把的，林一把当时便答应，信不会公开。这事若陶知道了，他若上任，他们三人不死定了？"

王道问："怎么王丹怡也会参与这事？你不是说，她是陶的人吗？"

"那是以前的猜测，这次，说明她人品不错。"杨柳说。

"这叫人品不错？《侠世界》从石光华到你和江一石、宁子烟，现在是西门红等，一茬一茬，告状成了瘾？"王道眼睛活泛了许多，说。

"路有不平，依靠大神，合理防卫。"杨柳说，对王道的贬，一点儿也不恼。

"即使误打误撞能接上龙老大的班，都是些你和你老婆这种混日子的人，也搞不出什么好前景。"王道有意挑事。

"屁，那能一样？我的能力，你能不知道？"杨柳听王道这话，恼了。

从鄂州下高速，在省道上，华美琪不断问路，杨柳烦了："还真是个路盲，笨蛋。上次去秦岭，显眼的路牌，还误跑一百多公里。猪，下来，我开。"华美琪下来，偷偷把杨柳的耳朵揪了一下，杨柳伸手要打，她小姑娘似的，一溜烟跑了，然后上了副驾驶座位。

车开了，王道羡慕地说："娶个江浙老婆就是好，你怎么骂，她不生气。"

快到黄花坳，车外的景色让华美琪一个劲夸张地赞美："这美景，比我们江南还美……"

杨柳道："昨晚上还说我吹牛。"

王道说："不一样的美，你们江南是精致典雅的美，这黄花坳是幽静淳朴的美。"

夏姨的寿宴，连王道都没预料到居然排场如此之大。原来房前的空地已被青石短墙围了起来，房子也修成了三层青砖小洋楼。车子只能挨着先到的车停在路边，等何梦瑶费力地停好车后，六个人一起进院子。

院里齐整整摆了十桌，人也基本坐满，挤挤挨挨。已出落成楚楚动人的大美女李小甜指挥着三两个穿红旗袍的女子上上下下招呼客人。看见王道几人，李小甜丢下其他人，上前就挽住了王道的手。

"大学快毕业了吧？"王道问。

"是呀，正说，过两月想去您那儿实习哩。"李小甜一边答，一边回头对跟在王道后面的人，妩媚一笑，算是打招呼。

小洋楼楼上楼下各摆了两桌。二楼是贵宾座。最大的一个圆桌，寿星夏姨、马邦、石光华、马飞、李飞、华小美、黄河沙早已就座，夏姨左边空着六个座。

王道带着杨柳等几个一一去给夏姨祝寿随礼。轮到何梦瑶，夏姨看着她，用手去摸了摸她的脸。

马飞走过去，拉住何梦瑶的手，往自己座位上领，对李飞说："一边找座去。我和我妹坐一起。"

坐下来，马飞双手捏着何美瑶的手，关切地问："你开的车呀？"

何梦瑶说："是呀。没想到这地方仙境一样，难怪你在这儿不愿走了。"

"以后，办公室乏味了，就到姐姐这儿来。"

坐下来，大家相互寒暄了几句。马邦忽然对边上的一桌喊了一句："大勺，你把小草叫过来，一起见见领导。"

刘大勺带一短头发的女子走了过来。王道和杨柳吃了一惊，齐齐叫了一声："田小草？"马邦说："小草离婚后，在帮我打理业务。"又指着刘大勺说："这家伙现在不得了，不做发行了，做地产，开发鄂州的旧城区，目前是我们鄂州分部的经理。"

看见他们，王道感慨万分。忽然想到什么，对西门红说："西门红，你去和田小草到那一桌去坐，这夏姨的儿子，怎么也应该坐正席吧。"马邦笑着说："儿子是儿子，但级别不够呀，李飞现在是他的上级。"

王道说："今天夏姨大寿，礼数是必须讲究的，民营公司，别把官场的那一套搬这来了，听我的。"看见马邦在犹豫，威胁说："他不坐这儿，我跟他一起坐那桌去了。"

酒席很喜庆，孙子辈的，儿侄辈的，楼上楼下的，坐院子里的，轮番过来敬酒，让夏姨笑得合不拢嘴。

马邦带王道、杨柳去另一桌敬酒时，王道发现梁镇长也在座，有点儿吃惊，看着马邦。

马邦说："早不当镇长了，现在靠着刘大勺承包点儿工程。"梁镇长仍然是一副点头哈腰的德行。

正要与田小草喝酒时，她边上一中年女子，忽然把杨柳的腰搂了一下，杨柳吓一跳："柳洋？"

"看你新媳妇来了，没敢造次。"柳洋笑眯眯地说。

"现在是洗马村的书记了，她们村的柑橘全靠马飞、夏姨在卖咧。"马邦介绍说。杨柳连忙把华美琪叫过来一起给柳洋敬酒，说："我原来驻队的村干部，都是特别好的人呀。"柳洋说："杨领导带领我们致富，开发的柑橘卖出了省，嫂子有机会一定和杨领导去我们村做客。"

王道拍一下杨柳，笑着说："柳主任当官甩官腔，没了骚劲，我们都不适应了。"敬完酒，王道将杨柳、宁子烟、华美琪、何梦瑶、西门红、田小草全部叫到一起，去给坐夏姨边上的石光华敬酒，说："我们侠刊社创刊时的老领导，我们喝水不能忘了挖井人。"

石光华有点儿受宠若惊，站起来，要把满满一杯酒喝下去，被夏姨拦住了，说："石老头最近身体不好，让他少喝点儿。"

王道这才发现石光华脸色有些发黄，精神也大不如从前了。敬过石光华，王道又指着华小美说："这人也算老领导，来，也喝一口。"华小美站起来，说："你们都是我的领导，现在还是我的衣食父母大客户，小女子敬你们才是。"华小美说，看见黄沙河没站起来，骂道："黄厂长，笨蛋，衣食父母来了，不站起来孝敬？"

喝了酒，华小美拉着何梦瑶问："泡菜带了没？"

何梦瑶说："带了，在车里，你和马姐都有。"

酒席结束，刘大勺和李飞帮杨柳和何梦瑶挪车，王道等其他人跟着马飞往农庄走。

这时，阳光正媚，青草绿石，小桥流水，满处红花。华美琪和何梦瑶第一次来，早被景色美酥了。

马飞、王道、杨柳走在前面，后面的人哪里挪得动步，三五成群，各处找景留影。只苦了西门红和黄河沙，一路被吆来喝去地帮忙拍照。

王道与杨柳跟着马飞先到了她农庄的办公室。又大又宽敞的办公室，早支起一桌麻将。看见麻将，杨柳眼睛放出绿光。马飞说："声明一下，今天的麻将，只让女将上，我的钱只输给姐妹。"

李小甜进来了，给几个人倒了水后，又紧挨着王道身边坐下，手还不自觉挽上王道的胳膊。

马飞说："大姑娘了，不能还像小时候一样总黏着王叔叔了，去，拿些纯净水去给在花地里的叔叔阿姨们。"李小甜对着马飞"哼"了一声，不高兴地走了。

"生意怎样？"王道问。

"比以前差些了，镇里又整出好几家农庄、大棚。不过，马邦的地产做得蛮发达的。"

"厉害呀，现在民营企业真是转型快，路子活。"杨柳由衷地说。

"听说你们的新媒体做得很不错，华小美说，去年你们主要靠一个线上线下平台赚钱。"马飞说。

"那不就是王道做的《网络文学评论》线上线下平台吗？"杨柳说。

马飞看着王道："现在政策活，外省许多地方的民营企业参股国营，你那新媒体公司，我们也拿钱入股怎么样？"

王道随口答："可以啊！"马飞说："明年我儿子要入小学了，我准备回江城住。让儿子在城市上学，我还真希望在江城拓展，找点儿有发展前景的事做。你这边若能定，我们下周就来谈。"

王道有点儿吃惊地看着马飞："玩真的？那我可做不了主，我可以帮你引荐陶浪沙老总。"

马飞想了想，说："你做不了主，那我就得考虑一下了。听说江城大江传媒集团的新媒体做得也不错。"杨柳想说什么，看一眼王道，没说。

喝着茶，王道忽然问马飞："夏姨说石光华身体不好，我也感觉他脸灰灰的，怎么回事？"

马飞脸沉了下来，说："他病得蛮重的，肝癌，又不愿治，听夏姨说，他在夏小荷的坟边上，把自己的坟都挖好了。"马飞这话，让王道和杨柳沉默了半天。

大队人马终于过来了。

何梦瑶进来的第一句话便是："这地方太好了，我不回去了。"

华小美说："加入我们农庄，开发你的泡菜生意，就叫'原生态泡菜'，肯定能火。"

回来的人，个个心情大好，但看见王道和杨柳情绪不高，高调说话的声音便小了些。

马飞马上圆场，真把宁子烟、华小美、华美琪拉上了麻将桌。

麻将开战，杨柳坐不住了，华美琪没玩一圈便被他硬拽了下来。

杨柳上场，手气奇好，大和不断，一边收钱，一边说："一公杀三母，火气没法扑。"又转过身对王道小声说。"开年一直赢，知不知道为什么？大年初一，去归元寺抽了个上上签。"

马飞一边输钱，还一边认真教坐在身后的何梦瑶如何出牌，如何和牌。王道一声不吭，坐在宁子烟身后看牌，宁子烟每次起一手烂牌，便回头看一眼王道，说："你说，自从与你们玩牌，这工资都养你和杨柳两个小白脸了。"

吃完晚饭，何梦瑶还真待在农庄不愿走了，对王道说："这期稿子全下厂了，我在这儿住几天，算年假。"说完，把车子钥匙给了宁子烟。

回程的路上，华美琪感觉王道与杨柳闷闷的，便一边开车一边找话说："我觉得马总蛮有眼光，人也特别好。"

天光没散尽，天边的晚霞，红里带紫，车窗半开，窗外飘进来浓浓的草的清香。

杨柳眯着眼不答话。许是晚餐与华小美拼酒，喝多了些。

王道感叹地说："好像也是这么个季节，马飞第一次来黄花坳，晚上也是吃了酒，酒后便正式提出与江一石分手。那晚上，她就决定在这里搞农庄，没想到，一搞十多年呀。"

"你的意思是何梦瑶也可能不再回江城了？"杨柳醒了，说。

"留就留吧，只要她过得爽心。"王道幽幽地说。

"王道，你有没感觉，这黄花坳为什么总能让我们无比依恋？我觉得除了悠然南山一样的景，更重要的是它无比柔软，而城市总让我们觉得，无比锋利。"杨柳说。看王道怔怔地不说话，用胳膊顶一下他。

王道叹口气，说："我想到这些年一直在黄花坳的石光华，说得了肝癌，不愿治，他这辈子蛮让人伤心的。"

说到石光华，自然又想到江一石，两个男人的心情顿时变得无比沉重。

五十一　意外获胜，王道成为新掌门人

下午三点五十分，侠世界公司办公室才通知所有中层以上人员前往文联进行侠世界公司董事长候选人选举投票。

从公司到文联，不堵车，也需半小时车程，而投票时间定在四点半。王道车子开出大门时，有几个中层干部向他招手，不知是向他打招呼还是要搭他的顺风车，他车没停，自顾自开出大门，上了路。路上，接到杨柳电话，问："怎么一个人走了？"王道说："你不是有车吗？"杨柳说："我这不是心里紧张吗，想坐你的车缓解一下。"

王道没言语，挂了电话。其实，王道心里也紧张，甚至开车时，隐隐感觉手有点儿发抖。王道一直被人标榜是内心强大的人，其实也就是遇事多而积攒下来些沉稳，而遇到真正可能左右自己命运的事，他同样也变得焦躁和心慌。今天的事，投票和最后的董事长落槌，上与不上，都让他恐惧。

人坐齐，投票未开始，王道的手机忽然响了，他未关静音，声音在安静的环境中有点儿刺耳。他连忙手忙脚乱地掐断电话，又将电话关成静音。

林子峰不带任何点评地宣读了两个候选人的履历，然后投票。

整个投票程序，不到十分钟。几乎所有人的投票签都是折叠后上交的。

王道坐在门边，投完票，便第一个出了会议室，下了电梯。看未接电话，居然是路婷的。他连忙一边往家里走，一边拨路婷的电话。

"王道，胆子变大了？敢掐我电话。"不等王道说话，路婷便进来一句话。

"刚才选举投票。"王道说。

"搞得这么严肃紧张？"

"是。"

"是什么是，你这两天尽快来北京一趟，上次说的合作有声书的事要尽快敲定。"

"好。"

那边电话停了好长一段时间，没压电话。王道先压了。

回到家，在沙发上，王道呆坐了一会儿，心仍发紧。他忽然想到什么，给龙昆仑打了个电话。

"什么事？"龙昆仑声音显得很谨慎。

"刚才接到展阅集团路总电话，关于有声书项目合作的事，让我去北京敲定，我订了今晚的火车票。"王道说。

王道明显感觉到龙昆仑旁边有人。过了十来秒，龙昆仑才答：

"好吧。"

做了这个决定，王道似乎感到轻松了些，他在网上查了去北京的车次，然后收拾好行李，逃跑一般离开了文联大院。

火车是八点开动的，硬卧没票，买的是软卧的上铺。从等车到上车，到车开动，他接到无数个电话，都是问投票结果的。他哪里知道投票结果，加之心烦意乱，所以，都只简单而生硬地回一句："不知道。在火车上。"

躺上卧铺，心情松弛了些，怕仍有电话搅扰，他只得将手机调成了飞行模式。他将包里的一本去年刚出来的小说《二号首长》第一部翻出来，认真读。在小说里进进出出半小时，忽然觉得饿得慌，于是爬下来，泡了碗红油方便面，直辣得浑身冒汗，全身饱足。再躺下时，看了会儿书，实在忍不住，又将手机的飞行模式调了过来。

正是在这时，龙昆仑的电话进来了，看见手机屏上龙昆仑的名字，王道顿时心跳得几乎无法控制。

龙昆仑说："党组扩大会刚开完，你那边尽快把事办完，尽快回来，接我的班。"龙昆仑的声音不大不小，但王道感到那声音特别陌生，像是从那《二号首长》的书里发出来的，像是书里的那位省委书记在说话。放了电话，王道大脑一片空白，手捧着书，但书几乎拿不住，手一直在抖。

电话又响了几次，王道全身瘫软，完全没有力气和神志接电话。他似乎早已隐隐感觉出会是这结果，但这结果一旦真的袭来，他实在有些招架不住。是狂喜还是措手不及，还是因忽来的压力使自己恐慌，总之，有点儿像一个饥饿的人，看到桌上忽然摆上一大盘肉食，忍着口水，不知食物是否可食，无从下手。

他摸索到手机，关了机。

王道痴呆了半天，终于想明白，从今晚开始，他已经是全国一家知名品牌企业的老总了，但他怎么也想不明白，一切为何来得如此之快，如此出乎意料，如此随意。

王道一晚上未睡，大脑里到底想了些什么，自己也理不清楚。早晨，他疲惫不堪地下了火车，找上一辆出租车后，便让车送他去朝阳区的劳动大厦。

这地儿他以前来北京时，住过几次，而现在，他的大脑里在北京的地址似乎也只有这一家。到了宾馆，办了入住手续，开了房门，他外衣未脱便倒在床上。

他头重得要命，但无论睁眼、闭眼、数数，仍无法入眠，而且越来越清醒。在床上折腾了几个小时，他坐起来，心里焦躁得无以复加，忽然想着是不是给路婷打个电话，进入工作状态，可能会减缓焦躁，但这想法很快被自己否定了，他觉得，目前的精神状态实在不适合做任何事。他忽然又想到，是不是找个地方，放松一下，把自己毫无道理的紧张感，松弛一下，这个想法一产生，便逐渐开始强烈起来。

他洗了个澡，忽然觉得精神好了许多，头也不再疼了。

他叫了出租车，让司机带他去北京植物园。这地方，王道去过几次，第一次是与北京的两个同学去香山，因车堵得太严重，临时转到了这儿。这地方是王道在北京最喜欢去的地方。环境幽雅，山水宜人，而且距离所住的劳动大厦不远。

植物园的人不多，到了樱桃沟，人就更少了。正值阳光明媚的中午，樱桃沟却显得无比清幽。一汪清水潺潺而流，沟两旁的水杉树沿沟渠青翠地蜿蜒。沟深的地方，不时有氤氲的山气从青石处冒出，向两岸漫延，给樱桃沟平添许多空幻和神秘。沟旁有许多长木椅，王道走走停停，坐在长木椅上，闻着带湿气的幽香，看着从水杉针叶缝里漏下来的一点点阳光，顿时感到浑身舒坦……

王道都不知道自己何时在长椅上睡着的，也不知睡了多长时间，只觉得梦被那汪清水浸泡着，悠然地绕过青石，滑进草丛……

王道醒来时，樱桃沟几乎已见不到人影，从水杉树漏下的光也变成浅红。一切显得更加静谧了，甚至生出几分阴森诡异。他张皇地环视左右，下意识地打开手机。手机的铃声在幽静处显得十分刺耳。

"躲哪儿去了？龙总说你到了北京。"是路婷的电话。

王道长长地伸了个懒腰，昨晚到现在，就像一场梦，而现在听到人声，他的精神仿佛忽然活了过来。

"在樱桃沟的椅子上睡了一下午。"王道说。

"当官受惊吓了？躲植物园玩出世？"路婷调笑。

"入世太深，扛不住了。现在像幽灵一样，在野沟边修炼呀。"王道说。

"现在离六点差十分，给你一个半小时，赶到后海公园的孔乙己酒馆来。"路婷说。路婷带一点儿命令，又夹杂几分撒娇的口吻，让王道有一种回到尘世的暖意。

推开孔乙己酒馆黑漆的大门，走过竹林掩映下的碎石小路，在路转角，王道看见路婷正笑吟吟地坐在竹子下的雕花木桌边等他。

"这地儿还真不错。"王道环视一下左右说。又看见路婷穿一件蓝底立领真丝本色绣花小袄，白皙的脸上化了淡妆，显得格外精致，连忙又说："人也好，皇家格格一样。"

路婷与王道见过多次，私下电话也多，但两人约在小馆一起吃饭，还是第一次。她刚下班，工作又有新调整，心情不错，心血来潮，便约了王道到这地方。

"开始夸女人了，说明重新入世了。"路婷笑着说，又嗔道，"至于吗？九品小官，惊吓成这样。"

"莫提这事，当心我又焦虑抑郁了。"王道话刚完，便打了个响亮的喷嚏，喷嚏后，问，"喷了什么香水？熏着我了。"

路婷一边递纸一边说:"不会是被樱桃沟里的女鬼缠感冒了吧。"

"这不明摆着,对格格感冒。"

菜上来了,正宗的江浙菜,还有一瓶红星二锅头。

"没想到上任董事长,第一个请你吃饭的是我吧?"路婷歪着头说。

酒未动,王道拿了筷子便吃菜,吃得咔哧咔哧响。

路婷瞪大眼睛:"王总,这吃相,有点儿难看哈。"

"从早晨到现在,一粒米未进。"王道吃得嘴角流油,说。

路婷倒了酒,端起一杯说:"总得有点儿仪式感吧,王董事长,正式祝贺你!"

王道道谢,喝了酒,却还是没有想象中的兴奋。两人默默地喝了几杯酒。路婷说:"你当董事长,估计马上会遇到最麻烦的事。"

"你说的是转企改制吧?"

"是呀,这事儿麻烦。听说有些先改的省,因为要把刊社的事业编制注销,不少人不能接受。"路婷说着,不无担忧地看着王道。

王道又有点儿焦虑了,说:"不是说把这事屏蔽掉吗,又……"话没说完,又打了个喷嚏,打完喷嚏,咳嗽起来。

路婷连忙起身,帮他拍背,又给他递水。王道喝了水,路婷把脸靠近他,扑闪着一双眼睛看着他的脸,关切地问:"不会真着凉感冒了吧?"在路婷脸靠近时,王道忽然把脸猛地往前一凑,吓得路婷连忙往后躲,又回手打他一拳,嘴里骂道:"毛愣三光的,你找削呀!"路婷急得冒出纯正的东北骂,让王道大声笑了起来。路婷斜他一眼,也笑了。她坐下来,看着仍忍俊不禁的王道,又嗔一句:"傻样吧。"

喝完酒,王道说:"刚才过来时,看见有电动三轮车,游后海的,我们要一辆,夜游后海?"

路婷翻他一眼:"美得你!"又提起包说,"要去就走,别磨叽!"

五十二　送忠告，龙昆仑书"穿左门走直道"

早晨，王道从北京回到江城。一进文联大院，王道忽然又感到心有些发紧。

他在家泡了碗方便面，吃完后下定决心要面对一切。手机里许多未接电话，其中居然还有林子峰的。

王道决定上班之前，先去林主席那儿报到。出门之前，他坐在沙发上给夫人刘思思打了个电话。因为太早，刘思思接电话时有点儿惊讶，问："这么早，出什么事了吗？"

王道平静地将他接龙总班的事给她说了。没想到，刘思思居然比他还平静，说："那位置，迟早是你的，只是不要太有压力，知天命，尽人事。"说完，沉默一下，又说，"明年王之考上大学，我就提前内退，也不能让你一个人太累不是？"

去年，王道由总经理被降成总编，刘思思也是这种宠辱不惊的神态，对他的满腹委屈也只是淡淡一笑，不安慰，不评论。

王道去林子峰办公室，在电梯里遇到罗琼。罗琼没搭理他。王道有点儿糊涂，叫一声："老同学，把我当空气呀。"

"谁敢搭讪你这新任大老总？电话不接，短信不回，像我们这些人追着要巴结似的。"电梯到了她那层，罗琼头也不回地走了。

进林子峰主席办公室，林子峰支走另外两个来汇报的人。

王道刚坐下，林子峰便不高兴地说："在北京有那么忙？电话也不接。"

王道："大清早刚下火车，这不，赶来接受领导指示。"

林子峰把一满杯茶端起来喝了一口，说："不容易呀，选你这一接班的老总，心肝肺都操碎了。你以后不做出成绩，好好保住这品牌，我们肠子都要悔青。"

"我懂，领导。"王道说。

林子峰语重心长，给王道定了"四不"。一是不霸道，霸道最容易把权力放出来乱咬人，既伤上级又害下级。二是不能出政治导向错误。《解密》出的外交事件影响太大，再出，刊社完蛋。三是不能太心善，心善最容易破原则底线。四是不能出作风问题。林子峰说，这第四条是专门针对你的，人缘好不是坏事，人帅，女人喜欢也不是坏事，但老总级别，作风问题总容易成为坏事的导火索。又说，现在社会也开放，但开放也得有底线，后院不起火，就是底线。林子峰絮絮叨叨，说完，看着王道。

王道郑重地说："四不，不苛刻，可以谨遵告诫。"

林子峰又说："后面的事，太多了，马上要转企改制，这是个硬骨头；还要整合《书法博览》等几家报刊，成立报刊集团；还有搭班子，定今年规划。这些不说了，你把班子组建好后，列出个计划。"

林子峰摆出这些事，把王道不愿去解的一堆绳子抽出个绳子头来，让他又一次心乱如麻。

林子峰又端起了水，说："还有一不，就是这段时间，不许请客，不许接受请……"林主席"客"字没说出来，水喝快了，一大口水从嘴巴两边流到了衣领和身上。

王道连忙起身，抽了餐巾纸帮他擦，一边擦，一边说："主席喝水都漏出这么多，这说话也不漏几句勉励。"

林子席说："沾沾自喜露出尾巴了吧。让你接班，就是对你最大的勉励。"

从文联到新办公楼的路上，王道大脑里便开始了一步步计划。

到了办公室，人还没坐下，外面便传来了轻轻的敲门声。

进来的是胡灵。早上，翻短信时，有陶浪沙的短信，是："祝贺，你能做得很好。胡灵是很敬业的年轻人，可用。勿信他言。"

王道当时回的是："谢谢，放心。"

王道让胡灵坐，但胡灵没坐，将一张纸轻轻摊在王道桌上。是辞职信。

王道看也不看信，站起来，真诚地说："可以不走的，我这儿缺人，尤其像你这样有能力的人。"胡灵有点儿暗的眼神，亮了些，她感激地看一眼王道，说："想调整一段时间，调整好了，若王总不弃，再来。"

"一边工作一边调整不行？我刚上任，还要收编几个报刊，真的很缺人。"王道心里确实不愿胡灵走。

胡灵的眼圈红了，笔直地站了几十秒，似乎有些犹豫，但犹豫过后，还是很坚定地说："真的对不起王总了。"

王道十分惋惜地送走了胡灵，然后去找龙昆仑。龙昆仑正在专心写书法，看见王道进来，手没停。他写的是横幅："穿左门走右道"，已写废了几张。

王道站在后面看，说："这几个字，比去年写得好多了。"

"这书法也是有生命的，你得不断与它沟通去理顺它的情绪，去与它一起呼吸。这看书法，也是要像看树、看草一样，你得进入它的语言。当然，欣赏者的情绪，会左右对它美丑的欣赏。"龙昆仑佛性十足地说。

"我与它沟通了。我觉得有个字，让它由树变成了草。"

"什么字？"

"'右'是草，'直'是树，'右'改成'直'。"

"穿左门走直道？"龙昆仑看着自己的字，沉吟。

"你的意思，我们走右道，有点儿旁门左道。你厉害，走直道。"龙昆仑有点儿明白王道的意思了，嘲讽道。

"我没说，您高屋建瓴。"王道说。

龙昆仑换一张宣纸，真的写了幅"穿左门走直道"的条幅，写好后，左右欣赏。但总觉有点儿别扭，说："动一个字，总觉有点假和空的气味，哦，也不准确，有点儿假正经的感觉，失去了变通的含义，一看就是正人君子说的官话。"

王道看着字，摸着下巴，说："是有点儿，不过，从左门到直道，也还是一种变通。再说有些官话，也是为官之人的理想和操守。"

龙昆仑看一眼王道，一边在字的下方盖私印，一边说："这些年，我还是佩服你骨子里的硬气和对某些事的执拗和操守的。"盖完章再看整体效果时，龙昆仑忽然狡猾地问一句："这直道是墙怎么办？"

王道看龙昆仑一副老滑头的样子，答："简单，找几个工人把墙拆了不就完了，无非增加些成本。"

龙昆仑笑着说："说得轻巧，公共设施，成本大了去了。"

两人讨论完字，坐在了沙发上。王道有点儿愁眉不展，说："来你这之前，胡灵刚辞职。现在还真是人才紧缺，留不住人呀。"

龙昆仑说："预料之中，被人为划了队，肯定过不了心里的坎儿。"

王道忽然想到陶浪沙，问："陶总下一步怎么安排的，不会还做总经理吧？"

龙昆仑瞪大眼说："林一把没给你说？调大江传媒集团下属的一个报刊集团了。好像是总经理，平调。若你这次上不了，那位置本来是安排你的。"又说，"陶浪沙这人，说实在话，是个干企业的料，做事有章法、有狠劲，就是不太会变通，容易得罪人。"

王道也表示赞同，说："其实，我也很佩服他的，他那种不讲情面的刚性执行力，我蛮缺的。"龙昆仑看一眼王道，说："他太自信，哪里知道文联党组还会搞个什么票选，否则，他也不会强推独立经营的兑现，得罪那么多中层。"叹口气，然后坐正，看着王道说，"过门也太长了，说，第一天上任找我什么事？"

王道在茶几下找了瓶矿泉水，打开开始喝，一边喝一边说：

"渴死了，到林一把那儿，他光顾教训我，一口水也不给喝。"

"不会自己倒？刚上到一把手，就开始要等人侍候了？"龙昆仑呛他一句。

"那以前当副总时的待遇，总不能降低吧。"王道回一句，说着掏出烟来抽。

对坐了会儿，王道无奈地说："其他的都好说，就是要收过来的几本刊，不太好办。我想着，《江城画报》以后肯定靠广告养刊，让西门红去拿过来，与广告公司合起来做，应该没问题。《戏剧创作》由《网络文学评论》收编，让何梦瑶和袁喜管起来也没问题。最不好办的是《书法博览》，不知派谁去好。"

龙昆仑这种高人，当然知道王道后面的话，他说："人员安排蛮到位嘛，不过《书法博览》你可别打宁子烟的主意，转企改制，她肯定不愿放弃事业编制，肯定会回文联。"

"这不还没到那一步吗？再说，您这么好的书法，退休也应该在长处方面发挥点儿余热吧。"王道急了。

"算盘珠子打得利索呀，敢情让我和宁子烟去《书法博览》开夫妻店，亏你敢想。"龙昆仑说。

"不让宁总去，那我让杨柳去。"王道赌气地说。

"你会舍得让杨柳去，明眼人谁看不出来，那杨柳，总编的不二人选。"龙昆仑抢白王道。

"那我能怎么办？"

"你是新老总，凉拌、热拌，自己办。"

"我既然是老总，那我就返聘前老总来管《书法博览》。"

"脑子坏了吧，你这老总也还只是个正处，我副厅，聘我？官小了点儿。"

中午，王道被文联办公室叫去拿任命通知。回来的路上，接到何梦瑶的电话。

何梦瑶说："我回来了。"

王道有点糊涂："回来，从哪儿回来？"

"太不把我当事了吧，昨天也不接我电话。我——从——黄花坳——回来了。"

王道这才想到，他去北京的这两天，何梦瑶一直在黄花坳。

"舍得回来呀，不是说要在黄花坳卖泡菜吗？"

"想想，还是回来帮你泡泡刊物吧。不过我回来，给你带来了惊喜，你快回吧，我们都在你的办公室。"何梦瑶说。

王道回到办公室，吓了一跳，满屋的人。

李小甜正像主人一样，帮忙倒水。王道上前去拍拍她的头。

何梦瑶拉着马飞过来："王总，怎么样，我人不走，还帮你带回来一个干事的人。"

王道没弄明白，叫一声马总，又与她握了手，看着她。

马飞说："既然你接了班，我们私企入股新媒体的计划就提前了，我先过来当你的兵，在你的新媒体学习、培训、干事一年。"

王道多少有点儿惊喜："不会吧，你这大和尚来我的小庙，我怎么安排？"

马飞穿的是一身职业装，头发短短，显得精明强干，说："我的能力，实习一个月，你可以评估。一个月后，争取竞争上你新媒体副经理的职务。"

王道知道，马飞与杨柳同一大学，把企业做得又快又稳，说明经营能力、市场眼光、社会人脉都不错，原来又干过媒体，能有这样一个人物且带资金，将新媒体公司往前推，确实是件不错的事。

王道说："这是你要求的，那我明天让人帮你办入职了？"王道爽快答应，说明对以后的入股合作持认可态度。马飞兴奋地说："听王总的，先谢了。"

王道要坐下来，却被何梦瑶拉住了，说："还有一个要来实习的。"叫了一声，"小甜。"

李小甜从人群外挤进来了，说："大学学分提前拿完了，可以先实习，再写论文。来向您报到。"王道这才发现李小甜也穿着一套职业西装。

王道问："大学学的是?"

"行政管理。"李小甜答，又看着王道说，"来之前，我做了些功课。我觉得我们公司在两个方面有点儿弱化，一是企业宣传，其他公司一般称企宣部，另一个是对外联络，一般称外联部，当然，还有一块更需要重视的，那就是党建。我在学校已经入了党。所以，我想在您身边实习，学习一下企业宣传和外联工作。"李小甜思路缜密得不像还在大学里读书的学生，王道对她的要求很满意："好，接受接受。"说着，又摸了下她的头。

李小甜把王道摸头的手握住，调皮地说："最后让王叔叔摸一次头，以后您就是王总了。"

李小甜一本正经的话把大家说乐了，华小美上去偏要把她的头摸一下，说："正经得像个大人了。"

王道看着华小美，笑着问："难不成你也要回来?"华小美定定地看一眼王道，眼睛里滑过一丝失落，抹一下头发，说："中年妇女了，孩子又小，不凑热闹了，我是来找你结账的。"

边上的华美琪说："你中年妇女了，那我们成什么了?"华小美马上怼道："你是狐狸精呀，老不了的。"

看见华美琪，王道问："杨柳呢，这家伙跑哪儿去了?"

华美琪把王道拉到一边，小声说："生你气了，昨晚上觉都没睡好，说你当官踹朋友。好像说的是打你电话没接什么的。"王道这才想到，上任后居然与杨柳失联了好几天。

王道连忙交代何梦瑶先招呼着大家，说有急事出去一趟，走到门边，又说："你们也应该去看下龙昆仑和宁主编。"

到杨柳的办公室，杨柳正仰头痴痴地看着天花板抽烟，看见王道进来，没搭理。

王道坐在他旁边，打了他一拳。他回过了头。他冷冷的目光把王道吓了一跳。

王道要拿他手边的烟盒，被他一手抢过来捏在手上。王道又好气又好笑："就因为没接电话，至于吗？所有电话都没接，包括林一把的。"王道说，硬从他手里抢过烟盒，掏出一根，点上。

两人各有各的心思，坐了一会儿。王道这时才开始有些懊悔，前天晚上接了龙昆仑的电话，最先告诉的确实应该是杨柳，何况杨柳还打过他的电话。但他当时的状态，能与谁说？

"昨晚上，才想明白，朋友算什么？顶多，就他妈一个树上的鸟，有了高枝，叫声不闻，自享独枝。心寒。"杨柳终于忍不住了，说完，将一口烟吞进了肺里。

王道不置可否，理解地笑笑，问："我不接所有人电话，后来关机了一整天，为什么？"

杨柳终于能正眼看王道了。但眼里仍满是怒气，像浸过汽油的纸，只要一星火，肯定爆燃。这眼神，让王道心里也蹿出些火，说："江一石死后，你变得神神道道，与华美琪去了竹山，又去了秦岭，我问过一句没有？免了执行总编后，你不好好干事，甚至上班跑去打麻将，我骂过你一句没有？哦，只允许你心理出问题，就不允许我心理犯点儿毛病，就一个电话没接，弄出什么寒心的话，我明确告诉你，那枝有点儿高，我不踏实。"

很少听到王道认真地说心里话。杨柳的汽油纸，被浇熄了一半，仍顶一嘴："是两个电话，都没接。"

王道很快扭转局势，占了上风，说："人都过来接受批评了，还计较那电话，娘儿们一样。"

"我这不也是心里急，一大好事憋变了质，成了有害的废气。"杨柳说，那点儿小肚鸡肠的事没了影。

466

王道凑到杨柳身边，看着他，说："我们去一趟石峰山吧？"杨柳抬眼看王道，眼睛里顿时生出许多感动，说："好啊，这才是兄弟应该做的事。"

石峰山是江城的公共墓地，江一石的骨灰埋在那儿。

王道一边开车，一边很真诚地对杨柳说："兄弟间整出点儿小猜疑、小别扭，问题不大，以后在工作上，特别是用人方面不能犯这毛病。另外，你立下的誓，看人卖命，要守诺。"

杨柳说："我电话里不就想说这些吗？憋了这么久的一身抱负，也该好好施展了。"

王道又把与龙昆仑谈话的内容一一给杨柳说了。

对王道人事上的设计，杨柳很认同，但补了一个人。他说："杨天津退了后，你没感觉后勤管理上缺一个人？"

"田果？"

"是呀，这人业务能力没的说，做事管事也稳，是个好苗子。"

"是呀。管理上，我们是弱了些，连大学实习的李小甜在做我们公司的功课时，都看出了些问题。企宣、外联、党建，我们都缺。田果提起来后，让她好好完善一下。"

"这么一来，董事会七人，基本齐了，新老搭配，梯形结构。"对王道很快能接受自己的建议，杨柳很高兴。

杨柳忽然问王道："如果江一石不死，你会不会让他做总经理？"王道看杨柳一眼，想了很久，说："不会。"

杨柳有点儿吃惊，看着王道。

王道推心置腹地说："你说我们三个，大学毕业先后在《侠世界》聚在了一起，刊社发达时，相互闹出不少矛盾。我们真正捆绑在一起，因为什么？因为我们的行当出现了危机。不管承认不承认，是为了一心把公司带出泥潭，我们才成了铁三角。推动转型、变革的理念，我们高度一致。公司利益大于一切，成了我们最大的抱负。现在，谁做什么，不重要，关键是对公司作用有多大。江一石管经营是不错，但是他的全局观，包括内在修炼，我认为还真没达到火候。"王道说了这些话，看一眼杨柳，问："你觉得我这些话，对不对？是不是有点儿虚伪？"

杨柳没回话，沉默着。

王道又说："说一句你可能不爱听的话，我觉得，若陶浪沙不走，他当总经理比其他人合适。他执行力强，心硬，与我，是很好的互补。"王道说完，看着杨柳。

杨柳脸上明显露出些不满的神情，说："你是人精，我达不到你的境界。"

傍晚的石峰山公墓，静无一人。王道从车的后备厢拿出花、酒、黄纸、香和蜡烛。

江一石的墓前放着一束新鲜的黄花，香炉上也有一小堆新灰。

王道一边用抹布抹着碑下面的石台，一边说："看样子，马飞、何梦瑶从黄花坳来公司前先来过这里。"

"她们一伙人还在你办公室？"

"是呀，你老婆华美琪也在。上午，林一把训话，定了'四不'，后来又加了'一不'：上任不许请客和接受请客。所以，躲出来，不能和她们耗呀。"

倒了酒，点了蜡烛和烟，又点香，杨柳对着江一石的碑说："王道接了班，兄弟几个奋斗许多年，也算有了好的走向，你在那边安心安魂。"停顿一下，又说，"车子也赔给你老婆了，还缺什么，托个梦。"又停顿一下，小声说，"秦岭那地儿太远，别老缠着我去那边烧。这边能接多少就接多少吧，莫太贪心。"说完，拜了几拜。

王道什么话也没说，上香、拜了几拜后，站起来，在江一石的碑上拍了几下，感觉就像是在拍江一石的肩膀。

在碑前的专用铁桶里烧纸时，王道自言自语地说："马飞过来，何梦瑶没以前那么孤单了。只可惜，两人有个小孩就好了。"

烧完纸，杨柳看见王道一脸的泪。

王道揉揉眼说："纸灰太大。"

回去的路上，杨柳接到华美琪发过来一个定位和一条短信："到这来接我和小菲。"杨柳说："搞什么鬼，又犯了到处海吃的老毛病。"定位在东湖边上一个叫"老码头"的农家风味菜馆。

王道说："到了地儿，我谨遵林一把的'四不'，不与你们一起吃了。你必须帮我阻止。"

到了地方，两人下车。王道忽然对杨柳说："这地方还记不记得，以前上大学时，那老船头的儿子，每次都是从这儿接我们上的湖隐岛。"

杨柳记起来了，对着不远处的湖隐岛，说："那湖隐岛还是那么翠绿，一晃，快三十年了吧。"

正说着，董军从菜馆出来了，叫一声："王总、杨总。"又对王道说，"龙总说，有个东西，先从他的车挪到您的车上。"

是用玻璃框镶好的书法横幅。王道问董军："龙总也在老码头菜馆？""是呀，不少人，等你们好久了。"董军说。

一边搬，王道一边说："早上写的字，这么快就镶好了？"把龙昆仑送的字放到自己车上后，王道这才发现，何梦瑶的车、华小美的车、杨柳的车都停在龙昆仑车的旁边。

王道为难地看着杨柳。杨柳说："龙总都在里面等着，你还想躲不成？"

王道无可奈何，摇摇头，未进馆子，已能感觉到热热闹闹的人气扑面向他逼来。

图书在版编目（CIP）数据

穿左门走直道 / 鄢元平著. -- 北京：作家出版社，2022. 11
ISBN 978-7-5212-2059-9

Ⅰ. ①穿… Ⅱ. ①鄢… Ⅲ. ①长篇小说 – 中国 – 当代
Ⅳ. ①I247.5

中国版本图书馆 CIP 数据核字（2022）第 194619 号

穿左门走直道

作　　者：鄢元平	
责任编辑：兴　安　朱莲莲	
封面设计：鲁麟锋	
出版发行：作家出版社有限公司	
社　　址：北京农展馆南里 10 号　　邮　　编：100125	
电话传真：86-10-65067186（发行中心及邮购部）	
86-10-65004079（总编室）	
E-mail:zuojia@zuojia.net.cn	
http://www.zuojiachubanshe.com	
印　　刷：唐山嘉德印刷有限公司	
成品尺寸：152×230	
字　　数：393 千	
印　　张：30.25	
版　　次：2022 年 11 月第 1 版	
印　　次：2022 年 11 月第 1 次印刷	
ISBN　978-7-5212-2059-9	
定　　价：65.00 元	